ନିଉଟୋପିଆ

ନିଉଟୋପିଆ

ସତ୍ୟପ୍ରିୟ ମହାଲିକ

ବ୍ଲାକ୍ ଇଗଲ୍ ବୁକ୍ସ

ଭୁବନେଶ୍ୱର, ଓଡ଼ିଶା

BLACK EAGLE BOOKS
Dublin, USA

ନିଉଟୋପିଆ / ସତ୍ୟପ୍ରିୟ ମହାଲିକ

ବ୍ଲାକ୍ ଇଗଲ୍ ବୁକ୍ସ : ଭୁବନେଶ୍ୱର, ଓଡ଼ିଶା ● ଡବ୍ଲିନ୍, ଯୁକ୍ତରାଷ୍ଟ୍ର ଆମେରିକା

 BLACK EAGLE BOOKS

USA address:
7464 Wisdom Lane
Dublin, OH 43016

India address:
E/312, Trident Galaxy, Kalinga Nagar,
Bhubaneswar-751003, Odisha, India

E-mail: info@blackeaglebooks.org
Website: www.blackeaglebooks.org

First edition in 2019

First International Edition Published by
BLACK EAGLE BOOKS, 2023

NEUTOPIA
by **Satyapriya Mahalik**

Copyright © **Satyapriya Mahalik**

Cover & Interior Design: Ezy's Publication

ISBN- 978-1-64560-399-3 (Paperback)

Printed in the United States of America

ନିଉଟୋପିଆର ବୋଙ୍ଗାମାନଙ୍କୁ

କାରଣ ଗପ ହିଁ ଇତିହାସ ଥିଲା...

ସ୍ୱପ୍ନର ସେ କାଳ୍ପନିକ ରାଜ୍ୟ 'ନିଉଟୋପିଆ'। ଯାହା ଇତିହାସ, କଳ୍ପନା ଓ ବାସ୍ତବତାର ଏକାଧିକ ସଂସ୍କରଣ ହେଇ ପୁନର୍ଲିଖିତ ହେଇ ଚାଲିଥିବ।

ଶଶାନ ଦିରୀ (ଶ୍ମଶାନ ପଥର)ର ପ୍ରତୀକ କାନ୍ଧରେ ପକେଇ ମାଇଲ ମାଇଲ ବାଟ ଚାଲୁଥିବା ସେଇ ଅବୋଧ ଆଦିପୁରୁଷର ବିଶ୍ୱାସ ଓ ତା'ର କାଳକାଳର ପରଂପରା କିପରି ବହିଯାଇଛି କାହାଣୀ ପରେ କାହାଣୀ ହେଇ, ଘନ ଘୋର ଜଙ୍ଗଲରେ।

ଇତିହାସରେ ସେ କଥା ନାହିଁ। ଯେଉଁକଥା ଓ କାହାଣୀ ପାହାଡ଼, ଜଙ୍ଗଲ ଓ ପରଂପରାର ଲୋକକଥାଗୁଡ଼ିକରେ, ପୁରୁଷ ପୁରୁଷର ଅପାସୋରା ଲୋକଗୀତି ସବୁରେ ଲୁଚି ରହିଛନ୍ତି ସେସବୁ ଇତିହାସରେ କାହିଁ?

'ନିଉଟୋପିଆର' ପୁନର୍ଲିଖନ ଅସମ୍ଭବ। ଯେପରି ଅସମ୍ଭବ ଇତିହାସର ପ୍ରତିଷ୍ଠିତ ତଥ୍ୟକୁ କାହାଣୀଗୁଡ଼ିକର ଶାଣୁଆ ତୀରରେ ଚିରି ଦେଇପାରିବା।

କେତେଶହ ବର୍ଷ ତଳେ ଶଶାନଦିରୀ ପଥରକୁ ପିଠିରେ ବୋହି ନିଜର ମାଲିକାନୀ ହକ୍ ପ୍ରମାଣିତ କରିବାପାଇଁ ଯେଉଁମାନେ ଜଙ୍ଗଲ, ପାହାଡ଼ ଘେରା ନିଜର ଜମି ଉପରୁ ଉଠିଯାଇଥିଲେ କମିଶନରଙ୍କୁ ଭେଟିବାପାଇଁ; ସେମାନେ ରାସ୍ତାସାରା କେବଳ ଗପ କହିଚାଲିଥିଲେ। ସେଇସବୁ ଗପ ଆଜିବି କେଉଁଠିନା କେଉଁଠି ପାହାଡ଼ କି ଜଙ୍ଗଲ କି ନଈ, ନାଳ ଓ ପଥର, ଫୁଲ ଓ ଫଳ, ସାପ ଓ କେର୍‌କେଟା ଚଢ଼େଇମାନଙ୍କ ମୁହଁରେ କଥିତ ହେଉଛନ୍ତି।

ଇତିହାସରେ 'ନିଉଟୋପିଆ'ର ବର୍ଣ୍ଣନା ନାହିଁ। ଲୋକକଥାରେ ଅଛି। ଆଜି ଇତିହାସ ଖୋଜିଲାବେଳେ ମୁଁ ସେହି ମରିହଜିଯାଇଥିବା ଆଦିପୁରୁଷମାନଙ୍କୁ ମନେ ପକଉଛି।

ମନେ ପକଉଛି, ଅତୁଲ ସରଦାର ଓ ତାଙ୍କ ପତ୍ନୀଙ୍କୁ, ଯେଉଁ ଦି'ଜଣ ଏଇ ଉପନ୍ୟାସର ପିଞ୍ଜର ଗଢ଼ିଛନ୍ତି। ମନେପକଉଛି, ସେହି ବୋଙ୍ଗାମାନଙ୍କୁ; ଯେଉଁମାନେ ମୋତେ ପ୍ରେରିତ କରିଛନ୍ତି।

ଜୋହାର...।

ସତ୍ୟପ୍ରିୟ ମହାଳିକ

୩୧.୩.୨୦୨୩

ଦା : ଜଲ

Those who tell the stories,
rule the society.

- Plato

‘ଶୁଣ୍... ଶୁଣିବୁ ?... ଶୁଣ୍...’
କିଲି ପଥର ପିଠିରେ ବୋହି କହିଲା କଥାବାଚକ

ଦିନେ ଗାଁର ସବୁ ମାଇଝି

ଦିନେ ଗାଁର ସବୁ ମର୍ଦ୍ଦ ଏକାଠି ବିଚାର କଲେ କି, ଆମେ ସବୁ ମର୍ଦ୍ଦ। ଆମ କଥା ମାଇଝିମାନଙ୍କୁ ମାନିବାକୁ ପଡିବ। ମାଇଝିଏ ଆମ କଥା ମାନୁ ନାହାନ୍ତି। ମୁହଁ ଉପରେ ମୂତୁଛନ୍ତି। ଆମେ ଆଉ ତାଙ୍କୁ ଅଧିକା ବରଦାସ୍ତ କରି ପାରିବା କି ? ନା...ନା...ନା।

ତାଙ୍କ ଭିତରୁ ଜଣେ କହିଲା : ଚାଲ ଆମେ ମାରାଙ୍ଗବୁରୁ ପାଖକୁ ଯିବା। ତାକୁ ମନକଥା ଖୋଲି କହିବା। ଆଉ ତା’ ପାଖରୁ ଇମିତି କିଛି କଳା ଶିଖିବା, ଯିମିତିକି ମାଇଝିମାନେ ଆମକୁ ଡରିବେ ଓ ଆମ କଥା ମାନିକି ରହିବେ।

ସେମାନେ ରାତି ଅଧରେ ଜଙ୍ଗଲକୁ ଗଲେ। ସେମାନେ ମାରାଙ୍ଗବୁରୁକୁ ଡାକିଲେ। ପ୍ରାର୍ଥନା କଲେ କି, ମାରାଙ୍ଗ ବୁରୁ, ମର୍ଦ୍ଦଙ୍କ ବେଇଜ୍ଜତି ଢେର୍ ହେଲା। ମାଇଝିଏ ଆଉ ମର୍ଦ୍ଦଙ୍କୁ ଡରୁ ନାହାନ୍ତି। କଥା ମାନୁ ନାହାନ୍ତି। ସେବା କରୁ ନାହାନ୍ତି। ସେ ପାଇଁ ତୋ ପାଖକୁ ଆଇଚୁ। ତୁ ଇମିତି କିଛି ଉପାୟ ବତା, ଯିମିତିକି ଆମେ ମାଇଝିମାନଙ୍କୁ ଶାସନ କରିପାରିବୁ।

ମାରାଙ୍ଗବୁରୁ ସେମାନଙ୍କ ଦୁଃଖ ଶୁଣିଲା। ହା... ଚୁ... ଚୁ କଲା। କହିଲା, ‘ହଉ, ହଉ... ହେଲା। ତମେ ସବୁ ଯାଅ, ଏବେ ରାତି ଅଧ। ମନ୍ତ୍ର କାଟିବନି। କାଲିକି ଆସ।

ମୁଁ ମନ୍ତ୍ର ଦେବି, ଯନ୍ତ୍ର ଦେବି । ମାଇଝିମାନେ ତମ ଅଧୀନ ହେବେ, ବଶ ହେଇ ରହିବେ ।'

ମର୍ଦ୍ଦସବୁ ଘରକୁ ଫେରିଗଲେ । କିନ୍ତୁ ମାଇଝିମାନଙ୍କୁ ଏ ଖବର ମିଳିଗଲା । ସେମାନେ ତା' ପରଦିନ ଏକାଠି ହୋଇ ଗୋଟେ ବୁଦ୍ଧି ପାଞ୍ଚିଲେ । ମର୍ଦ୍ଦଙ୍କୁ ଖୁବ୍ ହାଣ୍ଡିଆ ପିଆଇ ଦେଲେ । ତା'ପରେ ରାତିରେ ମର୍ଦ୍ଦବେଶ ହେଇ ଜଙ୍ଗଲକୁ, ମାରାଙ୍ଗବୁରୁ ପାଖକୁ ଚାଲିଗଲେ । ମାରାଙ୍ଗବୁରୁ କିଛି ଜାଣି ପାରିଲାନି । ସେ ଛଦ୍ମବେଶରେ ଆସିଥିବା ମର୍ଦ୍ଦଙ୍କୁ ମାଇଝିଙ୍କୁ ଖାଇଯିବାର ମନ୍ତ୍ର ଦେଇଦେଲା । ମାତ୍ର ସେମାନେ ତ ମର୍ଦ୍ଦ ନଥିଲେ । ମାଇଝି ଥିଲେ ।

ସେମାନେ ଯିବା ପରେ ଓ ନିଶା ଛାଡିଲା ପରେ ମର୍ଦ୍ଦସବୁ ଧଡପଡ ହେଇ ଉଠିଲେ ଓ ଜଙ୍ଗଲକୁ, ମାରାଙ୍ଗବୁରୁ ପାଖକୁ ଧାଇଁଲେ । ସେତେବେଳକୁ କଥା ଓଲଟି ଯାଇଥିଲା । ଏବେ ହବ କ'ଣ ? ମର୍ଦ୍ଦସବୁ ପଚାରିଲେ ।

ମାରାଙ୍ଗବୁରୁ ଢେର୍ ଭାବିଚିନ୍ତି କହିଲା : ଯାଃ ତମେ ଚିନ୍ତା କରନି । ମାଇଝିମାନେ ତମକୁ ଖାଇଲେ ଡାଆଣୀ ହେଇଯିବେ ଆଉ ତମକୁ ମୁଁ ଡାଆଣୀ ଧରିବା ମନ୍ତ୍ର ଦଉଚି ।

ସେଇଠୁ ମର୍ଦ୍ଦମାନେ ଶାନ୍ତ ହେଲେ । ନିଶ୍ଚିନ୍ତ ହେଲେ ଓ ଡାଆଣୀ ଧରା ମନ୍ତ୍ର ଘିନି ଘରକୁ ଆଇଲେ । ଘରକୁ ଆସି ଦେଖିଲେ, ମାଇଝିମାନେ ପିନ୍ଧାଲୁଗା ଖୋଲିଦେଇ କୁଆଡେ ବାହାରି ଯାଇଚନ୍ତି । ରାତି ଅନ୍ଧାରରେ । ଏକା ଏକା । ସେଇଠୁ ସେମାନେ ଦେବାକୁ ଖୋଜିଲେ । ଓଝାକୁ ଖୋଜିଲେ । ମାରାଙ୍ଗବୁରୁ ଯଉଁ ଡାଆଣୀଧରା ମନ୍ତ୍ର ଶିଖେଇଥିଲା ତାକୁ ମନେ ପକେଇଲେ ।

ହେଲେ ଇମିତି ଦୁର୍ଭାଗ୍ୟ ଯେ, ଗୋଟିଏ ବି ମନ୍ତ୍ର କାହାରି ମନେ ପଡିଲାନି । ମର୍ଦ୍ଦମାନେ ଡରିଲେ । ମର୍ଦ୍ଦମାନେ ଘରର କବାଟ କିଳି ଦେଲେ । ଘର ଭିତରେ କଳା କୁକୁଡା, ନାଲି କୁକୁଡା ଓ ଧୂସର କୁକୁଡା କାଟି ଦେଲେ ।

ରାତି ପାହିଲା ବେଳକୁ ମାଇଝିମାନେ ନଙ୍ଗଳା ହେଇ ଫେରିଲେ । ଯିଏ ଆଗରେ ପଡିଲା ସିଏ ମଲା । ରକ୍ତବାନ୍ତି କଲା । ନହେଲେ ତା ଛାତିର କଲିଜା ଫାଟିଗଲା । ନହେଲେ ତାକୁ ପାଲିଜର ହେଲା । ନହେଲେ ତାକୁ ଜଙ୍ଗଲରୁ ବାଘ ଉଠେଇ ନେଲା । ନହେଲେ ଭାଲୁ ତା ନଖରେ, ତା ଛାତିଫାଡି ଦେଇ ଫୁଲ କଲିଜା ଖାଇଦେଲା... ।

: ତା'ପରେ କ'ଣ ହେଲା ?

: 'କ'ଣ ଆଉ ହେବ ? ତା' ପରେ ମାଇଝିମାନେ ଡାଆଣୀ ହେଲେ ଓ ମର୍ଦ୍ଦମାନେ ଡାଆଣୀ ଧରିବା ପାଇଁ ଦେବା, ଓଝା, ପାହନ କି ନାୟାକୁ ଖୋଜିଲେ । କାରଣ ସେମାନେ ମନ୍ତ୍ର ଭୁଲି ଯାଇଥିଲେ ।' ଆଉ ମୋ ମର୍ଦ୍ଦ ବି ମଲା । ମୁଁ ଆଗେ ତାକୁ ଖାଇଚି । ମୁଁ ମୋ ଶାଶୁଠୁ ଶିଖିଚି କିମିତି ଖାଇବ ନିଜର ଘଇତାକୁ ।

ତୁ ଡାଆଣୀ ହେଲୁ କି ନାଇଁ, କିମିତି ଜାଣିବୁ ?

'ଆଗେ ଖାଇବୁ ନିଜ ମର୍ଦ୍ଦକୁ। ନିଜର ପୁଅକୁ। ନିଜର ଘରବାଲାଙ୍କୁ... ମର୍ଦ୍ଦପିଲାଙ୍କୁ ।'

: ମର୍ଦ୍ଦ କାଇଁକି ?

: କାଇଁକି ନା ସେମାନେ ଆମର ଦୁଶ୍‌ମନ୍।

କଇରି ଗୋଇପାଇ, ବୁଢୀ, ଯିଏ ନିଜ ଘଇତାକୁ ଖାଇଲା କଞ୍ଚା ବୟସରୁ ଓ ଯିଏ ତା' ଶାଶୁଠୁ ଶିଖିଚି ଡାଆଣୀ ହବାର ବିଦ୍ୟା, ସିଏ ଦିନେ ସଂଜଇ ନଈର ବାଲିରେ କହିଲା ସାରନି ତିଉକୁ। ସଂଜଇ ନଈର ବାଲିରେ ସୁନା ଖୋଜିଲାବେଳେ। ଟହଟହ ଦି'ପହରେ। କେହି କୁଆଡେ ନାଇଁ। ଖାଲି ଧୂ ଧୂ ବାଲି। ଘୁ ଘୁ ପାଣି। କେଓରାରେ ଅଭ୍ରମିଶା କାଳିଆ ଦୋରସା, ପଟୁ ମାଟିରେ ବାଲି। ବିନେ ମାରିନେଲେ ପେଟେ ବାଲି।

ଗୋଡ ଭଣ୍ଡି ଟାଁ ଟାଁ କଲାଣି। ଗାଣ୍ଡି ପିଚା ଶୂଳେଇଲାଣି। ଜଂଘ ମୂଳ ବଥେଇଲାଣି। ତଳିପେଟ ଖାଞ୍ଚିଲାଣି। ଅଣ୍ଟା ନସେଇ ପଡିଲାଣି। ପାଣି ଭିତରେ ଭର୍ତ୍ତି ହେଇଚି ଗୋଡ। ଗୋଡ କଟକଟ କଲାଣି। କଉଁଠି ଅଛୁ ଲୋ ଛିଣ୍ଡାଳୀ, ଘଇତା ଖାଇ...ଦେ, ଦେ ଟିପେ ଦୁଗ୍‌ତା ଦେ। ପାଟି ଅଠା ଅଠା। ତଣ୍ଟି ଶୁଖିଲାଣି।

ତିନିଦିନ ହେଲା ପାଣି ଭିତରେ ଚବର ଚବର୍ ହଉଚି। ବାଲି ଛାଣୁଚି। ବାଲି ଚଲଉଚି। ରତିଏ ବି ମିଳିଲାନି ସୁନା। ପେଟ ପୋଡି ଯାଉଚି। କେତେ ସୁଆଗ ହଉଚୁ ଲୋ ପୁତଖାଇ ଡାଆଣୀ।

ସାରନି ତିଉର କେଓରାରେ କେଓରେ ବାଲି। କେଓରା ହଲୁଚି ସାଇଁ ସାଇଁ। ଗଛରୁ ପତର ଖସିଲା ଲୋ। ନଈର ବାଲି ହସିଲା ଲୋ...। ମିଲ୍ ମିଲ୍ ବୋଲି କାହାର ଆଙ୍ଖା ଗାଡା ବୋଙ୍ଗା, ବିନ୍ଦିଏରା, ନାଗେ ଏରାର ସହସ୍ର ଆଙ୍ଖା... ହୁଃ...ଫୁଃ... ହୁ... ହୁଃ...

କ'ଣ ପିଇଚୁ ଫୁଲ ଗୋ... ରସି ପିଇଚି। କ'ଣ ଖାଇଚୁ ଫୁଲ ଗୋ... ଖାସି ଯାଇଚି। ଯୁଆଡେ ଦେଖ୍ ସୁନା ଫଳିଚି। ଯୁଆଡେ ଦେଖ୍ ସୁନା ପଡିଚି।

କଇରି ପଚାରିଲା : କାଇଁ ଗୋ ?

ସାରନି କହିଲା : ନାଇଁ ଗୋ ...।

ବେଳ ଆସି କେତେ ହେଲାଣି। ଦିନସାରା ଗାଡା ଭିତରେ ଘାଣ୍ଟି ହଉଚନ୍ତି। ଭୋକରେ, ଶୋଷରେ ତଳିପେଟ ରାମ୍ପି ବିଦାରି ହଉଚି। ଯେପରି ପେଟ ଭିତରେ କିଏ ଟୁକୁ ଧରି ଛେଚୁଚି। ଯେପରି କନେ ଧରି ବାଲି ରାମ୍ପିବା ପରି କିଏ ପେଟ ଭିତରେ ରାମ୍ପୁଚି।

ସାରନି କହିଲା : ରସି ମୁନ୍ଦେ ପିଇବା କି ଗୋ ? ହାଣ୍ଡିଆ ଟୋପେ ଖାଇବା କି ଗୋ ?

କଇରି କହିଲା : ରହ ରହ, ହେଇ ଆଗରେ ଅଛି ସୁନା। ନଈ ପାଖେ ପାଖେ ଯାଆ, ଯଉଁଠି ହାତ୍‌ନା ଗଛର ଡାଳ ନଇଁଚି, ଯଉଁଠି ହେସେଲ୍ ଗଛର ଛାଇ ପଡ଼ିଚି, ଯେଉଁଠି ସୋସୋ ଗଛର ପତର ଭାସୁଚି... ସେଇଠି ନାଗେ ଏରାକୁ ଜୋହାର ହେଇ କନେ ମାରିଦେ। କେଓରାରେ ବାଲି ଉଠେଇ ଦି' ଗୋଡ ମଝିରେ ରଖି ଚଲେଇ ଦେ। ଦେଖିବୁ ଏଥର ସୁନା ପାଇବୁ। ସୁନା ପାଇଲେ ମୋତେ ଲାଟ୍ ପିଠା ଖୁଆଇବୁ।

ସାରନି ଜାଣେ କଇରି କଥା ସତ ହବ। ତିନିଦିନ ହେଲା କିଛି ମିଳିନି। କେତେ ଘାଣ୍ଟିଚି ବାଲି। ରତିଏ ବି ମିଳିଲାନି ସୁନା। ଖାଲି ହାତରେ ଘରକୁ ଫେରିଚି। ଗାଳି ଖାଇଚି ମର୍ଦ୍ଦ ପାଖରୁ। ଭୋକରେ ଶୋଇଚି ତିନିଦିନ।

ଗୁରୁବାର ହାଟ ଯାଇନି କି ନନ୍ଦି ଆଉ ପଇସା ଦେଇନି। ନନ୍ଦି ରକ୍ତ ଚୋଷିନବ ଜୋକ ପରି। ରୁଞ୍ଜି ଓଜନର ସୁନାକୁ ମୂଲେଇବ। କହିବ ବଜାରରେ ଭାଉ ନାଇଁ ଗୋ... କଲକତାର ବଣିଆ ନଉନି। ଏଟା ଭଲ ସୁନା ନୁହେଁ। ନବୁ ଯଦି ନେ, ରଖ୍ ବିଶ୍ ଟଙ୍କି। ଆର ପାଳିକୁ ଆ। ଦେଖିବା।

ବିଶ୍ ଟଙ୍କି ସେ ଅଣ୍ଟାରେ ଖୋସିବ। କାନିରେ ଗଣ୍ଠି ମାରିବ। ହାଟ ଭିତରକୁ ଯିବ। ହାଣ୍ଡିଆ ପାଇଁ ରାନୁ କିଣିବ ଟଙ୍କାକର। ଟଙ୍କାକର ରସି ପିଇବ। ଟଙ୍କାକର କୁସୁମ ତେଲ କିଣିବ। ଟଙ୍କାକର ମୁର୍ଗାଛାପ ସାବୁନ୍ କିଣିବ। ଟଙ୍କାକର ଦୁଗ୍‌ତା, ଖଇନି କିଣିବ। ଟଙ୍କାକର ମସଲା କିଣିବ। ଦି' ପଇଲା ଚାଉଳ କିଣିବ। ଦୁନାଏ ନାଲି ଜନ୍ଦା କିଣିବ। କଚୁ ପତ୍ର କିଣିବ। ଇନ୍ଦୁରମରା, ଓଡଶ ମରା କିଣିବ। ମର୍ଦ୍ଦ ପାଇଁ ଘୁଷୁରୀ ମାଉଁସ କିଣିବ।

ତା'ପରେ ତା ଅଣ୍ଟା ଖୋଲିଯିବ। ସେ ଘରକୁ ଫେରିବ। କିନ୍ତୁ ମାସ ମାସ ହେଲା ସେମିତି ହେଇନି। ନିଇତି ଯାଉଚି ନଈକି। ନିଇତି ଖୋଜୁଚି ସୁନା। ଅସୁର ଗାଁର ମାଇପେ ବି ଏବେ ଆସିଲେଣି ଏ ଧନ୍ଦାକୁ। ବଡ କଠିଣ କାମ। ଧୈର୍ଯ୍ୟ ଦରକାର। କଠିନ ଅଭ୍ୟାସ ଦରକାର ଏ କାମ ମର୍ଦ୍ଦମାନେ କରି ପାରନ୍ତିନି। କାଇଁକି ନା ମର୍ଦ୍ଦମାନେ ଧୈର୍ଯ୍ୟ ରଖନ୍ତିନି। ଦିନଦିନ ତୁଛାଟାରେ, ନଈ ଭିତରେ ବାଲି ଖୋଜିବା, ସୁନା ଘାଣ୍ଟିବା ହୁଏନି ତାଙ୍କ ଦ୍ୱାରା। ଏସବୁ ମାଇଝିଙ୍କ କାମ।

ସକାଳୁ ଘରୁ ବାହାରି ଯାଆନ୍ତି। ନାଗେ ଏରା, ଗାଡା ବୋଙ୍ଗାକୁ ଜୋହାର ହେଇ ନଈରେ ପଶନ୍ତି। ମଥାରୁ ଓହ୍ଲେଇ ହାତ୍‌ନା ଗଛର ଡାଳରେ ଝୁଲେଇ ଦିଅନ୍ତି ହାଣ୍ଡିଆ, ରସି, ନହେଲେ ବାସି ଭାତ। ପାଣି ତୋରାଣି।

ସକାଳ ଯାଇ ସଞ୍ଜ ହୁଏ। ଅଣ୍ଟା ପିଠି ରଟ୍ ରଟ୍ କରେ। ଗାଣ୍ଡିପିଚା ଶୂଳେଇ ହୁଏ। ସିଙ୍ଗବୋଙ୍ଗା ପାହାଡ ପଛେପଛେ ଲୁଚିଯାଏ। ବୁରୁବୋଙ୍ଗାକୁ ନିଦମାଡେ। ବୁରୁବୋଙ୍ଗା ଆଡୁ ଅନ୍ଧାର ଆସେ। ଜହ୍ନ ଓ ତାରା ଆସନ୍ତି। ଡାଆଣୀ ବାହାରନ୍ତି।

କଉଁଦିନେ କାହା କପାଳରେ ଥାଏ ତ, ମିଳେ ରତିଏ ସୁନା କି ରୁଞ୍ଜେ ସୁନା। ନହେଲେ ଦିନ ଦିନ ବିତିଯିବ। ବାଲି ଘାଣ୍ଟି ଘାଣ୍ଟି। କିଛି ବି ମିଳିବନି। ଘରକୁ ଫେରି ଗାଳି, ମାଡ ଓ ଗଞ୍ଜଣା ଖାଇବ। ରାତିରେ ମର୍ଦ୍ଦ ରସି ପିଇ ଯେତେବେଳେ ମାତାଲ ହେଇ ମାଗେ ପର୍ବର ଅସନା ଗୀତ ଗାଇବ ଓ ଅସନା କାମ କରିବାକୁ ଉପରେ ଚଢି ହଳ ଚଲେଇବା ପରି ପେଲି ହେବ; ସେତେବେଳେ ସାରନିର ତଳିପେଟ ଭୋକ, ଶୋଷ ଓ କଷଣରେ କାଉଁ କାଉଁ ହବ। ମନେ ହେବ ଯେପରି ବିରିଡାଲି କିଏ ଶିଳ ଉପରେ ରଗଡୁଚି... କୁତୁରୁ କୁତୁରୁ... କାଉଁ କାଉଁ। ଉଃ... ଉଃ...। ଉଃ... ମରିଗଲି ଗୋ... ମୋ ....ଗଲା... ଗୋ...।

ସେତେବେଳେ ନିଶାରେ ମାତାଲ ହେଇ ମର୍ଦ୍ଦ ଅସନା ଗୀତ ଗାଇବ...

ରିଡ୍‌ଡା ରମ୍ଭା ରଉ ରଉ ରୁଜିମ ରଉ ରଉ,
ହେ ? ରୁଜି ଚାଃ ହେ ! ରୁଜି ଚାଃ।
ସହିଲ -ସରାମ କାମ କିରିଆଁନ କିରିଆଁନ
ଜଏର ବୁଢୀ ରଘୁବା ରୁଜି, ମରଚନା କୁଲା ଏ
କାମ କିରିଆଁନ କିରିଆଁନ
ଜଏର ବୁଢୀ ରଘୁବା ରୁଜି...

ଓ ଗୀତ ଗାଉ ଗାଉ କାନ୍ଦିବ। କହିବ ମୋତେ ଖାଇବୁ ନାଇଁ ଗୋ... ମୋ ଛୁଆଙ୍କୁ ଖାଇବୁ ନାଇଁ ଗୋ... ଡାଆଣୀ ନଜର ଦେବୁନି ଗୋ...। ତୋତେ ସାରା ଜନମ ପୂଜୁଥିବି ଗୋ...।

ସେତେବେଳେ ସାରନିର ତଳିପେଟ ବିଦାରି ହେଇ ଯାଇଥିବ ଗୋଟେ ଧାନ କ୍ଷେତ ପରି। ମର୍ଦ୍ଦ ଶୋଇ ପଡିବ ଚୂଲି ପାଖରେ ମଲା ସାପ ପରି। ବାହାରେ ଅନ୍ଧାର ଘୁଁ ଘୁଁ। କଇରି ଡାକିବ ଆ... ଜଲ୍‌ଦି ଆ...। ଜହ୍ନ ଉଠିଯିବ। ତାରା ଫୁଟିଯିବ। ପେଟରେ ଭୋକ ନାଚୁଥିବ। ମନ କହିବ ଘଇତାର କଳିଜା ଖାଇଯିବାକୁ ଫାଡିଦେଇ। ଘଇତାକୁ ଲାତେ ପକେଇ ସାରନି ଉଠିଯିବ ତାଟି ଖୋଲି, ଉଭା ନଙ୍ଗଳା ହେଇ...।

ଛିଣ୍ଡା ଝାଡୁ ଅଣ୍ଟାରେ ବାନ୍ଧି, ତଳକୁ ହାତ ଓ ଉପରକୁ ଗୋଡ କରି ସାରନି ଚାଲିଯିବ କଇରି ସାଙ୍ଗେ, ଘନଘୋର ଅନ୍ଧାରରେ ନିଘଞ୍ଚ ଜଙ୍ଗଲକୁ। ସେଇଠି ସାଧିବ ଡାଆଣୀ ବିଦ୍ୟା। ଦୀପଟିଏ ଜାଳି ନାଚିବ ନଙ୍ଗଳା ହେଇ ଓ ଆଉ ଡାଆଣୀଙ୍କ ସାଙ୍ଗେ ଓ ଗୀତ ଗାଇବ -

ମୁଁ କଦଳୀ ବଣକୁ କାଟିଚି
ମୁଁ ନିଜ ପିନ୍ଧା ଲୁଗା ଖୋଲି ଫିଙ୍ଗି ଦେଇଚି

ମୋ ଶାଶୁଠୁ ଶିଖିଚି କିମିତି ଖାଇବି
ନିଜର ଘଇତାକୁ।
ପାହାଡ ଚୋଟିରେ ବହୁଚି ପବନ
ଭାତ ଖାଉଁ ଖାଉଁ ମୁଁ ଫୁସ୍ (ସବାଇ ଘାସ)
କାଟୁଚି...।
ମୁଁ ଶୂନ୍ୟ ବାନ୍ଧିଚି। ଆକାଶ ବାନ୍ଧିଚି।
ସୂର୍ଯ୍ୟ ବାନ୍ଧିଚି। ଚନ୍ଦ୍ର ବାନ୍ଧିଚି।
କାର୍ତ୍ତିକ ଅମାବାସ୍ୟାରେ ମୁଁ ଧରଣୀ ବାନ୍ଧିଚି...
ମୁଁ କଦଳୀ ବଣକୁ କାଟିଚି...।

ନିଉଟୋପିଆରେ ପ୍ରଥମ ରାତି

ନିଉଟୋପିଆରେ ପହଞ୍ଚିଲା ବେଳକୁ ରାତି। ନିଉଟୋପିଆର ଭୌଗୋଳିକ ଅବସ୍ଥିତି ସଂପର୍କରେ ସେ ଯାହା ଡିଷ୍ଟ୍ରିକ୍ଟ ଗେଜେଟିଅରରୁ ଜାଣିଥିଲା, ତାହା ଏକ ସହର ନଥିଲା କି ଗାଁ ନଥିଲା। ଛୋଟ ଛୋଟ ପାହାଡ, କୁନି କୁନି ଝରଣା ଓ ନଈ, ଏଠି ସେଠି ପାନପିକ ପରି ଛାବୁଲାଏ ଛାବୁଲାଏ ଘନ ଜଙ୍ଗଲ । ପ୍ରାଗୈତିହାସିକ ଜନଜାତିର ବିରଳ ଆବାଦୀ। ଜିଲ୍ଲାର ମୁଖ୍ୟାଳୟଠୁ ପ୍ରାୟ ଚାରି କି.ମି. ଦୂରରେ ଥିଲା ଗୋଟେ ଅଲୌକିକ ନଈ।

ସେମାନେ ଗାଡିରୁ ଓହ୍ଲେଇ ବଙ୍ଗଳା ଭିତରକୁ ଗଲେ। ପଛେ ପଛେ ଟ୍ରକ ଆସି ଠିଆ ହେଲା। ଘରର ସବୁ ଆସବାବ ତା ଭିତରେ। ବଙ୍ଗଳାର ଲନ୍‌ରେ କାଗଜୀଲେମ୍ବୁର ଗଛ। କୁନାଳ ଚପରାଶିକୁ ଡାକି ଲାଇଟ ଜଳେଇବା ପାଇଁ କହିଲା। ଗୋଡ ପାଖ ଦେଇ ଗୋଟେ ସୁନେଲି ରଙ୍ଗର ସାପ ହଲିହଲି ଘର ଭିତରକୁ ଚାଲିଗଲା। ଇଃ... ଇଃ... ଇ କହି ହାତେ ଉପରକୁ କୁଦି ପଡିଲା ପଲ୍ଲବୀ। କୁନି ଝିଅଟି ଡରି ଯାଇ କୁନାଳ ଆଡକୁ ଧାଇଁଗଲା।

ପଲ୍ଲବୀ ପେଟରେ ପିଲା। ତାର ସେପରି କୁଦି ପଡିବା ଠିକ୍ ହେଲାନି। କୁନାଳ ଅତି ଭଦ୍ର ଭାବରେ ବୁଝାଇ ଦେଲା। ପଲ୍ଲବୀ ଘାସ ଉପରୁ ବାରଣ୍ଡାର ସିଡି ଆଡକୁ ଚାଲିଗଲା। ବଙ୍ଗଳାର ମୁଖ୍ୟ ଦରଜା ଖୋଲା ସରିଥିଲା । ଚପରାଶି ଗୋଟେ ବିନମ୍ର ଦାସତ୍ୱର ମୁଦ୍ରାରେ ଗେଟ୍ ବାହାରେ ଠିଆହେଇ ଝାଡୁ ଖୋଜୁଥିଲା। କୁନାଳ ଘର ଭିତରୁ ଥାଇ ଗର୍ଜନ କଲା : ଇସ୍ ଏଠି ଆଗରୁ କେହି ମଣିଷ ରହୁଥିଲେ ନା ଜାନୁଓ୍ୱାର ରହୁଥିଲେ। ଚପରାଶିଟି ଅଙ୍କକେ ମୁତି ପକେଇ ଥାଆନ୍ତା। ମାତ୍ର ହଠାତ୍ ଝାଡୁ ମିଳିଗଲା ।

କୁନାଳର ନିଉଟୋପିଆକୁ ପନିସ୍‌ମେଣ୍ଟ ଟ୍ରାନ୍ସଫର୍ ଥିଲା। ତାର ଅପରାଧ ଥିଲା ଯେ, ସେ ଆବଶ୍ୟକତାଠାରୁ ଅଧିକ ଇମାନ୍‌ଦାର ଥିଲା। ମୁଖ୍ୟମନ୍ତ୍ରୀ ନିଜ ନିର୍ବାଚନମଣ୍ଡଳୀରେ ବିକାଶ ବାହାନାରେ ଲୁଟ୍ ଚଳାଇଥିଲେ, ଜାତି ଓ ସଂପ୍ରଦାୟର ଦ୍ୱାହିରେ ଭୋଟ ବ୍ୟାଙ୍କ ତିଆରି କରୁଥିଲେ।

ନିଉଟୋପିଆ ଗୋଟେ ଶୁଖିଲା ଜାଗା ଥିଲା। ଦେଶ ସ୍ୱାଧୀନ ହେବା ପରେ କେବେ କୌଣସି ପ୍ରଧାନ ମନ୍ତ୍ରୀ କିମ୍ବା ତାଙ୍କ ବଂଶଜ ଏ ମାଟିରେ ପାଦ ଦେଇ ନଥିଲେ। ଏଣୁ ଭାଗ୍ୟକ୍ରମେ ଏଠି ପାଣି, ପବନ, ଜମି ଓ ଦେବତା ସମସ୍ତେ ପ୍ରାକୃତିକ ଥିଲେ। ନିଉଟୋପିଆ ନୂଆ କରି ଜିଲ୍ଲାର ମାନ୍ୟତା ପାଇଥିଲା। କୁନାଳ ନିଉଟୋପିଆର ପ୍ରଥମ କମିଶନର ଥିଲା। ତା ସ୍ତ୍ରୀ ପଲ୍ଲବୀ ଓ ଗୋଟେ ଛଅ ବର୍ଷର ଝିଅକୁ ନେଇ ସେ ଯେତେବେଳେ ଆସି ଏଠି ପହଞ୍ଚିଲା, ସେତେବେଳେ ଘନଘୋର ରାତ୍ରି।

: 'ଆଜ୍ଞା ରାତିରେ ବାହାରକୁ ବାହାରନ୍ତୁନି।' ଚପରାଶି କହିଲା।

: 'କାହିଁକି ?' ପଚାରିଲା କୁନାଳ।

: ଆଜି କାର୍ତ୍ତିକ ଅମାବାସ୍ୟା।

: ତ !

: ଆଜି ଡାଆଣୀ ସବୁ ବାହାରିବେ। ଯାହା ଉପରେ ନଜର ପଡିବ ତାକୁ ଜୀଅନ୍ତା ଖାଇଯିବେ।

କୁନାଳ ହସିଲା ଓ ରାଗିଲା। ପଲ୍ଲବୀର ଆଖି ଢିମା ଢିମା ହୋଇଗଲା। ତା'ପରେ ଅଚାନକ ବିଜୁଳି ଚାଲିଗଲା ଓ ଏକ ଭୌତିକ ରହସ୍ୟ ଘେରା ବଙ୍ଗଳା ଭିତରେ ସେମାନେ ଅସହାୟ ଶ୍ୱାପଦ ପରି ଏଠିସେଠି ଧକ୍କା ଖାଇଲେ। ବଙ୍ଗଳା ଭିତରେ କେଉଁଠି ଗୋଟେ ଅଶରୀରୀ ଆତ୍ମାର ଚାପା କାନ୍ଦଣା ଶୁଭିଲା ପରି ଚପରାଶିର ମନ୍ତ୍ର ଭାସି ଆସିଲା -

ନଅଲାଖ ଡାଆଣୀ ବାନ୍ଧୁଚି
ଦଶଲାଖ ଭୂତ ବାନ୍ଧୁଚି
ତିନି ଲୋକର ଠାକୁର, ବୋଙ୍ଗା ବାନ୍ଧୁଚି
ପାଟ ଦେବତା ବାନ୍ଧୁଚି। ସରନା ମାଈ ବାନ୍ଧୁଚି।
ବୁଡମ ବୁଢା ବାନ୍ଧୁଚି।
କିଏ ବାନ୍ଧେ ?
ଗୁରୁ ଭଗତ, ବରକୋଳି ଗଛରେ ବାନ୍ଧେ...

ଚପରାଶିର ଏ ମନ୍ତ୍ର ସାରା ବଙ୍ଗଳାର ଅନ୍ଧକାରକୁ ଆହୁରି ଭୌତିକ ଓ ଆହୁରି ରହସ୍ୟାଚ୍ଛନ୍ନ କରି ପକାଇଲା। ପବନରେ କେଉଁଠୁ କାଗଜୀ ଲେମ୍ବୁର ବାସ୍ନା ବହି ଆସିଲା। ଘୋ ଘୋ ଅନ୍ଧାର ଭିତରେ କେଉଁଠୁ ବିଲୁଆ ଓ ଶାଗୁଣାର ରଡି ଭାସି ଆସିଲା। ଦୂରରେ କୁକୁରଟିଏ କାନ୍ଦୁଥିଲା।

: ଆମେ କେଉଁଠି ?

ପଚାରିଲା କୁନାଳ। ପଲ୍ଲବୀ କୁନାଳର ହାତକୁ ଜାବୁଡି ଧରିଥିଲା। କୁନି ଝିଅଟିକୁ

ଡର ମାତ୍ରୁ ନଥିଲା । କାରଣ, ସେ ଡର କ'ଣ ଜାଣି ନଥିଲା । ସେ ଅନ୍ଧାରରେ ଏଠି ସେଠି ଧାଉଁଥିଲା ।

: ଆମେ ଏବେ ନିରାପଦରେ ଆଜ୍ଞା । ମୁଁ ଚଉଦିଗ ବାନ୍ଧି ଦେଇଚି । ସେମାନେ କିଛି କରି ପାରିବେନି, ନିଶ୍ଚିନ୍ତ ହୁଅନ୍ତୁ । କହିଲା ଚପରାଶି ।

ଚପରାଶିର ମୁହଁ ଅନ୍ଧାରରେ ସ୍ପଷ୍ଟ ଦେଖାଯାଉ ନଥିଲା । ଅସ୍ପଷ୍ଟ ଭାବେ ଯେତିକି ଦୃଶୁଥିଲା, ଦେଖାଯାଉଥିଲା କଳା ପଡିଯାଇଥିବା କାଚ ଭିତରେ ଜଳୁଥିବା ଲଣ୍ଠନର ନିଷ୍ପ୍ରଭ ଆଲୁଅ ପରି ଅତି କ୍ଷୀଣ ଓ ଭୟଙ୍କର ।

ନିଉଟୋପିଆର ବିଜୁଳି ସଂପର୍କରେ କିଛି ଗ୍ୟାରେଣ୍ଟି ଦିଆଯାଇ ନପାରେ । କେତେବେଳେ ଯାଏ କେତେବେଳେ ଆସେ, କେହି ଜାଣନ୍ତିନି । ଅନେକ ଦିନରୁ ବଙ୍ଗଳାରେ କେହି ରହି ନଥିବାରୁ କ୍ୟାଣ୍ଡେଲ୍ ବା ଲଣ୍ଠନର ବ୍ୟବସ୍ଥା ବି ପ୍ରାୟ ନାହିଁ । ଥିଲେ ଖୋଜିବାକୁ ଡର ନାହିଁ ।

କୁନାଳ ନିଜ ପକେଟ୍‌ରୁ ମୋବାଇଲ ବାହାର କଲା । ଅନ୍ କଲାରୁ କ୍ଷୀଣ ଆଲୁଅ ଟିକେ ଘର ଭିତରେ ଝାପ୍‌ସା ଝାପ୍‌ସା ନେସି ହେଇଗଲା । 'ମୋ ଟର୍ଚ୍ଚଟା କଉଁଠି ରହିଲା ?' ନିଜକୁ ନିଜେ ପ୍ରଶ୍ନକଲା ଓ ଉତ୍ତର ପାଇଲା ଯେ ଟର୍ଚ୍ଚଟା କଉଁ ପ୍ୟାକିଂ ଭିତରେ ଟ୍ରକ୍ ଡାଲାରେ ପଡିଚି । ଟ୍ରକରୁ ମାଲ୍ ଅନ୍‌ଲୋଡ୍ ହୋଇପାରୁନି । ରୋଡ ଉପରୁ ଟ୍ରକ୍ ସବୁକୁ ବଙ୍ଗଳାର ଗେଟ୍ ଭିତରକୁ ପୂରେଇ ଦେବାକୁ କୁନାଳ କହିଲା ।

ଚପରାଶି ଧାଇଁ ଯାଇ ଟ୍ରକ ଡ୍ରାଇଭରଙ୍କୁ କହିଲା – 'ଗାଡି ଭିତରକୁ ଢୁକେଇ ଦିଅ ।' ଡ୍ରାଇଭର ଅଳସ ଭାଙ୍ଗୁଥିଲେ । ଖଇନି ମଳୁଥିଲେ । ଚପରାଶି କଥାକୁ କାନ ନ ଦେଲାପରି ମଶା ହୁରୁଡାଇଲେ । ସେମାନେ ଦିନସାରା ବିନା ବିଶ୍ରାମରେ ଗାଡି ଚଳାଇ ଆସି ପହଞ୍ଚିଥିଲେ । ପହଞ୍ଚୁ ପହଞ୍ଚୁ ରାତି । ଏତେ ଦୂର ବୋଲି ଜାଣି ନଥିଲେ । ଭୋକ, ଶୋଷ, ନିଦ ଓ ବିରକ୍ତି ଏକା ସାଙ୍ଗରେ ସେମାନଙ୍କୁ କାବୁ କରି ସାରିଥିଲା । ମାଲ୍ ଅନ୍‌ଲୋଡ୍ ହୋଇଗଲେ ସେମାନେ ରାତାରାତି ଫେରି ଯାଆନ୍ତେ । ମାତ୍ର ସେପରି ହେବାର ନଥିଲା ।

ବଙ୍ଗଳା ଭିତରୁ କୁନାଳ ଆଉଥରେ ପାଟି କଲାରୁ ଟ୍ରକ୍ ଡ୍ରାଇଭର ଗାଡି ଷ୍ଟାର୍ଟ କଲେ ଓ ବଙ୍ଗଳା ଭିତରକୁ ହେଡଲାଇଟରୁ ଅତି ଉଜ୍ଜ୍ୱଳ ଆଲୋକ ଦି' ତିନିଟା ଜଙ୍ଗଲୀ କୁତ୍ତା ପରି ପଶି ଆସିଲେ ସାଏଁ ସାଏଁ । ହଠାତ୍ କୁନାଳର ଆଖି ଉଜ୍ଜ୍ୱଳ ଦେଖାଗଲା । ସେ ଡ୍ରାଇଭରଙ୍କୁ ଆଦେଶ ଦେଲା ବିଜୁଳି ନ ଆସିବା ଯାଏଁ ସେମିତି ଗାଡି ଷ୍ଟାର୍ଟରେ ରଖ ଓ ଘର ଭିତରକୁ ଆଲୁଅ ନିକ୍ଷେପ କର ।

ଏପରି ପ୍ରସ୍ତାବରେ ଡ୍ରାଇଭର ଦୁହେଁ ପ୍ରଥମେ ରାଜି ହେଉ ନଥିଲେ, ମାତ୍ର କମିଶନର ସାହେବଙ୍କ ହୁକୁମ ଅମାନ୍ୟ କରିବା ଅର୍ଥ ମୁଣ୍ଡକାଟ । ଏଣୁ ସେଇଆ ହେଲା । ଢେର

ରାତିଯାଏ ଟ୍ରକ ଦିଇଟା ଘାଇଲା ବାଘ ପରି ଗ୍ୟାଉଁ... ଗ୍ୟାଉଁ... ହେଲେ ଠିଆ ହେଇ ଓ ପ୍ରକୃତ ବିଜୁଳି ଆସିବା ବେଳକୁ ଗୋଟେ ଟ୍ରକର ବ୍ୟାଟେରୀ ଡାଉନ୍ ହେଇଯାଇ ଧକଉଥିଲା । ଯେପରି ଅନେକ ସମୟ ଧରି ଶିକାର ପଛରେ ଧାଇଁ ଧାଇଁ ଥକି ଯାଇଚି ଗୋଟେ ଗାଉଁଲି କୁକୁର ।

ନିଉଟୋପିଆରେ ପ୍ରଥମ ରାତ୍ରି କମିଶନର ସାହେବଙ୍କ ଏଇପରି କଟିଥିଲା । ଅଧା ଛାଇ, ଅଧା ଆଲୁଅର ଖେଳ ପରି । ରହସ୍ୟ ରୋମାଞ୍ଚକର ଏକ ଥ୍ରିଲର ପରି । ଟ୍ରକର ଆଲୁଅ ଓ ଚପରାଶିର ଡାଆଣୀ ମନ୍ତ୍ର ଭିତରେ... ଗୋଟେ ମାୟାବୀ ରାତ୍ରିର ସମ୍ମୋହନରେ ।

ଝିଅ ନା ପୁଅ ! କ'ଣ ହବ କୁହ

ଦିନେ କୁନାଲର ଅନୁପସ୍ଥିତିରେ ବଙ୍ଗଳାକୁ ଗୋଟେ ହୋ ମାଇକିନା ଆସିଲା । ତା'ର ବୟସ କେତେ କଳନା କରିବା ସମ୍ଭବ ନୁହେଁ । ତା କପାଳରେ, ଗାଲରେ, ଓଠରେ, ନାକରେ, କାନରେ, ହାତରେ, ବଳା ଗଣ୍ଠିରେ ଟାଟୁ ଥିଲା । ପଲ୍ଲବୀ ଆଦିବାସୀ ଜନ-ଜୀବନ ସଂପର୍କରେ ଅଭିଜ୍ଞ ଥିଲା । କାରଣ ତା'ର ଆନ୍ଥ୍ରୋପୋଲୋଜି ବିଷୟ ଥିଲା । ଅବଲୁପ୍ତ ହୋଇ ଆସୁଥିବା ଏକ ବିରଳ ଜନଜାତି ଉପରେ ସେ ତାର ଗବେଷଣା ଶେଷ କରି ସାରିଥିଲା । କୁନାଳର ବଦଳି ଓ ଚାକିରି କ୍ଷେତ୍ରରେ ଏପରି ଆଦିବାସୀଙ୍କୁ ଭେଟିବା ଓ ତାଙ୍କ ସଂସ୍କୃତି, ଜୀବନ ଓ ସମାଜ ସଂପର୍କରେ ଜ୍ଞାନ ହାସଲ କରିବାର ସୁଯୋଗ ସେ ପାଇଥିଲା । ସେ ପାଇଁ ସେ ଈଶ୍ୱରଙ୍କୁ ଧନ୍ୟବାଦ ଦେଉଥିଲା ।

ସେଦିନ ସେ ମାଇକିନାଟି ଗୋଟେ ପାଛିଆରେ ପାଚିଲା କେନ୍ଦୁ, ବଣୁଆ ଚେରମୂଳ କନ୍ଦା ଓ ଶାଗ ଧରି ଆସିଥିଲା । ମାଇକିନାଟାର ବୟସ ଯେତେ ହେଉନା କାହିଁକି ତା ଦିହର ଗଢଣ ଏକଦମ ମଜବୁତ୍ । କଳା ମୁଗୁନି ପଥର ପରି । ତା ବ୍ଲାଉଜ୍ ବିହୀନ ଛାତିର ଗଢଣକୁ ଈର୍ଷା କଲା ପଲ୍ଲବୀ । ସ୍ତନ ଦିଇଟା ଟିକିଏ ବି ନଇଁ ନଥିଲେ । କଞ୍ଚାବେଲ ପରି ଥଲଥଲ । ନଇଁ ପଡିଲେ ବି ସେମିତି ଟେକି ହେଇ ରହୁଚି । କିଏ ନଜର ଦେବଲୋ ହୁଣ୍ଡୀ !

ମନେ ମନେ କହିଲା ପଲ୍ଲବୀ ଓ ନିଜ ଶାଢୀ ତଳେ, କରାଟ ଭିତରେ ଯତ୍ନରେ ସାଇତା ହେଇଥିବା ଦୁଇ ଅମୂଲ୍ୟ ରତ୍ନକୁ ସଜାଡି ନେଲା । ପଲ୍ଲବୀର ପେଟରେ ପିଲା ବଢୁଥିଲା ।

ମାଇକିନାଟି ମୁରୁକି ହସି ଦେଲା । ପଲ୍ଲବୀକୁ ଲାଜ ମାଡିଲା । ସେ ମାଇକିନାର ଭାଷା ବୁଝିଗଲା ।

ମାଇକିନାଟା ପଚାରିଲା : 'କେତେ ମାସ ?'

ପଲ୍ଲବୀ କହିଲା : ଚାରି ।

ମାଇକିନା କହିଲା : 'ଇଏତ ଝିଅ ପିଲାଟେ ହେବ । ଲକ୍ଷଣରୁ ଜଣାଯାଉଚି ।' ପଲ୍ଲବୀ ଚମକି ପଡିଲା । ଆଏଁ... ପୁଣି ଝିଅ ? ତାକୁ ରାଗ ମାଡିଲା, କାନ୍ଦ ବି ମାଡିଲା ।

ସେକଥା ମାଇକିନାଟି ବୁଝି ପକେଇଲା ଓ ତା ପାଛିଆରୁ କାଢି ଆଣିଲା ଗୋଟେ ଚେର । କହିଲା : ନେ, ଏଇଟାକୁ ହାତରେ ବାନ୍ଧ । ସାତଦିନ ପରେ ଆଉଥରେ ଆସିବି । ଆଉ ଗୋଟେ ଓଷଦ ଦେବି । ତାକୁ ଶନିବାର ଦିନ ରାତିରେ କଳା କୁକୁଡାର କଲିଜା ଭିତରେ ପୂରେଇ କଞ୍ଚା ଚୋବେଇ ଖାଇଯିବୁ । ସେଦିନ ରାତିରେ ଗିରସ୍ତ ସାଙ୍ଗେ ଶୋଇବୁନି । ରଙ୍ଗରସରେ ମାତିବୁନି । ଦିହ ଗରମ ହବ । ମନ ଡାକିବ ଶୋଇବାକୁ । ହେଲେ ସମ୍ଭାଳି ଯିବୁ । ସମ୍ଭାଳି ଯିବା ଭାରି କଷ୍ଟ । ସମ୍ଭାଳି ଗଲେ ହେଲା । ପୁଅ ବେଇବୁ, ପୁଅ ।

ତା'ପରେ ସେ ମାଇକିନାଟା ଯୁଆଡୁ ଆସିଥିଲା ସେଆଡକୁ ଚାଲିଗଲା । ଥରୁଟେ ଘୂରି ଚାହିଁଲାନି ପଛକୁ । ପଲ୍ଲବୀ ତା ମୁହଁଟାର ଗଢଣ, ତା ଆଖି, ଓଠ, ନାକ ଓ କପାଳକୁ ମନେ ପକେଇବାକୁ ଚେଷ୍ଟା କଲା । ମାତ୍ର କିଛି ମନେ ପଡିଲେନି । ଖାଲି ତାର କଞ୍ଚା ବେଲ ପରି ସ୍ତନ ଦିଇଟା ମନେ ପଡିଲେ । ପଲ୍ଲବୀ ଭାବିଲା, ଆଉଥରେ ଆସୁ । ସେ ପଚାରିବ ସେଇ କଞ୍ଚାବେଲର ରହସ୍ୟ ।

ପଲ୍ଲବୀ ହାତରେ ମୁଠେଇ ଧରିଥିଲା ଚେର । ମନ ଭିତରେ ଅସରନ୍ତି ପ୍ରଶ୍ନର ଜୁଆର । କ'ଣ କରିବ ? ବାନ୍ଧିବ ନା ଫିଙ୍ଗି ଦେବ ? ଝିଅ ନା ପୁଅ ?

ସେଦିନ ରାତିରେ ପାଖରେ ଶୋଇଥିବା ବେଳେ କୁନାଲ ଭାରି ଅନ୍ୟମନସ୍କ ଥିଲା । ସେ ଅନ୍ୟମନସ୍କ ଥିବାବେଳେ ଶୋଇ ଶୋଇ ଗୋଡ ଦି'ଟାକୁ ହଲଉଥାଏ । ଛାତ ଉପରକୁ ଚାହିଁଥାଏ । ହେଇପାରେ ଅଫିସିଆଲ ଟେନ୍‌ସନ୍ । 'ଏ ଲୋକଟା ବି ସେମିତି । ଯାହା ବୁଝିଥିବ ସେଇଆ ।' ପଲ୍ଲବୀ ଭାବିଲା ।

ପଲ୍ଲବୀ ଭାବିଲା, କୁନାଲକୁ କହିଦେବ ଯେ ସେ ତା ପେଟରେ ଝିଅଟେ ବଢଉଚି ଓ ଜଙ୍ଗଲୀ ମାଇକିନାଟେ ଓଷଦ ଦେଇ କହିଚି ଝିଅକୁ ପୁଅ କରିଦେବ । କିନ୍ତୁ ସେ ସେପରି କହି ପାରିବନି । ସେପରି କହିଲେ କୁନାଲ ତାକୁ ଗାଳି ଦେବ । କହିବ : ତମେ ବି ଝିଅ ପୁଅର ଭେଦାଭେଦ କରୁଚ ?

ପଲ୍ଲବୀ ନିଜକୁ ନିଜେ ବୁଝେଇଲା । ସତକୁ ସତ ଝିଅ ଓ ପୁଅ ଭିତରେ କେତେ ଟିକେ ପ୍ରଭେଦ ଅଛି ! ବଡ ହେଲେ ପିଲାମାନେ କଉଁ ପାଖରେ ରହିବେ କି ? ଝିଅ ହଉ କି ପୁଅ ହେଉ... । ତଥାପି, ମନ ଭିତରେ କଉଁଠି ଗୋଟେ ସଂସ୍କାର ଚେର ମାଡି ବସିଚି । ପୁଅଟେ ପାଇଁ ଚାହିଁ ବସିଚି । ପ୍ରଥମ ସନ୍ତାନ ଝିଅ ହେଲା । ପୁଣି ଦ୍ୱିତୀୟଟା ବି ଝିଅ ହେବ ? ନାଃ... ।

ପଲ୍ଲବୀ କୁନାଳକୁ ଗେଲ କଲା । ତା ଓଠ ଚୁଚୁମିଲା । ତା କାନମୂଳ ସଲସଲ କଲା । ତା ନାହିଁରେ, ତଳି ପାରେ ଜିଭ ବୁଲେଇଲା । କୁନାଳ ବିରକ୍ତ ହେଲା ଓ ଗୋଡ ହଲେଇଲା । ପଲ୍ଲବୀ ଏଥର ସିଧା ତା ଉପରକୁ ଚଢିଗଲା । ସେଇଟା ଶେଷ ଅସ୍ତ୍ର ଥିଲା ।

କୁନାଳ ପଚାରିଲା : କି ବର ମାଗୁଚୁ ମାଗ ।

ପଲ୍ଲବୀ କହିଲା : କଳା କୁକୁଡା ।

କୁନାଳ କହିଲା : ଆଉ କ'ଣ ମାଗିବୁ ମାଗ ।

ପଲ୍ଲବୀ କହିଲା : କଳା କୁକୁଡା ।

ତା'ପରଦିନ ଚପରାଶି ଗୋଟେ ଦି' କେଜିଆ କଳା ଜଙ୍ଗଲୀ କୁକୁଡା ଧରି ଆସି ପହଞ୍ଚିଲା । କୁକୁଡାଟା କୁଡୁ କୁଡୁ କୁଁ... କୁଡୁ କୁଡୁ... କୁଁ କରୁଥାଏ । କାଳେ ଖସି ପଳେଇବ ସେ ପାଇଁ ସେ ତା ଗୋଡରେ ଲମ୍ବା ରସି ବାନ୍ଧି ଦେଇଥାଏ । କୁକୁଡା ପାଚେରୀ ଭିତରେ ଡେଉଁଥାଏ । କୁନି ଝିଅଟି ତାକୁ ଶୁଖିଲା ରୁଟି, ଚାଉଳ ଓ ବ୍ରେଡ୍ ଦଉଥାଏ ।

ଚପରାଶି ପଚାରିଲା : 'ଆଜି ମାରିଦେବି କି ମାଆ ?'

ପଲ୍ଲବୀ କହିଲା : ଆଜି କି ବାର ?

'ଆଜି ରବିବାର ।' କହିଲା ଚପରାଶି ।

ପଲ୍ଲବୀ ମନେ ମନେ ହତାଶ ହୋଇଗଲା ।

ତା' ମାନେ ଆହୁରି ପାଞ୍ଚଦିନ ଅପେକ୍ଷା କରିବାକୁ ପଡିବ ଶନିବାର ପାଇଁ । 'ଠିକ୍ ଅଛି ।' କହିଲା ପଲ୍ଲବୀ ।

'ମାରିଦେବି ?' ପଚାରିଲା ଚପରାଶି ।

'ନା, ଶନିବାର ଦିନ ମାରିବ' ପଲ୍ଲବୀ କହିଲା ।

ସେଦିନ ରାତିରେ କୁନାଳ କୁକୁଡାକୁ ଦେଖି ଚିଡିଲା । ଖାଇଲାବେଳେ କହିଲା : ଆଜି କି ବାର କି ? ମାରି ଦେଲନି ? ପଲ୍ଲବୀର ଆଖିରେ ରହସ୍ୟର କୁହୁଡି ଥିଲା । ହସରେ ଥିଲା ମନ୍ତୁରା ତାବିଜ । ସାରାରାତି କୁକୁଡାଟା କୁଡୁ କୁଡୁ କୁଁ... କୁଡୁକୁଡୁ କୁଁ ହେଲା । କୁନାଳ ରାତି ଅଧରେ ଗୋଟେ ଦୁଃସ୍ୱପ୍ନ ଦେଖି ଉଠି ପଡିଲା ।

ସ୍ୱପ୍ନରେ ସେ ଗୋଟେ କୁକୁଡା ହେଇ ଯାଇଥିଲା, ଯାହାର ଦିଇଟା ମୁଣ୍ଡ ଥିଲା । ଗୋଟେ ମୁଣ୍ଡକୁ ଗୋଟେ ସାପ ଗିଳୁଥିଲା ଓ ଆର ମୁଣ୍ଡକୁ ପଲ୍ଲବୀ । ସେ ଥରୁଥିଲା ।

ପଲ୍ଲବୀ ପାଣି ଗିଲାସେ ଦେଲା ଓ ହସିକି କହିଲା : ସେଇଟା ତମ ମନର ଭ୍ରମ । କୁକୁଡା ସାରା ରାତି କୁଡୁ କୁଡୁ ହେଲା ଓ ପଲ୍ଲବୀ ନିଶ୍ଚିନ୍ତରେ ଶୋଇଗଲା ।

ଶନିବାର ଦିନ ଚପରାଶିର ମନେ ଥିଲା । ସେ କୁକୁଡା ମାରିବା ପାଇଁ ପଲ୍ଲବୀର ଅନୁମତି ଚାହିଁଲା । ସେତେବେଳେ କୁନାଳ ଅସୁର ଗାଁକୁ ଯାଇଥିଲା । ନିଉଟୋପିଆରୁ

ଅସୁର ଗାଁ ଚାରି କିଲୋମିଟର ହେବ। ସେଇ ଗାଁ ପାଖଦେଇ ଗୋଟେ ଛୋଟ ନଈ ବହି ଯାଇଥିଲା। ସେ ନଈ ବିଷୟରେ ପୁରୁଣା ଲୋକ କଥାଟିଏ ଥିଲା। ସେ ନଈର ଦି' ପାଖରେ ଅସଲରେ ଦି'ଟା ଗାଁ ଥିଲା। ଅସୁର ଗାଁରେ ଅସୁର ଜନଜାତିର ଲୋକେ ରହୁଥିଲେ ଓ ସେଇଟା ନଈ ଆରପାରିରେ ଥିଲା।

ନଈ ଏ ପାଖରେ ଡୁମର ସାଇ। ଏ ଗାଁରେ ପଚିଶି କି ତିରିଶ ଘର ହୋ ଜନଜାତିର ଲୋକେ ରହୁଥିଲେ। ନଈଟା ଦି' ଫାଳ କରି ଚିରି ଦେଇଥିଲା ଦି' ଗାଁକୁ। ନଈକୁ ନେଇ ଯେଉଁ ଲୋକ କଥାଟି ପ୍ରଚଳିତ ଥିଲା ଓ ଯାହାକୁ ଲୋକେ, ଖାସ୍ କରି ପିଲାମାନେ ଭୁଲି ଆସୁଥିଲେ ସେ କଥାଟି ପ୍ରସଙ୍ଗକ୍ରମେ ଆସିବ। ଏବେ କୁନାଳର ଗପ୍ପ କଥା ହଉଥିଲେ।

କୁନାଳ ଅସୁର ଗାଁ ଯାଇଥିଲା

ଡୁମର ସାଇରେ ଗୋଟେ ମର୍ଡର ହେଇଥିଲା । ସେ ହତ୍ୟାକାରୀକୁ ନେଇ ଡୁମର ସାଇର ହୋ ଓ ଅସୁର ଗାଁର ଅସୁରଙ୍କ ମଧ୍ୟରେ ଯୁଦ୍ଧ ଆରମ୍ଭ ହୋଇ ଯାଇଥିଲା ।

ହତ୍ୟାକାଣ୍ଡର ରହସ୍ୟ ଥିଲା ଗୋଟେ ବଡ ଧରଣର ପଜଲ୍ ପରି । ଯାହାର ମୂଳ ଗଣ୍ଠି ଧରି ପାରିବା ମୁସ୍କିଲ୍ । କ୍ରମଶଃ ଉତ୍ତେଜନା ଓ ରାଜନୀତିର ଶିକାର ହେଉଥିଲେ ନିରୀହ ଲୋକ । ଘଟଣାଟି ଘଟିଥିଲା ଗୋଟେ ମାମୁଲି ପାଣି ପମ୍ପ ପାଇଁ ।

କଥା କ'ଣ କି – ଅସୁର ଗାଁରେ ବିଲାତି ଅସୁର ନାଁରେ ସର୍କାର ଗୋଟେ ପାଣି ପମ୍ପ ସବ୍‌ସିଡି ଋଣରେ ଦେଇଥିଲେ । ବିଲାତି ଅସୁର ଯଉଁଦିନ ସେ ପାଣି ପମ୍ପର ଆଣି ଘରକୁ ଆସିଲା ଓ ପୂଜାପାଠ କରି କୁକୁଡା ବଳି ଦେଇ ନଈ ପାଖକୁ ନେଇ ପାଣି ଉଠାଇବା ପାଇଁ ଘ୍ରି ଘିରି କରି ତା ହେଣ୍ଡଲ, ତା' ଚକ ଘୂରେଇଲା; ସେଥିରୁ ଟୋପେ ବି ପାଣି ବର୍ଷିଲାନି ।

ବିଲାତି ଅସୁର ମାଇପ ମାଇକୁଡି ପରି ଖିଁକ୍ ଖିଁକ୍ ହେଇ ହସିହସି ଗଡିଗଲା । ସାରା ଗାଁର ଲୋକେ ପିଲା ଛୁଆ ବି ଠିଆ ହେଇଥିଲେ ମିସିନ୍ କିପରି ପାଣି ଉକାଳିବ ଦେଖିବା ପାଇଁ । ହେଲେ ମିସିନ୍ ଜମାରୁ ଚାଲିଲାନି ।

ବିଲାତି ଅସୁରକୁ ରାଗ ଲାଗିଲା । ଏତେ ଲୋକଙ୍କ ଆଗରେ ବେଇଜ୍ଜତ ହେଲା ମଣିଷ । ସେ ଅପମାନରେ ଲାଲ୍ ପଡିଗଲା । ନାୟାକୁ ପଚାରିଲା, ପୂଜାପାଠ ଠିକ୍ ଠିକ୍ କରିଥିଲା କି ନାହିଁ ? ନାୟା କହିଲା : ହୟ..ହୟ.. ।

ସେଦିନ ସଂଜବେଳକୁ ବିଲାତି ଅସୁରର ପୁଅକୁ ଜର ହେଲା । ତା' ପରଦିନ ସକାଳେ ତା ମାଇପକୁ ବାଘ ଉଠେଇ ନେଇଗଲା ବନସ୍ତ ଭିତରକୁ । ନାୟା କହିଲା : ଡାଆଣୀର ନଜର ଲାଗିଚି । ସେ ପାଇଁ ମିସିନି ଚାଲିଲାନି । ସେ ପାଇଁ ପୁଅକୁ ଜର ହେଲା । ସେ ପାଇଁ ତା ମାଇପକୁ ବାଘ ଉଠେଇ ନେଲା ଗାଁରୁ ।

ତା ପରଦିନ ଡୁମର ସାଇରେ ମର୍ଡର ହେଲା । ଡୁମର ସାଇରେ ଯେତେ ଘର ହୋ

ଥିଲେ ସେମାନେ ନଈ ଆର ପାଖକୁ ଯାଉଥିଲେ କାଠ କି ମହୁ କି ଝୁଣା ଆଣିବା ପାଇଁ। ନ ହେଲେ ବିଲବାଡିରେ କି ନଈ ଭିତରେ ପଶିଥିବେ।

ସେଇ ଯଉଁ ନଈ କଥା କହୁଥିଲି, ସେ ନଈର ନାଁ ସଂଜଇ। ତା ନାଁ କାହିଁକି ସଂଜଇ ହେଲା ତା ପଛରେ ଗୋଟେ ଲୋକ କଥା ଅଛି। ଯେପରି ନିଉଟୋପିଆର ନାଁ କାହିଁକି ନିଉଟୋପିଆ ହେଲା: ତା ପଛରେ ବି ଗୋଟେ କିମ୍ବଦନ୍ତୀ ଅଛି। ସେ କଥା ପରେ।

କୁନାଳ ଅସୁର ଗାଁ ଯାଇଥିବାରୁ ପଲ୍ଲବୀ ଚପରାଶିକୁ କହିଲା : ରାତିରେ ମାରିବ। ବାବୁ ଦିନରେ ଆସି ନପାରନ୍ତି। ବାସି ମାଉଁସ ଖାଇବେନି।

ଚପରାଶି କହିଲା : ହାଁ ହାଁ, ରାତିରେ କୁକୁଡା ମାରିବ? ଡାଆଣୀ, ଚିରୁଗୁଣୀ, ଭୂତ- ପିଶାଚଙ୍କ ନଜର ଲାଗିବ। ବରଂ ଭଲ ମୁଁ ବେଳାବେଳି ଆସି ମାରି ଦେଇଯିବି। ସଂଜ ନହେବା ଆଗରୁ।

ତା'ପରେ ଚପରାଶି ଗୋଟେ ମୁରୁଡ୍ ଫୁଲ (ପଳାଶ ଫୁଲ) ରଙ୍ଗର ଗାମୁଛା ମୁଣ୍ଡରେ ପକେଇ, ଗେଟ୍ ଡେଇଁ ଗୁଁ ଗୁଁ ହେଇ କିଛି ମନ୍ତ୍ର ପଢି ପଢି ବାହାରି ଗଲା।

ଶନିବାର ଦିନ ସେ ହୋ ମାଇକିନାଟି ସତକୁ ସତ ଆସିଲା। ତାକୁ ଦେଖି ପଲ୍ଲବୀର ଦେହ ଶୀତେଇ ଉଠିଲା। ମାଇକିନାଟି ଗୋଟେ ଟସର ପୋକ ପରି ଦିଶୁଥିଲା। ପଲ୍ଲବୀର ଆଖି ତାର ନିଟୋଳ କଞ୍ଚାବେଲ ପରି ସ୍ତନ ଉପରେ ପ୍ରଥମେ ପଡିଲା ଓ ସେ ତାକୁ ଈର୍ଷା କଲା। ମାଇକିନାଟାର ମୁହଁରେ ଟାଟୁ ଥିଲା।

ପଲ୍ଲବୀ ଜାଣିଥିଲା; ଟାଟୁ କଲେ ବାଘ କି ଯମ କି ଦୁଷ୍ଟ ଆତ୍ମା କି ଡାଆଣୀ ଛୁଇଁବେନି। ସେ ପାଇଁ ଏ ଜନଜାତିର ଲୋକେ ଟାଟୁ କରନ୍ତି। ସେ ଥରେ କୌତୂହଳରେ ନିଜ ବାଁ ହାତରେ ଗୋଟେ କଙ୍କଡା ବିଛାର ଟାଟୁ କରିଥିଲା। ତା ଗୋରା ଦେହରେ ସେଇଟା ଉଜ୍ଜ୍ୱଳ ଦିଶେ। ପଲ୍ଲବୀର ବିଛା ରାଶି। କୁନାଳ ବେଳେବେଳେ ଚିଡାଏ।

ପଲ୍ଲବୀର ମନ ହେଲା ମାଇକିନାକୁ କହିବ ତା ସ୍ତନ ଦେଖିବା ପାଇଁ। କାହିଁକି ନା ତାକୁ ଲାଗିଲା ଯେ, ମାଇକିନାଟା ନିଶ୍ଚେ ତା ସ୍ତନରେ ବି ଟାଟୁ କରିଥିବ। କିନ୍ତୁ ଏଡେ ଅଲାଜୁକ କଥା ସେ କହିପାରିବ କି?

ପଲ୍ଲବୀ ଏପରି ଭାବୁଥିବାବେଳେ ମାଇକିନାଟା ତା ପାଛିଆ ତଳେ ଥୋଇଦେଇ ଦି' ଗୋଡକୁ ଫରଚା କରି ବସି ପଡିଲା ଅଗଣାରେ। ପାଛିଆ ଭିତରେ ବଣୁଆ ଶାଗ ଓ ଚେରମୂଳି ଥିଲା। ବୋଧେ ତାକୁ ଶୋଷ ଲାଗୁଥିଲା। ପଲ୍ଲବୀ ପଚାରିଲା : ପାଣି ପିଇବୁ କି?

ମାଇକିନାଟି 'ହଁ' କଲା।

ପଲ୍ଲବୀ ପାଣି ଗିଲାସ ଧରି ଆସିବାବେଳକୁ କଳା କୁକୁଡାକୁ ଧରି ସେ ଗେଲ

କରୁଥିଲା। ପଲ୍ଲବୀ ଦେଖି ଆଖିରେ ଆଖିରେ କହିଲା : ଭଲ କୁକୁଡା। କାମ ଦେବ। ହେଲେ ଆଜି ରାତିକ ସମ୍ଭାଳି ଯିବ। ଦିହ ଗରମ ହେବ। ମନ ଆକୁଳ ହେବ। ସଙ୍ଗ ସୁଖ ଲୋଡିବ। ମାତ୍ର ଥୟ ଧରିଯିବ। ଜମା ପୁରୁଷ ସାଙ୍ଗେ ଶୋଇବନି।

ସଂଜବେଳକୁ, ନା' ମାନେ, ଠିକ୍ ସଂଜ ହେବା ଆଗରୁ ଯେତେବେଳେ ଘରକୁ ସର୍ଦ୍ଦାର କୁକୁଡା ମାରିବା ପାଇଁ ତା ମୁରୁତ୍ ଫୁଲ ରଙ୍ଗର ଗାମୁଛା ଅଣ୍ଟାରେ ବେଢେଇ ହୋଇ ଗୋଟେ କରମ ଗଛ ମୂଳକୁ ଗଲା ସେତେବେଳେ ତା ପଛେ ପଛେ କୁନି ଝିଅଟି ଯାଉଥିଲା। ପଲ୍ଲବୀ ତାକୁ ଆକଟ କଲା ଓ ବୁଝେଇଲା କି କୁକୁଡା ସାଙ୍ଗେ ପରଶୁ ଖେଳିବାକୁ ଯାଉଚି। କୁନିଝିଅ ଅଝଟ କଲା, ସେ ବି ଖେଳିବ। ପଲ୍ଲବୀ ତାକୁ ଭୁଲେଇ ଦେବା ପାଇଁ ଗୋଟେ ଚାବିଦିଆ କଣ୍ଢେଇ ଦେଲା।

କୁନିଝିଅ କଣ୍ଢେଇଟାକୁ ଯୋର୍‌ରେ ଫିଙ୍ଗିଦେଇ କାନ୍ଦିବାକୁ ଲାଗିଲା। ପଲ୍ଲବୀ ତାକୁ ଲୋରି ଶୁଣାଇଲା। ଗପ କହିଲା। ତା ସାଙ୍ଗେ ଖେଳିଲା। କିନ୍ତୁ କୁନି ଝିଅ କୁକୁଡାକୁ ଖୋଜିଲା। ପଲ୍ଲବୀ ପରଶୁକୁ କହିଲା : କୁକୁଡାର କଲିଜାଟା ଅଲଗା କରି ରଖିବା ପାଇଁ।

ଇଏ ଯଉଁ ପରଶୁ ସର୍ଦ୍ଦାର କଥା କହୁଚି, ସିଏ ଆମର ସେଇ ଚପରାଶି। ସିଏ ହୋ ଜାତିର। ପରଶୁରାମ ସର୍ଦ୍ଦାର ତା ପୂରା ନାଁ। ଅପଭ୍ରଂଶ ହୋଇ ହୋଇ ପରଶୁ ବା ପଶୁ ବୋଲି ଲୋକେ ଡାକନ୍ତି। ଡି.ସି. ଅଫିସ୍‌ରେ ଖାସ୍ ସମ୍ମାନ ଥିବା ଯୋଗୁଁ ତାକୁ ଲୋକେ ପଶୁ ସର୍ଦ୍ଦାର ବା ପଶୁ ସାହାବ ବୋଲି ଡାକନ୍ତି।

ପଶୁର ଦୁଇଟି ବିଶେଷ ଗୁଣ ଯୋଗୁଁ ସେ ବିଖ୍ୟାତ। ପ୍ରଥମଟି ହେଲା ସେ ମାଟି ଚାଖି କରି କହିଦେଇ ପାରେ କେତେ ଗହୀରରେ ପାଣି ଅଛି। ଲୋକ କୂଅ ଖୋଳିଲାବେଳେ ତାକୁ ଡାକନ୍ତି। ସେ ଯେଉଁଠି କହେ ସେଇଠି ଲୋକେ ଖୋଳନ୍ତି। ସହଜରେ ପାଣି ମିଳିଯାଏ। ପଥର କି ଚଟାଣ ମିଳେନି ରାସ୍ତାରେ। ଆଉ, ତା'ର ଦ୍ୱିତୀୟ ବିଶେଷତ୍ୱ ହେଲା - ସେ ଛାଡ ଫୁଙ୍କ୍ ଜାଣେ। ଡାଆଣୀ ଭଗାଇବା ମନ୍ତ୍ର ଜାଣେ। କାହାକୁ ଜର ହେଲେ କି ଝାଡାବାନ୍ତି ହେଲେ ଲୋକେ ତାକୁ ଖୋଜନ୍ତି।

ପଶୁର ଗୋଟେ ଆଖି ବଡ ଓ ଆଉ ଗୋଟେ ଆଖି ସାମାନ୍ୟ ଛୋଟ। ସେ କଥା କହିବାବେଳେ ସିଧା କାହାକୁ ଅନେଇଥିଲେ ଲାଗିବ ସେ ଆଉ କାହାକୁ ଅନେଇ କଥା ହଉଚି। ପଶୁର ଦି'ଟା ସ୍ତ୍ରୀ। ପଶୁର ଛଅଟା ପୁଅ।

ପଶୁ କୁକୁଡା ମାରି ସାରି କଲିଜା ଅଲଗା ରଖିଥିଲା। କୁକୁଡା କିମିତି ମଲା ଜଣା ପଡିଲାନି। କୁକୁଡୁ କୁଡୁ କୁଡୁ କୁଁ ଥରେ ଦି'ଥର ଶୁଭିଥିଲା। ତା'ପରେ ଦେଖିଲାବେଳକୁ ଚାରିଆଡେ ପର, ଅନ୍ତନାଡି, ରକ୍ତ ଓ ମାଛି। ପଶୁ ହାତ ଧୋଇବା ପାଇଁ ପାଣି ମାଗିଲା। ସେଦିନ ଶନିବାର ବୋଲି ସେ ଶୀଘ୍ର ଘରକୁ ଫେରିଯିବା ପାଇଁ ଚାହିଁଲା।

ଏସବୁ ପ୍ରକରଣ କୁନାଳର ଅଗୋଚରରେ ହେଉଥିଲା । ସେ ମାଇକିନାଟି ଯେପରି କହିଥିଲା, ଠିକ୍ ସେଇପରି କଞ୍ଚା କଲିଜାକୁ ଚେରମୂଳି ସହ ପଲ୍ଲବୀ ଚୋବେଇ ଖାଇଗଲା । ଖାଇଲାବେଳେ ଭାବୁଥିଲା ବାନ୍ତି ହେଇଯିବ । ମାତ୍ର ସେ ବାନ୍ତି ହେବାକୁ ଦେଲାନି ।

ଅନେକ ସମୟ ପର୍ଯ୍ୟନ୍ତ କଞ୍ଚା କଲିଜାରୁ ବାସ୍ନା ଓ ସ୍ୱାଦର ପ୍ରଭାବ ମାଟି ଓ ପେଟ ଭିତରେ ସଂକ୍ରମିତ ହେଉଥିଲା । ପାଟି କେମିତି କେମିତି ଲାଗୁଥିଲା । ଲାଗୁଥିଲା ଯେପରି ଗୋଟା କୁକୁଡାକୁ ସେ କଞ୍ଚା ଚୋବେଇ ଖାଇ ଦେଇଚି ।

ରାତିରେ ଘରକୁ ଫେରିଲା ବେଳେ କୁନାଳ ଖୁବ୍ ଥକି ଯାଇଥିଲା । ସେଇ ହତ୍ୟାକାଣ୍ଡକୁ ନେଇ ସାରାଦିନ ଉତ୍ତେଜିତ ଥିଲା । ହତ୍ୟାର ପ୍ରକୃତ ରହସ୍ୟ ଜଣାପଡୁ ନଥିଲା ।

ରାତିରେ ଖାଇଲାବେଳେ ସେ ପଲ୍ଲବୀକୁ ପଚାରିଲା : 'ଚିକେନ୍ କଉଁଠୁ ଆଣିଲ ?' ସେ ସେଇ କିଣିଥିବା କଳା କୁକୁଡା କଥା ଭୁଲି ଯାଇଥିଲା । ଅସଲରେ ସେ ଆଜିକାଲି କିଛି ମନେ ରଖି ପାରୁ ନଥିଲା । ପଲ୍ଲବୀ କିଛି କହିଲାନି ଖାଲି ହସିଲା । ପଲ୍ଲବୀ ଆଜି ମାରାତ୍ମକ ସୁନ୍ଦର ଦିଶୁଥିଲା । ଯେପରି ଏକ ତୀକ୍ଷ୍ଣ ଜଳପ୍ରପାତ । ଯେପରି ଏକ ଧାରୁଆ ତଲୱାର ।

ରାତିରେ ଶୋଇଲାବେଳେ ପଲ୍ଲବୀ କହିଲା : 'ଆଜି ମୁଁ ଅଲଗା ଶୋଇବି ।'

କୁନାଳ ଆଶ୍ଚର୍ଯ୍ୟ ହେଇ ପଚାରିଲା : କାହିଁକି ?

– କାହିଁକି ନା ମୋର ବ୍ରତ ।

କୁନାଳ ବିରକ୍ତ ହେଲା । ବାହାଘରର ପାଞ୍ଚ ବର୍ଷ ଭିତରେ ସେ କେବେ ଅଲଗା ଶୋଇ ନଥିଲା କି ବ୍ରତର ବାହାନା କରି ନଥିଲା । କୁନାଳ ବେଶି କିଛି କହିଲାନି । ସେ ଥକି ଯାଇଥିଲା । ଅବଶ୍ୟ ସେ ଚାହୁଁଥିଲା ପଲ୍ଲବୀ ତା ପାଖରେ ଶୋଉ । ତା ଓଠ, ଗାଲ କି କାନମୂଳକୁ ଚୁଚୁମୁ । ତା ଉପରେ ଗୋଡ ହାତ ଲଦିକି ଶୋଉ । କ୍ରମେ କୁନାଳ ଉତ୍ତେଜିତ ହେଲା । ତାର ଉତ୍ତେଜନାଟା ଥର୍ମୋମିଟରର ପାରଦ ଚଢିବା ପରି । ଧୀରେ ଧୀରେ ଉଠେ ଓ ଧୀରେ ଧୀରେ ଖସେ ।

ସତକୁ ସତ, ସେଦିନ ରାତି ଅଧରେ ପଲ୍ଲବୀର ଦେହ ଗରମ ହେଲା । ସେ ଗୋଟେ ଗାଈପରି ଉଚାଟ ହେଲା । ଅସମ୍ଭାଳ ହେଲା । ଲାଗୁଥିଲା ଯେପରି ସେ କଳା କୁକୁଡାଟା ତା ତଳପେଟରେ ବସି ଖୁମ୍ପୁଚି । ତାକୁ ଆହୁରି ବିବଶ ଲାଗିଲା । ସେ ତାର ଶାଢୀ, ବ୍ଲାଉଜ ଓ ଶାୟା ଖୋଲି ଦେଲା । ଗୋଟେ ହାଲ୍‌କା ନାଇଟି ପିନ୍ଧିଲା । କିଛି ସମୟ ପରେ ନାଇଟି ବି ଅସହ୍ୟ ହେଲା । ସେ ତାକୁ ଖୋଲିକି ଫିଙ୍ଗି ଦେଲା । ଛାତରୁ ଯେଉଁ ଫ୍ୟାନ୍ ଓହଳିଥିଲା ଗୋଟେ ବଡ କୁକୁଡା ଡେଣା ଦୋହଲାଇ ଧୀରେଧୀରେ ଉଡିବା ପରି ମନେ ହେଉଥିଲା । ତା ଗରମ ଆହୁରି ଚଢିଗଲା ।

ଭାବିଲା, କୁନାଳକୁ ଉଠେଇ କହିବ : ଯେତେ ମନଇଚ୍ଛା ଗେଲ କର। ଭିଡି ଧର। ଜୋର୍‌ରେ। ଆହୁରି ଜୋର୍‌ରେ। କିନ୍ତୁ ସେ ମାଇକିନାର କଥା ମନେ ପଡିଲା। କୁକୁଡା କଲିଜା ଓ ଓଷଦ କଥା ମନେ ପଡିଲା। ସେ ଅବଶେଷରେ ସଂପୂର୍ଣ୍ଣ ବିବସ୍ତ୍ର ହୋଇ କୁନାଳର ବିଛଣା ଚାରି ପାଖରେ ଘୂରି ବୁଲିଲା। ଗୋଟେ ଡାଆଣୀ ପରି। କିନ୍ତୁ ବିଛଣାକୁ ଛୁଇଁଲାନି ବି।

କିମିତି ହୁଏ ମାଗେ ପର୍ବ

ଆଗକୁ ମାଗେ ପର୍ବ ଆସୁଥିଲା । ଗରାମ ଦେବତା ଓ ଧରମ ଦେବତାଙ୍କ ପାଖେ କୁକୁଡା ବଳି ଦେବାକୁ ହେବ । ମକର ପାଇଁ ଗୁରୁବାର ହାଟ ଗହଳି ଥିଲା । ନୂଆ ଲୁଗା ଘିନିବାକୁ ହେବ ।

'ହେ ଜାହେର ବୋଙ୍ଗୋ, ହେ ସିଙ୍ଗବୋଙ୍ଗା ହେ ଗାଡା ବୋଙ୍ଗା ! ତମକୁ ନୂଆ ସରଜମ ପତ୍ର (ଶାଳ ପତ୍ର)ରେ ରସି ଦବୁ । ଧୁଣା, ଦୀପ, ସିନ୍ଦୁର ଦବୁ । ଆଦୁଆ ଚାଉଳି (ଅରୁଆ ଚାଉଳ) ଓ ସିମ୍ (କୁକୁଡା) ଦବୁ । ଇଏ ବର୍ଷର ଆରମ୍ଭ ହେବାକୁ ଯାଉଚି । ଦେଶକୁ ଅକାଳ ନ ପଡୁ । ଶୁଖାଡ ନ ପଡୁ । ବାଘ ନ ଖାଉ । ଗଛକୁ ପତ୍ର, ଫୁଲ, ଫଳ ହଉ । କୁସୁମ, ମୁରୁଦ ଓ ବରକୋଳି ଗଛରୁ ଲାଖ ମିଳୁ । ଟସର ମିଳୁ ।'

କଇରି ଗୋଇପାଇ ଗୋଟେ ଟୁକୁ (ଧାନକୁଟା ପାହାରୁଣି) ଧରି ଗାତ ଭିତରେ ଛେଚୁଥିଲା । ଗାତ ଭିତରେ ଆଞ୍ଜୁଳାଏ ଧାନ ପଡିଥିଲା । କଇରି ଯେବେ ନୂଆ ନୂଆ ବାହା ହେଇଥିଲା ସେତେବେଳେ ସେ ଟୁକୁରେ ଧାନ ଛେଚିଲାବେଳେ ତା ମର୍ଦ୍ଦ ତାକୁ ଛିଗୁଲେଇ ଛିଗୁଲେଇ ଢେର୍ ମିଠା ମିଠା ଗାଳି ବକୁଥିଲା । ତାର ପ୍ରତି ଉତ୍ତରରେ ସେ ଗୀତରେ ଗୀତରେ ତା ମର୍ଦ୍ଦକୁ ଆହୁରି ମିଠା ମିଠା ଖରାପ ଖରାପ ଗାଳି ଫେରଉଥିଲା ।

କଇରି ସେ ଗୀତ, ସେ ଗାଳି ସବୁ ପିଲାଟି ଦିନୁ ବଡ ବଡ ଲୋକଙ୍କଠାରୁ ଶିଖିଥିଲା । ମାଗେ ପର୍ବ ଦିନ ପୁଅ, ଝିଅ, ମର୍ଦ୍ଦ ମାଇପେ ସମସ୍ତେ ଏକାଜାଗାରେ ଠିଆ ହୋଇ ପରସ୍ପରକୁ ଯେତେ ଅଶ୍ରାବ୍ୟ ଓ କଦର୍ଯ୍ୟ କଥା କହିବେ । ସେ ଗାଳି, ସେ ଗୀତ ସବୁ ସମାଜରୁ ଶିଖିବାକୁ ପଡୁଥିଲା ।

ସକାଳେ ସକାଳେ ନାୟା (ପୂଜାରୀ) ଗୋଟେ କଳା କୁକୁଡା ଧରି ଜାହେରବୋଙ୍ଗା ପାଖରେ ପହଞ୍ଚେ । କୁକୁଡାକୁ ପୂଜା କରେ । ସିନ୍ଦୂର, ଅରୁଆ ଚାଉଳ, ହଳଦୀ ଓ ଫୁଲ ଦେଇ ଦେବତାଙ୍କୁ ପୂଜା କରେ । ବର୍ଷ ଆରମ୍ଭ ଭଲରେ ଯାଉ ବୋଲି ଦେବତାକୁ ଗୁହାରୀ

କରେ। ଗୋଟେ ଶାଳପତ୍ରରେ ଅରୁଆ ଚାଉଳ ଥାଏ। କୁକୁଡା ତାକୁ ନ ଖାଇବା ଯାଏ ବଳି ପଡିବ ନାହିଁ। ନ ଖାଇଲେ ସେ ବର୍ଷ ଦେଶକୁ, ସମାଜକୁ ମଙ୍ଗଳ ନାହିଁ।

ନାୟା କୁକୁଡାକୁ ଧରି ଚାଉଳ ପାଖରେ ଛାଡେ। ସେ ଥଣ୍ଟ ମାରେ। କିନ୍ତୁ ଖାଏନି। ସେଇଠୁ ନାୟା ଆଗେ ଗୀତ ପଦେ ବୋଲେ ଗୋଟେ ଯବାନୀ ଡିଣ୍ଡାକୁ ଦେଖି।

"ତୋର ଲାଉ ପରି ଲମ୍ବା ଲମ୍ବା ଥନ
ତୋର ହାଣ୍ଡି ପରି ପିଚା
ତୋତେ ସାତଟା ମର୍ଦ୍ଦ ପାରିବେନି ଲୋ...
ତୋ... ଭାରି କଞ୍ଚା...।"

ସେଇଠୁ ଗୋଟେ ଡିଣ୍ଡା ଉତ୍ତର ଫେରାଏ -
"ତୋର କୁନ୍ଦୁରା ପଚା ପଚା
ତୋ ଜୁଆରୀ ପୋକା ପୋକା
ମୋ ଗାଡାରେ ହଜିଯିବୁ। ଖୋଜିଲେ ବି
ପାଇବୁନି। ପକା ପକା ପକା।"

ତା'ପରେ କେତେ ଗୀତ, କେତେ ଗାଳି। ଯାହା ମନକୁ ଯାହା ଆଇଲା। ଠିଆ ଠିଆ ରଚିଲା। ନୂଆ ନୂଆ ଡିଣ୍ଡାଙ୍କୁ କୁତୁକୁତୁ ଲାଗେ। ବଡମାନଙ୍କୁ ଲାଗେ ହେମାଳ ପବନ ପରି। ଗାଳି ନ ଦେଲେ କୁକୁଡା ଦାନା ଖୁମ୍ପିବନି। ଯେତେ ଖରାପ ଗାଳି, ଯେତେ ଅସନା ଗୀତ ଅଛି ସବୁ ଗାଇବେ। ତା' ପରେ ଯାଇ କୁକୁଡା ଦାନା ଖାଇବ। ଦାନା ଖାଇଲେ ଶୁଭ ହେବ। ନୂଆ ବରଷ ଭଲରେ ଆସିବ। ସମସ୍ତଙ୍କର ମଙ୍ଗଳ ହେବ।

କଇରି ଗୋଇପାଇର ବୟସ କେତେ ହେବ ଅନ୍ଦାଜ କରିବା ମୁସ୍କିଲ୍। କଇରି ଖାଲି ହୋ ଭାଷାରେ କଥା ହୁଏ। ହୋ ଭାଷାରେ ବୁଝେ। ସ୍ଥାନୀୟ ସର୍କାରୀ ଭାଷା କି ଲୋକ ଭାଷାରେ ସେ କଥା ହୁଏନି। ଗୀତ ଗାଇଲେ ସେଇ ହୋ ଭାଷାରେ ଗାଏ। ତା ମର୍ଦ୍ଦ ଥିଲାବେଳେ ସେ ଟୁଙ୍କୁ ଧରି ଯେତେବେଳେ ଗାତରେ ପୂରେଇ କୁଟୁଥିଲା ସେତେବେଳେ ମନକୁ ମନ ଗୀତ ଫାନ୍ଦି ଗାଉଥିଲା। ସେତେବେଳେ କ୍ଷେତରେ ଜୁଆରୀ, ଧାନ, କୋଳଥ, ବିରି ଓ ଖେସାରି ହଉଥିଲା।

ସେତେବେଳେ ରଜାଘର ଲୋକେ ଘୋଡା ଚଢି ଆସୁଥିଲେ ଓ ବିରି, ଚାଉଳ, ଜୁଆରୀ ଓ ଡିଣ୍ଡାଙ୍କୁ ଉଠେଇ ନେଇ ଯାଉଥିଲେ। ରଜାର ଗୋଟେ ପୁଅ ଥିଲା ଯେ, ଭାରି କାମୁକ ଥିଲା। ସେ ପ୍ରତିଦିନ ନୂଆନୂଆ ଡିଣ୍ଡାକୁ ଘେନି ଶୋଉଥିଲା।

ତାଙ୍କ ପେଟରେ ପିଲା ହେଲେ ସେ ଭରଣା ପୋଷଣା ଦେଇ, ଘର ଡିହ, ଜମିଜୁମା

ଦେଇ ପାହାଡ ଧାରେ ଧାରେ ନେଇ ବସଉଥିଲା। କ୍ରମେ ସେ ସାଇଟା ବଢ଼ି ବଢ଼ି ଯାଉଥିଲା। ସାଇରେ ପୁରୁଷ ପିଲା କମ୍, ଝିଅ ପିଲା ବେଶି ରହୁଥିଲେ। ଦିନେ ରଜାପୁଅକୁ ସାପ ଦଂଶିଲା ତା ରକ୍ଷିତାର ଗାଁରେ। ମାରାଙ୍ଗବୁରୁ ହସିଲା। କହିଲା ଏଥର ନଈକି ଯାଅ। ଅକାଳ ପଡିବ।

ମାରାଙ୍ଗବୁରୁର କଥା ସତ ହେଲା। ସେ ବର୍ଷ ଅକାଳ ପଡିଲା। ଟୋପେ ବି ପାଣି ବର୍ଷିଲାନି। ଗଛପତ୍ର ଶୁଖି ଶୁଖି ମଲେ। ଚାଷବାସ ଉଜୁଡି ଗଲା। ଗାଈ ଗୋରୁ ମଲେ। ଲୋକେ ଭୋକ ଶୋଷରେ, ରୋଗ- ଦୁଃଖରେ ଗାଁ ଛାଡି, ଜଙ୍ଗଲ ଛାଡି କାହିଁ କୁଆଡେ ପଳେଇଲେ। ମର୍ଦ୍ଦମାନେ ଆଗେ ପଳେଇଲେ। ହେଲେ ଗାଁରେ ଗରାମ ବୋଙ୍ଗା, ଧରମ ବୋଙ୍ଗାକୁ ଛାଡି ମାଇପିମାନେ କୁଆଡେ ଗଲେନି। କାହାରି କାହାରି ପେଟରେ ପିଲା ଥିଲେ। ସେମାନେ ଜାହେର ଥାନରେ ଯାଇ ଏକତ୍ର ହେଇ ବୋଙ୍ଗାକୁ ପୂଜା କଲେ। କୁକୁଡା ବଳି ଦେଲେ। ନାୟାକୁ ପଚାରିଲେ : ଏ ଅକାଳ କାହିଁକି ଆସିଲା ?

ନାୟା କହିଲା : ରଜାପୁଅ ପାପ କଲା।

ମାଇପେ ପଚାରିଲେ : ତ' ଆମେ କ'ଣ ଖାଇବୁ ?

ନାୟା କହିଲା : ରୁହ, ମୁଁ ମାରାଙ୍ଗବୁରୁକୁ ପଚାରେ।

ମାରାଙ୍ଗବୁରୁ କହିଲା : ସେମାନେ ଗାଡା ବୋଙ୍ଗା (ନଦୀ ଦେବତା)ଙ୍କୁ ପଚାରନ୍ତୁ ଓ ନଈକି ଯାଆନ୍ତୁ। ସେଇ ଯେଉଁ ନଈ କଥା କହୁଥିଲି,ଯାହାର ଲୋକ କଥାଟିକୁ ଏବେର ପିଲାମାନେ ମନେ ରଖି ନାହାନ୍ତି। ସେ ନଈକୁ ଯାଇ ଗାଡା ବୋଙ୍ଗାକୁ ପଚାରିଲାରୁ ଗାଡା ବୋଙ୍ଗା କହିଲା : 'ବାଲିରେ ସୁନା ଅଛି। ଖୋଜ।'

ସେ ନଈର ନାଁ ସଂଜଇ। ସେ ନଈ ବାଲିରେ ସୁନା ଅଛି। ନାୟା କହୁଚି ମାନେ ନିଶ୍ଚେ ସୁନା ଅଛି। ସେତେବେଳେ ଅସୁରଗାଁରେ ଲୋକମାନେ ଲୁହା ତରଳଉଥିଲେ। ସେମାନେ ସୁନା ଅପେକ୍ଷା ଲୁହାକୁ ଅଧିକ ମୂଲ୍ୟବାନ ମନେ କରୁଥିଲେ।

ସେମାନେ ପୁରୁଷ ପୁରୁଷରୁ ଲୁହା ତରଳେଇବା କୌଶଳ ଶିଖିଥିଲେ। ଜଙ୍ଗଲ କାଟି କ୍ଷେତ କରୁନଥିଲେ। ବର୍ଷସାରା ଏଠି ସେଠି ବୁଲୁଥିଲେ। ସେ ପାଇଁ ଅଧିକାଂଶ ଜର, ଝାଡା ଓ ଡାଆଣୀ ନଜରରେ ମରୁଥିଲେ।

ପାହାଡର ଧାରେ ଧାରେ ଯଉଁ ହୋ ଗାଁଟି ଥିଲା ଓ ନଈ ଆଡକୁ ମୁହଁ କରି ଠିଆ ହୋଇଥିଲା, ସେ ଗାଁରେ ଲୋକେ ଚାଷ କରୁଥିଲେ, ମାଛ ଧରୁଥିଲେ ଓ ଜଙ୍ଗଲକୁ ଶିକାର କରି, କାଠ କାଟି ଯାଉଥିଲେ।

ନାୟା ଯେବେ କହିଲା କି ଗାଡା ବୋଙ୍ଗା କହିଚି ନଈକି ଯାଅ, ସୁନା ମିଳିବ; ସେତେବେଳେ ଖାଲି ମାଇପିଲାମାନେ ନଈକି ଗଲେ। ସେତେବେଳେ ଡୁମର ସାଇର

ଗୋଟେ ବୁଢୀ ଥିଲା । ତାକୁ ସଂଜ ହେଲେ ଅନ୍ଧାରକଣା ଧରେ । ଆଉ କିଛି ଦେଖି ପାରେନି । ଅଣ୍ଡାଳି ଅଣ୍ଡାଳି ଚାଲେ । ତାକୁ କେବେଠୁ ଅନ୍ଧାରକଣା ହେଇଥିଲା ସେ ନିଜେ ବି କହି ପାରେନି । ଥରେ ସେ ପାଚିଲା କଦଳୀ ଭିତରେ ଇପିପିଙ୍କ (ଜୁଳୁଜୁଳିଆ ପୋକ) ପୂରେଇ ଖାଇ ଦେଇଥିଲା । ସେ ଓଷଦ ତାକୁ ସ୍ୱପ୍ନରେ ଲିଣ୍ଡିବୁଢୀ ବୋଙ୍ଗା କହିଥିଲା ।

ସେଇଦିନରୁ ତାକୁ ଦିବ୍ୟ ଦୃଷ୍ଟି ମିଳିଲା । ସେ ଅନ୍ଧାର ହେଲାକ୍ଷଣି ଆଗତ ଭବିଷ୍ୟ କରି ପାରିଲା । ଆଉ ଘଡିକେ କ'ଣ ହେବ ଦେଖି ପାରିଲା । ହେଲେ ଆଉ କିଛି ଦେଖି ପାରିଲାନି ।

ଏ ସନ ଭଲ ବର୍ଷା ହବ କି ନା କହି ପାରିଲା । କ୍ଷେତକୁ ଫସଲ ହେବ କି ନା କହି ପାରିଲା । ନଈ ବାଲିରେ କଉଁଠି ସୁନା ଅଛି କହି ପାରିଲା । ତା' ପରେ ସବୁ ମାଇପେ ତାକୁ ଗୁରୁ କଲେ । ଜ୍ୟେଷ୍ଠ ମାସ ତେର ଦିନ ସଂଜବେଳେ, ଯେବେ ତା'ର ଦିବ୍ୟଦୃଷ୍ଟି ପ୍ରଖର ଥିଲା; ସେତେବେଳେ ସେ ମାଇକିନାମାନଙ୍କୁ ସାଙ୍ଗରେ ଧରି ଗାଡାବୋଙ୍ଗା ପାଖକୁ ଗଲା । ସେଠି ଯାଇ କହିଲା ସବୁ ଲୁଗା ଖୋଲି ନଙ୍ଗଳା ହେଇ ନଈ ଭିତରେ ପଶ ।

ମାଇକିନାଏ ସେଇଆ କଲେ । ନଈ ଭିତରୁ ଉଠି ତାକୁ ଜୁହାର ହେଲେ । ସେ ସମସ୍ତଙ୍କୁ ରହଣି (ଦୀକ୍ଷା) ଦେଲା । କଇରିଗୋଇପାଇକି ପାଟ୍‌ଚେଲା କଲା । କଇରି ଭିତରେ ଡାଆଣୀ ହେବାର ଲକ୍ଷଣ ଥିଲା । ସେ କଥା ସେ କାହାରିକୁ କହିଲାନି ।

ତା' ପରଦିନଠାରୁ ମାଇକିନାଏ ନଈକି ଗଲେ ଓ ସୁନା ଖୋଜିଲେ ବାଲିରେ । ସୁନା ଖୋଜିବା ସହଜ କଥା ନଥିଲା । ସେ ପାଇଁ ଗୋଟେ କାଠ ତିଆରି କୁଲା ଆକୃତିର କେଓରା (ଚାଲୁଣି) ଓ ଲୁହାର କନେ (ଦାଆ) ଦରକାର ଥିଲା । ସେମିତି ଜିନିଷ ବରାଦ ଦେଇ ଗୁରୁବାର ହାଟରୁ କିଣିବାକୁ ହେଲା ।

ସଂଜଇ ନଈରେ ପାଣିର ଧାର କମ୍ ଥିଲା । ମର୍ଦ୍ଦମାନେ ଗାଁ ଛାଡି ଅକାଳରେ ଦୂର ଦୂର ଜାଗାକୁ ଚାଲି ଯାଉଥିଲେ । ଅଧା ମର୍ଦ୍ଦ କାଳିମାଟି ଚାଲିଗଲେ କମ୍ପାନୀରେ କାମ ଖୋଜି ଖୋଜି । ଆଉ ଫେରିଲେନି । ମାଇକିନାଏ କହିଲେ, ସେମାନେ ସେଠି ଆଉ କଉଁ ଡିଣ୍ଡାର ପାଲରେ ଛନ୍ଦି ହେଇ ରହିଲେ ।

ସେଇ ଅନ୍ଧାରକଣା ବୁଢୀ ଯାହାର ନାଁ ଚରକି ଥିଲା, ସେ ବତେଇଲା କେଓରା କଉଁ କାଠରୁ ତିଆରି ହବ ଓ ତା ଆକାର କିପରି ହବ । ତାକୁ ସ୍ୱପ୍ନରେ ଲିଣ୍ଡିବୁଢୀ ବୋଙ୍ଗା ଯାହା କହିଥିଲା ସେ ସେପରି କହିଲା । ତା'ପରେ କହିଲା କନେ କିପରି ତିଆରି ହେବ । ଗୋଟେ ଦା'ପରି ବାଙ୍କୁଲା ଲୁହାର କରଣିଟିଏ । ତା'ରି ଦ୍ୱାରା ବାଲି ଆମ୍ପୁଡି ହବ କେଓରା ଉପରକୁ ଓ କେଓରାକୁ ଧୀରେ ଧୀରେ ଚଳେଇବାକୁ ପଡିବ । କଳା ଦୋରସା ମାଟି ମିଶା ବାଲି ଭିତରେ ଏପରି ସୁନା ଟିକେ ରୁଞ୍ଜି କି ରତି ଓଜନର ମିଳିବ । ମିଳି ନ ପାରେ ବି ।

କିନ୍ତୁ ବାଲି ଛାଣିସାରି କେଓରାରେ ରଖି ତାକୁ ଧୀରେ ଧୀରେ ଚଲେଇବାକୁ ପଡିବ। ପାଣି ଓ କାଦୁଅ ବାଲି ଅଲଗା ହେଇଯିବ ଗୋଟେ ପାଖକୁ, ସୁନା ଯଦି ଥିବ ସେ ଅଲଗା ହେଇ ରହିବ ଗୋଟେ ପାଖକୁ।

ଗୁରୁବାର ହାଟରୁ ବରାଦ ଦେଇ କିଣିଲେ କେଓରା ଓ କନେ। ତା' ପରେ ସକାଳୁ ଘରୁ ବାହାରିଗଲେ ଓ ଦିନସାରା ସିଙ୍ଗବୋଙ୍ଗା ବୁଡିବାଯାଏ ନଈ ପାଣିରେ ଚବର୍ ଚବର୍ ହେଲେ। ଚର୍‌କି ତିଉ ଯେପରି କହିଥିଲା, ଯେଉଁଠି କହିଥିଲା; ସେଇଠି ସେମାନେ ବାଲି ଖୋଜିଲେ। ବାଲି ଭିତରୁ ସୁନା ଖୋଜିଲେ।

କଇରି ଗୋଇପାଇର ଧାନକୁଟା ସରିଲା ଓ ସରିଲା ଗୀତ ଗାଇବା। ସେ ଗୀତଟି ସେ ତା ମର୍ଦ୍ଦକୁ ଉତ୍ସର୍ଗ କରି ଗାଇଥିଲା। ତା ମର୍ଦ୍ଦର ବୋଙ୍ଗା ନଈ ଆରପାରି ଜଙ୍ଗଲ ଭିତରେ କଉଁ ଗଛରେ ଥିଲା। ସେ ଦିନେ ଆସିବ। ଆସିବ ନିଶ୍ଚେ। କଇରି ଗୀତର ମର୍ମାର୍ଥ ବଡ କରୁଣ ଥିଲା। ଯଦିଓ ଲୋକେ ତାକୁ ଡାଆଣୀ ବୋଲି ଘୃଣା କରୁଥିଲେ ଓ ତା ପାଖ ମାଡୁ ନଥିଲେ। ତା କୋଳରେ କେହି ନଥିଲେ। ଅନେକ ଦିନ ତଳେ ତା ପୁଅ ମରି ଯାଇଥିଲା। ଦିଅର ଘରେ ସେ କୁଣିଆଟିଏ ପରି ରହିଥିଲା।

କଇରି ସୁନା ଖୋଜିବାର ମନ୍ତ୍ର ଜାଣିଥିଲା। ଆଗକୁ ମାଗେ ପର୍ବ ଆସୁଥିଲା। ମକର ହାଟରୁ ଦିଅର ପାଇଁ, ତା ପିଲାଛୁଆଙ୍କ ପାଇଁ ନୂଆ ଲୁଗା କିଣିବାର ଥିଲା। ହାତରେ ପଇସା ନଥିଲା। ଏଥର ବି ଅକାଳ ପଡିଥିଲା। ଏ ଅକାଳ ପଞ୍ଚସ୍ତରୀ ବର୍ଷ ତଳର ଅକାଳ ପରି ଭୟଙ୍କର ଯଦିଓ ନଥିଲା, ତଥାପି ଲୋକେ କାମ ଦାମ ପାଉ ନଥିଲେ। ଖାଇବା ଅନ୍ନ ପାଉ ନଥିଲେ। କଇରି ଅନେକ ଦିନ ପରେ ଭୁଲି ହେଇ ଆସୁଥିବା ସେଇ ସୁନାଖୋଜାରେ ବାହାରିବାକୁ ମନ କଲା। ଚାଳରେ ଖୋସି ଦେଇଥିବା ପୁରୁଣା କେଓରା ଓ କନେ ବାହାର କଲା।

ଯଉଁଦିନ ସେ ଗୁରୁବାର ହାଟରୁ ଏ କେଓରା ଓ କନେ କିଣିକି ଆଣିଥିଲା, ସେଦିନ ହଳଦୀ, ସିନ୍ଦୂର, ଅରୁଆ ଚାଉଳ ଓ କୁକୁଡା ଅଣ୍ଡା ଦେଇ ଲିଣ୍ଡିବୁଢୀର ପୂଜା କରିଥିଲା ଓ ମାରାଙ୍ଗ ତିର୍‌ତେର ପୂଜା କରିଥିଲା। କେଓରା କି କନେକୁ କେହି ମାଡିବେ ନାଇଁ କି ଡେଇଁବେ ନାଇଁ ବୋଲି ଗୋଟେ କଣକୁ ଡେରିକି ରଖିଥିଲା। କାହାରି ଅଇଁଠା ହାତ ଲାଗିଯିବ ବୋଲି ତାକୁ ଢାଙ୍କିକି ରଖିଥିଲା।

ମାଗେ ପର୍ବ ଏଥର ଭଲକି ହବନି। ଗାଁରେ ମର୍ଦ୍ଦ ପିଲା ନାହାନ୍ତି। ମାଈଝିମାନେ କ୍ଷେତ ଖମାର, ବଣ ଜଙ୍ଗଲକୁ ଯାଇଚନ୍ତି।

ନିଉଟୋପିଆର ଲୋକକଥା

ସନ୍ ୧୯୦୪ ମସିହା ବେଳକୁ ମ୍ୟାକଲରେନ୍ ବୋଲି ଜଣେ ସାହେବ ପୂରା ଛୋଟ ନାଗପୁରର ସର୍ଭେ କରି ସୁନା ଖଣିର ସନ୍ଧାନ ପାଇଲା। ଧଲଭୂମର କେନ୍ଦରକୋଚାରେ ଓ ସୋନାପେଟ ଉପତ୍ୟକାରେ ଏପରି ସୁନା ଖଣି ଥିଲା। ଯଉଁ ଯଉଁ ସୁନାଖଣି ଦେଇ ସୁବର୍ଣ୍ଣରେଖା, କୋଏଲ ଓ ତହିଁରୁ ଖରକାଇ, ସୋନା, ସଂଜଇ ନଈ ବହୁଥିଲା ସେ ନଈର ଗର୍ଭରେ ସୁନା ଥିଲା।

ନିଉଟୋପିଆର ଡିଷ୍ଟ୍ରିକ୍ଟ ଗେଜେଟିଅରରେ ଲେଖା ଅଛି କି ସୁନା ଖୋଜିବା କାମ ତା'ର ଆହୁରି ବହୁ ଆଗରୁ ଅର୍ଥାତ୍ ୧୮୮୮ ମସିହା ବେଳକୁ ଆରମ୍ଭ ହୋଇ ସାରିଥିଲା। ତା'ର ପ୍ରମାଣ ଏବେ ବି ସୁଦ୍ଧା ଦୁର୍ଗମ ଜଙ୍ଗଲ ଓ ପାହାଡ ଘେରା ସୁନାଖଣି ଅଞ୍ଚଳରେ ପୁରୁଣା ଘରମାନଙ୍କର ଭଗ୍ନାବଶେଷ। ଭୂତ କୋଠି ପରି ଏଠି ସେଠି ଠିଆ ହୋଇଥିଲେ।

ସୋନାପେଟ ଉପତ୍ୟକାରେ ଗୋଟେ ସୁନାର ପାହାଡ ଥିଲା। ସେ ପାହାଡ ଭିତରୁ ଗୋଟେ ଛୋଟ ବଣୁଆ ନଈ ବାହାରିଥିଲା। ସେ ନଈର ଜଳଧାରରେ ସୁନାର ମାଛ ଓ ସୁନାର କଇଁଚ ରହୁଥିଲେ। ସେ ଜଳଧାର ବହି ବହି ଆସି ସୋନା ଓ ଖରକାଇ ଓ ସଂଜଇ ନଈରେ ମିଶିଥିଲା। ଦିନେ ନଦୀରେ ରଜାପୁଅ ଗୋଟେ ସୁନା ରଙ୍ଗର ଜଳପରୀକୁ ଦେଖିଲା। ସେ ଜଳପରୀର ଅଧା ମଣିଷ ଓ ଅଧା ମାଛର ଶରୀର ଥିଲା। ତାକୁ ଦେଖି ରଜାପୁଅ ବା କୁମାର ବାହାହେବ ବୋଲି ମନ କଲା। ତାକୁ ଧରିବାକୁ ଯାଇ ଦେଖେ ତ, ସେ ନଈ ଭିତରେ ଉଭେଇଗଲା।

ସେଇଠୁ ରାଜକୁମାର ଗୁମାନ୍ କରି ବସିଲା। ନ ଖାଇ ନପିଇ ରୁଷିଲା। ରଜା ପଚାରିବାରୁ ଜବାବ ଦେଲାନି। ଶୁଖି ଶୁଖି କଣ୍ଟା ହେଲା। ନଈ କୂଳେ କୂଳେ ଚାଲି ଚାଲି ଯାଇ ସେଇ ପାହାଡ ପାଖେ ପହଞ୍ଚିଲା। ପାହାଡର ଗୋଟେ ଗୁମ୍ଫା ଭିତରୁ ସୁନା ରଙ୍ଗର ଜଳଧାର ବାହାରୁଥିଲା। ସେ ସେଇ ଗୁମ୍ଫା ମୂଳରେ ଜଗି ବସିଲା।

କେତେ ଦିନ, କେତେ ରାତି ବିତିଲା । ଜଳପରୀର ଦେଖା ମିଳିଲାନି । ରଜାପୁଅ ଅନେଇ ଅନେଇ ବସି ରହିଲା । ଶେଷରେ ଦିନେ ଭାବିଲା, ସେ ଗୁମ୍ଫା ଭିତରକୁ ଗଳିଯିବ ଓ ସେଇଠି ସେ ସୁନେଲୀ ରଙ୍ଗର ଜଳପରୀ ଥିବ । ତାକୁ ସାଙ୍ଗରେ ଧରି, ଜୋର୍ କରି ଘେନି ଆସିବ ।

ରଜାପୁଅ ଗୁମ୍ଫା ଦୁଆରକୁ ଗଲା । ଗୁମ୍ଫା ଭିତରକୁ ଗଲା । ଗୁମ୍ଫା ଭିତରେ ଲକ୍ଷଲକ୍ଷ ଜଳପରୀ, ଲକ୍ଷ ଲକ୍ଷ ସୁନା ମାଛ ଓ ସୁନାର କଇଁଚ ଥିଲେ । ଗୁମ୍ଫା ଚକ୍ ଚକ୍ କରୁଥିଲା । ଗୁମ୍ଫା ଭିତରେ ଖାଲି ସୁନା ଆଉ ସୁନା । ମହଣ ମହଣ ସୁନା । ଜଳପରୀ ସବୁ ମାଛଙ୍କ ସାଙ୍ଗେ ଖେଳୁଥିଲେ । ରଜାପୁଅ କାହାକୁ ବାଛିବ ସ୍ଥିର କରି ପାରିଲାନି ।

ତାକୁ ଶୋଷ ଲାଗିଲା । ଭୋକ ଲାଗିଲା ।

ସେ ପାଣି ଆଞ୍ଜୁଳାଏ ପିଇଲା ।

ପିଇଲା ତ, ଚାହୁଁ ଚାହୁଁ ସୁନା ହେଇଗଲା

କେତେଦିନ କେତେ ରାତି ଗଲା । ରଜାପୁଅ ନ ଫେରିଲାରୁ ରାଜା ସୈନ୍ୟ ସାମନ୍ତ, ଦଳ-ବଳ ନେଇ ନଈ ଧାରେ ଧାରେ ଗଲା । କେତେ ମାସ କେତେ ବର୍ଷ ଲାଗିଲା କିଜାଣି । ସୁନା ପାହାଡର ଗୁମ୍ଫାରେ ପହଞ୍ଚି ଦେଖିଲା ମହଣ ମହଣ ସୁନା । ତାକୁ ବି ଶୋଷ ଲାଗିଲା । ଆଞ୍ଜୁଳାଏ ପାଣି ପିଇଚି ସେ ବି ସୁନା ପାଲଟି ଗଲା । ମନ୍ତ୍ରୀ, ସେନାପତି, ସୈନ୍ୟ-ସାମନ୍ତ, ହାତୀ, ଘୋଡା... ସମସ୍ତଙ୍କୁ ଶୋଷ ଲାଗିଲା । ସମସ୍ତେ ସୁନା ପାଲଟିଗଲେ । ଯିଏ ତାଙ୍କୁ ଖୋଜିଗଲା; ସେ ସେଇଠି ଅଟକି ରହିଲା ।

ପାହାଡର ଆକାର ବଢିବାରେ ଲାଗିଲା । ଅସରପି ବଢିବାରେ ଲାଗିଲା । ଯେତେ ଯିଏ ଯାଉଥିଲେ ସେଠିକି ଓ ସୁନା ପାଲଟି ଯାଉଥିଲେ; ସମସ୍ତେ ଯକ୍ଷ ପାଲଟି ଗଲେ । ଯକ୍ଷ ହେଇ ସେଇ ସୁନା ପାହାଡକୁ ଜଗି ରହିଲେ ।

ଖାଲି ଯାହା ଧାରେ ଧାରେ ସୁନେଲି ଜଳର ପ୍ରବାହ ସଂଜଇ, ସୋନା ଓ ଖରକାଇ ନଈ ଭିତରକୁ ଆସୁଥିଲା ବେଳେବେଳେ । ପାଣି ବୋଲି ଲୋକ ଧାଇଁ ଯାଉଥିଲେ ଶୋଷ ମାରିବା ପାଇଁ ନଈକୁ । ଅଥଚ ଶୋଷ ବଢି ବଢି ଯାଉଥିଲା । ସୁନା ଧରା ଦଉ ନଥିଲା ।

ଆମ ଲୋକ କଥାରେ ସେଇ ଜଳପରୀ, ସେଇ ରଜାପୁଅ ଓ ତାର ଲୋଭ, ତାର କାମୁକତା ଓ ତାର ଶୋଷକୁ ଲୋକେ ଭୁଲି ଗଲେଣି । ଲୋକେ କିଛି କଥା ଅନେକ ଦିନ ଯାଏ ମନେ ରଖନ୍ତିନି । ଯେପରି ନିଉଟୋପିଆ କଥା ।

ଆଗେ ଏ ଜାଗାର ନାଁ ନିଉଟୋପିଆ ନଥିଲା । ତାହା କାଳକ୍ରମେ ଅପଭ୍ରଂଶ ହୋଇ ଏପରି ହୋଇଚି ବୋଲି ଜଣେ ସ୍ଥାନୀୟ ଭାଷାବିତ୍ ମତ ଦିଅନ୍ତି । କେହି କେହି ଲୋକତତ୍ତ୍ୱବିଦ୍ ବା ମାନବବିଜ୍ଞାନୀ ମତ ଦିଅନ୍ତି, ଏହା ଏକ ଲୋକବ୍ୟୁତ୍ପତ୍ତିରୁ ସୃଷ୍ଟି ।

ଇଂରାଜୀରେ ତାହାକୁ ସିଦ୍ଧ କରିବା ପାଇଁ ସେମାନେ 'ଫୋକ୍ ଏଟିମୋଲୋଜି' ବୋଲି କହନ୍ତି। ତା'ମାନେ, ଧରି ନିଅ କୌଣସି ସ୍ଥାନୀୟ ଫଳ, ଫୁଲ ବା ପ୍ରାକୃତିକ ଲକ୍ଷଣରୁ ଏପରି ନାମକରଣ ସମ୍ଭବ।

ମାତ୍ର ଅଧିକାଂଶ ଲୋକ ଏହାର ପ୍ରକୃତ ରହସ୍ୟ ଜାଣିବାକୁ ଚେଷ୍ଟାକରି ନାହାନ୍ତି। ପ୍ରକୃତ ରହସ୍ୟ ହେଲା, ଇଷ୍ଟ ଇଣ୍ଡିଆ କଂପାନୀର ଜଣେ ଦୁଃସାହସୀ ଯୁବ ବ୍ୟବସାୟୀ; ଯିଏ କେନ୍ଦରକୋଚା ଅଞ୍ଚଳରେ ସୁନାଖଣି କିଣିଥିଲା ଓ କାଳକ୍ରମେ ଛୋଟନାଗପୁର ଅଞ୍ଚଳର ଅନ୍ୟାନ୍ୟ ଯାବତୀୟ ସୁନାଖଣି କିଣିବାର ଉଚ୍ଚାଭିଳାଷ ରଖିଥିଲା ଓ ଯା'ର ନାଁ ଥିଲା ଇ.ଏଫ୍.ଓ. ମୁରେ, ସିଏ ସନ୍ ୧୯୨୪ ମସିହା ବେଳକୁ ଏ ଅଞ୍ଚଳରେ ସୁନାଖଣି ଲିଜ୍ ନେଇଥିଲା। ଗେଜେଟିୟରର ଅନୁସାରେ ସେ ୧୯୨୯ରୁ ୧୯୩୪ ମସିହା ଭିତରେ ପ୍ରାୟ ପାଖାପାଖି ୯୫୨ ଟନ୍ ଓଜନର ୧୧.୨୩ କ୍ୟାରେଟ୍ ସୁନା ଅମଳ କରିଥିଲା।

ନିଉଟୋପିଆର ନାଁ ଆଗରୁ ହାତ୍‌ନାବୁରୁ ଥିଲା। ଏଠି ବେଶି ବେଶି ହାତ୍‌ନା (ଅର୍ଜୁନ) ଗଛର ଜଙ୍ଗଲ ଥିଲା। ସେ ପାଇଁ ସ୍ଥାନୀୟ ଲୋକେ ଏ ଜାଗାକୁ ହାତ୍‌ନାବୁରୁ ବୋଲି କହୁଥିଲେ। କାଳକ୍ରମେ ଏ ଅଞ୍ଚଳକୁ ଇ.ଏଫ. ମୁରେ ଆସିଲା। ସଂଜଇ ନଈର ଧାରେ ଧାରେ ସେ ଦିନେ ସୁନା ଖୋଜି ଖୋଜି ସୋନାପେଟ ପାହାଡ ପାଖରେ ପହଞ୍ଚିଲା।

ଯେତିକି ଯେତିକି ସୁନା ତୋଳୁଥିଲା, ତାକୁ ସେତିକି ସେତିକି ଶୋଷ ଲାଗୁଥିଲା। ସେ ରାସ୍ତାସାରା ଡିହ, ଡଙ୍ଗର, ଜମି-ଜୁମା, ପାହାଡ, ଜଙ୍ଗଲ କିଣିଲା ବା ଲିଜ୍ ନେଲା। ଚାରିଆଡେ ସୁନାର ଖଣି। ଚାରିଆଡେ ସୁନାର ଜଙ୍ଗଲ। ସୁନାର ପାହାଡ। ସୁନାର ମାଛ, ସୁନା କଇଁଚ। ସୁନାର ଫୁଲ-ଫଳ। ସୁନାର ଜୀବଜନ୍ତୁ। ଚାରିଆଡେ ସୁନାର ବିସ୍ତାର। ସୁନାର ଝଲମଲ ଐଶ୍ୱର୍ଯ୍ୟ। ମୁରେ ସାହିବ ସୁନେଲି ସ୍ୱପ୍ନର ଘୋଡା ଉପରେ ବସି ଉଡିଉଡି ଗଲା।

କଂପାନୀକୁ ଚିଠି ଲେଖିଲା କି, ତାକୁ ଦି'ଶହ ବର୍ଷ ପର୍ଯ୍ୟନ୍ତ ଏ ଖଣି ଲିଜ୍‌ରେ ମିଳୁ। କଂପାନୀର ବଡ ସାହିବ ଯିଏ ସେତେବେଳେ ଡେପୁଟି କମିଶନର ଥିଲା (ଜି.ଏଚ୍.ହାଲ୍ଲେଟ), ଏ ଚିଠି ପଢି ହୋ ହୋ ହେଇ ହସିଲା। କେହି କ'ଣ ଦି'ଶହ ବର୍ଷ ବଞ୍ଚି ପାରେ ?

ମୁରେର ମୁର୍ଖାମୀ ବୁଝିବାକୁ ହାଲ୍ଲେଟ ସାହେବ ଅବିଳମ୍ବେ ନିଜେ ଘୋଡା ଚଢି ଆସି ହାତ୍‌ନାବୁରୁରେ ପହଞ୍ଚିଲା। ସେତେବେଳେ ସଂଜଇ ନଈରେ ପାଣି କମ୍ ଥିଲା। ନଈ ଉପରେ ପୋଲ ନଥିଲା। ଲୋକେ ବର୍ଷା ଦିନେ ଡଙ୍ଗାରେ ପାର ହେଉଥିଲେ। ସେଇଟା ଖାଲି ଗୁରୁବାର ଦିନ। ସେଦିନ ହାଟ ପାଳି ଥିଲା।

ହାଲ୍ଲେଟ ସାହେବ ଘୋଡା ନଈ ପାଣିରେ ପୂରେଇଲା। ନଈ ପାଣିରେ ପଶୁ ପଶୁ ଘୋଡାକୁ ଶୋଷ ଲାଗିଲା। ଘୋଡା ପାଣି ପିଇଚି କି ନାଇଁ ନଈ ମଝିରେ ସୁନା ହୋଇଗଲା

ଓ ଆଉ ଟିକେ ବି ଘୁଞ୍ଚିଲାନି । ହାଲ୍ଲେଟ ସାହେବ ଘୋଡାରୁ ଓହ୍ଲେଇ ପାଖ ଅସୁରଗାଁକୁ ଗଲା । ଲୋକଙ୍କୁ ଡାକି ପଚାରିଲା ଏ ଘୋଡା ସୁନା ହେଲା କାହିଁକି ?

ଅସୁର କହିଲେ : 'ଆମେ କି ଜାଣୁ ? ଆମେ ଲୁହା ତରଳାଇବା ଲୋକ । ସୁନା କଥା ହୋ' ମାନଙ୍କୁ ପଚାର୍ ।'

ସେଇଠୁ ହାଲ୍ଲେଟ କମିଶନର ହୋ'ଙ୍କ ଗାଁକୁ ଯାଇ ପଚାରିଲା : 'ମୋ ଘୋଡା ସୁନା କାହିଁକି ହେଲା ?'

ଖପର ସାଇର ହୋ'ମାନେ କହିଲେ : 'ଘୋଡାକୁ ଶୋଷ ଲାଗିବାରୁ ଓ ସେ ପାଣି ପିଇବାରୁ ହେଲା ।'

ହାଲ୍ଲେଟ ପଚାରିଲା : 'ତେବେ ତମେସବୁ ଶୋଷ ହେଲେ କଉଁ ପାଣି ପିଉଚ କି ?'

ହୋ'ମାନେ କହିଲେ : 'ଆମେ ଭୋକ ହେଲେ ପାଣି ପିଉ । ଶୋଷ ହେଲେ ଗୀତ ଗାଉ ।'

ତା'ପରେ ହାଲ୍ଲେଟ ସାହେବ ରଜାଘରୁ ପାଲିଙ୍କି ମଗେଇ କୋହ୍ଲାନ୍ ମଣ୍ଡଳକୁ ଚାଲିଗଲା । ସେଇଠୁ ଥାଇ ଇଂଲଣ୍ଡର ରାଣୀକୁ ଚିଠି ଲେଖିଲା କି ସେ ଗୋଟେ ଇଉଟୋପିଆର ସନ୍ଧାନ ପାଇଚି । ଯଉଁଠି ସୁନାର ମାଟିଗୋଡି । ସୁନାର ପାଣି ପବନ । ସୁନାର ଗଛବୃଛ । ସୁନାର ଫୁଲ ଫଳ । ତାକୁ ଆଜ୍ଞା ମିଳୁ କି ସେ ଏ ସୁନାର ଇଉଟୋପିଆଖୁ ସଂପୂର୍ଣ୍ଣ ଦଖଲ କରି, କାଳକ୍ରମେ ଭୋଗ କରି, ତାର ମାତୃଭୂମିକୁ ଧନ ସଂପଦରେ ନିରଙ୍କୁଶ କରି ପାରିବ... ।

ଇଂଲଣ୍ଡରୁ ଚିଠି ଆସିଲା କି ଯଉଁ ଜାଗାରେ ପାଣି-ପବନ, ଗଛବୃଛ ଓ ଫୁଲ-ଫଳ ସୁନାରେ ତିଆରି ସେ ଜାଗାର ନାମକରଣ ଇଉଟୋପିଆ ନ ହେଇ 'ନିଉଟୋପିଆ' କରାଯାଉ । ସେଠି କାଳକାଳ ପାଇଁ ଇଂଲଣ୍ଡ ଶାସନ ବଳବତ୍ତର ରହୁ । ଅଧିକରୁ ଅଧିକ କଞ୍ଚା ସୁନା ଅମଳ କରି ଜାହାଜରେ ଇଂଲଣ୍ଡ ପଠାଯାଉ । ସ୍ଥାନୀୟ ଲୋକଙ୍କୁ ସୁନା ତୋଳିବା କାମରେ ଲଗାଯାଉ । ମାତ୍ର ସତର୍କତା ଅବଲମ୍ବନ କରାଯାଉ; ଯେପରିକି ସ୍ଥାନୀୟ ଲୋକେ ସୁନାକୁ ନିଜର ବୋଲି ଦାବି କରି ଲୁଣ କି ଅଫିମ ଓ ନୀଳ ଚାଷ ପରି ବିଦ୍ରୋହ ନ କରନ୍ତି ।

ସେଇଦିନଠୁ ସରକାରୀ କାଗଜକଲମରେ ଜାଗାଟିର ନାଁ ନିଉଟୋପିଆ ହେଲା । କମିଶନର ସାହେବ ତା ରିପୋର୍ଟରେ ଲେଖିଲା : ନିଉଟୋପିଆରେ ଅଭାବ, ଦୁଃଖ, ରୋଗ ଓ ମୃତ୍ୟୁ ନାହିଁ । ନିଉଟୋପିଆରେ ଅକାଳ, ମରୁଡି, ଅନାହାର କି ମହାମାରୀ ନାହିଁ । ଏଠିକାର ଲୋକେ ସୁଖ, ଶାନ୍ତି ଓ ପ୍ରାଚୁର୍ଯ୍ୟରେ ଥାଆନ୍ତି । ଲୋକେ ଭୋକ ହେଲେ ସୁନା ଖାଆନ୍ତି ଓ ଶୋଷ ହେଲେ ଗୀତ ଗାଆନ୍ତି ।

ଯେତେବେଳେ ହାତ୍‌ନାବୁରୁକୁ କମିଶନର ସାହାବ ନିଉଟୋପିଆ ବୋଲି କହି ଖୁସି

ହଉଥିଲା, ସେତେବେଳେ ସାରା କୋହ୍ଲାନ ପ୍ରମଣ୍ଡଳରେ ଅକାଳ ପଡିଥିଲା । ଅକାଳ ତ ତା' ଆଗରୁ କେତେଥର ପଡିଥିଲା । ସନ୍ ୧୮୬୬ରେ, ୧୮୯୭ରେ, ୧୯୦୦ରେ, ୧୯୧୫ରେ ବି ପଡିଥିଲା । ସେତେବେଳେ ଲୁଥେରୀୟ ମିଶନାରୀମାନେ ରିଲିଫ୍ ସେଣ୍ଟରେ ଖୋଲି ଲୋକଙ୍କୁ ଖାଦ୍ୟ ଓ ଚିକିତ୍ସା ଯୋଗାଇ ଦେଇଥିଲେ ।

ଅଗଷ୍ଟ ୧୮୬୬ ବେଳକୁ ସାଧାରଣ ଚାଉଳ ଟଙ୍କାରେ ମାତ୍ର ପାଞ୍ଚ ସେର ହେଇଗଲା । ଭୋକିଲା ଲୋକଙ୍କୁ ସଡକ ଓ ପୋଖରୀ ମରାମତି କାମରେ ଲଗାଯାଇ ଦିନକୁ ପାଞ୍ଚରୁ ସାତ ପଇସା ମଜୁରୀ ଦିଆଗଲା ।

ସନ୍ ୧୯୦୦ ମସିହାରେ ଅକାଳ ବେଳକୁ ଲୋକଙ୍କ ଅବସ୍ଥା ସାଂଘାତିକ ହୋଇ ଯାଇଥିଲା । ଆନବୃଷ୍ଟି ଓ ମରୁଡି ଲୋକଙ୍କୁ ଦୁର୍ଭିକ୍ଷରେ ନେଇ ଛାଡିଦେଲା । ପଡୋଶୀ ଜିଲ୍ଲା ରାଞ୍ଚି ଓ ପଲାମୁ କ୍ଷେତ୍ରରେ ମଧ୍ୟ ସମାନ ଅବସ୍ଥା । କୋହ୍ଲାନ୍ କ୍ଷେତ୍ରରେ ଖାଦ୍ୟ ଶସ୍ୟର ଉତ୍ପାଦନ ଆଠଣା ସରିକି ବି ହେଲାନି । ଚାଇଁବସାରେ ଏକ ମାଗଣା ଭୋଜନର ବ୍ୟବସ୍ଥା କରାଗଲା ଜୁଲାଇରୁ ଅକ୍ଟୋବର ମାସ ସାରା । ପ୍ରଶାସନ ରୟତି କର ମାଫ କରିବା ପାଇଁ ଏକ ହୁକୁମ୍ ଜାରି କଲା ।

ସନ୍ ୧୯୧୪ରୁ ୧୯୧୬ ବେଳକୁ ଅକାଳ ମଧ୍ୟ ସେଇ ଅନାବୃଷ୍ଟି ପାଇଁ ହେଲା । ପ୍ରଶାସନ ଦ୍ୱାରା ରେକର୍ଡ କରାଯାଇଥିବା ଅଭାବୀ ବୃଷ୍ଟିପାତର ୧୪.୮୭ କୋଟବାଡିରେ ୮.୫୬, ଜଗନ୍ନାଥପୁରରେ ୨.୮୬ ଓ ଜୟନ୍ତଗଡରେ ୩.୪୦ ଇଞ୍ଚ ଥିଲା । ଏହାଦ୍ୱାରା ଅଧିକାଂଶ ବେଡା ଜମି ଶୁଖିଗଲା । ଚାଉଳ ଟଙ୍କାକୁ ସାଢେ ପାଞ୍ଚ ସେର ହେଇଗଲା । କମିଶନର ସରକାରଙ୍କ ତରଫରୁ ପ୍ରଥମ କିସ୍ତିରେ ୫୫,୦୦୦ ଟଙ୍କା ଓ ଦ୍ୱିତୀୟ କିସ୍ତିରେ ୨,୦୦,୦୦୦ ଟଙ୍କା ରିଲିଫ ଆକାରରେ ମଞ୍ଜୁର କରିଥିଲେ ।

ଅସାଧୁ ଚାଉଳ ବେପାରୀ ସେତେବେଳେ ବି ଚାଉଳ ଲୁଚେଇ ଦେଇ ମୋଟା ମୁନାଫା କମେଇଲେ । ସାରା ରିଲିଫ୍ କାମ ମାନ୍‌କୀ ମୁଣ୍ଡାଙ୍କ ଉପରେ ଛାଡି ଦିଆଗଲା । ମାନ୍‌କୀମାନେ ଅଶିକ୍ଷିତ ଥିଲେ । କାମ ଓ ମଜୁରୀର ହିସାବ ସେମାନେ ଠିକ୍ କରି ରଖିପାରୁ ନଥିଲେ । ତଥାକଥିତ ଶିକ୍ଷିତ ବାବୁମାନେ, ଦଲାଲମାନେ, କର୍ମଚାରୀମାନେ ଅସାଧୁ ଉପାୟରେ ଚାଉଳ ଓ ପଇସା ଲୁଟ୍ କଲେ ।

ଜିଲ୍ଲାରେ ନିଯୁକ୍ତ ମୁଖ୍ୟ ଯନ୍ତ୍ରୀଙ୍କ ଦ୍ୱାରା କାର୍ଯ୍ୟ ତଦାରଖ ହେଉଥିଲା । ଲୋକେ ଅନ୍ନଛତ୍ର ଖାଇବା ପାଇଁ କୋଶ କୋଶ ବାଟ ଚାଲିଚାଲି ଆସୁଥିଲେ । କେହି ରାସ୍ତାରେ ଗଡି ମରି ଯାଉଥିଲା । ଅନାହାର ସାଙ୍ଗକୁ ମହାମାରୀ ବି ବ୍ୟାପିଲା । ହଇଜାରେ ଶହଶହ ଲୋକ ମଲେ । ଯଉଁମାନେ ବଞ୍ଚି ରହୁଥିଲେ, ସେମାନେ ପୁଷ୍ଟିହୀନତା, କୁପୋଷଣ ଓ ମାନସିକ ବ୍ୟାଧିରେ ପୀଡିତ ହେଇ ଧୀରେ ଧୀରେ ମରିବାକୁ ଯାଉଥିଲେ ।

ଯଉଁଠି ଅନ୍ନଛତ୍ର ଖୋଲା ଯାଇଥିଲା, ସେଠି ଦିନରେ ଥରେ ମାତ୍ର ରନ୍ଧା ଖାଦ୍ୟ ମିଳୁଥିଲା। ଦିନ ଦିଇଟାରୁ ଚାରିଟା ଭିତରେ ସେ ପାଇଁ ଦିନସାରା ଲୋକ ଧାଡି ବାନ୍ଧି ଖରାରେ ଠିଆ ହେଇ ରହୁଥିଲେ। ବଡମାନଙ୍କୁ ଦଶ ଚଟକା (ଡଙ୍କା), ଦଶ ବର୍ଷରୁ ଊର୍ଦ୍ଧ୍ୱ ପିଲାଙ୍କୁ ଛଅ ଚଟକା ଓ ଦଶ ବର୍ଷରୁ କମ୍ ପିଲାଙ୍କୁ ଚାରି ଚଟକା ଖାଦ୍ୟ ମିଳୁଥିଲା।

ସନ୍ ୧୯୩୪ ମସିହାର ଶେଷ ବେଳକୁ ଅନାବୃଷ୍ଟି କାରଣରୁ ଶୀଘ୍ର ଅମଳ ହେଉଥିବା ଧାନ ଉଠାଣି ଜମିରେ ଚାଷ ହଉଥିବା ଫସଲ ପ୍ରଭାବିତ ହେବାକୁ ଲାଗିଲା। ଘରେ ଘରେ ଲୋକେ ହାହାକାର କଲେ। ୧୯୩୫ ମସିହା ମାର୍ଚ୍ଚ ମାସ ବେଳକୁ ରିଲିଫ ଦେବାକଥା ସରକାର ଭାବିଲା। ଲୋକେ ଗାଁଗଣ୍ଡା ଛାଡି କାଳିମାଟି କି କଲିକତା ପଳେଇଲେ। ଅଳ୍ପ କେତେକ ଥିଲାବାଲା ଲୋକ ତାଙ୍କ ନିଜ ଘରେ ଯେତିକି ଧାନ କି ଚାଉଳ ଠୁଳ କରି ରଖିଥିଲେ, ତାହା ଅତି ବେଶିରେ ଛଅରୁ ଆଠ ସପ୍ତାହ ଯାଇପାରେ।

ଏପ୍ରିଲ ମାସ ଶେଷ ବେଳକୁ ଲୋକଙ୍କ ପାଖରେ ଆଉ କିଛି ନଥିଲା। ଗୋରୁଗାଈ, ଛେଳିମେଣ୍ଢା, ଜମିଜୁମା, ଗଛପତ୍ର ସବୁ ବିକି ଦେଇ ଯିଏ ଯୁଆଡେ ପାରିଲା ପଳେଇଲା। କମିଶନର ରିପୋର୍ଟରେ ଲେଖିଥିଲା କି ଅଧିକାଂଶ ଲୋକ ଦିନରେ କେବଳ ଓଳିଏ ଖାଇ ପାରୁଥିଲେ। ମୁଖ୍ୟତଃ ସେମାନେ ଜଙ୍ଗଲୀ ଚେରମୂଳ, ଫଳ ଓ କନ୍ଦା ଖାଇ ବଞ୍ଚୁଥିଲେ। କମିଶନର ତାଙ୍କୁ ଟକାଇ ଋଣ ଦେବାକୁ ସ୍ଥିର କଲା। ଲୋକେ ଶାଳ ମଞ୍ଜି ଖାଇଲେ।

ଲୋକେ ପଣସ, ଜାମୁ ଓ ନିମ ଫଳ ଖାଇଲେ।

ଆଜିକୁ ଠିକ୍ ପଞ୍ଚସ୍ତରୀ ବର୍ଷ ତଳେ ନିଉଟୋପିଆରେ ଅକାଳ ପଡିଥିଲା। ସେତେବେଳେ ଚରକି ତିଉ ବୁଢୀ ବଞ୍ଚିଥିଲା। ତାକୁ ଲୋକେ ଡାଆଣୀ କହି ମାରି ଦେଇଥିଲେ। ଚରକିକୁ ଗର୍ଭପାତ କରେଇବା ମାଲୁମ ଥିଲା। ହାଡଭଙ୍ଗା ଚିକିତ୍ସା ମାଲୁମ ଥିଲା। ହେଲେ ସେ ଏସବୁ ବିଦ୍ୟା କାହାରିକି ଦେଲାନି। ଏକା କଇରିକି ଦେଇଥିଲା। ହେଲେ କଇରିର ମର୍ଦ୍ଦ ତାକୁ ଛାଡି, ଅକାଳରେ ଚାଲିଗଲା ଖଣିକୁ। ସୁନାଖଣିରେ କାମ ମିଳୁଥିଲା। ସେତେବେଳେ ଦିନକୁ ଦଶପଇସା ନହେଲେ ଅଧା ପଇଲା ଚାଉଳ ମିଳୁଥିଲା।

ଯଉଁମାନେ କାଳିମାଟି ଗଲେ ଟାଟା କମ୍ପାନୀରେ ଖଟିବା ପାଇଁ ସେମାନେ ସେଇଠି ରହିଲେ। ଯଉଁମାନେ କଲିକତା ଗଲେ ସେମାନେ ସେଇଆଡେ ରହିଲେ; ଆଉ ଯଉଁମାନେ ସୁନାଖଣିରେ କାମ କରିବା ପାଇଁ କେନ୍ଦରକୋଚା କି ସୋନାପେଟ ଗଲେ ସେମାନେ ସୁନା ହେଇଗଲେ। ସୁନା ହେଇଗଲା ପରେ ମୁରେ ସାହେବ ଓ ହାଲ୍ଲେଟ ସାହେବ ସେମାନଙ୍କୁ ବିକି ଭାଙ୍ଗି ଇଂଲଣ୍ଡ ପଠାଇ ଦେଲେ।

ଇଂଲଣ୍ଡରେ କଇରିର ମର୍ଦ୍ଦ ଆଉ ସବୁ ମର୍ଦ୍ଦମାନେ ନିଜ ମୁଲକକୁ, ବଣ ପାହାଡକୁ, ଜାହେର ବୋଙ୍ଗାକୁ ଝୁରି ହେଇ ହେଇ ଆକାଶରେ ତରା ହୋଇଗଲେ।

ଅକାଳରେ କ'ଣ କରନ୍ତି ଲୋକେ

'ଏଥର ତେନ୍ତୁଳି ଭଲ ଫଳିଥିଲା। ତେଣୁ ଜାଣ ଏଥର ବର୍ଷା ହେବନି। ପୁଣି ଅକାଳ ପଡ଼ିବ। ଆମ୍ବ ଭଲ ଫଳିଲେ ବର୍ଷା ହୁଏ। କହିଲା, ପଶୁ ସର୍ଦ୍ଦାର। ଏଥର ଦେଶକୁ ଅକାଳ ଆସିବ। ଆମ୍ବ ହେଲାନି, ତେନ୍ତୁଳି ହେଲା।'

ଲୋକେ ବଇଗା ଓ ପାହନଙ୍କୁ ଖୋଜିଲେ। ନିଜ ନିଜ ଗାଁ ବାନ୍ଧିବା ପାଇଁ ଖୋଜିଲେ। ଡାଆଣୀ ଓ ଚିରଗୁଣୀ, ଭୂତ ପ୍ରେତଙ୍କ ନଜରରୁ ବଞ୍ଚିବା ପାଇଁ, କୁଲା ବୋଙ୍ଗା (ବାଘ ଦେବତା)ର କୋପରୁ ରକ୍ଷା ପାଇବା ପାଇଁ ନାୟା, ଦିଉରୀ କି ଓଝାଙ୍କୁ ଖୋଜିଲେ। ଏଇ ସମୟରେ ପଶୁ ସର୍ଦ୍ଦାର ଖୋଜା ପଡ଼େ। ଲୋକେ ତାକୁ ଖୋଜି ଖୋଜି ପାଆନ୍ତିନି।

କୂଅ ପୋଖରୀ ଶୁଖିଯାଏ। ପାଣି ଟୋପେ ପାଇଁ ଲୋକେ ହାଏ ହାଏ ହୁଅନ୍ତି। ନିଉଟୋପିଆରେ ପାଣି ନାଇଁ। ମୁନ୍‌ସିପାଲିଟି ଯଉଁ କୂଅ, ନଳକୂଅ କି ପୋଖରୀ ବନ୍ଧ ଖୋଳେଇଚି ସେସବୁ ଶୁଖି ଯାଇଚି। ଠିକାଦାର ଟଙ୍କା ନେଇ ଅଳ୍ପ ଗଭୀର ମାଟି ଖୋଳି ଛାଡ଼ି ଦେଇଚି। ଯେଉଁଠି ପଥର ପଡ଼ିଲା ସେଇଠି ବଦଳି ହେଇ ରାଜଧାନୀ ପଳେଇଲା। ଠିକାଦାର ଅଧିକରୁ ଅଧିକ ମଦ ପିଇ, ବଳତ୍କାର କରି ସୁଖରେ ରହିଲା।

ନିଉଟୋପିଆର ପ୍ରଥମ ଜିଲ୍ଲାପାଳ ଭାବେ କୁନାଳ ପ୍ରତିଜ୍ଞା କଲା କି ସେ ପ୍ରଥମେ ସହର ଅଞ୍ଚଳରେ ପାଇପ୍ ଦ୍ୱାରା ପାଣି ସପ୍ଲାଇ କରିବ। ଗ୍ରାମୀଣ କ୍ଷେତ୍ରରେ ନଳକୂଅ ଓ ଗଭୀର କୂଅ ଖୋଳେଇବ। ସେ ଟେଣ୍ଡର ଦେଲା। ଭ୍ରଷ୍ଟ ଠିକାଦାର ତା ନିଜ ନାଁରେ ଓ ତା ସ୍ତ୍ରୀ ନାଁରେ ଓ ତା ଶଳା ନାଁରେ ଦରଖାସ୍ତ କରି ସମସ୍ତଙ୍କୁ ଡରାଇ, ଧମକାଇ ଏକୁଟିଆ ଟେଣ୍ଡର ଜିତିଲା।

ଆଗକୁ ବିଧାନସଭା ନିର୍ବାଚନ ଥିଲା। ସମଗ୍ର ରାଜ୍ୟରେ ଏବେ ଯୁଦ୍ଧକାଳୀନ ଭିତ୍ତିରେ ବିକାଶର ସୁଅ ବହୁଥିଲା। ମୁଖ୍ୟମନ୍ତ୍ରୀଙ୍କର ସେଇଆ ନିର୍ଦ୍ଦେଶ ଥିଲା। ଘରେ ଘରେ ପାନୀୟଜଳ, ବି.ପି.ଏଲ୍. ଚାଉଳ ଓ ବିଜୁଳି ପହଞ୍ଚାଇବାର ଥିଲା।

କେହି ଲୋକ ଅନାହାରରେ ରହିବେନି ବୋଲି କଡା ଚିଠି ମିଳିଥିଲା। ଯଦିଓ ବଜାରରେ ତେଲ, ଲୁଣ, ଅଟା- ଚାଉଳ, ଓଷଦ ଓ କପଡା ମହଙ୍ଗା ଥିଲା; ତଥାପି ଲୋକେ ବଞ୍ଚି ରହିବା ଦରକାର ଥିଲା।

ସର୍କାରୀ ନିୟମ ଅନୁସାରେ ସେଇ ଭ୍ରଷ୍ଟ ଠିକାଦାରଟି ଟେଣ୍ଡର ଜିତିଥିବାରୁ ଆଉଥରେ ସେ କୂଅ ଓ ଚାପାକଳ ବସାଇବାର ଠିକା ନେଲା। ଲୋକେ ଯେତେ ଅଭିଯୋଗ କଲେ ବି ତାର ବାଳ ବଙ୍କା କରି ପାରିଲେନି। ସେ ତଳୁ ଉପରଯାଏ ସମସ୍ତଙ୍କୁ ମଦ, ମାଂସ, ଟୋକୀ ଓ ଟଙ୍କା ଯିଏ ଯାହା ଚାହୁଁଥିଲା, ତାହା କରି ଦେଖେଇଲା।

କୂଅ ଖୋଳା ସରିଲା। ଚାପାକଳ ବି ବସିଗଲା। ହେଲେ କେଉଁଠୁ ଟୋପେ ପାଣି ମିଳିଲାନି। ଲୋକେ ହାଏ ହାଏ କଲେ। ପାଣି ବିକଳରେ ଗୀତ ଗାଇଲେ।

କୁନାଳ ଚାହିଁଲେ ବି କିଛି କରି ପାରିଲାନି। ସରକାରୀ ଚିତ୍ର ସେଇପରି ଥିଲା। କାନୁନ୍ ସେଇପରି ତିଆରି ହୋଇଥିଲା। ନ୍ୟାୟପାଳିକାରେ ଚୋରମାନେ ବସି, ପଇସା ଖାଇ ମିଛକୁ ସତ ଓ ସତକୁ ମିଛ କରୁଥିଲେ। ନିରୀହ ଜନତା ପାଣି ପାଇଁ ହାହାକାର କଲେ। କୁନାଳ ଠିକାଦାରର କାମ ଉପରେ ତଦନ୍ତ କରିବା ପାଇଁ ସୁପାରିଶ କରି ଉପରକୁ ଲେଖିଲା। ସେ ଚିଠି କଉଁ ଫାଇଲ ଭିତରେ ରହି ଅଣନିଃଶ୍ୱାସୀ ହେଲା। ଉପରୁ କିଛି ଜବାବ ଆସିଲାନି।

ଓଲଟି ସ୍ଥାନୀୟ ବିଧାୟକ ଧମକ ଦେଲା କି, ‘ଏଥର ନକ୍ସାଲ ବେଲ୍ଟକୁ ପଠେଇ ଦେବ। ନହେଲେ ଲାଶ୍‌ର ପତ୍ତା ବି ମିଳିବନି।’ କୁନାଳ ଡରିନଥିଲା। ହସିବି ନଥିଲା। କଥାଟାକୁ ଗମ୍ଭୀର ଭାବେ ନେଲା। ଭାବିଲା, ତା’ ହେଲେ ଆମ ଗଣତନ୍ତ୍ର ଏଇପରି ଚାଲିଚି।

କିନ୍ତୁ କୁନାଳ ହାରନେଓ୍ୱାଲା ନଥିଲା। ସେ ପଶୁ ସର୍ଦ୍ଦାରକୁ ଡାକି କହିଲା : ତୁ ସତରେ କ’ଣ ବତେଇ ପାରିବୁ କେଉଁଠି ପାଣି ଅଛି ?

ପଶୁ ସର୍ଦ୍ଦାର ଜବାବ ଦେଲା : ଇଏ ତ ଛାରକଥା ଆଜ୍ଞା ! ମୁଁ ମାଟିତଳେ ଥିବା ଧାତୁ, ପଦାର୍ଥ, ଦିଅଁ ଦେବତା କଥା ବି କହିପାରିବି। ଥରେ ସୁଯୋଗ ଦିଅ।

କୁନାଳ ସେଦିନ ଅଦିନରେ ବି କୋଇଲି ବୋବେଇବାର ଶୁଣିଲା। ମିଠା ମିଠା ଆମ୍ବ ବଉଳର ଖୁସ୍‌ବୁ ବି ଆସି ବାଜିଲା ତା ନାକରେ। ସେ ଆଉଥରେ ପ୍ରତିଜ୍ଞା କଲା କି ପଶୁ ସର୍ଦ୍ଦାର ନାଁରେ କୂଅ, ଚାପାକଳ ଓ ପୋଖରୀ ଖୋଳିବାର ଟେଣ୍ଡର ଦେବ।

ପାଣି ନ ବର୍ଷିବାରୁ ଫସଲ ହେଲାନି। ବଜାରରେ ଖାଇବା ଜିନିଷର ଦରଦାମ ବଢିଗଲା। ଲୋକେ, ଯେଉଁମାନେ ବେପାର ବଣିଜ କି ଚାକିରୀ ନଉକରୀ କରୁଥିଲେ ସେମାନେ ତଥାପି ନିଜନିଜ ରୋଜଗାର ଉପରେ ଭରସା ରଖିଥିଲେ। ମାତ୍ର ଗାଁ ଲୋକେ,

ଯଉଁମାନେ ଖାଲି କ୍ଷେତ କି ମଜଦୁରୀ ଉପରେ ନିର୍ଭର କରୁଥିଲେ ସେମାନେ କ'ଣ କରନ୍ତେ ? ଯେପରି ମଧୁ ହୋନହଗା ।

ମଧୁ ହୋନହଗାର ପୁଅ ରାଇଫଲ୍ ହୋନ୍‌ହଗା ନୂଆ କରି କଂପାନୀରେ ପଶିଥିଲା, ଏଇ କେତେଦିନ ହେଲା । କିନ୍ତୁ କ'ଣ ହେଲା କିଜାଣି କଂପାନୀ ବନ୍ଦ ହେଇଗଲା ଓ ରାଇଫଲ ହୋନ୍‌ହଗା ଛଟେଇ ହେଇ ଆସି ଘରେ ବସିଲା । ମଧୁ ହୋନ୍‌ହଗା ଭଲ ଛଉ ନାଚୁଥିଲା । ରାଜାଘର ଛଉ ନାଚରେ ତାକୁ ଫରିଖଣ୍ଡା ଖେଳ ଦିଆଯାଏ । ସେ ଫରିଖଣ୍ଡା ଖେଳିବାବେଳେ ଏପରି କୌଶଳ ଦେଖାଯାଏ ଯେ, ତାକୁ ଭାରତର ପ୍ରଧାନମନ୍ତ୍ରୀ, ଜାପାନର ରାଷ୍ଟ୍ରଦୂତ ଓ ମରିସସ୍‌ର ସଂସ୍କୃତି ବିଭାଗ ପସନ୍ଦ କରନ୍ତି ।

କିନ୍ତୁ ତା ପୁଅ ରାଇଫଲ୍ ଜନ୍ମରୁ ରୋଗିଣା ଥିଲା । ତା'ର ଗୋଟେ ଗୋଡ ଛୋଟ ଥିଲା । ବିକଳାଙ୍ଗ କୋଟାରେ ଧରାଧରି କରି ମୁଣ୍ଡା ଓ ଏମ୍.ଏଲ୍.କୁ କହି ସେ କମ୍ପାନୀରେ ପଶିଥିଲା । ଗୋଡ ଛୋଟ ନଥିଲେ ସେ ବି ଛଉ ନାଚିଥାନ୍ତା ।

ଏବେ ଛଟେଇ ହେଇ ଆସି ଘରେ ବଇଚି । ତା ମାଆ କହିଲା : 'ତାକୁ ଡାଆଣୀ ନଜର ଦେଇଚି । ସେ ପାଇଁ ଚାକିରି ଗଲା । ସେ କଥାକୁ ଗାଁର ଆଉ ପାଞ୍ଚ ଦଶ ମାଇକିନା ସମର୍ଥନ କଲେ । ଶେଷରେ ମଧୁ ହୋନ୍‌ହଗା ବି ସେଇଆ ଭାବିଲା ।

ଓଝାକୁ ପଚାରିଲାରୁ, ଓଝା କହିଲା : ଡାଆଣୀ ତମ ଗାଁରେ ଅଛି । ସେ ତମ ଗାଁକୁ ନାଶ କରିଦେବାକୁ ବଇଚି । ତମ ଗାଁ ତ ନାଜୋମହାତୁ (ବିଷାକ୍ତ ଗାଁ) ହେଇଯିବ । ଶୀଘ୍ର ଡାଆଣୀକି ଧରି ମାରି ପକାଅ । ଡାଆଣୀର ଦୃଷ୍ଟି ପଡିଲେ ରକ୍ତ ଶୁଖିଯାଏ । ଡାଆଣୀ ନାଜୋମ ରଖିଥାଏ । ପାଣି କି ହାଣ୍ଡିଆ କି ଭାତ ସାଙ୍ଗରେ ମିଶେଇ ଯଦି କାହାକୁ ଖୁଆଇ ଦିଏ ତ ସେ ମଲା ବୋଲି ଜାଣ ।

'ଡାଆଣୀ ଧରିବ କିପରି ?' ମଧୁ ହୋନ୍‌ହଗା ପଚାରିଲା ।

ଓଝା କହିଲା : ଉପାୟ ଅଛି ।

ଓଝା ସବୁଘରୁ ମୁଠେ ମୁଠେ ଚାଉଳ ଆଣିବାକୁ କହିଲା : ସବୁ ଚାଉଳ ମୁଠା ଅଲଗା ଅଲଗା କନା ପୁଡିଆରେ ବାନ୍ଧି ହାଣ୍ଡିରେ ପକେଇ ସିଝେଇଲା । ଯାହା ଚାଉଳ ସିଝିଲାନି ସେଇ ଡାଆଣୀ ହେଲା । ମଧୁ ହୋନ୍‌ହଗା ଗାଁସାରା ଲୋକଙ୍କୁ ଡାକି କହିଲା କି: ଡାଆଣୀ ସାରା ଗାଁଟାକୁ ବିଷାକ୍ତ କରିଦେବ । ଆଜି ତା ପୁଅର ଚାକିରୀ ଗଲା । କାଲି ମେଚୋ ପୂର୍ତ୍ତିକି ଜର ହେଲା । ହେଲା କି ନାଇଁ ? ଜରରେ ପଡି ପଡି ମଲା । ତା ମର୍ଦ୍ଦ ରାମାଇ ପୂର୍ତ୍ତିକି ରକ୍ତବାନ୍ତି ହେଲା । ହେଲା କି ନାଇଁ ?

ଏ ସବୁ କିଏ କଲା ?

ସେଇ ଡାଆଣୀ ।

ଆଜି ସଂଜଇ ନଈ ଉପରେ ସର୍କାର ପୋଲ କଲା । କାଲି ଦୂରଦୂରାନ୍ତରୁ ଠିକାଦାର ଆସି ନଈରୁ ବାଲି ଉଠେଇଲେ । ଟ୍ରକ ଟ୍ରକ ବାଲି ଲଦିକି ନେଇଗଲେ । ବାଲି ନେଇ ଗଲାରୁ ଗାଡା ବୋଙ୍ଗା ରାଗିଲା । ଲିଣ୍ଡିବୁଢୀ ବୋଙ୍ଗା ରାଗିଲା । ଏଣୁ ଅକାଳ ପଡିଲା ।

ସେଇ ଡାଆଣୀ କଲା । ଆମ ସୁନାର ବାଲି ସେମାନେ ଚାଲାଣ କଲେ । ଆମ ମାଇଝିମାନେ ଆଉ ସୁନା ତୋଳିବେ କି ? ଅକାଳରେ ଆଉ ଜାଉ ପେଜ ମିଳିବ କି ?

ଗାଁ ସାରା ଲୋକ ହଏ ହଏ କଲେ ।

ସେଦିନ ରାତିରେ ମାନ୍‌କୀ ମୁଣ୍ଡା ଘରକୁ ଓଝା, ନାୟା ଆସିଲେ । ମଧୁ ହୋନ୍‌ହଗା ତିନିଶଟଙ୍କା ଓ ଗୋଟେ ଛେଳି ଦେବାକୁ ପ୍ରତିଜ୍ଞା କଲା । ତା' ପରଦିନ ଓଝା ଡାଆଣୀ ଧରିଲା ।

ସେ ଖବର ନିଉଟୋପିଆର ମୁଖ୍ୟାଳୟରେ ବସି କୁନାଳ ଶୁଣିଲା । ଆଉ ଗୋଟେ ଖୁନ୍ ହେଇଗଲା । ମିଡିଆବାଲା ପଙ୍କ ଚକଟି ତା' ଭିତରୁ ଗରଳ ଖୋଜି ଖୋଜି ପରଷି ଦେଲେ । କୁନାଳର ଅପାରଗତା, ଜିଲ୍ଲା ପ୍ରଶାସନର ନିକମ୍ମାପଣ ସୂଚୀତ ହେଲା । ରାଜଧାନୀରୁ ମୁଖ୍ୟମନ୍ତ୍ରୀ ଫୋନ୍ କଲା ଓ ଧମକ ଦେଲା କି ଚବିଶ ଘଣ୍ଟା ଭିତରେ ତଦନ୍ତ କରି ହତ୍ୟାକାରୀକୁ ଚିହ୍ନଟ କର । ଆଗକୁ ନିର୍ବାଚନ ଆସୁଥିଲା । ଲୋକେ ପାଣି ଓ ଖାଦ୍ୟ ପାଇଁ ଝୁରି ହଉଥିଲେ । କୁନାଳ କ'ଣ କରିବ ସ୍ଥିର କରି ପାରୁ ନଥିଲା ।

ପଶୁ ସର୍ଦ୍ଦାର ହିମ୍ମତ ନେଇ କହିଲା : ଆଜ୍ଞା ସବୁ ଠିକ୍ ହେଇଯିବ । ମୁଁ ଜାଣେ ପାଣି କେଉଁଠି ଅଛି । କେତେ ଗହୀରରେ ଅଛି ।

ପାଣି ଯେତେ ଗହୀରରେ ଥାଉ କି ଯଉଁଠି ଥାଉ ତାକୁ ଖୋଜିବାକୁ ତ ପଡିବନା ? ଖୋଜିବା ପାଇଁ ତତେ କିଏ ଟେଣ୍ଡର ଦେବ ? କୁନାଳ ବସି ବସି ପଶୁ ସର୍ଦ୍ଦାରର ନିର୍ବୋଧ ପଣିଆକୁ ପ୍ରଶ୍ନ କଲା ।

ଦେଶ ସ୍ୱତନ୍ତ୍ର ହେବାର ବାଷଠି ବର୍ଷ ପରେ ବି ନିଉଟୋପିଆରେ ଜଳକଷ୍ଟ, ଅନାହାର ମୃତ୍ୟୁ, ଅଶିକ୍ଷା, କୁପୋଷଣ ଓ କଳାବଜାରୀ ଥିଲା । ଗମନାଗମନର ସୁବିଧା ନଥିଲା । ସ୍ୱାସ୍ଥ୍ୟ ଓ ସେବାର କୌଣସି ସାଧନ ନ ଥିଲା । ଲୋକେ ଓଝା କି ପାହନକୁ ଡାକି ଝାଡଫୁଙ୍କ କରୁଥିଲେ । ସେ ପାଇଁ ପ୍ରତିବର୍ଷ କେତେ ଯେ ନିରୀହ ଜୀବନ ବଳି ପଡୁଥିଲା । କୁସଂସ୍କାର ଓ ଅନ୍ଧବିଶ୍ୱାସ ଲୋକଙ୍କ ରକ୍ତ ଓ ଶିରାପ୍ରଶିରାରେ କାଳକାଳରୁ ପ୍ରବାହିତ ହୋଇ ଆସୁଥିଲା । ସେ ପାଇଁ ଡାଆଣୀ ନାଁରେ ହତ୍ୟା ଓ ଉତ୍ପୀଡନର ସୀମା ନଥିଲା ।

ରାଜନେତାଏ, ଭ୍ରଷ୍ଟ ସରକାରୀ କର୍ମଚାରୀ ଓ ଅସାଧୁ ବ୍ୟବସାୟୀ ଗରିବ ଆଦିବାସୀଙ୍କୁ ଶୋଷଣ କରୁଥିଲେ । କୌଣସି ସରକାରୀ ଯୋଜନାର ଲାଭ ବା ସୁବିଧା ସିଧାସଳଖ ଲୋକଙ୍କ ପାଖରେ ପହଞ୍ଚି ପାରୁନଥିଲେ । ସବୁଠି ଦଲାଲ, ମାଫିଆ ଓ ଘୁସ୍‌ଖୋର ବାଟ ଛକି ରହିଥିଲେ ।

ସେ ପାଇଁ ଏକ ବିକଳ୍ପ ସରକାରର ଆହ୍ୱାନ ଦେଇ ନକ୍ସଲମାନେ ବଣ ଜଙ୍ଗଲରେ ଲୁଚି ଲୁଚି ଆଦିବାସୀଙ୍କୁ ଭ୍ରଷ୍ଟାଚାର ବିରୁଦ୍ଧରେ ଲଢେଇ କରିବା ପାଇଁ ତତଉ ଥିଲେ। ମତଉ ଥିଲେ।

ସେ ଏକୁଟିଆ କ'ଣ କରିପାରିବ ?

ତଥାପି ସେ ହାରିଯିବନି। ସତ୍ତାର ବିପକ୍ଷରେ, ସତ୍ତାରେ ସଂପୃକ୍ତ ଥାଇ ଲଢ଼ିବାର ଦୁଃସାହସ କରିଚି ଯେତେବେଳେ ସେ ପଛକୁ ହଟିଯିବନି। ଅବଶ୍ୟ ତାକୁ ଅନେକ ମୂଲ୍ୟଦେବାକୁ ହେବ। କୁନାଳ ଏଇପରି ଭାବିଲା।

କୁନାଳ ଏଇପରି ଭାବୁଥିବାବେଳେ ପଲ୍ଲବୀ ଫୋନ୍ କରି କହିଲା : ତା ପେଟରେ ଖୁବ୍ ଯନ୍ତ୍ରଣା ହେଉଚି ଓ ସେ ଆଉ ସମ୍ଭାଳି ପାରିବନି। ସେ ଏ କଥା ବି କହିଲା ଯେ, ମଟରରେ ପାଣି ଉପରକୁ ଚଢୁନି। ମଟର ଖାଲି ସିଁ ସିଁ ହଉଚି ପାଣି ନାଇଁ। ଝିଅ କାନ୍ଦୁଚି...।

କୁନାଳ ରାଗିକି କହିଲା : 'ସାରା ନିଉଟୋପିଆରେ ପାଣି ନାଇଁ।' ଏ କଥା କହିସାରି ସେ ଫୋନ୍ ରଖିଦେଲା ଓ ପଶୁ ସର୍ଦ୍ଦାରକୁ ଧମକେଇଲା ପରି ପଚାରିଲା : କହ, ନିଉଟୋପିଆରେ ପାଣି କଉଁଠି ଅଛି ? କେତେ ଗଭୀରରେ ଅଛି ?

ପଶୁ ସର୍ଦ୍ଦାର ତଳକୁ ନଇଁ ପଡି ଟେଳେ ମାଟି ଉଠେଇ ଆଣି ଗୁଡ ଚାଖିଲା ପରି ଚାଖିଲା। ଆଖିବୁଜି ବିଡିବିଡି ହେଲା। ପୁଣି ଆଖି ଖୋଲି ଆକାଶକୁ ଚାହିଁ କ'ଣ ସବୁ ବିଡି ବିଡି ହେଲା ଓ ତା' ପରେ ମୁଣ୍ଡ ହଲେଇ କହିଲା : 'ନିଉଟୋପିଆରେ ପାଣି ନାଇଁ। ନାଗେ ଏରା (ଧରତୀ ମାତା) ରାଗିଚି। ସଂଜଇ ନଈରୁ ବାଲି ଉଠେଇଲ। ନଈ ଉପରେ ପୋଲ ବନ୍ଧେଇଲ।

ଯେତେସବୁ ବୋଙ୍ଗା ଥିଲେ ଜଙ୍ଗଲକୁ ପଳେଇଲେ। ଯେତେସବୁ ଦେବତା ଥିଲେ କୋପ କଲେ।

ତା' ପରେ ପଶୁ ସର୍ଦ୍ଦାର ନିଜ ଭାଷାରେ ଗୋଟେ ଗୀତ ଗାଇଲା –

"ହାମ୍ ହୋକୋ ତୁମ ହୋକୋ
ତିସିଂନ ମିତତଃ ରେପେ ବୁବା ବିନ
ଜଃ ରୁବା କନତେ
ବୋଙ୍ଗା ରାଜା କଜିଇଃ ପେ
ଜଗରଃ ଇପେ, ବବା ଏଙ୍ଗା କୁଲଉଃରା
ଅଗୁଉଃରାନକାଏ
ମେନ୍ତେ ବବା – ଏଙ୍ଗା କଜିୟାଃ ଇୟେ
ଜଗରାଇପେ..."

ସେ ଗୀତର ଅର୍ଥ କୁନାଳ ବୁଝି ପାରିଲାନି । ଖାଲି ଗୀତର ଭାବାର୍ଥରୁ ମନେ କଲା ଯେ, ପଶୁ ସର୍ଦ୍ଦାର ତା କୁଳଦେବତାଙ୍କୁ ପାଣି ପାଇଁ, ଧାନ ପାଇଁ, ଫସଲ ପାଇଁ ପ୍ରାର୍ଥନା କରୁଚି ।

ପଶୁ ସର୍ଦ୍ଦାର ଗୀତ ଗାଇସାରି କାନ୍ଦିଲା । ସେ ଏତେ କାନ୍ଦିଲା ଯେ, ଲୁହସବୁ ପାଣିହେଇ କୂଅ, ପୋଖରୀ, ବନ୍ଧ ଓ ନାଳ-ନଈ ଭରି ଦେଲା । ତା' ପରେ ନିଉଟୋପିଆରେ ଆଉ ଜଳକଷ୍ଟ ରହିଲାନି । କୁନାଳ ପ୍ରେସ୍‌ବାଲାଙ୍କୁ ଡାକି କହିଲା : ଏଥର ନିଉଟୋପିଆର ଦୁଃଖ ଗଲା ।

ପ୍ରେସ୍‌ବାଲା ପଚାରିଲେ : 'ସତ ?'

କୁନାଳ କହିଲା : ସତ... ।

ଫାଗୁ ଗାଗରାଇ କୁଆଡେ ଗଲା

ଗୋଟେ ତିରିଲ ଗଛ (କେନ୍ଦୁଗଛ) ତଳେ ଠିଆ ହେଇ ଗୋଟେ ସକବା (ଶିଙ୍ଗା) ଫୁଙ୍କୁଥିଲା ଫାଗୁ ଗାଗରାଇ। ସେଆଡୁ ଦି'ଟା ଅସୁର ମାଇକିନା ଆସୁଥିଲେ ନଈ ଆଡକୁ। ସେମାନେ ନଈ ଭିତରେ ପଶିଲେ। ଏଆଡୁ ଦେଖ ଗୋଟେ ଅସୁର ପିଲା ସାଇକେଲରେ ବଡ ବେଟେରୀଟେ ଲଦି ନଈ ପାର କଲା।

ସେ ଏବେ ନିଉଟୋପିଆ ବଜାର ଭିତରକୁ ଯିବ। ଫାଗୁ ଗାଗରାଇ ସକବା ବଜେଇ ବଜେଇ ନଈ ଆରପାଖକୁ, ଜଙ୍ଗଲ ଭିତରକୁ ଯାଇଥିବା ଡିଣ୍ଡା ଓ ଗାଈ- ବଳଦମାନଙ୍କୁ ଡାକୁଥିଲା। ଆଉ ଅଳ୍ପକେ ସଂଜ ହେଇ ଆସିବ।

ଅସୁର ପିଲା ବେଟେରୀ ଚାର୍ଜ କରିବା ପାଇଁ ବଜାର ଯାଉଥିଲା। ସେ ଏ କାମ ପ୍ରତି ଦି' ଦିନରେ ଥରେ କରୁଥିଲା। ଅସୁର ଗାଁରେ ବିଜୁଳି ନଥିଲା। ସେ ପିଲାଟି କଉଁ ଦୂର ରାଇଜରେ ଚାକିରୀ କରି ଗୋଟେ କଳା ଧଳା ଟି.ଭି. କିଣିକି ଆଣିଥିଲା। ତା ଘର ଆଗରେ ଗୋଟେ ଲମ୍ବା ବାଉଁଶ ପୋତି ଆଣ୍ଟିନା ବାନ୍ଧିଥିଲା। ବେଟେରୀ ଲଗେଇ ଟି.ଭି. ଦେଖୁଥିଲା ଓ ପ୍ରତି ଦି' ଦିନରେ ଥରେ ବଜାର ଯାଇ ଚାର୍ଜ କରଉଥିଲା। ଆଜି ସଂଜବେଳେ ଦେଇ ଆସିଲେ କାଲି ସଂଜବେଳେ ମିଳିବ। ତା'ମାନେ ଗୋଟେ ଦିନ ବିରତି। ଦି'ଦିନ ଟି.ଭି. ଦେଖା, ଗୋଟେ ଦିନ ଛୁଟି। ଆଉ, ଯଉଁଦିନ ବଜାରରେ ବିଜୁଳି ନଥିବ କି ଟ୍ରାନ୍ସଫରମର ଜଳି ଯାଇଥିବ, ଝଡ ବତାସରେ ତାର ଛିଡି ଯାଇଥିବ; ସେତେଦିନ ବେଟେରୀ ସେମିତି ପଡିବ।

ଫାଗୁ ଗାଗରାଇ ଏବେ ଏବେ ସ୍ଥାନୀୟ କଲେଜରୁ ଇଣ୍ଟର ପାସ୍ କରି ପାରା ଶିକ୍ଷକ ହେଇଥିଲା। କିନ୍ତୁ ତାର ଏସବୁରେ ମନ ଲାଗୁ ନଥିଲା। ସେ ନଈ ଆରପାରି ଗାଁର

ଗୋଟେ ଡିଣ୍ଡାକୁ ଭଲ ପାଉଥିଲା । ସେ ଡିଣ୍ଡା ତା ସାଙ୍ଗେ କଲେଜରେ ପଢୁଥିଲା; କିନ୍ତୁ ଫେଲ୍ ହେଇଗଲା । ଯେବେ ଅସୁର ଗାଁର ଲୋକେ ତାଙ୍କ ଗାଁରୁ ଜଣକୁ ଡାଆଣୀ ସନ୍ଦେହରେ ମାରି ପକେଇଲେ; ସେବେଠାରୁ ଗାଁ ଗାଁ ଭିତରେ ଶତ୍ରୁତା ବଢିଲା । କଥା ଭାଷା ବନ୍ଦ ହୋଇଗଲା। ଫାଗୁକୁ ସେ ଝିଅଟା ଭୁଲିଗଲା ଓ ଫାଗୁ ତାକୁ ଝୁରି ହେଇ ନିଇତି ସଂଜବେଳେ ନଈ କୂଳରେ ସକବା ବଜେଇଲା ।

ଅସୁର ଗାଁର ସେଇ ମାଇକିନା ଦିଇଟା ଗୁରୁବାର ହାଟକୁ ସୁନା ବିକିବା ପାଇଁ ଯାଇଥିବେ । ସୁନା ବିକିସାରି ଫେରୁଥିବେ । ସେ ପାଇଁ ସେମାନେ ଡଗ ଡଗ ଚାଲୁଥିଲେ । ବେଳ ବୁଡିବା ଆଗରୁ ଘର ଧରିବା ପାଇଁ ଭାବୁଥିଲେ । ମୁଣ୍ଡରେ ସେ ଦି’ ଜଣ ଦି’ଇଟା ଛୋଟ ଛୋଟ ଝୁଡି ମୁଣ୍ଡେଇ ଥିଲେ । ନଈରେ ପେଟେ ପେଟେ ପାଣି ହବ । ପଥର ବନ୍ଧ ଦେଇ ପାର କରି ପାରିଥାନ୍ତେ । ମାତ୍ର ଶିଉଳି ଲାଗି ପଥର ଖସଡା ହେଇ ଯାଇଥିବ । ଜାଣିଜାଣି ଗୋଡ ହାତ କାହିଁକି ଭାଙ୍ଗିବେ ?

ତିରିଲ ଗଛ ମୂଳେ ଠିଆ ହେଇ ଫାଗୁ ଦେଖିଲା ମାଇକିନା ଦିଇଟା ଶାଢୀ ଆଣ୍ଠୁ ଉପରକୁ ଓ ପୁଣି ଜଙ୍ଘ ଉପରକୁ ଓ ପୁଣି ପେଟ ଉପରକୁ ଟେକି ପାଣି ଭିତରେ ପାର ହେଲେ । ଫାଗୁ ଲୁଚିକି ଏସବୁ ଦେଖିବ ବୋଲି ମନ କରି ସକବା ବଜାଇବା ବନ୍ଦ କରିଦେଲା । ହେଲେ ସେ ମାଇକିନା ଦିଇଟା ନଈପାର ହେଇ ନଙ୍ଗଳା ହେଇ ପଡିଲେ ଓ ଶାଢୀ ଖୋଲି ପୋଛି ପାଛି ହେଲେ ।

ଏତିକିବେଳେ ନଈ ଭିତରୁ କଇରି ଗୋଇପାଇ ଉଠିଲା । ସାଙ୍ଗରେ ତା’ର ଆଉ ଦି’ ତିନିଟା ମାଈଝି ଥିଲେ । ଫାଗୁକୁ ଦେଖି ସେମାନେ ହସିଲେ ଓ ରସରସିଆ ଗୀତ ଗାଇ ଗାଇ ଗଲେ । କଇରି ଆଖିକି ଭଲ କରି ଦିଶୁ ନଥିଲା । କଇରି କାନକୁ ଭଲ କରି ଶୁଭୁ ନଥିଲା । ମାତ୍ର ତାକୁ ସୁନା ଖୋଜିବାର ମନ୍ତ୍ର ଜଣା ଥିଲା । କଇରି ଭାବୁଥିଲା ସେ ମରିବା ପୂର୍ବରୁ ଆଉ କାହାକୁ ସେ ମନ୍ତ୍ର ଦେଇଯିବ । ତା ଦିଅରର ଗୋଟେ ଝିଅ ଥିଲା । ସେଟା ବୋକୀଟେ ଥିଲା । ସେ ପାଇଁ ତାକୁ ଦେଲାନି ।

ଗାଁ ଭିତରେ ଗୋଟେ ବିଧବା ଥିଲା । ସେ ତା ମର୍ଦ୍ଦକୁ ଖାଇଥିଲା । ଦି’ଟା ଗୋରୁ ଖାଇଥିଲା । ତିନିଟା ପିଲାଙ୍କୁ ଖାଇଥିଲା । ସେ ତାକୁ ବାଛିଲା । ସେ କଥା ପରେ କହିବି ।

ଫାଗୁ ଯେଉଁ ତିରିଲ୍ ଗଛ ମୂଳେ ଠିଆ ହେଇ ସଂଜବେଳେ ନଈର ଦୃଶ୍ୟ ଦେଖୁଥିଲା, ସେଠିକି ରାଇଫଲ ହୋନ୍‌ହଗା ଆସିଲା । ରାଇଫଲ୍ ଆଜିକାଲି ବେକାର ହେଇ ଘରେ ବସିବସି ଅଳସୁଆ ହେଉଥିଲା । କେବେ ଏ ଦଳ ତ କେବେ ସେ ଦଳର ରାଲିରେ ଯାଉଥିଲା । ତା ବାପ ତାକୁ ସବୁବେଳେ କିଛି ନା କିଛି କରିବା ପାଇଁ କହୁଥିବା ସତ୍ତ୍ୱେ ସେ ଘରଛାଡି କୁଆଡେ ପଳେଇ ଯିବାକୁ ଚାହୁଁଥିଲା ।

ସେ ଫାଗୁକୁ ତା ମନ କଥା କହିଲା । କହିଲା, 'ଚାଲ ପଳେଇବା ଜଙ୍ଗଲକୁ । ସେଠି ନକ୍ସଲ ହେଇଯିବା । ଲୋକଙ୍କ ପାଇଁ ଲଢିବା । ଲୋକଙ୍କ ପାଇଁ ମରିବା ।'

ରାଇଫଲ କଥା ଗୋଟେ ସ୍ୱତନ୍ତ୍ରତା ସଂଗ୍ରାମୀ ପରି ଶୁଭୁଥିଲା । ଗୋଟେ ପୋଖତ ନେତାର ଭାଷଣ ପରି ଶୁଭୁଥିଲା । ରାଇଫଲର ଆୱାଜ ପରି ଶୁଭୁଥିଲା । ଫାଗୁର ଦିହ ଶୀତେଇ ଉଠିଲା । ରକ୍ତ ହେମାଳ ହେଇଗଲା । କଉଁ ଦୂର ଜଙ୍ଗଲରେ ଠୋ ଠୋ ଗୁଳିର ଆୱାଜ ଶୁଭିଲା । ଫାଗୁ ତା ଶିଙ୍ଗା ନଈ ପାଣିକି ଛାଟି ଦେଇ ଏକମୁହାଁ ଦଉଡି ପଳେଇଲା ।

ତା' ପରଦିନ ନିଉଟୋପିଆର ସଦର ବଜାରର ମୁଖ୍ୟ ସ୍ଥାନମାନଙ୍କରେ ନାଲି ଅକ୍ଷରରେ ପୋଷ୍ଟର ଲାଗିଥିଲା । ପୋଷ୍ଟରରେ 'ପୁଲିସ୍ ପ୍ରତାଡନା ବନ୍ଦ କର । ଠିକାଦାର, ହୁସିଆର । ଲାଲ୍ ସଲାମ୍ ।' ଲେଖା ଯାଇଥିଲା । ଏ ଖବର ପ୍ରଥମେ ଥାନାକୁ ଓ ଥାନାରୁ ଡି.ସି. ଅଫିସ୍‌କୁ ଓ ସେଇଠୁ ପ୍ରେସ୍‌ବାଲାଙ୍କ ପାଖକୁ ହେଇ ରାଜଧାନୀ ଚାଲିଗଲା ।

କୁନାଳ ଆଉ ଏକ ଚକ୍ରବ୍ୟୂହରେ ପଡିବାକୁ ଯାଉଛି ବୋଲି ଧରିନେଇ ଗୋଟେ ତଦନ୍ତ କମିଟି ବନେଇଲା ଓ ତୁରନ୍ତ ପ୍ରତିକାର ପାଇଁ ଗୁପ୍ତ ଗୋଇନ୍ଦା ସଂସ୍ଥାକୁ ନିଯୁକ୍ତ କରି ନିଶ୍ଚିନ୍ତ ହେଇ ବସିବାକୁ ସ୍ଥିର କଲା । କିନ୍ତୁ ସେ ନିଶ୍ଚିନ୍ତ ହୋଇପାରୁ ନଥିଲା ।

ମିଡିଆ ତା ପଛରେ ପଡି ସାରଥିଲେ । ଗୋଟେ ଇମାନଦାର୍ ଅଫିସର୍ ଭାବେ ତାକୁ ଯେତିକି ପ୍ରଶଂସା ଓ ସହଯୋଗ ମିଳିବା କଥା ତାହା ନ ମିଳି ବରଂ ଓଲଟା ତାକୁ ବଦନାମ୍ କରାଇବାର ଷଡଯନ୍ତ୍ର ଆରମ୍ଭ ହୋଇ ଯାଇଥିଲା ।

ସରକାରୀ ଗୁପ୍ତଚର ସଂସ୍ଥା ତଦନ୍ତ କରି ରିପୋର୍ଟ ଦେଲା କି, ନକ୍ସଲମାନେ ସ୍ଥାନୀୟ ଶିକ୍ଷିତ ଓ ବେକାର ଯୁବକ ଯୁବତୀମାନଙ୍କୁ ତାଙ୍କର ଟାର୍ଗେଟ ବନେଇଛନ୍ତି । ମାସିକ ବେତନ, ନିୟମିତ ଭତ୍ତା ଓ ପରିବାରର ଭରଣପୋଷଣ ସହ, ନିଶ୍ଚିତ ବୀମା ତଥା ଲୋଭନୀୟ ମନୋରଞ୍ଜନର ବ୍ୟବସ୍ଥା ଏପରି ଯୁବକ- ଯୁବତୀଙ୍କୁ ଆକୃଷ୍ଟ କରୁଚି । ସେମାନେ ଖୁବଶୀଘ୍ର ପୁଲିସ୍ ନ୍ୟାୟାଳୟ, ଡି.ସି. ଅଫିସ୍ ଓ କୋର୍ଟ ତଥା ବ୍ୟାଙ୍କ ଉଡାଇ ଦେବାର ଯୋଜନା କରିଛନ୍ତି ।

କୁନାଳ ଆଉ ଥରେ ଦୀର୍ଘଶ୍ୱାସ ଛାଡିଲା । ଏଥର ତା ମୁଣ୍ଡ ଭିତରଟା ଭୟଙ୍କର ଭାବେ ବିସ୍ଫୋରିତ ହେବାକୁ ଲାଗିଲା । ଲାଗିଲା ଯେପରି ମୁଣ୍ଡଟା ଭିତରେ 'ଏକ୍ସପ୍ଲୋଡିଂ ହେଡ୍ ସିଣ୍ଡ୍ରମ୍' ଆରମ୍ଭ ହେଇଚି । ସେ ଯେକୌଣସି ସମୟରେ ଫାଟି ଯାଇପାରେ ।

ସେଦିନ ଗାଁରେ ଫାଗୁ ଗାଗରାଇ କି ରାଇଫଲ ହୋନ୍‌ହଗା କେହି ନଥିଲେ । ପୁଲିସ୍ ସେ ଦି' ଜଣଙ୍କୁ ସନ୍ଦେହ କରି ତାଙ୍କ ଘରୁ ବାପାମାନଙ୍କୁ ଧରି ଆଣି ହାଜତରେ ରଖିଲା । ନିଉଟୋପିଆରେ ସେଦିନ ଲୋକମାନେ ଏଇଟାକୁ ଚର୍ଚ୍ଚାର ମୁଖ୍ୟ ବିଷୟ କରିଥିଲେ ।

କୁନାଳ ଭାବିଲା, ଏପରି କାହିଁକି ହେଲା ? ବର୍ଷ ବର୍ଷ ଧରି ଅବହେଳିତ, ଶୋଷିତ

ଏଇ ନିରୀହ ଜନଜାତିର ମନ ଭିତରେ ରକ୍ତ, ହିଂସା ଓ ପ୍ରତିବାଦର ବିଷମଂଜି କିଏ ବୁଣିଲା ? କିଏ ଦାୟୀ ଏ ପାଇଁ ?

କିନ୍ତୁ ଥାନାରେ ଅଟକ ଥିବା ଫାଗୁ ଓ ରାଇଫଲର ବାପ ଦିହେଁ ଯେତେ କନ୍ଦାକଟା କଲେ, ଯେତେ ଗୋଡହାତ ଧରିଲେ ଓ ଯେତେ ବୁଝାଇ କହିଲେ ପୁଲିସ୍ ଶୁଣିଲାନି । ଫାଗୁର ବାପ କହିଲା, ତା ପୁଅ ଜଙ୍ଗଲକୁ ଶିଙ୍ଗା ବଜେଇବା ପାଇଁ ଯାଇଚି । ସେ ନିଶ୍ଚେ ଆଜି ଫେରିବ । ତାର କିଛି ଦୋଷ ନାଇଁ । ରାଇଫଲ ବିଷୟରେ ତା ବାପ ସଫେଇ ଦେଲା ଯେ, ସେ ଯଉଁଦିନ ଜନ୍ମ ହେଇଥିଲା, ସେଇଦିନ ଗାଁକୁ ଗୋଟେ ପୁଲିସ୍ ରାଇଫଲ କାନ୍ଧେଇ ଆସିଥିଲା ଓ ଘର ଘର ପଶି କୁକୁଡା ମାଗୁଥିଲା । କୁକୁଡା ନ ଦେଲେ ରାଇଫଲ ଦେଖେଇ କହୁଥିଲା : 'ଗାଣ୍ଡିରେ ପୂରେଇ ଦେବି ।'

ସେ ଏତେ ପାଖରୁ କେବେ ରାଇଫଲ ଦେଖି ନଥିଲା । ସେଦିନ ପୁଲିସଟା ତା ରାଇଫଲରେ କୁନି ଛୁଆଟାକୁ ଖେଞ୍ଚି ଦେଇ ହୋ ହୋ ହେଇ ଗୋଟେ ଦୁଷ୍ଟ ବୋଙ୍ଗା ଲାଗିଲା ପରି ହସିଥିଲା । ତା'ପରେ କୁନି ଛୁଆଟା ଯଉଁ କାନ୍ଦିଲା, ଆଉ ଶାନ୍ତ ହେଲାନି । ଯେତେବେଳେ ସେ ବଡ ହେଲା, ଜଣାପଡିଲା ସେ ଛଉ ନାଚି ପାରିବ ନାହିଁ । ରାଇଫଲରେ ଖେଞ୍ଚା ଖାଇ ତା କଅଁଳିଆ ଗୋଡ ବଙ୍କା ହେଇଗଲା । ସେ ଚିରଦିନ ବିକଳାଙ୍ଗ ହେଇଗଲା । ସେ ପାଇଁ ତା ନାଁ ରାଇଫଲ ଦିଆଯାଇଥିଲା । ହେଲେ ସେ କେବେ ରାଇଫଲ ରଖି ନଥିଲା । ରାଇଫଲ ରଖିଥିଲେ ସେ କମ୍ପାନୀରେ ଚାକିରି କରିଥାନ୍ତା କି ? ତା ଚାକିରିକି ଡାଆଣୀ ଖାଇଥାଆନ୍ତା କି ?

ମଧୁ ହୋନ୍‌ହଗାର ଏତେବଡ ଲମ୍ବା କାହାଣୀ ଶୁଣି ଥାନାର ବଡବାବୁ କହିଲା : ମାଦର୍... ଭାକ୍... ଭାକ୍ ଇହାଁସେ... ।

କୁନାଳ ଅଫିସ୍‌ରୁ ଫେରି ବଙ୍ଗଳାରେ ପହଞ୍ଚିଲା । ପଲ୍ଲବୀ କିଛି ଗୋଟେ କଥାକୁ ନେଇ ଖୁବ୍ ବ୍ୟସ୍ତ ଓ ବିବ୍ରତ ଦିଶୁଥିଲା । ନଳରେ ପାଣି ଆସୁଥିଲା । ମଟରା ସଜଡା ଯାଇ ସାରିଥିଲା । କାମ କଲାବାଲି ଆସୁଥିଲା । ପଶୁ ସର୍ଦ୍ଦାର ମଝିରେ ମଝିରେ ଆସି ଭଲମନ୍ଦ ବୁଝି ଯାଉଥିଲା । କୁନି ଝିଅଟି ଗୋଟେ ଟିକି ପ୍ରଜାପତି ପରି ଲନ୍‌ସାରା, ବଗିଚା ସାରା ଧାଉଁଥିଲା । ବଗିଚା ଭର୍ତ୍ତି ଫୁଲ । ଗଛ ଭର୍ତ୍ତି ଫଳ । ଆକାଶରେ ବାଦଲଙ୍କ ମେଳା । ଚାରିଆଡେ ମକରର ଖୁସ୍‌ବୁ । ଏ ଅଞ୍ଚଳରେ ସବୁଠୁ ବଡ ପର୍ବ ।

କୁନାଳ ପ୍ରଥମେ କିଛି କହିଲାନି । ଫ୍ୟାନ୍‌ର ସୁଇଚ୍ ଅନ୍ କରିବାକୁ ଯାଇ ଜାଣିଲା - ଲୋଡ୍ ସେଡିଂ । ନିଉଟୋପିଅରେ ବର୍ଷକ ତିନିଶ ଷାଠିଏ ଦିନ ଲୋଡ୍‌ସେଡିଂର ଦିନ । ସେ ପଶୁ ସର୍ଦ୍ଦାରକୁ ଖୋଜିଲା । ପଶୁ ସର୍ଦ୍ଦାର ବଜାର କରିବା ପାଇଁ ଯାଇଥିଲା ।

ସେ ବହୁ ସାହସ ସଞ୍ଚୟ କରି ପଲ୍ଲବୀକୁ ପଚାରିଲା : ପେଟ କିଛି ହଉଚି କି ? ଡକ୍ଟରକୁ ଡାକିବି ? କିଛି ତ କୁହ !

ଏଥର ପଲ୍ଲବୀ କାନ୍ଦିଲା ଓ ତାକୁ ଜାବୁଡ଼ି ଧରି କହିଲା : ତମେ ମୋତେ ଛାଡ଼ିକି କୁଆଡେ ଯାଅନି। ମୋତେ ଏଠି ଡର ଲାଗୁଚି। ତମେ ନଥିବାବେଳେ କିଏ କିଏ ସବୁ ଫୋନରେ ଧମକ ଦଉଚନ୍ତି। ଖରାପ ଗାଳି ଦେଉଚନ୍ତି। କହୁଚନ୍ତି ସେମାନେ ଝିଅକୁ ଉଠେଇ ନେବେ। ମୋତେ ବଳାତ୍କାର କରିବେ... ତମକୁ...

କୁନାଳ କିଛି କହିଲାନି। ଗମ୍ଭୀର ହେଇଗଲା। ଜିଲ୍ଲା ପୁଲିସ୍ ମୁଖ୍ୟାଳୟକୁ ଫୋନ୍ ଲଗେଇଲା। ଫୋନ୍ ରିଂ ହେଲା। କେହି ଉଠେଇଲେନି। ଚାରିଆଡେ ଜଙ୍ଗଲ। ଜଙ୍ଗଲ ପରି ଅନ୍ଧାର। ବଙ୍ଗଳା ଭିତରେ ସେ, ପଲ୍ଲବୀ ଓ କୁନିଝିଅ। ବାହାରେ କିଏ ଦି'ଜଣ ଠିଆ ହେଇଥିବା ମନେ ହେଲା। ସେମାନେ ଗେଟ୍ ଖୋଲିବା ପରି ଲାଗିଲା। ଗେଟ୍ ପାଖରେ ଗୋଟେ ଜଙ୍ଗଲୀ ଜାନୁଆର ଦଉଡା ଦଉଡି କରୁଥିବା ପରି ଶୁଭୁଚି। କୁନାଳକୁ ଡର ଲାଗିଲା।

ସେ ଆଉ ଥରେ ଫୋନ୍ ଲଗାଇଲା। କେହି ଉଠେଇଲେନି। ଗେଟ୍ ପାଖରେ କିଏ କୁଦି ପଡିଲା। 'କିଏ... ? କିଏ... ସେଠି ?' କୁନାଳ ଖୁବ୍ ବଡ ପାଟିରେ ଚିତ୍କାର କଲା ଓ ଗୋଟାପଣେ ଥରିବାକୁ ଲାଗିଲା। ହେଲେ ସେ ଥରୁଚି ବୋଲି କେହି ଦେଖି ପାରିଲେନି। ନା ପଲ୍ଲବୀ, ନା କୁନି ଝିଅ। ଅନ୍ଧାରକୁ ଧନ୍ୟବାଦ।

କୁନାଳକୁ ଆହୁରି ଅନେକ ଦୂର ଯିବାକୁ ଥିଲା। ନିଉଟୋପିଆରେ ଅକାଳ, ମରୁଡି ଓ ଭ୍ରଷ୍ଟାଚାରର ସୀମା ନଥିଲା। ଅନାହାରଜନିତ ମୃତ୍ୟୁ ଓ ଅନ୍ଧବିଶ୍ୱାସଜନିତ ହତ୍ୟାର ତାଲିକା କ୍ରମଶଃ ଲମ୍ବି ଯାଉଥିଲା। କ୍ରମଶଃ ଦଲାଲ ଓ ଠିକାଦାରଙ୍କ ଶୋଷଣରେ ଗରିବ ଓ ଅଶିକ୍ଷିତ ଆଦିବାସୀ ତଥା ସାଧାରଣ ଜନତା ଅତିଷ୍ଠ ହୋଇ ଉଠୁଥିଲେ। ସେପାଖେ ନକ୍ସଲ କି ମାଓବାଦୀଙ୍କ ପରି ଉଗ୍ରସଙ୍ଗଠନ ଧୀରେଧୀରେ ଜଙ୍ଗଲ, ପାହାଡ ଓ ସହରତଳି ଅଞ୍ଚଳକୁ ଦଖଲ କରି ବସୁଥିଲେ।

ଆଉ; ସର୍କାର ଖଦୀ ପିନ୍ଧି ଗଜରା ମାଳ ନାଇ, ଜାତୀୟ ସଙ୍ଗୀତ ଗାଇ ଦେଶର ଅଖଣ୍ଡତା ଓ ସ୍ୱତନ୍ତ୍ରତା ସଂପର୍କରେ ଲୋକଙ୍କୁ ଶିକ୍ଷିତ କରାଉଥିଲା। ଏକ ଶୋଷଣମୁକ୍ତ ରାଷ୍ଟ୍ର ଓ ବିକାଶଶୀଳ ରାଷ୍ଟ୍ରର ନାଗରିକ ହିସାବରେ ପ୍ରତ୍ୟେକ ଜନତାଙ୍କୁ ସର୍ବନିମ୍ନ ଆବଶ୍ୟକତା ଓ ଅଧିକାରର ସୁରକ୍ଷା ଯୋଗାଇ ଦେବା ପାଇଁ ପ୍ରତିଶ୍ରୁତି ବାଣ୍ଟୁଥିଲା।

କୁନାଳ କ୍ରମେ ଅଧିକରୁ ଅଧିକ କଠିନ ଓ ଏକାକୀ ହୋଇ ଯାଉଥିଲା। ମନେ ହେଉଥିଲା ସତେ ଯେପରି କିଏ ଜଣେ ତା ପିଛା କରୁଛି। ଗୋଟେ ଘନ ଘୋର ଜଙ୍ଗଲ ଭିତରେ ସେ ଧାଇଁଛି। ତାକୁ ଶୋଷ ଲାଗୁଛି, ଅଥଚ କେଉଁଠି ହେଲେ ପାଣିର ସୁରାଗ ନାହିଁ।

ବହୁତ ଦୂରରେ ନିଆଁ ଜଳୁଚି। କେହି ଜଣେ ସେଠି ଥାଇପାରେ। କୁନାଳ ଅନୁଭବ କଲା କିଏ ଜଣେ ତା ହାତକୁ ଚାପି ଧରିଚି ଅନ୍ଧାରରେ। ଗୋଟେ ତତଲା ଓ ଖର ନିଶ୍ୱାସ

ବାଜୁଚି ତା ବେକ ମୂଳରେ। ହାତଟେ ନା ସାପଟେ ଗୁଡେଇ ହେଇଚି ସେ ଭଲ କରି ଜାଣିବାକୁ ଚାହିଁଲା। ସାପର ତଳିପେଟ ପରି ଶୀତଳ ଓ ସଲସଲିଆ ଲାଗୁଥିଲା।

ହଠାତ୍ ବିଜୁଳି ଆସିଲା। ଘର ଭିତରେ ପଲ୍ଲବୀ କି କୁନିଝିଅ କେହି ନ ଥିଲେ। ସେ ସତକୁ ସତ ଡରିଗଲା।

ବିଜୁଳି ଆସିବା ପରେ ସେ ପ୍ରଥମେ ସେ ଦି' ଜଣଙ୍କୁ ଖୋଜିବାକୁ ଲାଗିଲା। ଚଉକିଦାରକୁ ବଡ ପାଟିରେ ଡାକିବାକୁ ଲାଗିଲା। ସତେ ଯେପରି ତା ତଣ୍ଟି ଶୁଖିଯାଇଛି, ତା ଡାକ ସେଇପରି ଶୁଭୁଥିଲା।

ଟିଭି ଆଗରୁ ଅନ୍ ଥିଲା। କେବଳ ଡି.ଡି. ୱାନ୍। ନିଉଜ୍ ଚାନେଲ୍‌ରେ ଖାଲି ମିଛ ଖବର। ଜଣେ ବୟସ୍କା ଯୁବତୀ ମେକ୍ ଅପ୍ ଲଗେଇ ନିଜର ବୟସ ଲୁଚେଇବାର ପ୍ରଯତ୍ନ କରି ଓଠକୁ ଚୁମା ଦେବାପରି ମୁଦ୍ରାରେ ରଖି ଚି ଚି ଶବ୍ଦଗୁଡିକୁ କହୁଥିଲା, ସତେ ଯେପରି ସେ କଥା କହୁନାହିଁ, ବରଂ ଚୁଇଁଗମ୍ ଚୋବଉଚି। ସେ ଖବର ପଢୁଥିଲା।

ତା ଖବରରେ ବଜାରରେ ମନ୍ଦି, ସେୟାର ବଜାର ଡାଉନ୍, ସୁନାର ଭାଉ ତେଜିଲା, ମୁମ୍ବାଇରେ ଏକକାଳୀନ ଛଅଟି ବିସ୍ଫୋରଣ ଓ ଦିଲ୍ଲୀର ରାଷ୍ଟ୍ରପତି ଭବନ ସାମ୍ନାରେ ଗଣଧର୍ଷଣ... ଇତ୍ୟାଦି ମସଲାଦିଆ ସମାଚାର ଥିଲା। ତା'ପରେ ସେ କହିଲା, ମୂଷା ଓ ସାପ ସାଙ୍ଗ ହେଇ ରହୁଚନ୍ତି... ଇତ୍ୟାଦି।

ଠିକ୍ ଏତିକିବେଳେ ପଲ୍ଲବୀ ଓ କୁନିଝିଅ ଓ ଚଉକିଦାର ବଙ୍ଗଳା ଭିତରକୁ ପଶି ଆସିଲେ ଓ ସେମାନେ କହିଲେ କି, ତାଙ୍କ ଘର ଭିତରେ ଗୋଟେ ସାପ ପଶିଯାଇଛି। ବାହାରୁନି।

ସାପ !

ଚମକି ପଡିଲା କୁନାଳ।

ଭୟ, ଆତଙ୍କ, ଉତ୍ତେଜନା ଏକଥରକେ ମାଡି ବସିଲା। ପଲ୍ଲବୀ ଓ କୁନିଝିଅ ବି ଥରୁଥିଲେ। ହେଲେ ଅନ୍ଧାରରେ ଏମିତି ଏକା ଏକା କୁଆଡେ ଗାଏବ ହେଇଯିବା ଠିକ୍ କି ? ହାତରେ ଟର୍ଚ୍ଚ ନଥିଲା। ମୋବାଇଲ ଫୋନ୍ ନଥିଲା।

ଚଉକିଦାର କହିଲା : ଜଙ୍ଗଲୀ ସାପ ଆଜ୍ଞା ! ଘର ଭିତରେ ବୁଲୁଚି। ଧରା ପଡୁନି କି ଆପେ ବାହାରି ଯାଉନି।

'ମୁସ୍କିଲ୍।' କହିଲା କୁନାଳ ଓ ଫାୟାର ଷ୍ଟେସନକୁ ଫୋନ୍ ଲଗେଇଲା। ସେଠୁ କିଛି ଖବର ମିଳିଲାନି।

ସାରାରାତି କୁନାଳ ସାପ ପଛରେ ଓ ସାପ କୁନାଳ ପଛରେ ଖେଳି ବୁଲିଲେ। କଉଁଠି ସାପ ତ କଉଁଠି ସିଡି। ପଲ୍ଲବୀ ଓ କୁନି ଝିଅ ପଲଙ୍କ ଉପରେ ବସି ରହିଲେ ଓ ସାପ ସିଡି ଖେଳ ଦେଖିଲେ ସାରା ରାତି। ରାତି ସାରା।

ଏକ ରହସ୍ୟ ରୋମାଞ୍ଚକର ଅନୁଭବ

ଦିନେ ସେ କଞ୍ଚା ବେଲପରି ସ୍ତନ ଥିବା ମାଇକିନାଟି ଗେଟ୍ ଖୋଲି କ୍ୟାମ୍ପସ୍ ଭିତରକୁ ପଶିଲା। ସେ ଏପରି ପଶିଲା ଯେ, ମନେ ହେଉଥିଲା ସତେ ଯେପରି ଗୋଟେ ଓଲେଇ ଗାଈ ବାଡ ଡେଇଁ ଫସଲ କ୍ଷେତ ଭିତରକୁ ପଶି ଆସିଚି। ଘଡିକେ ସର୍ବନାଶ କରି ଦେଇଯିବ ସବୁଜ ଛନଛନିଆ ଗଛପତ୍ର। ସେତେବେଳେ ପଲ୍ଲବୀ ବାଳ ମୁକୁଳା କରି ଛାତ ଉପରେ ଶୁଖଉଥିଲା। ସେଇଠୁ ଥାଇ ସେ ତଳକୁ ଦେଖି ଜାଣି ପାରିଲା ଯେ, ସେ ମାଇକିନାଟି ଆସିଚି। ଅନେକ ଦିନ ପରେ।

ପଲ୍ଲବୀ ଧୀରେ ଧୀରେ ଛାତ ଉପରୁ ଓହ୍ଲେଇଲା ସିଡି ଦେଇ। ସେ ମୁଖ୍ୟ ଦରଜା ପାଖକୁ ଆସିଲା। ସେତେବେଳକୁ ମାଇକିନାଟାର ପେଟ ବି ଫୁଲି ସାରିଥିଲା। ଦିହେଁ ଦିହିଁକି ଦେଖି ହସିଲେ।

: 'ଏତେ ଦିନ ଯାଏ କୁଆଡେ ଥିଲୁ ?'

ପଲ୍ଲବୀ ପ୍ରଶ୍ନର ଉତ୍ତର ଦେବାକୁ ଯାଇ ମାଇକିନାଟି ଖାଲି ତଳିପେଟକୁ ଚାହିଁଲା ଓ ହସି ଦେଲା। ପଲ୍ଲବୀ ବୁଝି ପାରିଲା।

ତା'ପରେ ମାଈକିନାଟି ତା ପାଛିଆ ଭିତରୁ ଏଥର ଯତ୍ନରେ ଗୁଡା ହେଇ ରହିଥିବା ଗୋଟେ ଜରି ଭିତରୁ କାଗଜ ପୁଡିଆ ବାହାର କଲା। କାଗଜ ପୁଡିଆ ଭିତରେ ଆଉ ଖଣ୍ଡେ କାଗଜରେ ମୋଡା ହେଇ ଗୋଟେ ଦିଆସିଲି ଖୋଳ ଥିଲା। ସେଇଟାକୁ ସେ ଖୋଲିଲା। ଦିଆସିଲି ଖୋଳ ଭିତରେ ନାଲି କାଗଜର ଏକ ଛୋଟ ପୁଡିଆଟେ ଥିଲା।

'ଏଟା କି ଓଷଦ ?' ପଚାରିଲା ପଲ୍ଲବୀ।

'ଓଷଦ ନୁହେଁ ଗୋ ! ସୁନା' ମାଇକିନାଟି କହିଲା।

'ସୁନା ?' ଚମକି ଉଠିଲା ପଲ୍ଲବୀର ଆଖି, କପାଳ।

ତା'ପରେ ମାଈକିନାଟି ନାଲି କାଗଜ ପୁଡିଆ ଖୋଲି ଧରିଲା ଓ ତା' ଭିତରେ

ବାଲିକଣା ପରିଦି' ତିନି ଟୁକୁଡ଼ା ଚକ୍ ଚକ୍ କରୁଥିବା ସୁନା ପରି କିଛି ଧାତୁକୁ ଦେଖି ପଲ୍ଲବୀ ପଚାରିଲା : ଏଟା କ'ଣ ? କି ଓଷଦ ?

'ସୁନା ଗୋ, ସୁନା... ସଂଜଇ ନଈରୁ ପାଇଚି। ଦେଖ୍ କେତେ ଚକ୍ ଚକ୍ କରୁଚି। ଖାଣ୍ଟି ସୁନା। ହାତ୍‌ନା ଗଛର ଛାଲିରେ ଏକୁ ଧୋଇଚି। ଗୁରୁବାର ହାଟ ଯାଇଥିଲେ ଟଙ୍କ ଦୁଇଶ ହେଇତା। ଦେଖୁଚ ତ ପେଟ ବଢ଼ିଚି। ମର୍ଦ୍ଦ କୁଆଡ଼େ ଯାଇଚି। ନିଅ, ଯଦି ରଖିବ ରଖ। ଯାହା ଦବ ଦିଅ।' କହିଲା ସେ ମାଈକିନା।

ମାଈକିନାର ସ୍ତନ ଦି'ଇଟାକୁ ଦେଖି ଆଉ ଥରେ ଈର୍ଷା କଲା ପଲ୍ଲବୀ। ପଲ୍ଲବୀ ଭାବିଥିଲା ସେ କିଛି ଓଷଦ ଧରି ଆଇଚି। ସେ ଜାଣେ, ଆଦିବାସୀମାନେ କେତେ ରକମର ଟୁଟୁକା ଜାଣନ୍ତି। ଚେର ମୂଳିରୁ ଦୁଃସାଧ୍ୟ ରୋଗ ଠିକ୍ କରିବାର ଉପାୟ ଜାଣନ୍ତି। ମାରଣ, ତାରଣ, ବଶୀକରଣ ଜାଣନ୍ତି। ମାତ୍ର ସୁନା...। ସୁନା କ'ଣ କରିବ ? ଇଏତ ଖାଣ୍ଟି ସୁନା ନୁହେଁ। ଏକୁ ନେଇ ପ୍ରସେସିଂ କରାଯିବ। ପୁଣି କେତେ କ୍ୟାରେଟର ସୁନା ଇଏ ତାକୁ ପରୀକ୍ଷା କରାଯିବ, ତେବେ ଯାଇ ଇଏ ବ୍ୟବହାର ଯୋଗ୍ୟ ହେବ।

ଖାଲି ସୁନାର ଟୁକୁଡ଼ାଏ କଞ୍ଚା ଧାତୁକୁ ନେଇ ସିଏ ବା କରିବ କ'ଣ ? ଆଉ, ଏ କଥା ଯଦି କୁନାଲ ଜାଣେ, ତେବେ ସେ ହୁଏତ ଏ କଥାଟାକୁ ଓଲଟା ବୁଝିବ। କହିବ- 'କାହିଁକି ରଖିଲ ? ଅଜଣା ଅଶୁଣା ଲୋକଙ୍କୁ କାହିଁକି ପୂରେଇ ଦଉଚ ଘର ଭିତରେ। ମନେ ରଖ ତମେ ଜଣେ ଦାୟିତ୍ୱବାନ ଅଫିସରର ପତ୍ନୀ। ତମେ ଅଧିକ ସତର୍କ ରହିବା ଉଚିତ୍।

କିନ୍ତୁ ମାଈକିନାଟାକୁ ସନ୍ଦେହ କରିବା ପରି କୌଣସି ଲକ୍ଷଣ ନଥିଲା ତା' ଠାରେ। ଅବଶ୍ୟ ଦୀର୍ଘ ଦି' ତିନି ମାସ ଧରି ସେ ଆଉ ଆସି ନଥିଲା। ସେ ନ ଆସିବା ପଛରେ ହୋଇପାରେ ତାର କିଛି ବ୍ୟକ୍ତିଗତ ସମସ୍ୟା। ମାତ୍ର ଏକଥା ସତ ଯେ, ମାଈକିନାଟି ସରଳ ଓ ନିରୀହ ଥିଲା। ତାଠୁ ଅଧିକ ବେଶି ବିଶ୍ୱସ୍ତ ବି ଥିଲା।

ଅବଶ୍ୟ ଏପରି କଥାକୁ ପ୍ରମାଣ କରାଯାଇ ନପାରେ। ମାଈକିନାଟି ବିଷୟରେ ଯେତିକି ପଲ୍ଲବୀ ତଥ୍ୟ ସଂଗ୍ରହ କରିଥିଲା, ତାହା ହେଲା : ସେ ମାଈକିନାଟାର ମର୍ଦ୍ଦ ତାକୁ ଛାଡ଼ି ଅନେକ ଦିନ ତଳେ ସୁନାଖଣିକୁ କାମ କରିବା ପାଇଁ ଯାଇ ସୁନା ହେଇଯାଇଚି। ସେ ମାଈକିନାଟି ଡୁମର ସାଇର ହୋ ଜନଜାତିର ମାଈକିନା। ସେ ଚେରମୂଳି, ଟୁଟକା ଓ ବନ୍ୟଜାତ ଦ୍ରବ୍ୟର ବେପାର କରେ। ଅକାଳ ପଡ଼ିଲେ ନଈ ଭିତରେ ସୁନା ଖୋଜେ।

କିନ୍ତୁ ସେ ମାଈକିନାଟି ଗର୍ଭବତୀ ହେଲା କିପରି ? ସେ କହୁଥିଲା, ତା ମର୍ଦ୍ଦ କାହିଁ କେତେ ଦିନରୁ ସୁନା ଖଣି ଯାଇଥିଲା ଓ ଆଉ ଫେରିନାଇଁ। ସେ କହୁଥିଲା, ତାକୁ ଆଉ ବାହାହବାକୁ ମନ ନାଇଁ। କିନ୍ତୁ ତା ପେଟରେ କ'ଣ ଅଛି ? ଝିଅ ନା ପୁଅ ?

ସେ ନିଶ୍ଚେ ଓଷଦ ଖାଇଥିବ କୁକୁଡା କଲିଜା ଭିତରେ ପୂରେଇକି। କିନ୍ତୁ ସେ କାହିଁକି ଓ କିପରି ଗର୍ଭବତୀ ହେଲା ? ପଲ୍ଲବୀ ଭାବିଲା ସେ କଥା ତାକୁ ପଚାରି ଦବ। ମାତ୍ର ସେ ପଚାରିଲା ବେଳକୁ, ପଚାରିଲା –ତୋ ପେଟରେ ପୁଅ ନା ଝିଅ ?

ପଲ୍ଲବୀ ଏପରି ପଚାରିବ ବୋଲି ସତେ ଯେପରି ସେ ମାଇକିନାଟି ତାର ଉତ୍ତର ଆଗରୁ ସଜାଡି ରଖିଥିଲା। ସେ ଚଟ୍‌କରି ଉତ୍ତର ଦେଲା : ଝିଅ !

'ଆଏଁ ! ଝିଅ ?' ଚମକି ପଡିଲା ପଲ୍ଲବୀ ଓ ତା ନିଜ ଅଜାଣତରେ ବାଁ ହାତ ତା ପେଟକୁ ଛୁଇଁ ଘୂରି ବୁଲିଲା। ତା' ମାନେ ଏ ମାଇକିନା କ'ଣ ମିଛ କହୁଚି ? ସେ ନିଜେ କାହିଁକି ଓଷଦ ଖାଉନି ? ଝିଅକୁ ପୁଅ କରିବା ତୁଟୁକା ତ ସେ ନିଜେ ଜାଣେ। ଫେର୍... ?

ପଲ୍ଲବୀ ନିଜର ସଂଶୟ ଦୂର କରିବା ପାଇଁ ପଚାରିଲା "ତୁ ପୁଅଟେ ଜନ୍ମ କରିବା ଓଷଦ ଖାଉନୁ କି ? ମୋତେ ତ ଦେଇଚୁ। ତୁ କାଇଁକି ଖାଇନୁ ?"

ମାଇକିନାଟି ତା କଞ୍ଚା ବେଲ ପରି ସ୍ତନ ଉପରେ ପିନ୍ଧା ଲୁଗାଟାକୁ ଭଲ କରି ଢାଙ୍କି ଦେଲା, ଯେମିତିକି କେହି ନଜର ନଲଗାଏ। ତା' ପରେ ବଡ ସ୍ୱାଭାବିକ ଭାବେ କହିଲା : ଆମ ଜାତିରେ ଝିଅ ଶୁଭ। ଝିଅ ଲକ୍ଷ୍ମୀ। ଝିଅ ଜନ୍ମିବା ଘର ପାଇଁ ଆଶୀର୍ବାଦ। କାରଣ ମର୍ଦ୍ଦମାନେ ଦାରୁ ପିଇବେ, ଅଳସୁଆ ହେଇ ଶୋଇବେ, କାମକୁ ଯିବେନି। ଆଉ ଯଦି ଯିବେ ସେଇଆଡେ ରହିଯିବେ। ବଣ ଜଙ୍ଗଲକୁ ଯିବେନି। ନଈକି ସୁନା ଖୋଜି ଯିବେନି। ସୁନା ଖୋଜିବା ପାଇଁ ଯଉଁ ଧୈର୍ଯ୍ୟ ଦରକାର ସେଇଟା ମର୍ଦ୍ଦଙ୍କ ପାଖେ ନଥାଏ। ସେ ପାଇଁ, ଏ କାମ କେବଳ ଝିଅମାନେ କରନ୍ତି। ମାଇଝିମାନେ କରନ୍ତି।

ଆଉ ଗୁଣି ଟୁଣି ଝିଅମାନେ ଜାଣନ୍ତି। ମର୍ଦ୍ଦମାନେ ସେ ପାଇଁ 'ଡାଆଣୀ' କହି ମାଇଝିମାନଙ୍କୁ ମାରି ପକାନ୍ତି। ସେ ପାଇଁ ଆମେ ଝିଅ ପିଲା ଜନ୍ମ କରିବାକୁ ସୁଖ ପାଉ। ଝିଅମାନେ କ୍ଷେତ ବାଡିରେ କାମ କରିବେ, ଜଙ୍ଗଲରୁ କାଠ, ପତ୍ର, ଝୁଣା ଓ ମହୁ ସାଉଁଟିବେ। ଚେରମୂଳି ଯୋଗାଡିବେ । ସେ ପାଇଁ ଆମେ ଝିଅ ଜନ୍ମ ହେଲେ ଜମା ଦୁଃଖ କରୁନି।

ସେ ମାଇକିନାଟା ହାତରେ ଚକ୍ ଚକ୍ କରୁଥିଲା କେଇ ଟୁକୁଡା କଞ୍ଚା ସୁନା ଓ ସେ ଏପରି ମୁଦ୍ରାରେ ବସିଥିଲା ଯେ ମନେ ହେଉଥିଲା ସତେ ଯେପରି ସେ ଅର୍ପି ଦେବାକୁ ଆସିଛି ତାର ଐଶ୍ୱର୍ଯ୍ୟ, ତାର ସକଳ ସଂଚିତ ପରମାର୍ଥ। ପଲ୍ଲବୀ ଥରେ ସେ ମାଇକିନାଟିର ପେଟକୁ ଚାହିଁଲା ଓ ପଚାରିଲା : କିଛି ଖାଇବୁ କି ? ଭୋକ ଲାଗୁଥିବ...।

ମାଇକିନାଟିର ପେଟରେ ନୁହେଁ, ଆଖିରେ ଭୋକ ଥିଲା। ସେ ଉଠି ଠିଆ ହେଲା ଓ କହିଲା : 'ଗୁରୁବାର ହାଟ ଗଲେ ନନ୍ଦି ସାଥୁଆ ଏ ଟୁକୁଡାକୁ ଭଲ ସୁନା ନୁହେଁ ବୋଲି କହିବ ଓ କିଣିବା ପାଇଁ ଖେଳିବ। ଏବେ ଅକାଳ ପଡିଚି। କାହାରି ଘରେ ଭାତ ନାଇଁ। କାହାରି ହାତରେ କାମ ନାଇଁ। ତମେ ଏଇଟା ରଖି ନିଅ।'

: ମୁଁ କ'ଣ କରିବି ଏଗୁଡାକୁ ନେଇ ? ବରଂ ତୁ ସେଇ ସୁନା କାରିଗର ନନ୍ଦି ସାଥୁଆ କି ଆଉ କାହାକୁ ବିକିଦେବୁ । ମୁଁ ତୋତେ ଖାଲି ପଛେ କିଛି ଟଙ୍କା ଦଉଚି । ତୁ କେବେ ଜଙ୍ଗଲୀ ମହୁ ଆଣି ଦେବୁ । ହଁ ଆଉ ଗୋଟେ କଥା ପଚାରନ୍ତି... ରାଗିବୁନି ତ ?

: ପଚାର । କ'ଣ ପଚାରିବ... ।

: ତୁ ଯଉଁ ଓଷଦ ଦେଇଚୁ ମୋତେ ଖାଇବା ପାଇଁ, ଝିଅରୁ ପୁଅ ହେବା ପାଇଁ, ସେଟା କ'ଣ ସତ ?

: ସନ୍ଦେହ କରିବା କଥା ନୁହେଁ । ଆମ ଜାତିର ଲୋକେ ମିଛ କହନ୍ତିନି । ଠକାନ୍ତିନି । ଚୋରୀ କରନ୍ତିନି । ନିଶ୍ଚିନ୍ତ ରୁହ । ତମ ପେଟରେ ପୁଅ ବଢୁଚି ।

ତା'ପରେ ସେ ତା ପାଛିଆ ଧରି ବାହାରି ଗଲା । ଠିକ୍ ଏତିକିବେଳେ ପଶୁସର୍ଦ୍ଦାର ଗୋଟେ ସାଇକଲ ଚଢି ବଜାରଆଡୁ ଆସିଲା । ସେ ଆସିବା କ୍ଷଣି ସତେ ଯେପରି ଅସରାଏ ବର୍ଷା ମାଡି ଆସିଲା । ସେ ହତା ଭିତରେ ପହଞ୍ଚୁ ପହଞ୍ଚୁ ରାଗିଗଲା ପରି ବଡ ପାଟିରେ କହିଲା : 'ସର୍ବନାଶ, ଏ ଡାଆଣୀଟାକୁ ଏଠିକି କିଏ ଆଣିଲା ? ଏ ଡାଆଣୀ କି ରି ଏ ଘର ଭିତରକୁ ଆସିଲା ?' ଓ ତା'ପରେ ପଶୁସର୍ଦ୍ଦାର ଦୁଟ ବୋଙ୍ଗା ପରି ନାଚିଲା ଓ ବିଡ୍ ବିଡ୍ ହେଇ ଆକାଶକୁ ଚାହିଁ କ'ଣ ସବୁ ମନ୍ତ୍ର ପଢିଲା । ବଙ୍ଗଳା ଚାରିପାଖେ ଘୂରିଲା ଓ ପଲ୍ଲବୀକୁ ମୁଠେ ସୋରିଷ ମାଗିଲା ।

ପଲ୍ଲବୀ ପ୍ରଥମେ ଚକିତ ହେଲା ଓ ତା'ପରେ ଡରିଗଲା । ସେ ମାଇକିନାଟା ଡାଆଣୀ ? ହେଇପାରେ । ନ ହେଇ ବି ପାରେ । ଆଦିମ ଜନଜାତିରେ ଏପରି ଲୋକବିଶ୍ୱାସ ପ୍ରବଳ । ବିନା କାରଣରେ, କୌଣସି ହେତୁ ନ ଥାଇ କୌଣସି ସ୍ତ୍ରୀଲୋକକୁ ଡାଆଣୀ ବନେଇ ଦେବା ପୁରୁଷ ତାନ୍ତ୍ରିକ ସମାଜ ବ୍ୟବସ୍ଥାର ଏକ ପରିଣାମ । ସେମାନେ ନାରୀକୁ ଏକ ବସ୍ତୁ ଭାବେ ବ୍ୟବହାର କରନ୍ତି । ହୋଇପାରେ । ତା'ପରେ ନାରୀଟିର ଦେହକୁ ପୀଡିତ କରିବା କଷ୍ଟଦେବା ବା ଭୋଗ କରିବା, ସର୍ବ ସମ୍ମୁଖରେ ଲାଞ୍ଛିତ କରିବା ଓ ଅପମାନିତ କରିବା ଏବଂ ମିଳିତ ଭାବେ ହତ୍ୟା କରିବା ପଛରେ ବି ରହିଛି ଏହି ପୁରୁଷ ପ୍ରାଧାନ୍ୟ ମାନସିକତାର ଅବବୋଧ ।

ତଥାପି ପୁଅ ପିଲାଟେ ପାଇଁ, ପୁରୁଷଟେ ପାଇଁ ନାରୀ ଏତେ ବ୍ୟାକୁଳ କାହିଁକି ? ମାଆଟେର ପୁଅ ପାଇଁ ଓ ସ୍ତ୍ରୀଟିଏ ପୁରୁଷ ପାଇଁ କାହିଁକି ଏତେ ଅଭୀପ୍ସା ? କାହିଁକି ହାହାକାର ? କ'ଣ ଏହା ବି ପୁରୁଷ ତାନ୍ତ୍ରିକ ସମାଜ ବ୍ୟବସ୍ଥାର ଏକ ପ୍ରତ୍ୟୟ ? ଏକ ଷଡଯନ୍ତ୍ର ?

ପଲ୍ଲବୀ ନିଜ ପେଟ ଆଉଁଷିଲା ଓ ପଶୁ ସର୍ଦ୍ଦାରକୁ ସୋରିଷ ମୁଠେ ଦେଲାବେଳେ ପଚାରିଲା : 'ସେ ମାଇଝିଟା ଡାଆଣୀ ବୋଲି କିମିତି ଜାଣିଲ ?'

ପଶୁସର୍ଦ୍ଦାର କହିଲା : ଏଇ ଦେଖ, କିମିତି ସୋରିଷ ଚୋବେଇଲେ ପିତା ଲାଗୁଚି। ଚୋବେଇ ଦେଖ। ମିଠା ଲାଗିଲେ ଜାଣିବ ସେ ଭଲ ମାଇଝି। ପିତା ଲାଗିଲେ ଜାଣିବ ଡାଆଣୀ। ତୁମର ସାଇର ଅଧିକାଂଶ ମାଇଝି ଡାଆଣୀ। ସେ ପାଇଁ ଅସୁର ଗାଁର ଲୋକେ ତାଙ୍କୁ ଡରନ୍ତି। ସେ ପାଇଁ ଏବେ ବିଲାତି ଅସୁରର ପମ୍ପ ଖରାପ ହେଲା ଓ ତା ମାଇପକୁ ବାଘ ଉଠେଇ ନେଲା ଜଙ୍ଗଲ ଭିତରକୁ ଓ ସେ ପାଇଁ ବିଲାତି ଅସୁର ଓ ତା ସାଇ ଭାଇ ମିଶି ମାରି ପକେଇଲେ ସାର୍‌ନି ତିଉକୁ। ସାର୍‌ନି ଗୋଟେ ବଡ ଡାଆଣୀ ଥିଲା। ତା' ଛାଇ ପଡିଲେ ଗଛ ଶୁଖି ଯାଉଥିଲା।

ପଲ୍ଲବୀ ଡରିଗଲା ଓ ଭାବିଲା, ସତକୁ ସତ ଯଦି ସେ ମାଈକିନାଟା ଡାଆଣୀ ହେଇଥିବ ଓ କିଛି ଅଘଟଣ ଘଟିବାକୁ ଥିବ, ତେବେ ସେ ଆଉ କ'ଣ କରି ପାରିବ... ?

ପଶୁସର୍ଦ୍ଦାର କହିଲା : ଡର ନାଇଁ ମା'। ମୁଁ ଅଛି। ଚଉଦିଗ ବାନ୍ଧି ଦେଇଚି। ତା କୋପ କାମ କରିବନି। ତା ମନ୍ତ୍ର କାମ କରିବନି। ତାକୁ ଆଉ ବଙ୍ଗଳା ଭିତରକୁ ପୂରେଇବନି। ଦେଖ ଭାରି ଅନିଷ୍ଟ ହବ। ଅମଙ୍ଗଳ ହବ। ଛୁଆପିଲାଙ୍କୁ ତା ନଜରରୁ ବଞ୍ଚେଇ ରଖ। ତା' ନଜର ଲାଗିଲେ ରକ୍ତ ଶୁଖିଯିବ। ବସନ୍ତ ମିଳିମିଳା ହବ। ସାପ କି ବାଘ ଖାଇବ।

ଏତିକିବେଳେ କୁନି ଝିଅ ଘର ଭିତରୁ ବାହାରି ବଗିଚାର ଘାସ ଓ ଫୁଲମାନଙ୍କ ଉପରେ ପ୍ରଜାପତିଟେ ପରି ଉଡି ବୁଲିଲା। ପଲ୍ଲବୀ ଝିଅକୁ ଆକଟ କଲା। ତାକୁ ମନେ ହେଲା, ସତେ ଯେପରି କଉଁ ଡାଆଣୀ ବଇଚି ଏଇଠି କଉଁଠି ନଜର ଲଗେଇ ଦେବା ପାଇଁ। ପଲ୍ଲବୀ ଝିଅକୁ ପାଖକୁ ଡାକିଲା। ସେତେବେଳକୁ ପଶୁସର୍ଦ୍ଦାର ଗାଡୁରୁ ମାଡୁରୁ ହେଇ ଆକାଶକୁ, ଦଶ ଦିଗକୁ, ବୋଙ୍ଗା ଓ ଏରାଙ୍କୁ ବାନ୍ଧୁଥିଲା।

କୁନି ଝିଅ ତା ପାଖକୁ ଆସିଲା। କୌତୂହଳରେ ପଶୁ ସର୍ଦ୍ଦାରର ଖାକି ରଙ୍ଗର ପେଣ୍ଟ ପଛରେ ଗୋଟେ ଫୁଲ ପୂରେଇ ଦେଲା। ପଲ୍ଲବୀ ଆକଟ କଲା – 'ସେମିତି ବଡ ଲୋକଙ୍କ ସାଙ୍ଗେ କରନ୍ତିନି।' କୁନି ଝିଅ ହସିଲା, ଯେପରି ସେ ବଡ କି ସାନ କିଛି ବୁଝେନି। ସେ ହସିଲାବେଳେ ଦାନ୍ତ ଦେଖାଗଲା। କୁନି କୁନି ଦାନ୍ତ ଉପର ମାଢିରେ ଉଠିଛି। ପଶୁସର୍ଦ୍ଦାର ଦେଖି ପକେଇ ଚମକି ଗଲା। ସର୍ବନାଶ।

'କ'ଣ ହେଲା ?' ଚମକି ପଡି ପଚାରିଲା ପଲ୍ଲବୀ।

ପଶୁସର୍ଦ୍ଦାର କହିଲା : ମା ! ଉପର ଦାନ୍ତ ପ୍ରଥମେ ଉଠିବା ଭଲ କଥା ନୁହେଁ। ଆଗ କଉଁ ମାଢିରେ ଦାନ୍ତ ଉଠିଛି କୁନି ଝିଅର ? ତଳ ନା ଉପର ?

ପଲ୍ଲବୀ ଭଲ କରି ମନେ ପକେଇ କହିଲା : 'ଉପର ଦାନ୍ତ ଆଗ ଉଠିଛି। କ'ଣ କିଛି ଅସୁବିଧା ଅଛି ?'

ପଶୁ କହିଲା : 'ଅସୁବିଧା ମାନେ ? ଭାରି ଅଶୁଭ । ଉପର ଦାନ୍ତ ଯଦି ଉଠେ ଆଗ, ତେବେ ଜାଣିବ ଭାରି ଅମଙ୍ଗଳ । ଭବିଷ୍ୟତକୁ ଭାରି ଅସୁବିଧା । ତା' ମାନେ ଝିଅ ହେଇଥିଲେ ବିଧବା ହବ, ପୁଅ ହେଇଥିଲେ ମାଇଝି ମରିବ ଅଳ୍ପ ବୟସରୁ । ତେବେ ଚିନ୍ତା ନାଇଁ...'

ପଲ୍ଲବୀ ଏପରି କଥା ଶୁଣି ଅଡୁଆରେ ପଡିଲା ପ୍ରଥମେ । ତା' ପରେ ଭାବିଲା, ହଃ, ଅନ୍ଧବିଶ୍ୱାସ । ତା' ପରେ କିନ୍ତୁ ତା ମନଟା ଅଡୁଆ ଅଡୁଆ, ଅଠା ଅଠା, କାଦୁଆ କାଦୁଆ ଲାଗିଲା । ମନ ବୁଝିଲାନି । କଉଁଠି ନା କଉଁଠି ଗୋଟେ କିଏ ଲୁଚି ରହି ତାକୁ ଡରେଇବାକୁ ଲାଗିଲା । ତା ସଭ୍ୟ, ଶିକ୍ଷିତ ଓ ଲଜିକାଲ ମନଟା କିନ୍ତୁ କଉଁଠି ଗୋଟେ ଭାଙ୍ଗିଗଲା ପରି ଲାଗିଲା । ସେ ପଶୁ ସର୍ଦ୍ଦାରକୁ କହିଲା : କ'ଣ ଉପାୟ ଅଛି ?'

ଜନ ଆନ୍ଦୋଳନ ଓ ତାର ରୂପରେଖ

ସଂଜାଇ ନଈରେ ପୋଲ ହେବା କଥାକୁ ଡୁମର ସାଇର ଲୋକେ ବିରୋଧ କଲେ। ସେପରି ହେଲେ ଏ ସହରରୁ ବାଲି ମାଫିଆମାନେ, ପେଟି ଠିକାଦାର ଓ ଲୋଭୀ କଣ୍ଟ୍ରାକ୍ଟରମାନେ ନଈରୁ ଟ୍ରକ ଟ୍ରକ ବାଲି ଉଠେଇ ନେବେ। ବାଲି ଉଠିଲେ ନଈ ଖଣ୍ଡିଆ ହେଇଯିବ। ବାଲିରୁ ସୁନା ଉଭେଇ ଯିବ। ପଟୁ ଦୋରସା ମାଟି ନଈରେ ଜମିବନି। ଆଉ ସୁନା ମିଳିବନି।

ପୋଲକୁ ବିରୋଧ କଲେ କିଛି ଜନବାଦୀ ସଙ୍ଗଠନ। ସେମାନେ ଚାହୁଁ ନଥିଲେ ବିକାଶ ନାଁରେ ଶୋଷଣ ଆହୁରି ଅଧିକ ବଢୁ। ପୁଲିସ୍ ସିଧା ଆସି ବଣ ଜଙ୍ଗଲ ଭିତରେ ପଶୁ ଓ ମାଓବାଦୀ ନାଁରେ ବିଚରା ନିରୀହ ଆଦିବାସୀଙ୍କୁ ଧରି ନେଇ ଅତ୍ୟାଚାର କରୁ।

ପୋଲକୁ ବିରୋଧ କଲେ ସ୍ଥାନୀୟ ବିରୋଧୀ ଦଳର ଯୁବକର୍ମୀ। ବିରୋଧ କରିବା ସପକ୍ଷରେ ସେମାନଙ୍କ ଯୁକ୍ତି ଥିଲା ବି ଖୁବ୍ ବଳିଷ୍ଠ। ସେମାନେ କହିଲେ ପୋଲ ଯଦି ବନାଯିବ, ତେବେ ବର୍ଷସାରା ଡଙ୍ଗା ଘାଟରୁ ଯେତେ ଟିକସ ମିଳୁଥିଲା ମୁନିସିପାଲ୍‌ଟିକୁ ସେଇଟା ବନ୍ଦ ହେଇଯିବ। ପୋଲ ହେବା ଆଳରେ ଲୋକେ ପ୍ରତିଦିନ ସହର ବଜାରକୁ ବିନା କାରଣରେ ଆସିବେ ଓ ଗାଡି ଘୋଡାଙ୍କ ସଂଖ୍ୟା ମଧ୍ୟ ବଢିବ। ସହରୀ ମାଫିଆ ଓ ଦଲାଲ ସହଜରେ ଗାଁ ଓ ବଣ ଜଙ୍ଗଲ ଭିତରକୁ ପଶିବେ।

ଫଳରେ ଦରଦାମ ବଢିଯିବ। ଲୋକେ ଅଯଥା ଖର୍ଚ୍ଚାନ୍ତ ହେବେ। ଲୋକଙ୍କ ଆର୍ଥିକ ସ୍ଥିତି ଦୋହଲିଯିବ। ଲୋକେ ଗାଁ ଛାଡି ଅଧିକରୁ ଅଧିକ ସଂଖ୍ୟାରେ ସହର ଆଡକୁ ପଳେଇବେ। ଗ୍ରାମୀଣ ଅର୍ଥନୀତିର ମୂଳଦୁଆ ଭୁଷୁଡିଯିବ। କୃଷି ଓ ଗୋପାଳନ ତଥା ବନ୍ୟଜାତ ଦ୍ରବ୍ୟର ଉତ୍ପାଦନ ଓ ବଜାରମୂଲ୍ୟ ନିଶ୍ଚିତ ଖସିଯିବ ବା କମିଯିବ।

ମାତ୍ର ଏସବୁ କଥାରୁ କ'ଣ ମିଳିବ ମାଇଝିଙ୍କୁ ? ସେମାନେ ସକାଳୁ ବାହାରି ଯାଉଥିଲେ ଓ ସଂଜବେଳକୁ ଫେରୁଥିଲେ ନଈରୁ। ସାରାଦିନ ନଈ ଭିତରେ ପାଣି କାଦୁଅ, ବାଲି

ମାଟିରେ ଚବର୍ ଚବର୍ ହଉଥିଲେ। କେତେ ଯେ ଧୈର୍ଯ୍ୟ... କେତେ ଯେ ବିଶ୍ୱାସ... କେତେ ଯେ ଅସୀମ ଆସ୍ଥା...। ମିଳିବ। ବାରବାର ପରାସ୍ତ ହୋଇ ଯାଉଥିବା ସତ୍ତ୍ୱେ ଦିନେନା ଦିନେ ସଫଳ ହେବାର ଭରସା। ଦିନେ ନା ଦିନେ ସୁନା ମିଳିବ। ଦିନେ ନା ଦିନେ ବର୍ଷା ହବ।

ନଈରେ ପୋଲ ହବା କଥା ସ୍ଥିର ହୋଇ ସାରିଥିଲା। ପୋଲର ଶୁଭ ଉଦ୍‌ଘାଟନ ହେଇଗଲା। ତଥାପି ନଈ ଭିତରେ ଅଳ୍ପ ଅଳ୍ପ ପାଣି ଓ ଅଳ୍ପ ଅଳ୍ପ ବାଲି ଥିଲା। ନଈ ଭିତରେ ବଡ ବଡ ପଥରସବୁ ହାମୁଡେଇ ପଡିଥିବା ହାତୀମାନଙ୍କର ପିଠି ପରି ଦିଶୁଥିଲେ। ନଈର ଧାରେ ଧାରେ ସରୁସରୁ ପାଦଚଲା ରାସ୍ତା ବି ପଡିଥିଲା। ନଈ ଆର ପାଖରେ ଅସୁର ଗାଁ ଓ ତା'ପରେ ଘନଘୋର ଜଙ୍ଗଲ। ଜଙ୍ଗଲ ପରେ ପାହାଡ। ସୋନାପେଟ ପାହାଡ।

ନଈରେ ପୋଲ ହେବାର ମୁଖ୍ୟ କାରଣ ବି ସେଇଆ। ଖଣି ମାଫିଆମାନେ ସର୍କାରଠାରୁ ସୁନା ଖୋଳିବା ପାଇଁ ଶହଶହ ଏକର ଜଙ୍ଗଲ, ପାହାଡ ଓ ଖଣି ଲିଜ୍ ନେଇ ସାରିଛନ୍ତି। ସେମାନେ ମାଟିରୁ ରସ ଚିପୁଡି ଛାଣି ନେଇଯିବେ। ମାସ କେଇଟାରେ ଖତମ୍ ହେଇଯିବ ସୁନା। ତା'ପରେ ଲୁହା, ତା' ପରେ ମାଙ୍ଗାନିଜ୍ ଓ ବକ୍ସାଇଟ୍। ନହେଲେ ନିକେଲ୍। ସେମାନେ କିଛି ବି ଛାଡିବେନି। ସବୁ ଚିପୁଡି, ନିଗାଡି ସଫା କରି ଦେଇଯିବେ। ଜଙ୍ଗଲରୁ କାଠ, ମହୁ, ଝୁଣା ବି। ଜଙ୍ଗଲରୁ ବାଘ, ହରିଣ, ହାତୀ ବି। ଜଙ୍ଗଲରୁ ଶାଳପତ୍ର, କେନ୍ଦୁ ପତ୍ର, ଟସର କି ଲାଖ ବି।

ଜଙ୍ଗଲ ଭିତରେ ଲୁଚି ରହିଥିବା ମାଓବାଦୀମାନେ ପ୍ରଥମେ ଏ କଥା ଲୋକଙ୍କୁ ବୁଝେଇ ଥିଲେ। ଲୋକେ ଶାଗ ମୁଗ କିଛି ବୁଝନ୍ତିନି। ଯାହା ବୁଝେଇଲେ ହଁ ମାରନ୍ତି ଓ ତା' ପରଦିନ ଭୁଲି ଯାଆନ୍ତି। ଲୋକେ ଖ୍ରୀଷ୍ଟାନ ହେବାକୁ ହଁ କରନ୍ତି ଓ ହିନ୍ଦୁ ହେବାକୁ ବି ହଁ କରନ୍ତି। ତେଣୁ ଲୋକେ ପୋଲର ବିରୋଧ କଲେ। ଯଉଁ କଣ୍ଟ୍ରାକ୍ଟର ପୋଲର ଟେଣ୍ଡର ଧରିଥିଲା ସେ ସ୍ଥାନୀୟ ବିଧାୟକର ଶଳା ଓ ମୁଖ୍ୟମନ୍ତ୍ରୀର ଭିଣୋଇ ଥିଲା। ଯିଏ ବାରବାର କୂଅ ଓ ଚାପାକଳର ଟେଣ୍ଡର ଜିତୁଥିଲା ଓ ତା କୂଅ କି ଚାପାକଳରୁ ଟୋପାଏ ହେଲେ ପାଣି ବାହାରୁ ନଥିଲା। ତଥାପି ସର୍କାର ତା ଉପରେ ସନ୍ତୁଷ୍ଟ ଥିଲା ଓ ବାରମ୍ବାର ତାକୁ ହିଁ ଟେଣ୍ଡର ମିଳୁଥିଲା। ଅଫିସରମାନେ, ଯନ୍ତ୍ରୀମାନେ, ମନ୍ତ୍ରୀମାନେ ତାର ବଶମ୍ବଦ ଥିଲେ।

ସେ ଯେତେବେଳେ ପୋଲ କାମ ଆରମ୍ଭ କରିବା ପାଇଁ ଟ୍ରକରେ ବାଲି, ପଥର ଓ ଲୁହାଛଡ ଆଣି ନଈ କୂଳରେ ଜମା କଲା ଓ ସେଇ ବାହାନାରେ ନଈରୁ ଟ୍ରକ୍‌ଟ୍ରକ୍ ବାଲି ଉଠେଇ ସହର ଭିତର ଦେଇ ଆଉ କଉଁ ଦୂର ସହରକୁ ରପ୍ତାନୀ କରିଦେଲା,

ସେତେବେଳେ ଲୋକେ ରାଗିଲେ। ଡୁମର ସାଇର ମାଈଝିମାନେ ଆଗେ ରାଗିଲେ। ସେମାନେ ମେଲି ବାନ୍ଧି ଠିକାଦାରର ବିରୋଧ କଲେ। ତା ଟ୍ରକ୍ ଆଗେ ଶୋଇଗଲେ। କହିଲେ : ମରିବୁ ପଛେ ବାଲି ଉଠେଇବାକୁ ଦବୁନି।

ଏ ଖବର ଯାଇ ଡି.ସି. ଅଫିସ୍‌ରେ, ପୁଲିସ୍ ମୁଖ୍ୟାଳୟରେ ପହଞ୍ଚିଲା। ବିଧାୟକ, ମନ୍ତ୍ରୀ ଓ ମୁଖ୍ୟମନ୍ତ୍ରୀଙ୍କ ପାଖରେ ପହଞ୍ଚିଲା।

ଉପରୁ ଅର୍ଡର ଆସିଲା କି, ଯିମିତି ହେଲେ ପୋଲ ହବ। କୁନାଲକୁ ମୁଖ୍ୟମନ୍ତ୍ରୀ ଭିଡିଓ କନଫରେନ୍ସିଂ କରି ଜଣାଇ ଦେଲା ଯେ, ଲ'- ଅର୍ଡର ସମ୍ଭାଳିବାକୁ। କୁନାଲ ବଡ ଚିନ୍ତାରେ ପଡିଲା। ଯେପରି, ସ୍ତ୍ରୀଲୋକମାନେ ଦଳଦଳ ହେଇ ମେଲି କରୁଥିଲେ ଓ ଦିନକୁ ଦିନ ଆଇନ- ଶୃଙ୍ଖଳା ଆୟତ୍ତର ବାହାରକୁ ଚାଲି ଯାଉଥିଲା, ସେଥିରେ ସେ କିଛି କରି ପାରିବନି। ଅତି ବେଶିରେ ବଳ ପ୍ରୟୋଗ କରି ସେମାନଙ୍କୁ ଗିରଫ କରାଯିବ। ତା'ଠୁ ଆଉ ଅଧିକ କିଛି କରାଯାଇ ନପାରେ।

ଏଣେ ସ୍ଥାନୀୟ ଏନ୍.ଜି.ଓ.ର କିଛି ମାର୍କା ମରା ଏକ୍ଟିଭିଷ୍ଟ ପର୍ଯ୍ୟାବରଣ ଓ ପରିବେଶ ସୁରକ୍ଷା ଆଳରେ 'ନଦୀ ସୁରକ୍ଷା କମିଟି' ଗଠନ କରି ଆନ୍ଦୋଳନକୁ ଭିନ୍ନ ମୋଡ ଦେଇଦେଲେ। ମିଡିଆବାଲା ମାଛକୁ ଟାକି ବସିଥିବା ବଗ ପରି, ମଉକାର ଅପେକ୍ଷାରେ ଥିଲେ। ଖବର ଛାପିବା ପାଇଁ।

ଏକ୍ଟିଭିଷ୍ଟମାନେ ଶହଶହ ସଂଖ୍ୟାରେ ସ୍ତ୍ରୀଲୋକଙ୍କୁ ଏକାଠି କରାଇ ଧାରଣା, ଅନଶନ, ରାସ୍ତାରୋକୋ ଓ ଜେଲଭରୋ ଆନ୍ଦୋଳନ ଆରମ୍ଭ କରିଦେଲେ। ପରିସ୍ଥିତି ଅଣାୟତ୍ତ ହେବାକୁ ଲାଗିଲା।

ନିଉଟୋପିଆର ସଦର ଏସ୍.ପି. କହିଲା : 'ଗୋଲି ଚଲା ଦେଙ୍ଗେ... ଉଡା ଦେଙ୍ଗେ ମାଦଡ...' କୁନାଲ ଏ ସପକ୍ଷରେ ନଥିଲା। ତା ମନ ଭିତରେ କାହିଁ କେଉଁଠି ଗୋଟେ କୋମଳ ସମର୍ଥନ ଥିଲା ଆନ୍ଦୋଳନକାରୀଙ୍କ ପ୍ରତି। ସେମାନେ ଠିକ୍ କରୁଥିଲେ। ନଈବାଲିର ଚୋରା ଚାଲାଣ, ଜଙ୍ଗଲରୁ କାଠ ଓ ଖଣିରୁ ଧାତୁର ମାତ୍ରାଧିକ ଚାଲାଣ ସ୍ଥାନୀୟ ଅର୍ଥନୀତିକୁ, ଜନଜୀବନର ସନ୍ତୁଳନ ଓ ପରିବେଶର ଅବସ୍ଥିତିକୁ ନାରଖାର କରିଦେବ। ତେଣୁ ଲୋକେ ଆନ୍ଦୋଳନ କରି ଠିକ୍ କରୁଥିଲେ। କୁନାଲର ମନ ହେଉଥିଲା ସେ ଚାକିରୀରୁ ଇସ୍ତଫା ଦେଇଦେବ ଓ ଏକ୍ଟିଭିଷ୍ଟ ହେଇଯିବ। ସେମାନଙ୍କ ଦାବି ଯଥାର୍ଥ ଥିଲା। ଏଣୁ ସେମାନଙ୍କ ସାଙ୍ଗେ ଏକାଠି ହେଇ ଆନ୍ଦୋଳନ କରିବ।

ଦିନେ ସ୍ଥାନୀୟ ଖବର କାଗଜରେ ବଡବଡ ଅକ୍ଷରରେ ହେଡ୍ ନିଉଜ୍ ହେଇ ବାହାରିଲା – 'ନିଉଟୋପିଆରେ ଅରାଜକତା'। ତା ତଳକୁ ବକ୍ସରେ ଅନାହାର ମୃତ୍ୟୁ, ଡାଆଣୀ ନାଁରେ ଗଣ ବଳାତ୍କାର ଓ ହତ୍ୟା, ବିଶ୍ୱବ୍ୟାଙ୍କ ସହାୟତାରେ ଚାଲୁଥିବା ପ୍ରକଳ୍ପରେ

ଅର୍ଥ ତୋଷରପାତ, ପ୍ରଶାସନର ପ୍ରିୟାପ୍ରୀତି, ମାଓବାଦୀଙ୍କ ଜୁଲମ ଓ ସନ୍ତ୍ରାସ, ଶୋଷଣ ଓ ଭ୍ରଷ୍ଟାଚାର ।

ଦେଶର ଲୋକେ 'ନିଉଟୋପିଆ' କେଉଁଠି ଜାଣି ନଥିଲେ । ଏ କଥା କିନ୍ତୁ ଜାଣିଥିଲେ ଯେ, ନିଉଟୋପିଆର ନାଁରୁ ଯାହା ଜଣାଯାଉଚି ଏଇଟା ହିନ୍ଦୁସ୍ଥାନର ବା ଭାରତବର୍ଷର କୌଣସି ସ୍ଥାନ ନ ହୋଇ, ରୁଷିଆ, ଆମେରିକା, ଚୀନ୍ କି ଜର୍ମାନର କୌଣସି ଜାଗା ହେଇଥିବ । କାରଣ ଏ ନାମକରଣ ସହିତ 'ଇଉଟୋପିଆ' ନାଁର ସାଦୃଶ୍ୟ ଥିବା ପରି ମନେ ହେଉଥିଲା । ତେଣୁ ଦେଶବାସୀ ଆଦୌ ସେ ବିଷୟରେ ମଥା ନ ଖେଳେଇ, ବରଂ, ସେୟାରବଜାର କି କ୍ରେଡିଟକାର୍ଡ କି ସୁଇସ୍ ବ୍ୟାଙ୍କରେ ଗଚ୍ଛିତ କଳାଧନ କି ଚନ୍ଦ୍ର ପୃଷ୍ଠରେ ଜାଗା କିଣିବା କି ଏକ୍ସଟ୍ରା ମାରିଟାଲ ଏଫେଆର ସଂପର୍କରେ ଚର୍ଚ୍ଚା କଲେ ।

ନିଉଟୋପିଆର ଲୋକେ ମାସମାସ ଧରି ବର୍ଷାର ଅପେକ୍ଷାରେ ରହିଥିଲେ । ମାସମାସ ଧରି ବଣର କନ୍ଦା, ଶାଗ ଓ ଶାଳ ମଞ୍ଜି ଖାଇ ବଞ୍ଚିଥିଲେ । ଆଶ୍ଚର୍ଯ୍ୟ, ସେମାନେ ମରୁନଥିଲେ । ଦିନେ କେନ୍ଦ୍ର ସରକାର ଜଣେ କ୍ୟାବିନେଟ୍ ମନ୍ତ୍ରୀ ନିଉଟୋପିଆକୁ ଇଥିଓପିଆ ବୋଲି ମନେ କରି ଏହା ଆଫ୍ରିକା ଜଙ୍ଗଲରେ କୌଣସି ଅନାମଧେୟ ଅବହେଳିତ, ଅନୁନ୍ନତ, ଅବିକଶିତ ଅଞ୍ଚଳ ଭାବେ ବର୍ଣ୍ଣନା କରି ଏକ କୁଖ୍ୟାତ ନିଉଜ୍ ଚ୍ୟାନେଲରେ ନିଜର ସାକ୍ଷାତକାର୍ ଦେବା ପ୍ରସଙ୍ଗରେ ମନ୍ତବ୍ୟ ଦେଲା କି- 'କେନ୍ଦ୍ର ସର୍କାରଙ୍କ ବୈଦେଶିକ ବ୍ୟାପାର ମନ୍ତ୍ରଣାଳୟ ଏ ପାଇଁ ସବୁ ପ୍ରକାର ସହଯୋଗ କରିବା ପାଇଁ ପ୍ରସ୍ତୁତ । ସୌଭାଗ୍ୟ ଯେ, ଆମ ଦେଶରେ ଏପରି ଅନାହାର, କୁପୋଷଣ ଓ ଅଶିକ୍ଷାର ସ୍ଥାନ ନାହିଁ ।'

କିନ୍ତୁ ଏହା ସତ୍ତ୍ୱେ ନିଉଟୋପିଆ ଆମ ଦେଶର ଏକ ଛୋଟ ଜଙ୍ଗଲ ପାହାଡ ଘେରା ଦୁର୍ଗମ ଜିଲ୍ଲାଟିଏ ଅସ୍ପୃଶ୍ୟ ଓ ଅପହଞ୍ଚ ରହିଗଲା । ନା, ଏଠିକି କେବେ କୌଣସି ପ୍ରଧାନମନ୍ତ୍ରୀ ଭୁଲ୍‌ରେ ବି ସୁଦ୍ଧା ଆସି ନଥିଲେ । ନା, ଏଠିକି କେବେ କୌଣସି ଅଫିସର୍, ଡାକ୍ତର, ସର୍କାରୀ ସେବକ, ପ୍ରଶାସକ କି ପୁଲିସ୍ ନିଜ ଇଚ୍ଛାମତେ ଆସି ନଥିଲା । ଆସୁଥିଲା ତ ପନିଶ୍‌ମେଣ୍ଟ ଟ୍ରାନ୍ସଫରରେ ଆସୁଥିଲା । ନିଉଟୋପିଆ ଯେମିତି ଥିଲା, ସେମିତି ରହିଗଲା । ସେଇ ବଣ ଜଙ୍ଗଲ, ସେଇ ଅନ୍ଧାର, ସେଇ ଅନ୍ଧବିଶ୍ୱାସ, ସେଇ ଅନାହାର - ଅଶିକ୍ଷା ଓ ଅବଜ୍ଞାର ଶିକାର । ତଥାପି ଲୋକେ ମରୁ ନଥିଲେ । ବଞ୍ଚିଥିଲେ ।

କୁନାଳ ଭାବିଲା, ଏ ସବୁର ଅନ୍ତ ହୋଇଯିବା ଦରକାର । ମାତ୍ର କିପରି ଅନ୍ତ ହେବ ? ମୂଳରୁ ଅଗଯାଏ, ଯଉଁଠି ଦେଖ ସାପ ସିଡି ଖେଳ । ନିଉଟୋପିଆ କୁନାଳ ପାଇଁ ଏକ ଚାଲେଞ୍ଜ । ଅକାଳ ଓ ଅନାହାର ତଥା କୁପୋଷଣର ଶିକାର ହେଉଥିବା ସ୍ଥାନୀୟ ଲୋକଙ୍କ ପାଇଁ କୌଣସି ସର୍କାରୀ ଯୋଜନା ସଫଳ ହଉନଥିଲା । ଅସାଧୁ ବ୍ୟବସାୟୀ, ପ୍ରଶାସନ ଓ ଭ୍ରଷ୍ଟ ବ୍ୟବସ୍ଥା ଭିତରେ କେଉଁଠି ଟିକେ ଇମାନ୍‌ଦାରୀ ନଥିଲା ।

ବଜାର ଦର ଏତେ ବଢିଗଲା ଯେ, ଲୋକେ ବରଂ ଉପାସ ଶୋଇ ପଡିବାକୁ ଉଚିତ୍ ମନେ କଲେ। କିନ୍ତୁ ଏସବୁର ସମାଧାନ ନଥିଲା। କୁନାଲ ନିଉଟୋପିଆକୁ ନେଇ ଯଉଁ ସ୍ୱପ୍ନ ଦେଖିଥିଲା ଓ ତାକୁ ସାକାର କରିବା କଥା ଭାବିଥିଲା, ତାହା କ୍ରମଶଃ ବେକାର ମନେ ହେଲା। କିନ୍ତୁ କୁନାଲ ହାରିଯିବାକୁ ଚାହୁଁ ନଥିଲା।

ଆନ୍ଦୋଳନକାରୀ ଅଧିକରୁ ଅଧିକ ଉଗ୍ର ହେଇ ଉଠିଥିଲେ। ସର୍କାର ଓ ପ୍ରଶାସନ ଅଧିକ ସକ୍ରିୟ ଓ ଅଧିକ ହିଂସ୍ର ହୋଇଯିବାକୁ ସ୍ଥିର କରି ପ୍ରଥମେ ବଳପ୍ରୟୋଗ ଓ ଦ୍ୱିତୀୟରେ ସଂହାର କରିବା କଥା ଭାବୁଥିଲେ। ଉପରୁ ନିର୍ଦ୍ଦେଶ ଥିଲା କାହାରିକୁ ଗୁଳି କରିବନି କିନ୍ତୁ ପୋଲ ନିଶ୍ଚୟ ହେବ। କେତେ କୋଟି ଟଙ୍କାର ପ୍ରୋଜେକ୍ଟ। ମୋଟା ରକମ ମିଳିବ ସମସ୍ତଙ୍କୁ। ତଳୁ ଉପର ଯାଏ ସମସ୍ତଙ୍କର ଭାଗ ଅଛି।

ସେଦିନ ପଶୁ ସର୍ଦ୍ଦାର ଛୁଟି ପାଇଁ ଦରଖାସ୍ତ କଲା। କୁନାଲ ପଚାରିଲା : 'କେତେ ଦିନ ?'

ପଶୁ ସର୍ଦ୍ଦାର କହିଲା : 'ଅନିର୍ଦ୍ଦିଷ୍ଟକାଳ, ଯେ ପର୍ଯ୍ୟନ୍ତ ବର୍ଷା ନ ହେଇଚି।'

କୁନାଲ ରାଗିକି କହିଲା : 'ହାଣ୍ଡିଆ ପିଇ ଦେଇଛୁ କି ? ଯା' ଭାଗ୍...।'

ପଶୁ ସର୍ଦ୍ଦାର ତା ଗାଁକୁ ଫେରି ଯାଇ କେଡାକାଟା ଗଲା। ସେଠି ଲୋକେ ଏକାଠି 'କରମ ନାଚ' କଥା ହଉଥିଲେ। କେଡାକାଟାରେ ଗୋଟେ ବୁଢା କରମ ଗଛ ଥିଲା। ସେଇ ପାଖରେ ପୁରୁଷ ପୁରୁଷରୁ ଲୋକେ କରମନାଚ କରନ୍ତି। ଯେବେ ଅକାଳ ପଡେ, ଯେବେ ବର୍ଷା ହୁଏନି। ଯେବେ ନାଗେ ଏରା, ବିନ୍ଦିଏରା ରାଗିକି ପାଚି ଯାଆନ୍ତି, ଯେବେ ଲୋକେ ଖାଇବାକୁ ନ ପାଇ ଘରଦ୍ୱାର ଛାଡି କୁଆଡେ ଚାଲିଯାଆନ୍ତି ଓ ଆଉ ଫେରନ୍ତିନି; ସେବେ ଲୋକେ କରମଗଛକୁ ପୂଜା କରି ତା ଚାରି ପାଖେ ନାଚନ୍ତି। ସେମାନେ ଅବିରାମ ନାଚନ୍ତି ଓ ହାଣ୍ଡିଆ ପିଇ ଗୀତଗାଇ କରମ ଦେବତାକୁ ଗୁହାର ଜଣାନ୍ତି କି ବର୍ଷା ଦେ...। ପାଣି ଦେ...।

ସେମାନେ ସେ ପର୍ଯ୍ୟନ୍ତ ନାଚନ୍ତି, ଯେ ପର୍ଯ୍ୟନ୍ତ ବର୍ଷା ନ ହେଇଚି। ଦିନ ଦିନ ଧରି ଅବିରାମ ନାଚ। ହାଫିଆ ପିଇ ନାଚି ନାଚି, ଗାଇ, ଗାଇ, କାନ୍ଦି କାନ୍ଦି ସେମାନେ କରମ ଗଛକୁ ଗୁହାର ଜଣାନ୍ତି।

ପଶୁ ସର୍ଦ୍ଦାରକୁ ଦେଖି ଲୋକେ ଖୁସି ହେଲେ।

ଜଣେ ଉଠିପଡି କହିଲା : 'ଜୋହାର...।'

ଜଣେ କହିଲା : 'ସିରମା ଉଦୁବ କେନକୋ (ଆକାଶ ଚିହ୍ନିବା ଲୋକ)।'

ଆଉ ଜଣେ କହିଲା : 'ଓତେ ଉଦୁବ କୋ (ଧରତୀ ଖୋଜିବା ଲୋକ)।'

ପଶୁ ସର୍ଦ୍ଦାର ଖୁସିରେ ଉଛୁଳି ଉଠିଲା ପରି କହିଲା : ହୋୟୋ କୋଦୋ (ପବନ), ଗମା କୋଦୋ (ବର୍ଷା), ହେଲେଃ ହେଲେଃ (ପବନରେ ଝୁଙ୍କି ପଡୁଥିବା ଫସଲ)।

ଦୂରରେ ଗୋଟେ କେଡା (ମଇଁଷି) ବନ୍ଧା ଯାଇଥିଲା। ଲୋକେ ପଶୁ ସର୍ଦ୍ଦାରକୁ କହିଲେ : ତୁଇ ଏକା ପାରିବୁ। ବର୍ଷା, ପବନ, ଝୁଙ୍କି ପଡିଥିବା ଫସଲ ଆଣିପାରିବୁ। ପାଣି ଆଣି ପାରିବୁ। ଦେଶରକ୍ଷା କରି ପାରିବୁ। ଜୀବନ ରକ୍ଷା କରିପାରିବୁ।

ପଶୁ ସର୍ଦ୍ଦାର କହିଲା : ଗୋଟେ ସୁକାଃ କଲୁଟି (ଅଣ୍ଡା ଦେଇ ନଥିବା ଏକ ହଳଦୀ ଓ ବାଦାମୀ ରଙ୍ଗର ମୁର୍ଗୀ) ଦରକାର। ଗୋଟେ ସରଜୋମ ସକମ (ଶାଳପତ୍ର) ଦରକାର। ମୁନ୍ଦେ ରସି ଦରକାର। ଗୋଟେ ମିଣ୍ଡି (ମେଣ୍ଢା) ଦରକାର, ଗୋଟେ ମେରୋମ (ଛେଳି) ଦରକାର। କୁମ୍ଭତନ (ଫସଲ ଚୋରି କରୁଥିବା ଦେବୀ)କୁ ଭଗାଇବାକୁ ପଡିବ। ବଇ (ଡାଆଣୀ ଦ୍ୱାରା ହାନି କରୁଥିବା ମନ୍ତ୍ର) ଭଗେଇବାକୁ ହେବ।

ତା'ପରେ ଲୋକେ ଏକାଠି ହୋ ହୋ ହେଇ କରମ ଗଛର ଚାରିପାଖେ ନାଚିଲେ। ଦୂରରେ ଗୋଟେ କଅଁଳ କେଡା ବନ୍ଧା ହେଇ ଠିଆ ହେଇଥିଲା। ଆକାଶ ଆଡେ ଚାହିଁ ଲୁହ ଗଡଉଥିଲା। ସେମାନେ ରସି ପିଇ, ହାଣ୍ଡି ପିଇ, ଗୀତ ଗାଇଲେ। ବର୍ଷା ଆସୁ ବୋଲି ପୂର୍ବ ପୁରୁଷଙ୍କୁ, ବୋଙ୍ଗା ମାନଙ୍କୁ ଗୁହାରୀ କଲେ ଓ ନାଚିଲେ।

ସେମାନେ ଏପରି ନାଚିଲେ ଯେ, ମନେ ହେଲା ଯେପରି ସେ ନାଚ ଆଉ ଥମିବ ନାଇଁ। ସେମାନେ ଥକିବେ ନାଇଁ। ବର୍ଷା, ପବନ ହଃ... ହଃ... ହଃ...। କ୍ଷେତକୁ ଫସଲ ଆସିବ... ଆସିବ... ଆସିବ...। ଅକାଳ ଯିବ ଓ ଲୋକେ ଦୂର ବିଦେଶରୁ ଗାଁ, ଜଙ୍ଗଲକୁ ଫେରିବେ। ମାଇଝିମାନେ ନଈରୁ ସୁନା ଖୋଜି ଖୋଜି ଫେରିବେ। ଘରେ ଘରେ ପିଠା, ମାଉଁସର ମହକ ଫେରିବ।

ରାତି ଶେଷ ବେଳକୁ ଲୋକେ ଏତେ ପିଇ ଦେଇ ନାଚିନାଚି ବେହୋସ ହୋଇ ଯାଇଥିଲେ ବି କାନ୍ଦି ନଥିଲେ। ପଶୁ ସର୍ଦ୍ଦାର ଆକାଶ ଆଡକୁ ଅନେଇଁ କହିଲା : 'ହେଇ ଦେଖ, ଗମା କୋଦେ... ଗମା... ଗମା... କୋଦୋ। ଆଉ ଲୋକମାନେ ଆକାଶ ଆଡକୁ ଚାହିଁ ଦେଖିଲେ, ସତେ ତ ବର୍ଷା; ପବନ, ବଜ୍ର, ବିଜୁଳି ମାଡି ଆସୁଚି... ଘୋ... ଘୋ...।

ପଶୁ ସର୍ଦ୍ଦାର କହିଲା : ଏସବୁ କେଡାର ଲୁହ। ପାଣି ହେଇ ଝରୁଚି କରମ ଦେବତାର ଜୟ ହଉ...।

ଲୋକେ ରାତିର ଶେଷ ଆଡକୁ ଏତେ ନିଶାସକ୍ତ ହେଇ ଯାଇଥିଲେ ଯେ, ପ୍ରକୃତରେ ବର୍ଷା କି ବତାସ କି ଧୂଳି କି ଧୂଆଁ କିଛି ଦେଖି ପାରିଲେନି।

ରାତି ପାହିଲାବେଳକୁ ନିଉଟୋପିଆରେ ପୁଲିସ୍ ଛାଉଣୀ। 'ନଦୀ ସୁରକ୍ଷା କମିଟି'ର କମ୍ରେଡମାନେ ରାସ୍ତାରୋକୋ, ଜେଲଭରୋ ଡାକରା ଦେଇ ସାରା ଜିଲ୍ଲାକୁ ଅଚଳ କରି ଦେବାରେ ସଫଳ ହେଇଚନ୍ତି। ବଡବଡ ଗଛ କାଟି ରାସ୍ତାରେ ପକେଇ ଦେଇଛନ୍ତି।

ମୁଖ୍ୟ ସହରରୁ ଗାଁ ଗଣ୍ଡା ପର୍ଯ୍ୟନ୍ତ ଗମନାଗମନ ସବୁ ଅଚଳ। କୁନାଲର ରକ୍ତଚାପ ବଢିଯାଇଚି। ପଲ୍ଲବୀ ସହିତ ଦିନସାରା କୌଣସି ସଂଯୋଗ ନାହିଁ।

ପୁଲିସ୍ ଉତ୍ତ୍ୟକ୍ତ ହୋଇ ସାରିଲାଣି। ଜନତା ଅସ୍ଥିର ଓ ଧୈର୍ଯ୍ୟହୀନ। କେତୋଟି ଜାଗାରେ ଛକାପଞ୍ଝା ଚାଲିଛି। କେତୋଟି ସ୍ଥାନରେ ପଥର, ଧନୁ ତୀର ଓ ଲାଠି ପ୍ରହାର ହେଇ ସାରିଛି। ଉଭୟ ପକ୍ଷରୁ ଜଖମ ହେଇ ସାରିଲେଣି। ଉପରୁ ଘନ ଘନ ନିର୍ଦ୍ଦେଶ ଆସୁଚି। ବୁଝି ବିଚାରି କାମ କର। ଆଗକୁ ନିର୍ବାଚନ। ଲୋକେ ଉତ୍ତ୍ୟକ୍ତ ନ ହେବା ଦରକାର। କାମ ବି ହେବା ଦରକାର।

ମୃତାହତର କୌଣସି ସଠିକ୍ ଖବର ପହଞ୍ଚିନି। ତଥାପି ଉତ୍ତେଜନା ଲାଗି ରହିଛି। 'ଏସବୁ ରାଜନୀତି'। ମନକୁ ମନ କହି ସାନ୍ତ୍ୱନା ଦେଲା ନିଜେ ନିଜକୁ କୁନାଲ। ତା' ପରେ ସଶସ୍ତ୍ର ପୁଲିସବଳ ସହ ସେ ପୋଲ ତିଆରି ହଉଥିବା ଜାଗାକୁ ବାହାରିଗଲା।

ସେ ପୋଲ ପାଖରେ ପହଞ୍ଚିଲା ବେଳକୁ, ସେଠି ପୁଲିସ୍ ଗୁଳିରେ ତିନିଜଣ ମରି ଶୋଇଥିଲେ ନଈ ବାଲିରେ। ପୁଲିସ୍ ରକ୍ତମୁଖା ବାଘ ପରି ଗର୍ଜନ କରୁଥିଲା। ଜନତା ବସାଭାଙ୍ଗି ଯାଇଥିବା ବଲୁରି ପରି ଉତ୍ତେଜିତ, ହିଂସ୍ର ଓ ପ୍ରତିକ୍ରିୟାଶୀଳ ହେଇ ଏଠି ସେଠି ଘେରି ରହିଥିଲେ। ଶହେ ଚଉରାଳିଶ। ତୁରନ୍ତ ଲାଗୁ କରି ଦିଆଗଲା। କୁନାଳ ମୁଣ୍ଡରେ ବଜ୍ର ପଡିଲା। ସେ ଭାବି ପାରିଲାନି କ'ଣ କରିବ। ଏବେ ଆଉ କିଛି କରିବାର ନଥିଲା। ଖେଳ ସୁରୁ ହୋଇ ସାରିଥିଲା।

ସେ ପହଞ୍ଚୁ ପହଞ୍ଚୁ ମିଡିଆବାଲା, ସ୍ଥାନୀୟ ବିଧାୟକ, କୁଜି ନେତା, ମାନବାଧିକାର କର୍ମୀମାନେ ତାକୁ ଘେରିଗଲେ। ଯେପରି ସେ ଗୋଟେ ଜୀଅନ୍ତା ଲାଶ୍। ସମସ୍ତେ ତାକୁ ଟିକେ ଟିକେ ଖୁମ୍ପିଲେ। କ୍ଷତାକ୍ତ କଲେ। ସେ ଅବିଚଳିତ ରହିବାକୁ ପରାମର୍ଶ ଦେଲା, ଅଥଚ ତା' ନିଜର ରକ୍ତିଚାପ ବଢିଗଲା। ଏବେ ଲାଶ୍‌କୁ ନେଇ ପଲିଟିକ୍ସ ଆରମ୍ଭ ହେଇଗଲା।

ପୁଲିସ୍ କହିଲା : ସେ ବାଧ ହେଇ ଏପରି ନିଷ୍ପତ୍ତି ନେଲା। ପୁଲିସ୍ ଅଫିସରକୁ ତୁରନ୍ତ ସସ୍‌ପେନସନ୍ ଅର୍ଡର ମିଳିଗଲା। ଲୋକେ ଏବେ କୁନାଲକୁ ଘେରି ସ୍ଲୋଗାନ ଦେଲେ। ତାଙ୍କୁ ସେପରି କରିବା ପାଇଁ ପ୍ରାୟୋଜିତ କରାଯାଇଥିଲା। ଲୋକେ କ୍ଷତି ପୂରଣ ମାଗିଲେ। ଲୋକେ ଲିଖିତ ପ୍ରତିଶ୍ରୁତି ମାଗିଲେ।

ସାରା ନିଉଟୋପିଆରେ ନିଆଁ ଜଳୁଚି।

ଉପରୁ ଘନ ଘନ ନିର୍ଦ୍ଦେଶ ଆସୁଚି। ପରିସ୍ଥିତିକୁ ମୁକାବିଲା କର ଓ ଶାନ୍ତିଶୃଙ୍ଖଳା କାଏମ ରଖ। ଅଧିକରୁ ଅଧିକ ଅର୍ଦ୍ଧସାମରିକ ବଳ ଆସି ନିଉଟୋପିଆରେ ପହଞ୍ଚିଗଲେ। ବିରୋଧୀ ଦଳର କର୍ମୀ ଓ ନେତାମାନେ ନିଆଁକୁ ନେଇ ଗାଁ ଓ ଜଙ୍ଗଲ ଭିତରେ ଲଗାଇ ଦେଲେ।

ସଂଜବେଳକୁ କୁନାଳର ଟ୍ରାନ୍ସଫର୍ ଅର୍ଡର ଆସି ପହଞ୍ଚିଲା । ଏକ ଦାୟିତ୍ୱହୀନ, ଅପାରଗ ଓ ନିକମ୍ମା ଅଫିସର୍ ଭାବେ ତାର କାର୍ଯ୍ୟକଳାପକୁ ନିନ୍ଦା କରାଯାଇ ବିଭାଗୀୟ ଶୃଙ୍ଖଳାଗତ କାର୍ଯ୍ୟ ତା' ବିରୋଧରେ ଲାଗୁ ହୋଇ ସାରିଥିଲା । ଏଣୁ ତାର ବଦଳି ଆଉ ଏକ ଦୁର୍ଗମ ଜଙ୍ଗଲଘେରା ଜିଲ୍ଲାକୁ ହେଇଗଲା । ସେ ଜିଲ୍ଲା ମାଓବାଦୀ, ନକ୍ସଲ ଓ ଅନ୍ୟାନ୍ୟ ଉଗ୍ରବାଦୀଙ୍କ ଭୂସ୍ୱର୍ଗ ଥିଲା । ତା' ମାନେ ଆଉ ଥରେ ପନିଶ୍‌ମେଣ୍ଟ ଟ୍ରାନ୍ସଫର ।

କୁନାଳ ଅଫିସ୍‌ରୁ ପଲ୍ଲବୀକୁ ଫୋନ୍ ଲଗେଇଲା । ପଲ୍ଲବୀ ସେତେବେଳେ ଗର୍ଭ ଯନ୍ତ୍ରଣାରେ କୁନ୍ଥୁଉଥିଲା । ଅସମ୍ଭାଳ ଥିଲା ତା'ର ଯନ୍ତ୍ରଣା । ପିଲା ଏଇ ମୁହୂର୍ତ୍ତରେ ଜନ୍ମ ହେଇଯାଇପାରେ । ତାକୁ ପଦଟିଏ କଥା କହିବାକୁ ମନ ନଥିଲା । ସେ ଚିତ୍କାର କରୁଥିଲା । ପାଖରେ କେହି ନଥିଲେ । କେବଳ କୁନିଝିଅଟି ଖଣ୍ଡେ ଦୂରରେ ଠିଆ ହେଇ ତା ଆଙ୍ଗୁଳି ଚୁଚୁମୁ ଥିଲା ଓ ମାଆକୁ ଦେଖୁଥିଲା । ସତେ ଯେପରି କିଏ ଜଣେ ତା ଆଖି ସାମ୍ନାରେ ମାଆକୁ ଗଡଗଡ କରି ହାଣି ପକଉଚି... ।

କୁନାଳର ଫୋନ୍ ଲାଗିଲାନି । ସେ ବିରକ୍ତ ହେଲା ଓ ରାଗିକି ବଡ ପାଟିରେ ପଶୁ ସର୍ଦ୍ଦାରକୁ ଡାକିଲା । ପଶୁ ସର୍ଦ୍ଦାର ପାଖରେ ନଥିଲା, ସେ ହାଣ୍ଡିଆ ପିଇ କରମ ନାଚୁଥିଲା । ବର୍ଷା, ପାଣି, ପବନ ଆଣୁଥିଲା ।

କୁନାଳର ମନେ ପଡିଲା, ସେ ଅନିର୍ଦ୍ଦିଷ୍ଟ କାଳଯାଏ ଛୁଟିରେ ଅଛି । ଛୁଟି, ପୁଣି, ଅନିର୍ଦ୍ଦିଷ୍ଟ କାଳ... ! କୁନାଳ ମୁଣ୍ଡକୁ ଏକ ଆଇଡିଆ ଜୁଟିଲା । ସେ ଅନିର୍ଦ୍ଦିଷ୍ଟ କାଳ ପାଇଁ ଏକ ଲମ୍ବା ଛୁଟି ଦରଖାସ୍ତ ଲେଖି ଉପରକୁ ଫାକ୍ସ କରିଦେଲା ଓ ପଶୁ ସର୍ଦ୍ଦାରକୁ ଖୋଜିଲା । ଭାବିଲା ସେ ବି ପଶୁ ସର୍ଦ୍ଦାର ସାଙ୍ଗେ ଯିବ କରମ ନାଚିବା ପାଇଁ । ବର୍ଷା, ପାଣି ଓ ପବନ ଆଣିବା ପାଇଁ ।

ସେ ଆଉ ଥରେ ପଲ୍ଲବୀକୁ ଫୋନ୍ ଲଗେଇଲା ଓ ଭାବିଲା ସବୁ କଥା ଖୋଲିକି କହିଦବ ଯେ, ସେ ଲମ୍ବା ଛୁଟିରେ ଯାଉଚି ଜଙ୍ଗଲ ଭିତରକୁ, କରମ ନାଚିବା ପାଇଁ । ମାତ୍ର ତା'ର ଦୁର୍ଭାଗ୍ୟ, ଫୋନ୍ ଲାଗୁ ନଥିଲା ।

କିଏ ଜଣେ ଆସି ଖବର ଦେଲା, ବଙ୍ଗଳାରେ ପଲ୍ଲବୀର ଦେହ ଭୀଷଣ ଖରାପ । ଶୀଘ୍ର ମେଡିକାଲ ଯିବା ଦରକାର । କୁନାଳ ଡ୍ରାଇଭରକୁ କହିଲା : ଗାଡି ଷ୍ଟାର୍ଟ କର... ।

ବର୍ଷା ଅପେକ୍ଷାରେ ଶିଲପାହାଡୀ

॥ ଏକ ॥

ଅନେକ ଦନି ହେଲା ବର୍ଷା ହୋଇନଥିଲା । ବର୍ଷା ଅପେକ୍ଷାରେ ଶିଲ ପାହାଡୀ ଗାଁର ଲୋକେ ନାୟାକୁ ବାନ୍ଧି ଜାହେରା ଥାନରେ ରଖିଥିଲେ ତିନଦିନ ତିନିରାତି । ନାୟା ହାତଗୋଡ ବନ୍ଧାଥିବା ଅବସ୍ଥାରେ ବୋଙ୍ଗାକୁ , ଜାହେରା ଦେବତାକୁ ପୂଜା କଲା । ମଝିରେ ମଝିରେ ବେହୋଶ ହୋଇ ଯାଉଥିଲା । ଲୋକେ ହୋ.. ହୋ... ହେଇ ଧୁମ୍‌ସା, ଢୋଲ ବଜେଇଲେ । ନାୟାକୁ ପଣା ଦେଲେ ପିଇବା ପାଇଁ ।

ନାୟା କହିଲା - ଉତ୍ତର ଦିଗକୁ ଯାଅ । ସେଠି ମହାପ୍ରୁ ଜନ୍ମ ନେଲାଣି । ତାକୁ ପୂଜାକର । ବର୍ଷା ହେବ ।

ଲୋକେ ଉତ୍ତର ଦିଗର ସାରଜମଦା ଗାଁକୁ ଗଲେ । ସତକୁ ସତ ସେଠି ମହାପ୍ରୁ ଜନ୍ମ ହେଇ ସାରିଥିଲେ । ଗାଁ ସାରା ଲୋକେ ତାକୁ ଘେରି ରହି ପୂଜା କରୁଥିଲେ । ମହାପ୍ରୁ ଘୁଷୁରୀ ଛୁଆ ରୂପରେ ଜନ୍ମ ହେଇଥିଲା । ସେ ଅଧେ ମାଈ, ଅଧେ ଅଣ୍ଡିରା ଥିଲା । ଲୋକେ ଇମିତି ମହାପ୍ରୁ କେବେ ଦେଖିନଥିଲେ । ଗାଁର ନାୟା କହିଲା । ୟାକୁ ପୂଜାକର, ବର୍ଷାହେବ ।

ଲୋକେ ପୂଜା କଲେ ଓ ସେଦନି ଆକାଶରୁ ଝର ଝର ହେଇ ପାଣି ବର୍ଷିଲା । ଲୋକେ ହୋ... ହୋ... ହେଇ ଆନନ୍ଦରେ ନାଚିଲେ । ସାରଜମଦା ଗାଁକୁ ଆଖପାଖ ଗାଁରୁ ଲୋକେ ଦଉଡିଲେ । ମହାପ୍ରୁକୁ ଦେଖିବା ପାଇଁ ଓ ପୂଜା କରିବା ପାଇଁ ଲୋକେ ସାରଜମଦା ଗାଁରେ ଭିଡ କଲେ । ଶିଲ ପାହାଡୀ ଗାଁର ଲୋକେ ସେଠି ପହଞ୍ଚି କହିଲେ ଆମକୁ ଉଧାର ଦିଅ ଦିନକ ପାଇଁ ମହାପ୍ରୁକୁ । ଆମେ ଆମ ଗାଁକୁ ନେବୁ । ସେଠି ପୂଜା କରିବୁ । ନାୟା କହିଚି ବର୍ଷାହେବ ।

ସାରଜମଦା ଗାଁର ଲୋକେ ଏକଥାରେ ରାଜି ହେଲେନି । କହିଲେ ଇଏ କିମିତି କଥା ! ମହାପ୍ରୁ କଣ ଧାନ ନା ମାଣ୍ଡିଆ ? କୁକୁଡା ନା ହାଣ୍ଡିଆ ?

– କଥା କଟାକଟି, ହାତ ଉଠାଉଠି ପରେ ଦି' ଗାଁର ନାୟା ବସି ନିଷ୍ପତ୍ତି କଲେ ମହାପ୍ରୁକୁ ଖୋଲାଛାଡି ଦିଆଯାଉ, ସେ ଯେଉଁ ଗାଁକୁ ଯାଉଚି ଯାଉ। ଯଉଁ ଗାଁକୁ ଯିବ ସେ ଗାଁର ଲୋକେ ତାକୁ ଗୋଟେ ଦିନ ରଖିବେ। ପୂଜା କରିବେ। ବର୍ଷା ହେବାପରେ ପୁଣି ଖୋଲାଛାଡି ଦେବେ।

ସେଇଆ ହେଲା। ମହାପ୍ରୁକୁ ଖୋଲାଛାଡି ଦେଲେ ସାରଜମଦା ଲୋକେ। ମହାପ୍ରୁ ମାଟି ଶୁଂଘି ଶୁଂଘି ଆଉ ଗୋଟେ ନୂଆ ଗାଁକୁ ଚାଲିଗଲା। ସେ ଗାଁର ଲୋକେ ହୋ... ହୋ... ହୋଇ ମହାପ୍ରୁକୁ ଧରିନେଇଗଲେ। ଅରୁଆ ଚାଉଳ, ଫୁଲ ଓ ହାଣ୍ଡିଆ ଦେଇ ପୂଜା କଲେ। ପୂଜା ସରିଚିକି ନାଇଁ ଚଡଚଡ ହେଇ ଆକାଶ ଫାଟି ପଡିଲା। ଚଡାକ ଚଡାକ ବଜ୍ର ବିଜୁଳିରେ ଧୂଆଁ ପରି ମେଘ ଘରିଆଡେ କୁଢେଇ ହେଇ ପଡିଲା। ହଁ, ଭଲକରି ଅସରାଏ ବର୍ଷା ହେଲା।

ଶିଲପାହାଡୀର ଲୋକେ ରାଗିକି ରହିଲେ। ମହାପ୍ରୁ ଉପରେ ରାଗିଲେ ଅମଙ୍ଗଳ ହବ। ନାୟା ଉପରେ ରାଗିଲେ। ସାରଜମଦା ଗାଁ ଲୋକଙ୍କ ଉପରେ ରାଗିଲେ। ହେଲେ ମହାପ୍ରୁ ତାଙ୍କ ଗାଁକୁ ଗଲାନି।

॥ ଦୁଇ ॥

ତୁଲୀଦିର କାମ ତଥାପି ସରୁନଥିଲା। ସକାଳୁ ଦିନ ଏଗାରଟା ଯାଏ ସେ ସ୍କୁଲରେ ପିଲାଙ୍କୁ ପଢଉଥିଲା। ତାପରେ ଯାଇ ଛୁଟି। ଛୁଟିରେ ପୁଣି ଗାଁକୁ ଗାଁ ବୁଲୁଥିଲା। ତା କାନ୍ଧରେ ଗୋଟେ କପଡାର ଝୁଲା ଥିଲା। ତା' ଭିତରେ ଦି' ତିନି ବିଡା କାଗଜ ଥିଲା। ସେ ଘର ଘର ବୁଲି ଜନଗଣନା କରୁଥିଲା। ରାଷ୍ଟ୍ରୀୟ ଜନସଂଖ୍ୟା ରେଜିଷ୍ଟରରେ ତଥ୍ୟ ଭରୁଥିଲା।

ତୁଲୀଦି ସ୍ଥାନୀୟ ପ୍ରାଥମିକ ବିଦ୍ୟାଳୟର ଶିକ୍ଷୟିତ୍ରୀ ଥିଲା। ତୁଲୀଦିର ଘର ଦୂର ସହରରେ ଥିବା ସତ୍ତ୍ୱେ ସେ ନିତି – ପ୍ରତିଦିନ ସ୍କୁଲ ଆସୁଥିଲା ଓ ସକାଳୁ ସକାଳୁ ମଧ୍ୟାହ୍ନ ଭୋଜନ ରାନ୍ଧି, ପିଲାଙ୍କୁ ପରଷି ଗାଁକୁ ଗାଁ ବୁଲୁଥିଲା। ତୁଲୀଦିର ବର ପାଖ ସହରରେ ରହୁଥିଲା। ତୁଲୀଦି ସହର ଓ ଗୋଟେ ଜଙ୍ଗଲୀ ଗାଁ ମଝିରେ ଦୋଳି ଖେଳୁଥିଲା। ସକାଳୁ ସହର ଛାଡି ଝାଡ ଜଙ୍ଗଲ ଓ ପାହାଡ ନଈ ଡେଇଁ ଡେଇଁ ପହଞ୍ଚୁଥିଲା ତିରିଶି କି. ମି. ଦୂର ଏକ ଗାଁରେ, ପୁଣି ଛୁଟି ହେଲାପରେ ଦି' କି. ମି. ପାଦରେ ଚାଲି, ଭିଡ ଭିତରେ ଠିଆ ହୋଇ ଝାଳ ଓ ମହୁଲୀ ଗନ୍ଧ ଶୁଂଘି ବୁଢା ହାତୀ ପରି ଢଳି ଢଳି ଚାଲୁଥିବା ଏକ ବସ୍‌ରେ ଚଢି ସହରରେ ପହଞ୍ଚିଲାବେଳକୁ ସଂଜ ହୋଇଯାଉଥିଲା।

ତୁଲୀଦି ବିଷୟରେ ଆଉ ଗୋଟେ ଗୁରୁତ୍ୱପୂର୍ଣ୍ଣ କଥା ହେଲା – ତୁଲୀଦି ସୁନ୍ଦରୀ

ଥିଲା, ଗୁଣବତୀ ଥିଲା ଓ ସବୁବେଳେ ପଦ୍ମଫୁଲ ପରି ବାସୁଥିଲା। ସେପାଇଁ ତା'ବର ସବୁବେଳେ ତାକୁ ପଦ୍ମିନୀ ବୋଲି ଚିଡଉଥିଲା ଓ ବାରବାର ସତର୍କ କରିଦେଉଥିଲା କି' କାଳେ କଉଁ ବ୍ୟାଧର ଜାଲରେ ଫସି ଯାଇପାରେ...। ମାତ୍ର ତୁଲୀଦି କାହା ଜାଲରେ ଫସିବା ପୂର୍ବରୁ କେତେବେଳେ ବ୍ୟାଧ ତୁଲୀଦିର ଜାଲରେ ଫସି ସାରିଥିଲେ। ସେମାନଙ୍କ ଭିତରୁ ଅଞ୍ଚଳ ଶିକ୍ଷା ଅଧିକାରୀ, ଗାଇଁ ମାନକି ମୁଣ୍ଡା ଓ ନିଜେ ଶିକ୍ଷାମଂତ୍ରୀ ଏବଂ ତାଙ୍କ ପି.ଏ।

ତୁଲୀଦି ବିଷୟରେ ଶେଷ କଥାଟି ନକହିଲେ ତୁଲୀଦିର ଚରିତ୍ର ଅସଂପୂର୍ଣ୍ଣ ରହିଯିବ। ଶୁଣିବ ? ଠିକ୍‌ଅଛି, ସେ କଥାଟିବି କହି ଦଉଚି। ତୁଲୀଦି ଖୁବ୍ ସ୍ୱପ୍ନ ଦେଖେ। ଏପରିକି ଦିନରେ ବି। ବସିଥିବାବେଳେ ଚାଲୁଥିବା ବେଳେ ଓ ଇମିତିକି। ଶ୍ରେଣୀ କକ୍ଷରେ ପିଲାଙ୍କୁ ଗଣିତ ପଢଉଥିବା ବେଳେ ବି। ଏପରିକି ପାଣି ପିଉଥିବା କି କଥା କହୁଥିବା ବେଳେ ବି।

ତୁଲୀଦି ସ୍ୱପ୍ନ ଦେଖୁଚି ବୋଲି କିମିତି ଜାଣିବ ? ଅତି ସରଳ ଫର୍ମୁଲା। ଦେଖିବ, ଯେତେବେଳେ ତୁଲୀଦିର ଆଖି ଦିଇଟା ଟିକିଟିକି ପ୍ରଜାପତିର ଡେଣାପରି ଛଟର ଛଟର ହେବ ଓ ତାର ନାକ ପୁଡା ଦିଇଟା ଗେଣ୍ଡାର ପିଠି ପରି ଫୁଲି ଉଠିବ ; ଜାଣିବ ତୁଲୀଦି ସ୍ୱପ୍ନ ଦେଖୁଚି। ପ୍ରଥମେ ପ୍ରଥମେ ହୁଏତ ତମେ ଏକଥାଟାକୁ ଧରି ପାରିବ ନାହିଁ। ମାତ୍ର ଯେତେବେଳେ ଜାଣିବ ତୁଲୀଦି କୌଣସି ପ୍ରଶ୍ନର ଜବାବ ଦଉନି ବା କୌଣସି ଏକ ସ୍ଥିର ବିନ୍ଦୁ ପରି ନିର୍ଦ୍ଦିଷ୍ଟ ଜାଗାରେ ଅଟକି ଯାଇଚି, ବା ତା'ର ଓଠ ଦିଇଟା ସାମାନ୍ୟ ଖୋଲିଯାଇ ଏକ ତୃପ୍ତିର ନକ୍ସା ଆଂକି ଦଉଚି.. ଜାଣିବ ସେ ସ୍ୱପ୍ନ ଦେଖୁଚି।

ତୁଲୀଦି ସାରଜମଦା ଗାଁରେ ପହଞ୍ଚି ମାନ୍‌କି ମୁଣ୍ଡା ଘରେ ବସିଲା। ସେତେବେଳେ ମୁଣ୍ଡା ଘରେ ନଥିଲା। ମୁଣ୍ଡା ବ୍ଲକ ଅଫିସକୁ ଯାଇଥିଲା ସବସିଡି ବିହନ, ବୀଜ ଆଣିବା ପାଇଁ। ଏବର୍ଷ ଜମିରେ ଧାନ ହବନି। ଏଣୁ ସରକାର ମୁଗ, ମକା ଓ ସରକୁଂଜି ମଂଜି ବାଣ୍ଟୁଥିଲା ଚାଷୀମାନଙ୍କୁ। ଏଟା ବିକଳ୍ପ କୃଷି ବ୍ୟବସ୍ଥାର ଏକ ହାତସଫେଇ ଥିଲା। ସରକାର ନିଜ ମୁଣ୍ଡରୁ ଦୋଷ ହଟେଇ ଦେଇ ଚାଷୀଙ୍କ ମୁଣ୍ଡରେ ଅଠା ବୋଳିଦେଉଥିଲା, ଏବେ ସମସ୍ତଙ୍କ ମୁହଁ ଚୁଉପ୍।

ମୁଣ୍ଡାର ମାଇଝିଟା ପାଣି ଗିଲାସେ ଦେଲା। ପାଣି ଗିଲାସଟା ଏତେ ଉଜ୍ଜ୍ୱଳ ଦିଶୁଥିଲା ଯେ ତୁଲୀଦିର ଶୋଷ ଆହୁରି ବଢିଗଲା। ତୁଲୀଦି ଯଉଁ ବୋତଲ ଘରୁ ଧରି ଆସିଥିଲା ସେଇଟା ଦିନବାରଟା ସୁଦ୍ଧା ସରି ଯାଇଥିଲା। ବାହାରେ ଟୋପେ ପିଇବାପାଣି କଉଁଠି ନଥିଲା। ଚାରିଆଡେ ଗାତ, ପୋଖରୀ, ବନ୍ଧ ଶୁଖା ପଡିଥିଲା। କୂଅ, ଚାପାକଳ ସବୁ ଅନେକଦିନରୁ ଆତ୍ମସମର୍ପଣ କରିସାରିଥିଲେ।

ତୁଲୀଦି ଗିଲାସେ ପାଣି ପିଇସାରି ଆଉ ଗିଲାସେ ମାଗିବାକୁ ଯାଉଥିଲା ମାତ୍ର ତା

ବିବେକ ବାଧା ଦେଲା। ସେ ଜାଣିଥିଲା ଏ ଗାଁର ଲୋକେ ଚାରି ପାଞ୍ଚ ଦିନରେ ଥରେ ଗାଧୋଇ ହୁଅନ୍ତି। ପିଇବା ପାଣି ପାଇଁ ଚାରି କି.ମି. ଦୂର ନଈକୁ ଯାଆନ୍ତି। ମାସକି ଦି ମାସରେ ଥରେ ଲୁଗାପଟା ଧୁଅନ୍ତି।

ମାଈଝି କହିଲା : ମୁଣ୍ଡାର ଫେରିବା ଡେରିହେବ।

ତୁଲଦୀ ପଚାରିଲା : କେତେ ଡେରି ?

ମାଈଝି କହିଲା : ମୋକେ ନାଇଁ ଜଣା।

ତୁଲଦୀ ମୁଣ୍ଡାର ଘର ଆଗରେ ଥିବା ମସ୍ତବଡ କଇଁଆଗଛ ତଳେ ଗୋଟେ ପ୍ଲାଷ୍ଟିକ ଚେୟାର ପକେଇ ବସିଲା ଓ ପାଖ ପଡିଶାଘରର ମୁରବୀମାନଙ୍କୁ ଡାକିବା ପାଇଁ କହି ତା' ଝୁଲା ଭିତରୁ ଜନସଂଖ୍ୟା ରେଜିଷ୍ଟର କାଢିଲା। ପାଖ ପଡିଶା ଘରୁ କେହି ମରଦ ଆସିଲେନି। ପଚାରିଲାରୁ ମାଈଝିମାନେ କହିଲେ 'ସେ ଗୋ ବିଦେଶ ଯାଇଚନ'।

ହଁ, ଅକାଳ ପଡିବାରୁ ଗାଁରେ ଆଉ ପୁରୁଷ ଲୋକ ରହିଲେନି। ସହରକୁ ପଳେଇଲେ। କେହି କେହି ଛୁଆପିଲା ଧରି, କୁକୁଡା ଛେଳି ଧରି ପଳେଇଲେ। କାରଣ ଗାଁରେ ଚାଷ ହବନି, ଏଣୁ କାମ ମିଳିବନି। ସରକାର ନରେଗା ନାଁରେ ଯେଉଁ ଶହେଦିନ କାମ ଦବା କଥା ସେଟାବି ଦଉନି। କାମପାଇଁ ଛେଳି, କୁକୁଡା , ମହୁଆ, ବିରି-ମୁଗ, ଧାନ-ଚାଉଳ ନହେଲେ ମାଈଝି ମାଗୁଚି।

ଲୋକେ ରଣଆଣି ଧାନଚାଷ କଲେ। ପାଣି ଅଭାବରୁ ଧାନ ଗଲା। ରଣ ଛାଡ ହବ ହବ କହି ସୁଧ ମୂଳ ମିଶି ଏତେ ହେଲା ଯେ ଲୋକେ ଡରିମରି ବିଦେଶ ପଳେଇଲେ। ଗାଁରେ କହିଦେଇଗଲେ - ଆଉ ଜମା ଫେରିବେନି। ତାଙ୍କୁ ଜାତି, ଭାଇ, ଗୋତ୍ର ଓ ପଡିଶା ପଣରୁ କାଟିଦିଅ।

ହଁ, ତୁଲୀଦି ରେଜିଷ୍ଟର କାଢି 'ମକାନ ସୂଚୀକରଣ ଏବଂ ମକାନ ଗଣନା ଅନୁସୂଚୀ' ସାଇଡ୍ 'ଏ' ଧରିଲା। ଗୋଟେ ଅଧା ମରିସାରିଥିବା ଘୁଷୁରୀ ପରି ଦିଶୁଥିବା ବୁଢୀଟିକୁ ପଚାରଲି। - ତୋ ଘର ମାଟରି କାନ୍ଥ ନା ଇଟାର ? ଛପର ଟାଇଲରି ନା' ପୁଆଳର ? ତୋ ଘରେ ତୁ ନିଜେ ରହୁ ନା ଭଡା ଦେଇଚୁ ? ଏ ଘର ତୋ ନିଜ ଗାଁରେ ଅଛି ? ଘର ଭିତରେ କେତେଟା ଘର ? କେଉଁଠୁ ପାଣି ପିଉଚୁ? ଚାପାକଳ ନା' କୂଅ ନା'ବନ୍ଧ ନା' ନଈ ? ଘରେ ବିଜୁଳି ଅଛି ? ପାଇଖାନା ଅଛି ? ପାଣି ନିଷ୍କାସନର ରାସ୍ତା ବା ନାଳ ଅଛି ? ତୋ ଘରେ ବାଥରୁମ ମାନେ ଗାଧୁଆଘର ଅଛି କି ? ରୋଷେଇ ଘର ? ରାନ୍ଧିବା ପାଇଁ ଜାଳେଣିର ସ୍ରୋତ କ'ଣ ? କାଠ, କୋଇଲା, ଗ୍ୟାସ ନା ମାଟିତେଲ ନା ବାଇଓଗ୍ୟାସ ? ରେଡିଓ, ଟିଭି ? କଂପୁଟର, ଲ୍ୟାପଟପ ? ଟେଲିଫୋନ - ମୋବାଇଲ ଫୋନ୍ ଅଛି ? ଅଛି କି ସାଇକେଲ ମୋଟର ସାଇକେଲ, ମୋପେଡ ? କାର, ଜିପ୍,

ଭ୍ୟାନ ? ତୋର ବ୍ୟାଙ୍କ୍‌ରେ ଖାତା ଅଛି ? ତା'ମାନେ ତୁ ବ୍ୟାଙ୍କ୍ ସେବା ଉପଯୋଗ କରୁ କି ନା ?

ମରି ଆସୁଥିବା ଘୁଷୁରୀ ପରି ଦିଶୁଥିବା ବୁଢୀଟିର କାନକୁ ଭଲକି ଶୁଭୁ ନଥିଲା, ସେ ଭଲକି ହିନ୍ଦୀ ବୁଝି ପାରୁନଥିଲା। କି କହି ପାରୁନଥିଲା ସେ ମୁଣ୍ଡ ହଲେଇ ନାଇଁ ନାଇଁ କଲା। ତୁଲୀଦି ସେତେବେଳକୁ ବୋଧେ ସ୍ୱପ୍ନ ଦେଖିବାରେ ଲାଗିଯାଇଥିଲା। ତା ହାତର କଲମ ରେଜିଷ୍ଟରର 'ପଇଁତ୍ରିଶ' ନମ୍ବର ସ୍ତମ୍ଭ ପାଖରେ ଅଟକି ରହିଥିଲା।

ଏକଥା ବୁଢୀଟି ଜାଣି ପାରିବ ନାହିଁ। ବୁଢୀଟି ଜାଣି ପାରିବ ନାଇଁ ଯେ ତୁଲୀଦିର ଆଖି ଦି' ଟା କୁନି ପ୍ରଜାପତିର ଡେଣାପରି ଛଟର ପଟର ହଉଚି କାହିଁକି ଓ ତା ନାକପୁଡା ଫୁଲିଯାଇଚି କାହିଁକି ଗେଣ୍ଡାର ପିଠିପରି। ତା ଓଠ ଖୋଲିଯାଇଛି ଅଧା ଅଧା....।

ବୁଢୀ ନଇଁ ନଇଁ ଚାଲୁଥିଲା।

ବୁଢୀ ନାଇଁ ନାଇଁ କହୁଥିଲା।

ବୁଢୀର ଘରେ ବିଜୁଳି, ରନ୍ଧନଗ୍ୟାସ, ପାଇଖାନା, ବାଥରୁମ୍, ମୋବାଇଲ ଫୋନ୍, ଲ୍ୟାପଟେପ କି ମୋଟର ସାଇକେଲ କି କାର୍, ଜିପ୍ ନଥିଲା। ବୁଢୀର ପଲେ ଘୁଷୁରୀ ଥିଲେ। ବୁଢୀର ଆଉ କେହି ନଥିଲେ। ତା ମରଦ ଅନେକ ଦିନ ତଳେ ଘରଛାଡି ଜଙ୍ଗଲକୁ ଯାଇଥିଲା ଯେ ଆଉ ଫେରିଲାନି। ତା ଝିଅ ବିଦେଶ ଯାଇଥିଲା କାମ କରିବା ପାଇଁ ଆଉ ଫେରିଲାନି। ତା ଜମିବାଡି, ଛେଳି- କୁକୁଡାଙ୍କୁ ଅକାଳ ପଡିବା ବେଳେ ବନ୍ଧକ ରଖିଥିବା ମା'ଜନ ଆଉ ଫେରାଇଲାନି। ବୁଢୀର ଏବେ କେହିନାହିଁ ଖାଲି ପଲେ ଘୁଷୁରୀ ଛଡା।

(ତୁଲୀଦି ସ୍ୱପ୍ନରେ ଦେଖୁଥିଲା - ହଁ, ପଲେ ଘୁଷୁରୀ ମେଳରେ ଗୋଟେ ବୁଢୀ ଘୁଷୁରୀ, ଘୁଷୁରୀଙ୍କର ପାଇଖାନା, ବିଜୁଳି, ମୋବାଇଲ ଫୋନ୍, ଲ୍ୟାପଟପ, ମୋଟର ସାଇକେଲ, ବ୍ୟାଙ୍କ ଖାତା ଓ ରନ୍ଧନ ଗ୍ୟାସ ଦରକାର କି ?)

ଏଣୁ ତୁଲୀଦି ବୁଢୀର ଘର ବିଷୟରେ ଲେଖିଥିଲା। ଘର ସଂଖ୍ୟା ଓ ପରିବାରରେ ରହୁଥିବା ମୋଟ ସଂଖ୍ୟା ସ୍ତମ୍ଭରେ ଲେଖିଲା - 'ଦୁଇ ବଟା ସତର ଓ ପରିବାରର ସଭ୍ୟ ସଂଖ୍ୟା ତେର ଏକ ଚଉଦ।' ଘୁଷୁରୀଙ୍କୁ ମିଶେଇ ବୁଢୀର ପରିବାର ଥିଲେ ଚଉଦ।

ଚଉଦଟି ଘୁଷୁରୀର ଏକ ପରିବାର।

ବୁଢୀଟି କାନ୍ଦି କାନ୍ଦି ଗୁହାରୀ ଜଣାଇଲା।

'ମୋତେ ମୋ ମହାପ୍ରୁକୁ ଫେରାଇଦେ।'

ତୁଲୀଦି ଆଶ୍ଚର୍ଯ୍ୟ ହେଇ ପଚାରିଲା - 'ମହାପ୍ରୁ କିଏ ? ତୋ ମରଦ ନା ପୁଅ ?'
ବୁଢୀ କହିଲା- 'ନାଇଁ ଗୋ ! ମୋ ମହାପ୍ରୁ ... ମୋ ଛୁଆ ...।'

ଅସଲ କଥା ବୁଝିବା ପାଇଁ ତୁଲୀଦିକୁ କିଛି ସମୟ ଲାଗିଲା । ଯେତେବେଳେ ପାଖ ପଡିଶାର ଜଣେ ମାଈଝି ବଡ ବଡ ଆଖି କରି ଡଗଡଗ ହୋଇ ସତ କଥା କହିବା ପରି କହିଲା- ମହାପ୍ରୁ ବୁଢୀ ଘରେ ଜନ୍ମିଚି । ତାକୁ ଗାଁର ନାୟା ନେଇ ଯାଇଚି । ସେ ଗାଁ ଗାଁ ବୁଲୁଚି । ଯଉଁ ଗାଁକୁ ଯାଉଚି ସେ ଗାଁରେ ବର୍ଷା ହଉଚି । ସେ ଗାଁରେ ଦେବତା, ବୋଙ୍ଗା ହସୁଛନ୍ତି ।

ତୁଲୀଦି ପଚ୍ଚରିଲା: 'ଏଇ ମହାପ୍ରୁ ଟି କିଏ ?'

ଡଗିଡଗି ମାଈଝିଟି ବୁଝାଇଦେଲା – 'ସେଇ ମହାପ୍ରୁ, ଯିଏ ମାଈବି' ମରଦବି' । ବୁଢୀର ଛୁଆ ।'

: 'ଓ... ସେଇ ଘୁଷୁରୀ ଛୁଆ ?'

: ହଇ...ହଇ... ।

॥ ତିନି ॥

ମହାପ୍ରୁ ସବୁ ଗାଁକୁ ଯାଉଥିଲା । ହେଲେ ଶିଳପାହାଡୀ ଗାଁକୁ ଯାଉନଥିଲା । ଏଣୁ ଲୋକେ ଶିଳପାହାଡୀ ଗାଁର ନାୟାକୁ ଧରି ଆଉଥରେ ଜାହେରା ଥାନରେ ବାନ୍ଧି ବସେଇଲେ । ପୂଜା ପାଠ କଲେ । ନାୟା ପୁଣି ତିନିଦିନ ତିନିରାତି ଉପବାସ ରହି ଦେବତାକୁ ଡାକିଲା ।

ଦେବତା ସେତେବେଳେ ଡରିମରି ପାହାଡ ଉପରେ ମେଘ ହୋଇ ଭାସୁଥିଲା । ସୂର୍ଯ୍ୟ ହୋଇ କି ଚନ୍ଦ୍ର ହୋଇ ଉଠୁଥିଲା । ଶିଳପାହାଡୀ ଗାଁର ଲୋକେ ଏଥର ଏକାଠି ହେଇ ବିଚ୍ଚର କଲେ ଏକଥା ଏମେଲେ, ଏମ୍‌ପିଙ୍କୁ କୁହାଯାଉ । ଏମେଲେ ଥାଉଥାଉ ମହାପ୍ରୁ ତାଙ୍କ ଗାଁକୁ କି ପାଇଁ ଆସିବ ନାଇଁ ?

ଗାଁ ମୁଖିଆକୁ ଧରି ଚ୍ଚରିଜଣ ଲୋକ ଏମେଲେ ପାଖକୁ ଗଲେ । ଏମେଲେ ସେଦିନ ଦେଖାଦେଲାନି । ସେଦନି କଉଁ ଗାଁକୁ ଯାଇଥିଲା ବର୍ଷା କରାଇବା ପାଇଁ । ସେପାଇଁ ମୁଖିଆ ଓ ଚ୍ଚରିଜଣ ଲୋକ ଏମେଲେ ଅପେକ୍ଷାରେ ତା ଘର ବାହାରେ ରାତିସାରା ବସିରହିଲେ ଓ ବିଡି ପିଇଲେ । ଭୋକ ଲାଗିବାରୁ, ଶୋଷ ଲାଗିବାରୁ କାନ୍ଦିବା ଗୀତ ଗାଇଲେ । ସେମାନେ ଏତେ କାନ୍ଦିଲେ ଯେ ଗଲା ଆଇଲା ଲୋକେ ବି ଠିଆହୋଇ କାନ୍ଦିଲେ । ଯଦି ସମସ୍ତଙ୍କ ଲୁହ ଏକାଠି କରି ଦିଆ ଯାଇଥାଆନ୍ତା, ତାହେଲେ ଶିଳ ପାହାଡୀର ପାଣିର ଅଭାବ ଦୂର ହୋଇଯାଆନ୍ତା ।

ତା'ପରଦିନ ଏମେଲେ ଦେଖା ଦେଲା ଓ ଭଲମନ୍ଦ ପଚ୍ଚରିଲା, ଚ୍ଚ ବିସ୍କୁଟ ଦେଲା ଓ ଗାଁକୁ ଫେରିଯିବା ପାଇଁ ରାସ୍ତା ଖର୍ଚ୍ଚ ଦେଲା । ବିଦା କଲାବେଳେ କହିଲା ହଁ.... ହଁ.. ପ୍ରତିଜ୍ଞା କରୁଚି ତମ ଗାଁକୁ ମହାପ୍ରୁ ଆସିବ । ସେ ବ୍ୟବସ୍ଥା କରାଯବି । ମୁଖିଆକୁ କହିଲାରୁ

ଭଲ ଦିନ ଦେଖି ମଞ୍ଚାବାନ୍ଧିବୁ, ମାଇକି ନଗେଇବୁ, ଫୁଲମାଳ ଆଣିବୁ, ମୁର୍ଗା - ହାଣ୍ଡିଆର ବ୍ୟବସ୍ଥା କରିବୁ, ଗହଳ କରେଇବୁ। ନାଚଗୀତ କରେଇବୁ। ଡି.ସି.କୁ କହିବୁ, ବିଡିଓକୁ, ଏସଡିଓକୁ କହିବୁ। ଇସ୍କୁଲର ଛୁଆ ଓ ମାଷ୍ଟ୍ର ମାଷ୍ଟ୍ରାଣୀଙ୍କୁ ଅଟକେଇବୁ।

ମୁଖିଆ କହିଲା- ହଇ...ହଇ...।

ତା'ପରଦିନ ଏ ଖବର ଆଖପାଖ ଗାଁରେ ପ୍ରଚାର ହୋଇଗଲା। ମାନ୍‌କି ମୁଣ୍ଡା, ମୁଖିଆ, ବିଡିଓ, ଏସ୍‌ଡିଓ, ଡିସି ସବୁ ତତ୍ପର ହୋଇ ଉଠିଲେ। ରାସ୍ତାଘାଟ ସବୁ ସଫା ସୁତୁରା ହୋଇଗଲା। ମଞ୍ଚା ବନ୍ଧାଗଲା। ଭଲଦିନ ଠିକ୍ ହେଇଗଲା। ନାଚଗୀତ ଓ ମୁର୍ଗାଭାତ, ହାଣ୍ଡିଆ, ମାଇକି, ଫୁଲମାଳର ବରାଦ ହେଲା। ଏମେଲେ ରାଜଧାନୀରେ ବସି ଖବର ନେଲା। ସବୁ ଠିକ୍ ଠାକ୍ ଚାଲିଚି।

'ହେଲେ ମହାପ୍ରୁ କଉଁଠି ?' ସାରଜମଦାର ଲୋକେ କହିଲେ।

ଘୁଷୁରୀ ବୁଢୀ କହିଲା - 'ଜାଣିନି।'

ତୁଲୀଦି ସ୍ୱପ୍ନ ଦେଖୁଥିଲା, ତେଣୁ ଜବାବ ଦେଲାନି।

ମାନ୍‌କି ମୁଣ୍ଡା ବ୍ଲକ ଅଫିସ୍‌ରୁ ମଂଜି ଓ ବିହନ ଘେନି ଗାଁକୁ ଫେରିଥିଲା। ବି.ପି.ଏଲ୍. ତାଲିକା ଓ ନରେଗାର କାମ ସାଙ୍ଗରେ ଧରି ଆସିଥିଲା। ସାର, ବିଷ ଓ ମଧ୍ୟାହ୍ନ ଭୋଜନ ଧରି ଫେରିଥିଲା।

ଘୁଷୁରୀ ବୁଢୀ ମହାପ୍ରୁକୁ ହରାଇ ଦୁଃଖରେ କାଳ କାଟୁଥିଲା। ମହାପ୍ରୁ ତା' ଘରେ ଜନ୍ମିଥିଲା। ହେଲେ ନାୟା ତାକୁ ଧରିନେଇ ଆଉ କାହାକୁ ବିକିଦେଇଥିଲା। ନାୟାକୁ ପଚାରିଲାରୁ କହିଲା : 'ସେ ମହାପ୍ରୁକୁ ବିକିନାଇଁ। ଆଖପାଖ ଗାଁବାଲା ଦିନେ ଦି'ଦିନ ପାଇଁ ମହାପ୍ରୁକୁ ଭଡାରେ ନେଇଯାଆନ୍ତି ପୂଜାପାଠ କରିବା ପାଇଁ, ବର୍ଷା କରେଇବା ପାଇଁ।

ଥାନାର ଦାରୋଗା ପଚାରିଲା : ବୁଢୀର ଘୁଷୁରୀ ଛୁଆ କାଇଁ ? କାହାକୁ ଭଡା ନଗେଇଛୁ କହ। କାହାକୁ ବିକିଚୁ କହ ? ଏବେ ଶିଳପାହାଡୀ ଗାଁକୁ ଯିବ ଘୁଷୁରୀ ଛୁଆ। ଏମେଲେ ଆସିବ। ବର୍ଷା କରେଇବ। ଜଲ୍‌ଦି ବତା କଉଁଠି ରଖିଚୁ... ?

ସାରଜମଦା ଗାଁର ନାୟା କହିଲା : ସେ ମହାପ୍ରୁ ତା ଇଚ୍ଛାମତେ ବିଚରଣ କରିବ। ଆତଯାତ ହବ। ମୁଁ ବା' କିଏ ତାକୁ ବାନ୍ଧିରଖିବାକୁ ? ଖୋଲିଦେଲେ ଯୁଆଡେ ଇଚ୍ଛା ସିଆଡେ ଧାଇଁବ। ଯଉଁ ଗାଁ ଆଡକୁ ଗଲା ସେଇ ଗାଉଁ ଲୋକେ ତାକୁ ମାନଦେୟ ଦେଇ ନେଇଯିବେ। ବେଶି ନୁହଁ ଶହେ ଟଙ୍କା ଦିନ ପିଛା।। ଯିଏ ଯେତେ ଦିନ ରଖିବ ସେତେ ଶହେ।

ଦାରୋଗା ହସିଲା, ରାଗିଲା ଓ ଗାଳି ଦେଲା।

କହିଲା: ସାରା ଦୁନିଆକୁ ଡ୍ୟାସ୍ ମାରିଦବୁ। ଭଲ ରୋଜଗାର ଖୋଲିଚୁ ନାଇଁ ... ? ଠିକ୍ ଅଛି... ବତା, କଉଁ ଗାଁକୁ ଯାଇଚି ମହାପ୍ରୁ... ?

ନାୟା କହିଲା: ମୁଁ ସେ କଥା ଜାଣିନି। ମୁଁ ଶହେ ଟଂକା ପାଏ ଦିନକୁ। ବାକି ହିସାବ ରଖେ ଠାକୁର ହାଁସଦା।

ଦାରୋଗା ରାଗିକି ପଚାରିଲା: ସେ ଠାକୁର ହାଁସଦା କିଏ ବେ ?

ନାୟା ଡରିଯାଇ କହିଲା: ସେ ଠାକୁର ହାଁସଦା ଏବେ ନୂଆକରି ଗାଁର ନେତା ହେଇଚି। ବ୍ଲକ ଅଫିସ ଯାଉଚି। ଛେଳି ଋଣ, ମଇଁଷି ଋଣ କରଉଚି। ନରେଗାରେ କାମ ଦଉଚି। ଇନ୍ଦିରାଆବାସ ଦଉଚି! ମହାପ୍ରୁକୁ ସେଇ ରଖିଚି। ଜଗାରଖା କରୁଚି। ଭଡା ନଗଉଚି। ପଇସା ଆଣୁଚି।

ଦାରୋଗା କହିଲା : ଠାକୁର ହାଁସଦା ଘର କାଇଁ ବତା।

ନାୟା ଆଙ୍ଗୁଳି ଠାରି ଦେଲା ଗୋଟେ ଖଜୁରୀ ବଣ ଆଡକୁ ; ଯଉଁ ଆଡୁ ତିନିଟା ନଙ୍ଗଳା ପଲି ଡରିଯାଇଥିବା ମାଙ୍କଡ ପରି ଆସୁଥିଲେ। ସେ ପିଲା ତିନିଟା ଏତେ କଳା, ଏତେ ଅପରିଚ୍ଛନ୍ନ, ଏତେ ଭୋକିଲା ଦିଶୁଥିଲେ ଯେ ଦାରୋଗାକୁ ଇଥିଓପିଆର ଚେହେରା ମନେ ପଡିଲା ଓ ସେ ତା ଓହଳି ପଡିଥିବା ପେଟ ଉପରେ ଅନ୍ୟମନସ୍କ ଭାବେ ହାତ ବୁଲେଇଲା; ସତେ ତା ପେଟ ଅଛି କି ନାଇଁ ?

ଦାରୋଗା ବୁଢୀକୁ ସାଙ୍ଗରେ ନେଇ ଠାକୁର ହାଁସଦାକୁ ଖୋଜି ବାହାରିଲା। ଦାରୋଗା ଗାଡିରେ ବସି ବୁଢୀ ଗୋଟାପଣେ ଥରୁଥିଲା, ସତେ ଯେପରି କିଏ ତାକୁ ଏବେ ଜଳନ୍ତା ନିଆଁ ଭିତରକୁ ଛାଟି ଦବାକୁ ନଉଚି। ବୁଢୀ ବାରବାର ଦାରୋଗାକୁ ଜୁହାର ହେଇ ଗୁହାରୀ କରୁଥିଲା କି, ତା'ର କିଛି ଦୋଷ ନାଇଁ। ଦାରୋଗା ତାକୁ ଛାଡିଦଉ ଓ ମହାପ୍ରୁକୁ ନେଇ ଶାନ୍ତ ହଉ।

ଦାରୋଗା ରାଗି ସାରିଥିଲା।

ଶଳା, ଗୋଟେ ଘୁଷୁରୀ ଛୁଆ ଲାଗି ପାଲା ନାଗିଚି, ଗାଁକୁ ଗାଁ ବୁଲି ହାଲିଆ ହେଲିଣି। ଯଉଁ ଗାଁକୁ ଯାଉଚି ସେ ଗାଁ ଲୋକେ କହୁଚନ୍ତି – 'ହଁ ମହାପ୍ରୁ ଆସିଥିଲା। ବର୍ଷା କରେଇ ପଳେଇଲାଣି ଚାରି ଛଅଦିନ ହେଲା।'

ଠାକୁର ହାଁସଦା ତିତିରବିଲା ଗାଁରେ ବସି ହାଣ୍ଡିଆ ପିଉଥିଲା ଜଣକ ଘରେ। ତିତିରବିଲା ଗାଁର ମୁଖିଆ ଆସି ଜୁହାର ହେଲା। ଦାରୋଗା କହିଲା : ଠାକୁର ହାଁସଦା ଆସିଚି ତମ ଗାଁକୁ ଘୁଷୁରୀ ଛୁଆକୁ ଧରି ?

ମୁଖିଆ ଡରିଡରି ଥରିଥରି ଜବାବ ଦେଲା – ହଇ ଆଜ୍ଞା ! ଆଇଚି... ଆଇଚି। ହଇ ଆଜ୍ଞା ସେ ଏ... ହେଇ ସେଇଟି ବସି ହାଣ୍ଡିଆ ଖାଉଚି। ମହାପ୍ରୁ ଅଛି। ତିନିଦିନ ହେଲା

ଗାଁରେ ଅଛି । ତିନିଦିନ ହେଲା ପୂଜା ପାଠ ହଉଚି, ଧୂଣାପଣା ହଉଚି, ନାଚଗୀତ ହଉଚି । ହେଲେ ବର୍ଷା ନାଇଁ । ଖାଲି ବସିବସି ଠାକୁର ହାଁସଦା ହାଣ୍ଡିଆ ଖାଉଚି ଓ ଦିନ ପିଛା ଦି'ଶ ନଉଚି । ପାଣି ପଡିଲେ ଯାଇ ଗାଁଲୋକେ ଶାନ୍ତ ହେବେ । ମହାପ୍ଭୁଙ୍କୁ ପୂଜା ପାଠ କରି ବିଦାଦେବେ ।

ଦାରୋଗା ଗର୍ଜିଉଠିଲା : 'କାଇଁ ସେ ଠାକୁର ହାଁସଦା ?'

ଚମକି ପଡିଲା ଘୁଷୁରୀ ବୁଢୀ । ଚମକି ପଡିଲା ମୁଖିଆ ବୁଢା । ଚମକି ପଡି ଧାଇଁ ପଳେଇଲେ ଦି'ତିନିଜଣ ପିଲା ଓ ମର୍ଦ୍ଦ । ମୁଖିଆ ବତେଇଦେଲା - 'ଏ... ହେଇ... ସେଇଟି ବଇଚି । ହାଣ୍ଡିଆ ଖାଉଚି ।'

ଘୁଷୁରୀ ବୁଢୀକୁ ସାଙ୍ଗରେ ଧରି ଦାରୋଗା ଚାଲିଲା ଠାକୁର ହାଁସଦା ପାଖକୁ । ତିତିରବିଲାର ଗାଁ ମୁଖିଆ ହାତଯୋଡି ଯୋଡି ଆଗରେ ପଛରେ ଚାଲିଲା । ଯେପରି ଗୋଟେ ଚାବିଦିଆ କଣ୍ଢେଇ ।

ତିତିରବିଲା ଗାଁରେ ଫୁଲ ଫଳ ନାଇଁ । ଗାଈ ଗୋରୁ ଛେଳି ମଇଁଷିଙ୍କ ପାଇଁ ଦାନା ନାଇଁ । ଖାଇବା ପାଇଁ ଅଭାବ ପଡିଲାରୁ ଲୋକେ ସବୁ କିଛି ବିକି ସାରିଲେଣି । ଖାଲି ଘରବାଡି ଛାଡି । ମହାପ୍ଭୁ ଦୟାରୁ ଯଦି ପାଣି ବରଷେ ତେବେ ଲୋକେ ଚାଷବାସ କରିବେ । ମୂଲ ମଜୁରୀ ଲାଗିବେ । ନାଚଗୀତ କରିବେ ।

ଘୁଷୁରୀ ବୁଢୀ ତିନିଦିନ ହେଲା ଖାଇନାହିଁ । ଦି'ଦିନ ହେଲା ପିଇନାହିଁ । ହାଣ୍ଡିଆ ଦେଖି ଭୋକ ଲାଗିଲା । ଶୋଷ ଲାଗିଲା । ମୁଖିଆ ଧାଇଁଯାଇ ଖଟିଆ ପାରିଦେଲା । ଦାରୋଗା ପାଇଁ । ପାଖରେ ଠିଆ । ହୋଇ ରହିଲା । । ଦାରୋଗା ହତଗୋଡ ମେଲେଇ ଗଡି ପଡ଼ିଲା ସେ ଏତେ ଯୋରରେ ଗଡି ପଡ଼ିଲା । ଯେ ଖଟିଆର ଗୋଟେ କାଠ ଭାଙ୍ଗିଗଲା କୁଡୁକୁଡୁ କରି । ଦାରୋଗା ଅଳ୍ପକେ ରହିଗଲା । ଉଠି ପଡି ଖଟିଆକୁ, ମୁଖିଆକୁ, ଠାକୁର ହାଁସଦାକୁ ଓ ଘୁଷୁରୀ ବୁଢୀକୁ ଗାଳିଦେଲା ।

ମୁଖିଆ ସାଙ୍ଗେ ସାଙ୍ଗେ ଧାଇଁଲା ଆଉ ଗୋଟେ ନୂଆ ଖଟିଆ ଆଣିବା ପାଇଁ । ଠାକୁର ହାଁସଦା କିଛି ନଜାଣିବା ପରି ଚୁପ୍‌ଚାପ୍ ଉଠି ଚାଲିଯାଉଥିଲା ବିଲେଇପରି, ମୁହଁ ପୋଛି ପୋଛି ଓଦା ଗାମୁଛାରେ । ତା କହଁରା ନିଶ ଓ ଦାଢିରେ ହାଣ୍ଡିଆ ତୋରାଣି ଲାଗିଥିଲା ।

'ଆହା ହା... ମୋ ରସିକ ନାଗର' କହିଲା ଦାରୋଗା, ଓ ସିପେଇକୁ କହିଲା - 'ଶଳାକୁ ମାଡିବସ ।' ସିପେଇ ଧାଇଁଲା ଠାକୁର ହାଁସଦା ପଛେ ପଛେ । ଠାକୁର ହାଁସଦା ଧାଇଲା ମହାପ୍ଭୁ ପଛେ ପଛେ । ପଛେ ପଛେ ଗାଁ ସାରା ଲୋକ । ଦେଖି ଦେଖି ।

॥ ଚାରି ॥

ତୁଳୀଦି ସେଦିନ ଘରେ ପହଞ୍ଚୁ ପହଞ୍ଚୁ ରାତି ।

ତେଣେ ତୁଳୀଦିର ବର ରାଗିମାଗି ତେଉଁଚି । ମୋବାଇଲ ଲାଗୁନି । ଏତେ ରାତି ଯାଏ କଉଁଠି ଥିଲା ? ସେ ଜାଣିବାକୁ ଚାହୁଁଚି ।

ତୁଳୀଦି କିଛି ଜବାବ ଦେଲାନି । ଚୁପ୍‌ଚାପ୍ ବାଥ୍‌ରୁମ୍ ଭିତରକୁ ପଶିଗଲା । ବାଥ୍‌ରୁମ୍‌ରୁ ଫେରିବା ବେଳକୁ ବର ପୁଣି ପଚାରିଲା - 'ଏତେ ବେଳଯାଏ କଉଁଠି ଥିଲ ?'

ତୁଳୀଦି ଦିହରେ ଜର । ମୁଣ୍ଡ ଘୂରଉଚି । ବାନ୍ତି ବାନ୍ତି ଲାଗୁଚି । ସାରାଦିନ ଗାଁରେ । ଟୋପାଏ ହେଲେ ପାଣି ନାଇଁ କଉଁଠି ପିଇବାପାଇଁ । ଯଉଁଠିକି ଯାଅ ଫଟା ଭୂଇଁ । ଜଳିଗଲାଣି ଘାସପତ୍ର । ଗଛ ବୃଛ । ଆକାଶରେ ତେଜ ଖରା । ଦିହହାତ ଜଳିଯିବ ।

'ସନ୍‌ଷ୍ଟ୍ରୋକ୍ ହେଲାକି ?'

ବର ପଚାରିଲା, ତୁଳୀଦି ଜବାବ ଦେଲାନି । ଏଇ କେତେଦିନ ହେଲା ତୁଳୀଦିର ଗୋରା ଓ କଅଁଳ ଦିହ କଳା ଓ ରକ୍ଷ ଦିଶୁଥିଲା । ବର ତୁଳୀଦିର ଦିହରେ ହାତ ଛୁଇଁ କହିଲା : ହଁ ଜର ।

ରାତି ସାରା ତୁଳୀଦି ସ୍ୱପ୍ନ ଦେଖିଲା ।

ଗୋଟେ ମହାମାରୀ ଆସୁଚି । ସେଇଟା ଗାଁରୁ ସହରକୁ କି ସହରରୁ ଗାଁକୁ ବ୍ୟାପୁଚି କହିହବନି । ଏ ମହାମାରୀରେ ଆକ୍ରାନ୍ତ ହୋଇନଥିବା ଲୋକ କେହି ନାହାନ୍ତି । ପ୍ରଥମେ ମହାମାରୀର ଭାଇରସ୍ - ପାଣି, ପବନ ଓ ସୂର୍ଯ୍ୟାଲୋକକୁ ସଂକ୍ରମିତ କରୁଚି । ତାପରେ ଗଛପତ୍ର, ପଶୁପକ୍ଷୀଙ୍କୁ ଓ ତାପରେ ମଣିଷମାନଙ୍କୁ । ଭାଇରସ୍ ପ୍ରଥମେ ମୁହଁ, ନାକ ଓ କାନବାଟେ ପ୍ରବେଶ କରୁଚି । ତାପରେ ଗଳା, ଛାତି, ଲିଭର ରକ୍ତକଣିକାକୁ ଆକ୍ରାନ୍ତ କରୁଚି ।

ତାପରେ ଦେଖୁଦେଖୁ ଲୋକେ ଖୁଁ ଖୁଁ ହଉଚନ୍ତି । ଆଖି ମୁହଁ ଲାଲ ପଡିଯାଉଚି । ଗଳା ଖସ ଖସ । ସର୍ଦ୍ଦି, ଜର, ଲୋ-ମୋସନ୍‌ସ, ଡିହାଇଡ୍ରେସନ୍ । ଗୋଡହାତ ଝିମ୍‌ଝିମ୍ । ଚକ୍କର । ବାନ୍ତି ବାନ୍ତି ଲାଗୁଚି । ଲୋକେ ଦଉଡୁଚନ୍ତି ଡାକ୍ତରଖାନା । ଡାକ୍ତରମାନେ ମୁହଁରେ ହାତରେ ମାସ୍କ ଓ ଗ୍ଲୋବସ ଲଗେଇ ଭାଇରସ ସାଙ୍ଗେ ଲଢୁଛନ୍ତି । ଦେଖୁ ଦେଖୁ ଘରକୁ ଘର ବ୍ୟାପୁଚି ମହାମାରୀ । ଗାଁକୁ ଗାଁ, ସହରକୁ ସହର ବ୍ୟାପୁଚି । ଲୋକେ ମୁହଁରେ ମାସ୍କ ଲଗେଇ ଭୟରେ ଧାଉଁଚନ୍ତି । କେହି କାହାପାଖରେ ଠିଆହେଉନି । କେହି କାହାକୁ ଛୁଉଁନି) ।

ତୁଳୀଦି ସ୍ୱପ୍ନ ଦେଖିଲା ରାତିସାରା ।

ଆଗରୁ କହିଚି, ତୁଳୀଦି ଯେତେବେଳେ ସ୍ୱପ୍ନ ଦେଖେ, ସେତେବେଳେ ତା ଆଖି ଖୋଲାଥାଏ । ନାକପୁଡା ଫୁଲି ଉଠେ ଗେଣ୍ଡାର ପିଠି ପରି । ଓଠ ସାମାନ୍ୟ ଖୋଲି ହୋଇଯାଏ ଓ ସେ ଉଡି ଉଡିଯାଏ ।

ରାତି ପାହିଲା ବେଳକୁ ତୁଲୀଦିର ବରକୁ ଜର । ତା ମୁଣ୍ଡ ଛଟପଟ ହଉଚି । ଦିହ ହାତ ଘୋଳାବିନ୍ଧା । କରୁଚି । ଛାତିରେ ଦରଜ । ଗଳା ଖସ୍ ଖସ୍ । ବର ଯଂତ୍ରଣାରେ ଛଟପଟ ହଉଚି । କହୁଚି – ମୋତେ ବି ଧରିଲା ଫ୍ଲୁ ।

:ୟେ ଫ୍ଲୁ କଉଁଠୁ ଆସିଲା ?

: ଟି.ଭିରେ ଦେଖଉଚି ଘୁଷୁରୀ ଦିହରୁ ।

: ଆଏଁ ... ?

ଚମକି ପଡିଲା ତୁଲୀଦି ଓ ସାରଜମଦା ଗାଁର ଘୁଷୁରୀ ବୁଢୀ କଥା ମନେପକେଇଲା । କାଇଁ ବୁଢୀକି ତ ଫ୍ଲୁ ହେଇନି । ସେ ଗାଁର କାହାରିକି ଫ୍ଲୁ ହେଇନି । ହେଃ.... ମିଛ କଥା । ସୁଦୁ ମିଛ...।

କିନ୍ତୁ ସହରରେ ଫ୍ଲୁର ଡର । ଟି.ଭି.ରେ ଖବରକାଗଜରେ ଫ୍ଲୁର ଝଡ । ଯୁଆଡେ ଦେଖ ଫ୍ଲୁ । ସ୍କୁଲ କଲେଜ ବନ୍ଦ ହେଇଗଲା । ଅଫିସ ଯିବା ଲୋକ ଫୁଙ୍କି ଫୁଙ୍କି ଚାଲିଲେ । ମୁହଁରେ ମାସ୍କ୍ ହାତରେ ଗ୍ଲୋବ୍ସ । ରେଳ ଷ୍ଟେସନ, ବସଷ୍ଟାଣ୍ଡ ଓ ହାବାଇ ଆଡ୍ଡାଠାରେ ଚୌକସ ଯାଞ୍ଚ । ବାହାରୁ ଯିଏ ଆସୁଚି ତାକୁ ଧରିନେଇ ବସେଇ ଦଉଚି ପୁଲିସ । ଦଳେ ଡାକ୍ତର ତାକୁ ଯାଞ୍ଚ କଲାପରେ ଛାଡୁଛନ୍ତି । ଫ୍ଲୁର ସାମାନ୍ୟ ଲକ୍ଷଣ ଦେଖିବା ମାତ୍ରେ ତା ମୁହଁ ହାତର ମାସ୍କ ଓ ଗ୍ଲୋ ଭସ୍ ପିନ୍ଧେଇ ଦେଇ ଗୋଟେ ସଂରକ୍ଷତି ଗାଡିରେ ବସେଇ ଅଜ୍ଞାତ ସ୍ଥାନକୁ ନେଇ ଯାଉଚନ୍ତି । ଯିମିତି ମୁନ୍‌ସି ପାଲଟିବାଲା କୁକୁରମାନଙ୍କୁ ଧରି ଛାଡି ଦିଅନ୍ତି ପଞ୍ଜୁରୀବାଲା ଗାଡି ଭିତରକୁ ଓ ଏକ ଅଜ୍ଞାତ ସ୍ଥାନରେ ନେଇ ଛାଡି ଦିଅନ୍ତି ନହେଲେ ବଧ କରିଦିଅନ୍ତି । ଡାକ୍ତରମାନେ ଦିଶୁଥିଲେ ଡଗ୍ କେଚରଙ୍କ ପରି । ସାଂଘାତିକ ।

ସରକାର କହଲା । : 'ପ୍ରଥମେ କୁକୁଡାମାନଙ୍କୁ ମାରିକି ପୋତିଦିଅ । ନହେଲେ ଜଳେଇଦିଅ ।' ଲୋକେ ଡରିମରି ମାଂସ ଖାଇବା ଛାଡି ଦେଲେ । ତାପରେ ଘୁଷୁରୀମାନଙ୍କୁ ସିଧା ପୋତି ପକାଅ , ନହେଲେ ଜଳେଇ ଦିଅ । ଲୋକେ ପଚାରିଲେ – ଏଥର କାହାର ପାଳି ?'

ସହରରେ ଯଉଁ ଯଉଁ ବସ୍ତି ଝୁପୁଡିରେ ଘୁଷୁରୀମାନେ ରହୁଥିଲେ ତାଙ୍କୁ ଖୋଜି ଖୋଜି ଠାବ କରାଗଲା । ଦିନେ ସରକାର କାହାରିକୁ କ୍ଷତି ପୂରଣ ନଦେଇ ଘୁଷୁରୀମାନଙ୍କୁ ଧରିନେଇଗଲା । ତାପରେ କଣ ହେଲା କେହି ଜାଣନ୍ତିନି ।

ଘୁଷୁରୀଙ୍କୁ ନମାରିବା ପାଇଁ ଦଳେ ଜନ୍ତୁପ୍ରେମୀ ନାଗରିକ ଅପିଲ କଲେ । ସରକାର କହିଲେ ହଉ, ବିଚାର କରି ଦେଖିବା । ବିଚାର କରିବାର ତାରିଖ ପଡୁନଥିଲା । ଘୁଷୁରୀମାନେ ଧରା ହେଇ ଯାଉଥିଲେ । ସହରର ଲୋକେ ମୁହଁରେ ମାସ୍କ ପିନ୍ଧି ଅଧାମରା ଜୀବନ ଘେନି ବଞ୍ଚିଥିଲେ ।

ତୁଲୀଦିର ବର ଫ୍ଲୁ ପାଇଁ ତୁଲୀଦିକୁ ଦାୟୀ କରିକହିଲା – 'ସାରଜମଦା ଗାଁରୁ ଏ ଫ୍ଲୁ ଆଣିଚି।' ତୁଲୀଦି କହିଲା – ମିଛ କଥା। ଏ ସହର ଲୋକେ ଆଉ କଉଁ ସହରରୁ ଆଣିଚନ୍ତି। ତୁଲୀଦି ଫ୍ଲୁ ପାଇଁ ତା ବରକୁ ଦୋଷଦେଲା। କାରଣ ବର ସହରରେ ରହୁଥିଲା। ତୁଲୀଦି ସକାଳୁ ଯାଇ ସଂଜରେ ଫେରୁଥିଲା।

ତୁଲୀଦିର ସ୍ୱପ୍ନର ମହାମାରୀ ଏତେ ଶୀଘ୍ର ବାସ୍ତବରେ ବ୍ୟାପୀଗଲା ? ତୁଲୀଦି ନିଜକୁ ନିଜେ ପ୍ରଶ୍ନ କଲା। ତା ହେଲେ ବୁଢୀର ଘୁଷୁରୀଙ୍କ କଥା କଣ ହେବ। ସତକୁ ସତ ଯଦି ଗାଁରେ ଫ୍ଲୁ ପହଞ୍ଚିଯାଏ ଓଃ...।

ତୁଲୀଦି ସେଦିନ ଛୁଟି ନେଇଥାନ୍ତା, ମାତ୍ର ଏମେଲେ, ମଂତ୍ରୀ ଓ ଅଫିସର ଆସୁଛନ୍ତି ଶିଲପାହାଡୀ ଗାଁକୁ ବର୍ଷା କରେଇବାପାଇଁ। ଅଞ୍ଚଳ ଶିକ୍ଷା ଅଧିକାରୀ ଚିଠି ଦେଇଚି ସ୍କୁଲର ପିଲାଙ୍କୁ ଧରି ଶିକ୍ଷକ / ଶିକ୍ଷିକା ସମସ୍ତେ ସଭାସ୍ଥଳରେ ଉପସ୍ଥିତ ରହିବାକୁ। ଖାସ୍‌କରି ତୁଲୀଦିର ଉପସ୍ଥିତି ଜରୁରୀ। କାରଣ ତୁଲୀଦିର ସୁନ୍ଦରୀ, ଗଣ୍ଡବତୀ, ସୁଶୀଳା ଓ ସୁକଣ୍ଠି ନାୟିକାର ଆବିର୍ଭାବ ଏମେଲେ, ମଂତ୍ରୀ, ଅଞ୍ଚଳଅଧିକାରୀ ଓ ଅଫିସର ସମେତ ଅନେକଙ୍କ ମନୋରଂଜନ କରିପାରିବ।

ଯେବେ ସଭା ସମିତି ହୁଏ, ସେବେ ତୁଲୀଦି ଅନିବାର୍ଯ୍ୟ ଆବଶ୍ୟକତା ଉପଲବ୍ଧ କରାଯାଏ। ତୁଲୀଦି ଆମଂତ୍ରିତ ଅତିଥିମାନଙ୍କୁ ପୁଷ୍ପ ମାଲ୍ୟ ପ୍ରଦାନ କରେ ବା ସୁଲଳିତ କଣ୍ଠରେ ସ୍ୱାଗତ ସମ୍ଭାଷଣ କରେ, ଅଥବା ପିଲାମାନଙ୍କୁ ନେଇ ପେଶ୍ କରେ ଜାତୀୟ ସଂଗୀତ।

ତୁଲୀଦିର ଝରୁ- ହାସ୍ୟମୟୀ ଲଳିତ କଟାକ୍ଷରେ ଘାଏଲ ହୋଇଯାଇଥିବା ପୂର୍ବ ମୁଖ୍ୟମଂତ୍ରୀ, ଶିକ୍ଷାମଂତ୍ରୀ ଓ ଅଞ୍ଚଳ ଶିକ୍ଷାଅଧିକାରୀ ଏବେ ବି ଝୁରି ହୁଅନ୍ତି ତୁଲୀଦିକୁ। ତୁଲୀଦିର ଟ୍ରାନ୍‌ସ୍‌ଫର୍ ସେଇଥିପାଇଁ ଲଟକି ରହିଥାଏ ଫାଇଲ୍‌ରେ। ମଂତ୍ରୀଏ ଚାହୁଁଥାନ୍ତି ଟ୍ରାନ୍‌ସ୍‌ଫର୍ କରିନେଇ ଯିବାପାଇଁ ରାଜଧାନୀକୁ ଓ ଅଧିକାରୀଏ ଚାହୁଁଥାନ୍ତି – ନା' ନା' ଥାଉ ବଣ ଜଙ୍ଗଲ ଘେରା ସେଇ ଆଦିବାସୀ ଗାଁରେ। ଏକମାତ୍ର ଭରସା ହୋଇ କେବେ କେମିତି କେଉଁନା କେଉଁ ଅବସରରେ ସାକ୍ଷାତ, ହସଖୁସି, ଭାବବିନିମୟ ତ ହୋଇଯିବ। ସେଇ ବାହାନାରେ ତ ରହିଯାଇହେବ ଆଉ କେତେ ବର୍ଷ।

॥ ପାଞ୍ଚ ॥

ସକାଳୁ ସକାଳୁ ଶିଳାପାହାଡୀ ଗାଁର ମୁଖିଆ ମହାପ୍ରଭୁଙ୍କୁ ଧରି ପହଞ୍ଚିଲା। ମହାପ୍ରଭୁଙ୍କୁ ସେ ଏକରକମ ଅଧିକ ଦରରେ ଭଡା ଆଣିଥିଲା। ଆଜି ଏମେଲେ ଆସିବ, ମଂତ୍ରୀ ଆସିବ, ଅଧିକାରୀ ଆସିବ ଓ ବର୍ଷା ଆସିବ ତାଙ୍କ ଗାଁକୁ। ଲୋକେ ସଜହେଇ ବସିଥିଲେ।

ଖୁସିବାସିରେ ମକର ପରବ ଲାଗିଲା ପରି ଘରେ ଘରେ ହାଣ୍ଡିଆ, ଘରେ ଘରେ ନାଚଗୀତ ।

ସକାଳୁ ମାଇକି ବାଜିଲାରୁ ଲୋକେ ଜାଣିଲେ ଏମେଲେ ଆଉଚି ବର୍ଷା ସାଙ୍ଗରେ ଧରି । ମାଇଝିଏ ହାଣ୍ଡି କୁଣ୍ଡି ସଜେଇ ରଖିଲେ ପାଣିଭରିବା ପାଇଁ । ଶିଳପାହାଡୀ ପ୍ରାଥମିକ ବିଦ୍ୟାଳୟର ତିନିଜଣ ଶିକ୍ଷକ ସକାଳୁ ସ୍କୁଲରେ ପହଞ୍ଚି ମଧ୍ୟାହ୍ନ ଭୋଜନ ରାନ୍ଧିଲେ । ମୁଖିଆ ଆସି ଚେତେଇ ଦେଇଗଲା କି, କେବେହେଲେ ବି ସେମାନେ ଆଜି ହାଣ୍ଡିଆ ଖାଇବେନି ଯେମିତି । ଆଉ ଲକ୍ଷ୍ୟ ରଖିବେ ଯେମିତିକି ସବୁ ପିଲା ସ୍କୁଲ ଆସନ୍ତି ଓ କେହି ହାଣ୍ଡିଆ ଖାଇ ନଆସନ୍ତି ।

ମହାପ୍ରୁକୁ ବାନ୍ଧିବା ମନା ।

ସେପାଇଁ ମୁଖିଆ ନିଜେ କୋଳରେ ପୂରେଇ ଏଠୁ ସେଠିକି ଧାଉଁଥାଏ । କାମ ସବୁ ଠିକ୍‌ଠାକ୍ ଚାଲିଚି କି ନାଇଁ ଖବର ନଉଥାଏ ।

ଇଆ ଭିତରେ ଦି'ଜଣ ଅଧିକାରୀ ବ୍ଲକ୍ ଅଫିସରୁ ଆସି ଗାଁ ଲୋକଙ୍କ ଟିପ ଚିହ୍ନ ନେଇ ଘରପିଛା ଦଶକିଲୋ ଚାଉଳ ଓ ଦି'କିଲୋ ଅଟା ବାଣ୍ଟି ଦେଇଗଲେ । ପଛେ ପଛେ ଜଣେ ମୁର୍ଗାପରି ଦିଶୁଥିବା ଟୋକାଟେ ଆସି ଘରଘର ବୁଲି ନାଲି କାଗଜର ପର୍ଚି ବାଣ୍ଟି ଦେଇଗଲା । ଗଲାବେଳେ ମୁଖିଆକୁ କହିଦେଇଗଲା – ସମସ୍ତଙ୍କୁ ବୁଝାଇ କହିବୁ ଯେ ମଂତ୍ରୀ କି ଏମେଲେ କି ଅଧିକାରୀ ପଚାରିଲେ ଲୋକେ କହିବେ – ହଁ... ହଁ... ।

ମୁଖିଆ କହିଲା : କଣ ପଚାରିବ ?

ଟୋକା କହିଲା : ଯାହା ପଚାରିବେ, କହିବେ ହଇ... ହଇ.. ହଁ... ହଁ...

ମୁଖିଆ ବୁଝିଗଲା । ଘର ପିଛା ଦଶ ଦଶ ଟଙ୍କା ଦେଲା ଓ ଲୋକଙ୍କୁ ଧମକାଇଲା ପରି କହିଲା – ବିପିଏଲ୍ କାର୍ଡ୍ ଅଛି ? ହଁ ... ହଁ... । ପାଣି ଅଛି ? ହଇ.. ହଇ... । ଚାଉଳ ଅଛି ? ହଁ ... ହଁ... । ଭତ୍ତା ମିଳୁଚି ? ହଇ.. ହଇ... । ମଂଜି ମିଳୁଚି ? ହଇ... ହଇ... ।

ଲୋକେ ବୁଝିଗଲେ ।

ଯାହା ପଚାରିଲେ କହିବେ: ହଇ... ହଇ... ହଁ... ହଁ... । ମନାକଲେ ପୁଲିସ ଧରିନବ । ଅଧିକାରୀ ରାଗିକି ଚାଉଳ, ଭତ୍ତା, ପାଣି ଓ ବିପିଏଲ କାର୍ଡ ଛଡେଇ ନବ ।

ଲୋକେ ବୁଝିଗଲେ ଓ ହଇ... ହଇ...ହଁ... ହଁ... କହିଲେ । ସହରରୁ ଫୁଲମାଳ, ଅତର, ରୋଷେଇଆ, ଡାକ୍ତର ଓ ଗାଡିଘୋଡା ଆସି ଜମା ହେଲେ । ଇସ୍କୁଲ ପଡିଆ ଘୋ ଘୋ ହେଲା । ଗାଁ ଲୋକେ ସାଇତା ଲୁଗା ପିନ୍ଧି, ଜଡାତେଲରେ ମୁଣ୍ଡ ବାନ୍ଧି ନାଚିଲେ ଗୀତ ଗାଇ ଗାଇ । ତାଙ୍କ ସଙ୍ଗେ ଆଖପାଖର ଗାଁ ଲାକେ ବି ଆସି ମିଶଲେ । ସେମାନେ

ନିଜ ନିଜ ମୁଖିଆ ଓ ମୁଣ୍ଡାର କଥାରେ ଉଠବସ୍ ହଉଥିଲେ । ତାଙ୍କ ମୁଣ୍ଡା କି ମୁଖିଆ କହିଲାରୁ ସେମାନେ ବି ଦଳ ଦଳହେଇ ନାଚିଲେ ଗୀତ ଗାଇ ଗାଇ ।

ଟିକିଏ ଦୂରରେ ବୁଢୀଟେ ତା ନାତୁଣୀକୁ ଧରି ହାଣ୍ଡିଆ ବିକୁଥିଲା । ତା ପାଖକୁ ବୁଟଭଜା ଓ ଚଣା, ମଟର ବିକୁଥିଲା ଅଣ୍ଟ ନଥିବା ଚଢେଇ ପରି ଦିଶୁଥିବା ଜଣେ ବୁଢା । ତା ଆଖିରେ ଆଖିଏ ତପସ୍ୟା ଥିଲା । ମାତ୍ର ତାସଲ୍ୟ ଥିଲା ।

ତୁଲୀଦି ନିଜ ସ୍କୁଲର ପିଲାଙ୍କୁ ଧରି ପହଞ୍ଚିଲାବେଳକୁ ଦିନ ବାରଟା । ତାକୁ ଦେଖି ମଣ୍ଡଳ ଅଧିକାରୀ ରାଗିଲା । କହିଲା - ଏତେ ଡେରି ? ତୁଲୀଦି ସତ କଥା ନକହି ବାହାନା ଦେଖାଇଲା । ସେ ଜାଣିଥିଲା, ମଣ୍ଡଳ ଅଧିକାରୀ ସତକୁ ସତ ରାଗିକି କହୁନି । ତା ରାଗ ପଛରେ ଅନୁରାଗ ଅଛି । ଲୁଚି ପଡିଥିବା ଗୋଟେ ଦୁଷ୍ଟ ପିଲାର ଚପଳତା ଅଛି । ତୁଲୀଦି ହସିଦେଲା । ଇସ୍ . କି ମାରଣାସ୍ତ୍ର ! ଅଧିକାରୀ ବେହୋସ୍ ହେଇଗଲା । ତାର ଅସ୍ତିତ୍ୱ ଏତେ ହାଲକା ହୋଇଗଲା ଯେ, ସେ ଆଉ କିଛି କ୍ଷଣ ଭିତରେ ହାଓ୍ୱା ହୋଇଯାଇଥାନ୍ତା ।

ତୁଲୀଦି ମଂଚା ଆଡକୁ ଯାଉଥିଲା ।

ତାକୁ ଦେଖି କେଇ ଘୁଷୁରୀ ବୁଢୀ ଧାଇଁ ଆସିଲା ଓ କହିଲା : 'ମୋ ମହାପ୍ରୁ କାଇଁ ?' ତୁଲୀଦିର ହୋସ୍ ଉଡିଯାଇଥାନ୍ତା, ଆରେ; ଇଏ ସେଇ ବୁଢୀ ତ ! ପୁଣି ଘୁଷୁରୀ କଥା କହିବ... ପୁଣି ଫ୍ଲୁ... ।

ଥିଲା ଥିଲା ଚଡଚଡ ହେଇ କଣ ସବୁ ଫୁଟିଗଲା । ଲୋକେ ଡରିମରି ଛାନିଆ । ଘୁଁ ଘୁଁ ହେଇ ଆଠଦଶଟା ଗାଡି ମାଡିଆସିଲା । ଡ୍ରାକ୍ ଡ୍ରାକ୍ ଧତାଙ୍ଗ ତାଙ୍ଗ... ବାଜିଲା । ଲୋକେ କାନ୍ଦିବା ପରି ସ୍ୱରରେ ଗୀତଗାଇ ଅତିଥିମାନଙ୍କ ସ୍ୱାଗତ କଲେ । ଛକାଛକ୍ ଗାଡି ଭିତରୁ ଓହ୍ଲେଇ ପଡିଲେ ଫୌଜ । ତାପରେ ଲାଞ୍ଜ ନଥିବା କୁକୁର ପରି ଦିଶୁଥିବା ଗୋଟେ ଅଧିକାରୀ ତା ପାଖକୁ ଆଉ ଗୋଟେ ଗାଡିରୁ ଚେପା ହେଇ ଯାଇଥିବା କଣ୍ଢେଇ ପରି ଗୋଟେ ମହିଳା ଯିଏ ଶହେବର୍ଷ ହେଲା ରାଗି ନଥିଲା ଭଳି ଦିଶୁଥିଲା । ତା ମୁହଁରେ ମାସ୍କ ।

ତା ପଛେ ପଛେ ଏମେଲେ, ତା ପଛେ ପଛେ ହାତରେ ବ୍ୟାଣ୍ଡେଜ ବାନ୍ଧିଥିବା ଗୋଟେ କୁଜି ନେତା ଓ ସବା ପଛ ଗାଡିରୁ ପେଟ୍ରୋମାକ୍ସ ଲାଇଟ୍ ପରି ଜଳୁଥିବା ଜଣେ ଚିକ୍କଣ ମଂତ୍ରୀ ଓହ୍ଲେଇଲା । ଆହୁରି ବାଣ ଫୁଟିଲା । ଆହୁରି ଜୋର୍‌ରେ ଲୋକ ଗୀତଗାଇଲେ ଓ ନାଚିଲେ । ମାଇକିରେ କିଏ ଜଣେ କହିଲା, ଆମର ଅତିଥି ପହଞ୍ଚି ଗଲେଣି । ଏଥର ସଭା ଆରମ୍ଭ ହେବ । କିଏ କେଉଁଠି ଅଛି ଆସନ ଗ୍ରହଣ କରିନିଅ ।

ଅତିଥିମାନଙ୍କୁ ନାଚି ନାଚି ଗୀତ ଗାଇ ଗାଇ ଦଳେ ମାତାଲ ଯୁବତୀ ପାଛୋଟି

ନେଲେ ମଂଚା ଉପରକୁ । ତୁଲୀଦିର ଔଜଲ୍ୟ ଫିକା ପଡିଯାଇଥିଲା ଏଇ ଭିଡି ଭିତରେ । ସେ ଘୁଷୁରୀ ବୁଢୀ ପାଖକୁ ଘୁଞ୍ଚି ଯାଇଥିଲା । ଅତିଥିମାନେ ମଂଚରେ ପହଞ୍ଚୁ ପହଞ୍ଚୁ ମୁହଁରେ ମାସ୍କ ବାନ୍ଧି ଦେଲେ । ସତେ ଯେପରି ଅପରେସନ୍ ଟେବୁଲ ଉପରେ ଥୁଆହେଇଚି କାହାର କଟା ଫଟା ଶରୀର ।

ହଁ ଚାରିଆଡେ ହାହାକାର । ଚାରିଆଡେ ଫ୍ଲୁର ଡର । ସେ ପାଇଁ ସହରରୁ ଲୋକେ ଗାଁକୁ ଆସିଲାବେଳେ ମୁହଁରେ ବାନ୍ଧିଛନ୍ତି ମୁଖା । ତୁଲୀଦି ମାସ୍କ ଖୋଲିକି ରଖିଦେଇଥିଲା । ମାସ୍କ ବାନ୍ଧି ମଂଚ ଉପରକୁ ଉଠିବା ଅପମାନଜନକ । ମଂତ୍ରୀ, ଅଧିକାରୀ କଣ କହିବେ ? ଅଞ୍ଚଳ ଶିକ୍ଷା ଅଧିକାରୀ କଣ ନ କହିବ ? ନାଃ, ବରଂ ଥାଉ । ଗାଁରେ ଫ୍ଲୁର ଡର କ'ଣ ?

ମାଇକି ଧରି ଜଣେ ଯୁବନେତା ଗୀତ ଗାଇଲା । ଗୀତ ଛଳରେ ଲୋକଙ୍କ ଦୁଃଖ ଦରଦ ଶୁଣାଇଲା । ଲୋକେ ହା ଚୁ ଚୁ କଲେ । କେହି କେହି ଦୁଃଖରେ କାନ୍ଦି ପକେଇଲେ ଓ ଆଖି ପୋଛିଲେ । ମଂତ୍ରୀ, ଅଧିକାରୀ ଓ ଏମେଲେଙ୍କ ଛାତି ଦୁଃଖରେ ଫାଟିଗଲା । ଏଣୁ ସେମାନେ ଆଖିରେ କଳା ଚଷମା ଲଗେଇନେଲେ । ଯେପରିକି ଲୁହ ବାହାରକୁ ନଦିଶୁ ।

ତାପରେ ଅଧିକାରୀ ଉଠି କହିଲା ।

କହିବ କ'ଣ ? ଛତୁ ! ଖାଲି ମଂତ୍ରୀ ଓ ଏମେଲେଙ୍କୁ ତେଲ ମାରିଲା । ମାଲିସ କଲା । ପ୍ରତିଜ୍ଞା କଲା ଓ ସରକାରର ତାରିଫ କଲା । ତାପରେ ଶାନ୍ତ ହେଇ ପାଣି ପିଇଲା ମିନେରାଲ ବୋତଲରୁ । ସେ ବୋତଲ ସହରରୁ ଆସିଥିଲା । ଘୁଷୁରୀ ବୁଢୀ ଚାରିଦିନ ହେଲା ପାଣି ପିଇନଥିଲା । ପାଖରେ ଠିଆ ହେଇଥିବା ତୁଲୀଦି କି ପଚାରିଲା : ଏଟା କି ପାଣି କି ଗୋ ?

ତୁଲୀଦି କିଛି ଜବାବ ଦେଲାନି । ଚୁପ୍ ରହିବାକୁ ଠାରିଦେଲା । ବୁଢୀ ତଳେ ବସି ପଡିଲା ଓ ମହାପ୍ରଭୁକୁ ଖୋଜିଲା । ମହାପ୍ରଭୁ କାଇଁ ?

ତାପରେ ମଂତ୍ରୀ ଉଠିଲା ଓ ଆଳଙ୍କାରିକ ଛଟାରେ ଭାଷଣ ଦେଲା, ସତେ ଯେପରି ସେ କଉଁ ତର୍କ ପ୍ରତିଯୋଗିତା ପାଇଁ ଭାଷଣ ମୁଖସ୍ତ କରିଆସିଥିଲା । ସେ ଭାଷଣ ଦେବାବେଳେ ଲୋକେ ତାଳି ମାରିବାପାଇଁ ଭୁଲିଯାଉଥିବାରୁ ମୁଖିଆ, ମୁଣ୍ଡା, ଅଧିକାରୀ ଓ କୁଜି ନେତାମାନେ ବ୍ୟସ୍ତ ହୋଇପଡୁଥିଲେ ।

ମଂତ୍ରୀ କହିଲା ; ଧୈର୍ଯ୍ୟଧର, ସବୁ କିଛି ମିଳିବ । ରୋଟି, କପଡା ଔର୍ ମକାନ୍ । ଘୁଷୁରୀ ବୁଢୀ ବଡପାଟିରେ ପଚାରିଲା – 'ଆଉ ପାଣି କିଏ ଦବ ? ତୋ ଦାଦି ?'

ପାଖରେ ବସିଥିବା, ଠିଆ ହୋଇଥିବା ଓ ଝୁଲଉଥିବା ମାଇଝିମାନେ ହୋ ହୋ ହେଲେ । ମଂତ୍ରୀକୁ ଏକଥା ଶୁଭି ନ ଥିବ । କାରଣ ମଂତ୍ରୀ ପାଣିର ଗ୍ୟାରେଣ୍ଟି ଦେଇ ନଥିଲା । ପାଣି ବିଭାଗ ଏମେଲେର, ସେଇ କହିଥିଲା ପାଣି ଆଣିବ । ବର୍ଷା ବର୍ଷେଇବ

ଶିଳପାହାଡୀ ଗାଁରେ । ସବୁ ଗାଁକୁ ବର୍ଷା ହେଉଥିଲା, ଖାଲି ଶିଳପାହାଡୀ ଗାଁକୁ ଛାଡି । କାରଣ ସେ ଗାଁକୁ ମହାପ୍ଲୁ ଆସୁନଥିଲା । ଏଥର ଏମେଲେ ପ୍ରତିଶ୍ରୁତି ଦେଇଥିଲା ଯେମିତି ହେଲେବି ମହାପ୍ଲୁ ଆସିବ ଗାଁକୁ ଓ ବର୍ଷା ଆସିବ ।

ସଭା ଶେଷରେ ଏମେଲେ ଉଠିଲା । ଏମେଲେ ଉଠିଲାବେଳେ ଜୟଜୟକାର ପଡିଲା ଚଉରିଆଡେ । ମୁଖିଆ, ମୁଣ୍ଡା ଓ ଅଧିକାରୀମାନେ ଲୋକଙ୍କୁ ଉସୁକାଇଲେ ତାଳିମାରିବା ପାଇଁ । ଏମେଲେ ତା ମୁହଁରୁ ମୁଖା ଖୋଲି ତଳେ ଥୋଇଦେଲା ।

ଘୁଷୁରୀ ବୁଢୀ ପଚାରିଲା । ଇଏ ମରଦଟା କିଏ କି ଗୋ ? ଇଏ ତା ମୁହଁରେ ତୁଣ୍ଡି ବାନ୍ଧିଚି କାଇଁକି ?

ତୁଲୀଦି ଠାରି ଦେଲା ଚୁଉପ୍ ରହିବାକୁ । ଏମେଲେ ଭାଷଣ ଦେବା ଆଗରୁ ବୋତଲ ଠିପି ଖୋଲି ଢକ୍‌ଢକ୍ କରି ଅଧା ବୋତଲ ପାଣି ପିଇଗଲା । ସତେ ଯେପରି ଅନେକ ବର୍ଷ ହେଲା ପାଣି ଦେଖିନଥିଲା । ଘୁଷୁରୀ ବୁଢୀ କହିଲା: ଇଏ କଣ ପିଉଛି ଗୋ ? ପାଣି କି ?

ହଇ...ହଇ....

ପାଖରେ ଥିବା ତୁଲୀଦି ଜବାବଦେଲା ।

ଏମେଲେ କାନ୍ଦିଲା ଓ ଲୁହ ପୋଛିଲା ।

ମାଈଝିମାନେ କାନ୍ଦିଲେ ଓ ଲୁହ ପୋଛିଲେ ।

ଏମେଲେ କହିଲା: ସାରା ରାଜ୍ୟ ଅକାଳଗ୍ରସ୍ତ । କାହିଁ କୁଆଡେ ଟୋପେ ବି ଜଳ ନାଇଁ । ଅନ୍ନ ନାଇଁ । ଲୋକେ ଗାଁ ଛାଡି ସହରକୁ, ବିଦେଶକୁ ପଳଉଛନ୍ତି । କାମ ନାଇଁ । ଚଷବାସ ନାଇଁ । ପଶୁ ପକ୍ଷୀ ଚରା ନପାଇ ମରିଗଲେଣି । (ସେତେବେଳେ ତୁଲୀଦି ସ୍ୱପ୍ନ ଦେଖିଲା: ମଂତ୍ରୀର ମୁହଁଟା ଘୁଷୁରୀର ଥୋବଣି ପରି ଦିଶୁଚି । ମଂଚାରେ ବସିଥିବା ଅଧିକାରୀ ଓ ଭାଷଣ ଦଉଥିବା ଏମେଲେ ଘୁଷୁରୀଙ୍କ ପରି ଦିଶୁଛନ୍ତି । ମଂତ୍ରୀ ତା ପାଟିକୁ ଗୋଟେ କାଜୁଦାନା ପକେଇ ଚୋବେଇଲା । କିଏ ଜଣେ ଆସି କୋକାକୋଲା ବୋତଲ ଖୋଲି ରଖିଦେଲା ସାମ୍ନାରେ । ଟପ୍‌ଟପ୍ ଝାଳ ନିଗଡି ପଡୁଚି ଲୋକଟା ଦିହରୁ । ଲୋକେ ଛେଳି-କୁକୁଡାଙ୍କ ପରି ଦିଶୁଛନ୍ତି ।) ଏପରି ଅବସ୍ଥାରେ ସରକାର ଚୁଉପ୍ ହେଇ ବସିନାଇଁ । (ତୁଲୀଦିର ସ୍ୱପ୍ନରେ ତାଳିମାଡ, ହୁଇସିଲ ବାଜିବାର ସ୍ୱର) ସରକାର କିଛି କରିବ । ସବସିଡି ମଂଜି ଓ ବିଷ ଦବ । ବିକଳ୍ପ ଚଷ ପାଇଁ ମାଗଣା ପରାମର୍ଶ ଦବ । ମାଗଣା ଅନ୍ନ ଦବ । ହାତକୁ କାମ ଦବ । ତୁଲୀଦିର ସ୍ୱପ୍ନରେ ହାତ ନଥିବା ଲୋକଙ୍କ ପଟୁଆର ମଂଚା ଉପରକୁ ଚଢି ସବୁଯାକ କୋକାକୋଲା ଓ ମିନରାଲ ବୋତଲ ପିଇ ଦଉଚନ୍ତି ।

ଝାଳନାଳ ହେଇସାରି ଏମେଲେ କହିଲା : ଏଥର ନାୟାକୁ ଡାକ । ମହାପ୍ଲୁକୁ ଡାକ ।

ପୂଜାକର। ବାଜା ବଜାଅ। ଗୀତ ଗାଅ ଓ ନାଚ। ହେଇ ଦେଖ, ଆକାଶରେ ମେଘର ପଟୁଆର। ଦେଇଦେଖ ଟିକିଟିକି ଫୁଲ ଫଳ।

ଲୋକେ ଆକାଶ ଆଡକୁ ଅନେଇ ରହିଲେ। ନାୟା ଆସିଲା ମହୁଆ ପିଇ ଟଳିଟଳି। ଆଖି ତାର ଲାଲ ଲାଲ। ମହାପ୍ରୁ କାଇଁ ?

ମୁଖିଆ ଖୋଜିଲା ମହାପ୍ରୁକୁ। ମହାପ୍ରୁ କେତେବେଳେ ତା' ହାତରୁ ଖସିଯାଇଥିଲା ତାକୁ ଜଣା ନାଇଁ। ଖୋଜ ଖୋଜ। ନାୟାକୁ ଖୋଜ। ମୁଖିଆ କହିଲା ମୁଣ୍ଡାକୁ ଖୋଜ। ମୁଣ୍ଡା କହିଲା ଠାକୁର ହାଁସଦାକୁ ଖୋଜ। ଠାକୁର ହାଁସଦା କାଇଁ ?

ଦାରୋଗା କହିଲା ବୁଢୀକୁ ଖୋଜ।

ବୁଢୀ କାଇଁ ?

ତୁଳୀଦିର ଆଖି ଦିଇଟା ଟିକିଟିକି ପ୍ରଜାପତିର ଡେଣାପରି ଛଟରପଟର। ନାକପୁଡା ଫୁଲିଯାଇ ଗେଣ୍ଡାର ପିଠିପରି। ଖୋଲି ଯାଇଚି ଓଠ ଦିଇଟା..। ସ୍ୱପ୍ନ ....।

(ବୁଢୀ ଘୁଷୁରୀ ହେଇଯାଇଚି ଓ ଘୁଷୁରୀ ହେଇଯାଇଚି ବୁଢୀ...।)

: ତା'ପରେ ?

: ତା' ପରେ, ଗାଁ ସାରା ଫ୍ଲୁ।

: ବର୍ଷା ?

: ଲୋକଙ୍କ ଆଖିରେ .....।

ପିଲାଙ୍କ ହାତରେ ନିଉଟୋପିଆ

ଯେତେବେଳେ ସାରା ନିଉଟୋପିଆର ଲୋକେ ଦେଖିଲେ ଯେ, କଉଁଠି କିଛି ହବାର ନାହିଁ ଓ ନଈ ଉପରେ ପୋଲ ତିଆରି ହବା ନିଶ୍ଚିତ ଓ ନଈରୁ ବାଲି ଉଠିବା ନିଶ୍ଚିତ; ସେତେବେଳେ ସେମାନେ 'ହରବାଗେୟା' ଭଗେଇବାର ଆୟୋଜନ କଲେ। ଯେତେବେଳେ ସେମାନେ ଦେଖିଲେ ବର୍ଷା ହବନି, ଅକାଳ ଯିବନି, ଫସଲ ହବନି ଓ ଲୋକେ ଅନାହାରରେ, ଗାଈ-ଗୋରୁ, ଛେଳି, କୁକୁଡା ରୋଗରେ ଓ ଦୁଃଖରେ ମରିବେ, ସେତେବେଳେ ସେମାନେ ବାଗେୟାକୁ (ଦୁଷ୍ଟ ବୋଙ୍ଗା) ଘଉଡାଇବା ଅନୁଷ୍ଠାନ କଲେ।

ଏ ଅନୁଷ୍ଠାନ ମାଗେ ପର୍ବର ଷଷ୍ଠ ଦିନ ହବା କଥା। ମାତ୍ର ଗାଁକୁ, ଦେଶକୁ ଯେବେ ବିପତ୍ତି ପଡେ ଓ ଲୋକେ ଭାବନ୍ତି ଯେ ଦୁଷ୍ଟ ଆତ୍ମାକୁ ଦୂର୍ ଭଗେଇବାକୁ ପଡିବ ସେତେବେଳେ ସେମାନେ ଏ ଅନୁଷ୍ଠାନ କରନ୍ତି। ଗାଁର ଛୋଟ ଛୋଟ ପିଲାଙ୍କ ହାତରେ ଥାଏ ଲାଠି, ଭଙ୍ଗା ହାଣ୍ଡି, ଛିଣ୍ଡା ଝାଡୁ, ଅଧ-ଜଳା କାଠ। ସେମାନେ ଗାଁର ସବୁ ଘରୁ ମାଗନ୍ତି ଚାଉଳ, ବିରି, ଇରାଫୁଲ ଓ କୋୟନର ମଞ୍ଜି। ତାକୁ ପୂଜାକରି ସେଥିରେ ଖିଚୁଡି ବନେଇ ଖାଆନ୍ତି। ତା'ପରେ ସେଇ ଲାଠି, ଝାଡୁ ଦ୍ୱାରା ସମସ୍ତଙ୍କ ଘରର ଚାଳ, ମଥାନ, ଛାତକୁ ସେମାନେ ପିଟି ପିଟି ଯାଆନ୍ତି ଓ ଜୋର୍ ଜୋର୍ କହନ୍ତି - ଯା' ଗାଁ ସୀମା ପାର ହେଇଯା। ଏଠି ତୋର କି କାମ ? ଏଠି ତୋ ଘର ନୁହେଁ। ତୁ ତୋ ନିବାସକୁ ଯା। ଶୀଘ୍ର ଶୀଘ୍ର ଯା। ନଗଲେ ପିଟିପିଟି ତୋ ହାତଗୋଡ ଚୁନା କରିଦେବୁ... ଯା... ଭାଗ୍...ଭାଗ୍...ଜଲଦି... ଦୂର ବାଗେୟା... ଭାଗ୍...ଭାଗ୍.... ଦୂର ବାଗେୟା...।

ଏବେ ନିଉଟୋପିଆର ପିଲାମାନଙ୍କ ହାତରେ ଲାଠି, ଖଣ୍ଡିଆ ଝାଡୁ ଓ ଭଙ୍ଗା ହାଣ୍ଡି। ସାରା ଗାଁ, ସହର-ବଜାର, ଗଳି କନ୍ଦିରେ ପିଲାଏ ଘୂରି ବୁଲୁଚନ୍ତି ଓ ଚାଳକୁ, ଛାତକୁ ମଥାନକୁ ପିଟୁଚନ୍ତି ଦୁମ୍ ଦୁମ୍। ସେମାନେ ଏତେ ରାଗି ଯାଇଚନ୍ତି ଯେ, ମନେ ହଉଚି ହରବାଗେୟାର ହାତଗୋଡ ଚୁନା କରିଦେବେ। ଦୁଷ୍ଟ ବାଗେୟା, ଯିଏ ତାଙ୍କ ବିପତ୍ତିର

କାରଣ, ଯିଏ ଅକାଳ, ଅନାହାର, ରୋଗ, ଦୁଃଖ ଓ ଶୋଷଣ ଅତ୍ୟାଚାର ଆଣିଦେଇଚି; ଯିଏ ପୋଲ, ସର୍କାର ଓ ପୁଲିସ୍ ଜୁଲମ ଆଣି ଦେଇଚି, ତାକୁ ସେମାନେ ଛାଡିବେନି। ଗୋଡେଇ ଗୋଡେଇ ପିଟିବେ। ଗୋଡେଇ ଗୋଡେଇ ସୀମାପାର, ଜଙ୍ଗଲ ପାର ଓ ଦେଶାନ୍ତର କରି ଛାଡିବେ।

ନିଉଟୋପିଆ ଏବେ ପିଲାଙ୍କ ହାତରେ।

କୁନାଳ ଶାନ୍ତିରେ ନିଃଶ୍ୱାସ ମାରିଲା ଓ ତା' ଛୁଟି ଦରଖାସ୍ତ ଫେରାଇ ଆଣିବା ପାଇଁ ଆଉ ଥରେ ଫାକ୍ସ କଲା। ମାତ୍ର ତା ଟ୍ରାନ୍ସଫର ହେଇ ସାରିଥିଲା। ପଲ୍ଲବୀ ମେଡିକାଲରେ। ସେ ନୂଆ ଜାଗାକୁ ଚାଲିଯିବା ପାଇଁ ବ୍ୟସ୍ତ ଥିଲା। ମାତ୍ର...।

ଧୈର୍ଯ୍ୟ ଧରି ଅପେକ୍ଷା କର। ପଲ୍ଲବୀର କ'ଣ ହଉଚି। ପୁଅ ନା ଝିଅ! କିନ୍ତୁ ନିଉଟୋପିଆ ଏବେ ପିଲାଙ୍କ ହାତରେ। ଭଲ ହେଲା। ନିଉଟୋପିଆ ଏବେ ପିଲାଙ୍କ ହାତରେ। ଭଲ ହେଲା ନା ? ନିଉଟୋପିଆ ଏବେ ପିଲାଙ୍କ ହାତରେ...। ଭଲ ହେଲା।

ଅତେ : ଜମି

They burried us, but they did
not know we were seeds.
                    *- **African Proverb***

ପ୍ରଥମ ଧନ କୁବେର ଓ ହେଲିକପ୍ଟର ନଗର କଥା

କଥାବାଚକର ଦୁର୍ଭାଗ୍ୟ ହେଲା ଯେ, ସେ ଯେବେ ସତକଥା କହେ ସେ; ଲୋକେ ତାକୁ ବିଶ୍ୱାସ କରନ୍ତିନି। ଭାବନ୍ତି ଗପ କହୁଚି। ଆଉ, ଯେବେ ସେ ସୁଦୁ ଡାହା ମିଛ କଥାର କାଳ୍ପନିକ କାହାଣୀ କହିବାକୁ ଆରମ୍ଭ କରେ ଲୋକେ ତା କଥାକୁ ବିଶ୍ୱାସ କରି ବସନ୍ତି ଓ ଧରି ନିଅନ୍ତି ଯେ କଥାବାଚକ ଯାହା କହୁଚି ସତ କହୁଚି। ଏଇ ଯିମିତି 'ପ୍ରଥମ ଧନ କୁବେର ଓ ହେଲିକପ୍ଟର ନଗର କଥା।'

'ଧନକୁବେର' ବଂଶାବଳୀ ସଂପର୍କରେ ପରବର୍ତ୍ତୀ କାଳରେ ଅନେକ ପୁସ୍ତକ ରଚିତ ହୋଇଛି। ଧନକୁ ନେଇ ବଂଶର ପ୍ରଥମ ପୁରୁଷ ହଉଚି ପ୍ରଥମ ଧନକୁବେର। ତା ପୁଅ ଦ୍ୱିତୀୟ ଧନକୁବେର। ତା ପୁଅ ତୃତୀୟ ଧନକୁବେର। ଏଇପରି ବଂଶଲତା କ୍ରମଶଃ ଲମ୍ବି ଯାଇଛି। ତୃତୀୟ ଧନକୁବେରର କେହି ପୁତ୍ର ବା କନ୍ୟା ନ ଥିବାରୁ ଆଉ ଚତୁର୍ଥ ଧନକୁବେର ନାଁରେ କେହି ବଂଶଧର ନାହାନ୍ତି। ତଥାପି ତୃତୀୟ ଧନକୁବେର ପୋଷ୍ୟପୁତ୍ର ଗ୍ରହଣ କରିବାକୁ ନିଷ୍ପତ୍ତି ନେଇଥିବାରୁ ନିକଟ ଭବିଷ୍ୟରେ ଚତୁର୍ଥ ଧନକୁବେରର ସମ୍ଭାବନାକୁ ଏଡାଇ ଦିଆଯାଇ ନପାରେ। ସେ କଥା ପରେ, ବା ବର୍ତ୍ତମାନ ଅପ୍ରାସଙ୍ଗିକ।

ପ୍ରଥମ ଧନକୁବେରର ଜନ୍ମ ଜାତକ ଅନ୍ୟାନ୍ୟ ଲୋକକଥା ପରି କିଛି କମ୍ ରହସ୍ୟ ରୋମାଞ୍ଚକାରୀ ନୁହେଁ। ସ୍ଥାନୀୟ ଲୋକ କଥାନୁସାରେ ପ୍ରଥମ ଧନକୁବେର ଜନ୍ମ ହେଲାପରେ ତା ମାଆ ଆଖି ବୁଜି ଦେଲା। ତା' ବାପା ତା' ମାଆକୁ ଅଗନା ଅଗନି ବନସ୍ତରେ ଛାଡି ବିଦେଶ ପଳାଇ ଯାଇଥିଲା। ପ୍ରଥମ ଧନକୁବେର ପାଟି ଖୋଲି କୁଆଁ କୁଆଁ କହିଲା ବେଳକୁ ତାକୁ ଗୋଟେ ସୁନା ରଙ୍ଗର ଚିଲ ଝିକିଂ ନେଇ ଉଡିଗଲା। ସେ ଉଡି ଉଡି ଯାଇ ଗୋଟେ ପାହାଡ ଚୋଟିରେ ବସିଲା। ସେ ପାହାଡରେ ସୁନା ଖଣି ଥିଲା।

ପ୍ରଥମ ଧନକୁବେର ସେଇ ପାହାଡରେ ବଢ଼ିଲା । ସେ ପାହାଡର ଝରଣାରେ ସୁନା ରଙ୍ଗର ପାଣି ଓ ମାଛ- କଇଁଚ ଥିଲେ । ସେ ସୁନେଲି ଚିଲ ଝରଣାରୁ ମାଛ- କଇଁଚ ଧରିଆଣି ଛୁଆଟାକୁ ଖାଇବାକୁ ଦେଇ ବଡ କଲା । ଛୁଆଟା ବଡ ହେଲା । ବୁଲାଚଲା କଲା । ଗଛ ଚଢ଼ିଲା । ଶିକାର କଲା । ସୁନେଲି ଚିଲକୁ ତା ମାଆ/ ବାପ ବୋଲି ମନେକରି ଚିଲ କଥାରେ ଉଠ୍ ବସ୍ ହେଲା । ଚିଲ କହିଲା ମାଟି ଖୋଳ । ପ୍ରଥମ ଧନକୁବେର ମାଟି ଖୋଳିଲା । ମାଟି ଭିତରୁ ସୁନା ମିଳିଲା ।

ପ୍ରଥମ ଧନକୁବେରର ନାଁ ପ୍ରଥମ ଧନକୁବେର କିଏ ଦେଇଥିଲା, ସେ କଥା ନିଜେ ପ୍ରଥମ ଧନକୁବେର ଜାଣି ନଥିଲା । ସୁନେଲି ଚିଲ ଇଆ ଭିତରେ ମରି ଯାଇଥିଲା । ସେ ମରିଯିବା ପୂର୍ବରୁ ଯଉଁ ସୁନାଖଣି ଦେଖାଇ ଯାଇଥିଲା, ତାକୁ ପ୍ରଥମ ଧନକୁବେର ଦଖଲ କରିବସିଲା । ସେ ସୁନା ପାହାଡର ଆଖପାଖରେ ଯେତେ ଜନ୍ତୁଜୁନ୍ତା କି' ଗଛବୃଛ କି' ଲୋକବାକ ଥିଲେ କେହି ସୁନା ବିଷୟରେ ଟେର୍ ପାଇଲେନି । ଧନକୁବେର କ୍ରମେ ବଡ ହେଲା । ବଡ ହେଲାରୁ ତାର ଜ୍ଞାନ ଉଦୟ ହେଲା । ଜ୍ଞାନ ଉଦୟ ହେଲାରୁ ସେ ନିଜକୁ ନିଜେ ଘୋଷଣା କଲାକି ସେ ଏ ମୁଲକର ରଜା । ତା' କଥା ଜନ୍ତୁଜୁନ୍ତା ଓ ଗଛବୃଛ ଓ ଲୋକବାକ ଶୁଣିଲେ । ସମସ୍ତେ କହିଲେ- 'ହଉ, ତୁ ରଜା ହେଲୁ ଆଜିଠୁ... ।'

ତା'ପରେ ଲୋକକଥା ନାନା ଭାବେ ପ୍ରକ୍ଷିପ୍ତ ହୋଇଯାଇଛି । କେହିକେହି କହନ୍ତି ପ୍ରଥମ ଧନକୁବେର ବିଦେଶରୁ ଆସି ନିଉଟୋପିଆର ଜମି, ଜଳ ଓ ଜଙ୍ଗଲକୁ ପ୍ରଥମେ ଦଖଲ କରିବାରୁ ତା ନାଁ ସ୍ଥାନୀୟ ଲୋକେ 'ପ୍ରଥମ ଧନକୁବେର' ଦେଲେ । ଆଉ କେହି କହନ୍ତି - 'ପ୍ରଥମ ଧନକୁବେର ଗତ ଜନ୍ମରେ ଅସୁର ଥିଲା । ସେ ପ୍ରଥମେ ନିଉଟୋପିଆକୁ ଆସି ଲୁହା ତରଳାଇଲା । ପାହାଡ ଭାଙ୍ଗି ଲୁହାପଥର ଖୋଳି ଦିନରାତି ଭାଟି ଗରମ କରି ଲୁହା ତରଳାଇ ଏତେ ଧନ କମେଇଲା ଯେ ସ୍ଥାନୀୟ ଲୋକେ ତା ନାଁ ପ୍ରଥମ ଧନକୁବେର ଦେଲେ ।

ପ୍ରଥମ ଧନକୁବେର ଯେତେବେଳେ ନିଉଟୋପିଆର ବଣ, ପାହାଡ, ନଦୀ ଓ ଜଙ୍ଗଲକୁ ଦଖଲ କଲା, ସେତେବେଳେ କେହି କିଛି କହିଲେନି । କାରଣ ସ୍ଥାନୀୟ ଲୋକେ ସେତେବେଳେ କମ୍ପାନୀ ଓ ତାର କାରବାର ବିଷୟରେ ମୁଣ୍ଡ ଖେଳଉନଥିଲେ । ପ୍ରଥମ ଧନକୁବେର ବଡ ଚତୁର ଥିଲା । ସେ ଧୀରେ ଧୀରେ ନିଉଟୋପିଆର ଲୁହା, ତମ୍ବା, ବକ୍ସାଇଟ, ଆଲଏଜ, ସୁନା ଓ କୋଇଲା ଖଣି ସବୁ କିଣିଲା । ବିଦେଶରୁ ବଡବଡ ଯନ୍ତ୍ର ଓ ବଡବଡ ଯନ୍ତ୍ରୀମାନେ ଆସି ନିଉଟୋପିଆରେ ରହିଲେ । କମ୍ପାନୀ ବଢ଼ିଲା । ତାର କାରବାର ବଢ଼ିଲା । ଦେଶୀ ଲୋକେ ନିଜ ଡିହ ଡଙ୍ଗର ଜମି କ୍ଷେତ ଓ ପାହାଡ ଜଙ୍ଗଲ ଛାଡି ବେଘର ହୋଇଗଲେ । ବାହାରୁ ଆସି ବିଦେଶୀ ଦିକୁମାନେ କମ୍ପାନୀ ସାଙ୍ଗେ ସଲାସୁତୁରା କରି ଜମିବାଡି, କ୍ଷେତ-ଖମାର ଓ ଖଣି ଜଙ୍ଗଲ କିଣିଲେ ।

ଦେଶୀ ଲୋକେ କିଛି ବୁଝି ପାରିବା ବେଳକୁ ପ୍ରଥମ ଧନକୁବେର ବୁଢା ହୋଇ ଆସୁଥିଲା । ପ୍ରଥମ ଧନକୁବେର ସାରା ନିଉଟୋପିଆର ଲୁହା, ତମ୍ବା, ବକ୍ସାଇଟ, ସୁନା ଓ କୋଇଲା ଖୋଳି ନେଇ ବିଦେଶ ରପ୍ତାନୀ କରୁଥିଲା । ସେତେବେଳେ ତ ଇଷ୍ଟ ଇଣ୍ଡିଆ କମ୍ପାନୀର ସାହିବ ଆସି ନିଉଟୋପିଆର ବଣଜଙ୍ଗଲ ଘେରା ପାହାଡ ଭିତରେ ଘୋଡାରେ ଚଢି ନଳୀ ବନ୍ଧୁକ ଧରି ଶାସନ କରୁଥିଲା । ତା' କଥାରେ ପଡି ପ୍ରଥମ ଧନକୁବେର ସୁନାଖଣି, ଲୁହା ଖଣି ଓ କୋଇଲା ଖଣି ବିଦେଶୀ କମ୍ପାନୀକୁ ବି ଅଂଶଧନ ଦେଇ କାରବାର କଲା ।

ଇମିତି କାରବାର କରୁକରୁ ଦିନେ ପ୍ରଥମ ଧନକୁବେର ବିଦେଶୀ ସାହିବ ସାଙ୍ଗେ ହେଲିକପ୍ଟରରେ ବସି ସୁନାଖଣି ଠାବ କରୁଥିଲା । ଆକାଶମାର୍ଗରୁ ସାରା ନିଉଟୋପିଆର ଭୂଗୋଳ ଦେଖି ବିଦେଶୀ ସାହିବ ଚକିତ ହେଲା । ବିଦେଶୀ ସାହିବର ନାକରେ ଗୋଟେ ଅଦ୍ଭୁତ ଯନ୍ତ୍ର ଲାଗିଥିଲା । ସେ ପାଇଁ ସେ ଚାଳିଶ କି.ମି. ଉଚ୍ଚତାରୁ ଥାଇବି ଶୁଙ୍ଘିକି କହି ଦେଇ ପାରୁଥିଲା । ମାଟି ତଳେ କଣ ଅଛି । ଅନ୍ୟତ୍ର ଲୋକକଥାରେ ଅଛି ଯେ ସେ ସାହିବର ନାକରେ କିଛି ଯନ୍ତ୍ର ତନ୍ତ୍ର ଲାଗି ନଥିଲା । ତା ନାକଟା ସେତିକି ଶକ୍ତିଶାଳୀ ଥିଲା । ଯେତିକି ଶକ୍ତିଶାଳୀ ଥିଲା ତା ଆଖି । ସେ ଅନେକ ଅନେକ ଦୂରରୁ ବା ଉଚ୍ଚତାରୁ ଶୁଙ୍ଘିକି ଅଥବା ଦେଖିକି ଲୁହା, ତମ୍ବା, ସୁନା, ବକ୍ସାଇଟ, ଆଲଏଜ୍, ହୀରା, କୋଇଲା ଓ ୟୁରାନିୟମ ଖୋଜି ଦଉଥିଲା ।

ଇମିତି ଉଡୁ ଉଡୁ ସେମାନେ ହଠାତ୍ ନାଁ ଅଜଣା ଗୋଟେ ପାହାଡ ଉପରେ ପହଞ୍ଚିଗଲେ । ସେ ପାହାଡ ଦୂରରୁ ଚକଚକ୍ କରୁଥିଲା । ସତେ ଯେପରି କିଏ ସୁନାର ପେଣ୍ଟିଂ କରିଦେଇଛି । ସାହିବ ଶୁଙ୍ଘି ଶୁଙ୍ଘି କହିଲା । – 'ଏ ପାହାଡରେ ସୁନା ଅଛି । ପୁରୁଷ ପୁରୁଷ ଧରି ଖୋଳିଲେ ବି ସରିବନି ।'

ପ୍ରଥମ ଧନକୁବେର ନିଜର ଅତୀତକୁ ମନେ ପକେଇ ପୁଲକିତ ହେଇ ସାହିବକୁ କହିଲା – 'ଏଇଠି ଓହ୍ଲେଇବା ।' ସାହିବ କହିଲା – 'ହଉ' । ସେମାନେ ଯେତେବେଳେ ପାହାଡର ପାଦଦେଶରେ ସବୁଜ ସବୁଜ ଜଙ୍ଗଲ, ଗଛବୃଛ ଓ ଝରଣା ତଥା କୁନିକୁନି ପଶୁ ପକ୍ଷୀଙ୍କୁ ଡରେଇ ଦେଇ ହେଲିକପ୍ଟର ଲ୍ୟାଣ୍ଡ କଲେ ସେତେବେଳେ ଅଦୃଶ୍ୟରୁ ହଜାରହଜାର ବିଚିତ୍ର ଜୀବଜନ୍ତୁ ତାଙ୍କୁ ଦେଖିବା ପାଇଁ ଚାରିକଡେ ଆସି ଜମା ହେଇଗଲେ । ଏପରି ଜୀବଜନ୍ତୁଙ୍କୁ ନା ପ୍ରଥମ ଧନକୁବେର କେବେ ତା ଜୀବଦ୍ଦଶାରେ ଦେଖିଥିଲା ନା ସାହିବ କେବେ ଦେଖିଥିଲା ।

: 'ଇଏ କି ଜନ୍ତୁରେ ବାବା'– କହିଲା ପ୍ରଥମ ଧନକୁବେର ।

: 'ଏମାନଙ୍କ ଫଟୋ ଉଠାଇନେବା' – କହିଲା ସାହିବ ।

ସେଇ ଜନ୍ତୁମାନଙ୍କ ଶରୀର ବଡ ବିଚିତ୍ର ଥିଲା । ମୁଣ୍ଡଟା ଥିଲା ଶରୀର ତୁଳନାରେ ବଡ । ଠିକ୍ ଗୋଟେ ଗୋଟେ ବୃହଦ୍‌କାୟ ପାଣି କଖାରୁ ପରି । ଶରୀର ସାରା ଲୋମ ସାଲୁ ସାଲୁ । ବାମନାକୃତି । ଗୋଡ ଦୁଇଟି କୁକୁଡାର ଗୋଡ ପରି । ମଣିଷ ପରି ଅଥଚ ମଣିଷ ପରି ନୁହେଁ । ସେମାନେ ଆଗକୁ ଚାଲୁ ନଥିଲେ ।

ସେମାନେ ଆଗକୁ ଚାହିଁ ପଛକୁ ପଛକୁ ଚାଲୁ ଥିଲେ । ତାଙ୍କ ଭିତରୁ ଯଉଁମାନେ ପୁରୁଷ ପରି ଦିଶୁଥିଲେ ସେମାନେ ମହିଳମାନଙ୍କଠାରୁ ଅଲଗା ବୋଲି ଜାଣି ହେଉଥିଲେ । ତାଙ୍କ ଭିତରେ କିଛି ଟିକିଟିକି ସାଇଜ୍‌ର ପିଲାଥିଲେ । ହୁଏତ ସେମାନେ ବଡ ହେଇ ଏଇମାନଙ୍କ ପରି ଦିଶିବେ । କିନ୍ତୁ ଏମାନଙ୍କୁ ମଣିଷ କୁହାଯିବ ନା' ପଶୁ ନା' ପକ୍ଷୀ... କଣ କୁହାଯିବ ? ଜନ୍ତୁ କୁହାଯିବ କି ?

ପ୍ରଥମ ଧନକୁବେର ତାର ସାଧାରଣ ଜ୍ଞାନର ପ୍ରୟୋଗ କରି ଗୋଟେ ନିଶ୍ଚିତ ସିଦ୍ଧାନ୍ତରେ ପହଞ୍ଚିଯିବାକୁ ଚାହୁଁଥିଲା । ସାହିବ ଚାହୁଁଥିଲା ଏ ସ୍ଥାନୀୟ ଅଧିବାସୀମାନଙ୍କୁ ବନ୍ଦି କରି ବା ଗୁଲାମ ବନେଇ ତତ୍‌କ୍ଷଣାତ୍ ବିଦେଶ ନେଇଯିବ, ନ ହେଲେ ଗୋଟେ ଅତ୍ୟାଧୁନିକ ପ୍ରୟୋଗ ଶାଳାରେ ରଖି ପରୀକ୍ଷା କରିବ କି' ଏମାନଙ୍କ ଦ୍ଵାରା କଣ କରାଯାଇପାରେ !

ଏଇ ଜନ୍ତୁମାନେ ଏପରି ଭାଷାରେ କଥା ହଉଥିଲେ ଯେ' ସେସବୁକୁ ବୁଝି ପାରିବା ମୁସ୍କିଲ ଥିଲା । ବେଳେବେଳେ ମନେ ହେଉଥିଲା ପ୍ରତ୍ୟେକ ଜନ୍ତୁ ଏକ ସ୍ଵତନ୍ତ୍ର ଭାଷାରେ କଥା ହଉଚନ୍ତି । ଅର୍ଥାତ୍ ଯେତେ ଜନ୍ତୁ ସେତେ ଭାଷା । ଧନକୁବେର ହେଲିକପ୍ଟରରୁ ତଳକୁ ଓହ୍ଲେଇଚିକି ନାଇଁ ସେଇ ଦଳ ଯାକ ଜନ୍ତୁ ହେଲିକପ୍ଟରକୁ ଘୋରିଗଲେ । ସାହିବ ପ୍ରଥମେ ଭାବୁଥିଲା ଏମାନେ କିଛି କ୍ଷତି କରି ପାରନ୍ତି । ମାତ୍ର ତାର ଧାରଣା ପରେ ବଦଳିଗଲା । ଯେତେବେଳେ ସେ ଦେଖିଲା ଜନ୍ତୁମାନେ ଠିକ୍ ମଣିଷ ପରି ଦିଶୁଚନ୍ତି । ଅଥଚ, ତାଙ୍କୁ ବିଶୁଦ୍ଧ ମଣିଷ ବୋଲି କୁହାଯାଇପାରିବ କି ନା ସେକଥା ନିଶ୍ଚୟ କରିହେଉନି ।

'ଏଥର କ'ଣ କରିବା ?' ପଚାରିଲା ସାହିବ ।

ପ୍ରଥମ ଧନକୁବେର କିଛି ଗୋଟେ ଶୁଙ୍ଘିଲା ପରି ନାକକୁ ଟେକି ଇଆଡେ ସିଆଡେ ଦେଖିଲା । ତାପରେ ମାଈଝିଟେ ପରି ଦିଶୁଥିବା ଗୋଟେ ଜନ୍ତୁକୁ ଗେଲ କଲା ପରି କହିଲା – ଚିନଃ ହତୁରଃ ହୋରାରେ ମୋଟର ଗାଡି ସେସେନା ? (କ'ଣ ଗାଁ ରାସ୍ତାରେ ମୋଟର ଗାଡି ଯାଇପାରିବ ?)

ମାଈଝିଟି ଆଖି ଓ ମୁଣ୍ଡକୁ ହଲେଇ କଣ କହିଲା ତା ସ୍ଥାନୀୟ ଭାଷାରେ । ପ୍ରଥମ ଧନକୁବେର ସ୍ଥାନୀୟ ଭାଷାରେ ପୁଣି କହିଲା – 'ନେୟା ବିର ଅପେଅଃ ଗେ କୁର୍ଜି ତନ୍ଃ ।' (ଏ ଜଙ୍ଗଲ ତମମାନଙ୍କର ସମ୍ପତ୍ତି) ନେୟାରଃ ରାଖା, ଜୋ ତୋନ ଅପେତେଗେ

ହୋବା ଦଡି ଓଆ। (ଏହାର ରକ୍ଷଣାବେକ୍ଷଣ କେବଳ ତମମାନଙ୍କ ଦ୍ୱାରା ସମ୍ଭବ) ଅପେ ବେଗର ହୁକମ (ଅଚୁ) କେୟାତେ ନେତଃରେ ଜେତନ୍ଃ ଲଗତି ତ। (ତମମାନଙ୍କ ବିନା ଅନୁମତିରେ ଏଠାରୁ କିଛି ବି ଗଛ କଟାଯାଇ ନପାରେ।)

ତା' ପରେ ମାଈଝିଟି ହସିଲା।

ହସିଲାରୁ ଆଉ ଦିଇଟା ମାଈଝି ପାଖକୁ ଆସିଲେ। ସାହିବ କିଛି ବୁଝି ପାରୁ ନଥିଲା। ଆଖପାଖର ପଲେ ମର୍ଦ୍ଦବି ପାଖକୁ ଡରିଡରି ଆସିଲେ। ସତେ ଯେପରି କିଏ ଫାଶ ବସେଇ ଧରି ନେଇଯିବ।

ପ୍ରଥମ ଧନକୁବେର ମାଈଝିଙ୍କୁ ଛାଡି ଏଥର ମର୍ଦ୍ଦମାନଙ୍କୁ ପଚାରିଲା – ନେ ସିର୍‌ମା ଜଃ ଚିଲକଏ ଗମା କେଜା ? (ଏ ବର୍ଷ ଭଲ ବର୍ଷା ହେଇଥିଲା ନା ?) ରୋଗ ଜୋକ ହିଜୁଃ ଲେନା ? (ରୋଗ ବେମାରତ ଆସି ନାହିଁ ?) ବରନ ସାଁଜ ଜୋମ ନମୋଃ ତନା ? (ଦି ଓଳି ଖାଇବା ମିଳୁଚି ତ ?)

ମର୍ଦ୍ଦମାନେ କହିଲେ – ହଁଯ... ହଁଯ...।

ପ୍ରଥମ ଧନକୁବେର ସେଥିରୁ ଯାହା ବୁଝିଲା ତାକୁ ଅଂରେଜିରେ ଅନୁବାଦ କରି ସାହିବକୁ ବୁଝେଇଲା। ସାହିବ ଅଂରେଜିରେ କହିଲା, ଯାହାକୁ ସ୍ଥାନୀୟ ଭାଷାରେ ଅନୁବାଦ କରି ପ୍ରଥମ ଧନକୁବେର ସେଇ ଲୋକମାନଙ୍କୁ ଶୁଣାଇଲା। ଯଥା –

"ସୁଗୁମ ହପେ ଦୋ ନେରେ ମେନଃ। ଅତି ସନଂ ତନଃ ଅପେଲାଃ ଡି ଦେନେଞ୍ଜ୍ ଡରନା। (ଏଠି ଖୁବ୍ ଶାନ୍ତି ଲାଗୁଛି। ମୋର ମନ କହୁଚି ତମମାନଙ୍କ ସାଙ୍ଗରେ କିଛି ଦିନ ରହିବାକୁ)

ମାଈଝିମାନେ ସେ କଥା ଶୁଣି ଖୁସି ହେଲେ ଓ ଗୀତ ଗାଇଲା ସ୍ୱରରେ କହିଲେ – ହଁଯ... ହଁଯ...। ତାପରେ ସେଇଠି ହେଲିକପ୍ଟର ଛାଡି ପ୍ରଥମ ଧନକୁବେର ଓ ସାହିବ ଦିହେଁ ମାଈଝିଙ୍କ ସାଙ୍ଗେ ଗୀତ ଗାଇ ଗାଇ ବଣଜଙ୍ଗଲ ଭିତରେ ଛୋଟ ଛୋଟ କୁଡିଆ ଘର ଭିତରକୁ ଚାଲିଗଲେ।

ରାତିରେ ପୁରୁଷମାନେ ହାଣ୍ଡିଆ ଓ ରସି ପିଇଲେ। ମାଈଝିମାନେ ହାତକୁ ହାତ ଛନ୍ଦି ଗୀତ ଗାଇ ଗାଇ ନାଚିଲେ। ଗାଁକୁ ଦୂର ବିଦେଶରୁ କଉଁ ଅତିଥି ଆସିଲେ ସେମାନେ ସେପରି କରନ୍ତି। 'ସେ ଗାଁରେ ଚାରିଶ ଲୋକ । ତା' ଭିତରୁ ଶହେ ମାଈଝି ଓ ତିନିଶ ମର୍ଦ୍ଦ।' ଏ କଥା ସେ ଗାଁର ମୁଖିଆ କହିଲା। 'ଗାଁ ମୁଖିଆର ଆଖି ସବୁବେଳେ ବୁଡି ଯାଇଥିବା ଗୋଟେ ଜାହାଜର ମାସ୍ତୁଲ ପରି ଦିଶୁଥିଲା।' ସାହିବ ଏକଥା କହିଲା। ପ୍ରଥମ ଧନକୁବେର ରସି ପିଇବାକୁ ମନକଲା। ତାକୁ ଗୋଟେ ମାଈଝି ଗେଲ କଲାପରି କହିଲା– 'ବନୋଅଃ' (ନାହିଁ)। ତା'ପରେ ମାଈଝିଟି ସାହିବକୁ ଧରି ଗୀତ ଗାଇଲା। ଗୀତ ଗାଇଲା

ଓ ନାଚିଲା । ତାକୁ ଦେଖି ଆଉ ମାଇଝିମାନେ ବି ଗୀତ ଗାଇଲେ ଓ ନାଚିଲେ । ମର୍ଦ୍ଦମାନେ ଅଧିକ ଅଧିକ ରସି, ହାଣ୍ଡିଆ ପିଇ ନାଚିବାକୁ ଉଠିଲେ । ଯଉଁ ମାଇଝିଟି ଧନକୁବେରକୁ ଧରିଥିଲା ସେ ବେଶି ବେଶି ନାଚିଲା ଓ ଗାଇଲା –

"କେ ହାତୁ ତାଲାରେବୁ ଜୋନୋମାକାନା
ଓକୋଏ ଜୀଜୋ: ଓକୋଏ ଗୋଜୋ: ମେନାବୁଆ
ଜାନାଓବୁ ସୁସୁନାରେ ସୋଁଗୋତି ଗାତିନ
କାରେନୁ ବାପାଗେଆ ପିରିତି ସାଂଗାନ...."

(ଆମେ ଏଇ ଗାଁରେ ଜନମିଛୁ । କିଏ ଜୀଏଁ, କିଏ ମରେ । ସାଙ୍ଗ ସାଥୀହେ ! ଆମେ ନିତି ନାଚିବା । ପ୍ରୀତ ମିତରେ ଆମେ ଜଣେ ଆରଜଣକୁ ଛାଡିବା ନାଇଁ ।)

ରାତି ଅଧିକ ହେଲାରୁ ସାହିବ ଓ ପ୍ରଥମ ଧନକୁବେର ଗୋଟେ ଗୋଟେ ମାଇଝିଙ୍କି ଧରି ଶୋଇ ପଡିଲେ । ରାତିରେ ମାଇଝିମାନେ ତାଙ୍କ ଜୁଡାରେ କଉଁ ଗଛର ଚେରମୂଳି ବାନ୍ଧିଥିଲେ । ସେ ପାଇଁ ସାରାରାତି ସାହିବ ଓ ପ୍ରଥମ ଧନକୁବେର ମାତାଲ ହେଲେ । ମାତାଲ ହେଇକି ରାତିସାରା ସୁନା ଖଣି ଖୋଜିଲେ ।

ତା'ପରେ ସେଇ ଗାଁରେ, ସେଇ ଜଙ୍ଗଲରେ ସେମାନେ କେତେଦିନ ରହିଗଲେ । ସେଇ ଜଙ୍ଗଲୀ ଲୋକଙ୍କ ପରି ପଛକୁ ପଛକୁ ଚାଲିଲେ । ତାଙ୍କରି ପରି କଥା ହେଲେ । ତାଙ୍କରି ପରି ବେଶଭୂଷା ହେଲେ । ଲୋକେ ବୁଝି ପାରିଲେନି । ତାରି ସୁଯୋଗରେ ପ୍ରଥମ ଧନକୁବେର ସେଠି ସୁନା ଖଣି ଖୋଜିଲା । ଲୋକମାନଙ୍କୁ ଶିଖେଇ, ଭୁଲେଇ ଲୁହା, ତମ୍ବା, ବକ୍ସାଇଟ ଓ ୟୁନାନିୟମ ଖୋଳିଲା । ଲୋକେ କିଛି ବୁଝି ପାରିବା ବେଳକୁ ସେ ଅଞ୍ଚଳରେ ପ୍ରଥମ ଧନକୁବେର ବସେଇ ସାରିଥିଲା କାର୍ଖାନା । କମ୍ପାନୀର କଞ୍ଚାମାଲ ପାଇଁ ସେଇଠି ଆରମ୍ଭ କରି ଦିଆଯାଇଥିଲା କଲୋନୀ, ଖଣି ଖାଦାନ । ବଡବଡ କଳ କାର୍ଖାନା । ତିଆରି ହେଇ ଚାଲିଥିଲା ସଫା ସଫା କଂକ୍ରିଟ ରାସ୍ତା ।

ଆଉ ତା'ର ବର୍ଷକ ପରେ ମାଇଝି (ଯିଏ ପ୍ରଥମ ଧନକୁବେର ଓ ସାହିବଙ୍କ ସାଙ୍ଗେ ଶୋଇଥିଲେ) ମାନେ ଗୋଟେ ଗୋଟେ ଦିବ୍ୟ ସୁନ୍ଦର ଛୁଆ ଜନ୍ମ କଲେ । ସେମାନଙ୍କ ନାଁ ରଖିଲେ ସାହିବ ମୁର୍ମୁ ଓ ସର୍କାର କିସ୍‌କୁ । ତା ପରେ ସେଇଠି, ଯଉଁଠି ହେଲିକପ୍ଟର ଓହ୍ଲେଇଥିଲା; ସେ ଅଞ୍ଚଳର ନାଁ ରଖିଲେ 'ହେଲିକପ୍ଟର ନଗର' ।

ଦ୍ୱିତୀୟ ଧନ କୁବେର ଓ ପାୱାର ପ୍ଲାଣ୍ଟକଥା

ଦ୍ୱିତୀୟ ଧନକୁବେରର ବାପ ପ୍ରଥମ ଧନକୁବେର ନିଉଟୋପିଆରୁ ସୁନା, ଲୁହା, ବକ୍ସାଇଟ, କୋଇଲା ଓ ତମ୍ବା ଖୋଳି ସାରିଲା ପରେ ନିଉଟୋପିଆରେ ଆଉ କିଛି ବଞ୍ଚି ନଥିଲା। ଯାହା କିଛି ତଥାପି ନାମକୁ ମାତ୍ର ବଞ୍ଚିଥିଲା ତାହା ହେଲା ଜଙ୍ଗଲ ଜମି। ଜଙ୍ଗଲରେ ତଥାପି ଭରପୂର ସବୁଜ ଗଛଲତା ଓ ଜୀବଜନ୍ତୁ ଥିଲେ। ପାହାଡକୁ ଘେରି ଜଙ୍ଗଲ ସବୁ ଧୀରେ ଧୀରେ ନିଃଶେଷ ହୋଇ ଆସୁଥିଲେ।

ତା'ବାପା ପ୍ରଥମ ଧନକୁବେରର କମ୍ପାନୀ ଇଆ ଭିତରେ ଆହୁରି ବଡ ହେଇ ସାରିଥିଲା । ଦେଶ -ବିଦେଶରେ ତାର ବ୍ୟବସାୟ ଜାଲ ଭଳି ଘେରି ରହିଥିଲା। ଦ୍ୱିତୀୟ ଧନକୁବେର କମ୍ପାନୀକୁ ଆହୁରି ଅଧିକ ଉନ୍ନତ କଲା। ବ୍ୟବସାୟ ଆହୁରି ବଢେଇଲା। ତେଲ, ସାବୁନ, ଲୁଣ, ଟୁଥପେଷ୍ଟ, ଟେଲିଫୋନ୍, ପେଟ୍ରୋଲିୟମ୍, ଦୂର ସଂଚାର ଓ ଗଣମାଧ୍ୟମ, ସ୍ୱାସ୍ଥ୍ୟସେବା, ବୀମା ଯୋଜନା ଆଦି ନାନାବିଧ ଲାଭଦାୟୀ ବ୍ୟବସାୟ ସବୁ ଆରମ୍ଭ କଲା। ଦ୍ୱିତୀୟ ଧନକୁବେର କାରବାରୀ ସାମ୍ରାଜ୍ୟ ଆହୁରି ବିସ୍ତାରିତ ହେଲା। ବ୍ୟବସାୟକୁ ଆହୁରି ସଫଳ କରିବା ପାଇଁ ଦକ୍ଷ ପ୍ରବନ୍ଧକ ଓ କର୍ମଚାରୀମାନେ ରହିଲେ।

ବ୍ୟବସାୟର ସବୁଠୁ ଲାଭଦାୟକ ବିଭାଗ ଥିଲା ଆଇ.ଟି. ସେକ୍ଟର ଓ ରିଅଲ ଇଷ୍ଟେଟ ବିଜନେସ୍। ଜଣେ ଯୁବ ପ୍ରବଂଧକର ପରାମର୍ଶ ଅନୁଯାୟୀ ଦ୍ୱିତୀୟ ଧନକୁବେର ଫ୍ୟାସନ୍ ବଜାର, ମଲଟି ପ୍ଲେକ୍ସ ଓ ମଲ୍ ବଡବଡ ସହରରେ ଖୋଲିଲା। କିଏ ଜଣେ ଦ୍ୱିତୀୟ ଧନକୁବେରକୁ ବୁଝେଇ ଦେଲା ଯେ ଏବେ ଖାଲି ସେକ୍ସ ଓ ସେନ୍‌ସେକ୍ସରେ ପୁଞ୍ଜି ଲଗେଇବା ଭଲ। ଆଉ ଜଣେ ବୁଝେଇ ଦେଲା, ପଇସା ପାୱାର ସେକ୍ଟରରେ ଲଗେଇବା ଆହୁରି ଲାଭଜନକ।

ଯିଏ ଯାହା କହିଲା, ଦ୍ୱିତୀୟ ଧନକୁବେର ତା କଥାରେ ମାତିଲା। ସେ ସବୁ କିଛିର ବ୍ୟବସାୟ ଆରମ୍ଭ କରିସାରିଥିଲା। ଲୋକେ କମ୍ପାନୀ ଘରେ ଗୁଲାମ ହେଇ ସାରିଥିଲେ।

ନିଜର ଜାଗା, ଜମିସବୁ ବିକି ଦେଇ କମ୍ପାନୀର ବୋଲହାକ କରୁଥିଲେ, ନଚେତ୍ କାମଧନ୍ଦା ନ ପାଇ ବାସଚ୍ୟୁତ ହେଇ କୁଆଡେ ନା କୁଆଡେ ଲାପତ୍ତା ହେଇ ଯାଇଥିଲେ। ନିଉଟୋପିଆର ମୁଖ୍ୟ ସହରଠାରୁ ତିରିଶ କି.ମି. ଦୂରରେ ଗୋଟେ ନିଘଞ୍ଚ ଜଙ୍ଗଲ ତଥାପି ଠିଆ ହେଇଥିଲା। ତା ପାଖକୁ ଲାଗି ରୁଗୁଡି ଡିହା ନାଁରେ ଗୋଟେ ଗାଁ ଥିଲା। ତା ପାଖକୁ ଲାଗି ଆଉ ତିନି ଚାରିଟା ଛୋଟ ଛୋଟ ବସତି ଥିଲା। ରୁଗୁଡିମାନେ ପଥରିଆ ଜମି। ପାହାଡ କଡେ କଡେ ଅନେକ ଦୂର ଯାଏ ଜଙ୍ଗଲ ଘେରି ରହିଥିଲା। ଜଙ୍ଗଲରେ ସାଗୁଆ ସାଗୁଆ ଶାଳ, ଶଖୁଆ, ଅର୍ଜୁନ କି ମହୁଆ (ମହୁଲ) ଗଛ ଥିଲା। ଜାତିଜାତିକା ବଡବଡ ବନସ୍ପତି ଓ ସାନ ସାନ ଗଛବୃଛ ଥିଲେ। ଗଛବୃଛମାନେ ନିର୍ମଳ ପବନ ଓ ଶୀତଳ ସ୍ପର୍ଶରେ ରୁଗୁଡି ଡିହା ଗାଁକୁ ପରିପୁଷ୍ଟ କରି ରଖିଥିଲେ।

ହଠାତ୍ ଦିନେ ଦ୍ୱିତୀୟ ଧନକୁବେରର ଆଖି ରୁଗୁଡି ଡିହା ଉପରେ ପଡିଲା। ରୁଗୁଡି ଡିହାର ଆଖପାଖ ଜଙ୍ଗଲ ଉପରେ ପଡିଲା। ସାଗୁଆ ସାଗୁଆ ପତ୍ର, ଫୁଲ ଫଳ ଓ ଗଛଲତା ଉପରେ ପଡିଲା। ଦ୍ୱିତୀୟ ଧନକୁବେର ସର୍କାରକୁ ବହୁଦିନରୁ ଗୋଟେ ନୂଆ ପ୍ରକଳ୍ପ ଆରମ୍ଭ କରିବା ସକାଶେ ନଅଶହ ହେକ୍ଟର ଜଙ୍ଗଲ ଜମି ତିରିଶ ବର୍ଷ ଲିଜ୍ ନେବା ସକାଶେ ଆବେଦନ କରି ସାରିଥିଲା। ସର୍କାର ଦ୍ୱିତୀୟ ଧନକୁବେରର ଆବେଦନକୁ ବିଚାରାଧୀନ ରଖି ରାଜ୍ୟର ଓ ଦେଶର ବିକାଶ ନିମନ୍ତେ ପ୍ରକଳ୍ପକୁ ମଞ୍ଜୁର କଲା।

ସର୍କାର କେବେ ଓ କଉଁ ନିୟମାନୁସାରେ ଏପରି ପ୍ରକଳ୍ପକୁ ମଞ୍ଜୁର ଦେଲା, ସେ କଥା ରୁଗୁଡି ଡିହାର ଗ୍ରାମବାସୀମାନେ ଜାଣି ପାରିଲେନି। ଯଉଁ ଦିନ ପୁଲିସ୍, ସ୍ଥାନୀୟ ଅଧିକାରୀ ଓ ଠିକାଦାର ଆସି ଗ୍ରାମବାସୀଙ୍କୁ ନିଜନିଜ ଜମି ଛାଡି ଚାଲିଯିବା ପାଇଁ କିମ୍ବା କମ୍ପାନୀକୁ ବିକିଦେବା ପାଇଁ କହି ଧମକ ଚମକ କଲେ; ସେଦିନ ଯାଇ ହାତୁମୁଣ୍ଡା (ଗାଁ ମୁଖିଆ) ବଁଡରୀ (ଗାଁରେ ଖବର ଦେବା ଲୋକ)କୁ ଡାକି କହିଲା ଗ୍ରାମସଭା କରିବାକୁ।

ହାତୁ ମୁଣ୍ଡାର କଥାରେ ଗ୍ରାମବାସୀମାନେ ହେସେଲ ଗଛ ମୂଳରେ ବସି ବିଚାର କଲେ। ଅଧେ ଲୋକ କହିଲେ - 'ଆମେ ଏବେ କୁଆଡେ ଯିବା ?' ଶଶାନ ଦିରୀ (ଶ୍ମଶାନ ପଥର)କୁ ସାକ୍ଷୀ ରଖି ହାତୁମୁଣ୍ଡା ଶପଥ କଲା କି ସେମାନେ କଦାପି କମ୍ପାନୀକୁ ଜମିଜାଗା ଦେବେନି କି ଗାଁ ଛାଡି ଯିବେନି। ଲୋକେ କହିଲେ - 'ହଉ...।'

ଦ୍ୱିତୀୟ ଧନକୁବେରର ନୂଆ ପ୍ରକଳ୍ପ ସକାଶେ ବିଦେଶୀ କାରିଗରୀ କୌଶଳ ଓ ବିଦେଶୀ ପୁଞ୍ଜିବି ଲାଗିଥିଲା। ସେଥିରେ ବିଦେଶର ଦିଇଟା ନାମୀ କମ୍ପାନୀ ଅଂଶୀଦାର ଥିଲେ। ନିଉଟୋପିଆର ଘଞ୍ଚ ଜଙ୍ଗଲ ଘେରା ଉର୍ବର ପାହାଡ ଓ ଖଣି, ଖାଦାନକୁ ଲୁଟ କରିନେବା ସକାଶେ କମ୍ପାନୀ ଏପରି ଏକ ଅଭିନବ ପ୍ରକଳ୍ପର ରୋଡ ମ୍ୟାପ୍ ତିଆରି କଲା।

କଥାବାଚକର ଏ କାହାଣୀ କୋଓ (ବଗ) ଓ ବଡକୋମ (କଙ୍କଡା)କୁ ନେଇ ଆରମ୍ଭ ହେଲା । ଲୋକେ ଗପଶୁଣିବା ଛଡା ଆଉ କିଛି କରି ପାରି ନଥାନ୍ତେ ସେତେବେଳେ । ଅସଲ କଥା ହେଲା ଦ୍ୱିତୀୟ ଧନକୁବେର ନିଉଟୋପିଆର ମୁଖ୍ୟ ସହରଠାରୁ ତିରିଶ କି.ମି. ଦୂରରେ ଗୋଟେ ତାପଜ ବିଦ୍ୟୁତ୍ ଉତ୍ପାଦନ ଶିଳ୍ପ ବସେଇଥିଲା । ପାଓ୍ୱାର ସେକ୍ଟରରେ ଅଧିକ ଲାଭ । ପ୍ରାୟ ମାଗଣାରେ କୋଇଲା ମିଳିଯିବ । ଶସ୍ତାରେ ମିଳିଯିବ ଜମି । କୋଇଲା ଖଣି ଲିଜ୍ ନାଁରେ କମ୍ପାନୀ ଦଖଲ କରିବସିବ ହେକ୍ଟର ହେକ୍ଟର ଜଙ୍ଗଲ ଜମି ।

ଜମି ଉଚ୍ଛେଦ ନାଁରେ ଗଛ କଟାଯିବ । କୋଇଲା ଖଣି ନାଁରେ ଉଚ୍ଛେଦ କରାଯିବା ସ୍ଥାନୀୟ ଲୋକଙ୍କୁ । ରାସ୍ତା ଚଉଡା ବାହାନାରେ ଭାଙ୍ଗି ଦିଆଯିବ ପାହାଡର ବିସ୍ତାରିତ ଛାତି । ଚୁନ୍ ଚୁନ୍ କରି ଦିଆଯିବ ଇତିହାସ ଓ ଭୂଗୋଳର ସବୁ ସଂସର୍ଗ ।

ଦ୍ୱିତୀୟ ଧନକୁବେର ସ୍ଥାନୀୟ ଅଧିବାସୀଙ୍କୁ ଉଚ୍ଛେଦ କରିବା ସକାଶେ ସର୍କାର, ପୁଲିସ୍ ଓ ଗୁଣ୍ଡାଙ୍କୁ ପ୍ରୟୋଗ କଲେ ।

କଥାବାଚକର କାହାଣୀ ଆରମ୍ଭ ହେଲା – ଗୋଟେ ବହୁତ ବଡ ବନ୍ଧ ଥିଲା । ସେ ବନ୍ଧରେ ଜାତିଜାତିକା ଜୀବଜନ୍ତୁ, ମାଛ କଇଁଚ ଥିଲେ । ସେ ବନ୍ଧ ପାଖ ଗଛରେ ଗୋଟେ ଚତୁର କୋଓ (ବଗ) ଥିଲା । ତା ନାଁ ଦାନିଏଲ ହେମ୍ବ୍ରମ ଥିଲା । ସିଏ ଦିନେ ନେତା ହେବାକୁ ମନକଲା । ନେତା ପରି କଥା କହିଲା । ବେଶ ପକେଇଲା । ଜନତାଙ୍କ ସୁଖଦୁଃଖରେ ଆସି ଠିଆ ହେଲା । କାହା ଦୁଃଖ ଦେଖି କାନ୍ଦି ପକେଇଲା । ସୁଖ ଦେଖି ଖୁସିରେ ନାଚି ଉଠିଲା । ମାଛ ସାଧାରଣ, ଜଳଜୀବୀ ଓ ଅନ୍ୟାନ୍ୟ ଜନ୍ତୁ – ଜନତା ତାକୁ ନିଜର ନେତା ବୋଲି ମାନିଲେ । ଜାତିର ପରମ ହିତୈଷୀ ଓ ଜନତାଙ୍କର ପ୍ରାଣକର୍ତ୍ତା ବୋଲି ଉପାଧି ଦେଲେ । ଦାନିଏଲ ହେମ୍ବ୍ରମ ଖୁସିରେ ପାଗଳ ହୋଇଗଲା । ସେଦିନ ଗଛ ଛତିରୁ ଉଡି ଉଡି ଆସି ବନ୍ଧ କଡରେ ବସି ଜଳଜୀବୀମାନଙ୍କୁ ଦେଶ ପ୍ରେମ, ସଦ୍ଭାବ ଓ ନୀତିକଥା ଶୁଣାଇଲା । ଶାସ୍ତ୍ର ପୁରାଣରୁ ବଛା ବଛା ଉଦାହରଣ ଦେଇ ଭାଇଚାରା, ପ୍ରେମ, ଜୀବଦୟା, ଅହିଂସା ଓ ପରୋପକାର କଥା କହିଲା ।

ନିରୀହ ଜଳଚରମାନେ କହିଲେ – 'କେଡେ ଶାନ୍ତ, ନିରୀହ ଓ ଧାର୍ମିକ କୋଓଟେ (ବଗଟେ) ହୋ ଦେଖ ! ପରପାଇଁ ତା ଜୀବନ ଯାଉଚି । ପରର ଦୁଃଖରେ ସେ ଝୁରି ହଉଚି ।'

ଇମିତି ଜଳଚରଙ୍କ ଭିତରେ ବଗଟି ଆସ୍ଥା ଜମେଇ ଦେଲା । ଦିନେ କହିଲା – 'ଦେଇ ଦେଖ ମୁଁ ମୁହଁରେ ତୁଳା ଠୁସିଚି । ଜଳଜୀବୀମାନେ ପଚାରିଲେ – 'କିଆଁ ?' ସେଇଠୁ ଦାନିଏଲ ବଗ କହିଲା – 'କାଇଁକିନା' ମୁଁ ସାଧୁ ହେଇ ଯାଇଚି । ଆଉ ଜୀବହତ୍ୟା କରୁନି । ଆଖି ଛୁଉଁଚି । ଛାତି ଛୁଉଁଚି । ପରମେଶ୍ୱର ପିତଙ୍କ ନାଁରେ ରାଣ ଖାଉଚି ।'

ଜଳଚରମାନେ କହିଲେ - 'ଆରେ ବାଃ, ଇଏତ ସତକୁ ସତ ସାଧୁ ମହାତ୍ମା। ଅହିଂସାର ପୂଜାରୀ। ନିରାମିଷାଶୀ।'

ଦାନିଏଲ ବଗ ନିତି ସକାଳେ ସଞ୍ଜେ ଗଛ ଛତିରୁ ଆସି ଜଳଚରଙ୍କୁ ପ୍ରବଚନ ଶୁଣାଇଲା। ଜଳଚରମାନେ ଦାନିଏଲକୁ ନିଜର ନେତା ବୋଲି କହିଲେ। ଏଣିକି ଦାନିଏଲ ବଗର ନୂଆ ନାଁ ହେଲା - 'ନେତାଜୀ'। ଦିନେ ନେତାଜୀ ସକାଳୁ ସକାଳୁ ଆସି ବନ୍ଧ ମୂଳରେ ଉଦାସ ହେଇ ବସିଲା। ଜଳଚରମାନେ ପଚାରିଲେ - 'ନେତାଜୀ ସକାଳେ ସକାଳେ ମୁଡ୍ ଖରାପ କିଆଁ ?'

ଦାନିଏଲ କହିଲା - 'କଣ କହିବି ଭାଇ ଓ ଭଉଣୀମାନେ, ତମେ ସମସ୍ତେ ବେଘର ହେଇଗଲ। ବିସ୍ଥାପିତ ହେଇଗଲ।'

ଗୋଟେ ବୁଢା ମାଛ ପଚାରିଲା - 'ସେଇଟା କ'ଣ ?'

ନେତାଜୀ କହିଲା - 'ବିସ୍ଥାପିତ ମତଲବ ତମ ଡିହ, ଡଙ୍ଗର, ଘରଦୁଆର, ଜମି-ଜଙ୍ଗଲ ସବୁ କମ୍ପାନୀ କିଣି ନେଇଚି। ଏ ବନ୍ଧରୁ ତମକୁ ଉଠେଇ ଦିଆଯିବ। ଏଠି ବିଜୁଳି ବାହାରିବ। କମ୍ପାନୀର ବଡ କାର୍ଖାନା ବସିବ।'

'ତ, ଆମେ କୁଆଡେ ଯିବୁ ନେତାଜୀ ?'

'ହଇ... ହଇ... ନେତାଜୀ...'

'କିଛି କର୍ ନେତାଜୀ।'

'ଆମକୁ ବଞ୍ଚା ନେତାଜୀ...।'

ନେତାଜୀ ନାମକ ସେଇ ଦାନିଏଲ ବଗ ଗମ୍ଭୀର ହେଇଗଲା ଓ କିଛି କ୍ଷଣପରେ କହିଲା - 'ଦେଖ, ମୋତେ ନେତା ମାନିଚ ଯେତେବେଳେ ମୁଁ ତମପାଇଁ ଛାତି ପତେଇବି। ଜୀବନ ଦେଇ ଦେବି। କମ୍ପାନୀ ସାଙ୍ଗେ ଲଢିବି। ସଶସ୍ତ୍ର ସଂଗ୍ରାମ କରିବି। ମୋତେ ଖାଲି ତମର ସମର୍ଥନ ଦରକାର। ହେଲେ ଏତେ ଜଲଦି ତ ଆଉ ଲଢି ହବନି। ଆଗ ତମମାନଙ୍କୁ ନିରାପଦ ଜାଗାକୁ ନେଇ ଗୋଟେ ନୂଆ ବନ୍ଧରେ ଛାଡିଦେବି। ଜଣଜଣକା ମୋ ପିଠିରେ ବସ।'

ଜଳଚର ଜୀବ ଜନ୍ତୁମାନେ ଦାନିଏଲ ବଗର ଜୟ ଜୟକାର କଲେ। କହିଲେ - 'ଦାନିଏଲ ଅମର ରହେ। ଆମର ନେତା ଦାନିଏଲ ହେମ୍ବ୍ରମ୍ ଜିନ୍ଦାବାଦ। ଭିଟାମାଟି ଛାଡିବୁ ନାଇଁ... ଛାଡିବୁ ନାଇଁ... ଛାଡିବୁ ନାଇଁ...। ମରିବୁ ପଛେ ଡରିବୁ ନାଇଁ.... ଇତ୍ୟାଦି।'

ପରବର୍ତ୍ତୀ କାହାଣୀ ସଚରାଚର ଜାଣନ୍ତି। ଦାନିଏଲ ବଗ ଗୋଟିଏ ପରେ ଗୋଟିଏ ଜଳଚରଙ୍କୁ ବିସ୍ଥାପନ ବାହାନାରେ, ନିଜ ଭିଟାମାଟି, ଡିହ ଡଙ୍ଗର ଓ ଜମି- ଜଙ୍ଗଲରୁ

ଉଚ୍ଛେଦ କରି ନୂଆ ବନ୍ଧରେ ଛାଡିବା ବାହାନାରେ ଉଠେଇ ନେଇଗଲା ତା ମାୟାବୀ ପିଠିରେ। ବନ୍ଧ ଯାକର ଜଳଚର ବିସ୍ଥାପିତ ହେଇଗଲେ ଦାନିଏଲର ଗର୍ଭରେ।

ଆଉ ସବାଶେଷ ବଡକୋମ (କଙ୍କଡା)ଟି ଯେତେବେଳେ ବଗ ପିଠିରେ ବସି ବିସ୍ଥାପିତ ହେବାକୁ ନୂଆ ବନ୍ଧ ଆଡକୁ ଉଡି ଯାଉଥିଲା ସେତେବେଳେ ଦାନିଏଲ ପୁରୁଣା କାହାଣୀର ସେଇ ବିଦ୍ରୋହୀ କଙ୍କଡା କଥା ମନେ ପକେଇଲା ଓ ଭାବିଲା କଙ୍କଡାର ଆକ୍ରୋଶ ଆରମ୍ଭ ହବା ପୂର୍ବରୁ ତାକୁ ଶେଷ କରି ଦିଆଯାଉ।

ଏ କାହାଣୀଟି ଶୁଣାଇସାରି କଥାବାଚକ ରୁଗୁଡି ଡିହାର ଲୋକଙ୍କୁ ପଚାରିଲା - 'ନେତା ବେଶରେ କମ୍ପାନୀର ଦଲାଲ ମାନେ ଆସିବେ। ତମକୁ ଖୋଇ ପେଇ, ନାଚ ତାମସା ଦେଖେଇ, ଭୁଲେଇ ଭାଲେଇ ଫସେଇ ଦେବେ। ତମେ ପଢାଲେଖା ଜାଣିନ। ଆଇନକାନୁନ୍ ଜାଣିନ। କଥା କହିବା ଜାଣିନ। ତମକୁ ନୂଆଜାଗାକୁ ନେଇଯିବେ। ପଇସା ଦେବେ। କମ୍ପାନୀରେ ଚାକିରି ଦେବେ। ପିଲା ଛୁଆଙ୍କୁ ପାଠ ପଢେଇବେ। ରୋଗ ବଇରାଗକୁ ଓଷଦ ପାଣି ଦେବେ। ତମେ କ'ଣ କରିବ ?'

ରୁଗୁଡି ଡିହାର ଲୋକେ ଏ କାହାଣୀଟି ଶୁଣିସାରି ଶଶାନ ଦିରୀକୁ ଚାହିଁ ଶପଥ କଲେକି, ସେମାନେ କସ୍ମିନ କାଳେ ବଗମାନଙ୍କ କଥାରେ ଭୁଲିବେ ନାହିଁ। ସେମାନେ ନିଜ ଭିଟାମାଟି ଛାଡିବେ ନାଇଁ। ମରିବେ ପଛେ ଡରିବେ ନାଇଁ।

କିନ୍ତୁ ଏସବୁ ସତ୍ତ୍ୱେ ଦ୍ୱିତୀୟ ଧନକୁବେର ତା ତାପଜ ବିଦ୍ୟୁତ୍ ପ୍ରକଳ୍ପ ବସେଇଲା ଓ ରୁଗୁଡି ଡିହା, ତା ଆଖପାଖ ଗାଁକୁ ଦଖଲ କରିନେଲା। କରମଟାଣ୍ଡ ଗାଁର ଲୋକେ ଯେତେବେଳେ ଜାଣିଲେ କି କରମ ଟାଣ୍ଡ ଗାଁରେ ଯେତେ ପିଲାଥିଲେ, ସାଇକଲ ପାଇଁ ସମସ୍ତେ ଯାଇ ସ୍କୁଲରେ ନାଁ ଲେଖେଇଲେ। ମାସ୍‌ସାବ ସମସ୍ତଙ୍କୁ ମାଗଣାରେ ପୋଷାକ, ବହି ପତ୍ର ଓ ଖିଚୁଡି ଦେଲା। ଦିନେ ବ୍ଲକ ଅଫିସ୍‌କୁ ସର୍କାର ଆସି ସବୁ ପିଲାଙ୍କୁ ସାଇକଲ ଦେଲା। ସାଇକଲ ଚଲେଇ ଜାଣି ନଥିବା ପିଲାମାନଙ୍କ ବାପା, ମାଆ କି ଦାଦା ଦାଦିମାନେ ସାଇକଲ ନବାପାଇଁ ସକାଳୁ ସଞ୍ଜ ଯାଏ ଖରାଟାରେ ବସିବସି ଶୋଇ ପଡିଥିଲେ। ପିଲାମାନେ ଭୋକ ଶୋଷରେ ବିକଳ ହଉଥିଲେ ବି ସାଇକଲକୁ ଦେଖି ରୋମାଞ୍ଚିତ ହଉଥିଲେ।

ଯାହା ଘରେ ଛୋଟ ପିଲା ନଥିଲେ, ବା ସ୍କୁଲ ଯିବା ବୟସର ନଥିଲେ ସେମାନେ ମାସ୍‌ସାବକୁ ଓ ସର୍କାରକୁ ଗାଳି ଦେଇ ଦେଇ ହାଣ୍ଡିଆ ପିଇ ଶୋଇ ପଡିଲେ। ଫୁଲମଣିର ଗୋଟେ ଗୋଡ ଛୋଟ ଥିବାରୁ ସେ କଦାପି ସାଇକଲ ଚଲେଇ ପାରିବନି ବୋଲି ପଡୋଶୀ ଆଲେକଜଣ୍ଡର ତିଡ କହିଲା। ବୁଲେଟ୍ ତିଡ ନିଜେବି ସାଇକଲ ଚଲେଇ ଜାଣି ନଥିଲା। ଏଣୁ କଥା ଛିଡିଲା କି' ଫୁଲମଣିର ସାଇକଲକୁ ଆଲେକଜଣ୍ଡର ତିଡ କିଣିନବ।

ଆଲେକଜଣ୍ଡରର ଡିଉ ପାଁଶ ଟଂକା ଓ ବୋତଲେ ଦେଶୀ ମଦ ଦେଇ ବୁଲେଟ୍ ଡିଉଠାରୁ ସାଇକଲ କିଣିନେଲା । ସାଇକଲ କିଣିସାରି ସେ ଦିନେ ରସି ପିଇକି ହାତ ଛାଡି ଦେଇ ଗୋଟେ ପାହାଡ ଗଡାଣିରୁ ସାଇକଲ ସହ ଗଡିଗଡି ଯାଇ ତଳେ ପଡି କମର ହାଡ ଭାଙ୍ଗି ଦେଇ ଘରେ ଶୋଇଲା । ସେ ଘରେ ଶୋଇବାରୁ ତା ସାଇକଲ ଦାଣ୍ଡ ପିଣ୍ଡାରେ ଡେରା ହେଇ ରହିଲା । ଗାଁର ନାୟା ଆସି କହିଲା - ସାଇକଲ ବୋଙ୍ଗାର ନଜର ହେଲା । ସେ ପାଇଁ ଆଲେକଜଣ୍ଡର ଡିଉର କମର ହାଡ ଭାଙ୍ଗିଲା । ସାଇକଲ ବୋଙ୍ଗାକୁ ନାଲି କୁକୁଡା ଦେବାକୁ ହବ ।

ତ'ଆଲେକଜଣ୍ଡରର ମାଈଝି କହିଲା - 'ହଉ' । ନାଲି କୁକୁଡା ଖୋଜିବା ପାଇଁ ନାୟା ସାଇକଲ ଧରି ଆର ଗାଁକୁ ଗଲା ଓ ସେ ସାଇକଲ ବାଟରେ ପଙ୍କଚର ହେଇଗଲା । ନାୟାକୁ ସାଇକଲ ଚଲେଇବା ଜଣା ନଥିଲା । ସେ ରାସ୍ତାରେ ସାଇକଲ ବୋଙ୍ଗାକୁ ପକେଇ ଦେଇ ଆର ଗାଁକୁ ଗଲା । ଆର ଗାଁର ମୁଖିଆ ସାଇକଲ ରାସ୍ତାରେ ପଡିଚି ଦେଖିକି ଉଠେଇ ତା ଘରକୁ ନେଇଗଲା । ତିନିଦିନ ଯାଏ ସାଇକଲ କେହି ଖୋଜିଲେନି । ମୁଖିଆ ଗାଁ ଗାଁ ବୁଲି ଖୋଜ ଖବର ଦେଲା । କହିଲା - 'ମାନିଯାଅ, ଏ ସାଇକଲ କାହାର । ନ ହେଲେ ଲାୱାରିଶ ସାଇକଲ କି ଚୋରୀ ସାଇକଲ ଭାବେ ସର୍କାର ନେଇଯିବ ଥାନାକୁ ।'

ରୁଗୁଡି ଡିହ ଓ ତା ଆଖପାଖ ଗାଁକୁ କମ୍ପାନୀ କିଣି ନେଇ ତା ବଦଳରେ ପଇସା, ଚାକିରୀ, ଘର ଓ ପାଉଁରୁଟି କି ଥଣ୍ଡା ବୋତଲ ଦେଲା, ସେତେବେଳେ ସେମାନେ ବି ନିଜନିଜର ଜମି ଓ ଜଙ୍ଗଲ ବିକି ଦେବାପାଇଁ ବାହାରିଲେ । ଅସଲରେ ରୁଗୁଡି ଡିହାର ଅଧା ଲୋକ କମ୍ପାନୀ ଓ ଠିକାଦାର ତଥା ନେତାଙ୍କ ମାୟା ଜାଲରେ ଫସି ଯାଇଥିଲେ । ଆଉ ଯଉଁ ଅଧାକ ତଥାପି ଦାନିଏଲ ବଗର ଚାଲାକୀ ବୁଝି ପାରି ଜମି-ଜାଗା ଓ ଜଙ୍ଗଲ ଛାଡି କୁଆଡେ ଯିବେ ନାଇଁ ବୋଲି ଜିଦ୍ ଧରି ବସିଥିଲେ ସେମାନେ ଧୀରେ ଧୀରେ କମ୍‌ଜୋର ହେଇ ଆସୁଥିଲେ । ଏମାନଙ୍କୁ କମ୍‌ଜୋର କରିଦେବା ପାଇଁ ମଝିରେ ମଝିରେ କମ୍ପାନୀ କି ସର୍କାର ଗୋଟେ ଗୋଟେ ନୂଆ ନୂଆ ଜାଲ ଫିଙ୍ଗୁଥିଲେ । ଯିମିତିକି କରମଟାଣ୍ଡ ଗାଁର ବୁଲେଟ୍ ଡିଉ କଥା । ବୁଲେଟ୍ ଡିଉକୁ ସାଇକଲ ମିଳିବା କଥା ।

କଥାବାଚକ କହିଲା - ପ୍ରଥମଥର ଯେତେବେଳେ ବୁଲେଟ ଡିଉକୁ ସାଇକଲ ମିଳିଥିଲା, ସେ ଦିନ ଥିଲା ବାହା ପରବ । ଚଇତ୍ର ମାସ ଶୁକ୍ଳ ପକ୍ଷ ତୃତୀୟାରୁ ବାହା ପରବ ଆରମ୍ଭ ହୁଏ । ଗଛ ପତ୍ରରେ ନେନ୍ତି ନେନ୍ତି ଫୁଲ ଫଳ । ଶାଳ ଫୁଲର ମହକ । ମହୁଆ ଓ ମୁରୁଦ ଗଛରେ ଫୁଲ । ଆମ୍ବ କଷି । ପାହାନ କହିଲା । ଏ ବର୍ଷ ଭଲ ବର୍ଷା ହବନି । କାହିଁକି ନା' ସରଣା ଥାନରେ ରଖା ଯାଇଥିବା ଜଳ କୁମ୍ଭରୁ ପାଣି କମି ଯାଇଚି । ଯାଉ... । ଜାହେରା ଥାନରେ ନାୟା କହିଲା ଯାଉ... ।

କଉଁ ଚାଷବାସ ଆଉ ହଉଚି ? ସବୁ ଜମି ଜୁମ୍‌ଲାତ କମ୍ପାନୀ ନେଇଗଲା। କମ୍ପାନୀ କାରଖାନା ବସେଇଲା। ଜଙ୍ଗଲ କାଟି ସଫା କଲା। ଖଣି ଖାଦାନ ନାଁରେ ଉଚ୍ଛେଦ କଲା। କରମଟାଙ୍ଗ ଗାଁରେ ଆଉ କରମ୍ ଗଛ କାଇଁ? ଶୋଶୋ ଗଛ କାଇଁ? ହାତ୍‌ନା ଗଛ କାଇଁ ? ସରଜମଦା ଗାଁରେ ଆଉ ସରଜମ ଗଛ କାଇଁ ?

ସାଇକଲ ବୁଲେଟ ତିଉକୁ ମିଳି ନଥିଲା। ସାଇକଲ ତା ଝିଅ ଫୁଲମଣି ତିଉକୁ ମିଳିଥିଲା। ସର୍କାର କହିଥିଲା ସବୁ ସ୍କୁଲ ପିଲାଙ୍କୁ ମାଗଣାରେ ସାଇକଲ ଦବ। ଦେଲା। ଫୁଲମଣି ସ୍କୁଲ ଯାଉ ନଥିଲା। ଘରେ ଥାଇ ଛେଳି, ଗାଈ ଜଗୁଥିଲା। ଛୁଆପିଲାଙ୍କୁ ଧରୁଥିଲା। ଘର କାମ ଦେଖୁଥିଲା। ସ୍କୁଲର ମାସ୍‌ସାବ କହିଲା, "ସ୍କୁଲକୁ ଗଲେ ସାଇକଲ ମିଳିବ। ଖିଚୁଡି ଓ ପୋଷାକ ମାଗଣାରେ ମିଳିବ।" ବୁଲେଟ ତିଉ କହିଲା - 'ହଉ, ଯଦି ମାଗଣାରେ ମିଳିବ ତେବେ ଯାଉ।'

ଚୋରୀ ସାଇକଲ କଥା ଶୁଣି ନାୟା ମାନିଲାନି, ଏ ସାଇକଲ ସେ ଆଲେକଜଣ୍ଡର ତିଉ ଘରୁ ଆଣିଥିଲା। ଆଲେକଜଣ୍ଡର ତିଉର ମାଈଝି ବି ମାନିଲାନି କି ଏ 'ସାଇକଲ ବୋଙ୍ଗାକୁ' ତା ମର୍ଦ୍ଦ ବୁଲେଟ ତିଉର ଝିଅ ଫୁଲମଣି ତିଉଠାରୁ କିଣିଥିଲା; ଯାହାପାଇଁ ତା ମର୍ଦ୍ଦକୁ ସାଇକଲ ବୋଙ୍ଗା ପାହାଡ ଗଡାଣିରୁ ଠେଲି ଦେଇ କମର ହାଡ ଭାଙ୍ଗିଦେଲା। ଆଉ, ବୁଲେଟ ତିଉ କି ଫୁଲମଣି ତିଉ କେହି ମୁହଁ ଖୋଲିଲେନି କି ସେମାନେ ସାଇକଲ ବିକି ଦେଇଚନ୍ତି ବୋଲି। ଏଥର ଆର ଗାଁର ମୁଖିଆ ସାଇକଲ ତା ନିଜଘରେ ରଖିନେଲା।

କଥାଟା ଏଇଠି ଶେଷ ହୋଇ ଯାଇଥାନ୍ତା। ମାତ୍ର ସେପରି ହୁଏନି। ଯଉଁଠି କଥା ସରିଯିବା ପରି ଲାଗୁଥିବ; ସେଇଠୁ ଆଉ ଗୋଟେ କଥାର ବୀଜ ଅଙ୍କୁରି ଆସିଥିବ ପୁଣି ଡାଳପତ୍ର ମେଲେଇ ଆଗକୁ ଆଗକୁ ବଢି ଯିବା ପାଇଁ।

ସାଇକଲ ବିଷୟରେ ଆଉ ଗାଁ ଲୋକେ ମୁଣ୍ଡ ଖେଳେଇଲେନି। ମୁଖିଆ ସାଇକଲକୁ ନେଇ କଣ କଲା ସେକଥା ତାକୁ କେହି ସାହସ କରି ପଚାରିଲେନି। କିନ୍ତୁ ବୁଲେଟ ତିଉର ଝିଅ ଫୁଲମଣି ତିଉକୁ ଆଉ ଗୋଟେ ସାଇକଲ ମିଳିଲା, କିମିତି ?

କିମିତି ନା' ଫୁଲମଣି ତିଉ ଯଉଁ ସ୍କୁଲରେ ନାଁ ଲେଖେଇଥିଲା ସେ ସ୍କୁଲକୁ ଆଉ ଗଲାନି। ପାଖ ଗାଁର ଆଉ ଗୋଟେ ସ୍କୁଲକୁ ଗଲା। ସେଠି ତା ବାପ ନାଁ ବଦଳେଇ, ନିଜ ନାଁ ବଦଳେଇ ନାଁ ଲେଖେଇଲା। ସେଠି ସର୍କାର ଓ ମାସ୍‌ସାବ ଦିହେଁ ମିଶି ଆଉ ଥରେ ଫୁଲମଣି ତିଉ ଓରଫ ଶକୁମୁନି ତିଉକୁ ଗୋଟେ ସାଇକଲ ଦେଲେ। ଶକୁମୁନି ତିଉ ସେ ସାଇକଲବି ଚଲେଇ ପାରିଲା ନି। ବୁଲେଟ ତିଉ ସାଇକଲ ଚଲା ଜଣାନଥିଲା। ସେଥର ପରି ଏଥର ବି ସାଇକଲ ବିକିବା ପାଇଁ ବୁଲେଟ ତିଉ ଆବ୍ରାହମ ମୁର୍ମୁକୁ କହିଲା। ଆବ୍ରାହମ ମୁର୍ମୁ ନୂଆ ନୂଆ ବାହା ହେଇଥିଲା। ସେ ତା ମାଇଝିକୁ ସାଇକଲ ପଛରେ ବସେଇ ଶଶୁର ଘର ଗାଁକୁ

ବୁଲିଯିବା ପାଇଁ ଭାବିକି ପ୍ରଥମ କିସ୍ତିରେ ତିନିଶ ଟଂକା ଓ ଗୋଟେ କୁକୁଡା ଦେଇ ସାଇକଲ କିଣିଲା। ଶଶୁର ଘରୁ ଫେରିଲେ ଦ୍ୱିତୀୟ କିସ୍ତିର ଟଂକା ଦବା କଥା ଛିଡେଇ ସାଇକଲ ପଛରେ ତା ମାଇଝିକି ବସେଇ ଶଶୁର ଘର ଗଲା ଯେ ଆଉ ଫେରିଲାନି ଢେର ଦିନ ଯାଏ।

ଏଣେ ଫୁଲମଣି ଓରଫ ଶକୁମୁନି ଆଉ ସ୍କୁଲକୁ ଗଲାନି। ତା ବାପ ସାରା ଟଂକାରେ ମଦ ପିଇ ଦେଇ ତୃତୀୟ ଥର ସାଇକଲ ପାଇବା ଆଶାରେ ଝିଅକୁ ଆଉ ଗୋଟେ ନୂଆ ସ୍କୁଲରେ ନାଁ ବଦଳେଇ ଭର୍ତ୍ତି କରିବାକୁ ଗଲା। ଭାବିଲା - ଏଥର ସାଇକଲ ମିଳିଲେ ସେ ନିଜେ ଚଲେଇବ। କାହାକୁ ବିକିବନି। ଏଇଆ ଭାବିକି ସେ ଯେତେବେଳେ ତୃତୀୟଥର ପାଇଁ ଆଉ ଗୋଟେ ନୂଆ ସ୍କୁଲକୁ ଗଲା, ସେତେବେଳେ ମାସ୍‌ସାବ ପୁରୁଣା ସ୍କୁଲର ଟି.ସି. ମାଗିଲା। ବୁଲେଟ ଡିଉ କହିଲା - ଟି.ସି. ଫିସି କଥା ସେ ଜାଣେନି। ତାର ସାଇକଲ ଦର୍କାର। ଝିଅକୁ ଭର୍ତ୍ତିକର ଓ ସାଇକଲ ଦେ। ମାସ୍‌ସାବ କହିଲା - ଠିକ୍ ଅଛି ତୋର ଅଧାକୁ ମୋର ଅଧା। ମାନେ ଫିଫ୍ଟି ଫିଫ୍ଟି।

ତିନିଦିନ ପରେ ବୁଲେଟ ଡିଉକୁ ନୂଆ ସାଇକଲ ମିଳିଲା। ମାନେ, ଖାଲି କାଗଜ ପତ୍ରରେ। ମାସ୍‌ସାବ ଆଙ୍ଗୁଠି ଛାପ ନେଇ ଦି'ଶ ଟଙ୍କା ଦେଇ କହିଲା - ଯା' ସାଇକଲ ତୋତେ ମିଳିସାରିଚି। ତୋ ଝିଅକୁ ସେ କଥା ବୁଝେଇ ଦବୁ। କେହି ପଚାରିଲେ କହିବୁ - ସାଇକଲ ଘରେ ରଖି ଦେଇଚି। ବୁଲେଟ ଡିଉ ଦି'ଶ ଟଙ୍କା ଧରି କରମଟାଣ୍ଡ ହାଟକୁ ଗଲା। ହାଟରେ ଶହେ ଟଂକାର ମଦ ପିଇଲା ଓ ଶହେ ଟଂକାର ମଦ ପିଆଇଲା ସାଇ ଭାଇଂକି। ସାଇ ଭାଇଏ ଖୁସିରେ ଧନ୍ୟ ଧନ୍ୟ କଲେ। କହିଲେ ବୁଲେଟ ଡିଉ ଆଜିଠୁ ରଜା ହେଲା। ସମସ୍ତେ କହିଲେ - ହଁ... ହଁ... ହଇ... ହଇ... ।

କଥା ଏଇଠି ସରିଥାଆନ୍ତା। ମାତ୍ର କଥା ସରେ କେଉଁଠି ? ମାସେ ଖଣ୍ଡେ ପରେ ଆବ୍ରାହମ ମୁର୍ମୁ ଘରକୁ ଫେରିଲା। ଆବ୍ରାହମ ଭାବିଥିଲା - ବୁଲେଟ ଡିଉ ସାଇକଲ କଥା ଭୁଲି ଯାଇଥିବ। ଆଉ ପଇସା ମାଗିବନି। ମାତ୍ର ବୁଲେଟ ଡିଉ ସେ କଥା ଭୁଲି ନଥିଲା। ସେ ଆବ୍ରାହମକୁ ଦେଖି ତାର ବାକି କିସ୍ତିର ପଇସା ମାଗିଲା। ଆବ୍ରାହମ କହିଲା - 'ସେ ଆଉ ପଇସା ଦେଇପାରିବନି। କାହିଁକି ନା, ସେ ସାଇକଲ କଉଁଠି ହଜିଗଲା ସେ ଆଉ ପାଉନି।' ବୁଲେଟ କହିଲା - 'ଯଦି ପଇସା ନ ଦବୁ ତେବେ ତୋ ମାଇଝି କି ଦେ।'

ଆବ୍ରାହମ ଏଇ କଥାରେ ରାଗିଗଲା ଓ ବୁଲେଟ ନାକକୁ ଜୋରରେ ଗୋଟେ ଘୁଷା ମାରିଲା। ବୁଲେଟ ଡିଉର ନାକ ଫାଟି ଯାଇ ରକ୍ତ ବହିଲାରୁ ବୁଲେଟର ମାଇଝି ଆସି ଗୋଟେ ଝାଡୁରେ ଆବ୍ରାହମକୁ ପିଟି ପକେଇଲା। ଆବ୍ରାହମ ମୁର୍ମୁର ଶଳା ତା ସାଙ୍ଗେ ସାଙ୍ଗେ ଥିଲା। ସେ ବୁଲେଟ ଡିଉର ମାଇଝିକି କାଠ ଫାଳିଆରେ ପିଟିଦେଲା ଯେ ମାଈଝିର ମୁଣ୍ଡ ଫାଟି ଛତର ଫାଳ।

ସାଇ ଭାଇ ଧାଇଁ ଆସିଲେ । ଉଭୟ ପକ୍ଷର ଲୋକେ ଅଲଗା ଅଲଗା ଦଳରେ ଥାନାକୁ ଯାଇ ଦାରୋଗାକୁ ମିଛସତ କହିଲେ । ଦାରୋଗା କୁକୁଡା, ଛେଳି, ହାଣ୍ଡିଆ ଓ ରସି ଲାଞ୍ଚ ନେଇ ଉଭୟ ପକ୍ଷଙ୍କୁ ଗାଳି ଗୁଲଜ କରି ଜଣେ ଦି' ଜଣଙ୍କୁ ଦି' ଚାରି ପାହାର ଦେଇ ବିଦା କଲା । କହିଲା, 'ଫେର୍ ଆସିଲେ କି ପିଟାପିଟି ହେଲେ ଏଥର ହାଜତରେ ପୂରେଇ ଦେବି ।'

ବୁଲେଟ ତିଉ ଭଲ ହେଲାପରେ ତା ଶଶୁର ଘରକୁ ପଳେଇଲା । ଶଶୁର ଘର ନିଉଟୋପିଆର ମୁଖ୍ୟ ସହରରେ ଥିଲା । କାରଣ ତା' ଶଶୁର କମ୍ପାନୀକୁ ସବୁ ଜାଗା, ଜଙ୍ଗଲ, ଜମି ବିକି ଦେଇ ହିତାଧିକାରୀ ସୂତ୍ରରେ ଗୋଟେ କଲୋନୀରେ କ୍ୱାର୍ଟର ସାଙ୍ଗକୁ ଦି' ଲକ୍ଷ ପଞ୍ଚସ୍ତରି ହଜାର ଏକାଶି ଟଂକା ଓ ପରିବାରରୁ ଜଣକୁ ଚାକିରି ପାଇ ଖୁସିରେ କାଳାତିପାତ କରୁଥିଲା । ଶଶୁର ବୁଢା ହେଇ ଯାଇଥିବାରୁ ଶଳାକୁ କମ୍ପାନୀରେ ଚାକିରି ମିଳିଥିଲା ।

ଏଣେ କରମଟାଣ୍ଡ ଗାଁର ଦୁର୍ଘଟଣା କଥା ଶୁଣିଲା ପରେ ଶାଶୁ, ଶଶୁର ଓ ଶଳା ତାକୁ ନିଜ ପାଖକୁ ଡକେଇ ପଠେଇଲେ । ପ୍ରଥମେ ଯେବେ ବୁଲେଟ ତିଉ ସହରର କଲୋନୀରେ ପହଞ୍ଚିଲା, ସେତେବେଳେ ତାକୁ ତା' ଶଳା କମ୍ପାନୀ ଅଣ୍ଡରରେ ଗୋଟେ ଠିକା କାମ ଯୋଗାଡ କରିଦେଲା । କାମଟା ଭାରି ସହଜ ଓ ସୁବିଧାଜନକ ଥିଲା । ଆରାମରେ ବସି ମାଛି ହୁରୁଡେଇବା ପରି କାମ ।

ସକାଳ ସାତଟାରୁ ଦିନ ଦି'ଟା ଯାଏ ସେ ଗୋଟେ ଜାଗାରେ ବସି ରାସ୍ତା ଉପରେ ଯାଉଥିବା ଆସୁଥିବା ଗାଡି ମଟରକୁ ଗଣିକି ହିସାବ ରଖିବ । ଏ କାମରେ ତାକୁ ସହଯୋଗ କରିବା ପାଇଁ ଆଉ ଜଣେ ସହକର୍ମୀବି ଥିଲା । ସେ ପିଲାଟା ବୟସରେ କମ ହେଲେବି କାମରେ ଚତୁର ଥିଲା । ବୁଲେଟ ତିଉକୁ ପ୍ରଥମେ ପ୍ରଥମେ ଲାଗିଥିଲା, କାମଟା ଖୁବ୍ ସହଜ । ମାତ୍ର ଧୀରେ ଧୀରେ ସେ ଜାଣିଗଲା ଯେ, ତା ଦ୍ୱାରା ଏ କାମ ହେଇପାରିବନି । କାରଣ, ସେ ତା ଜୀବନରେ କେବେ ହେଲେବି ଏଡେ ବଡ ଜଟିଳ କାମ କରି ନଥିଲା । ଅତି ବେଶିରେ ସେ ଦି' କୋଡି ପର୍ଯ୍ୟନ୍ତ ଗଣି ପାରିବ । ତା ଆଗକୁ ନୁହେଁ । ମାତ୍ର ନିଜର ଏ ଅପାରଗତା କଥା ସେ କାହାକୁ କହି ପାରିଲାନି । ଏପରିକି ତା ନିଜର ସହକର୍ମୀକୁ ବି ନୁହେଁ । ଏ ଗଣିବା ବା ହିସାବ ରଖିବା କାମଟା ଠିକ୍ ଆକାଶର ତାରା ଗଣିବା ପରି । ନାଃ... ତା ଦ୍ୱାରା ହବନି ।

ତା ଦ୍ୱାରା ହବନି ବୋଲି ସେ ଯଉଁଦିନ ଉପଲବ୍ଧ କଲା, ସେଇଦିନ ସେ କାହାରିକୁ କିଛି ନକହି ଶଶୁର ଘରୁ ଲୁଚିକି କୁଆଡେ ପଳେଇଲା । ଶଶୁର, ଶାଶୁ, ଶଳା ଓ ତା ମାଇଝି ମିଶି ତାକୁ କେତେ ଆଡେ ଖୋଜିଲେ, ହେଲେ କଉଁଠି ପାଇଲେନି । ଶଳା ଯାଇ

ପୁଲିସରେ ଖବର ଦେଲା। ପୁଲିସ ଯାଇ ମିଛରେ ଏଠି ସେଠି ଖୋଜିକି ସବୁଥର ପରି ଶୋଇ ପଡିଲା।

ବୁଲେଟ ତିଉର ଶଶୁର, ଶାଶୁ ଓ ଶଳା ଧରିନେଲେ ଯେ ବୁଲେଟର ମଥା ଖରାପ ହେଇଯାଇଚି। ସେ ପାଇଁ ସେ ଏତେ ଭଲକାମକୁ ଛାଡି କଉଁଆଡେ ଚାଲି ଯାଇଚି। 'ଯାଉ...' କହିଲା ମାଇଝି। ଶାଶୁ, ଶଶୁର ଓ ଶଳା କହିଲେ – 'ନା, ନା, ସେ କଥା କିମିତି ହବ? ଆମେ ଓଝା, ପାହାନ କି ନାଇୟାକୁ ପଚାରିବା। କଉଁ ନାଜୋମ ଏରା' (ଡାଆଣୀ ବୁଢୀ/ ଦେବୀ) ଦୃଷ୍ଟି ଦେଇଚି। ଝାଡ ଫୁଙ୍କ କଲେ ସେ ଭଲ ହବ। କାମକୁ ଫେରିବ।

ତା' ପରେ ସେମାନେ ପୂଜାପାଠ କରିବା ପାଇଁ ଓଝାକୁ ଖୋଜିଲେ। କଲୋନୀ ଭିତରେ ଓଝା ନାହିଁ। ଓଝା କଉଁ ଗାଁରେ ଥିଲା। ହାଣ୍ଡିଆ ପିଇକି ଶୋଇଥିଲା। ଅନେକ ଦିନ ହେଲା ସେ ଝଡା ଫୁଙ୍କା କରି ନଥିଲା। ନାଜୋମଏରାକୁ ଭଗେଇବା ପାଇଁ ଯଉଁ ମନ୍ତ୍ର ଶିଖିଥିଲା ତା ଗୁରୁଠଉଁ ସେସବୁ ଆଉ ଭଲକି ମନେ ନଥିଲା। ତଥାପି ଲୋକେ ତାକୁ ଭଲରେ ମନ୍ଦରେ ଲୋଡୁଥିଲେ। ତା' କଥା ମାନୁଥିଲେ।

ଓଝା ଆସି କଲୋନୀରେ ପହଞ୍ଚିଲା। କହିଲା – ସରଜୋମ ଦାରୁ କାଇଁ? ହାତ୍‌ନା ଦାରୁ କାଇଁ? ସୋସୋ ଦାରୁ (ଭେଲୁଆ ଗଛ) କାଇଁ? ଢେଂକି କାଇଁ? କୁଲା କାଇଁ? ଶଶାନ ଦିରୀ (ଶ୍ମଶାନ ପଥର) କାଇଁ?

ଶାଶୁ ଅନେଇଲା ଶଶୁରକୁ। ଶଶୁର ପୁଅକୁ। ପୁଅ ଅନେଇଲା ବୁଲେଟ ତିଉର ମାଇଝିକୁ। ଓଝାର ଗୋଟେ ଦାନ୍ତ ଭାଙ୍ଗି ଯାଇଥିଲା ଆଗ ପଟରୁ। ତା ଆଖି ଦିଶୁ ଥିଲା। ହଜି ଯାଇଥିବା ଛେଳି ଛୁଆର ଆଖିପରି। ତା ମୁହଁରୁ ଭଣଭଣ ମହୁଆର ଗନ୍ଧ। କାନକୁ ଭଲକି ଶୁଭୁ ନଥିଲା। ବୁଲେଟ ତିଉର ମାଇଝି ଓଝାକୁ କହିଲା –

"ଚିକନ୍ ନେକନ ଜିନିଷ ନଃ ଓକୋଆ ତେ
ଜରୁଡୁ କୋ ପୁରାଓ ଦଡିଓଆ ?"

(ଆଉ ଇମିତି କଉଁ ଜିନିଷ ଅଛି ଯଉଁ ଜିନିଷ ଆଣିଲେ ଆଉ କିଛି ଦରକାର ପଡିବନି?)

ଓଝାକୁ କିଛି ଶୁଭିଲାନି। ସେ ତଥାପି କହିଲା – ହଁ, ଅଞ୍ଚ୍ ଅୟୋମ କଦା (ହଁ, ମୁଁ ଶୁଣି ପାରିଲି)।

ଅସଲ କଥା ହେଲା, କମ୍ପାନୀ ଯେତେବେଳେ ଗାଁ ଗଣ୍ଡା ଓ ଜମି- ଜଙ୍ଗଲ ସବୁ ନେଇଗଲା ଆଉ ଗଛବୃଛ କିଛି ରହିଲେନି। ଏବେ କ'ଣ କରିବ କର।

ତୃତୀୟ ଧନ କୁବେର ଓ ଅମ୍ଳଜାନ ଚାଷ କଥା

ଏବେ ସଚରାଚର କଉଁଠି ଆଉଁ ବିଶୁଦ୍ଧ ଅମ୍ଳଜାନ ମିଳୁ ନାହିଁ। ବାୟୁ ପ୍ରଦୂଷିତ ହେଇଗଲାଣି। ଏ ପ୍ରଦୂଷଣ କଲା କିଏ ? ଲୋକେ କହନ୍ତି ପ୍ରଥମ ଧନକୁବେର ଓ ତା ପୁଅ ଦ୍ୱିତୀୟ ଧନକୁବେର କଲେ। ପ୍ରଥମ ଧନକୁବେର ସୁନାଖଣିର ସଂଧାନରେ ନିଉଟୋପିଆର ଜମି ସବୁକୁ ଦଖଲ କରି ନେଇଥିଲା। ତା ପୁଅ ବିଜୁଳି ଉତ୍ପାଦନ କରିବା ସକାଶେ ନିଉଟୋପିଆର ଜଙ୍ଗଲ ସବୁକୁ ଦଖଲ କରିବା ଆରମ୍ଭ କରିଦେଲା। ଏଥର ତୃତୀୟ ଧନକୁବେର ଅମ୍ଳଜାନ ଚାଷ କରିବା ପାଇଁ ବାହାରିଚି ଦେଖ।

ଜଳ, ତା' ପରେ ଜମି ଓ ସବା ଶେଷରେ ଜଙ୍ଗଲ। ନିଉଟୋପିଆର ଇତିହାସ ଖୋଜିବାକୁ ଯାଇ କଥାବାଚକ ଆଉ ଗୋଟେ କାହାଣୀ ଶୁଣାଇଲା।

୧୮୩୩ ମସିହା ବେଳକୁ ପୂରା ନିଉଟୋପିଆରେ ହାଣ୍ଡିଆ ଉପରେ କର ଲାଗୁ ହେଇ ସାରିଥିଲା। ଅବଶ୍ୟ ଏହା ପୂର୍ବରୁ ନିଉଟୋପିଆ ଓ ରାଜ୍ୟର ଦକ୍ଷିଣ ଭାଗ ପାଇଁ ୧୮୧୯ ମସିହାରେ ବ୍ରିଟିଶ ସରକାର ଏକ ପଲଟିକାଲ ଏଜେଣ୍ଟ ନିଯୁକ୍ତି କରି ସାରିଥିଲା। ଏହି ସମୟରେ ପାହାଡ଼ୀ କ୍ଷେତ୍ରରେ ଅକାଳ ପଡ଼ିଲା। ଏ ଭୟଂକର ସ୍ଥିତିରେ ଜନଜୀବନ ଧ୍ୱସ୍ତ ହେଇଗଲା। ରାଜା ଓ ଜମିଦାରଙ୍କ ସେନା ସବୁଙ୍କୁ ବ୍ରିଟିଶ ଶାସନାଧୀନ କରି ନିଆଗଲା। ହାଣ୍ଡିଆ କର ହୋ ଓ ମୁଣ୍ଡାମାନଙ୍କୁ ଅଧିକ ଉତ୍ତେଜିତ କରିଦେଲା।

ପାରଂପରିକ ଖାଦ୍ୟ ପେୟ ଓ ପୂଜାବିଧିରେ ପ୍ରୟୋଗ ହେଉଥିବା ହାଣ୍ଡିଆ ଉପରେ କୌଣସି ପ୍ରକାର କର ଦେବାକୁ ସ୍ଥାନୀୟ ଲୋକେ ବିରୋଧ କରିବା ଆରମ୍ଭ କରିଦେଲେ। ଏଣେ ଅକାଳ ତେଣେ ରାଜା ଓ ବ୍ରିଟିଶ ଶାସନର ଜୁଲୁମରେ ଅତିଷ୍ଠ ହେଇ ମୁଣ୍ଡା, ହୋ, କୋହ୍ଲମାନେ ବିଦ୍ରୋହ ଆରମ୍ଭ କରିଦେଲେ। ଏ ବିଦ୍ରୋହ ସାରା ରାଜ୍ୟରେ ବ୍ୟାପୀ ଗଲା।

ହାଣ୍ଡିଆ କର ସାଙ୍ଗକୁ ଖୁଣ୍ଟକାଟି କର ବି ଲୋକଙ୍କୁ ଆହୁରି ତତେଇଲା। ଯଦିଓ

ଛୋଟଛୋଟ ରାଜା, ଜମିଦାର ବ୍ରିଟିଶ ଶାସନର ଅଧିନକୁ ଆସି ସାରିଥିଲେ ଓ ଜାଗା ଜାଗାରେ ପୁଲିସ୍ ଚୌକି ସ୍ଥାପନ ହୋଇ ସାରିଥିଲା, ତଥାପି ହୁଲ୍ ଜନକ୍ରାନ୍ତିର ଭୟାବହ ସଂଘର୍ଷ ଆଗରେ ବ୍ରିଟିଶ ସେନା ତିଷ୍ଟି ପାରୁ ନଥିଲା। ହୁଲ୍ ଜଙ୍ଗଲରେ ନିଆଁ ପରି ମାଡିଲା। ବିଦ୍ରୋହ ଦମନ ସକାଶେ ବ୍ରିଟିଶ ପ୍ରଶାସନ ସଶସ୍ତ୍ର ସେନା ପଠେଇ ବିଦ୍ରୋହୀମାନଙ୍କୁ ଦମନ କଲେ।

ଲୋକଙ୍କ କହିବା କଥା କି, ସେମାନେ ଓ ତାଙ୍କ ବାପ, ଦାଦାମାନେ ପୀଢି ପର ପିଢି ଦୂର ଦୂରାନ୍ତରୁ ଆସି ଜଙ୍ଗଲ କାଟି, କ୍ଷେତ ବନେଇ, ବାସ ଉପଯୋଗୀ କରି ପିଢି ପର ପୀଢି ରହି ଆସୁଛନ୍ତି। ସେମାନେ ଏପରି 'ସିଂ ବୋଙ୍ଗା'ଙ୍କ ନିର୍ଦ୍ଦେଶରେ କରି ଆସୁଚନ୍ତି। ପରମେଶ୍ୱର ପିତାଙ୍କ ନିର୍ଦ୍ଦେଶରେ କରି ଆସୁଚନ୍ତି। ଏ ସାରା ଜଙ୍ଗଲ ତାଙ୍କର। ଏ ସାରା ଜମି ତାଙ୍କର, ଏ ଗଛବୃଛ, ଏ ପାଣି ପବନ, ଏ ଖଣି ଖାଦାନ ସବୁ ତାଙ୍କର। ସେ ପାଇଁ ସେମାନେ ଏଠୁ ହଟିବେ ନାଇଁ କି କର ଖଜଣା ଦେବେ ନାଇଁ।

ହାଣ୍ଡିଆ ନ ଖାଇଲେ ସେମାନେ ବଞ୍ଚି ପାରିବେ ନାଇଁ। ସେମାନେ ବୋଙ୍ଗା, ନାଗେ ଏରା, ଧରତୀ ମାତା, ଗାଡା ଏରାକୁ ଆଉ କଣ ଦେଇ ପୂଜା କରିବେ ? ଏଣୁ କର ଦେବେନି କି ହାଣ୍ଡିଆ ଖାଇବା ଛାଡିବେନି।

ଅସଲ କଥା ହେଲା କ୍ଷେତ ଖାଦାନରେ ଧାନ, ମକା, ବାଜରା କି ଫଳ ଫସଲ ନକରି ଦିକୁମାନେ ଓ ବ୍ରିଟିଶ ସମର୍ଥିତ ସାହିବମାନେ ନୀଳ ଚାଷ କଲେ। ଅଫିମ ଚାଷ କଲେ। ଏଣୁ ଜମି, ଜଙ୍ଗଲ ସବୁ ଲୁଟ କଲେ ବା ଅଧିକାର କଲେ। ଲୋକେ ହାଣ୍ଡିଆ ଛାଡି ଅଫିମ ଖାଆନ୍ତୁ ଓ ଫଳ ଫସଲ ଛାଡି ନୀଳ ଚାଷ କରନ୍ତୁ ବୋଲି ବ୍ରିଟିଶ କହିଲା। ସ୍ଥାନୀୟ ଲୋକେ ଏ କଥାରେ ରାଜି ହେଲେନି।

କିନ୍ତୁ ବଙ୍ଗାଳୀ, ମୁସଲମାନ, ମାରୱାଡି, ମାହାତୋମାନେ ଆଦିବାସୀଙ୍କ ଜମି ହଡପ କରି ନୀଳ ଚାଷ ଓ ଅଫିମ ଚାଷ ଆରମ୍ଭ କରିଦେଲେ। ରାତାରାତି ଲୋକଙ୍କ ହାତରୁ ଜମି ହସ୍ତାନ୍ତର ହୋଇଗଲା। ଆପଣା ଜାଗାରୁ ବେଘର ହୋଇଗଲେ ସ୍ଥାନୀୟ ଲୋକେ। ବିଦ୍ରୋହ ଆହୁରି ତେଜିଲା। ଲୋକେ ବିଦ୍ରୋହର ନାଁ ଦେଲେ 'ହୁଲ୍'।

'ହୁଲ୍' ତା ବାଟରେ ଚାଲିଲା। ଜଙ୍ଗଲ ଜମି ତା ବାଟରେ ଲୁଟ୍ ହେଲା। ଲୁଟ୍ କଉଁ ଆଦିମ କାଳରୁ ଚାଲି ଆସୁଥିଲା। ସେଥିରେ ଆମର କିଛି କରିବାର ନଥିଲା। ଲୁଟ୍ ପରି 'ହୁଲ୍' ବି କଉଁ କାଳରୁ ଚାଲି ଆସିଥିଲା। ସେଥିରେ ବି ଆମର କିଛି କହିବାର ନଥିଲା।

ଏ କଥା କଥାବାଚକ ଶୁଣାଇଲା ବେଳକୁ ତାକୁ ଘେରି ବସିଥିଲେ ରୁଗୁଡି ଡିହାର ଗାଁ ଲୋକେ। ରୁଗୁଡି ଡିହାର ହାତମୁଣ୍ଡା। ପଚାରିଲା କଥାବାଚକକୁ – 'ତେବେ ଆମେ କଣ କରିବା ?'

: 'ମୁଁ ତ ସେଇକଥା କହୁଚି'- କହିଲା କଥାବାଚକ। କଥାବାଚକ ଶୁଣେଇଲା ପୂର୍ବଜଙ୍କ ଗାଁ ବସେଇବା କଥା। ଶୁଣେଇଲା କିପରି ସେମାନେ ଦୂର ଦୂରାନ୍ତର ପାହାଡ, ଜଙ୍ଗଲ ପାର ହେଇ ଆସି ବସିଥିଲେ ରୁଗୁଡି ଡିହାରେ। ଏଥର ଯଦି ଇମିତି କିଛି କରିବାକୁ ପଡେ, ତେବେ ନୂଆ ଗାଁ ବସେଇବା ପାଇଁ ଆଉ ଥରେ ତିନି କି ଚାରି ଜଣ ଲୋକ ଗାଁ ମୁଖିଆ ସାଙ୍ଗରେ ଜଙ୍ଗଲ ଭିତରକୁ ଯିବେ ଜାଗା ବାଛିବା ପାଇଁ।

ପ୍ରଥମେ ସେମାନେ ଯଉଁ ଜାଗାକୁ ଗାଁ ବସେଇବା ପାଇଁ ବାଛିବେ ସେଇଟା ଉଚ୍ଚା ଓ ଶୁଖିଲା ଜାଗା ହେଇଥିବ। ଆଖପାଖରେ ନଦୀ, ଝର, ଜଳାଶୟ ଥିବ। ଚାଷ ଉପଯୋଗୀ ଜମି ଥିବ। ଗଛବୃଛ, ଘାସପତ୍ର ଥିବ। ତା ପରେ ସେମାନେ ଘରୁ ଅନୁକୂଳ କରି ଶୁଭ ଶକୁନ ଦେଖି ବାହାରିବେ। ସେ ଜାଗାରେ ପହଞ୍ଚିଲା ବେଳକୁ ଯଦି ସେଠି ବସିଥିବା କୌଣସି ପକ୍ଷୀ ଡରରେ ଉଡିକି ପଳେଇବ ତେବେ ସେ ଜାଗା ବାସ ଉପଯୋଗୀ ନୁହେଁ ବୋଲି ଧରି ନିଆଯିବ। ସେପରି ଜାଗାରେ ଘର କଲେ ଗାଁ ଦିନେ ଜନଶୂନ୍ୟ ହେଇଯିବ ଓ ଲୋକେ ଏ ଜାଗା ଛାଡି ଅନ୍ୟତ୍ର ଚାଲିଯିବେ।

ଆଉ ଯଦି କୌଣସି ଚଢେଇ ଅଣ୍ଡା ଉପରେ ସ୍ଥିର ହେଇ ବସି ରହିଥିବ ବା କୌଣସି ବାଘ କିମ୍ବା ତାର ପାଦଚିହ୍ନ ଦେଖିବାକୁ ମିଳିବ ତେବେ ସେ ଜାଗା ବାସ ଉପଯୋଗୀ ବୋଲି ମାନି ନେବାକୁ ହେବ। ଏପରି ଜାଗାରେ ଗାଁ ବସେଇଲେ ତାହା ଚିରସ୍ଥାୟୀ ଓ ସୁଖ- ସମୃଦ୍ଧିର ଗାଁ ହେବ।

ଇଏ ଗଲା ଗାଁ ଚିହ୍ନଟର ପ୍ରଥମ ଦିନର କଥା। ଦ୍ୱିତୀୟ ଦିନ ଅର୍ଥାତ୍ ତା ପରଦିନ ଆଉ ଥରେ ସେମାନେ ସେ ଜାଗାର ଶୁଭାଶୁଭ ବାଛିବା ପାଇଁ ସାଙ୍ଗରେ ଗାଁ ମୁଖିଆ, ତା ସାଙ୍ଗରେ ଗୋଟେ ଚିତିରି ମିତିରିଆ ଓ ଆଉ ଦିଇ'ଟା ଧଳା କୁକୁଡା, ଚାଉଳ, ତେଲ, ସିନ୍ଦୂର, ପାଣି ଭରା କଳସୀକୁ ନେଇକି ଯିବେ। ଗାଁ ମୁଖିଆ ସଂଜବେଳକୁ ଯେଉଁଠି ନିଜର ଘର ବନେଇବାକୁ ଚାହିଁବ ସେଇ ଜାଗାରେ ପ୍ରଥମେ ମାଟି ଉପରେ ପାଞ୍ଚଟି ସିନ୍ଦୂର ଚିହ୍ନ ଦବ। ତା ପାଖରେ ଚାଉଳ କୁଢ଼େଇବ। ପାଖରେ ପାଣିଭରା କଳସୀ ରଖିବ। ଟିକେ ଦୂରରେ ତିନିଟା କୁକୁଡାଙ୍କୁ ଗୋଟିଏ ରସିରେ ଭଲକି ବାନ୍ଧିବ, ଯେପରିକି ସେମାନେ ଚାଉଳ ପାଖରେ ପହଞ୍ଚି ନ ପାରନ୍ତି।

ତା' ପରେ ସେ ସିଂ ବୋଙ୍ଗାକୁ ପ୍ରାର୍ଥନା କରି କହିବ -

'ହେ ସିଂ ବୋଙ୍ଗା,
ଆକାଶରେ ତୁ ବାଉଁଶର ବିଛଣା ପରି ଘେରି ରହିଚୁ
ଚାରିଦିଗ, ଚାରି ଲୋକ ତୁ ଘେରି ରହିଚୁ
ଏଇ ଧରତୀର ଯେତେ ସବୁ ବୋଙ୍ଗା

ତୋରି ନାଁରେ...

ତୁ ଭଲକରି ଦେଖୁଥା, ଖୋଜୁଥା...

ଅଶୁଭ ଶକୁନ, ଶୁଭ ସଂକେତ

ଏଇ ମାଟିରେ, କୁଆଁରୀ ଜଙ୍ଗଲରେ

ଆମକୁ ଦେଖେଇ ଦେ ଦୁଧକୁ ଦୁଧପରି

ପାଣିକୁ ପାଣି ପରି.... ତୁ ନିଜେ ଶୁଭାଶୁଭ ବିଚାର କର।

ଆମକୁ ଦେଖେଇ ଦେ...।'

ତା'ପରେ ସେମାନେ ସେ ଜାଗାଛାଡି ଅନ୍ୟ ଜାଗାକୁ ଚାଲିଯିବେ ରାତି ବିତେଇବା ପାଇଁ। ତା'ପର ଦିନ ସକାଳେ ସେମାନେ ପୁଣି ଫେରିବେ ପୂର୍ବ ଜାଗାକୁ ଯେଉଁଠି ସଂଜବେଳେ ପୂଜା କରି କୁକୁଡା ବାନ୍ଧି, ପାଣି ଭରା କଳସୀ ରଖି ସେମାନେ ଯାଇଥିଲେ। ସକାଳେ ଆସି ସେମାନେ ଦେଖିବେ ଯଦି ସବୁଠୁ ବଡ କୁକୁଡାର ପର ଝଡି ପଡିଚି ତେବେ ଜାଣିବେ ଏଠି କିଛି ପୁରୁଖା ବୁଢା ଲୋକ ମରିବେ। ଯଦି ସାନ କୁକୁଡାର ପର ଝଡିଥିବ, ତେବେ ପିଲାମାନେ ମରିବେ ଭବିଷ୍ୟତରେ। ଯଦି ବିଲକୁଲ କାହାରି ପର ଝଡି ନଥିବ ତେବେ ଏଠି କେହି ଅସୁବିଧାରେ ରହିବେନି କି ଦୁଃଖ ଆସିବନି। ଏ ଜାଗା ଗାଁ ବସେଇବା ପାଇଁ ଅନୁକୂଳ।

ପୁଣି ଦେଖିବେ କୁକୁଡା ସବୁ ଯଦି ଗୋଟିଏ ଜାଗାରେ ଏକାଠି ଥିବେ ତେବେ ମୁଖିଆ ଧନୀ ହେବ। ଯଦି ଦୁଇ ଜାଗାରେ ଥିବେ ତେବେ ମୁଖିଆ ଓ ତାର ସହକାରୀ ଧନୀ ହେବେ। ଯଦି ତିନି ଜାଗାରେ ଅଲଗା ଅଲଗା ଥିବେ; ତେବେ ସମସ୍ତେ ଧନୀ ହେବେ।

କାଲି ଛାଡି ଯାଇଥିବା ଚାଉଳକୁ ପିମ୍ପୁଡିମାନେ ଯଉଁ ଯଉଁ ଦିଗରେ ବୋହି ନେଇ ଯାଉଥିବେ ସେଇ ସେଇ ଦିଗ ଓ ସ୍ଥାନରେ ବିଚାର କରି ବୋଙ୍ଗାମାନଙ୍କୁ ସ୍ଥାପନ କରାଯିବ।

ଆଉ ଯଦି ରାତିରେ ଛାଡି ଯାଇଥିବା ପାଣି ଭରା କଳସୀରୁ ପାଣି କିଛି କମିଥିବ; ତେବେ ଭବିଷ୍ୟତରେ ଏଠି ଜଳକଷ୍ଟ ହେବ। ଯଦି କଳସୀରୁ ପାଣି ବିଲକୁଲ ଶୁଖି ନଥିବ ତେବେ ଭବିଷ୍ୟତରେ କେବେ ହେଲେ ଜଳସଂକଟ ହେବନି ଓ ଏ ଜାଗା ବାସ ଉପଯୋଗୀ ବୋଲି ଧରି ନିଆଯିବ।

ପୁଣି ଶେଷଥର ପାଇଁ ଆଉ ଏକ ପରୀକ୍ଷା କରିବ ମୁଖିଆ। ସେଇ ଜାଗାରେ ସେ ଚାରିକୋଣିଆ ଗାତ ଗୋଟେ ଖୋଳିବ। ଗାତ ଖୋଳି ସାରି, ସେଇ ମାଟିକୁ ପୁଣି ଗାତରେ ପୋତିବ। ଯଦି ସବୁ ମାଟି ସେ ଗାତରେ ପୋତି ହେଇଯିବ ତେବେ ସେ ଜାଗାରେ ବାସ କଲେ ଲୋକଙ୍କ ହାତରେ ଧନ ସଂପଦ ରହିବନି। ଯଦି ସାରା ମାଟି ପୋତି ହେଇ ଆଉ

କିଛି ବଳିବ, ତେବେ ସେଠି ଘର କଲେ ଲୋକ ସୁଖଶାନ୍ତିରେ ରହିବେ। କେବେ ଅଭାବରେ ରହିବେ ନାହିଁ। ଜମିକୁ ଫସଲ, ଜଙ୍ଗଲକୁ ଶିକାର, ନଦୀନାଳକୁ ପାଣି ଆସିବ।

ଏତେ କଥା କହିସାରି କଥାବାଚକ ଚୁପ୍ ରହିଲା। ହାଡୁମୁଣ୍ଡା ପଚାରିଲା – 'ତ' ଆମେ କ'ଣ ନୂଆ ଗାଁ ଖୋଜି ଯିବା ? କଥାବାଚକ କିଛି କହିଲାନି। ସେ ଗପ ଶୁଣେଇବା ଜାଣେ। ଆଖି ଖୋଲିଦବା ଜାଣେ। ସିଏ କଣ କହିବ; କୁଆଡେ ଯାଆ...

ହାଡୁମୁଣ୍ଡା ଲୋକଙ୍କୁ ପଚାରିଲା – 'କଣ କରିବା ?' ଲୋକେ ପରସ୍ପରକୁ ଚାହିଁଲେ। କେହି କିଛି କହିଲେନି। ହାଡୁମୁଣ୍ଡା କହିଲା – "ଯେବେ ଗାଁ ଛାଡି ଆଉ କଉଁଠି ବସିବା କଥା ତେବେ ଏବେଠୁ ଏକଥା ସର୍ବସମ୍ମତି କ୍ରମେ ସ୍ଥିର ହେବା ଦରକାର। ନଚେତ୍ ସର୍କାର କି କମ୍ପାନୀ କେହିବି କେତେବେଳେ ଆସି ଜୁଲୁମ୍ କରି ଆମକୁ ବେଘର କରିଦେଇପାରେ। ଲୁଟି ନେଇପାରେ ଆମ ଡିହ, ଡଙ୍ଗର, କ୍ଷେତ, ଖାଦାନ, ଜଳ-ଜଙ୍ଗ।" କଥାବାଚକ ଆକାଶ ଆଡକୁ ମୁହଁ କରି ଶୋଇ ରହିଥିଲା। ସତେ ଯେପରି କିଛି ଗୁପ୍ତ ନିର୍ଦ୍ଦେଶ, ଅଦୃଶ୍ୟରେ ପ୍ରାପ୍ତ ହେଉଚି ତାକୁ ଆକାଶରୁ। ଲୋକେ ହାଡୁମୁଣ୍ଡାର ମୋଟା ଓଠ ଓ ଚଉଡା ଛାତିକୁ ଚାହିଁ ନିଜନିଜର ଭବିଷ୍ୟତ ଦେଖୁଥିଲେ। କମ୍ପାନୀ କାଇଁକି ତାଙ୍କ ପଛରେ ପଡିଚି ସେ କଥା ବୁଝି ପାରୁନଥିଲେ।

ପ୍ରଥମ ଧନକୁବେରର ପୁଅ ଦ୍ୱିତୀୟ ଧନକୁବେର ଓ ତା' ପୁଅ ତୃତୀୟ ଧନକୁବେର ଏଥର ନିଉଟୋପିଆର ଜଙ୍ଗଲ କାଟିବାର ଠିକା ନେଇଗଲା। ଜଙ୍ଗଲର ବଡବଡ ବନସ୍ପତି ଓ ପୁରୁଖା ଗଛ ବୃଛ କାଟି କୃତ୍ରିମ ଅମ୍ଳଜାନ ଚାଷ କରିବାକୁ ସବୁଠୁ ବଡ ପ୍ଲାଣ୍ଟ ବସେଇଲା। କାହିଁକି ନା ଅମ୍ଳଜାନ ଆଉ ନିଉଟୋପିଆରେ ବିଶୁଦ୍ଧ ହେଇ ନଥିଲା। ତିନି ପୁରୁଷ ଧରି ଧନକୁବେରମାନେ ନିଉଟୋପିଆ ଓ ତାର ଆଖପାଖ ଅଞ୍ଚଳରେ ଶିଳ୍ପ ବିପ୍ଳବ କରି ଚାଲିଥିଲେ। ପାହାଡ ଭାଙ୍ଗି ଓ ଖାଦାନ ଖୋଳି ଲୁଟି ଚାଲିଥିଲେ ସୁନା, କୋଇଲା, ତମ୍ବା ଓ ବକ୍ସାଇଟ। ଯେବେ ଜମି ଶେଷ ହେଇଆସିଲା ତା'ପରେ ନଜର ପଡିଲା ଜଙ୍ଗଲ ଉପରେ। ଜଙ୍ଗଲ ଆଉ ବଞ୍ଚିଲା କଉଁଠି ? ଜଙ୍ଗଲ କଟା ହେଲାପରେ, ସ୍ଥାନୀୟ ଲୋକେ ବିସ୍ଥାପିତ ହେଇଗଲାପରେ ଖାଲି ଚାରିଆଡେ ଧୂଳି ଓ ଧୂଆଁ ରହିଲା। ଖାଲି କଳ କାର୍ଖାନା ରହିଲେ। ସାଗୁଆ ସାଗୁଆ ଜଙ୍ଗଲ କଟା ହେଇ କଂକ୍ରିଟ ଗଛବୃଛ ଲଗାହେଲା। ଚାରିଆଡେ ଏତେ ଧୂଆଁ ଓ ଧୂଳି ଭରିଗଲା ଯେ ଲୋକେ ଆଉ ଶ୍ୱାସପ୍ରଶ୍ୱାସ ନେଇ ପାରିଲେନି।

ଇଆ ଆଗରୁ ନିଉଟୋପିଆରୁ ମହୁମାଛି, ପ୍ରଜାପତି, ଗିଧ, କୋଚିଲା ଖାଇ ଓ କାଉମାନେ ଉଭାନ ହେଇ ସାରିଥିଲେ। ଦ୍ୱିତୀୟ ଧନକୁବେର ଯଉଁ ପାୱାର ପ୍ଲାଣ୍ଟ ଓ ଆଇ.ଟି ସେକ୍ଟର ପ୍ରତିଷ୍ଠା କଲା ତାରି ଫଳ ଇଏ। ଉଚ୍ଚ ଶକ୍ତି ସଂପନ୍ନ ମାଇକ୍ରୋୱେଭ

ବୈଦ୍ୟୁତିକ ତରଙ୍ଗରେ ଟଳି ପଡିଲେ କୀଟ ପତଙ୍ଗ, ନିରୀହ ପକ୍ଷୀ। ଗତ କେତେବର୍ଷ ହେଲା ଲଗାତର କାଉ ମଡକ ଦେଖାଦେଲା। ଯଉଁଠି ଦେଖ ମରି ପଡିଚନ୍ତି କୁଢ କୁଢ କାଉ। କଥା କ'ଣ ? କିଏ କହିଲା - "ଖାଦ୍ୟାଭାବ"। କିଏ କହିଲା - "ଜଳାଭାବ"। ବିଶେଷଜ୍ଞମାନେ କହିଲେ - "ବିଷାକ୍ତ ବାୟୁ"। ସେ କଥା ଥାଉ।

ସତକୁ ସତ ନିଉଟୋପିଆର ନଦୀ ନାଳରେ ପାଣି ନୁହେଁ କଳ କାର୍ଖାନାରୁ ନିର୍ଗତ ଟନ୍ ଟନ୍ ବିଷ ବହିଗଲା। ମାଟି ବଂଧ୍ୟା ହେଇଗଲା। ଗଛ ପତ୍ରରେ ଫୁଲ ଫୁଟିଲା ସତ, ଭଅଁରକି ପ୍ରଜାପତି ନବସିବାରୁ ଆଉ ଫଳ କଷିଟେ ବି ଧରିଲାନି। ବିଷାକ୍ତ ଗ୍ୟାସରେ ଭରିଗଲା ବାୟୁ ମଣ୍ଡଳ। କମ୍ପାନୀ କହିଲା - 'ତାର ଏଥିରେ କିଛି ଦୋଷ ନାହିଁ। କାରଣ ସେ ବାୟୁମଣ୍ଡଳରୁ କାର୍ବନର ମାତ୍ରା କମ୍ କରିବା ସକାଶେ ଗଛପତ୍ର ନଗଉଚି। ପାଣିକୁ ଫିଲଟର କରି ପାଇପରେ ପୂରେଇ ଘରକୁ ଘର ପଠଉଚି।'

ଅସଲରେ କମ୍ପାନୀର ଏସବୁ ଚାଲାକି ଥିଲା। ଏ ଚାଲାକି କେହି ବୁଝି ପାରିଲେନି। ଯଉଁମାନଙ୍କୁ ନିଜ ଜମି, ଜଙ୍ଗଲ ଓ ବାସ ଭୂଇଁରୁ ବିତାଡିତ କରି ଦିଆଗଲା ସେମାନଙ୍କ ପାଇଁ କମ୍ପାନୀ କିଛି କଲାନି। କାରଣ ଅଧିକାଂଶ ଲୋକଙ୍କ ପାଖରେ ନିଜର ଜମିକି ଜଙ୍ଗଲ ବୋଲି ଦାବୀ କରିବା ସକାଶେ କୌଣସି କାଗଜପତ୍ର ନଥିଲା। ପୁରୁଷ ପୁରୁଷରୁ ସେମାନେ କାଳାନୁକ୍ରମେ ଏସବୁ ଭୋଗ ଦଖଲ କରି ଆସୁଥିଲେ। ଏଣୁ କମ୍ପାନୀ ଯେତେବେଳେ ଜମି ଜାଗା କିଣିବା ପାଇଁ କହିଲା - ସେତେବେଳେ ଅଧାରୁ ବେଶି ଜାଗା ମାଗଣାରେ ପାଇଗଲା। ଯଉଁମାନଙ୍କ ପାଖରେ ଜମି -ଜାଗାର କାଗଜ ପତ୍ର ଥିଲା ସେମାନେ ଅଳ୍ପ କିଛି ପଇସା ପାଇଲେ। ସେ ପଇସାରୁ ଅଧେ ଦାନିଏଲ ବଗ ନେଇଗଲା ଓ ଆଉ ଅଧିକ ହାଣ୍ଡିଆ, ମହୁଆ, ରସି ପିଇବାରେ ଗଲା। ଶେଷରେ ସେମାନେ ଜାଗା- ଜମି ହରେଇ ବିସ୍ଥାପିତ ହେଇଗଲେ। ତା ଭିତରୁ ଅଧାରୁ ବେଶି ଲୋକ ଆହୁରି ନିଘଞ୍ଚ ଜଙ୍ଗଲ ଭିତରକୁ ପଳେଇଲେ ରାଗିକି। ଆଉ ଅଧାରୁ କମ ଲୋକ ସୁଦୂର ଦେଶକୁ (ସହର କି ଅନ୍ୟ ରାଜ୍ୟକୁ) ଚାଲିଗଲେ କାମ ଧନ୍ଦା ଖୋଜିବା ପାଇଁ।

ନିଉଟୋପିଆର କମ୍ପାନୀ କ୍ୱାର୍ଟରରେ ଯଉଁମାନେ ରହିଲେ, ସେମାନେ କମ୍ପାନୀ ଦୟାରୁ ରହିଲେ। କାରଣ ସେମାନଙ୍କର ସବୁ ଜମି- ଜାଗା କମ୍ପାନୀ କିଣି ନେଇଥିଲା ଓ ସର୍ଭେ ଅନୁସାରେ ଘରପିଛା ଜଣକୁ ଚାକିରୀ ଦବାର ଥିଲା। ଏଇ କ୍ୱାର୍ଟର ଗୁଡିକ ନିଉଟୋପିଆ ସହରର ସୀମାକୁ ଲାଗି ରହିଥିଲେ। କ୍ୱାର୍ଟର ଗୁଡିକୁ କମ୍ପାନୀ ପାଣି, ବିଜୁଳି ଓ କେବୁଲ ତାର ଯୋଗାଇ ଦେଇଥିଲା। ଅଧିକାଂଶ ଲୋକ କ୍ୱାର୍ଟରଗୁଡାକୁ ଭଡା ନଗେଇ ଦେଇ କ୍ୱାର୍ଟର ଆଗରେ ଆଉ ଗୋଟେ ଝୁପୁଡି ବନେଇ ରହିଲେ।

କାରଣ ସେମାନେ ଗ୍ୟାସ ଚୁଲିରେ ରାନ୍ଧିବେ ନାହିଁ। କାରଣ ସେମାନେ ହାଣ୍ଡିଆ ବନେଇ ପାରିବେ ନାହିଁ। କାରଣ ସେମାନେ ଢେଂକି, ବଗ, କୁଲା, ପାଛିଆ ରଖି ପାରିବେ ନାହିଁ। କାରଣ ସେମାନେ ଖଟିଆରେ ଶୋଇ ବସି ପାରିବେ ନାହିଁ କି କୁକୁଡା ବଳି ଦେଇପାରିବେ ନାହିଁ।

ରୁଗୁଡି ଡିହା ଧୀରେ ଧୀରେ ନିଶ୍ଚିହ୍ନ ହୋଇଗଲା। ତା'ପରେ କରମଟାଣ୍ଡ ଗାଁର ପାଳି। ସ୍ଥାନୀୟ ନେତାମାନେ ନିଜନିଜର ଫାଇଦା ଉଠାଇଲେ। ଲୋକଙ୍କୁ ମେଳି କରି ସହରର ମୁଖ୍ୟରାସ୍ତା ଜାମ କଲେ। କମ୍ପାନୀ ଖିଲାପରେ ସ୍ଲୋଗାନ ଦେଲେ। ଲୋକେ ପାରଂପରିକ ଅସ୍ତ୍ରଶସ୍ତ୍ର ଧରି କମ୍ପାନୀର ମୁଖ୍ୟ ଦ୍ୱାର ବନ୍ଦ କରିଦେଲେ। ରାସ୍ତାଘାଟ ବନ୍ଦ। ପୁଲିସ୍ ଆସିଲା ନେତାମାନେ କୁଆଡେ ଲୁଚି ପଡିଲେ। କେତେ ନିରୀହ ଲୋକ ମରି ଶୋଇଲେ। କମ୍ପାନୀ ବିରୁଦ୍ଧରେ ଲୋକଙ୍କୁ ମେଳି କରୁଥିବା ଅପରାଧରେ ଦିନେ ପୁଲିସ୍ ଆସି ନିରୀହ ଗାଁ ଲୋକଙ୍କୁ ବାନ୍ଧି ନେଇଗଲା। ତା' ପରେ ସବୁ ଶାନ୍ତ ପଡିଗଲା। ଦାନିଏଲ ବଗ ଆହୁରି ଉଜ୍ଜ୍ୱଳ ଓ ଆହୁରି ସନ୍ତୁ ହେଇଗଲା। ସେ କହି ବୁଲିଲା – 'ଏ ଥର ଲୋକଙ୍କ ପାଇଁ ଜୀବନ ଦେଇଦେବି।'

କିନ୍ତୁ ତୃତୀୟ ଧନକୁବେର ଓ ତାର ଅମ୍ଳଜାନ ପ୍ଲାଣ୍ଟ ଉପରେ ଏସବୁ ଆନ୍ଦୋଳନ କି ମେଳିର କିଛି ବିଶେଷ ପ୍ରଭାବ ପଡିଲାନି। ସେ ଜଙ୍ଗଲରୁ ନିୟମିତ ଗଛବୃଛ କାଟିଚାଲିଲା ଗଛବୃଛ କାଟିକି ଅମ୍ଳଜାନ ବନେଇଲା। କାରଣ, ଲୋକେ ଏଣିକି ପାଣି, ବିଜୁଳି ଓ କେବୁଲ କି ଗ୍ୟାସ୍ ପରି ଅମ୍ଳଜାନ କିଣିଲେ। ବିଶୁଦ୍ଧ ଅମ୍ଳଜାନ ବୋତଲରେ ପ୍ୟାକିଂ କରି ତୃତୀୟ ଧନକୁବେର ମାର୍କେଟକୁ ଛାଡିଲା। ଦେଶ ବିଦେଶରେ ଏପରି ବୋତଲ ବନ୍ଦ ବିଶୁଦ୍ଧ ଅମ୍ଳଜାନର ଚାହିଦା ଖୁବ୍ ବଢିଗଲା। କାରଣ ଲୋକେ ଆଉ ବାୟୁମଣ୍ଡଳଠୁ ନିଶୁଳ୍କ ବିଶୁଦ୍ଧ ବା ମାଗଣା ଅମ୍ଳଜାନ ପାଉନଥିଲେ। କାହିଁକି ନା ଚାରିଆଡେ କଳକାର୍ଖାନା ଓ ଧୂଳି ଧୂଆଁ ବିଷାକ୍ତ ଗ୍ୟାସ୍ ଭରି ଯାଇଥିଲା।

ସେ ପାଇଁ ସେ କାଟି ଚାଲିଲା ହେକ୍ଟର ହେକ୍ଟର ଜଙ୍ଗଲ। ବର୍ଷ ପରେ ବର୍ଷ। ଧୀରେ ଧୀରେ ଜଙ୍ଗଲ ସରି ସରି ଆସିଲା। ନିଉଟୋପିଆର ଆଉ ଜଙ୍ଗଲ ରହିଲାନି। ପାହାଡ ବି ସରିସରି ଆସିଲା। ନିଉଟୋପିଆରେ ଆଉ ପାହାଡ ରହିଲାନି। ଜମି ସରିସରି ସରିଆସିଲେ। ନିଉଟୋପିଆରେ ଆଉ ଜମି ଜାଗା ରହିଲାନି। ଏଥର ପାଣିବି ସରିସରି ଆସିଲା। ଲୋକେ ପିଇବା ପାଇଁ ପାଣି ଟୋପେ ବି ପାଇଲେନି। କାରଣ ଗଛବୃଛ ନ ଥିବାରୁ ଅନେକ ବର୍ଷ ହେଲା ଆଉ ବର୍ଷା ହେଇ ନଥିଲା। ମାଟି ତଳେ ଆଉ ବୁନ୍ଦାଏ ହେଲେବି ପାଣି ନଥିଲା। ବନ୍ଧ-ପୋଖରୀ , ନଦୀ-ନାଳ ସବୁ ଶୁଖି ଆସିଥିଲା। ଜୀବଜନ୍ତୁ, କୀଟପତଙ୍ଗ, ପଶୁ-ପକ୍ଷୀ ପାଣି ପାଣି ହେଇ ଜୀବନ ହାରିଲେ।

ତୃତୀୟ ଧନକୁବେରର ଏଥର ପାଣି ପ୍ଲାଣ୍ଟ ବସେଇବା ସକାଶେ ବିଦେଶରୁ ଟେକ୍‌ନୋଲୋଜି ମଗେଇଲା । କୃତ୍ରିମ ପାଣି ଉତ୍ପାଦନ ସକାଶେ ସମସ୍ତ ପୁଞ୍ଜି ଲଗେଇ ଦେଲା ।

ଏଣେ କଥାବାଚକ ଶେଷ ଥର ପାଇଁ ଆଉ ଗୋଟେ କାହାଣୀ କହିଲା ନିଉଟୋପିଆର ଲୋକବାକ ଜୀବଜନ୍ତୁ, କୀଟପତଙ୍ଗ ଓ ପଶୁ- ପକ୍ଷୀଙ୍କୁ...

"କି, ଗୋଟେ କାଉ ଥିଲା । ତାକୁ ଭାରି ଶୋଷ ହେଲା । ସେ ପାଣି ଖୋଜି ବୁଲିଲା । ଗୋଟେ ମାଠିଆ ଦେଖିଲା । ମାଠିଆରେ ଅଳ୍ପଟିକିଏ ପାଣିଥିଲା । ସେ ବୁଦ୍ଧି ପାଞ୍ଚିଲା । କ'ଣ କଲେ ପାଣି ଉପରକୁ ଉଠି ଆସିବ । ଟିକିଟିକି ଗୋଡି ଖୁଣ୍ଟିକି ପକେଇବ କି ? ନାଃ..., ସେ ସବୁ ପୁରୁଣା ଟେକ୍ନୋଲୋଜି । ଡେରି ହବ । ସଫଳତା ମିଳି ନପାରେ । କାଉ ଚତୁର ଥିଲା । ସେ ନୂଆ ଟେକ୍‌ନୋଲୋଜି ଖୋଜିଲା । ସେ ଉଡିଉଡି କି ଯାଇ ଗୋଟେ ଷ୍ଟ୍ର ଆଣିଲା । ଷ୍ଟ୍ର ମାଠିଆ ଭିତରେ ପୂରେଇ ପାଣି ଶୋଷିଲା... ଆଃ...କି...ମିଠା ପାଣି ....।

ପାଣି ଶେଷ ହେଲା ବେଳକୁ କାଉଟି ମରି ଶୋଇଲା, ମୋ କଥାଟି ସରିଲା ।"

ପୂର୍ବକଥା

ସିଂ ବୋଙ୍ଗା ଓ ଓତେ ଏରା (ପରମେଶ୍ୱର ଓ ଧରତୀ ମାତା) ଘନ ଜଙ୍ଗଲ ଭିତରେ ପାହାଡ ଉପରେ ଗୋଟେ ସୁନ୍ଦର କୁଡିଆରେ ରହୁଥିଲେ । ଦିନେ ସକାଳୁ ସକାଳୁ କିଛି ଲୋକ ଆସି ସିଂ ବୋଙ୍ଗାଙ୍କୁ ଜୁହାର ହେଇ ଜୀବଜଗତର ଦୁଃଖ କଥା କହିଲେ ।

କହିଲେ ଯେ, ବାର ଭାଇ ଅସୁର ଓ ବାଇଶି ଭାଇ ଦେବତା ଏକାଶି ପିଡି, ତେରାଶି ସପାଟରେ ଦିନରାତି ଭାଟିରେ ଲୁହା ତରଳାଉଚନ୍ତି । ସେପାଇଁ ଚଉରିଆଡେ ଧୂଆଁ ହିଁ ଧୂଆଁ । ଅସହ୍ୟ ଗରମ, ଗଛଲତା ଝାଉଁଳି ଯାଉଚି, ନଦୀ ପୋଖରୀର ପାଣି ଶୁଖି ଯାଉଚି, ଜୀବଜନ୍ତୁ ଶୋଷରେ ଆଉଟୁ ପାଉଟୁ , କ୍ଷେତ ଖମାରରେ ଶସ୍ୟ ନାଇଁ, ଚଉରିଆଡେ ନିଆଁ ଜଳୁଚି... ଧୂଆଁ ଉଠୁଚି ... ।

ଲୋକଙ୍କ ଦୁଃଖ କଥା ଶୁଣି ସିଂ ବୋଙ୍ଗା ନିଜର ଦୂତ କଜଳପାତି ଓ କେରକେଟା ଚଢେଇଙ୍କି ବାର ଭାଇ ଅସୁର ଓ ବାଇଶି ଭାଇ ଦେବତାଙ୍କ ପାଖକୁ ପଠାଇ ଦିନରାତି ଲୁହା ତରଳାଇବା ପାଇଁ ମନା କଲେ । ସିଂ ବୋଙ୍ଗାଙ୍କ କଥା ଶୁଣି ବାର ଭାଇ ଅସୁର ଓ ବାଇଶି ଭାଇ ଦେବତା ରାଗରେ ନିଆଁବାଣ । କହିଲେ –

କାଲେ ମାନା ତିଙଂ, କାଲେ ବୁଜା ତି ଙଂ
ଆଲେଗେ ସିଂ ବୋଙ୍ଗା, ଆଲେଗେ ମାରାଂ ବୋଙ୍ଗା
ଜେତାଏ କାଲେ ବୋରେଂ ଆଇ
ଜେତାଏ କାଲେ ଚିରିଖାଇ
ସାଂଗି ହାଜା ତେଲେଆ, ସାଂଗି ବୋୟା ତେଲେ ଆ
ଦିରି କୁଡାମ ତେଲେଆ, ପାଡଂଗା ସୁପୁ ତେଲେଆ
ମେଡେଦ ଗେଲେ କାମିତାନ
ମେଡେଦ ଗେଲେ ଜୋମ୍‌ତାନ୍ ...

(ଆର୍ଥାତ - ଆମେ ମାନିବୁ ନାହିଁ, ବୁଝିବୁ ନାହିଁ। ଆମେ ହିଁ ସିଂ ବୋଙ୍ଗା। ଆମେ ହିଁ ବଡ ଦେବତା। ଆମେ କାହାରିକୁ ଡରୁନି। ଆମେ ଅନେକ ଭାଇବନ୍ଧୁ ଅଛୁ। ଆମର ଛାତି ପଥର ଭଳି ଓ ହାତ ଲୁହା ଭଳି ଶକ୍ତ। ଲୁହାର କାମ କରୁ। ଲୁହାର ଅର୍ଜନ ଖାଉ....)

ତାପରେ ସିଂ ବୋଙ୍ଗା କାଉ ଓ ପେଚ୍ଚ ଚଢେଇଙ୍କୁ ପୁଣି ସୁନା ଶାଗୁଣା ଓ ରୂପା କୁଆଙ୍କୁ ଦୂତ କରି ପଠେଇଲେ। ବାରଭାଇ ଅସୁର ଓ ବାଇଶି ଭାଇ ଦେବତା ସେମାନଙ୍କୁ ମାଡମାରି ଘଉଡାଇ ଦେଲେ। ଦିନରାତି ଲୁହା ତରଳାଇଲେ।

ଶେଷରେ ସିଂ ବୋଙ୍ଗା ନିଜେ ଧନୁତୀର ଧରି, ବାଜ ଓ ବେସେରା ପକ୍ଷୀ , ଅଗ୍ନି ବର୍ଷୀ ବୀଜ ଧରି ବାହାରିଲେ। ନାନା ଉପାୟ କରି ବାରଭାଇ ଅସୁର ଓ ବାଇଶି ଭାଇ ଦେବତାଙ୍କୁ ମାରିଲେ। ଦିନରାତି ଜଳୁଥିବା ଲୁହା ଭାଟି ଲିଭିଲା। ବାୟୁ ଶୀତଳ ହେଲା। ଆକାଶ ଶାନ୍ତ ହେଲା। ପୃଥ୍ୱୀ ନରମ ହେଲା। ଘେରି ରହିଥିବା ଧୂଆଁ ଉଭେଇଗଲା। ବର୍ଷା ହେଲା। ଫୁଲ ଫଳ ହେଲା। ନଦୀନାଳରେ ପାଣି ଭରିଗଲା। ଜୀବଜନ୍ତୁଙ୍କ ଖୁସି କାହିଁରେ କେତେ !

ସେଇଠୁ ସିଂବୋଙ୍ଗା ଅବଶିଷ୍ଟ ଲୋକମାନଙ୍କୁ କହିଲେ, "ଦିନରେ ଲୁହା ତରଳାଅ, । ରାତିରେ ଶୁଅ। ଦିନରାତି କାମ କରନି। ଭାଟି ଜଳାଅନି। ବାୟୁ ତାତିବ। ଆକାଶ, ଧରତୀ ତାତିବ। ନଦୀନାଳ ଶୁଖିଯିବ। ଫୁଲଫଳ ଜଳିଯିବ। ଗଛବୃକ୍ଷ ମରିଯିବେ। ଜୀବଜନ୍ତୁ ମରିଯିବେ। ଆଉ ରହିପାରିବନି ।"

ଲୋକେ ସିଂବୋଙ୍ଗାଙ୍କ କଥା ମାନିଲେ। ଦିନରେ ଲୁହା ତରଳାଇଲେ, ରାତିରେ ବିଶ୍ରାମ ନେଲେ। ଲୋଭୀ ଅସୁର ଓ ଦେବତାଙ୍କୁ ଘଉଡାଇ ଦେଲେ। ଧରତୀ ଶାନ୍ତ ହେଲା । ଆକାଶ ଶାନ୍ତ ହେଲା। ଲୋକେ ଖୁସିଲେ ରହିଲେ।

ଏକଥାଟି 'କଥାବାଚକ' ଶୁଣାଇଲା ବେଳକୁ ହଜାରେ ବର୍ଷ ପୁରୁଣା ହେଇଯାଇଥିଲା । ଏବେ ଅସୁର ଏକ କମ୍ପାନୀ ବେଶରେ ନିଉଟୋପିଆକୁ ଦଖଲ କରିବାକୁ ଆସୁଥିଲା । କମ୍ପାନୀର ଲୋଲୁପ ଆଖି ନିଉଟୋପିଆର ସୁନା, ରୂପା, ତମ୍ବା, ଲୁହା, ବକ୍ସାଇଟ ଓ ୟୁରାନିୟମ ଖଣି ଉପରେ ପଡିଲା। କୋଇଲା ଓ ପେଟ୍ରୋଲ ଉପରେ ପଡିଲା। ଜଳ, ଜମି ଓ ଜଙ୍ଗଲ ଉପରେ ପଡିଲା।

କମ୍ପାନୀର କାରଖାନା ପାଇଁ ଜଙ୍ଗଲ, ଜମିରୁ ମୂଳ ବାସୀଙ୍କୁ ଉଚ୍ଛେଦ କରାଗଲା। ଗଛବୃକ୍ଷ କଟାଗଲା। ପାହାଡ ଭାଙ୍ଗି ଖଣି ଖାଦନ ଖୋଳି କମ୍ପାନୀର ବେପାର ବଢିଲା। ଲୋକେ ନିଜ ମାଟିରେ ପର ହେଇଗଲେ। ଘରବାଡି ଛାଡି, ଡିହ ଡଙ୍ଗର ଛାଡି ବିଦେଶ ପଳେଇଲେ। କାଲି ଯେଉଁଠି ପଳାଶ ଗଛରେ ଝୁଙ୍କି ପଡିଥିଲା, ନାଲି ଚହଚହ ଫୁଲର

ପେନ୍ଥା, ଆଜି ସେଠି ଠିଆ ହେଇଚି ଇଟାର ପାଚିରୀ, ଚିମିନିର ଧୂଆଁରେ ଆକାଶ ରୁନ୍ଧି ଯାଉଚି। ଦିନରାତି ଲୁହା ତରଳଉଚି କୁମ୍ପାନୀ। ରାତିରେ ବିଶ୍ରାମ ନାଇଁ। ଦିନରେ ଆରାମ ନାଇଁ। ଓଭର୍ ଟାଇମ୍। ପଇସା ଉଡୁଚି। କଳ କାର୍ଖାନାରୁ ଲୁହାର ଗରମ ବାମ୍ପ ଉଠୁଚି। ଚହଚହ। ଟହଟହ।

ନିଉଟୋପିଆର ପୁରୁଣା ରାସ୍ତା ଚଉଡା ହଉଚି। ସେପାଇଁ ହଜାର ବର୍ଷର ପୁରୁଣା ମାଟି, ପୁରୁଣା ପାହାଡ, ଗଛ ବୃଛ ସବୁ କଟାଯାଉଚି। ରାସ୍ତା ଚଉଡା ହଉଚି ମାନେ ଲୋକଙ୍କ ଜାଗା, ଜମି, ଗଛ ବୃଛ କଟିବ। ରାସ୍ତାର କଣ୍ଟ୍ରାକ୍ଟର ବିଦେଶୀ ଯନ୍ତ୍ର କୌଶଳରେ ରାସ୍ତା ବନଉଚି। ରାସ୍ତାକାମରେ ଲୋକ କମ୍, ମେସିନ୍ ବେଶି। ଯଉଠିଁ ଦେଖ ମେସିନ୍। ଡମ୍ପର, ଏକଜାଭେଟର, ବ୍ୟାକହୋ ଗ୍ରେଡର୍, ରୋଲର୍ , କ୍ରେନ୍, ହୁଇଲ୍ ଲୋଡର୍ ଓ ମୋଟର୍ ଗାଡି ଠିଆ ହେଇଚି। ଧୂଳି ଓ ଧୂଆଁରେ ନିଉଟୋପିଆ। ଆହା...ଆହା...।

ରହୁଁ ରହୁଁ ହେଁ ବଡ ବଡ ଗଛ କାଟି ନେଇ ଗଲା କୁମ୍ପାନୀ। ମାନକି ମୁଣ୍ଡା କି ଯୁଡିଦାର ମୁଣ୍ଡା କିଛି କରିପାରିଲେନି। ତାଙ୍କୁ 'ଡାଳକାଟି କର' ମାଗିଲେନି। ମୂଳ 'ଖୁଣ୍ଟ କାଟିଦାର', ଯିଏକି ଜଙ୍ଗଲ ଜମି ସଫାକରି ଡିହ ଡଙ୍ଗର ବନେଇଥିଲେ , ଋଷ ଜମି ଜୁମା ବନେଇଥିଲେ... ସେମାନେ ବି ଡରିମରି କିଛି କହିଲେନି। ଡାଆଣୀ ଧରିବା ପାଇଁ ଜଣେ 'ସୋଖା' ସରଗୁଞ୍ଜା ମଞ୍ଜି ଖୋଜି ପାଇଲାନି। କୁମ୍ପିରେ ତେଲ ଭରିବା ପାଇଁ ବି ତେଲ ନାଇଁ।

ଗାଁର ଲୋକେ ଜାହେରାଥାନରେ ଗ୍ରାମଦେବତାକୁ ଗୁହାରୀ କଲେ। କହିଲେ - ଦିକୁ (ବିଦେଶୀ)ମାନଙ୍କୁ ଦେଶରୁ ଭଗାଅ। ଦିକୁମାନେ ଦେଶର ଶତ୍ରୁ। ଜାତିର ଶତ୍ରୁ। ସେମାନେ ଆମ କିଲି (ଗୋତ୍ର)ର ନୁହଁନ୍ତି। ଆମ ବଂଶର ନୁହଁନ୍ତି।

କିନ୍ତୁ ଲୋକଙ୍କ କଥା ଗ୍ରାମଦେବତା ଶୁଣିଲାନି। ମାରାଂବୁରୁ ବି ଶୁଣିଲାନି। ବଡ ଦେବତା, ସିଂ ବୋଙ୍ଗା ବି ଶୁଣିଲାନି। ଲୋକେ କୁକୁଡା ବଳି, ବତକ ବଳି, ମେଣ୍ଢା ଓ ଛେଳି ବଳି ଦେଲେ। ତଥାପି ଶୁଣିଲାନି। ସେଇଠୁ ଲୋକେ 'ସୋଖା' (ଡାଆଣୀ ଖୋଜିବା ଲୋକ)କୁ ଯାଇ ଗୁହାରୀ କଲେ। କହିଲେ - 'ତୁ ଏଥର କିଛି କର।' ସୋଖା ଆକାଶକୁ ରହିଁ ହାତ ମୁଠାକୁ ରହିଁ, ସିଂ ବୋଙ୍ଗାକୁ ରହିଁ କହିଲା: ଦିକୁମାନଙ୍କୁ ଡାଆଣୀ ଗ୍ରାସିଚି। କୁମ୍ପାନୀ ବେଶରେ ଡାଆଣୀ ଆସିଚି ଦେଶକୁ ନାରଖାର କରିଯିବ।

ଲୋକେ କହିଲେ - 'କିଛି ତ ଉପାୟ କର'

ସୋଖା କହିଲା - 'ଦେବତା ବଳି ମାଗୁଚି...'

'କଥାବାଚକ' ଏକଥା ଶୁଣାଇଲା ବେଳେ ଇତିହାସ କହିବାକୁ ଭୁଲିନଥିଲା। ଦି'ଶ ବର୍ଷ ତଳର ଇତିହାସ ମନେପକେଇ କହିଲା - ୧୮୩୭ ମସିହାରେ ଗଭର୍ଣ୍ଣର

ଜେନେରାଲଙ୍କ ଏଜେଣ୍ଟ କ୍ୟାପଟେନ୍ ଉଇଲକିନସନ ତାଙ୍କ ସହକାରୀ ଲେଫ୍‌ଟନେଣ୍ଟ୍ ଟିକେଲ ସାହେବଙ୍କୁ ନିଉଟୋପିଆର ଜମିଜୁମା ବିବାଦ ସଂପର୍କରେ ଗୁରୁତ୍ୱପୂର୍ଣ୍ଣ ନିର୍ଦ୍ଦେଶ ଦେଇଥିଲେ ।

ନିଉଟୋପିଆର ଆଦିମ ଇତିହାସରେ ମୂଳ ଆଦିବାସୀମାନେ ଅଭାବ ଅସୁବିଧାରେ ପଡିଲାବେଳେ ନିଜ ଅଧିକାରରେ ଥିବା କିଛି ଜମି ବନ୍ଧକ ବା ବିକ୍ରୀ ସୂତ୍ରରେ ହସ୍ତାନ୍ତର କରୁଥିବାର ଉଦାହରଣ ଥିଲା । ମାତ୍ର କୌଣସି ଲିଖିତ ପ୍ରମାଣ ନଥିବାରୁ ଏହା ତଥାପି ବିବାଦାସ୍ପଦ ହେଇ ରହୁଥିଲା କି ମୂଳ ମାଲିକ ଜମିଟିକୁ କେତେ ଓ କେବେ ଓ କାହାକୁ ବନ୍ଧକ ଦେଇଚି ବା ବିକ୍ରୀ କରିଚି । କିନ୍ତୁ ଏତିକିବେଳେ ଗୋଟେ ନୂଆ ନିର୍ଦ୍ଦେଶ ଜାରି କରାଯାଇଥିଲା ଯେ, ପ୍ରକୃତରେ ଯଦି କେହି ଦୀର୍ଘ ବାରବର୍ଷ ଧରି କୌଣସି ସ୍ଥାବର ଜମିଜୁମାକୁ ଲଗାତାର ଦଖଲ କରିଆସୁଥାଏ, ତେବେ ତାକୁ ଯେମିତି କିଛି ଅସୁବିଧା ନହୁଏ ।

ମାତ୍ର ଡକ୍ଟର ହେୟେସ ସାହେବ ଦ୍ୱାରା ୧୮୬୭ ମସିହା ବେଳକୁ କରାଯାଇଥିବା ସେଟଲମେଣ୍ଟଠାରୁ ବହୁ ସଂଖ୍ୟାରେ ବାହାରି ଲୋକେ ନିଉଟୋପିଆରେ ପ୍ରବେଶ କରିଗଲେ । ଏହି ମସିହା ବେଳକୁ ବାହାରୀ (ଦିକୁ) ଚାଷୀଙ୍କ ସଂଖ୍ୟା ୧୫୭୯ ଥିବାବେଳେ ଏହା ୧୮୯୭ ବେଳକୁ ୧୫, ୭୫୫ରେ ପହଞ୍ଚିଯାଇଥିଲା । ଏହି ଦିକୁ ଚାଷୀଙ୍କ ଛଡା ଆହୁରି ପାଖାପାଖି ୬,୯୫୨ ଦିକୁ ଅଣଚାଷୀ ମଧ୍ୟ ଆସି ସାରିଥିଲେ । ଏହି ଅଣଚାଷୀମାନେ ପେଟି ବେପାରୀ, କମାର, ତନ୍ତୀ, ଦିନ ମଜୁରିଆ କିମ୍ବା ପଶୁପାଳକ ଭାବେ ସେମାନଙ୍କ ଜୀବିକା ଚଳେଇଥିଲେ ।

୧୮୬୭ ବେଳକୁ ଦିକୁ ମାନଙ୍କୁ ଜମିବିକିବା ପାଇଁ ସେମିତି କିଛି କ । ନିଷେଧ ନଥଲା । ପଟ୍ଟା କି କବୁଲିୟତରେ କୌଣସି ଧାରା ଉପଧାରାର ନିର୍ଦ୍ଦେଶ ନଥିଲା । ଖାସ୍ କରି 'ହୋ'ମାନଙ୍କ ଗାଁରେ ଏହି ବାହାରୀ ଦିକୁ ମାନଙ୍କୁ ଜମି କିଣି ସ୍ଥାୟୀଭାବେ ବସବାସ କରିବାକୁ ମୂଳ ଅଧିବାସୀ (ହୋ)ମାନେ ଦେଉନଥିଲେ । ହଁ, କେବଳ ଅଳ୍ପ କେତେକ ତନ୍ତୀ, କମାର, କୁମ୍ଭାରଙ୍କୁ ହିଁ ଗାଁରେ ରହିବାର ଅନୁମତି ମିଳୁଥିଲା । କାରଣ ଏମାନେ ନିତ୍ୟ ବ୍ୟବହାର୍ଯ୍ୟ ଜିନିଷ ଉତ୍ପାଦନ କରି ମୂଳ ଅଧିବାସୀଙ୍କ ଆବଶ୍ୟକତା ପୂରଣ କରି ପାରୁଥିଲେ ।

ମାତ୍ର କାଳକ୍ରମେ ଏହି ଅଣଚାଷୀ – ଦିକୁମାନେ ଗାଁ ମୁଖିଆ, ମାନକି ମୁଣ୍ଡା କି ଜୁଡିଦାର ମୁଣ୍ଡାକୁ ଲାଞ୍ଚଦେଇ, ଟଂକା ପଇସା ଦେଇ, ସୁନା ରୂପା କି ମଦ ମାଉସଁ ଦେଇ ନିଜ ନାଁରେ ରୟତି ଜମିକୁ ପଟ୍ଟା କରିନେଲେ ଓ ମୂଳ ଅଧିବାସୀମାନଙ୍କୁ ନିଜ ମାଟିରୁ ହଟେଇ ଦେଲେ ।

ମାନକି ମୁଣ୍ଡାମାନେ ନିଜ କ୍ଷମତାର ଅପବ୍ୟବହାର କରି ଡେପୁଟି କମିଶନରଙ୍କ ଅଗୋଚରରେ କାରଣ ନ ଦର୍ଶାଇ ଅନେକ ମୂଳବାସୀଙ୍କୁ ବାସଚ୍ୟୁତ କରିଦେଲେ ଓ ତାଙ୍କ ଜମିଜୁମା ଦିକୁମାନଙ୍କୁ ବିକ୍ରି କରିଦେଲେ। କର-ଖଜଣା ନଦେବା ବାହାନା ଦେଖାଇ ମାନକି ମୁଣ୍ଡା ରୟତମାନଙ୍କୁ ମିଛ ମିଛରେ ଉଚ୍ଛେଦ କଲେ। ଏପରିକି ଜଙ୍ଗଲ ଜମି, କି ଖୁଣ୍ଟ କାଟି ଜମିରେ ବି ଦିକୁ ଅଣଋଷୀଙ୍କୁ ବିକ୍ରୀ, ବନ୍ଧକ କରିବାର ବା ରଖିବାର ଅନୁମତି ଦେଇ ପଟ୍ଟା, କବୁଲିୟତ ଲେଖିଦେଲେ।

ସେବେଠୁ 'ହୋ'ମାନଙ୍କ ପଳାୟନ, ବିସ୍ଥାପନ ଆରମ୍ଭ ହେଲା। ସେମାନେ ପୁରୁଷ ପୁରୁଷର ଜମି ଜାଗା, ଡିହ ଡଙ୍ଗର ଛାଡି କିଏ କୁଆଡେ ପଳାଇଲେ। ଜାହେର, ଗ୍ରାମ ଦେବତା, ଶସାନ ଦରି 1 (ଶ୍ମଶାନ ପଥର) ଛାଡି, ପୂର୍ବ ପରୁଷଙ୍କୁ ଛାଡି ପଳେଇଲେ। ତାଙ୍କ ଜମି ଜାଗାରେ ବାହାରୀ ଅଣଋଷୀମାନେ ଘର, ଜମି, କଳ-କାରଖାନା ବନେଇଲେ।

ଉତ୍ତର କଥା

କାଲି ଯେଉଁଠି ପଳାଶ ବଣ ଥିଲା, ଆଜି ସେଠି ଠିଆ ହେଇଚି ଇଟା ଭାଟି। ଯେଉଁଠି ନେଳି ନେଳି ନାଲି ଟୁକୁ ଟୁକୁ ଫୁଲ ଝରି ପଡୁଥିଲା। ଆଉ ସେ ପଳାଶବଣ ନାଇଁ। ପଳାଶ ବଣରେ କୋଇଲି ନାଇଁ। କୋଇଲି ନାଇଁ ତ 'ମୁରୁଦ' (ପଳାଶ) ନାଇଁ।

ଧୂ ଧୂ ଜଳୁଚି ଇଟାଭାଟି। ନିଆଁ , ଧୂଆଁର ମାଟିପୋଡା ଗଂଧ। ରାସ୍ତାଧାରେ ଧାରେ ଯେତେଥିଲା ଗଛବୃଛ କିଛି ନାଇଁ। ଗାଇ, ବଳଦ, ମଇଁଷି, ଖାସି .... କିଛି ନାଇଁ।

ରାସ୍ତାସାରା ଧୂଳି ଓ ଧୂଆଁ।

କୁମ୍ପାନୀର ଗାଡି ମୋଟର। ଘୁଁ ... ଘୁଁ...

ଅଫିସର ମୁଣ୍ଡାର ବାପ ଲଲଟନ ମୁଣ୍ଡା ଓ ତା' ସାଇଭାଇ ମିଶି କନିଆ ଦେଖି ବାହାରିଲେ ଅଫିସର ମୁଣ୍ଡାପାଇଁ। ଘରୁ ଯେବେ ବାହାରିଲେ ଶୁଭ ଶକୁନ ଦେଖିବା କଥା। ଶୁଭ ଶକୁନ ଖୋଜିଲେ। ଯଥା - ଭାତଖିଆ ହାତ ଦିଗରେ ଯଦି ଶିଆଳ ଦେଖିବ, ହଳବଳଦ କି କ୍ଷେତ ଚଷୁଥିବା ହଳୁଆ ଦେଖିବ କି ଗାଈ ବାଛୁରୀର ହ... ମା.. ମା ରଡି ଶୁଭିବ କି ଗଛରେ ଫୁଲ ଫୁଟିଥିବ...।

ଏସବୁ କିଛି ଦିଶିଲାନି। ଓଲଟି ଅଶୁଭ ଶକୁନ ଦିଶିଲା। ଅଶୁଭ ଶକୁନ ଦିଶିଲେ ଶୁଭ ଅନୁକୂଳ ବିଗିଡିଯାଏ। ଯଥା- ମାଛମରା ଜାଲ ଧରି ଯାଉଥିବା ମାଛୁଆ, କାହାରି କାନ୍ଦଣା, ମରିବା ଖବର, ଖାଲି ବନସୀ...। ଲଲଟନ ମୁଣ୍ଡା ଘରୁ ବାହାରିଲାବେଳେ ଦୂରରୁ କାହାରି କାନ୍ଦଣା ଶୁଭିଲା। ସେ ଦି ପାଦ ପଛକୁ ଫେରେଇ ଆଣି ଛତା, ଗାମୁଛା ଓ ଝୁଲା ପିଣ୍ଡାରେ ଥୋଇ ବସି ପଡିଲା।

ସାଇ ଭାଇଏ ପଚରିଲେ, 'କଣ କରିବା ?' ଲଲଟନ ମୁଣ୍ଡା କହିଲା - ସୋସୋ

(ଭେଲୁଆ) ଗଛକୁ ପୂଜା କରିବା । ତେବେ ଯାଇ ଅପଶକୁନର ଦୁଷ୍ଟ ଶକ୍ତି ଯିବ । ତେବେ ଯାଇ ଅଫିସର ମୁଣ୍ଡାର କନିଆ ଦେଖା ହେବ ।

ଏଥର ସୋସୋ ଗଛ ଖୋଜା ହେଲା । ଜମି ଜଙ୍ଗଲ, ଡିହ ଡଙ୍ଗର କୁଆଡେ ତ ନଥିଲା । ସୋସୋ ଗଛ ଖୋଜିବାରେ ଲାଗି ପଡିଲେ ସାଇ ଭାଇଏ । ଗାଁ ସାରା ଲୋକ । ସୋସୋ ଗଛ କାଇଁ ? ସୋସୋ ଗଛ ନାଇଁ ।

କିଏ କହିଲା - ସୋସୋ ଗଛ ରାସ୍ତା ଧାରେ ଧାରେ ଥିଲା । କମ୍ପାନୀ ବାଲା ରାସ୍ତା ଚଉଡା କରିବା ବାହାନାରେ କାଟିନେଲା । କିଏ କହିଲା ସୋସୋ ଗଛ ପଲାଶ ବଣରେ ଥିଲା । କମ୍ପାନୀ କାରଖାନା ବସେଇବ ବୋଲି ପୋଡି ଦେଲା । ଇଟା ଭାଟି ବସେଇ ଇଟା ପୋଡିଲା ।

ସେଣେ 'ମୁରୁଦ' ଅଫିସର ପାଇଁ ଝୁରି ହେଇ ହେଇ ରହିଲା । ପଲାଶବଣରେ ଦିନେ ଅଫିସର ସାଙ୍ଗେ ତାର ଭେଟ ହେଇଥିଲା । ଅଫିସର ତାକୁ ଭଲଲାଗିଲା । ମୁରୁଦ ତାକୁ କହିଲା ମୋତେ ଘରକୁ ନେ । ଅଫିସର ପ୍ରଥମେ ଡରି ଯାଇଥିଲା । ପୁରୁଷପିଲା ହେଲେ ବି ତାର ଏଡେବଡ କଲିଜା ନଥିଲା । ପଲାଶଫୁଲ ବଣରେ ସେ ମୁରୁଦକୁ କହିଲା ଆସନ୍ତାବର୍ଷ ଏଇଠି ତୋତେ କଥାଦେବି ।

ମୁରୁଦ କାନ୍ଦିଥିଲା । ନେହୁରା ହେଇଥିଲା । ଅଫିସର ମୁଣ୍ଡା ଗୋଟେ ମୁରୁଦ ଫୁଲ ତୋଳି ତା କନିଆଁ ମୁଣ୍ଡରେ ଖୋସିଲା ଓ କହିଲା - ଠିକ୍ ଅଛି ଆଜିଠୁ ତୋ ନାଁ ମୁରୁଦ ହେଲା ।

ମୁରୁଦ ବର୍ଷେ ଅପେକ୍ଷା କଲା ।

ଅଫିସର ସହରକୁ ଯାଇ ଆଉ ଫେରୁନଥିଲା । ମୁରୁଦର ବାହାଘର ପାଇଁ ବାପାମାଆ ବର ଖୋଜୁଥିଲେ । ମକରମେଳା କି ଟୁସୁ ପରବରେ ବର ଖୋଜୁଥିଲେ । ମୁରୁଦର ମନ ଅଫିସର ପାଖେଥିଲା । ସେ କାହାକୁ କିଛି କହୁନଥିଲା ।

ଅଫିସର ବାପ ଲଲଟନ ମୁଣ୍ଡା ଗୀତ ଗାଇଲା -

"ସାରି ସାରି ଜଙ୍ଗଲକୁ କିଏ କାଟି ନେଇଚି
କିଏ ଖୋଳି ନେଇଚି ମାଟି ତଳର ସୁନା
କିଏ ଉଜାଡି ଦଉଚି ଗାଁ ଗଣ୍ଡା, କ୍ଷେତ ଖାଦାନ
କିଏ ଭାଙ୍ଗି ଦଉଚି ଘର ସଂସାର
ଠାକୁର ବୋଙ୍ଗାଙ୍କୁ ପଥର ପଥର
ସେ ଏବେ କଉଁଠି ରହିବେ ?..."

କାଲି ଯଉଁଠି ପଲାଶ ବନ ଥିଲେ, ଆଜି ସେଠି କମ୍ପାନୀ ବଇଚି । ମୁରୁଦ ଅଫିସରକୁ

ଅନେଇ ବଇଚି। କେବେ ଫେରିବ ସହରରୁ ତା' ଗଳାର ମାଳି, ତା' ରଂକରତନ, ତା' ଜୀବନଧନ। ପଳାଶ ବଣ।

ଲଲଟନ ମୁଣ୍ଡା ଖୋଜୁଚି ସୋସୋ ଗଛ। ପୁଅର ଅପଶକୁନ ଦୋଷ କଟେଇବା ପାଇଁ। ସୋସୋ ଗଛ ମିଳୁନି। କରମ ଗଛ ମିଳୁନି। ଜୀବନ୍ତିକା ମିଳୁନି। ଗଣ୍ଠିଗଣ୍ଠିକା ମିଳୁନି। ହାତନା ଗଛ ମିଳୁନି। ହେସେଲ ଗଛ ମିଳୁନି।

ଗଛବୃଛରେ ବାସ କରୁଥିବା ଦେବୀ ଦେବତାଙ୍କୁ ସନ୍ତୁଷ୍ଟ କରିବା ପାଇଁ ଲଲଟନ ମୁଣ୍ଡା ଦିଉରୀ ପାଖକୁ ଯାଇ ଗୁହାରୀ କଲା। କହିଲା- 'ସୋସୋ ଗଛ ମିଳୁନି। ଉପାୟ କର। ମୋ ପୁଅର କନିଆ ଖୋଜି ଦେ...'

ଦିଉରୀ କହିଲା: ତିସିଂତା ଦୋ କୋକଡୋ
ବୋଦା ଆଗୋମ୍‌କେୟତ ତୋଲ କେୟତେ
ଟିୟାଂକୋ ନୁଃ ଜୋମଗେଦାବୁଃ,
ମେରା କୁଲା କୋଦୋ, ମେରା ବିୟଂ କୋଦୋ
ବୁଗିୟାକନବୁଃ ନପାୟାକନବୁଃ।
(ବକରା, ବୋଦା ବଳି ଦେଇ ପୂଜା କର। ସାପ ବାଘରୁ ଆମକୁ ରକ୍ଷା କରିବେ...।)

'କଥାବାଚକ' ନିଉଟୋପିଆର ଗଛବୃଛ ଅତୀତ - ଭବିଷ୍ୟ, ଇତିହାସ- ଭୂଗୋଳ କଥା ମନେ ପକେଇଲା ଓ ଆଉ ଗୋଟେ ନୂଆଗପ ଖୋଜିଲା।

ଘୋଡାଲିଙ୍ଗ ଗାଁ ଲୋକତନ୍ତ୍ର

॥ ଏକ ॥

କଥାବାଚକ କହିଲା : ଘୋଡାଲଙ୍ଗି ଗା ଁ ବିଷୟରେ ପ୍ରଥମେ କହିଦେଉଚି। କାରଣ, ଗାଟିଁର ନାମକରଣରୁ କେହି କେହି ଆଉ ଏ ଗପଟା ନଶୁଣିପାରନ୍ତି। ଅସଲରେ ମୁଁ ଯେତେବେଳେ ବି ଏ ଗାଁ ନାଁଟା ଶୁଣିଥିଲି ଭିତରେ ଭିତରେ ହସି ପକେଇଥିଲି ଓ ଲାଜେଇ ଯାଇଥିଲି।

ପ୍ରଥମରୁ ତ ନାଁଟା ଅଶ୍ଲୀଳ ଲାଗି ପାରେ। 'ଘୋଡାଲିଙ୍ଗ' ପଦଟି ଶାସ୍ତ୍ରୀୟ ମର୍ଯ୍ୟାଦା ପାଇବା ପୂର୍ବରୁ ଏ ଗାଁର ନାଁ ଆହୁରି ନିର୍ଲଜ ଭାବେ ଅଶ୍ଲୀଳ ଥିଲା। ମୋତେ ଉସୁକେଇଲେ ମୁଁ ସିଧା କହିଦେବି ସେ ନାଁଟାକୁ। ମାତ୍ର ସେଥିରୁ କ'ଣ ଲାଭ ମିଳିବ ତୁମକୁ ?

ଏ ଗପ ସାଇରସ ହେମ୍ବ୍ରମ ବିଷୟରେ ନୁହେଁ। ଘୋଡାଲିଙ୍ଗ ଗାଁରେ ରହୁଥିବା ସାରା ଲୋକଙ୍କ ବିଷୟରେ। ସେ ଗାଁର ନାଁଟା ଘୋଡାଲିଙ୍ଗ କାହିଁକି ହେଲା ? ସାଇରସ ହେମ୍ବ୍ରମ କହିଲା :

ଦିନେ ସେ ଗାଁକୁ ରଜାଘର ଘୋଡା ଚରିବାପାଇଁ ବାଟ ହୁଡି ପଳେଇ ଆସିଥିଲା। ଘୋଡା ଘାସ ଚରୁଚରୁ ଗାଁର ଫସଲ ଚରିଗଲା। ଫସଲ ସୁଆଦିଆ ଲାଗିବାରୁ ସେ ଗାଁରେ ରହିଗଲା। ଆଉ ରଜାଘରକୁ ଫେରିଲାନି। ସେଣେ ରଜାଘରେ ଖୋଜାପଡିଚି। ଘୋଡା କାଇଁ ? ପାଟଘୋଡା। ରଜାଙ୍କ ପ୍ରିୟ ଘୋଡା। ରଜାଘର ଲୋକେ ଖୋଜି ବାହାରିଲେ ଗାଁକୁ ଗାଁ। ବିଲ ବନସ୍ତ। ଘୋଡା ମିଳୁନି। ଘୋଡାକୁ ତ ଫସଲ ସୁଆଦ ଲାଗିଚି। ସିଏକି ଆଉ ଯାଏ....।

ଦିନେ ଦେଖୁ ଦେଖୁ ଘୋଡା ଉଭାନ। କାଇଁ ଗଲା ଘୋଡା ? ଲୋକେ ଖୋଜିଲେ। କିଛି ଲୋକେ ଶାନ୍ତିରେ ନିଃଶ୍ୱାସ ମାରିଲେ କି ଘୋଡା ଯାଇଚି, କାଳ ଯାଇଚି। ରଜାଡରରେ ଲୋକେ କିଛି କହୁନଥିଲେ ସିନା, ହେଲେ ରାଗରେ କମ୍ପୁଥିଲେ। ରଜାଘରୁ ଲୋକେ

ଆସି ଯେତେବେଳେ ଗାଁସାରା ଲୋକଙ୍କୁ ଡରାଇ ଧମକାଇ ପଚାରିଲେ – 'ଘୋଡାକାଇଁ, ସେତେବେଳେ ବାଗୁନ୍ ମେଲଗାଣ୍ଡି କହିଲା 'ସେ ଘୋଡାକୁ ତୀର ମାରିଦେଇଚି।'

ବାଗୁନ୍ ମେଲଗାଣ୍ଡି କଥା ଶୁଣି ରଜାଘର ଲୋକେ ନିଆଁହୁଳା। ଜଣେ ପିଆଦା, ଜଣେ ପାଇକ ଓ ଦି'ଜଣ ଗାଁ ଲୋକ ମିଶି ବାଗୁନ୍ ମେଲଗାଣ୍ଡିର ଲିଙ୍ଗରେ ସବାଇର ରସି ବାନ୍ଧି ଘୋଡା ପଛରେ ଛନ୍ଦି ଦେଲେ। ବାଗୁନ୍ ମେଲଗାଣ୍ଡିକୁ ଗୋଟେ କରମଗଛରେ ଠିଆଠିଆ ଲଙ୍ଗଳା କରି ବାନ୍ଧିଦେଲେ। ତା' ଲିଙ୍ଗ ସେତେବେଳେ ଡରରେ ଗୋଟାଏ ମଲା ମୂଷାଛୁଆ ପରି ଝୁଲିଚି।

ରଜାଘର ଲୋକେ ଘୋଡାକୁ ହାଙ୍କିଦେଲେ। ସବାଇ ରସିରେ ବନ୍ଧାଯାଇଥିବା ବାଗୁନ୍ ମେଲଗାଣ୍ଡିର ଲିଙ୍ଗ ଧୀରେ ଧୀରେ ଲମ୍ବା ହେଇ ହେଇ ହେଇ ହେଇ ... ତିନିକୋଶ ଯାଏଁ ମାଡିଗଲା। ଘୋଡା ଧାଉଁଚି। ଘୋଡା ପଛେ ପଛେ ଲିଙ୍ଗ ଧାଉଁଚି। ଗୋଟେ ରବର। ପରି ଟାଣି ହେଇ ଯାଉଚି ଲିଙ୍ଗ। ନା ଛିଡୁଚି, ନା ଛାଡୁଚି। ଘୋଡା ଧାଇଁ ଧାଇଁ ରଜାଘରେ। ଲିଙ୍ଗ ବଢିବଢି ରଜାଘରେ। ତା'ପର କଥା ଆଉ ପଚାରନି।

ବାଗୁନ୍ ମେଲଗାଣ୍ଡିର ତିନି ପୁରୁଷ ଘୋଡାଲିଙ୍ଗ ଗାଁରେ ଅଛନ୍ତି। ବାଗୁନ୍ ମେଲଗାଣ୍ଡି ପୁତୁରା ଫିରିଙ୍ଗି ମେଲଗାଣ୍ଡି ବି ଘୋଡାଲିଙ୍ଗ ଗାଁରେ ଅଛି।

॥ ଦୁଇ ॥

ଯେଉଁ ସମୟରେ ଜଣେ ମୁଖ୍ୟମନ୍ତ୍ରୀ ଗାଈଗୋରୁଙ୍କ ଚାରା ଖାଇଦେଇ ସେ ଅପରାଧ ସକାଶେ ଜେଲ୍ ଯାଇଥିଲା ଓ ଆଉ ଜଣେ ମନ୍ତ୍ରୀକୁ ଏତେ ଶୋଷ ଲାଗିଥିଲା ଯେ ସେ ଆଲକାତରା ପିଇ ଯାଇଥିଲା ଓ ଆଉ ଜଣେ ମନ୍ତ୍ରୀ ତମ୍ବା, ବକ୍ସାଇଟ୍, କୋଇଲା ଖାଇଯାଇଥିଲା ଓ କେନ୍ଦ୍ରରେ ଜଣେ ପଦସ୍ଥ ଅଫିସର ପ୍ରତିରକ୍ଷା ବିଭାଗରୁ ଗୋଳାବାରୁଦ ଖାଇଯାଇଥିଲା, ଜଣେ କେନ୍ଦ୍ରମନ୍ତ୍ରୀ ପେଟ୍ରୋଲ ପିଇପିଇ ମହଙ୍ଗା ଭଡା ବାଣ୍ଟୁଥିଲା... ସେଇ ସମୟରେ ଘୋଡାଲିଙ୍ଗ ଗାଁର ଲୋକେ ଖାଇବାକୁ ନପାଇ ଜନ୍ମକରା ପିଲାଙ୍କୁ ବିକୁ ଥିଲେ। ଗାଁ, ଜଙ୍ଗଲ, ପାହାଡ ଓ ଠାକୁର ଦେବତାକୁ ଛାଡି ପେଟ ବିକଳରେ ଯିଏ ଯୁଆଡେ ପାରୁଥିଲେ ଧାଇଁ ପଳଉଥିଲେ। କାରଣ ଘୋଡାଲିଙ୍ଗ ଗାଁରେ ବାଉଁଶଗଛରେ ଫୁଲ ଧରିଥିଲା।

ସେମାନଙ୍କ ଜମି, ଜଙ୍ଗଲ ଓ ଡିହ ଡଙ୍ଗରରୁ ସେମାନଙ୍କୁ ଉଚ୍ଛେଦ କରାଯାଇ ବଡବଡ କୁମ୍ପାନୀମାନଙ୍କୁ ବିକି ଦିଆଯାଇଥିଲା। କୁମ୍ପାନୀମାନେ ବଡବଡ କାରଖାନା ବସେଇ ଛୋଟଛୋଟ ଲୋକମାନଙ୍କୁ ଓ ସେମାନଙ୍କର ଅସ୍ତିତ୍ୱକୁ ଗ୍ରାସ କରି ବସୁଥିଲେ। ଲୋକେ ପ୍ରତିବାଦ କରି ପାରୁ ନଥିଲେ।

ଏଇଭଳି ଏକ ସମୟରେ ଘୋଡାଲିଙ୍ଗ ଗାଁକୁ ଦିନେ ଜଟାଧର ମାହାତୋ ଆସି କହିଲା : ସର୍କାର କହିଚି, ସମସ୍ତଙ୍କୁ ଟଙ୍କା ମିଳିବ, ଘର ମିଳିବ। କୁମ୍ପାନୀରେ ଚାକିରି ମିଳିବ। ଯିଏ ଘର, ଡିହ, ଜଙ୍ଗଲ ଓ ଜମିବାଡି କୁମ୍ପାନୀକି ଦବ, ତାକୁ କୁମ୍ପାନୀ ପକ୍କା ଘର ଦବ, ନଈପାଣି ଦବ, ପାଉଁରୁଟି ଓ କୋକାକୋଲା ଦବ।

ଅଧେ ଲୋକ ଜଟାଧର ମାହାତୋ କଥାରେ ହଁ କଲେ। ଆଉ ଅଧାଲୋକ ନା କଲେ। ଯଉଁମାନେ ହଁ କଲେ, ଜଟାଧର ସେମାନଙ୍କ ଟିପ ଚିହ୍ନ କରାଇଲା ସାଧାକାଗଜରେ ଓ ଜଣପିଛା ଶହେ ଟଙ୍କା ଦେଲା, ଗୋଟେ ଗୋଟେ କୋକାକୋଲା ବୋତଲ ଦେଲା। ଯଉଁମାନେ ନା' କଲେ ସେମାନଙ୍କୁ ଜଟାଧର ଗୋଟେ ପ୍ରାଚୀନ ଲୋକକଥାର ନୀତିବାଣୀ ଶୁଣାଇଲା।

ଆଜିକାଲି ଜଟାଧର ନିୟମିତ ଘୋଡାଲିଙ୍ଗ ଗାଁକୁ ଯିବା ଆସିବା କଲା। ଦିନରେ କମ୍ ରାତିରେ ବେଶି ବେଶି ଆସିଲା। ଲୁଚି ଲୁଚିକା ଆସିଲା। ଅସଲ କଥା ଶୁଣୁଶୁଣୁ ଜଣାପଡିଲା ଯେ, ଜଟାଧର ନିଜେ କୁମ୍ପାନୀର ଦଲାଲଥିଲା ଓ କୁମ୍ପାନୀ ସାଙ୍ଗରେ ସଲାସୁତରା କରି ନିଜେ ଏଇ ମଉକାରେ କିଛି ଜମି ଦଖଲ କରିନେବାର ଚକ୍‌କରରେ ଥିଲା। ଲୋକେ ତା'ର ଏ କାରସାଦି କଣ ବୁଝିବେ ? ଅଧାଅଧି ଲୋକତ ଭୋକ, ଶୋଷ, ଭୟ ଓ ବିରକ୍ତିରୁ ଗାଁ ଛାଡି ବିଦେଶ ପଳେଇ ସାରିଥିଲେ।

ଘୋଡାଲିଙ୍ଗ ଗାଁକୁ ରାସ୍ତା ନଥିଲା। ବିଜୁଳି ନଥିଲା। ଗାଁରେ ଜଳସେଚନ ନଥିଲା। ପାନୀୟ ଜଳ ନଥିଲା। ଗାଁରେ ପିଲାଙ୍କ ପାଇଁ ପାଠଶାଳା ନଥିଲା। ତିନି କୋଶ ଦୂରରେ ବି। ଦଶକୋଶ ଅନ୍ତରରେ ବି ନଥିଲା ବିଦ୍ୟାଳୟ। ଲୋକେ ତଥାପି ବଞ୍ଚିଥିଲେ ଗଛପତ୍ର, ପାହାଡ ପର୍ବତ ଓ ନଈନାଳ ପରି। ଯଦିଓ ଆଜିକାଲି ଅଧାଅଧି ଲୋକେ ଗାଁ ଛାଡି ଆଉ କୁଆଡେ ଚାଲିଯାଇଥିଲେ।

ହଠାତ୍ ଦିନେ ଘୋଡାଲିଙ୍ଗ ଗାଁରେ ଏକ ଅଜବ ଘଟଣା ଘଟିଲା। ଲୋକଙ୍କ ଟିପ ଚିହ୍ନ ନେବାପାଇଁ ରାତିରେ ଘରଘର ବୁଲୁଥିବା ଜଟାଧର ମାହାତୋର ଶବ ତା' ପରଦିନ ସକାଳେ ଫିରିଙ୍ଗି ମେଲଗାଣ୍ଡିର ଘର ଆଗରେ ପଡିଥିଲା। ପ୍ରଥମେ ସେଇଟା କାହାର ଶବ ଲୋକେ ଚିହ୍ନି ପାରିଲେନି। କାରଣ ଶବଟାର ମୁହଁ ଓ ଆଖି ନୀଳବର୍ଣ୍ଣ ହେଇଯାଇଥିଲା ଓ ତା' ଦେହରେ ଖାଲି ଗୋଟିଏ ଆମ୍ପୁଡା ଦାଗ ଛଡା ଆଉ କିଛି ନଥିଲା।

ଯେତେବେଳେ ଲୋକେ ଫିରିଙ୍ଗି ମେଲଗାଣ୍ଡିର ଘର ଆଗରେ ଜମା ହେଲେ ଓ କିଏ ମରି ଶୋଇଚି ବୋଲି ଜାଣିବାକୁ ଚାହିଁଲେ, ସେତେବେଳେ ଫିରିଙ୍ଗି ଘରେ ନଥିଲା। କଉଁ ଜଙ୍ଗଲ ଭିତରେ ଶୋଇଥିଲା। ଜଟାଧରକୁ କିଏ ମାରିଲା ? ଜଟାଧର କିମିତି

ମଲା ? କିଏ କହିଲା : ତାକୁ କଉଁ ନାଜୋମ ଏରା ଖାଇଲା (ଡାଆଣୀ ଖାଇଲା)। କିଏ କହିଲା : ତାକୁ ବିଂ (ସାପ) ଖାଇଲା। କିଏ କହିଲା : କୁଲା (ବାଘ) ଖାଇଲା।

ଏ ଖବର କୁମ୍ପାନୀକୁ ଗଲା। ସର୍କାର ପାଖକୁ ଗଲା। ପୁଲିସ୍ ଓ ହାକିମ ପାଖକୁ ଗଲା। ଲୋକେ ଡରରେ ଏଠି ସେଠି ଲୁଚିଲେ। ପୁଲିସ୍ ଜଣେ ଦି'ଜଣକୁ ବାନ୍ଧି ନେଇଗଲା। ଜଣକ ମଳଦ୍ୱାରରେ ବାଡି ପୂରେଇ ଜବରଦସ୍ତି କଲା ମାନିଯିବା ପାଇଁ। ସେ ଲୋକଟି କହିଲା : ମୁଁ ମାରିନି। ମୁଁ ଖାଲି ଟିପ ଚିହ୍ନ ଦେଇ ଜଟାଧର ମାହାତୋଠାରୁ ଗୋଟେ ପାଉଁରୁଟି ଓ ଗୋଟେ ଥଣ୍ଡା ବୋତଲ ନେଇଚି। ପୁଲିସ ଏତେ ରାଗିଥିଲା ଯେ ତା ମୁହଁଟା ଠିପି ଖୋଲିଯାଇଥିବା ଗୋଟେ ସୋଡା ବୋତଲ ପରି ରାଗରେ ଉଚ୍ଛୁଳୁଥିଲା।

କୁମ୍ପାନୀ ଜଟାଧର ମାହାତୋର ଶବକୁ ଲୁଚେଇ ଦେବାପାଇଁ ପୁଲିସକୁ, ଡାକ୍ତରକୁ ଢେର ଟଙ୍କା ଦେଲା। ହେଲେ ମିଡିଆର ମୁହଁ ବନ୍ଦକରିପାରିଲାନି। ମିଡିଆ ଜଟାଧରର ମୃତ୍ୟୁକୁ ଅସ୍ୱାଭାବିକ ଓ ଦୁର୍ଭାଗ୍ୟଜନକ ବୋଲି ପ୍ରଚାର କଲା। ସର୍କାର ଅଡୁଆରେ ପଡିଲା। ବିପକ୍ଷଦଳର ନେତାଏ ଏଇଟାକୁ ଗୋଟେ ମସଲାଦାର ମୁଦ୍ଦା ଭାବେ ବ୍ୟବହାର କଲେ। ଅବଶେଷରେ ପୋଷ୍ଟମଟମ୍ ରିପୋର୍ଟ ତଲବ ହେଲା। ରିପୋର୍ଟ କହିଲା ଜଟାଧରର ମୃତ୍ୟୁ ବିଷାକ୍ତ ଜନ୍ତୁର ଆଘାତ ବା ଦଂଶନ ଯୋଗୁଁ ହେଲା।

'ହେଇଥିବ...।' ଲୋକେ ଭାବିଲେ।

ବିପକ୍ଷମାନେ ନୂଆ ମୁଦ୍ଦା ଖୋଜିବାରେ ମନ ଦେଲେ ଓ ଜଟାଧରର ଆକସ୍ମିକ ମୃତ୍ୟୁ ବିଷୟରେ ଆଉ ଗୁରୁତ୍ୱ ନଦେଇ ବହୁ ଚର୍ଚ୍ଚିତ ସେକ୍ସ ସ୍କାଣ୍ଡାଲ୍ ଓ ସ୍କାମ୍ ପଛରେ ପଡିଗଲେ।

କିନ୍ତୁ ଜଟାଧରର ମୃତ୍ୟୁ ଏକ ସାଧାରଣ ମୃତ୍ୟୁ ନଥିଲା। ତା' ଶରୀରରେ ଗୋଟିଏ ମାତ୍ର ଆମ୍ପୁଡା ଦାଗ ଥିଲା। ସାରା ଶରୀରରେ ବିଷ ଥିଲା। କୁମ୍ପାନୀ ସନ୍ଦେହ କଲା। ଜଟାଧରର ମୃତ୍ୟୁ କିପରି ହେଲା ? ଜଟାଧର ଶରୀରକୁ ବିଷ କିପରି ଆସିଲା ? କୁମ୍ପାନୀ କହିଲା – ତା' ମାନେ ଆଉ କେତେ ଜଟାଧର ମରି ଶୋଇବେ ! ନା ସେମିତି ହେବନି।'

କୁମ୍ପାନୀ ସାଙ୍ଗେ ଜଙ୍ଗଲ ଓ ଖଣିମନ୍ତ୍ରୀ , ଖଣିମନ୍ତ୍ରୀ ସାଙ୍ଗେ ବିରୋଧୀ ଦଳର ନେତା ଓ ମୁଖ୍ୟମନ୍ତ୍ରୀ ମିଶି ଗୋଟେ କକ୍‌ଟେଲ୍ ପାର୍ଟିରେ କୁମ୍ପାନୀ ସପକ୍ଷରେ ନିଷ୍ପତ୍ତି ନେଲେ କି, ଘୋଡାଲିଙ୍ଗ ଗାଁର ସମସ୍ତ ଆଦିବାସୀଙ୍କୁ ଜଟାଧରର ମୃତ୍ୟୁପାଇଁ ଜିମେଦାର୍ ମାନି ନିଆଯିବ। କୌଣସି ଜଟାଧରର ମୃତ୍ୟୁମାନେ, କୁମ୍ପାନୀର ମୃତ୍ୟୁ। କୁମ୍ପାନୀର ମୃତ୍ୟୁ ମାନେ ଏକ ଉଦାରୀକରଣ ଅର୍ଥବ୍ୟବସ୍ଥାର ଅପମୃତ୍ୟୁ। ଏପରି ଅର୍ଥବ୍ୟବସ୍ଥାର ଅପମୃତ୍ୟୁ ମତଲବ, ଜଗତୀକରଣର ହତ୍ୟା। ଆଉ ଜଗତୀକରଣର ହତ୍ୟା ଅର୍ଥ ... ବିକାଶର ହତ୍ୟା।

ତା'ପରେ ଜଟାଧରର ମୃତ୍ୟୁକୁ ନେଇ ଏକ ଯାଞ୍ଚ କମିଶନ ବସିଲା। କମିଶନରେ

ଏଗାରଜଣ ଅଧିକାରୀ, ତିନିଜଣ ବିଚାରପତି, ଦୁଇଜଣ ବିଶେଷଜ୍ଞ ମିଶି ତିନିମାସରେ ଅଠର ଶହ ସତାବନ ପୃଷ୍ଠାର ଏକ ରିପୋର୍ଟ ଦାଖଲ କଲେ। ସେ ରିପୋର୍ଟରେ ଅନେକ ଧାରା, ଉପଧାରା, ଅନୁଚ୍ଛେଦ ଓ ତର୍କ-ତର୍ଜମା ଏପରି ଭାବେ ଉପସ୍ଥାପିତ ହୋଇଥିଲେ ଯେ, ମୂଳକଥା କଉଁଠି ଲୁଚିଯାଇ ଉପରକୁ ଖାଲି ଡାଳପତ୍ର ଓ ଫୁଲଫଳ ଦିଶୁଥିଲେ।

ସେ ରିପୋର୍ଟରୁ କେହି କିଛି ବୁଝିପାରିଲେନି। ଖାଲି ଏତିକି ଜଣାପଡିଲା ଯେ, ଜଟାଧରର ମୃତ୍ୟୁ ଏକ ସ୍ୱାଭାବିକ ମୃତ୍ୟୁ ନଥିଲା। କମିଶନ ଏପାଇଁ ଘୋଡାଲିଙ୍ଗ ଗାଁର ସମସ୍ତ ଲୋକ ଓ ଆଂଶକି ଭାବେ ସରକାରର ଅବହେଳାକୁ ଦାୟୀ କରିଥିଲା। ଘୋଡାଲିଙ୍ଗ ଗାଁର ଲୋକେ ଏ ରିପୋର୍ଟ ବିଷୟରେ କିଛି କହି ପାରିଲେନି। ଜଟାଧରକୁ କିଏ ମାରିଲା ଓ କିମିତି ସେ ମଲା ସେ କଥା ମଧ୍ୟ କହି ପାରିଲେନି।

ଏ ଘଟଣାର ଠିକ୍ ଦି' ମାସ ପରେ କୁମ୍ପାନୀର ଜଣେ ଠିକାଦାରକୁ ବିଷ ଚରିଗଲା। ସେ କଥା ସେ ନିଜେ ଜାଣି ପାରନିଥିଲା। କଥା କଣକି ଠିକାଦାର ଦିନେ ଘୋଡାଲିଙ୍ଗ ଗାଁର ରାସ୍ତାକାମ ପାଇଁ ମପାମପି କରୁଥିଲା। କୁମ୍ପାନୀ ଯେଉଁ ଅଧାଅଧି ଜମି ଓ ଘରବାଡି କିଣି ସାରିଥିଲା, ତାଆରି ନକ୍ସାରେ ଗୋଟେ ଚଉଡା ରାସ୍ତା ବନେଇବାର ଜିମା ନେଇଥିଲା ଠିକାଦାର। ଠିକାଦାର ରାସ୍ତା ବନେଇବା ବେଳେ ଫିରିଙ୍ଗି ମେଲଗାଣ୍ଡିର ଘର ସେ ରାସ୍ତାରେ ପଡୁଥିଲା। ଠିକାଦାର ଫିରିଙ୍ଗିକି ଡାକି କହିଲା 'ତୋ ଘର ଯିବ ରାସ୍ତାରେ। ଘର ଛାଡିଦେ। ଦି'ଶ ଟଙ୍କା ନେ।'

ଫିରିଙ୍ଗି କହିଲା : କାବୁ କାଜି (ନା'ନା')।

ଠିକାଦାର କହିଲା : ସୋବେନ ପୋଏସା ଇଦିବେନ୍ (ପୂରା ପଇସା ମୋଠୁ ନେଇନେ) ଅମ ହିଜୁଃମେ ଦୁବମେ ଜଗରାଲଂ (ଆ ଏଠିକି। ବସିକି କଥା ହବା) ଫିରିଙ୍ଗି ମେଲଗାଣ୍ଡି କିଛି ଶୁଣିଲାନି। କହିଲା : ଆଲେ ପୋଏସା କାଲେ ଇଦିୟା (ଆମେ କେହି ପଇସା କଉଡି ନବୁନି।)

ଠିକାଦାର ସାଙ୍ଗେ ଫିରିଙ୍ଗିର କଥା କଟାକଟି ହେଲା। ଧୀରେ ଧୀରେ ଦି'ଜଣକ ଭିତରେ ଉତ୍ତେଜନା ବଢିବାରେ ଲାଗିଲା। ଗାଁଲୋକେ ଜମା ହେଇଗଲେ। ଠିକାଦାର ଫିରିଙ୍ଗିକି ଡରେଇଲା, ଧମକେଇଲା। ଫିରିଙ୍ଗି ଠିକାଦାରକୁ କଷିକି ଚାପୁଡେ ଦେଲା ଓ ଜଙ୍ଗଲ ଭିତରକୁ ଚାଲି ଗଲା ଶୋଇବା ପାଇଁ।

ଠିକାଦାର ଚାପୁଡା ଖାଇ ବେହୋସ୍ ହୋଇଗଲା। କୁମ୍ପାନୀ ଲୋକ ଆସିଲେ। ଠିକାଦାରର ତିନିଦିନ ପରେ ହୋସ୍ ଆସିଲା। ଡାକ୍ତର ରିପୋର୍ଟ ଦେଲା - ଠିକାଦାର ବିଷାକ୍ତ ଦ୍ରବ୍ୟର ସଂସ୍ପର୍ଶରେ ଆସିଥିବା ଯୋଗୁଁ ବେହୋସ୍ ହେଇଥିଲା। କୁମ୍ପାନୀ ଆଶ୍ଚର୍ଯ୍ୟ

ହେଲା । ଲୋକେ ସାକ୍ଷୀ ପ୍ରମାଣ ଦେଲେକି ଫିରିଙ୍ଗିର ଚାପୁଡାରେ ଠିକାଦାର ବେହୋସ୍ ହେଇଥିଲା । ଏବେ ବିଷ କଉଁଠୁ ଆସିଲା ?

ଏଥର କୁମ୍ପାନୀ ସତର୍କ ହେଇଗଲା ।

ଫିରିଙ୍ଗି ଉପରେ କଡା ନଜର ରଖିଲା । ପୁଲିସ୍ ଫିରିଙ୍ଗିକୁ ଖୋଜୁଥିଲା । ଲୋକେ ଜଙ୍ଗଲ ଆଡକୁ ବାଟ ଦେଖେଇ ଦେଲେ । ପୁଲିସ୍ ଏତେ ରାଗିଯାଇଥିଲା ଯେ ଫିରିଙ୍ଗିକି ପାଇଲେ କଞ୍ଚା ଚୋବେଇ ଖାଇଯାନ୍ତା । ପୁଲିସ୍ ଜଙ୍ଗଲର ଅନ୍ଧିକନ୍ଧି ଖୋଜିଲା । ଫିରିଙ୍ଗି ଗୋଟେ ସାପ ଗାତ ଭିତରେ ହାତ ପୂରେଇଥିବା ବେଳେ ଧରାପଡିଲା ଓ ଗିରଫ୍ ହେଲା ।

'ଆରେ ବାପ୍‌ରେ ବାପ୍ । ଶଳା ନାଗ ସାପ ଧରିଚି ହାତ ମୁଠାରେ ।' ପୁଲିସ୍ ତାକୁ ଧରିବା ପାଇଁ ନାକେଦମ୍ ହେଇଗଲା ଓ ତା ପାଖକୁ ଯାଉ ଯାଉ ଜଣେ ପୁଲିସ୍ ବେହୋସ୍ ହେଇ ଟଳି ପଡିଲା । କଥା କ'ଣ ? ଫିରିଙ୍ଗିର ଶ୍ୱାସ ପ୍ରଶ୍ୱାସରେ ଜହର । ସାରା ଶରୀର ବିଷାକ୍ତ । ଛୁଁ ନା ଛୁଁ ନା । ସାପ ଧରିଚି । କଳା ନାଗ । ଲାଞ୍ଜ ଆଡୁ ମୁଠେଇ ଧରି ଘୂରଉଚି । ସାପ ତଳମୁହାଁ ହେଇ ଘୂରୁଚି ଗୋଟେ ଦଉଡି ପରି । ଗୋଟେ ଚାବୁକ୍ ପରି । ପୁଲିସ୍ ଘୁଞ୍ଚି ଯାଉଚି । ଧମକଉଚି । 'ଛାଡ ସେ ସାପ... ଛାଡ ନହେଲେ ଡ୍ୟାସରେ ପୂରେଇ ଦେବି...'

କଳେବଳେ ଧରାପଡିଲା ଫିରିଙ୍ଗି । ଗିରଫ ହେଲା । ଯଉଁ ପୁଲିସ୍ ବେହୋସ୍ ହେଇ ଟଳି ପଡିଥିଲା, ସେ ଧୀରେ ଧୀରେ ଉଠିଲା । ପୁଲିସ୍ ଗାଡିରେ ବସିବା ବେଳକୁ ଫିରିଙ୍ଗି ଜଣକୁ କାମୁଡି ଦେଲା । ଆଉ ଜଣକୁ ଆମ୍ପୁଡି ଦେଲା । ଦି'ଜଣ ଯାକ ପୁଲିସ୍ ଟଳି ପଡିଲେ ଗାଡି ଭିତରେ । ଫିରିଙ୍ଗି ଗାଡିରୁ ଓହ୍ଲେଇ ଜଙ୍ଗଲ ଭିତରକୁ ଚାଲିଗଲା ଶୋଇବାପାଇଁ ।

ଏ ଘଟଣାର ରହସ୍ୟ ଭେଦ କରି ପାରୁନଥିଲା ପୁଲିସ୍ । କୁମ୍ପାନୀର ଡାକ୍ତର ପୁଲିସଙ୍କ ରକ୍ତ, ମୂତ୍ର, ବୀର୍ଯ୍ୟ ଓ କଫ ପରୀକ୍ଷାକରି ଏଇ ନିଷ୍କର୍ଷରେ ପହଞ୍ଚିଲା କି ପୁଲିସ୍‌ମାନଙ୍କ ଶିରା ପ୍ରଶିରାରେ ବିଷ । କୁମ୍ପାନୀ ଦୁଶ୍ଚିନ୍ତାରେ ପଡିଲା । ସର୍କାର ଦୁଶ୍ଚିନ୍ତାରେ ପଡିଲା । ଘୋଡାଲିଙ୍ଗ ଗାଁକୁ ଯିବାକୁ ଡରିଲେ ସମସ୍ତେ । ସେ ଗାଁର ପ୍ରତିଟି ଇଞ୍ଚ ଜାଗାରେ ବିଷ । ତାର ପାଣି ପବନରେ, ତାର ଗଛବୃଛ, ପାହାଡ- ଜଙ୍ଗଲରେ, ମାଟି ଓ ଆକାଶରେ ବିଷର ଲହର । ଜଣକ ପରେ ଜଣେ ଟଳି ପଡୁଛନ୍ତି ।

'ରହସ୍ୟ କଉଁଠି ଅଛି ?'

ଜଣେ ରାଜ୍ୟର ରାଜଧାନୀରେ ବସି ପଚାରିଲା – 'ରହସ୍ୟର ପର୍ଦ୍ଦାଫାଶ କର ।'

ଜଣେ ଦିଲ୍ଲୀର ଚଉକି ଉପରୁ ବସି ନିର୍ଦ୍ଦେଶ ଦେଲା 'ଖୋଜ' ।

ରହସ୍ୟ ସବୁବେଳେ ରହସ୍ୟ ହୋଇ ରହେ । ରହସ୍ୟର ଗଣ୍ଠି ଖୋଲିଗଲେ ଆଉ ସେ ରହସ୍ୟ ହେଇ ରହେକି ? ପୁଣି ରହସ୍ୟ ଯଦି ଖୋଲିଯାଏ ତ ଦେଖିବ ଆଉ ଗୋଟେ ରହସ୍ୟର ପେଡି ହାବୁଡିଯିବ ଆପଣାଛାଏଁ । ସେ ପେଡି ଖୋଲିଲେ ଆଉ ଗୋଟେ ନୂଆ

ରହସ୍ୟ । ତା' ପଛକୁ ପଛ ନୂଆନୂଆ ରହସ୍ୟ । ରହସ୍ୟର ସିଦ୍ଧାନ୍ତ ସବୁବେଳେ ଏକାପରି । ଅସମାହିତ ।

॥ ତିନି ॥

ଦିନେ ଘୋଡାଲିଙ୍ଗ ଗାଁକୁ ସକାଳୁ ସକାଳୁ ଗୋଟେ ବଡ ଭି.ଆଇ.ପି. ଆଟାଚି ଭଳି ଦେଖାଯାଉଥିବା ଗାଡି ଓ ତା ପଛକୁ ଗୋଟେ ଛୋଟ ବିଗବଜାର ପରି ଦେଖାଯାଉଥିବା ଫିନ୍‌ଫିନିଆ ଲମ୍ବା ଗାଡିରେ ଲଦାଲଦି ହେଇ ଦଳେ ଲୋକ ଆସି ପହଞ୍ଚିଲେ । ସେମାନେ ଦିଶୁଥିଲେ ସ୍ୱର୍ଗରୁ ଅବତରିଥିବା ଦେବଦୂତଙ୍କ ପରି । ହଁ, କିଛି କିଛି ଲୋକ ତାଙ୍କ ଭିତରୁ କେଉଁ ଅଦୃଶ୍ୟ ଗ୍ରହର ଏଲିଅନ ପରି ଦିଶୁଥିଲେ ।

ତାଙ୍କ ଭିତରେ ତିନି ଚାରିଟା ଦିବ୍ୟସୁନ୍ଦରୀ ଥିଲେ । ଘୋଡାଲିଙ୍ଗ ଗାଁର ଲୋକେ କସ୍ମିନକାଳେ ସ୍ୱପ୍ନରେ ସୁଦ୍ଧା ଏପରି ସୁନ୍ଦରୀ ଦେଖି ନଥିଲେ । ସୁନ୍ଦରୀମାନେ ଗାଁରେ ପାଦ ଦଉଦଉ ଦିବ୍ୟ ସୁଗନ୍ଧ ମହକି ଉଠିଲା । ଲୋକେ ଶୁଙ୍ଘିବାକୁ ଲାଗିଲେ ସେ ମହକ ।

ଗାଡି ଭିତରୁ ବଡ ହୁରୁମ ସୁକୁ (ମହୁମାଛି) ପରି ଦିଶୁଥିବା ଗୋଟେ ଲୋକ ଓହ୍ଲେଇ ଆସି ଘଁ ଲା (ପ୍ରଜାପତି) ପରି ଦିଶୁଥିବା ଗୋଟେ ମାଈଝିକୁ ଗେଲକଲା । ସାରା ଗାଁର ପିଲା, ମାଈଝି ଓ ବୁଢାବୁଢୀମାନେ ଆଖି ତରାଟି ଦେଖିଲେ । କିଏ ଜଣେ କହିଲା : ସେମାନେ ସୁଟିଂ କରିବେ । ପିଲ୍ମ କରିବେ ।

ହଁ, ସେମାନେ ସୁଟିଂ କରିବାକୁ ଆସିଥିଲେ । ସେମାନେ କିଛି ଗୋଟେ ଲୁଟି ନେବାକୁ ଆସିଥିବା ପରି ମନେ ହେଉଥିଲେ । ସେମାନଙ୍କ କଥାବାର୍ତ୍ତା ଓ ଆଚରଣରେ ଭାରି ଅସ୍ୱାଭାବିକତା ଥିଲା । ସତେ ଯେପରି ସେମାନେ ପିକନିକ୍ କରି ଆସିଥିଲେ । ଚିଡିଆଖାନା ଦେଖି ଆସିଥିଲେ ।

ତାଙ୍କ ଭିତରୁ ଜଣେ ଫିରିଙ୍ଗି ମେଲଗାଣ୍ଠିକି ଖୋଜିଲା । ଜଣେ କ୍ୟାମେରା ଟେକି ଧରିଲା କାଳିଆ କାଳିଆ ଅସନା, ପେଟ ଓହଳି ପଡିଥିବା ଲଙ୍ଗଳା ପିଲାଙ୍କ ଉପରେ । ଜଣେ ଲାଇଟ୍ ପକେଇଲା ବୁଢୀର ଟାଟୁ ଉପରେ । ଜଣେ ସଜାଡି ହେଉଥିଲା ନାଚିବା ପାଇଁ ଆଦିବାସୀ ମାଈଝିଙ୍କ ସାଙ୍ଗେ । ଆଣ୍ଠୁ ଉପରକୁ ଶାଢୀ ପିନ୍ଧି, ଖୋଲା ଛାତିରେ ଶାଢୀ ଗୁଡେଇ, ଖୋସାରେ ଶାଳପତ୍ର ଖୋସି ଜଣେ ଦିବ୍ୟ ସୁନ୍ଦରୀ ସଜ ହେଉଥିଲା । ଜଣେ ନିଜର ଗୋରୀପଣକୁ ଲୁଚେଇଦବା ପାଇଁ କଳା ଗୁଣ୍ଡି ବୋଳି ହଉଥିଲା ଦିହରେ । ହେଲେ ତା' ଓଠ ଏତେ ନାଲି ଥିଲା ଯେ, ମନେହଉଥିଲା ଯିମିତି ଏଇ ସଦ୍ୟ ଗୋଟେ ଜାନୁଆରକୁ ଫାଡି ଖାଇଚି କଞ୍ଚା ... ରକ୍ତ ଚହ ଚହ... ଦାନ୍ତ ଓ ଓଠ ।

ଗାଁଲୋକେ ପଚାରିଲେ : ତମେ କି ସର୍କାର ଲୋକ ? କି କୁମ୍ପାନୀ ଲୋକ ? ତମେ କି ଠାକୁର ବୋଙ୍ଗା ?

ଫିଲମ୍‌ବାଲା କହିଲେ : ନା, ନା, ଆମେ ଫିଲ୍ମବାଲା । ମତୁଆଲା । ତମ ଫଟୋ ତୋଳି ସର୍କାରକୁ, କୁମ୍ପାନୀକୁ ଦେଖେଇବୁ । ତମେ କିମିତି ଦୁଃଖରେ, ଭୋକରେ, ଶୋଷରେ, ଭୟରେ ରହୁଛ ... ସେଇଆ ଦେଖାଇବୁ । ଦୁନିଆସାରା ଲୋକେ ଦେଖିବେ । ହା ଚୁ ଚୁ କରିବେ । ସର୍କାରକୁ ଚେତେଇବେ । କୁମ୍ପାନୀକୁ ସତେଇବେ । ତେବେ ଯାଇ ତମକୁ ଚାଉଳ ମିଳିବ, ଋଣ ମିଳିବ, ତେଲ ମିଳିବ, ଲୁଣ ମିଳିବ, ଘୁଷୁରୀ, ବକରୀ ମିଳିବ ।

ଲୋକେ କହିଲେ : ହଁ, ହଁ....

ଫିରିଙ୍ଗି ମେଲଗାଣ୍ଡିକୁ ସେମାନେ ଜଙ୍ଗଲ ଭିତରୁ ଧରିଲେ । ଫିରିଙ୍ଗି ସେତେବେଳେ ଗୋଟେ ସାପକୁ ପୋଡି ଖାଉଥିଲା । କ୍ୟାମେରା ସେ ଦୃଶ୍ୟ ତୋଳିନେଲା । ଜଣେ ପ୍ରଶ୍ନକଲା : ତୁ ସାପ କାଇଁକି ଖାଉଚୁ ?

ଫିରିଙ୍ଗି ଗୋଟେ ଗପ କହିଲା :

ଯେତେବେଳେ ସିଂବୋଙ୍ଗା, ଧରତୀ ମାତା କୋପକଲେ, ସେତେବେଳେ ମୋ ବାପ ଅସୁରଙ୍କ ବୁଦ୍ଧିରେ ପଡି ଲୁହା ତରଳଉଥିଲା । ବାରଭାଇ ଅସୁର, ବାଇଶ ଦେବତା ମିଶି ଏକାଅଶି ମଇଦାନ ଓ ତେୟାଶି ସପାଟରେ ଦିନରାତି କୋଇଲା ଆଞ୍ଚ ଜଳେଇ ଲୁହାଭାଟି ଚଲେଇ ଲୁହା ତରଳଉଥିଲେ । ଦିନରାତି ଭାଟି ଚାଲିଲାରୁ ଧରତୀମାଆ ତେଜିଲା । ଆକାଶ ତେଜିଲା । ଗଛବୃଛ ଜଳିଲେ । ନଦୀ ପୋଖରୀ, ବନ୍ଧବାଡ ଶୁଖିଗଲେ । ଫୁଲଫଳ ଜଳିଗଲା । ମାଛି ମାଛ ମରିଗଲେ । ଚାରିଆଡେ ଧୂଆଁ । ଚାରିଆଡେ କୁହୁଡି । ଚାରିଆଡେ ଅଗ୍ନିବର୍ଷା ।

ମୋ ବାପ ସିଂବୋଙ୍ଗାର କଥା ମାନିଲାନି । ଅସୁରଙ୍କ ସାଙ୍ଗରେ ମିଶି ପାହାଡ ଜଙ୍ଗଲ ଲୁଟିଲା । ଗଛପତ୍ର ଉଜାଡିଲା । ଜୀବଜନ୍ତୁ ମଲେ । ଲୋକବାକ ମଲେ । ଖାଇବାକୁ ପାଇଲେନି । ଚାଷବାସ ହେଲାନି । ସବୁ ଦେବୀଦେବତା ରାଗିଲେ । ଗୋଁଡା ହାଁକାର, ଗୋରେଆ ବୋଙ୍ଗା, ଚାଣ୍ଡୀଏରା, ନାଗେଏରା, ଡରିଃଏଙ୍ଗା, ମେରାମଏଙ୍ଗା, ବାବା ଏଙ୍ଗା, କାଜେଏଙ୍ଗା ... ସମସ୍ତେ ରାଗିଲେ ।

ମୋ ବାପକୁ ବୁରୁବୋଙ୍ଗା, ଇକିରବୋଙ୍ଗା, ମାରାଂବୁରୁ, ଦେସାଉଲୀ ମିଶି ଖାଇଲେ । ବାପ ମଲା । ବାପ ମଲାପରେ ପରେ ମାଆ ମଲା । ଗାଁ ଲୋକେ ମୋତେ ଦେଖିଲେନି । ଖାଇବାକୁ ଦେଲେନି । ସେତେବେଳେ ମୋତେ ପାଞ୍ଚବର୍ଷ । ଗାଁଲୋକଙ୍କ ସେବା କଲାରୁ, ତାଙ୍କ ଜୀବଜନ୍ତୁ ଜଗାରଖା କରିବାରୁ ସେମାନେ ମୋତେ ଜଙ୍ଗଲକୁ ପଠେଇଲେ । ଉପାସ ଭୋକରେ ଦିନରାତି ବିତିଲା । ବୀର ମାଆରା (ବନ ଦେବତା) ମୋତେ ସାହା ହେଲା ।

ଦିନେ ମୂଷାଛୁଆଟେ ଜଙ୍ଗଲରେ ଧାଉଁଥିଲା । ତାକୁ ପଥର ଛାଟିମାରିଲି । ତାକୁ

ପୋଡିପୋଡିକି ଖାଇଲି । ଦିନେ ମୂଷାଛୁଆକୁ ଧରିବା ପାଇଁ ଧାଉଁଚି ତ ଦେଖେ ତା ପଛକୁ ସାପ ଧାଉଁଚି । ମୋ ପେଟରେ ଭୋକ । ସାପ ପେଟରେ ବି ଭୋକ । କିଏ ଧରିବ ? କିଏ ଖାଇବ ? ମୂଷା ପଛେ ପଛେ ସାପ, ସାପ ପଛେ ପଛେ ମୁଁ । ଦି'ଦିଇଟା ଭୋକ ଧାଉଁଚି । ମୋତେ ଲାଗିଲା ସାପ ଧରିନବ ମୂଷାକୁ । ତା'ମାନେ ମୋ ଆହାର ଛଡେଇ ନବ । ମୋତେ ଭୋକରେ ରଖିବ ।

ମୋତେ ରାଗ ଲାଗିଲା । ଛାଟିଲି ପଥର । ମୂଷାକୁ ନୁହେଁ । ସାପକୁ । ସାପ ମଲା । ମୂଷା ଖସିଗଲା । ସେଦିନ ରାଗ ଏତେ ଚଢିଗଲା ଯେ ଭୋକ କଥା ମନେପଡିଲାନି । ଭୋକ ଏତେ ଲାଗୁଥିଲା ଯେ, ରାଗ ବି ମନେରହିଲାନି । ସାପକୁ ପୋଡି ଖାଇଲି । ସାପ ମାଉଁସ ସୁଆଦିଆ । ସେଇଦିନୁ ସାପ ଖାଉଚି ।

: ଆଉ କଣ ଖାଉ ?

: ସାପ । ସାପ । ସାପ । ବିଂ... ବିଂ...ବିଂ...

କ୍ୟାମେରା ଅନ୍ । ଦିବ୍ୟ ସୁନ୍ଦରୀଟିଏ ଇଣ୍ଟରଭ୍ୟୁ ନେଉଚି । ଫିରିଙ୍ଗି ହାତରେ ସାପଟେ ଧରିଚି । ଫିରିଙ୍ଗି ସାପକୁ ଛେଚିକି ମାରୁଚି । ସାପକୁ କଞ୍ଚା ଖାଉଚି । ସାପକୁ ପୋଡି ଖାଉଚି । ସୁନ୍ଦରୀକୁ ବାନ୍ତି ଲାଗୁଚି । ସେ ୟ..ୟ.. କରି ବାନ୍ତି କରୁଚି । କ୍ୟାମେରା ଅନ୍ । ଫିରିଙ୍ଗି ସାପର ଲାଞ୍ଜ ଚୋବଉଚି । ସାପର ପେଟରେ ଦି ଚାରିଟା ଛୁଆ... ୟ...ୟ

ବଡ ମହୁମାଛି ପରି ଲୋକ ପ୍ରଜାପତି ପରି ମାଇଝିକୁ ପୁଣି ଗେଲ କରୁଚି । ଶୂନ୍ୟରେ ଟୋଳି ଧରୁଚି । ଶୂନ୍ୟରେ ଉଡୁଚନ୍ତି ଦି'ଜଣ । ଏତେ ଉପରକୁ ଉଡି ଯାଉଚନ୍ତି ଯେ ହାତ ପାଇବନି, ଆଖି ପାଇବନି । ଦେଖୁ ଦେଖୁ ସେମାନେ ସିରମରେ (ଆକାଶରେ) ମିଶିଯାଉଚନ୍ତି । ସ୍ୱର୍ଗରେ ମିଳେଇ ଯାଉଚନ୍ତି । ଘୋଡାଲିଙ୍ଗ ଗାଁର ଲୋକେ ସେତେ ଉପରକୁ ଉଡି ପାରୁନାହାନ୍ତି । ତଳେ ଠିଆ ହେଇଚନ୍ତି । ତଳେ ବି ଆଉ ଧରିତୀ କାଇଁ ? ବାଉଁଶ ଗଛରେ ଫୁଲ । ଚାରିଆଡେ ଅକାଳ ।

ତଥାପି ସେମାନେ ନାଚିବାକୁ ମନକରୁଚନ୍ତି । ସେମାନେ ଭୋକରେ, ଶୋଷରେ ବି ଗୀତ ଗାଉଚନ୍ତି । କ୍ୟାମେରା ଅନ୍ ।

'ନେକା ଗେଆ ରେଂଗେଃ ତେତାଂ
ନେକା ଗେଆ ରୁଆ ରାବାଂ
ଜୋତି ଦୋଲାଂ, ଜୋତି ଦୋଲାଂ
କିତା ଗାଲାଂ ହୋଁକାତାମ ସୁସୁନାଲାଂ...'
(ଭୋକର ଶୋଷର ଅନ୍ତ ନାହିଁ,
ରୋଗବ୍ୟାଧିର ଅନ୍ତ ନାହିଁ

ଚାଲ ଆମେ ଯିବା ... ଚଟାଇ ବୁଣା ଛାଡ...

ଚାଲ ନାଚିତେ ଯିବା....)

କ୍ୟାମେରା ଆହୁରି କେତେ କେତେ ଜାଗାରେ ଘୂରିବୁଲୁଚି । ପାହାଡ, ଜଙ୍ଗଲ, ବାଉଁଶଫୁଲ ଓ ମରିମରି ଯାଉଥିବା, ଜଳିଜଳି ଯାଉଥିବା ଗଛପତ୍ର ଉପରେ ଘୂରି ବୁଲୁଚି ।

ଏ ବର୍ଷ ବାଉଁଶ ଫୁଲିଚି । ଅକାଳ ପଡିଚି । ଯଉଁ ବର୍ଷ ବାଉଁଶ ଫୁଲେ ସେ ବର୍ଷ ବର୍ଷା ହୁଏନି । ଚାଷବାସ ହୁଏନି । ଫୁଲଫଳ ହୁଏନି । ବାଉଁଶ ଫୁଲ ଖାଇବା ପାଇଁ ମୂଷାପଲପଲ । ଯୁଆଡେ ଦେଖ ମୂଷା । ଯୁଆଡେ ଦେଖ ଗୁଡୁ ହେଓଲ (ମୂଷା ଖୋଳା କ୍ଷେତ ବାଡିରେ କୁଢକୁଢ ମାଟି) ।

ହେଇ ପଲେ ମୂଷା । ପଛକୁ ପଛ । ତା ପଛକୁ ତା ପଛ... । କିଏ ଗଣିପାରିବ ? କିଏ ମାରିପାରିବ । ଗାଁସାରା ମାଡିଗଲେଣି । ଘରଦ୍ୱାର, କ୍ଷେତ-ଖମାର, ଗଛବୃଛ ... ମାଡିଗଲେଣି । କୋଇଲା, ଲୁହାପଥର, ବଡବଡ ଶାଳଗଛ ଖାଇଦେଲେଣି । ଜମିବାଡି, ରାସ୍ତାଘାଟ ଓ କଅଁଳା କଅଁଳା କୋଡା କୋଡୀ (ଯୁବକ ଯୁବତୀ) ବି ଖାଇଲେଣି ।

କ୍ୟାମେରା ସବୁ ଟୋଳି ନଉଚି ।

ସର୍କାରୀ ଘୋଷଣା ଗୋଟେ ରଙ୍ଗଛଡା ଟିଣ ପଟା ଉପରେ ଅଧା ଅଧା ଲେଖାହେଇ ଝୁଲୁଚି । ଅଧେ ପଢିହେବ ଅଧେ ପଢି ହେବନି । ତାକୁ ବି ମୂଷା ଖାଇଲେଣି । ସେ ଘୋଷଣାରେ ବର୍ଷକୁ ଶହେଦିନ ନିଶ୍ଚିତ କାମ ଓ ରୋଜଗାର କଥା ଲେଖାଥିଲା ବୋଧେ । ଲୋକେ ତାକୁ ପଢି ପାରିଲେନି । ମୂଷାମାନେ ଖାଇଦେଲେ । ଏଥର ମୂଷାମାନଙ୍କ ଉପରେ କ୍ୟାମେରା ।

ମୂଷାମାନେ ନିର୍ଭୀକ । ସେମାନେ ଫିଲମ୍‌ବାଲାଙ୍କୁ ବାଳପ୍ରମାଣେ ଖାତିର୍ କଲେନି । କ୍ୟାମେରା ଆଗରେ ଠିଆହେଇ, ଦଉଡି ଦଉଡି, ହାତ ଯୋଡି ଓ ପାନପିକ ପକେଇ ପୋଜ୍ ଦେଲେ । ମୂଷାମାନେ ପୋଖତ କଳାକାରପରି ଅଭିନୟ କଲେ । ଡିରେକ୍ଟର ଯିମିତି କହିଲା ସିମିତି ପୋଜ୍ ଦେଲେ । ମୂଷାମାନେ ସେମାନଙ୍କର ମୌଳିକ ଅଧିକାର ସଂପର୍କରେ ସଚେତନ ଥିଲେ । ସେମାନେ ବିଦେଶରେ କଳାଧନ ସଂଚୟ କରି ରଖିଥିବା ବଡବଡ ମନ୍ତ୍ରୀ କି ବ୍ୟବସାୟୀ ପରି ଚତୁର ଓ ସର୍ବଶକ୍ତିମାନ ଥିଲେ ।

ଦିବ୍ୟ ତରୁଣୀ ଯେତେବେଳେ ଫିରିଙ୍ଗି ମେଲଗାଣ୍ଡିକି ମୂଷାଙ୍କ ବଂଶ ବିସ୍ତାର ଓ ତା'ର ଭବିଷ୍ୟତ ବିଷୟରେ କ୍ୟାମେରା ଆଗରେ ପଚରିଲା, ସେତେବେଳେ ଫିରିଙ୍ଗି ମେଲଗାଣ୍ଡି କହିଲା – 'ଭୋକ ।'

ମତଲବ, ଭୋକ ଲାଗିବାରୁ ମୂଷା ବାଉଁଶଫୁଲ, ଗଛବୃଛ, ଟିଣପଟାର ସାଇନବୋର୍ଡ, ଶିଳାନ୍ୟାସ, କୋଇଲା, ଲୁହାପଥର, ସର୍କାରୀ ଯୋଜନା, ରାସ୍ତାଘାଟ, କୂଅ ପୋଖରୀ

ଖାଇଲା । ଭୋକ ଲାଗିବାରୁ ସାପ ବି ମୂଷାକୁ ଖାଇଲା । ଭୋକ ଲାଗିବାରୁ ସେ ବି ସାପକୁ ଖାଇଲା । ସବୁରି ମୂଳରେ ଭୋକ । ଭୋକ - ଶୋଷର ଅନ୍ତ କାହିଁ ? 'ନେକା ଗେଆ ରେଂଗେଃ ତେତାଂ....'

ମତଲବ ସବୁ ରହସ୍ୟ ପଛରେ କିଛିନା କିଛି ରହସ୍ୟ ଥାଏ । ଫିଲ୍ମବାଲା ରହସ୍ୟର ପେଡି ପୋଟଳି ଧରି ଗଲେ । ବିଷ କଉଁଠୁ ଆସିଲା, ଜଟାଧର ମାହାତୋ କିମିତି ମଲା, ଠିକାଦାର କିମିତି ବେହୋସ୍ ହେଲା, କିମିତି ପୁଲିସଙ୍କ ରକ୍ତ, ମଳ-ମୂତ୍ର ଓ ବୀର୍ଯ୍ୟରେ ବିଷ ସଂକ୍ରମିତ ହେଲା .... ସବୁର ରହସ୍ୟ ତୋଳି ନେଇଗଲେ । ଛୋଟିଆ ଛୋଟିଆ ରହସ୍ୟରୁ ଆହୁରି ବଡ ବଡ ରହସ୍ୟ ଗଢିଉଠିଲା । ଆହୁରି ବଡବଡ ମାୟାଜାଲ । ଆହୁରି ବଡ ବଡ ପଜଲ୍ । ଆହୁରି ବଡବଡ ପହେଳି ।

କ୍ରମେ ସେ ପଜଲ୍, ରହସ୍ୟ ଓ ଅନୁସଂଧାନ ସବୁ ବଡବଡ ନିଉଜ୍ ଚେନେଲରେ, ବଡବଡ ମିଡିଆରେ ନୂଆନୂଆ ଢଙ୍ଗରେ ପରଷାଗଲା । ତଥାପି ଘୋଡାଲିଙ୍ଗ ଗାଁର ବାଉଁଶ ଗଛରେ ଫୁଲ ଥିଲା ଓ ମୂଷାମାନେ ଥିଲେ ।

॥ ଚାରି ॥

ତା'ପରେ ସର୍କା ର ଘୋଡାଲଙ୍ଗି ଗାଁ ପ୍ରତି ବିଶେଷ ଧ୍ୟାନ ଦେଲା । ପ୍ରଥମେ ସେ ଗାଉଁ ବାଉଶଁ ଫୁଲ ଓ ମୂଷାଙ୍କ ବଂଶବିସ୍ତାର ସଂପର୍କରେ ଏକ ସ୍ୱତନ୍ତ୍ର କମିଶନ ବସାଇଲା । କମଶିନ ରିପୋର୍ଟ ଦେଲା - ଲୋକଙ୍କୁ କାମ ଦରକାର । କାମକୁ ମଜୁରୀ ଦରକାର । ଏଣୁ ମୂଷା ଧରିବା ପାଇଁ ପ୍ରସ୍ତାବ ରଖାଗଲା ମୂଷା ଗୋଟା ଟଙ୍କାଏକରି ଜଣପିଛା ଅତିକମରେ ଦୈନିକ ସର୍ବନିମ୍ନ ଶହେ ଓ ସର୍ବାଧିକ ଶହେକୋଟି ଟଙ୍କାର ପ୍ୟାକେଜ୍ ରଖାଗଲା । ଯିଏ ଯେତେ ମୂଷା ଧରିବ / ମାସିକ ସେ ସେତେ ଟଙ୍କା ରୋଜଗାର କରିବ । ବାକି ରହିଲା ବିଷ କଥା । ତା ପାଇଁ ସ୍ୱତନ୍ତ୍ର କମିଶନ୍ ବସିଲା । କମିଶନ କହିଲା, ମୂଷା ବଂଶ ବିଲୋପ ହେଲେ ସାପ ବଂଶ ବି ଲୋପ ପାଇଯିବ । ଇଏ ପ୍ରକୃତିର ଜୀବନଚକ୍ର । ଜୀବ-ଜଗତର ପ୍ରାକୃତିକ ସନ୍ତୁଳନ । ଯିମିତି ବାଘଙ୍କ ବଂଶ ବୃଦ୍ଧି ହେଲେ ହରିଣଙ୍କ ବଂଶ କ୍ଷୟ ହୁଏ ଓ ହରିଣଙ୍କ ବଂଶ କ୍ଷୟ ହେଲେ ବାଘଙ୍କ ବଂଶ କ୍ଷୟ ହୁଏ । ପୁଣି ବାଘଙ୍କ ବଂଶ କ୍ଷୟ ହେଲେ ହରିଣଙ୍କ ବଂଶ ବୃଦ୍ଧି ଘଟେ ... ।

ସର୍କାର ଏ ଗୋଲକଧନ୍ଦା ବୁଝିଲା । କହିଲା ଠିକ୍ କଥା । ସର୍କାର ଲୋକଙ୍କୁ କହିଲା: ମୂଷା ଧର ବା ମାର । ଗଣିଗଣିକି କର (ଧର ବା ମାର) ଓ ଗଣି ଗଣିକି ଟଙ୍କା ନିଅ । ପାଣି ପିଇବ ଛାଣି... ପଇସା ନବ ଗଣି ।

ଫିରିଙ୍ଗି ମେଲଗାଣ୍ଡିକି ଛାଡି ସାରା ଗାଁଲୋକେ ମୂଷାଙ୍କ ପଛରେ ଲାଗିଗଲେ । ମୂଷା

କି ସହଜରେ ଧରା ଦିଅନ୍ତି । ଚୁଁ ଚୁଁ ହେଇ ମୁଚୁକି ହସାଦେଇ, ନିଶକୁ ହଲେଇ, ଗାଲକୁ ଫୁଲେଇ ଧାଇଁଲେ । ବିଲରୁ ବାହାରି ବିଲରେ ପଶିଲେ । ସାରାଦିନ ଧାଇଁ ଧାଇଁ ହାତକୁ ଆସିଲା ଗୋଟେ ଅଧେ ମୂଷା । ଲୋକେ ଥକି ପଡିଲେ । ସର୍କାର ତା ଯୋଜନାରେ ଅଟଳ ଥିଲା । ମୂଷା କମିଶନ, ଯୋଜନାର ସଫଳ ପ୍ରୟୋଗ ଓ ତାର ଭିନ୍ନ ଭିନ୍ନ ସମ୍ଭାବନା ସଂପର୍କରେ ଗବେଷଣା କରିବା ପାଇଁ ବୁଦ୍ଧିଜୀବୀମାନଙ୍କୁ ଉତ୍ସାହିତ କଲା ।

ଫିରିଙ୍ଗି ମେଲଗାଣ୍ଡି ଜଙ୍ଗଲରେ ସାପ ଧରିବା ପାଇଁ ସଂଘର୍ଷ କରୁଥିଲା । ସେ ଅନ୍ୟମାନଙ୍କ ପରି ମୂଷାଙ୍କ ପଛରେ ନଧାଇଁ ସାପ ପଛରେ ଧାଉଁଥିଲା । କାରଣ ଏ କ୍ଷେତ୍ରରେ ତାର ଆଉ କେହି ପ୍ରତିଦ୍ୱନ୍ଦ୍ୱୀ ନଥିଲେ । ଏ ଦିଗରେ ସଫଳତାର ସମ୍ଭାବନା ଶତ ପ୍ରତିଶତ ଥିଲା । ତେଣୁ ।

ଇଆଭିତରେ ଲୋକେ ମୂଷା ଧରିବା ପାଇଁ ବାଇଆ ହେଇ ଦିନରାତି ଧାଉଁଥିଲେ । ତ ସେଣେ କୁମ୍ପାନୀ ଲୋକଙ୍କ ଘର ଦୁଆର, ଜମିବାଡି ଓ କ୍ଷେତ - ଖମାର ଦଖଲ କରିନେଇଥିଲେ । ଘୋଡାଲିଙ୍ଗ ଗାଁରେ ଆଉ କୋଇଲି, ମହୁମାଛି, କୁନି କୁନି ପ୍ରଜାପତି ଓ ଫଲୁ ଫଳ ରହିଲେନି । ଇନ୍ଦ୍ରଧନୁ, ବର୍ଷା , କୁହୁଡି କି ଶାଳଫୁଲ କି ପଳାଶ ଫୁଲ ରହିଲେନି । ମହୁଆ, କେନ୍ଦୁ କି ହେସାଲ ଗଛ ରହିଲେନି । ପାହାଡ ପର୍ବତ, ନଦୀ ନାଳରୁ ଠାକୁର ବୋଙ୍ଗା, ଦେବତା ଓ ପୂର୍ବ ପୁରୁଷ ଉଭାନ ହେଇଗଲେ ।

ବାଉଁଶ ଫୁଲ ଆହୁରି ଫୁଟିଲା । ଆହୁରି ମୂଷା ଆସିଲେ । ଆହରୁି ଫୁଲ ... ଆହୁରି ମୂଷା ... । ଘୋଡାଲିଙ୍ଗ ଗାଁରେ କେବଳ ମୂଷା ହିଁ ରହିଲେ । ଲୋକବାକ ସବୁ ଗାଁ ଛାଡି ପେଟ ବିକଳରେ କିଏ କୁଆଡେ ପଳେଇଲେ ।

॥ ପାଞ୍ଚ ॥

ଆମେ ଲୋକତଂତ୍ରର ଢୋଲ ବଜାଇବାକି ? ଯଉଁ ଲୋକତଂତ୍ରରେ ଉପରେ ବସିଥିବା ଲୋକମାନେ ତଳେ ଠିଆହେଇଥିବା ଲୋକଙ୍କୁ ନର୍ଦ୍ଦମାର ପୋକ ବୋଲି ଭାବନ୍ତି । ଯଉଁ ଲୋକତଂତ୍ର ବିଦେଶୀ ପୁଞ୍ଜିବ୍ୟବସ୍ଥା ଓ ସମାଜତଂତ୍ରର ଡାଙ୍ଗାରେ ସଂରକ୍ଷିତ ହୋଇଥିବା ଏକ ସପିଂମଲ୍ । ବାରବାର ବଦଳେଇ ଦିଏ ଚେହେରା । ଉପଭୋକ୍ତାର ଚାହିଦା ଓ ବଜାରର ଉତ୍ପାଦନମାନଙ୍କ ଦ୍ୱାରା ନୟଂତ୍ରିତ ହୋଇଥାଏ । ଯଉଁ ଲୋକତଂତ୍ରରେ ଲୋକ ଓ ତଂତ୍ର ଭିତରେ ଥାଏ ଅଲଂଘ୍ୟ ଗଡଖାଇ । ଲୋକ ନଥାଏ, ଖାଲିତଂତ୍ର ଥାଏ । ତଂତ୍ରକୁ ନିୟଂତ୍ରଣ କରୁଥିବା ଗୁଡାଏ ଯଂତ୍ର ଥାଏ ।

ସାଇରସର କଥାବାଚନରୁ ଯଉଁ ନିଷ୍କର୍ଷରେ ପହଞ୍ଚି ହେବ ମୁଁ ସେଇ କଥା କହୁଚି । ଅସଲରେ ଏ ଗପ ଘୋଡାଲିଙ୍ଗ ଗାଁ ଓ ତାର ଲୋକବାକ ଓ ଫିରିଙ୍ଗି ମେଲଗାଣ୍ଡିକୁ ନେଇ ଗତିଶୀଳ । ସେମାନେ ସେମାନଙ୍କ ଭାଗ୍ୟ ଓ କର୍ମଦ୍ୱାରା ନିୟଂତ୍ରିତ । କୁମ୍ପାନୀ, ଠିକାଦାର,

ଦଲାଲ ଓ ସର୍କାର ତଥା ତଂତ୍ର ବ୍ୟବସ୍ଥା ଏ ନିୟଂତ୍ରଣରେ ଯଂତ୍ର ରୂପେ କେବଳ ବିକାଶର ଗୋଟିଏ ଗୋଟିଏ ପରି ପାଟୀ । ସେମାନେ ତାଙ୍କ ତଥାକଥିତ ବିକାଶର ଶାସ୍ତ୍ରୀୟ ସଂଗୀତ ରିଆଜ୍ କରୁଛନ୍ତି । କରୁଥାନ୍ତୁ... ।

ଏବଂ ଅସଲ ଖେଳ ଆରମ୍ଭ ହୋଇଥିଲା ଓ ଶେଷ ବି ହେବ ମୂଷା-ସାପଙ୍କ ଲୁଚକାଳିରେ । ମୂଷା ବଂଶ ବଢିବଢି ଯାଉଚି । କମିବାର ନାହିଁ । ସାପ ଖାଇ ଖାଇ ଫିରିଙ୍ଗି ମେଲଗାଣ୍ଡି ଏତେ ବିଷାକ୍ତ ହେଇଯାଇଚି ଯେ ତାର ଶ୍ୱାସପ୍ରଶ୍ୱାସ, ତାର ରକ୍ତ ଓ ବୀର୍ଯ୍ୟରେ ବିଷ । ଯାହାକୁ ଛୁଇଁଦବ ବିଷ, ଯାହାକୁ ଚାହିଁଦବ ବିଷ ।

ସାଇରସ ହେମ୍ବ୍ରମର କହିବା ଅନୁସାରେ ଘୋଡାଲିଙ୍ଗ ଗାଁର ଆଖପାଖରେ ଆଉ ଜଙ୍ଗଲ ରହିଲାନି । ଜଙ୍ଗଲରେ ଆଉ ସାପ ରହିଲେନି । ସାପ ଅଭାବରୁ ମୂଷାବଂଶ ବୃଦ୍ଧି ହେଲା । ଜୀବଜଗତରେ ଜୀବନଚକ୍ର ଏ ପ୍ରାକୃତିକ ସନ୍ତୁଳନର ଖେଳ । ଫିରିଙ୍ଗି ଆଉ ଖାଇବ କ'ଣ ? ଭୋକରେ ଉପାସରେ ରହିଲା । ଯାହାକୁ ପାରିଲା ଧରିଲା, ଶେଷରେ ଅନହାରରେ ମରିଗଲା ।

ଅନ୍ତତଃ କୁମ୍ପାନୀ ଓ ସର୍କାର ମିଶି ଘୋଡାଲିଙ୍ଗ ଗାଁର ଶେଷତମ ସାପକୁ ଉଦ୍ଧାର କଲେ । ତଦନ୍ତ କମିଶନ ରିପୋର୍ଟ ଦେଲା ଏହା ଅନାହାର ଜନିତ ଆତ୍ମହତ୍ୟା ନୁହେଁ । ହତ୍ୟା ବି ନୁହେଁ । ତାର ମୃତ୍ୟୁ ପାଇଁ କିଏ ଦାୟୀ କେହି କହିପାରିଲେନି । ନା କୁମ୍ପାନୀ .... ନା ଲୋକ, ନା ତଂତ୍ର... ।

ବିଶେଷଜ୍ଞମାନେ ପୋଷ୍ଟମର୍ଟମ ରିପୋର୍ଟରେ ଦର୍ଶାଇଥିଲେ ଯେ, ଫିରିଙ୍ଗି ମେଲଗାଣ୍ଡିର ଲିଙ୍ଗ ଏତେ ଲମ୍ବାଥିଲା ଯେ, ତାହା ବିଶ୍ୱରେକର୍ଡ ଭାଙ୍ଗିଦେଇପାରେ । କେହି କେହି ପ୍ରତ୍ୟକ୍ଷଦର୍ଶୀ କହିଲେ, ଫିରିଙ୍ଗି ମେଲଗାଣ୍ଡିର ଲିଙ୍ଗ ଜାଗାରେ ଗୋଟେ ଅତି ଦୀର୍ଘ ବିଶାଳକାୟ ସାପ ହିଁ ଝୁଲୁଥିଲା । 'ବାପ୍‌ରେ ବାପ୍ ...'

ଏ ଲୋକକଥାଟି ପରବର୍ତ୍ତୀ କାଳରେ ଦେଶୀୟ ସଂବିଧାନର ପୁନର୍ଲିଖନ ପାଇଁ ବା ଲୋକତଂତ୍ରର ନୂତନ ପରିଭାଷା ନିର୍ମାଣ ପାଇଁ ଏକ ସହାୟକ ଉତ୍ସ ଭାବେ କାମ କରିପାରେ । ଗବେଷକଙ୍କ ଦୃଷ୍ଟି ଆକର୍ଷଣ କରାଯାଇପାରେ ।

ଶଗୁଣବଧ ଓ ଅକାଳ

କୁକୁଡାଟା ମଲାବେଳେ, ତା ପାଦ ଦି'ଟାକୁ ଆକାଶ ଆଡକୁ ଉଠେଇ ଛଟ ଛଟ ହେଇ ମରିଥିଲା। ଦିଉରୀ କହିଲା ଏଇଟା ଅଶୁଭ ଲକ୍ଷଣ। ଏବର୍ଷ ଭଲ ବର୍ଷା ହବନି। ଅକାଳ ପଡିବ। ଲୋକେ ହା... ଚୁ... ଚୁ... କଲେ।

ଦିଉରୀ କହିଲା : ଯଦି କୁକୁଡା ପେଟ ମାଡି ମରିଥାନ୍ତା, ତେବେ ନିୟମିତ ବର୍ଷା ହେଇଥାନ୍ତା। ଯଦି ପିଠିମାଡି ମରିଥାନ୍ତା ତେବେ ବର୍ଷା ତ ହେଇଥାନ୍ତା, ମାତ୍ର ନିୟମିତ ନହେଇ ଅସମୟରେ ହେଇଥାନ୍ତା। ଆଉ ଯଦି କୁକୁଡାଟା ଫଡ ଫଡ ହେଇ ଛଟପଟ ହେଇ ଆସି ଦିଉରୀର ପାଦତଳେ କଚଡି ହେଇ ମରିଥାନ୍ତା, ତେବେ ଏବର୍ଷ ନିୟମିତ ବର୍ଷା ସାଙ୍ଗକୁ ସବୁଠୁ ଭଲ ଫସଲ ହେଇଥାନ୍ତା। ମାତ୍ର କୁକୁଡାଟା ଉପରକୁ ପାଦ ଟେକି ଆକାଶ ଆଡକୁ ଚାହିଁ ମଲା, ବଡ ଅଶୁଭ ହେଲା।

ଲୋକେ ଦିଉରୀ କଥା ଶୁଣି ଏତେ ରାଗିଗଲେ ଯେ ସାଇମନକୁ ସେ ବର୍ଷ ଗାଁରୁ, ଗୋତ୍ରରୁ, ଜାତି ଭାଇରୁ କାଟିଦେଲେ। ମାତ୍ର ଏଥିରେ ସାଇମନର କିଛି ଦୋଷ ନଥିଲା। ମାଗେ ପର୍ବରେ ଦିଉରୀ ନାଲି କୁକୁଡାକୁ ଦେଶାଉଲି ନାଁରେ ପ୍ରଥମେ ବଳି ଦେଇଥିଲା। ତାପରେ ଜାହିରାବୁଢୀ ଓ ନାଗେଏରା, ବିନ୍ଦିଏରା ନାଁରେ ଧୂସର ରଂଗର କୁକୁଡା ଓ ସବାଶେଷରେ ବାଗେୟା ଓ ଅନ୍ୟ ବୋଙ୍ଗାଙ୍କ ନାଁରେ ପୂଜାକରି କଳାରଙ୍ଗର କୁକୁଡାଟାକୁ ଉପରକୁ ଉଡେଇ ଦେଇଥିଲା।

ଭିଡ ଭିତରୁ ତାକୁ ସେଦିନ ସାଇମନ ମରାଣ୍ଡି ହିଁ ପଥର ଛାଟି ମାରିଦେଇଥିଲା। ସେଇମିତି ମାରିବାର ପ୍ରଥା ଥିଲା। ଯିଏ କୁକୁଡାକୁ ମାରିଦବ, ସେବର୍ଷ ତାର ଶିକାରରେ ଲକ୍ଷ୍ୟ ସିଦ୍ଧ ହେବ। ଆଉ, ଜଙ୍ଗଲରେ ଶିକାର କଲାବେଳେ ତାକୁ ବାଘ, ଭାଲୁ କି ସାପ କି ବାଗେୟା କେହି ଖାଇବେନି। କିନ୍ତୁ ତାର ଦୁର୍ଭାଗ୍ୟ ଏଇଆ ଥିଲା ଯେ, କୁକୁଡାଟା ମଲାବେଳେ ପାଦ ଦିଇଟାକୁ ଆକାଶ ଆଡକୁ ଉଠେଇ ଛଟଛଟ ହେଇ ମରିଥିଲା।

ଲୋକେ କିନ୍ତୁ କିଛି ବୁଝିଲେନି। ସାଇମନ ଗାଁରୁ ବିଦା ହେଇଗଲା ଓ ତା ସାଙ୍ଗେ ସାଙ୍ଗେ ଗାଁରୁ କୁଆ, କୋଇଲି, ଆମ୍ବ, ପଣସ, ମକା, ବାଜରା ସବୁ ବିଦା ହେଇଗଲେ।

ଇଏ ଅନେକ ବର୍ଷ ତଳର କଥା। ସେବେଠାରୁ ଆଜିଯାଏ ଚଡକ ପଥର ଗାଁକୁ ଅକାଳ ପଡିଥିଲା। ଲୋକେ ଖାଇବାକୁ ନପାଇ ଗାଁ ଛାଡି ସହରକୁ ପଳାଉଥିଲେ। ଯଉଁମାନେ ସହରକୁ ଯାଉଥିଲେ ସେମାନେ ଆଉ ଗାଁକୁ ଫେରିବାର ନାଁ ଧରୁନଥିଲେ। ଗାଁରେ ଯଉଁମାନେ ଥିଲେ ସେମାନେ କାହିଁକି ଥିଲେ ନିଜେ ଜାଣିନଥିଲେ। ଅନେକ ବର୍ଷ ପରେ ଚଡକ ପଥର ଗାଁକୁ ଏକାସାଙ୍ଗେ ତିନୋଟି ଜିନିଷର ଆଗମନ ହେଲା।

ପ୍ରଥମେ ଆସିଲା ଲୋକସଭା ନିର୍ବାଚନ ଓ ତାପରେ ହାତ ଧରାଧରି ହେଇ ଏକାସାଙ୍ଗେ ଗାଁ ଭିତରକୁ ଆସିଲେ କୋଇଲି ଓ ସାଇମନ। ସାଇମନର ନିର୍ବାସନ ସହିତ ଗାଁକୁ ଅକାଳ ଆସିଥିଲା। ଅକାଳ ସହିତ ଗାଁରୁ କୁଆ, କୋଇଲି ଓ ଧାନ, ମୁଗ ବି ନିର୍ବାସିତ ହୋଇଯାଇଥିଲେ।

ଏଥର ଲୋକସଭା ନିର୍ବାଚନର ଚେହେରା ନୂଆ ରଙ୍ଗ କରାଯାଇଥିବା ଗୋଟେ ପୁରୁଣା ଟିଣ ସୁଟ୍‌କେଶ୍ ପରି ଥିଲା। ନେତାମାନେ ପୂର୍ବପୁରୁଷଙ୍କ ବୋଙ୍ଗା ପରି ଭାରି ଶାନ୍ତ, ଭାରି କମନୀୟ ଓ ଭାରି ଉଦାର ମନେହେଉଥିଲେ। ଅନେକ ବର୍ଷ ପରେ ଚଡକପଥର ଗାଁକୁ ସତେ ଅବା ସ୍ୱପ୍ନ ତାର ଐଶ୍ୱର୍ଯ୍ୟ ନେଇ ଫେରୁଥିଲା। ଗଛରେ, ଫୁଲ-ଫଳରେ, ଆକାଶର ଟିକି ଟିକି ତାରା ଓ କୁନି କୁନି ଚଢେଇଙ୍କ ଉଡାଣରେ ସତେ ଯେପରି କିଏ ପ୍ରାଣ ସଂଚ୍ଚର କରିଯାଇଥିଲା।

ଅନେକ ବର୍ଷ ପରେ ଗାଁରେ ଗୋଟେ ସୁରିଲା ରାଗରେ କୋଇଲିଟିଏ କୁଉ...କୁ...ଉ..କୁଉ... ହେଲା। କଉଁଠି କୋଇଲି ଗୀତ ଗାଇଲା ଗୋ...ମିତ... ? ଲୋକେ ଘରୁ ବାହାରି ଆସି ଗଛ ପତ୍ରର ଗହଳି ଭିତରେ, ଦୂର ଦୂରାନ୍ତ ଯାଏ ଆଖି ପୁରେଇ ଖୋଜିହେଲେ। କଉଁଠି କୋଇଲି ନଥିଲା।

ଅଥଚ ରହିରହି କୋଇଲି କୁଉ...କୁଉ.....ଉ... ହଉଥିଲା। ଲୋକେ ଖୁସି ହେଲେ। ଲୋକେ ଆନନ୍ଦରେ ଗୀତ ଗାଇବା ପାଇଁ ମନକଲେ। ଅଥଚ ଅନେକ ବର୍ଷ ହେଲା ଉଭାନ୍ ହେଇଯାଇଥିବା କୋଇଲିର ବିରହରେ ସେମାନେ ଶୋକ ଦିବସ ପାଳନ କରୁଥିବା କାରଣରୁ ଗୀତ ଗାଇବା ପସନ୍ଦ କରୁନଥିଲେ। ବା ଗୀତ ଗାଇବା ଭୁଲି ଯାଇଥିଲେ। ସେମାନେ ବଣ ପାହାଡ, ଜଙ୍ଗଲ - ଝାଡ ଚ୍ଚରିଆଡେ ଖୋଜିଲେ। କାହିଁ ? କୋଇଲି କାହିଁ ?

ରହି ରହି କୋଇଲି ବୋବଉ ଥିଲା। ସତେଯେପରି ଫେରିଆସିଚି ବସନ୍ତ। ଫେରିଆସିଚି ଆମ୍ବ ପଣସ। ଫେରି ଆସିଚନ୍ତି ବିଦେଶରୁ ଲୋକବାକ। ମକର ପରବ ପରି ମହ ମହ ଲାଗୁଚି ଚଉଦିଗ। କୁଉ...କୁଉ...ଉ...କୁ...ଉ... ।

ସାଇମନ ଯୁଆଡେ ଯାଉଥିଲା, କୋଇଲି ତା ସାଙ୍ଗେ ସାଙ୍ଗେ ଯାଉଥିଲା । ତାପରେ ଲୋକେ ସାଇମନକୁ ପୂଜା କଲେ । ନିଜ ଜାତି, ଗୋତ୍ର ଓ ଗାଁକୁ ଫେରିଆସିବାକୁ ବିନତି କଲେ । ସାଇମନ ଆଗପରି ଦିଶୁନଥିଲା । ତାର ମୁହଁ ଓ ଦେହରେ ଏକ ଅପୂର୍ବ ସୁଗନ୍ଧ ଭରି ରହିଥିଲା । ସେ ଅଳ୍ପ କଥା କହୁଥିଲା । ବେଶି ହସୁଥିଲା ।

ଜଣେ କିଏ ଆବିଷ୍କାର କଲା କି, ସାଇମନର ଛାତିରେ କୋଇଲି ବସା କରିଚି । ହଁ, ଗୋଟେ କୁନି ପିଲାଟେ ଏକଥା ଆବିଷ୍କାର କଲା ଯେ କୋଇଲି ସାଇମନର ଛାତି ଭିତରୁ କୁଉ...କୁଉ... ହଉଚି । ତାପରେ ଲୋକେ ତାକୁ ବେଢିଗଲେ । ତାକୁ ଘେରି କରି ନାଚିଲେ ଓ ଗୀତ ଗାଇବାକୁ ମନେ ପକେଇଲେ । ତା ଛାତି ଭିତରୁ କୋଇଲି ଦିନରେ ପ୍ରାୟ ଦଶ ବାର ଥର କୁଉ...କୁଉ... କରୁଥିଲା । ଲୋକେ ଆନନ୍ଦରେ ଗୀତ ଗାଇଲେ ଓ ମହୁଆ ପିଇଲେ ।

କୁନି ପିଲାଟି ଦିନେ ଆବିଷ୍କାର କଲା ଯେ କୋଇଲି ସାଇମନର ଛାତିରେ ନୁହେଁ, ଗୋଟେ ଛୋଟ ଦିଆସିଲି ଖୋଳ ପରି ବାକ୍ସ ଭିତରେ ଅଛି ଓ ମଝିରେ ମଝିରେ କୁଉ...କୁଉ... ହଉଚି । ସାଇମନ ଯେତେବେଳେ ମନକରୁଚି, ତା ସାଙ୍ଗରେ କଣ କଥା ହଉଚି । କେତେବେଳେ ହସୁଚି, କେତେବେଳେ ରାଗୁଚି ତ କେତେବେଳେ ନାକ ସୁଁ ସୁଁ କରି କାନ୍ଦୁଚି ।

ଲୋକେ କୁନି ପିଲାର କଥା ଶୁଣି ଆହୁରି ଚକିତ ହେଲେ । 'ସତ ?' 'ହଁ... ହଁ... ସତ' । ପିଲାଟି କହିଲା । ଲୋକେ ଏଥର ଲୁଚି ଲୁଚି ସାଇମନକୁ ଦେଖିଲେ । ସାଇମନର ସେ ଦିଆସିଲି ଖୋଳ ଭିତରେ ଲୁଚି ରହିଥିବା କୋଇଲିକୁ କିନ୍ତୁ ଦେଖି ପାରିଲେନି । ଖାଲି ତା ଗୀତ ଶୁଣିଲେ । ସାଇମନ ସଙ୍ଗେ କଥାଭାଷା ହେବାର ଶୁଣିଲେ ।

'ବାପରେ ବାପ୍ । ଇଏ କି କୋଇଲି !'

କହିଲା ଭଗବାନ ମାଝୀ ।

କିନ୍ତୁ କୋଇଲି ସାଙ୍ଗେ ସାଙ୍ଗେ ଚଡକ ପଥର ଗାଁକୁ ସାଇମନ ମରାଣ୍ଡି ଓ ଲୋକସଭା ନିର୍ବାଚନ ଓ କାଉ, କୋଇଲି, ଧାନ ମୁଗ ଫେରିଆସିଲେ । ଲୋକଙ୍କର ସେଇଆ ଦରକାର ଥିଲା । ନିର୍ବାଚନରେ ଅବଶ୍ୟ ଲୋକଙ୍କୁ ବିଶେଷ ଫାଇଦା ନଥିଲା । କାରଣ ସବୁଥର ପରି କିଛି ଗାଡି, ଧୂଆଁ, ଧୂଳି, ପୋଷ୍ଟର ଓ ଜିନ୍ଦାବାଦ - ମୁର୍ଦ୍ଦାବାଦ, ହାଣ୍ଡିଆ କି ରସି ମୁନ୍ଦେ ଛଡା ଲୋକଙ୍କୁ ଆଉ କିଛି ମିଳୁ ନଥିଲା ।

ଅନେକ ଦିନ ପରେ କୋଇଲି ଫେରିଲା ଗାଁକୁ, ମାନେ ଧାନ-ମୁଗ ଫେରିଲା । ଲୋକବାକ ଫେରିଲେ । କୁନି ପିଲାଟିର କଥା ସତ ହେଲା । ସାଇମନ ତା ଛାତି ପକେଟରୁ ବାହାର କରି ତା ଖୋଳକୁ ଦିନେ ଲୋକଙ୍କୁ ଦେଖାଇଲା ଓ କହିଲା ଦେଖ ଇଆ ଭିତରେ

କୋଇଲି ବଇଚି । କୁ...କୁ...ଉ ହଉଚି । ଏଇ ଦେଖ ମୁଁ ତାକୁ ଉଡେଇ ଦଉଚି ସେ ଆମ୍ବଗଛ, ଶାଳଗଛ, ହାତ୍ନା ଗଛର ଛତି ଉପରେ ପେଟେଇ ଶୋଇଥିବା ଆକାଶ ଆଡକୁ ।

ସାଇମନ ଯାଦୁ କଲାପରି ତା ମୋବାଇଲ୍‌କୁ ଚିପି ଦେଲା ଓ ସୁରିଲା ରାଗର କୋଇଲିଟେ କୁ...କୁ...ଉ କରି ତା ଭିତରୁ ବାହାରି କାହିଁ କୁଆଡେ ଉଡି ଚାଲିଗଲା । ପାହାଡର ଛତି ଉପରକୁ । କେହି କିନ୍ତୁ ଦେଖି ପାରିଲେନି ।

ଦି'ତିନି ଦିନ ପରେ ଆଉ ଦି'ଜଣ ଯୁବକ ଫେରିଲେ ଗାଁକୁ । ଅନେକ ବର୍ଷ ପରେ ସେମାନେ ଗାଁକୁ ଫେରିଥିଲେ ସହରରୁ । ସେମାନଙ୍କ ଛାତି ପକେଟରେ ବି ସେଇ ଯାଦୁ ଖୋଳଟିମାନ ଥିଲା । କିନ୍ତୁ ତା ଭିତରେ କୋଇଲି ନଥିଲା । ଜଣକ ଖୋଳରେ ଛେଚି କୁଟି ହେଉଥିବା ପରି, ବୋଙ୍ଗ ଲାଗିବା ପରି କେହି ଜଣେ ଗୀତ ଗାଉଥିଲେ । ଆଉ ଜଣଙ୍କ ଖୋଳରୁ ଗୋଟେ କଅଁଳା ପିଲା ରାହାଧରି କାନ୍ଦୁଥିବାର ଶୁଣାଯାଉଥିଲା ।

ଅବଶେଷରେ କୁନି ପିଲାଟି ଖୋଳମାନଙ୍କର ରହସ୍ୟ ଉନ୍ମୋଚନ କଲା କି ଏସବୁ ମୋବାଇଲି ଫୋନ୍.... । ସାଇମନର ମୋବାଇଲ୍ ଭିତରେ ସତ କୋଇଲି ନୁହେଁ, ମିଛ କୋଇଲିର ରିଂ ଟୋନ୍ ଥିଲା । ସେ ସହରରୁ ଗାଁକୁ ଆସିବାର ତୃତୀୟ ଦିନ ତା କୋଇଲି ମରିଗଲା ।

ଭଗବାନ ମାଝୀ ପଚାରିଲା: କିମିତି ମଲା ?

କୁନି ପିଲାଟି କହିଲା: ଗାଁରେ ବିଜୁଳି ନଥିବାରୁ ଓ ସାଇମନର ମୋବାଇଲରେ ବେଟରୀ ଡାଉନ୍ ହେଇଯାଇଥିବାରୁ ସେ ଚାର୍ଜ କରି ପାରୁନି । ସେଥିପାଇଁ ତା କୋଇଲି ଆଉ କୁଉ...କୁ...ଉ... କରୁନି ।

'ଯାଃ, ଶଳା..... !'

କହିଲା ଭଗବାନ ମାଝୀ ।

ଲୋକେ ଧରିନେଇଥିଲେ ସାଇମନ ସଙ୍ଗେ କୋଇଲି ଫେରିଲା ଗାଁକୁ । ମାତ୍ର ଇଏତ ସତସତିକା କୋଇଲି ନଥିଲା । କୋଇଲିର ଏକ ଭ୍ରମ ଥିଲା । ଆଉ ଦି'ଜଣ ସହର ଫେରନ୍ତା ଯୁବକ ବୁଝାଇ ଦେଲେ । ଗାଁ ଲୋକଙ୍କ ଆଖିରେ ସାଇମନର ଦିବ୍ୟ ଅଲୌକିକତା ଯେପରି ମଳିନ ହୋଇଆସିଲା । କିନ୍ତୁ ସେଥିରେ ସାଇମନର କିଛି ଫରକ୍ ଆସିଲାନି ।

ଦୀର୍ଘ ବର୍ଷ ଧରି ଅକାଳଗ୍ରସ୍ତ ଚଡକପଥର ଗାଉଁ ଲୋକେ କୋଇଲି ଦେଖିନଥିଲେ । ଏବେ କୋଇଲରି ଆବାଜ ଶୁଣିଲେ ଓ ତା'ପରଦନି ସତକୁ ସତ କୋଇଲି, କୁଆ, କାଠହଣା ଓ ଗୁଣ୍ଡୁରୀ ଚଢେଇମାନେ ଗାଁକୁ ଫେରିଲେ । ଗିଧ, ଶାଗୁଣା ଓ ଚିଲମାନେ ଗାଁର ପଥର ମୁଣ୍ଡିଆ ଉପରେ ଚକ୍କର ଦେଲେ । ସହରରୁ ଫେରି ଆସିଲେ ଲୋକେ ଦଳ ଦଳ ହେଇ ।

ସଂଜ ସକାଳେ ଗାଁରେ ପରବ, ମଉଛବ ଲାଗିଲା ପରି ହୋ ହୋ... ଘୋ ଘୋ...। ଗାଁ ମୁଣ୍ଡିଆଳ ଲୋକଙ୍କୁ ଏକାଠି କଲା ଓ କହିଲା କାଲି ଗାଁକୁ ନେତା ଆସିବ। ଆମ ଦୁଃଖ ଦରଦ ଶୁଣିବ। ଆମକୁ ସାହା ହବ। ଟଂକା ଦବ। ହାଣ୍ଡିଆ ଦବ। ମୁର୍ଗା- ଭାତ ଦବ।

ଲୋକେ ମୁଣ୍ଡାର କଥା ଶୁଣିଲେ ଓ ଟିପେ ଖଇନି କଳରେ ଜାକି ଦେଇ ଥୁଃ କରି ଛେପ ଛାଟି ଦେଇ ସାଇମନକୁ ଚାହିଁଲେ। ସାଇମନ ପ୍ରତି ଲୋକଙ୍କର ଏକ ଅହେତୁକ ଭରସା ଆସି ସାରିଥିଲା। କାରଣ ସାଇମନ ସାଙ୍ଗେ କୁଆ, କୋଇଲି, ଧାନ, ମୁଗ ଓ ଲୋକବାକ ଅନେକବର୍ଷ ପରେ ଗାଁକୁ ଫେରି ଆସିଥିଲେ।

ଚଡକପଥର ଗାଁ ଗୋଟେ ଜଙ୍ଗଲ ଭିତରେ, ପାହାଡର ଘେର ଭିତରେ ପୋତି ହେଇ ପଡୁଥିବା ଖଣିଟେ ପରି ଥିଲା। ସେ ଗାଁକୁ ଯଉଁ ରାସ୍ତା ଯାଇଥିଲା ବା ସେ ଗାଁରୁ ଯଉଁ ରାସ୍ତା ଆସିଥିଲା ସେଇଟାକୁ ରାସ୍ତା ନକହି ବରଂ ଗୋଟେ ଡରିଯାଇଥିବା ସରୀସୃପର ଅବଶେଷ କହିଲେ ଭଲ ହୁଅନ୍ତା।

ପାହାଡ କଡକୁ ଲାଗି ଗୋଟେ ଉତକ୍ରମିତ ପ୍ରାଥମିକ ବିଦ୍ୟାଳୟ ଥିଲା। ସେ ବଦ୍ୟାଳୟରେ ତିନି ଜଣ ଶିକ୍ଷକ (କା) ଥିଲେ ଓ ତନ୍ମଧ୍ୟରୁ ଦି' ଜଣ ପ୍ରସବ କରିବା ସକାଶେ ଛୁଟିନେଇ ସହରରେ ବସିଥିଲେ। ପ୍ରଧାନ ଶିକ୍ଷକ ଜଣକ ପୁରୁଷ ଥିବାରୁ ଓ ପ୍ରସବ କରି ପାରୁନଥିବା କାରଣରୁ ଛୁଟି ନେଇନପାରି କେବଳ ମଙ୍ଗଳବାର ଓ ଶନିବାର ମନେପଡିଗଲା ପରି ଆସୁଥିଲା। ସେ ଯଉଁଦିନ ଆସୁଥିଲା ସେଦିନ ଜନଗଣନା, ଭୋଟର ପରିଚୟ ପତ୍ର, ରାସନ କାର୍ଡ, ବି.ପି.ଏଲ୍. ତାଲିକା ସଂଶୋଧନ, ଗଛ ପତ୍ର ଓ ଗାଈଗୋରୁ ଗଣନା ତଥା ମଧ୍ୟାହ୍ନ ଭୋଜନ ରାନ୍ଧିବା ଓ ତାର ହିସାବ ରଖିବା କାମରେ ବ୍ୟସ୍ତ ରହିବାର ବାହାନା କରୁଥିଲା।

ବିଦ୍ୟାଳୟରେ ପାନୀୟ ଜଳର ସଂକଟ, ଶ୍ରେଣୀଗୃହ ଓ ଆସବାବପତ୍ରର ଅଭାବ ସତ୍ତ୍ୱେ ଦୂର ଦୂରରୁ ପିଲାମାନେ ଆସୁଥିଲେ, ମନେପଡିଗଲା ପରି ବା ଅନ୍ୟମନସ୍କ ଭାବେ। ସତେ ଯେପରି ଭୁଲ୍‌ରେ ଆଉ କଉଁଠିକି ଯାଉ ଯାଉ ଆଉ କଉଁଠି ଆସି ପହଞ୍ଚିଗଲେକି ! ତା ଭିତରୁ ଅଧିକାଂଶ ମଧ୍ୟାହ୍ନ ଭୋଜନ ଖାଇବା ଆଶାରେ ଆସୁଥିଲେ।

ଚଡକପଥର ଗାଁକୁ ବିଜୁଳି ଆସିନଥିଲା। ଆଖପାଖରେ କେଉଁଠି ଡାକ୍ତରଖାନା ନଥିଲା। ସହର ଏଠୁ ଅନେକ ଅନେକ ଦୂରରେ ଥିଲା। ଏ ଜନ୍ମରେ ଗଲେ ଆର ଜନ୍ମରେ ଯାଇ ପହଞ୍ଚି ହବ, ସେତିକି ଦୂରରେ ଥିଲା। ସହରରୁ ଥରେ ଫଟୋଉଠା ହାକିମ ଆସି ଇସ୍କୁଲ ଘରେ ବସିଲା। ଇସ୍କୁଲର ମାଷ୍ଟର ସା'ବ, ଯା ନାଁ ଚୁଟିଆ ମାହାତୋ, ସିଏ ସେଦିନ କିମିତି ଖବର ପାଇ ମଢ ଶୁଂଘି ଶୁଂଘି ପହଞ୍ଚିଲା ପରି ପହଞ୍ଚିଗଲା। ଘର ଘର ବୁଲି ଲୋକଙ୍କୁ କହିଲା ବିସ୍ ବିସ୍ ଟଂକା ଦିଅ। ଫଟ ଉଠାଇ ଦେବି। ତମର ନାଲି କାର୍ଡ

ବନାଇ ଦେବି । ମାସକୁ ତିରିଶ କେ.ଜି. ଦି'ଟଙ୍କିଆ ଚାଉଳ, ଶସ୍ତାରେ ମାଟିତେଲ ଓ ଦୋକ୍ତା ଓ ଚିନି ଓ ଲୁଣ ପାଇବ । ମାସରେ ଦଶଦିନ ନିଶ୍ଚିତ କାମ ପାଇବ । ବିଧବା ଭତ୍ତା, ବାର୍ଦ୍ଧକ୍ୟ ଭତ୍ତା, ଋଣ ଓ ସବସିଡ୍ ପାଇବ । ପିଲାଙ୍କୁ ଚାକିରୀ ମିଳିବ ।

ଲୋକେ ବହୁ କଷ୍ଟରେ ସଂଚିଥିବା ଟଂକା ଚୁଟିଆ ମାହାତୋକୁ ଦେଲେ ଓ ବାସନା ତେଲ ମାଖି କୁସୁମ ତେଲ କି ଜଡା ତେଲ ମାଖି କାଠ ଚିରୁଣିରେ ବାଳ ସଜାଡି, ଭଲ ଲୁଗାପଟା ପିନ୍ଧି ଫଟୋ ଉଠାଇଲେ । ଚୁଟିଆ ମାହାତୋ ଆଶ୍ୱାସନା ଦେଲା କି ଗତଥର ପରି ଏଥର ସେ କଦାପି ଠକାଇବ ନାଇଁ । ସେ ତ୍ରିବାର ସତ୍ୟ କଲା କି ଭୋଟର ପରିଚୟ ପତ୍ରରେ ଲୋକଙ୍କ ନାଁ, ବାପ ନାଁ, ବୟସ ଓ ଠିକଣା ଓ ନିଜ ମୁହଁର ଫଟୋ ଠିକ୍ ଠିକ୍ ଛାପିବ । ସେ ସେଇଆ କହି ଗତ ଦି'ଥର ଚାନ୍ଦା ଉଠାଇଥିଲା । କିନ୍ତୁ କାହାରି କାର୍ଡ ମିଳିଲାନି । ଯଉଁ ଜଣେ ଦି'ଜଣଙ୍କୁ ମିଳିଲା, ସେଥିରେ କାହାର ବାପ ନାଁ ଜାଗାରେ ପୁଅର ନାଁ ତ ନିଜ ଫଟୋ ଜାଗାରେ କଉଁ ମାଇଝିର ଫଟୋ ଲାଗିଥିଲା ।

ଚୁଟିଆ ମାହାତୋ ବୁଝାଇଥିଲା, ଇଏ ସର୍କାରର ଦୋଷ । ତାର କିଛି ଦୋଷ ନାଇଁ । ଆଉଥରେ ଚାନ୍ଦାଦିଅ, ଆରଥର ବେଳକୁ ସବୁ କିଛି ଠିକ୍ କରିଦେବି । ଲୋକେ ବୁଝିଗଲେ ଓ ଆଉ ଥରେ ଚାନ୍ଦା ଦେଲେ । ମାତ୍ର ଏଥର ବି ସେଇଆ ହେଲା । ଚୁଟିଆ ମାହାତୋ ଲୁଚିକି ବୁଲିଲା । ମାସରେ ଦି'ଦିନ ଇସ୍କୁଲ ଆସିଲା । ତାର କେହି ବାଳ ବଂକା କରି ପାରିବେନି ବୋଲି କହିଲା ଓ ଆଉ ଗୋଟେ ମାଇଝିକୁ ନେଇ ଶୋଇଲା ।

ଲୋକେ ଚୁଟିଆ ମାହାତୋର ବାଳ ବଂକା କରି ପାରିବେନି ବୋଲି ଜାଣିସାରିଥିଲେ । କାରଣ ତା ହାତରେ ବି.ପି.ଏଲ୍. କାର୍ଡ, ନାଲି କାର୍ଡ, ଭୋଟର ପରିଚୟ ପତ୍ର, ଜନଗଣନା, ମଧ୍ୟାହ୍ନ ଭୋଜନ ଓ ସର୍କାର ଥିଲା । ସେ କାହାରିକୁ ଡରୁନଥିଲା ।

ଏଇଭଳି ଏକ ଦୁଃସମୟରେ ସାଇମନର ଆବିର୍ଭାବ ନିଶ୍ଚୟ ଲୋକଙ୍କ ପାଇଁ ଭରସା, ବିଶ୍ୱାସ ଓ ଆସ୍ଥାର ଏକ ଝଲକ ଥିଲା । ଲୋକେ ଭାବୁଥିଲେ ସାଇମନ କିଛି କରୁ । ସେ କୋଇଲି ଆଣିଲା ତ ଗାଁକୁ ପାଣି, ପବନ, ବିଜୁଳି, ରାସ୍ତା ଓ ଡାକ୍ତର ବଇଦ ଆଣୁ । ଇସ୍କୁଲରୁ ଚୁଟିଆ ମାହାତୋକୁ ବିଦା କରୁ ।

ସାଇମନ ଅନେକ ବର୍ଷ ପରେ ଗାଁକୁ ଫେରି ଗାଁର ଅବସ୍ଥା ଦେଖି ଦୁଃଖରେ ନିରବ ହେଇଯାଇଥିଲା । ଯେମିତିକି ସେ ଆଉ କଉଁ ଦେଶରେ ଆସି ପହଞ୍ଚି ଦେଖୁଥିଲା ହାହାକାରମୟ ଗୋଟେ ଅଚିହ୍ନା ଜଙ୍ଗଲ । ଯେଉଁଠି କିଛି ବି ଘଟୁ ନଥିଲା । ତା କୋଇଲି ଏବେ ଉଡିଯାଇଥିଲା ।

ସହରରୁ ଯେତିକି ଅଧିକା ଲୋକ ଫେରୁଥିଲେ, ସେତିକି ଅଧିକା ହୋ ହୋ ଫେରୁଥିଲା । ଏବେ କିଛି ଦିନ ଧରି ଗାଁକୁ ନେତା ଓ ତାଙ୍କ ସହକର୍ମୀ ମାନେ ଖଦି ପିନ୍ଧି

ମଟର ଚଢି ଆସିଲେ। ଲୋକଙ୍କୁ ଲୋଭ ଦେଖେଇଲେ। ଟିକି ଟିକି କାଗଜର ଛପା ସବୁ ବାଣ୍ଟିଲେ। ଚିହ୍ନ ସବୁ ବାଣ୍ଟିଲେ। କହିଲେ, ମୋତେ ଭୋଟ ଦେଲେ ରାସ୍ତା ବନେଇ ଦେବି। ବିଜୁଳି ଆଣିଦେବି। ଡାକ୍ତର ଆଣିଦେବି। ଚୁଟିଆ ମାହାତୋକୁ ବଦଳି କରି ନୂଆ ମାଷ୍ଟ୍ର ଆଣିବି। ପାଣି, ପବନ, ମହୁ ଓ ମହୁଆ ଆଣିଦେବି। ଧାନ, ମୁଗ, କୁଆ, କୋଇଲି ଆଣିଦେବି।

'ପିଲାଙ୍କୁ ଋକିରି ଦେବି। ବୁଢାବୁଢୀଙ୍କି ଭତ୍ତା ଦେବି। ଶସ୍ତାରେ ଘର ବନେଇଦେବି। ଇନ୍ଦିରା ଆବାସ ଦେବି। ଛେଳି ଋଣ କରାଇଦେବି। ମା'ଜନର ଋଣ ଶୁଝିଦେବି।' ଗୋତିରେ ଯାଇଥିବା ତୋ ପୁଅକୁ ଫେରାଇ ଆଣିବି। ଜେଲ୍‌ରେ ଥିବା ତୋ ବାପକୁ ମୁକୁଳାଇ ଆଣିବି।' ଆଉଜଣେ ନେତା କହିଲା।

ଭଗବାନ ମାଝୀର ଦି' ପୁଅ ଅଲଗା ହେଇ ଦି'ଇଟା ଘର କରି ରହୁଥିଲେ। ଭଗବାନ ମାଝୀ ତା ମାଇଝିକୁ ନେଇ ଆଉ ଜାଗାରେ ରହୁଥିଲା। ମାଇକିନାଟାର ଆଖିକି ଭଲକି ଦୁଶୁ ନ ଥିଲା। ନେତା ଆସି ତା ଦୁଆରେ ବସିଲା। ଖଟିଆ କୁଁ କୁଁ ହେଲା। ନା' ନା ଖଟିଆ ନୁହେଁ ଖଟିଆ ଗୋଡରେ ବନ୍ଧା ଯାଇଥିବା ନାଲି କୁକୁଡାଟା କୁଡୁ କୁଡୁ କୁଁ...କୁଁ ହେଲା। ଭଗବାନ ମାଝୀ ନଇଁ ପଡି ଦି' ହାତ ଯୋଡି ନେତାକୁ ଜୋହାର ହେଲା। ନେତା ହସିଲା। ନେତାଟିର ପେଟ ଗୋଟେ ପମ୍ପ ଦିଆ ଯାଇଥିବା ରବର ତକିଆ ପରି ଦୁଶୁଥିଲା। ତା ମୁହଁ ଦୁଶୁଥିଲା ଗୋଟେ ଭାଙ୍ଗି ଯାଇଥିବା ମହୁଫେଣା ପରି। ତା କଥାସବୁ ଶୁଭୁଥିଲେ ଦୂର ପାହାଡ କନ୍ଦିରେ ହଜିଯାଇ ବାଟ ପାଉନଥିବା ଛେଳିଛୁଆର କରୁଣ କାନ୍ଦଣା ପରି... ଭାରି ତୀକ୍ଷ୍ଣ ଓ ତୀବ୍ର। ଥରେ କାନରେ ପଡିଲେ ଛାତି ଫାଟି ଯିବକି ?

ଭଗବାନ ମାଝୀ ନେତାର ଦୁଃଖ ବୁଝିଲା ଓ ସିଂଙ୍ଗବୋଗାଂକୁ, ମାରାଙ୍ଗବୁରୁକୁ ଶପଥ କରି କହିଲା ସିଏ ଓ ତା ମାଇପ ଦିହେଁ ନେତାକୁ ଭୋଅଟ ଦେବେ। ମାତ୍ର ତା ଦି ପୁଅ କଥା ସେ କହି ପାରବନି। ସେମାନେ ଆଉ ତା ଅକ୍ତିଆରରେ ନାହାନ୍ତି। ସେମାନେ ଅଲଗା ହେଇ ରହିଲାଠାରୁ ତାଙ୍କ ଛାଇ ସେ ମାଡୁନି। ସେମାନେ ଏବେ ଦି'ଜଣ ଅଲଗା ଅଲଗା ଦଳରେ ଅଛନ୍ତି।

ନେତା ଉଠିଲା ଯିବାପାଇଁ। ଗଲା ପୂର୍ବରୁ ସେ ଓ ତା କର୍ମୀମାନେ ଭଗବାନ ମାଝୀର ଟିପ ଚିହ୍ନ ନେଲେ। କହିଗଲେ ବାର୍ଦ୍ଧକ୍ୟ ଭତ୍ତା ଓ ଇନ୍ଦିରାଆବାସ କରାଇଦେବେ। ଗଲାବେଳେ ନେତା ଜୋହାର ହେଲା। ଭଗବାନ ମାଝୀର ମାଇପ ଏ ଦୃଶ୍ୟ ଦେଖି ପାରିଲାନି। ତାକୁ ଦିନରେ ବି ଭଲକି ଦିଶେନି। ଜଣେ କର୍ମୀ କହିଲା ନେତା ଜିତିଲେ ତୋ ମାଇଝିର ଆଖି ଅପରେସନ କରାଇ ଦେବୁ। ତାପରେ ସେ ସବୁକିଛି ଦେଖିପାରିବ। ଦିନରେ ବି, ରାତିରେ ବି।

ସାଇମନ ମରାଣ୍ଡି ତାର ମୋବାଇଲ୍‌କୁ ନେଇ ଚିନ୍ତାରେ ଥିଲା । ଏଠି ଚାର୍ଜ କରାଇ ପାରିବାର କୌଣସି ଉପାୟ ନଥିଲା । ସହର ଏଠୁ ଚଉଦ ମାଇଲ ଦୂର ଥିଲା । ଚାଲିକି ଯିବା ସମ୍ଭବ ନୁହେଁ । ତାକୁ କେହି ସାଇକେଲ ଉଧାର ଦେବେନି । ତାଛଡା ତାଙ୍କ ଗାଁରେ କାହାରି ସାଇକେଲ ନଥିଲା । ଚୁଟିଆ ମାହାତୋର ସାଇକେଲ ଥିଲା । ମାତ୍ର ସେ ଏ ଗାଁର ଲୋକ ନଥିଲା । ଚୁଟିଆ ମାହାତୋ ଇଲେକ୍ସନ ପାଇଁ ଲୁଚିକି ରହିଥିଲା । ଇସ୍କୁଲ ଆସୁନଥିଲା । ଶିକ୍ଷୟିତ୍ରୀମାନେ ପ୍ରସବ କରିସାରି ତଥାପି ଛୁଟି ବିତଉଥିଲେ । ପିଲାମାନେ ଅନେକ ଦିନ ହେବ ମଧ୍ୟାହ୍ନ ଭୋଜନ ଖାଇନଥିଲେ ।

ସାଇମନକୁ ଗାଁରେ କେହି କିଛି କହୁନଥିଲେ । ସେ ଆଉ ଜାତିରେ ଅଛି କି ନା ସେକଥା କେହି ପଚାରୁନଥିଲେ । କେତେବର୍ଷ ପରେ ସେ ଗାଁକୁ ଫେରିଥିବାରୁ ଲୋକେ ତାକୁ ଖରାପ ଭାବୁନଥିବେ । ପଛକଥା ସବୁ ପାଶୋରି ଯାଇଥିବେ । ସାଇମନ ସେଇଆ ଭାବିଲା । ତାର ନିଜର ବୋଲି ଘର ଦୁଆର ନଥିଲା । ବାପ ଅଜା ମରିସାରିଥିଲେ । ଘର ଡିହ ଭାଙ୍ଗି ରୁଜି ମାଟିରେ ମିଶିଯାଇଥିଲା । ସେ ତା ହୁଡିଂ ଆବାର ଘରେ ଆସି ପହଞ୍ଚିଥିଲା । ତା ହୁଡିଂ ଆବା (ବାପର ଭାଇ)କୁ ଦି' ବର୍ଷ ତଳେ ବାଘ ଖାଇ ଯାଇଥିଲା । ହୁଡିଂ ଆବାର ତିନିପୁଅ ଓ ଦି' ଝିଅ ଥିଲେ । ଝିଅମାନେ ବାହାହେଇ ବିଦେଶ ପଳେଇଥିଲେ ତାଙ୍କ ମରଦମାନଙ୍କ ସାଙ୍ଗେ । ଦି'ପୁଅ ସହରରୁ ଫେରିଥିଲେ ଅଳ୍ପଦିନ ତଳେ ।

ହୁଡିଂ ଆବାର ବଡପୁଅ କୁଆଡେ ନଯାଇ ଗାଁରେ ଥିଲା । ତାର ଗୋଟେ ପୁଅ ଜନ୍ମରୁ ମରିଯାଇଥିଲା । ଆଉ ଗୋଟେ ପୁଅ ନଅ ଦଶ ବର୍ଷର ହବ । ଛେଳି ରଖୁଥିଲା ଓ ଧନୁତୀର କି ବାଟୁଳି ଧରି ଶିକାର କରୁଥିଲା । ଚୁଟିଆ ମାହାତୋକୁ ଦେଖି ଧାଇଁ ପଳଉଥିଲା ।

ଶୀତ ଭଲକି ଛାଡ ନଥିଲା । ଚାରିଆଡେ କୋହଲା କୋହଲା ଥଣ୍ଡା । ସକାଳୁ ସକାଳୁ ହୁଡିଂ ଆବାର ବଡ ବହୂ ଗୋଟେ ଚୁଲି ଉପରେ ମାଉସଁ ପିଠା ବସେଇଥିଲା । ଗୋଟେ ମାଟି ତାଓ୍ୱାରେ କୁକୁଡା ମାଉଁସ ଓ ଚାଉଳ ବଟା ମିଶେଇ ଲଦି ଦେଇଥିଲା । ଧୀରେଧୀରେ ତଳୁ ଗୋବର ଗୁଣ୍ଡା ଜଳୁଥିଲା । ଟିକେ ଦୂରରେ ତା ପୁଅ ବେଲେ ପଖାଳ ବାଢିକି ବସିଲା । ପିଠା ଶିଝିବାକୁ ଡେରିଥିଲା । ତା ମାଆ ତାକୁ ଗୋଟେ ମନ୍ଦାର ଫଳ (ଆତ) ପୋଡିକି ଦେଲା । କଞ୍ଚା ଆତ ଚୁଲିରେ ଶିଝି ଯାଇ ଲୁତୁ ଲୁତୁ ହଉଥିଲା । ଟିପେ ଲୁଣ ଓ ଗୋଟେ କଞ୍ଚା ଲଙ୍କା ସାଙ୍ଗେ ଦଳିଦେଇ ସେ ପଖାଳ ବେଲାକ ଠୁଂକି ଦେଲା ।

ମାଉଁସ ପିଠାର ବାସ୍ନା ରହି ରହି ଆସୁଥିଲା । ସାଇମନ ପାଟିରୁ ଲାଳ ବହି ପଡିଲା । ସହରରେ ଏ ବାସ୍ନା, ଏ ମହକ, ଏ ଉନ୍ମାଦନା ନଥିଲା । କିନ୍ତୁ ସେ ଲାଜରେ କିଛି କହି ପାରିଲାନି । ସେ ଖଟିଆ ଉପରେ ବସି ଖରା ପୋଉଁଥିଲା ।

ଘର ଆଗରେ ଗୋଟେ ଗାଡି ରହିବାର ଶବ୍ଦ ଶୁଭିଲା । ସାଇମନ ଭାବିଲା

କଉଁ ନେତା ହେଇଥିବା ମାତ୍ର ନାଃ, ଦି ଜଣ ପୁଲିସ ଓ ଜଣେ ସରକାରୀ ଲୋକ ଓହେଇଲେ। ସେମାନେ ତା ନାଁ ଧରି ବଡପାଟିରେ ଡାକିଲେ। ସାଇମନ ଭାବିଥିଲା ଲୁଚି ପଡିବ, ନଚେତ୍ ବାଡ ଡେଇଁ ପାହାଡ ଧାରେ ଧାରେ ଜଙ୍ଗଲ ଆଡକୁ ଧାଇଁ ପଳେଇବ। କିନ୍ତୁ ପୁଲିସ ଦି ଜଣଙ୍କୁ ଦେଖି ପକେଇ ସେ ଆଉ କୁଆଡେ ଯାଇପାରିଲା ନାହିଁ। ସରକାରୀ ଲୋକଟି ଗୋଟେ ନଟ୍ ବୋଲଟ୍ ଟାଇଟ୍ କରି ଦିଆଯାଇଥିବା ମେସିନ୍ ପରି ଦିଶୁଥିଲା। ସତେ ଯେପରି ତା ମୁହଁଟାକୁ ବି ନଟ୍ ବୋଲ୍ଟ୍‌ରେ ଟାଇଟ୍ କରି ଦିଆଯାଇଛି।

ଜଣେ ପୁଲିସ୍ ପଚାରିଲା ସାଇମନ୍ କିଏ ? ସାଇମନ କହିଲା : ମୁଁ, ମୁଁ ମୋବାଇଲ ଚୋରି କରିନି, ଏଇଟାକୁ ମୋ ସାଙ୍ଗ ମୋତେ ଦେଇଚି। ମୁଁ ରାଣ ଖାଉଚି। ସତ କହୁଚି। ପୁଲିସ ହସିଲା, କହିଲା: 'ଶଳା ଚୋରଟା କିବେ ? ମୁଁ ତୋତେ ମୋବାଇଲ ଫୋନ୍ କଥା ପଚାରୁନି। ତୋତେ ନାଚିଆସେ କି ନାଇଁ କହ। ଗୀତ ଗାଇ ଆସେକି ନାଇଁ କହ। ହାକିମ ଆଇଚନ୍ତି। ଗାଁ ସାରା ଲୋକେ ଯିମିତି ଭୋଅଟ ଦେବେ, ତୁ ସେଇଆ ପ୍ରଚାର କରିବୁ। ବୁଝିଲୁ ନା ବେ ? ଶଳା ଛଉ ନାଚ ନାଚୁଥିଲୁ ପରା ? ତୋ ସାଙ୍ଗରେ ଆଉ ଦି ତିନିଟା ପିଲା ଯୋଗାଡ କରି ଗାଁ ସାରା ବୁଲି ବୁଲି ଲୋକଙ୍କୁ ବତେଇବୁ କିମିତି ବୋତାମ ଚିପିଲେ କଉଁଠି ଭୋଅଟ ଦେବେ। ଇଏ ସରକାରୀ ଅଡର। ଗୀତ ନାଚ କରି ବୁଝେଇବୁ। ହାକିମ ତୋତେ ଟ୍ରେନିଂ ଦେବେ। ଚାଲ୍ ବସ୍ ଗାଡିରେ।'

ସାଇମନ ନାଇଁ ନାଇଁ କରୁ କରୁ ଯାଇ ଗାଡିରେ ବସିଲା। ସାରା ଗାଁର ଲୋକେ ହା...ଚୁ...ଚୁ... କଲେ। କହିଲେ ସାଇମନକୁ ପୁଲିସ ଧରି ନେଇଗଲା। ଗାଡିରେ ଯାଉ ଯାଉ ଗାଁ ପାର ହେଇଚିକି ନାଇଁ ସାଇମନକୁ ଝାଡା ଲାଗିଲା। ଗାଡି ଅଟକିଲା। ନଟ୍ ବୋଲଟ୍ ଅଣ୍ଡା ହାକିମ ଜଣକ ୟ ୟ କରି ବାନ୍ତି କରି ପକେଇଥାନ୍ତା। ପୁଲିସ ଜଣେ କହିଲା ଶଳା ପେଣ୍ଟରେ ହଗିଲୁ କି ବେ ମାଦର.. ?

ସାଇମନ କହିଲା: 'କଥା କଣକି ମୁଁ ଗାଡିରେ ବସିଲେ ମୋତେ ହଗମାଡେ। କାହିଁକି ନା ମୁଁ ଚାରି ବର୍ଷ ହେଲା ମକର ବେଳକୁ ନାହି ପାଖରେ, ପେଟ ଉପରେ ଚିଡି ଦାଗ ନେଇନି। ସେ ପାଇଁ ମୋ ପେଟ ଖରାପ ହଉଚି। ମକର ବସିଲେ ସବୁ ବର୍ଷ ଆଖାନ ଦାଗ ବା ଚିଡି ଦାଗ ଦିଆଯାଏ ପେଟରେ। ଲୁହାକି ତମ୍ବାର ତିନି ମୁନିଆ କାଠିରେ ଅଙ୍ଗାର ନିଆଁରେ ତତେଇ ଚେଙ୍କ ଦିଆଯାଏ। ପିଲାଠୁ ବୁଢା ଯାଏଁ ସମସ୍ତେ ନିଅନ୍ତି ଚିଡି ଦାଗ। ଆଉ ପେଟ ଖରାପ ହୁଏନି।'

ଆର ଜଣକ ପୁଲିସ କହିଲା: 'ଯା, ଯା ଶଳା ଭାଗ୍... ଜଲ୍‌ଦି ହଗ୍।' ନଟ୍ ବୋଲ୍ଟ୍ ଅଣ୍ଡା ହାକିମର ସବୁ କଳ କବ୍‌ଜା ଢିଲା ହୋଇଯାଇଥିଲା। ସତେ ଯେପରି କୁଟୁର୍...କୁଁ...

କୁଟୁର୍...କ୍ୟୁଁ... କରି ଛାତରୁ ଓହଳିଥିଲା ଗୋଟେ ପୁରୁଣା ପଙ୍ଖା । ଯୋର୍‌ରେ ଘୂରାଇଦେଲେ କାଳେ ନଟ୍ ବୋଲ୍‌ଟ୍ ଖୋଲି ଯାଇ ଛିଡି ପଡିବ ଆସି ମୁଣ୍ଡ କି ଛାତି ଉପରେ ।

ସାଇମନ ହଗିବାକୁ ଯାଇ ଆଉ ଫେରି ପାରିଲାନି । ପୁଲିସ ଦି ଜଣ ତାକୁ ଖୋଜି ଖୋଜି ଜଙ୍ଗଲ ଭିତିରୁ ଧରିଲେ । ସେ ହଗିସାରି ପାଣି ଖୋଜୁଥିଲା ଓ ପାଣି ମିଳୁନଥିଲା । ସେ ଧୋଇ ନହେବା ଯାଏ ପୁଲିସ ବି ତାକୁ ଧରିକି ଆଣି ପାରୁନଥିଲା । ସେମାନେ ତିନିଜଣ ସାଙ୍ଗ ହୋଇ ଜଙ୍ଗଲ ଭିତରେ ପାଣି ଖୋଜିଗଲେ । ଇଆଡେ ଗାଡିଭିତରେ ପୁରୁଣା ପଙ୍ଖା ପରି ଆବାଜ୍ କରୁଥିବା, ନଟ୍ ବୋଲ୍‌ଟ୍ ଢିଲା ହୋଇ ସାରିଥିବା ହାକିମ ଜଣକ ବାନ୍ତି କରିସାରି ଅଚେତ ହୋଇ ଶୋଇପଡିଲା ।

'ଭୋଅଟ ଦେବା ଜଣେ ନାଗରିକର ମୌଳିକ ଅଧିକାର'; ସରକାର କହିଲା । ଖବରକାଗଜବାଲା ସେଇଆ ଲେଖିଲା । ରେଡିଓରେ ସେଇଆ କହିଲା । ସ୍କୁଲଘର କାନ୍ଥରେ ସେଇଆ ଲେଖାହେଲା ଓ ନେତାମାନେ ତାଙ୍କ କର୍ମୀମାନଙ୍କୁ ଧରି ଘର ଘର ବୁଲି ବୁଝେଇ ଦେଇଗଲେ । ନାଗରିକ କଣ ଓ କିଏ, ମୌଳିକ ଅଧିକାର କଣ ଓ କିଏ ସେକଥା ଚଡକ ପଥର ଗାଁର ଲୋକେ ବୁଝିପାରିଲେନି । ସେମାନେ ଶୀତ ସକାଳେ ନିଆଁ ପାଖରେ ଜାକିଜୁକି ହେଇ ବିଡି ପିଇଲେ, ନହେଲେ ରସି ପିଇ କାହାକୁ ଭୋଅଟ ଦେବେ ବା ଦେବେନି ଗପସପ ହେଲେ ।

ଚୁଟିଆ ମାହାତୋ ଦିନେ ହଠାତ୍ ଗାଁରେ ଆବିର୍ଭାବ ହେଲା ଓ ଲୋକଙ୍କୁ ଡାକି ଭୋଟର କାର୍ଡ ବାଣ୍ଟିଲା । ତା ସାଙ୍ଗରେ ଦି'ଜଣ ସରକାରୀ ଲୋକ ଥିଲେ । ସେ ଲୋକ ଦି'ଜଣ ବିଛା କାମୁଡିଲା ପରି ଖାଲି ନାଚୁଥିଲେ ପାଚୁଥିଲେ । କଥାକଥାକେ ରାଗିଯାଉଥିଲେ । ଗାଳି ଦଉଥିଲେ । ଧମକଉଥିଲେ । ବେଶି କହିଲେ ବାନ୍ଧି ନେଇଯିବେ ବୋଲି କହୁଥିଲେ ।

ଭଗବାନ ମାଝୀର ଦି' ପୁଅ ଦି' ଦଳରେ ଥିଲେ । ଗତବର୍ଷ ବଡ ପୁଅର ପରିଚୟ ପତ୍ର ମିଳିଥିଲା । ମାତ୍ର ସେଥିରେ ତା ବାପ ନାଁ ଜାଗାରେ ତା ନାଁ ଛପା ହେଇଥିଲା । ସାନ ପୁଅକୁ ଏଥର ପରିଚୟ ପତ୍ର ମିଳିଲା ଓ ତା ଫଟୋ ଜାଗାରେ ଗାଁର ଜଣେ ମାଇଝିର ଫଟୋ ଛପି ଯାଇଥିଲା । ସେ ଦି'ଜଣ ହାଉ ହାଉ ହେଲେ । ଚୁଟିଆ ମାହାତୋକୁ ଗାଳି ଦେଲେ । ତା ବଂଶ ବୁଡୁ ବୋଲି, ତାକୁ ବାଘ ଖାଉ ବୋଲି ଗାଳି ଦେଲେ । ନୂଆ ନୂଆ ସହରରୁ ଫେରିଥିବା ଦି'ଜଣ ସିଆଣା ଯୁବକ ଚୁଟିଆ ମାହାତୋକୁ ଠେଲାପେଲା କଲେ । ସରକାରୀ ଲୋକ ଦି' ଜଣ ଡରିମରି ଶୀଘ୍ର ଶୀଘ୍ର ଭୋଟର କାର୍ଡ ବାଣ୍ଟି ପକେଇ ପଳେଇଯିବା ପାଇଁ ବାହାରିଲେ । ସିଁ...ସିଁ......ଇଁ....ସି....ଇ...ସି... କରି ପବନ ବାହାରିଗଲା ଚୁଟିଆ ମାହାତୋର ସାଇକଲରୁ ।

ଲୋକେ ଏତେ ରାଗିଥିଲେ ଯେ, କହିଲେ ଚୁଟିଆ ମାହାତୋକୁ ଗଛରେ ବାନ୍ଧି

ପକାଅ । କହୁ କହୁ କିଏ ଜଣେ ସତକୁ ସତ ଗୋଟେ ଦଉଡିରେ ଚୁଟିଆ ମାହାତୋକୁ ବାନ୍ଧି ପକେଇଲା । ସରକାରୀ ଲୋକ ଦି' ଜଣ ଏତେ ଡରିଯାଇଥିଲେ ଯେ ଆଉ ଅଳ୍ପକେ ହଗମି ତୁ ପକେଇଥାନ୍ତେ । ହାତ ଗୋଡ ଧରିଲାରୁ ଲୋକେ ତାଙ୍କୁ ବାନ୍ଧିଲେନି । ସେ ଦି' ଜଣ ପଙ୍କଚର୍ ହେଇଥିବା ସାଇକେଲକୁ ଧରି ଦଉଡିବାକୁ ଲାଗିଲେ ଜଙ୍ଗଲୀ ରାସ୍ତାରେ, ଯଉଁଆଡୁ ଦି'ଇଟା ଭାଲୁ ଶୁଂଘି ଶୁଂଘି ଆସୁଥିଲେ ।

ଗାଁର ଅଧାଲୋକଙ୍କୁ ଭୋଟର ପରିଚୟ ପତ୍ର ମିଳିଲାନି । ସରକାର କହିଥିଲା, ଯାହା ପାଖରେ ଭୋଟର କାର୍ଡ ନାଇଁ ସେ ରାସନ୍ କାର୍ଡ, ବିପିଏଲ୍, ନାଲି କାର୍ଡ, ବ୍ୟାଙ୍କ୍‌ଖାତା, ଜମି ପଟା, ଡ୍ରାଇଭିଂ ଲାଇସେନ୍‌ସ, ପାନ୍‌କାର୍ଡ୍ କି ପାସ୍‌ପୋର୍ଟ୍ ଦେଖେଇ ଭୋଟ ଦେଇପାରିବ । ମାତ୍ର ଦୁର୍ଭାଗ୍ୟର କଥା, ଚଡକପଥର ଗାଁର ପାଞ୍ଚ ଛଅ ଜଣଙ୍କୁ ଛାଡିଦେଲେ ବାକି କାହାରି ପାଖରେ ଏତେ କିଛିରୁ ଗୋଟିଏ ବି ନଥିଲା । ଏଥର ଲୋକେ ଭାବିଲେ କଣ କରିବା ?

ନେତାମାନେ ବି ଦୁଃଶ୍ଚିନ୍ତାରେ ପଡିଲେ କି ଲୋକେ ଭୋଟ ଦେବେ କିପରି ? ସରକାର କିଛି ଶୁଣିଲାନି । ସେ ଖାଲି ଅଡର କରିଦେଇ ଶୋଇପଡିଲା । ପ୍ରତିବର୍ଷ ଲୋକେ ଟଙ୍କାଦେଇ ଫଟୋ ଉଠଉଥିଲେ । ମାତ୍ର ପ୍ରତିବର୍ଷ ଚୁଟିଆ ମାହାତୋ ଟଙ୍କା ଖାଇ ଦେଇ ତାଙ୍କ ଫଟୋ ଗାଏବ କରିଦେଉଥିଲା । ଚାରିଜଣଙ୍କ ବିପିଏଲ୍ କାର୍ଡ୍ ଚୁଟିଆ ମାହାତୋ ବନ୍ଧକ ରଖିଥିଲା । ଦି'ଜଣକୁ ଶହେ ଶହେ ଟଙ୍କା ଦେଇଥିଲା ଓ ଆଉ ଦି'ଜଣକୁ ଜମି ଓ ଚାକିରୀ କରାଇ ଦେବାର ପ୍ରତିଶ୍ରୁତି ଦେଇଥିଲା । ସେ ଚାରି ଜଣ ବି ଭୋଅଟ ଦେଇ ପାରିବେନି । ଚୁଟିଆ ମାହାତୋ ତାଙ୍କ କାର୍ଡରେ ରାସନ ଉଠାଇ ନେଇ ବିକ୍ରି କରିଦେଉଥିଲା । ମାଗିଲେ କହୁଥିଲା ମୋ ଟଙ୍କା ସୁଧ ମୂଳ କରି ଫେରାଅ । ନହେଲେ ଜମି କି ଚାକିରୀ ଭରସା ଛାଡ । ଲୋକେ ଚୁଟିଆକୁ ଡରୁଥିଲେ, କାରଣ ଚୁଟିଆ ଲେଖାପଢା ଜାଣିଥିଲା । ଚିଠି ପତ୍ର, କାଗଜପତ୍ର ଓ ସରକାରୀ ଫାର୍ମ୍ କି ରଣ ହିସାବ ସବୁ ଜାଣିଥିଲା । ସରକାରୀ ଲୋକେ ଗାଁକୁ ଆସି ଆଗ ଚୁଟିଆକୁ ଖୋଜୁଥିଲେ ।

ଗତବର୍ଷ ଯେତେ ଭୋଟର ଲିଷ୍ଟ ସଂଶୋଧନବାଲା ଗାଁକୁ ଆସିଲେ, ସେତେବେଳେ ଚୁଟିଆ ଲୋକ ପିଛା ଦଶଟଙ୍କା ନେଇଥିଲା ନାଁ ଉଠେଇ ଦେବାପାଇଁ । ଯିଏ ଦେଇ ନପାରିଲା, ତା ନାଁ କାଟି ଦେଲା । ତା ଜାଗାରେ ମୃତ ଲେଖିଦେଲା । ନହେଲେ ଲାପତ୍ତା କି ଦେଶାନ୍ତର କି ବିବାହିତା ଲେଖିଦେଲା । ଗତ ବର୍ଷ ମାନଙ୍କରେ ଢେର୍ ଲୋକ ଜୀବନ ବିକଳରେ ପେଟ ପୋଷିବା ପାଇଁ ଗାଁ ଛାଡି ସହରକୁ କି କଉଁ ଦୂର ଜାଗାକୁ ପଳେଇଥିଲେ । ସେମାନଙ୍କୁ ଫେରାର୍ ବୋଲି ଲେଖିଦେଲା ।

ମଧୁ ମୁର୍ମୁର ବାପ ମରିଯାଇଥିଲେ ବି ତା ନାଁ ଭୋଟର୍ ଲିଷ୍ଟ୍‌ରେ ଚଢାଇଦେଲା ।

ତାର ତିନିଟା ନାବାଳକ ଶିଶୁଙ୍କ ନାଁ ବି ଲିଷ୍ଟ୍‌ରେ ଚଢେଇଦେଲା। ଏସବୁ ପଇସା ଖାଇ କରିଥିଲା। ଯଉଁ ନେତାର ପଇସା ଯୋର୍ ଅଛି ସିଏ ପଇସା ଦେଇ ତା ଦଳର ଲୋକଙ୍କ ନାଁ ମିଛ ସତରେ ଯୋଡିଦେଲା। କାରଣ ତା ସପକ୍ଷରେ ବେଶି ଭୋଅଟ ପଡିବ ଲୁଚ୍ଚ ଛପା ।

ଏଥର ଲୋକେ କିନ୍ତୁ ରାଗିକି ଥିଲେ। ଗାଁର ଅଧାରୁ ବେଶି ଲୋକ ବିଦେଶରୁ ଫେରି ଆସିଥିଲେ। ବିଦେଶରୁ ଫେରିଲା ବେଳକୁ ସେମାନେ ପଇସା ଓ ବୁଦ୍ଧି ସାଙ୍ଗରେ ଧରି ଫେରିଥିଲେ। ଲୋକେ ଆଗ ଅପେକ୍ଷା ଅଧିକ ଚ୍ଚଲାକ ହେଇଯାଇଥିଲେ। ସେମାନେ ସବୁକଥାର କାରଣ ଖୋଜି ବସିଲେ। ସବୁ ମିଛର, ସବୁ ଅନ୍ୟାୟର ପ୍ରତିବାଦ କରିବସିଲେ ।

ତଥାପି ଅଧାଲୋକ ମୁର୍ଗା ଭାତ, ରସି ଓ ହାଣ୍ଡିଆ ପିଇ ନେତାର ଗଳାରେ ଫୁଲମାଳ ଦେଇ ସ୍ୱାଗତ କଲେ। ଯଉଁ ମାଇଝିମାନେ ଜଙ୍ଗଲକୁ କାଠ ହାଣି ଯାଉଥିଲେ, ସେମାନେ ଜଣପିଛା ପଚିଶ ଟଂକା ନେଇ କାଠ ହାଣିବାକୁ ନ ଯାଇ ନେତା ନାଁରେ ହାଣ୍ଡିଆ ପିଇ ଗୀତ ଗାଇଲେ ଓ ନାଚିଲେ। ଖୁସି ହେଲେ। ନେତା ବି ଖୁସି ହେଲା। ଯଉଁ ବେକାର ଯୁବକମାନେ ସହରରୁ ଫେରିଆସି ଗାଁରେ ବିରକ୍ତ ହେଉଥିଲେ ସେମାନେ ପାର୍ଟିରେ ମିଶିଗଲେ ଓ ନେତା ପାଇଁ ରାତିଦିନ ଖଟିଲେ। ଯେମିତି କି ନେତାର ହାରିବା କି ଜିତିବା ତାଙ୍କ ନିଜର ହାରିବା କି ଜିତିବା ସହ ସମାନ।

କେତେ ରଂଗର ନେତା କେତେ ଢଙ୍ଗରେ ଗାଁକୁ ଆସିଲେ। କେତେ ରଂଗର ପତକା, କେତେ ରଂଗର ପ୍ରଲୋଭନ। ଗାଁ ସାରା ଲୋକ ତିନି ଚ୍ଚରି ଦଳରେ ବାଣ୍ଟି ହେଇଗଲେ। ଅଧାଲୋକେ କାମଧନ୍ଦା ଛାଡିଦେଲେ। ଜଙ୍ଗଲକୁ ଯିବା, କାଠ କାଟିବା, ମହୁ ଆଣିବା, ଚ୍ଚଷବାସ କରିବା କି ଦଉଡି ବଳିବା, ପତ୍ର ସିଁଇବା କାମ ଛାଡି ନେତା ନେତା ହେଲେ। ସତେ ଯେପରି ଚଡକ ପଥର ଗାଁର ଲୋକଙ୍କ କଉଁ ଦୁଷ୍ଟ ବୋଙ୍ଗା ଅକ୍ତିଆର କରି ନେଇଥିଲା ।

ସାଇମନକୁ ଗାଁରୁ ପୁଲିସ ଧରି ନେଇଗଲାଠାରୁ ଆଉ ତା ଖବର କିଛି ମିଳିଲାନି। ସାଇମନ ଗଲାପରେ ଲୋକେ କେତେ କଣ ଫୁସ୍ ଫୁସ୍ ହେଲେ। କେତେ ଅନର୍ଥ କାଢିଲେ। କିଏ ପୁଲିସକୁ, ସର୍କାରକୁ ଗାଳି ଦେଲା ତ କିଏ ସାଇମନକୁ ଦୋଷ ଦେଲା। ଭଗବାନ ମାଝୀ କହିଲା: 'ସାଇମନ ଆସିଲାରୁ କୋଇଲି ଆସିଲା। କୋଇଲି ଆସିଲାରୁ ଇଲେକସନ୍ ଆସିଲା। ଇଲେକସନ୍ ଆସିଲାରୁ ସର୍କାର ଓ ପୁଲିସ ଏ ଗାଁକୁ ପଶିଲେ।'

ଅବଶ୍ୟ ଚଡକପଥର ଗାଁରେ, ଡୋଟା ମାଳରେ, ଝାଡ ଜଙ୍ଗଲ ଭିତରେ କଉଁଠି ରହି ରହି କୋଇଲି ରାବୁଥିଲା।

ଭୋଅଟ ଦିନ ସକାଳୁ ସକାଳୁ ଗାଁର ପରିବେଶ ବଦଳିଯିବାକୁ ଲାଗିଲା। ଇସ୍କୁଲକୁ

ଘେରି ସେନାଛାଉଣୀ। ସର୍କାରୀ ଲୋକ ଆସିଲେ। ଗଲେ। ଇସ୍କୁଲ ଭିତରେ ଭୋଅଟ ମିସିନ ବସିଥିଲା। ଟୁଁ...ଟୁଁ.... କରି ଭୋଅଟ ନଉଥିଲା। ମରଦମାନେ କାମ ଦୁଃଖ ଛାଡି ଦିନ ଦଶଟା ପରେ ଆସିଲେ। ମାଇଝିମାନେ ରନ୍ଧାବଢା ସାରି ଟିକେ ଡେରିରେ ଆସିଲେ। ସ୍କୁଲକୁ ଛାଡି କିଛି ଦୂରରେ ଆମ୍ବଗଛ ମୂଳରେ ଦି'ଇଟା ପାର୍ଟିର ଅଫିସ ଖୋଲିଥିଲେ। ସେଠି ଲୋକେ ନିଜ ନିଜର ଦଳ ଓ ଚିହ୍ନର କାଗଜ ନଉଥିଲେ। ନେଉଳ ପରି ଦୁଶୁଥିବା ଗୋଟେ ଲୋକ ମାଇଝିଙ୍କ କାନ ପାଖରେ କଣ ଫୁସ୍ ଫୁସ୍ କରି ମଂତ୍ର ପଢୁଥିଲା।

ମାଇଝିମାନେ ହୟ ହୟ କରି କାଗଜଟି ମାନ ଧରି ଆତ୍ମ ପ୍ରତ୍ୟୟରେ ବାହାରି ଆସୁଥିଲେ। ରାସ୍ତାକଡକୁ ଲାଗି ଗୋଟେ ଅସ୍ଥାୟୀ ଦୋକାନ ବସିଥିଲା। ସେଠି ବେଲୁନ, ଚନାଚରୁ , ଶିଝା ବୁଟ ଓ ପାନ, ବିଡି ସିଗ୍ରେଟ ମିଳୁଥିଲା। ଦୋକାନ ପଛପଟେ ଲୁଚି ବସି ହଗିଲା ପରି ଜଣେ ମାଇଝି ହାଣ୍ଡିଆ ଓ ରସି ବିକୁଥିଲା। ଦି' ଇଟା ପୁଲିସ ତାକୁ ରାଗିକି ଅନଉଥିଲେ। ହେଲେ କିଛି କହୁନଥିଲେ। କାରଣ ମଝିରେ ମଝିରେ ସେମାନେ ଦି'ଗିଲାସ ରସି ପିଇ ଆସୁଥିଲେ ମାଗଣାରେ।

ବୁଢୀଟେ ନଇଁ ନଇଁ ଭୋଅଟ ଦବାକୁ ଆସିଲା। ତା ପଛେ ପଛେ ଦି'ଟା ଅଧା ନଙ୍ଗଳା ଛୁଆ ସଡରସଡର ହେଇ ଆସିଲେ। ସେମାନଙ୍କୁ ଅଧାବାଟରୁ ପୁଲିସ ଅଟକାଇ ଦେଲା। ସେ ପାଇଁ ବୁଢୀ ଝଗଡା କଲା। ବୁଢୀ ସେ ଛୁଆ ଦିଟାଙ୍କୁ ସାଙ୍ଗରେ ନେଇ ଭୋଅଟ ଦେବାକୁ ଘରୁ ବାହାରିଥିଲା। କଉଁ ପାର୍ଟିର ଲୋକେ ସେ ଛୁଆ ଦିଇଟାଙ୍କ ମୁଣ୍ଡରେ ଚିହ୍ନ ଥିବା ଟୋପି ପିନ୍ଧେଇ ଦେଇଥିଲେ। ସେ ଟୋପି ପିନ୍ଧା ଅଧାନଙ୍ଗଳା ଛୁଆ ଦିଇଟା କାଠି ଲଗା ଚୁଚୁମା ଚୋଷି ଚୋଷି ବୁଢୀର ପିଛାଧରି ଚାଲିଥିଲେ।

ପୁଲିସ କହିଲା: 'ଆଗେ ସେ ଟୋପି କାଢି ଫିଙ୍ଗ।' ବୁଢୀ ପୁଣି ଝଗଡା କଲା। କହିଲା: 'ଛୁଆ ଦିଇଟା ମୋ ନାତି ନାତୁଣୀ, ସେମାନେ ବି ଭୋଅଟ ଦେବେ। ବୁଢୀକୁ କେହି ବୁଝେଇପାରିଲେନି। ପୁଲିସ ଯେତେ ବୁଝେଇଲେ ବୁଢୀ ବୁଝିଲାନି ଯେ ନାତି ନାତୁଣୀ ନାଁ ବାଳକ। ସେମାନେ ଭୋଅଟ ଦେଇପାରିବେନି। ଭୋଅଟ ଘର ଭିତରକୁ ସେମାନେ ପ୍ରବେଶ କରି ପାରିବେନି, ବୁଢୀ ଶେଷରେ ରାଗିଗଲା ଓ କହିଲା 'ଯଦି ସେମାନେ ଭୋଅଟ ଦେଇ ପାରିବେନି ତ ମୁଁ ବି ଭୋଅଟ ଦେଇପାରିବିନି।'

ପାଟର୍ି ଏଜେଣ୍ଟ ଯେତେ ବୁଝେଇଲେ, ନେତା ଯେତେ ବୁଝାଇଲା, ପୁଲିସ ଅଫିସର ଓ ପେଟ୍ରୋଲିଂ ମାଜିଷ୍ଟ୍ରେଟ ଯେତେ ବୁଝାଇଲା ବୁଢୀ କିଛି ବୁଝିଲାନି ଓ ଶେଷରେ ଏଇଆ ଫଳ ହେଲା ଯେ, ବୁଢୀ ଓ ତା ନାବାଳକ ନାତି ନାତୁଣୀ ଭୋଅଟ ଦେଇପାରିଲେନି।

ଠିକ୍ ଦିନ ଗୋଟାଏ ବେଳକୁ ଇସ୍କୁଲ ଭିତରେ ଗୋଟେ ଭୟଙ୍କର ହଙ୍ଗାମା ହେଲା। ବାହାରେ ଥିବା ଲୋକେ ଭାବିଲେ ବୋଧେ କିଏ କାହାକୁ ମାରି ପକେଇଲା। ପୁଲିସ

ଧାଇଁ ଗଲେ। ପେଟ୍ରୋଲିଂ ବାଲା ସେ ଯେଉଁ ମାଜିଷ୍ଟ୍ରେଟ, ସିଏ ବି ଧାଇଁ ଆସଲା।। ପାର୍ଟି ଲୋକ ଘେରିଗଲେ। କଥା କଣକି, ଭଗବାନ ମାଝୀର ବଡ ପୁଅ ସାଗୁନ୍ ମାଝୀ ବଡ ପାର୍ଟିରେ ଚିଲଉ ଥିଲା। କାହିଁକି ନା' ତା ନାଁରେ ଆଉ ଜଣେ ସାଗୁନ ମାଝୀ ଭୋଅଟ ଦେଇ ଯାଇଥିଲା।

'ଇଏ କିମିତି ହେଲା ?'

ମାଜିଷ୍ଟ୍ରେଟ୍ ପଋରିଲା।

ଏଜେଣ୍ଟ ବୁଝାଇଲେ, ସାଗୁନ ମାଝୀର ସାନ ଭାଇ ସାଗୁନ ମାଝୀ ତା ଭୋଅଟ ଦେଇଗଲା।

: କାହିଁକି ?

: କାରଣ ତା ନାଁ ବି ସାଗୁନ ମାଝୀ ଆଜ୍ଞାମାନେ।

: ଇଏ କିମିତି କଥା ? ବଡ ଭାଇର ନାଁ ସାଗୁନ ମାଝୀ ନା' ସାନ ଭାଇର ନାଁ ସାଗୁନ ମାଝୀ ?

ଏଜେଣ୍ଟ ଜଣେ ବୁଝେଇଲା ମାଜିଷ୍ଟ୍ରେଟକୁ ଯେ, ଭଗବାନ ମାଝୀର ଦି' ପଅୁ। ଦି' ପୁଅଙ୍କ ନାଁ ସାଗନୁ ମାଝୀ। ସାନପୁଅ ଗୋଟେ ଦଳରେ ଅଛି ତ ବଡ ପୁଅ ଆଉ ଗୋଟେ ଦଳରେ ଅଛି। ସାନପୁଅ ଆଗତୁରା ଆସି ଭୋଟରର ଲିଷ୍ଟରେ ଥିବା ସାଗୁନ୍ ମାଝୀର ଭୋଅଟ ଦେଇ ଋଲିଗଲା। ଲିଷ୍ଟରେ ଜଣେ ସାଗୁନ୍ ମାଝୀର ନାଁ ଅଛି। ଭୋଅଟ କାର୍ଡରେ କାହାରି ଫଟୋ ଆସିନି। ଏଣୁ କଉଁ ସାଗୁନ୍ ମାଝୀ ଚିହ୍ନଟ କରିହେବନି।

ମାଜିଷ୍ଟ୍ରେଟ ତଥାପି ବୁଝି ପାରିଲାନି। ବୋକାଙ୍କ ପରି ପଋରିଲା: 'ହଇଓ, ଜଣେ ବାପର ଦିଇଟା ପୁଅଙ୍କର ଏକା ନାଁ କିପରି ହେବ ? ମୋତେ ବୋକା ଭାବିକି ପାଠ ପଢଉଚ ?'

ମାଜିଷ୍ଟ୍ରେଟ ରାଗିଗଲା ଓ ଠକ୍ ଠକ୍ ଥରିବାକୁ ଲାଗିଲା। ପୁଲିସ ବି ରାଗିଗଲେ ଓ ଉତୁକାମୁଡିଥିବା ଭାଲୁଙ୍କ ପରି ଡେଇଁଲେ ରାଗରେ। ଏଜେଣ୍ଟ ଜଣେ ବୁଝେଇଲା କି: ଆଜ୍ଞାମାନେ ବାବୁମାନେ, ସାହିବ ମାନେ... ଶୁଣ... ଶୁଣ...। ରାଗନି। ଶୁଣ.....।

ଆମ ଜାତିରେ ସିମିତି ନାଁ ଦିଆଯାଏ। ପିଲା ଜନ୍ମ ହେବାର ନର୍ତ୍ତା (ନଅଦନି ପରେ) ପରେ ଦଶ ଦିନ, ନହେଲେ ପାଞ୍ଚ ଦନି ରେ ନାୟା କି ନାୟାଣୀ ଗୋଟେ ଶାଳପତ୍ର ଦୁନାରେ ମନ୍ତୁରାପାଣି ରଖି ତା ଭିତରକୁ ଅରୁଆ ଚାଉଳ, ଦୁବ, ତିଳ ଓ ସିନ୍ଦୁର ମିଶାଇ ପକାଏ। ପିଲା ନାଁ ସବୁବେଳେ ପୁଅ ହୋଇଥିଲେ ବାପର ବାପ ନାଁ ରେ ଓ ଝିଅ ହୋଇଥିଲେ ମାଆର ମାଆ ନାଁରେ ରଖାଯାଏ। ବାପର ବାପ ନାଁ କହି ସେଇ ଦୁନା ଭିତରେ ଥିବା ମନ୍ତୁରା ପାଣିକୁ ଅରୁଆ ଚାଉଳ ପକାଇ ଦିଆଯାଏ। ଚାଉଳ ଯଦି ବୁଡି ନ

ଯାଇ ଭାସେ ଦୁବ ଘାସ ସାଙ୍ଗରେ ତେବେ ସେ ନାଁ ସାଙ୍ଗେ ସାକିଂ ବସେ। ଅର୍ଥ ପିଲାକୁ ସେଇ ନାଁଟା ମଞ୍ଜୁର ହୁଏ।ଚାଉଳ ବୁଡି ଗଲେ ବାପର କକାର ନାଁ ପୁଣିଥରେ ଡକାଯାଏ। ଯଦି କକା ନଥାଏ ମାଆର ବାପ କି ତାର କକା ନାଁରେ ପୁଣିଥରେ ଡକାଯାଏ। ଯଦି କକା ନଥାଏ ମାଆର ବାପ କି ତାର କକା ନାଁ। ଝିଅ ହେଲେ ସେଇ ଏକା ବିଧି।

ଜଣକର ଦି' ପୁଅ କି ତିନି ପୁଅ ଯଦି ଥିବେ ଓ ବାପର ବାପ ନାଁରେ ଯଦି ସମସ୍ତଙ୍କ ଚାଉଳ ମଞ୍ଜୁରା ପାଣିରେ ଭାସିବ, ତେବେ ସବୁ ପୁଅଙ୍କ ନାଁ ସମାନ ରହିବ। ଭଗବାନ ମାଝୀର ବାପ ନାଁ ଥିଲା ସାଗୁନ ମାଝୀ। ସାଗୁନ ମାଝୀ ନାଁରେ ବଡ ପୁଅର ଚାଉଳବି ସାକିଂ ବସିଥିଲା। ଆଉ ଭାଗ୍ୟକୁ ଦେଖ ସାନ ପୁଅର ନାଁ ବି ସେଇ ସାଗୁନ ମାଝୀ ନାଁରେ ସାକିଂ ବସିଲା। ସାନ ପୁଅର ଚାଉଳ ଯଦି ବୁଡି ଯାଇ ଥାଆନ୍ତା ସିନା ତା କକା ନାଁରେ କି ମାଆର ବାପ ନାଁରେ ନାଁ ଦିଆ ଯାଇଥାନ୍ତା। ହେଲେ ଦି'ଭାଇଙ୍କ ଚାଉଳ ସେଇ ଗୋଟିଏ ନାଁରେ ଭାସିଲା।

ନାୟା କହଲି। ସେଇ ଏକା ନାଁ ରହିବ। ନହେଲେ ଅଶୁଭ ହେବ। ଭଗବାନ ମାଝୀ କହଲା – 'ହଉ।' ଗାଁସାରା ଲୋକେ କହିଲେ 'ହଉ' ଓ ହାଣ୍ଡିଆ। ପଇ ଗୀତ ଗାଇ ଘରକୁ ଫେରିଗଲେ। ସେଇଦିନରୁ ଚଡକପଥର ଗାଁରେ ଦିଇଟା ସାଗୁନ ମାଝୀ ଅଛନ୍ତି। ଖାଲି ସାଗୁନ ମାଝୀ ନୁହେଁ, ଦି' ଜଣ ରୁଇ ସୋରେନ ଓ ତିନିଜଣ ସାଲଖାନ ମୁର୍ମୁ ଅଛନ୍ତି। ବାପ ସମସ୍ତଙ୍କର ଜଣେ। ଇଏ ଆମ ପ୍ରଥା। ଆମ ଜାତିର କଥା।

: ଓ .... ତା ହେଲେ କଥା ଏଇଆ ..... !

କହିଲା ମାଜିଷ୍ଟ୍ରେଟ।

ସେତେବେଳକୁ କଥା ଯାଇ କଉଁଠି। ବଡ ସାଗୁନ ମାଝୀ ତା ସାନ ଭାଇ ସାନ ସାଗୁନ ମାଝୀଠାରୁ ଅନେକ ବର୍ଷ ହେଲା ଅଲଗା ହେଇ ଯାଇଥିଲା। କେହି କାହା ମୁହଁକୁ ଚାହୁଁ ନଥିଲେ। ପରବ ମଉଛବରେ ବି ନୁହେଁ। ପୂଜା ବଳିରେ ବି ନୁହେଁ। ନାଁ ଦିଆ କି ବାହା ପରବରେ ବି ନୁହେଁ। ସାନଭାଇ ଯଉଁ ଦଳରେ ଥିଲା ବଡ ଭାଇ ସେ ଦଳରେ ରହିଲାନି। ଦି' ଦଳର ନେତା ଦି' ଭାଇଙ୍କୁ ହାତ କରି ଝଗଡା ବଢାଇଲେ। ସାନ ସାଗୁନ ଭୋଅଟ ଦେଇସାରି ହାଣ୍ଡିଆ ପିଇ କୁକୁଡା ଲଢେଇ ପାଇଁ ହାଟକୁ ସଜ ହଉଥିଲା। ବଡ ସାଗୁନ ଭୋଅଟ ନଦେଇପାରି ଘାଇଲା ବାଘ ପରି ଗାଉଁ ଗାଉଁ ହେଇ ନାଚୁଥିଲା। ତାକୁ ସମର୍ଥନ କରି ତା ଦଳର ଲୋକେ ପାଟିତୁଣ୍ଡ କରିବା ଆରମ୍ଭ କରିଦେଲେ।

ବିଶୃଙ୍ଖଳା ଭୟରେ ମାଜିଷ୍ଟ୍ରେଟ ପୁଲିସଙ୍କୁ ଏକ୍‌ସନ୍‌ରେ ରହିବାକୁ ନିର୍ଦ୍ଦେଶ ଦେଇ ଇସ୍କୁଲ ଭିତରେ ଯଉଁଠି ଇ.ଭି.ଏମ୍ ମେସିନ ଥିଲା ଓ ଯେଉଁଠି ତିନୋଟି ଜ୍ଞାନୀ ପେଚାପରି ପ୍ରିଜାଇଡିଂ ବାଲା ବସିଥିଲେ, ସେଇଠି ଯାଇ ଭିତରେ ପଶି ହଲ୍ଲା କରୁଥିବା ବଡ ସାଗୁନ

ମାଝୀକୁ ଶାନ୍ତ କରିବାକୁ ବାହାରକୁ ଧରି ଆଣିଲା । ବଡ ସାଗୁନ ଏତେ ରାଗି ଯାଇଥିଲା ଯେ ସେ କାହାରି ହାତ ମୁଠାରେ ରହିବାକୁ ଚାହୁଁନଥିଲା । ଦରକାର ପଡିଲେ ସେ କାହାକୁ ଖୁନ୍ କରିଦେଇପାରେ ।

ମାଜିଷ୍ଟ୍ରେଟ ଜାଣିଥିଲା ଏଥିରେ ସାନ ସାଗୁନର ଦୋଷ ନଥିଲା । ବଡ ସାଗୁନର ବି ଦୋଷ ନଥିଲା । ଦୋଷ ତାଙ୍କ ପରଂପରା କି କଣ ସେକଥାଙ୍କ କହିହବନି । କାରଣ ସେଇଟା ତାଙ୍କ ରକ୍ତ ମାଂସ ପରି ବିଶ୍ୱାସ ଓ ଆସ୍ଥାର କଥା ଥିଲା । ଭୋଟର ଲିଷ୍ଟରେ ଦି ଜଣକ ନାଁ ଉଠାଇବା ବି ଦୋଷ ନ ହୋଇପାରେ । କାରଣ ଯଉଁ ବାହାର ଲୋକଟି ଆସି ଘର ଘର ବୁଲି ନାଁ ଲେଖିଥିବ ବା ଯଉଁ ଯଉଁ ଅଚିହ୍ନା ଲୋକଟି ଏସବୁ ନାଁକୁ ଗୋଟି ଗୋଟି କରି ପଢିଥିବ ଓ କମ୍ପ୍ୟୁଟରରେ ଟାଇପ କରିଥିବ ତାଙ୍କରବି ଦୋଷ ନାହିଁ, ସେମାନେ ଗୋଟିଏ ନାଁକୁ ଦିଥର ଲେଖିବା ପାଇଁ ଚାହିଁ ନଥିବେ ।

: ତେବେ ଦୋଷ କାହାର ?

ପଚାରିଲା ସାଗୁନ ମାଝୀ । ପେଟ୍ରୋଲିଂ ମାଜିଷ୍ଟ୍ରେଟ ସାଗୁନକୁ କିଛି ଜବାବ ଦେଇ ନପାରି ନିଜକୁ ନିଜେ ପଚାରିଲା; ଦୋଷ କାହାର ? ମାଜିଷ୍ଟ୍ରେଟର ଗୋଟେ ଆଖି ଟେରାଥିଲା । ସେ ଜଣକୁ ଚାହିଁଲା ବେଳେ ଆଉ ଜଣକୁ ଦେଖୁଥିଲା । ତମକୁ ଚାହିଁଚି ତ ତମେ ଭାବିବ ତମକୁ ନଚାହିଁ ଆଉ ଜଣକୁ ଚାହିଁଚି ।

ସାଗୁନ ମାଝୀ ପ୍ରଶ୍ନର ଜବାବ ସେ ଦେବାକୁ ଯାଇ ଯେତେବେଳେ କିଛି କଥା ବୁଝାଇବାପାଇଁ ଲାଗିଲା ସେତେବେଳେ ସେ ନିଜେ ବୁଝି ପାରିଲାନି ଯେ ସେ କଣ ବୁଝାଇବା ଦରକାର । ବାହାରେ ଲୋକେ ଉତ୍ତେଜିତ ହେଉଥିଲେ । କେହି କେହି ଏସବୁ ବିପକ୍ଷ ଦଳର ଜାଲିଆତି ବୋଲି ଚିତ୍କାର କରୁଥିଲେ । ଦି' ତିନି ଜଣ ଯୁବକ ଇଆ ଭିତରେ ମୁଣ୍ଡରେ ରଂଗୀନ କପଡା ବାନ୍ଧି ଜିନ୍ଦାବାଦ, ମୁର୍ଦ୍ଦାବାଦ କରିବା ଆରମ୍ଭ କରି ଦେଇଥିଲେ । ପୁଲିସ ଅଧିକ ହୁସିଆର ହେଇଗଲେ । ମାଜିଷ୍ଟ୍ରେଟ ତା ଟେରା ଆଖିରେ ସାଗୁନମାଝୀ ଆଡକୁ ଚାହିଁ ଯାହା କହିଲା, ତାକୁ ପାଖରେ ଠିଆ ହେଇଥିବା ଆଉ ଜଣେ ବୁଝିଲା ତାକୁ କହୁଚି । ସେ ରାଗିଗଲା ଓ କହିଲା, 'ଏଠି ଲୁଚାଛପା ଭୋଅଟ ଚାଲିଚି ।'

ତାପରେ ଖୁବ୍ ଜୋରରେ ପାଟିକଲା । ତା ସାଙ୍ଗରେ ସାଗୁନ ମାଝୀ ବି ମିଶି ପାଟିକଲା । ସେମାନଙ୍କ ହୋ ହୋ ଶୁଣି ବୁଥ୍ ଭିତରେ ଥିବା ଆଉସବୁ ମରଦ- ମାଇଝିମାନେ ପାଟିକଲେ । କିଏ ଜଣେ ଥିଲା ଥିଲା ଭୋଟିଂ ମେସିନର କେବୁଲଟାକୁ ଟାଣି ଛିଡେଇ ଦେଲା । ଆଉ ଜଣେ ପ୍ରିଜାଇଡିଂ ବାଲାଙ୍କ ନଥି ପତ୍ର ଚିରି ଟୁକୁରା ଟୁକୁରା କରି ପକେଇଲା ।

'ସର୍ବନାଶ' ।

କହିଲା ମାଜିଷ୍ଟ୍ରେଟ ଓ ଲାଠିଚାର୍ଜର ଅର୍ଡର ଦେଇଦେଲା । ପଲେ ମହୁମାଛିଙ୍କ ବସା

ଭାଙ୍ଗି ଗଲାପରେ ଯେମିତି ଭାଁ ଭାଁ ହେଇ ଉଡି ବୁଲନ୍ତି ରକ୍ତମୁଖା ହେଇ... ସେମିତି ଲୋକେ ଧାଁ ଦଉଡ କଲେ। ବାହାରେ ଥିଲା କିଏ ଗୋଟେ ଠୋ କରି ବାଣ ଫୁଟାଇ ଦେଲା। ପୁଲିସ କହିଲା – ବମ୍ ପକେଇ ଦେଲା।

ମାଜିଷ୍ଟ୍ରେଟ କହିଲା : ଫାୟାର.... ସାଏଁ ସାଏଁ ପୁଲିସର ରାଇଫଲରୁ ଗୁଳି ଛୁଟିଲା। ଠାଏଁ.... ଠାଏଁ ବାଜିଲା ଆମ୍ବଗଛରେ, ଗୋଟେ କୁନି ପିଲାର ପେଟରେ। ଜଣେ ଗର୍ଭବତୀ ମହିଳାର ବାଁ ଗୋଡରେ। ଲୋକେ କିଏ କୁଆଡେ ଧାଇଁଲେ। ନେତାଏ ଛୁଟି ଆସିଲେ। ଓ୍ୱାୟାରଲେସରେ ଖବର ଗଲା ଥାନାକୁ, ଥାନାରୁ ଇଲେକ୍ସନ କମିଶନରଙ୍କୁ, ଡି.ସି ଅଫିସକୁ ଓ ମୁଖ୍ୟମଂତ୍ରୀ ପାଖକୁ।

ମାଜିଷ୍ଟ୍ରେଟ ଥରୁଥିଲା। ଏବେ କଣ ହେବ ? ପୁଲିସ ଥରୁଥିଲେ, ଏବେ କଣ ହେବ ? ଲୋକେ ଡରିକି ଗଛମୂଳେ, ପଥର ସନ୍ଧିରେ, ଗାତ ଭିତରେ ଜୁଲୁ ଜୁଲୁ ହେଇ ଚାହିଁ ବସିଥିଲେ। ଇଆ ପରେ କଣ ହେବ ?

ଇଆପରେ ଆଉ କିଛି ହେଲାନି। ଚଡକ ପଥର ଗାଁରୁ ବନ୍ଧା ହୋଇଗଲେ ମରଦମାନେ। ମାଜିଷ୍ଟ୍ରେଟ ଓ ପୁଲିସଙ୍କ ନାଁରେ ତଦନ୍ତ କମିଶନ ବସିଲା, ସତ କି ମିଛ ଜାଣିବା ପାଇଁ। ନେତାଏ ପ୍ରତିଦିନ ଖବର କାଗଜରେ ନିଜ ନିଜ ଫଟୋ ଛପାଇଲେ ଓ ବିବୃତି ଦେଲେ। ହେଲେ ଗାଁ ମାଟି ମାଡିଲେନି। ଛୁଆ ଓ ମାଇଝିମାନେ ଭୋକ, ଶୋଷ ଓ ଭୟରେ ଲୁଚି ରହିଲେ ପଥର ସନ୍ଧିରେ, ଗଛ ଉହାଡରେ, ଗାତ ଭିତରେ। ମରଦମାନେ ଆଉ ଫେରିଲେନି ଅନେକ ଦିନଯାଏ।

କିନ୍ତୁ ଅନେକ ଦିନ ପରେ, ସାଇମନ ଫେରିଲା ଗାଁକୁ ଛୋଟେଇ ଛୋଟେଇ। ତା ମୁହଁ ଫୁଲି ଯାଇଥାଏ। ଚେହେରା ଲାଗୁଥାଏ ଖୁବ୍ ଭୟ ପାଇଥିବା ଗୋଟେ କୋଇଲିପରି। ଡରି ଯାଇଥିବା ଗୋଟେ ନିରୀହ ଛେଳି ଛୁଆପରି। ମାଇଝିମାନେ ତାକୁ ଘେରିଗଲେ। ପଚାରିଲେ କହ କଣ ହେଇଚି କହ ...। କିଏ ମାରିଚି .... କହ......., ସାଇମନ କିଛି କହି ପାରିଲାନି।

'କଥା କହ ସାଇମନ, କଥା କହ'

କୁନି ପିଲାଟି କହିଲା, ଯିଏ ତା ମୋବାଇଲ ଭିତରେ କୋଇଲିକୁ ଆବିଷ୍କାର କରିଥିଲା। ହେଲେ ସାଇମନ କଥା କହିଲାନି। ମାଇଝିମାନେ ଚିନ୍ତାରେ ପଡିଲେ। କଣ ହେଲା ? କିଏ ମାରିଲା ? ଆଠଦଶ ମାଇଝି ଧନୁ ତୀର ଧରି ବାହାରି ପଡିଲେ। ସତେ ଯେପରି କାହାରି ବିରୁଦ୍ଧରେ ସେମାନେ ଯୁଦ୍ଧ କରଯିବେ।

ସାଇମନ କିଛି କହିଲାନି।

ଅବଶେଷରେ ସେମାନେ ତାଙ୍କ ତୀରଟିମାନ ସାଏଁ ସାଏଁ କରି ପଥର ମୁଣ୍ଡିଆ

ଉପରକୁ ଚଳେଇଦେଲେ। କାରଣ ସେମାନେ ଏତେ ରାଗିଥିଲେ ଯେ ତାଙ୍କ ଧନୁରୁ ତୀର ଗୁଡିକ ଛାଟି ପିଟି ହେଇ ବାହାରି ପଳେଇଯିବାକୁ ଜିଦ୍ଦି କରି ବସିଥିଲେ। ତୀରଗୁଡିକୁ ଚଳେଇ ନଥିଲେ ସେଗୁଡାକୁ ସମ୍ଭାଳି ପାରିବା ମୁସ୍କିଲ। ତୀରଗୁଡିକ ପଥର ଦେହରେ ଭୁକିଲେ... ହେଲେ ସାଇମନ କିଛି କହିଲାନି।

: ସାଇମନ, ତୋ ମୋବାଇଲି କଣ କଲୁ ?

: ସାଇମନ, ତୋ କୋଇଲି କାଇଁ ?

: ସାଇମନ, କଥା କହ... ସାଇମନ....

ସାରା ଗାଁରେ ଯେପରି ଅଖଣ୍ଡ ନୀରବତା। ସାଇମନକୁ ବେଢି ରହିଥିଲେ ଯେତେ ସବୁ ପିଲା ଓ ମାଇଝିମାନେ। ମଝିରେ ସାଇମନ। ଗୋଟେ ଅପଦେବତା। ସେ କିଛି କହୁନି। କୁନି ପିଲାଟି ତା ପାଖକୁ ଲାଗି ଆସି ପଚାରିଲା। ଏଇ ... ସାଇମନ... କହ..... ତୋ କୋଇଲି କାଇଁ ?

ସାଇମନର ଓଠ ଏଥର ହଲିଲା।

ଆଖିରେ ଲୁହ ଟଳଟଳ ହେଲା। ସେ କଥା କହିବାକୁ ଚାହୁଁଥିଲା ମାତ୍ର କଥା କହିଲା ନାହିଁ। କୁନି ପିଲା ପଚାରିଲା କହ, କହ ସାଇମନ ତୋ କୋଇଲି... କାହିଁ... ?

ସାଇମନ ଆଁ କଲା।

ତା ପାଟି ଭିତରେ ଜିଭ ନଥିଲା।

ବୀର୍ : ଜଙ୍ଗଲ

Until the lion learns how to write, every story will glorify the hunter.

- African Proverb

ଧୂଆଁ ଧୂଆଁରେ ଜଙ୍ଗଲ

ଗୋଟେ ମସ୍ତବଡ ମାଛି ଲଲଟନ ମୁଣ୍ଡାର ଘାଆ ଉପରେ ବାରମ୍ବାର ବସୁଥିଲା। ସେ ମାଛିଟା ଗୋଟେ ଘୁଷ୍ ଖାଇ ଖାଇ ଚିକ୍କଣ ସର୍କାରୀ କର୍ମଚାରୀ ପରି ଦିଶୁଥିଲା ଓ ସେଇପରି ବି ବ୍ୟବହାର କରୁଥିଲା। ଲଲଟନ ମୁଣ୍ଡା, ତା' ପୁଅ ଅଫିସର ମୁଣ୍ଡା ଓ ତାଙ୍କ ଗାଁର ସାତଟା ମାଇଝି, ଦଶଟା ମରଦ ଓ ଚାରିଟା ମାନ୍ଦର ଓ ଦିହଳ ଝୁମୁକା, ତିନିଟା ଝାଞ୍ଜରା ଧରି ଟ୍ରକ ଡାଲାରେ ଯେବେଠାରୁ ବସିଲେ ସେବେଠୁ ଏ ମାଛିଟା ତା ଗାଣ୍ଡିରେ ନାଗିଛି।

ରାସ୍ତାସାରା ମାଛି ଭଣଭଣ ହେଇ ଘାଆର ମଇଳାରକ୍ତକୁ ଉଖାରି ଦଉଚି ଓ ଯେତେ ଘଉଡାଇ ଦେଲେବି ଛାଡିଯାଉନି। ଉଡିଯାଉଚି ଓ ପୁଣି ଆସି ବସୁଚି। ବେଳେବେଳେ ରାଗରେ ଲଲଟନ ମୁଣ୍ଡା କଷିକି ଚାପୁଡାଏ ମାରୁଚି, ହେଲେ ବି ହାତରେ ପାପୁଲି ସନ୍ଧିରୁ ମାଛି ଚୁଟ କରି ଖସିଯାଉଚି। ବଡ ହରକତ୍ କରୁଚି ମାଛି। ଘାଆ ଭିଣି ଭିଣି ହଉଚି। ମନ ହଉଚି ଘାଆକୁ ଉଖାରି ଦବାକୁ। ଅଫିସର କହୁଚି, ଭଲକରି କପଡା ବାନ୍ଧିଦେ ବା'।

ଲଲଟନମୁଣ୍ଡା ପ୍ରଥମଥର ଯାଉଚି ସହର। ସାଙ୍ଗରେ ଗାଁ ଲୋକେ। ପୁଅ ବି, ଆମ ଅଫିସର.... ! ଟ୍ରକ ଡାଲାରେ ସମସ୍ତେ। ଟ୍ରକ ଚାଲିଚି ଧୂଳି ଉଡେଇ। ଖଣି - ଖାଦାନ, ଜଙ୍ଗଲ - ପାହାଡ ପଛକୁ ପଛକୁ। ଦୂର ଆକାଶରେ ମେଘ ପରି ଧୂଆଁ। ଦୂର ପାହାଡରେ ନିଆଁ। ଚଢେଇଙ୍କ ପରି ଲଲଟନର ଗୀତ ଗାଇବାକୁ ମନ କରୁଚି।

ଲଲଟନ ବାହାର କରୁଚି ତାର କାଠ କେନ୍ଦରା ଓ ଥରେ ଦିଥର କ୍ୟୁଁ କ୍ୟୁଁ କରି ଘଷି ଦଉଚି କାଠିରେ। ମାଛି ଡରି ଯାଉଚି ଓ ଉଡିଯାଉଚି ଖଣ୍ଡେ ଦୂର। ତାପରେ ଟ୍ରକ ଡାଲାରେ ସମସ୍ତେ ଚୁପ୍। ଲଲଟନ୍ ମୁଣ୍ଡାର କଣ୍ଠରୁ ମୁକୁଳି ଆସୁଚି ବନ୍ଧା ପଡିଥିବା ଗୀତର ଲହର।

"ପାହାଡ ଉପରେ ଦୁକୁଦୁକୁ ତରା
ବାପ ଗୋସାପ ମାନେ ହୋ...
ଠାକୁର ବୋଙ୍ଗା ହୋ....

ଆମକୁ ଭଲରେ ରଖିବ, ଦେଶକୁ ଜଗିବ
ପିଲାଛୁଆଙ୍କ କଣ୍ଠରେ ଗୀତ ଦବ।
ଝରଣାରେ ପାଣି, ଗଛକୁ ଫୁଲ ଫଳ
ଜଙ୍ଗଲକୁ ଶିକାର ଦବ... ହୋ...
କ୍ୟୁଁ....କ୍ୟୁଁ...କୁଁ...କୁଁ..."

ଅଫିସର ମୁଣ୍ଡା ତା ବାପକୁ ଦେଖିଲା। ସତେ ଯେପରି ଆଜି ନୂଆ ଦେଖୁଚି। ବାପର ବୟସ କେତେ ? ପାହାଡର ବୟସ ଯେତେ। ବାପର ଗୋଟେ ହେଲେ ବି ବାଳ ଧଳା ହେଇନି। ଆଖିର ତେଜ ସେମିତି ଅଛି। ଖାଲି ଯା' କମର ନଇଁ ଯାଇଚି ଟିକେ। ବୟସ ହେଇଗଲାଣି। ତା ବାପ ଗୋଟେ କାଠ କେନ୍ଦରା ରଖିଚି। ଆଉ ତାଙ୍କ ଗାଁରେ କାହାରି ପାଖରେ କାଠ କେନ୍ଦରା ନାହିଁ। ଆଜିକାଲି ଆଉ କାଠ କେନ୍ଦରା କିଏ ବଜଉଚି ? ସମସ୍ତେ ମୋବାଇଲ ଫୋନରୁ ରେଡିଓ ଗୀତ ଶୁଣୁଚନ୍ତି।

ହଁ, ଅଫିସର ଠିକ୍ ମନେ ପକଉଚି। ସେ ଯେତେବେଳେ ଏକଦମ୍ କଷି ଛୁଆଟେ ଥିଲା, ସେତେବେଳେ ତା ବାପ ଖାଲି ଘରେ ବସି ବସି କାଠ କେନ୍ଦରା ବନଉଥିଲା। ନିଜ ହାତରେ କାଠକାଟି ସାଇଜ୍ କରି ତା ଉପରେ ଛାଲ ମଡେଇ, ଘୋଡାବାଳ ଟାଙ୍ଗି କେନ୍ଦରା ଫିଟ୍ କରି ଦଉଥିଲା। ଗାଁ ଲୋକେ ବେଳେବେଳେ ତାଠୁଁ କିଣୁଥିଲେ। ନହେଲେ କଉଁ ମେଳା ମଉଛବ କି ପରବରେ ସେ କାଠ କେନ୍ଦରା ବନେଇ ବିକୁଥିଲା। ଦୂର ଦୂରାନ୍ତର ଗାଁ ଲୋକେ କେନ୍ଦରା କିଣିନେଇ ବଜଉଥିଲେ।

ତା'ବାପର ଖାଲି ସେଇ ଗୁଣଟି ନଥିଲା। କେନ୍ଦରା ବନେଇବା ସାଙ୍ଗେ ସାଙ୍ଗେ ସେ ସୁନ୍ଦର ଗୀତ ରଚୁଥିଲା। ବାପ ଲେଖାପଢା ଜାଣି ନଥିଲା। ହେଲେ ମୁହେଁ ମୁହେଁ ଗୀତ ରଚୁଥିଲା। କେତେ ନା କେତେ ଗୀତ। ଚଢେଇ ଗୀତ, ବାଘଗୀତ, ଶିକାର ପରବ ଗୀତ, ବାହାଘର ଗୀତ, ଠାକୁର ବୋଙ୍ଗାଙ୍କୁ ଶାନ୍ତ କରେଇବା ଗୀତ। ବେଳେବେଳେ ସେ ଶୋଇଥିବା ଅବସ୍ଥାରେ ବି ଗୀତ ଗାଉଥିଲା। ନିଦରେ କିଏ ଗୀତ ଗାଏ ? ତା ବାପ ଲଲଟନ ମୁଣ୍ଡା ଗୀତ ଗାଏ।

ଥରେ ତାକୁ ସର୍କାର ଶହେ ଏକଟଙ୍କା ପୁରସ୍କାର ଦେଇଥିଲା। ପୁରସ୍କାର ସାଙ୍ଗରେ ଖଣ୍ଡେ ଧୋତି ଓ ଖଣ୍ଡେ ଛତା ଦେଇଥିଲା। ହଁ, ଆଉ ଖଣ୍ଡେ ଛାପାକାଗଜ ଦେଇଥିଲା। ସେଥିରେ ଯାହା ଲେଖାଥିଲା, ତା' ବାପ ପଢି ପାରେନି। କେହି ପଚାରିଲେ ଆଣି ଦେଖାଇଦିଏ। ସେଥିରେ ତା କବିତ୍ୱର ପ୍ରଶଂସା ଥିଲା। ସର୍କାରର ମୋହର ଓ ଦସ୍ତଖତ ଥିଲା। ତା'ବାପ ଅନେକ ବର୍ଷ ପର୍ଯ୍ୟନ୍ତ ସେ ଛାପାକାଗଜକୁ ମୋଡି ମୋଡି ତା ମୁଣି ଭିତରେ ରଖିଥିଲା। ଆଜିକାଲି ଆଉ ମିଳୁନି ସେ କାଗଜ। ଛାଡ।

ଟ୍ରକ ନାଲି ମାଟିର ଧୂଳିଆ ରାସ୍ତା ଛାଡି କଳା ମଚମଚ କଂକ୍ରିଟ ସଡକ ଉପରକୁ ଆସିଲାଣି। ଟ୍ରକ ଡାଲାରେ ବସିଥିବା ମାଇଝିମାନେ ଫୁସ୍ ଫୁସ୍ ହେଲେ। ମରଦମାନେ ପିଙ୍କା ନଗେଇବାକୁ ଯାଇ ହତାଶ ହେଲେ। କାରଣ ଏତେ ଯୋରରେ ପବନ ବହୁଥିଲା ଯେ ବାରବାର ଦିଆସିଲି ନିଭି ଯାଉଥିଲା।

ତଥାପି ସେ ସର୍କାରୀ କର୍ମଚାରୀ ପରି ଘୁଷଖୋର ମାଛି ଲଲଟନ ମୁଣ୍ଡାର ଘାଆରେ ତା ମୁହଁ ପୂରଉଥିଲା। ଲଲଟନ ମୁଣ୍ଡାର ଗୀତ ବେସୁରା ହୋଇଯାଉଥିଲା ମାଛିର ଦଂଶନରେ। କେନ୍ଦରାରୁ ଖସିଯାଉଥିଲା ତାଳ ଓ ଲହର। କେନ୍ଦରାର ସୁର ଶୁଭୁଥିଲା ସତେ ଯେପରି ପ୍ରସବ କରିପାରୁ ନଥିବା କେଉଁ ଅସହାୟ ଜାନୁଆରର ଜାନ୍ତବ ଚିତ୍କାର।

ଏ ଗଣଗଣିଆ ମସ୍ତବଡ ମାଛିଟା କାହିଁକି ତା ପଛରେ ପଡିଚି। ଘରୁ ବାହାରିଲାବେଳରେ ସେ ଘାଆ ଉପରେ ବାନ୍ଧିଦେଇଥିଲା ଗୋଟେ ଛିଣ୍ଡା କପଡା। କପଡା ଭେଦି ବୋହି ଆସିଲାଣି ରକ୍ତ ଓ ଲସା। ଗୋଡ ଉପରେ ପରସ୍ତେ ଧୂଳି। ଘାଆ ବି ପୋତି ପଡିଲାଣି ନାଲିମାଟିର ଧୂଳିରେ। ତଥାପି ମାଛିର ଲୋଭ ସେଇ ପୂଜ, ରକ୍ତ, ଲାଳ ଓ ଲସାକୁ। ଛାଡୁନି କି ମରୁନି। ଯାଃ ! ...

ଗୋଟେ ମାଇଝି କହିଲା ଆଉ ଗୋଟେ ମାଇଝିକି ଯେ' ତାକୁ ମୂତ ଲାଗିଲାଣି। ଏ କଥା ସେ ଠାରରେ କହିଲା। ଠାରରେ ବୁଝିଲା ଆଉ ଗୋଟେ ମାଇଝି। ଠାରରେ ଠାରରେ ସବୁଯାକ ମାଇଝିଙ୍କି ମୂତଲାଗିଲା। ଗୋଟେ ମାଇଝି ତା ମରଦକୁ ଠାରରେ ବୁଝାଇଲା କି ସମସ୍ତଙ୍କୁ ଏବେ ମୂତିବା ଦରକାର।

ଟ୍ରକ ରହିଲା ଗୋଟେ ନିଛାଟିଆ ରାସ୍ତାରେ। ଅଫିସରକୁ ଭୋକ ଲାଗିଲା। ଲଲଟନ ତା ମୁଣିରୁ ଖୋଜି କାଢିଲା ପାଚିଲା କେନ୍ଦୁ। ଅଫିସର ମୁହଁ ବୁଲେଇ ନେଲା। ତା ବାପ ସବୁବେଳେ ଇମିତି ନିର୍ବୋଧ ଓ ସରଳ। ଗଲା ଆଇଲା ବେଳେ, ଦୂର ଜାଗା କି ପରବ ଉଛବ ବେଳେ କ'ଣ କେହି ପାଚିଲା କେନ୍ଦୁ କି ଆମ୍ବ ଖାଏ ? ଅଣ୍ଟିରେ ଦି' ପଇସା ଅଛି ତ ମୁଢି ଚଣା ଖାଇପାରନ୍ତା। ରାସ୍ତାକଡ ଦୋକାନରୁ ଚା ଗିଲାସେ ପିଇପାରନ୍ତା। ଅତି ବେଶିରେ ଗୋଟେ ସିଗାରେଟ୍। ତା ବାପ ପାଖରେ କେବେ ବି ପଇସା ନଥାଏ। ସେ ସବୁବେଳେ କାଠ କେନ୍ଦରା ପରି କ୍ୟୁଁ... କ୍ୟୁଁ ହେଇ କାନ୍ଦୁଥାଏ କି ଗୀତ ଗାଉଥାଏ କି ଗାଳି ଦଉଥାଏ।

ଲଲଟନ ତା ପୁଅର କଥା ବୁଝି ପାରିଲା ଓ ନିଜର ଅସହାୟତାକୁ ଗୀତରେ ଗାଇ କେନ୍ଦରା ସାଙ୍ଗେ ସୁର ମେଳେଇ ବୁଝେଇ ଦେଲା କି -

ସାରି ସାରି ଜଙ୍ଗଲକୁ କିଏ କାଟିନେଉଚି
କିଏ ଖୋଳି ନଉଚି ମାଟିତଳର ସୁନା

କିଏ ଉଜାଡି ଦଉଚି ଗାଁ ଗଣ୍ଡା, କ୍ଷେତ ଖାଦାନ
କିଏ ଭାଙ୍ଗି ଦଉଚି ଘର ସଂସାର ....
ଠାକୁର ବୋଙ୍ଗାଙ୍କୁ ପଚାର ପଚାର
ସେ ଏବେ କଉଁଠି ରହିବେ।
ପଚାର ପଚାର ସାରଣା ମାଈଙ୍କୁ
ନାଗେ ଏରାକୁ ସେ କଉଁଠି ରହିବେ ?
ଗାଡା ବୋଙ୍ଗାଙ୍କୁ ପଚାର ... ପାଣି କାଇଁ
ଗଛ ପତ୍ର ଜନ୍ତୁ ଜୁନ୍ତାଙ୍କୁ ପଚାର ପବନ କାଇଁ ?

ଲଲଟନର ଏ ବାଳିଆ ଗୀତରୁ କ'ଣ ମିଳିବ ଅଫିସରକୁ। ଭୋକରେ ପେଟ କୁତୁରୁ କୁତୁରୁ ହଉଚି। ମାଈଝିମାନେ ଓହ୍ଲେଇ ଗୋଟେ ଜଙ୍ଗଲିଆ ବୁଦା ଉହାଡକୁ ଚାଲିଯାଇଛନ୍ତି। ମରଦମାନେ ଉହ୍ଲେଇ ଧୂଳି ଝାଡୁଚନ୍ତି। ମାନ୍ଦର, ଝୁମୁକା ଓ ଝାଞ୍ଜରା ସବୁ ଲାୱାରିସ ପିଲାଙ୍କ ପରି ଟ୍ରକ ଡାଲାରେ। ଧୂଳି ମାଟିରେ ପୋତିହେଇ ଗଡୁଚନ୍ତି।

ଲଲଟନର ଗୀତ ସରୁନି। ଗୋଟେ ସରିଲା ବେଳକୁ ଆଉ ଗୋଟେ ଗୀତର ସ୍ୱର। ଏତେ ଗୀତ କଉଁଠି ଥାଏ। ଏତେ ଭୋକ କଉଁଠି ଥାଏ ? ଅଫିସରକୁ ଲାଗେ ବେଳେବେଳେ, କ'ଣ ତା ବାପକୁ କେବେ ଦୁଃଖ, ଭୋକ, ଭୟ ଓ ଶୋଷ ଲାଗେନି ! କ'ଣ ତା ବାପକୁ କେବେ ଦରକାର ହୁଏନି ଗୋଟେ ମୋବାଇଲ ଫୋନ୍। ଏଫେମ ବାଲା ! ତା' ବାପର ଗୀତ କଉଁ ପୁରୁଣା ଭଙ୍ଗା ରେଡିଓର କୁନ୍ଥିଆ ଆବାଜ ପରି ଘଡ ଘଡ ଚଡ ଚଡ। ମୋବାଇଲ ଫୋନରୁ ଏଫେମ୍ ରେଡିଓର ଗୀତ ଆହା ହା... କି ସୁରିଲାରେ... ମେରେ ସାମ୍‌ନେ ବାଲୀ ଖିଡିକି ମେଁ ଏକ ଚାନ୍ଦ୍ କା ଟୁକ୍ରୁଡା ରହତା ହୈ....।

ଲଲଟନର ଦିମାଗରେ ଏଫେମ ଗୀତ ଗୋଟେ କୁନି ଦିଆସିଲି ଖୋଳ ପରି ମୋବାଇଲରୁ। ବାପକୁ କହିଲେ ବାପ ଖାଲି ପୁରୁଣା ଜମାନାର, ବାପ - ଗୋସାପ ଅମଳର ଗୀତ ଗାଇବ। ସତେକି ମୋବାଇଲ ଫୋନର ଏଫେମକୁ ଟକ୍କର ଦବ। ଶାଃ...।

ଫେର୍ ସେ ମାଛି ଆଇଲା। ଏଥର ଲଲଟନର ଘାଆ ଛାଡି ଅଫିସର ମୁହଁ ଉପରେ ଟଏଲେଟ କଲାଭଳି ବସିଲା। ଅଫିସରକୁ ଏତେ ରାଗ ଲାଗିଲା ଯେ କଷିକି ଚାପୁଡେ ଦେଲା ମାଛିକୁ ଓ ମାଛି ଉଡିଯାଇ ଗୋଟେ ମାଈଝିର ଛାତି ଭିତରେ ପଶିଗଲା। ଚାପୁଡାଟା ବାଜିଲା ଅଫିସରର ନାକ ଦଫାରେ। ଆଖିରେ ପାଣି ଭରିଗଲା। ମୁହଁ ଲାଲ ପଡିଗଲା, ନା ନା' କଳା ଥିଲା, ନୀଳ ପଡିଗଲା। ଲଲଟନ ମୁଣ୍ଡା ତା କେନ୍ଦରାରୁ ହାତ ଖସେଇ ଆଣି ତା ଘାଆ ଉପରେ ରଖିଲା। ଅଫିସର ତା ନାକକୁ ମୁଠେଇ ଗେଁ ଗେଁ ହଉଥିଲା।

ଟ୍ରକଛାଡି ଦବା ଉପରେ। ଗୋଟେ ମାଈଝି କୁଆଡେ ହଜିଗଲା। ସେ ବୁଦା ଉହାଡକୁ

ଯାଇଥିଲା ଆଉ ଫେରିଲାନି। ଆଉ ସବୁ ମାଈଝିଏ କହିଲେ : ତାକୁ ବାଘ ନେଇଗଲା। ନା' ନା' ବାଘ ପରି କିଏ ଜଣେ ଟେକି ନେଲା।

ଲଲଟନ ମୁଣ୍ଡା ପୁଣି ଗୋଟେ ଗୀତ ଗାଇଲା। ସେ ମାଈଝିର ମରଦ କହିଲା – ମୋ ମାଈଝିକୁ ଆଣିଦିଅ , ନ ହେଲେ ମୁଁ ଜୀବନ ହାରି ଦେମି। ଏ ଚକ ତଳକୁ ଡେଇଁ ପଡିମି ।

ଆଉ ସବୁ ମରଦମାନେ କହିଲେ : 'ହଉ ଥୟ ଧ'। ଦେଖିମା କଁ ହଉଚି। ତୋ ମାଈଝିକୁ ବାଘ ଖାଇଚି କି ସେ ନିଜେ ଲୁଚିକି ପଳେଇଚି ଜଙ୍ଗଲ ଭିତରକୁ। ରହ ରହ, ଥୟ ଧ'। ଦେଖିମା।' ଅଫିସର ମୁଣ୍ଡାକୁ ରାଗ ଲାଗିଲା। ଭୋକ, ରାଗ ଓ ବିରକ୍ତି ମିଶି ତାକୁ ବିବଶ କରି ଦେଉଥିଲେ। ତେଣେ ରାଜଧାନୀରେ ପହଞ୍ଚିବା ଡେରି ହଉଥିଲା। ନେତାଜି ରାଗିମାଗି ବାରବାର ଫୋନ୍ କରୁଥିଲା। ଅଫିସର ମୋବାଇଲର ଟାୱାର ଧରୁ ନଥିଲା। କଥା ଅଧା ଅଧିରୁ କଟିଯାଉଥିଲା।

ଏତିକିବେଳେ ଇମିତି ଦୁର୍ଘଟନାଟେ କ'ଣ ଘଟିବାର ଥିଲା ? ଲଲଟନ ମୁଣ୍ଡାର ଘାଆ ସିର୍ ସିର୍ ହେଲା। ମାଛି ପୁଣି ଆସିଲାଣି। ମାଈଝିର ଛାତି ଭିତରେ ପଶିଥିଲା । କେତେ କ'ଣ ନାରଖାର କରିଥିବ। ଆହା ହା... ଲଲଟନର ମନ ହଉଥିଲା ଆଉ ଗୋଟେ ନୂଆ ଗୀତ ଫାନ୍ଦିବ। ହେଲେ ଇଏ ଉପଯୁକ୍ତ ବେଳ ନଥିଲା। ଲୋକେ ସଜବାଜ ହଉଥିଲେ, ଟ୍ରକ ଛାଡିବ ଛାଡିବ ହଉଥିଲା ; ହଠାତ୍ ଦେଖ ମାଈଝି ଗାଏବ.....।

ହେଇ ନେତାଜୀର ଫୋନ୍ ଆଇଲା।

:କଉଁଠି ପହଁଞ୍ଚିଲ ?

:ଧାତକୀଡିହି।

:ଆଚ୍ଛା.... ଆଚ୍ଛା.... ଜଲଦି ଆସ।

:ହୟ.... ହୟ....।

ତାପରେ ଫୋନ୍ କଟିଗଲାନି ଯେ, ଅଫିସର ମୁଣ୍ଡାର ନାକରୁ ରକ୍ତର ସରୁଧାରଟେ ଝରିଲା ଓଠ ଆଡକୁ। ମାଈଝିଏ କାନ୍ଦିବା ପରି ସ୍ୱରରେ ଗାଡୁରୁ ମାଡୁରୁ ହେଲେ ଓ ଏତେ ଯୋରରେ କାନ୍ଦିବାକୁ ଲାଗିଲେ ଯେ ମନେହେଲା ସତେଯେପରି ଏକାସାଙ୍ଗେ ଦଳେ କୁକୁରଙ୍କ କରୁଣ ବେଦନାର ମିଳିତ କୋରସ। ଆଉ ତା ସାଙ୍ଗକୁ ଟ୍ରକ ଷ୍ଟାର୍ଟ ହବାର ଘୁଁ .. ଘୁଁ.... ଘୁଡୁର୍.... ର୍..... ଘୁଁ....ର ଭୟଙ୍କର ଗର୍ଜନ। କାନ ଫାଟି ଯିବା ପରି ଲାଗିଲା। ସେପାଖରୁ ନେତାଜୀର କଥା ଆଉ ଶୁଣାଗଲାନି। ହେଲୋ... ହେଲୋ....। ତାପରେ ଫୋନ୍ କଟିଗଲା।

ରାଜଧାନୀ ଆହୁରି ଦୂରଥିଲା। ପହଞ୍ଚୁ ପହଞ୍ଚୁ ସଞ୍ଜ ହେଇଯିବ। ରାତି ହେଲେ

ସେମାନେ ନେତାଜୀଙ୍କୁ ଖୋଜି ପାଇବା କଷ୍ଟହବ। ନେତାଜୀ ଯଦି ସତକୁ ସତ ରାଗିଯାଇଥିବ, ତେବେ ସେ ଢେର ଗାଳିଦବ ଓ ଆଉ ମଞ୍ଚରେ ନଚେଇବନି କି ତା ବାପର କେନ୍ଦରା ବଜେଇବନି କି ତା ବାପକୁ ସାଲ୍ ଘୋଡେଇ ଫୁଲମାଳ ପକେଇ ବରଣ କରିବନି। ଆଉ ଯଦି ବେଶୀ ରାଗିଯିବ ତେବେ ଖାଇବାକୁ ବି ଦବନି। ଆସିଲା ବେଳେ ଯଉଁ ପଇସା ଦବା କଥା ଚୁକ୍ତି କରିଚି ତାହା ବି ଦବନି।

ସେଟା ଶଳା ଚୁତିଆଟେ। କାମ ଥିଲେ କୁକୁର ପରି ଲାଙ୍ଗୁଡ ହଲେଇ ଆଗପଛ ହବ। କାମ ସରିଗଲେ ସାପ ପରି ଫଁ ଫଁ ହବ। ଧରା ଦବନି। ପଇସା ଦେବାବେଳକୁ କେତେ ଖୁଣ କାଢବି। କେତେ ଢଙ୍ଗରେ କହିବ। ଏଟା ହେଲାନି, ସେଟା ହେଲାନି। ଗାଣ୍ଡି ହଲିଲାନି। ଛାତି ହଲିଲାନି। ମାନ୍ଦର ବାଜିଲାନି। ଗୋଡ ତାଳରେ ପଡିଲାନି। ଗୀତ ବେସୁରା ଥିଲା। ନାଚ ବେସୁରା ଥିଲା। ବେଶ ପୋଷାକ ମଇଳା ଥିଲା।

ଲଲଟନକୁ ଏଥର ହାଣ୍ଡିଆ ପିଇବା ପାଇଁ ମନ ହେଲା। ଟକଲା ମାଝି ତା ଝୁଲାମୁଣି ଭିତରେ ବୋତଲେ ରସି ରଖିଥିଲା। ହେଲେ ଲଲଟନକୁ ରସି ଭଲ ଲାଗେନି। ହାଣ୍ଡିଆ ଚାଖିଲେ ଯଉଁ ମଜା ସେ ମଜା ରସିରେ ଥାଏନି। ଅଫିସରକୁ କହିଲା - ଦେଖିତ ଏଠି କଉଁଠି ମାଇଝିଏ ହାଣ୍ଡିଆ ବିକୁଚନ୍ତି ନା !

ଯଉଁ ମାଇଝି ବଣ ଭିତରେ ଗାଏବ ହେଇଗଲା, ତା ମରଦ ଛାତିକୁ ପଥର କରି ପାରୁନି। କିଏ ପାରନ୍ତା କି ? ଅଫିସରକୁ ରାଗ ମାଡିଲାଣି। ଏବେ କ'ଣ ହବ ? ନେତାଜୀକୁ କିମିତି ମୁହଁ ଦେଖେଇବ ? କାଲି ରାତି ପାହିଲେ ସର୍କାରୀ ପରବ। ରାଜଧାନୀରେ ମୁଖ୍ୟମନ୍ତ୍ରୀ ବଇଚି। ରାତି ପାହିଲେ ନୂଆ ରାଜ୍ୟର ସ୍ଥାପନା ଦିବସ। ମୁଖ୍ୟମନ୍ତ୍ରୀ ମୁଣ୍ଡରେ କିଏ ପୂରେଇଚି 'ଲୋକ ଉତ୍ସବ' ହବ।

ସେଇଟା କ'ଣରେ ବାବା ?

'ଲୋକ' ମତଲବ ଜଙ୍ଗଲ ପାହାଡରେ ରହୁଥିବା 'ମୂର୍ଖ'।

ତାଙ୍କୁ ଆଣି ନଚେଇବ, ବାଜା ବଜେଇବ, ଗୀତ ବୋଲେଇବ।

ଖେଳ ଖେଳେଇବ।

ଅଫିସର ମୁଣ୍ଡା। ନେତାଜୀଠାରୁ ଆଡଭାନ୍ସ ନେଇଚି ଦି'ଶ ଟଙ୍କା। ବାକି ପଇସା ନାଚ ଗୀତ ପରେ। ରାଜଧାନୀରେ ପହଞ୍ଚିଲା ପରେ। ତା ବାପକୁ ମୁଖ୍ୟମନ୍ତ୍ରୀ ସମ୍ମାନ କରିବ। ଚାଦର, ଧୋତି, ଛତା ଓ ଫୁଲମାଳ ଦେଇ ସମ୍ମାନ କରିବ। ଫଟୋ ଉଠା ହବ। ଗାଁଲୋକ ନାଚିବେ ଓ ଗାଇବେ। ତା ବାପର ଗୀତକୁ ମୁଖ୍ୟମନ୍ତ୍ରୀ ପସନ୍ଦ କରିବ। ତା ବାପ ଜଣେ ଲୋକ କବି। ନେତାଜୀ ତ ସେଇଆ କହିଛି।

ଅଧାବାଟରେ ଟ୍ରକ ଅଟକିଚି। ଡ୍ରାଇଭର ରାଗି ମାଗି ବାଂଦନା ଖୁଣ୍ଟିର ବଳଦ

(ସୋହରାୟ ପର୍ବରେ ଯେଉଁ ବଳଦକୁ ଖୁଣ୍ଟିରେ ବାନ୍ଧି ହୁରୁଡାଇ ତରକାଇ ମଜା ନିଆଯାଏ) ପରି ହଉଚି। କହୁଚି ; ସମସ୍ତଙ୍କୁ ଛାଡି ଏକା ପଳେଇବ ଏଇ ଜଙ୍ଗଲରେ। ଖାଲି ଡେଉଁଚି, କୁଦୁଚି। ଫଁ ଫଁ ହଉଚି।

ଅଫିସର ମୁଣ୍ଡା ତାକୁ ଶାନ୍ତ କରୁଚି। ବେଳ ବୁଡିବା ଉପରେ। ଆଉ ଟିକେକୁ ସଞ୍ଜ ମାଡି ଆସିବ। ମାଇଝିଟା ଲାପତା। ତା ମରଦ ଛାତିକୁ ପଥର କରି ପାରୁନି। ଲଲଟନ ମୁଣ୍ଡା ତା କେନ୍ଦରା ଥୋଇ ଦେଇ କହିଲା ତାକୁ ନଜର ଦେଲା କି ? ବୋଙ୍ଗା ବାଘର ଆତ୍ମା ହେଇ ତାକୁ ଝାମ୍ପି ନେଲାକି ?

କୁଆଡେ ଥିଲା ମାଛି, ଆସିଗଲା ଭଁ ଭଁ ହେଇ। ସିଧା କାମୁଡି ପକେଇଲା ଲଲଟନର ଘାଆ ଉପରେ। ଲଲଟନ ହସିଲା। ଏଥର ରାଗିଲାନି କି ତାକୁ ଘଉଡେଇ ଦେଲାନି। ମାଛି ତା ପାଇଁ ଶୁଭ। ଆଉ କାହା ପାଇଁ ଅଶୁଭ ହୋଇପାରେ। କାହିଁକି ନା, ମାଛି ପାଇଁ ତାକୁ ଘାଆ ହେଲା। ମାନେ ଘାଆ ହେଲା ବୋଲି ମାଛି ଲାଗିଲା। ଆଉ ମାଛି, ଘାଆ ପାଇଁ ତାକୁ ବାଘ ଝାଙ୍କି ନେଲାନି ଜଙ୍ଗଲରେ।

ଅଫିସର ରାଗିକି କହିଲା, 'ଚାଲ ସବୁ .... ଚଢ। ଯାଉ ସେ ରଣ୍ଡି ।' ଏକଥା ଶୁଣି ମାଇଝିର ମରଦ ରାଗିଗଲା, କହିଲା – କ'ଣ କହିଲୁବେ ଚୁତିଆ... ଭାଲୁଖିଆ..... ବାନ୍ଦର ମୁହାଁ....।

ଅଫିସର ଓ ମାଇଝିର ମରଦ କଥା କଟାକଟି ହଉ ହଉ ଜଙ୍ଗଲ ଆଡୁ ମାଇଝିଟା ଫେରିଲା ଡରି ଯାଇଥିବା ଗୋଟେ ଛେଳିଛୁଆ ପରି। ତା ମୁହଁଟା ଗୋଟେ ଶୁଖିଲା ବାଇଗଣ ପରି ଦିଶୁଥିଲା। ଦି'ଚାରିଜାଗାରେ କାମୁଡା ରାମ୍ପୁଡା ଚିହ୍ନ ଥିଲା।

ସମସ୍ତେ ଚୁଉପ୍ ହେଇଗଲେ। ଅବାକ୍ ହେଇଗଲେ। ତା ମରଦ ଧାଇଁଗଲା ଓ ତା ଚୁଟି ଧରି ଭିଡିଆଣିଲା ଟ୍ରକ ପାଖକୁ। ତାପରେ ବିଧା, ଗୋଇଠା, ଲାତ ଓ ଯେତେସବୁ ଅସଭ୍ୟ ଗାଳି। ଲଲଟନର ମନ ହଉଥିଲା କେନ୍ଦରା ବଜେଇ ଗୀତ ପଦେ ବୋଲିବ। ହେଲେ ଲୋକେ ଆହୁରି ରାଗିଥାଆନ୍ତେ। ଅଫିସର ସ୍ୱାମୀ – ସ୍ତ୍ରୀର ଝଗଡା ମେଣ୍ଟେଇଲା ଓ କହିଲା – ଛାଡ୍, ଯା ହବାର ହେଲା। ଜଲ୍‌ଦି ଚଢ ଟ୍ରକରେ।

ନେତାଜୀର ପୁଣି ଫୋନ୍।

ପୁଣି କଥା ହଉ ହଉ କଟିଗଲା। ଅଫିସର ରାଗିକି ସେ ମାଇଝିକି ତା ମରଦକୁ ଓ ଟ୍ରକ୍ ଡାଲାରେ ବସିଥିବା ସବୁ ମାଇଝି ଓ ସବୁ ମରଦଙ୍କୁ ତା' ବାପ ଲଲଟନ ମୁଣ୍ଡାକୁ ଗାଳି ଦେଲା। କହିଲା ; ତମରି ପାଇଁ ମୋ ବେପାର ବୁଡିବ। ଶାଃ, ଯୁଆଡେ ଗଲ ଜଙ୍ଗଲିଆ ଢଙ୍ଗ ଛାଡିଲନି। ଆବେ ମୂତିବାକୁ ଯିବ ତ ବାଘ କାଇଁକି ଝାମ୍ପିନବ ବେ ?

ତାଙ୍କ ଭିତରୁ ଜଣେ କହିଲା "ତାକୁ ବାଘ ଝାମ୍ପି ନେଇନି। ମୂଷା ଧରିବାପାଇଁ ସିଏ ପଳେଇଥିଲା ଜଙ୍ଗଲ ଭିତରକୁ।"

: ଆଏଁ.... ମୂଷା ? କଉଁ ମୂଷା ?

: ମାରାଙ୍ଗ ମୂଷା

: ଯାଃ, ଶାଃ.....

କିଏ ଜଣେ ଚମକି ପଡିଲା ପରି କହିଲା 'ହେଇତ, ତା ଅଣ୍ଟିରେ ମୂଷା।' 'କାଇଁ.... କାଇଁ.....' ଆଉ ଜଣେ କହିଲା। ହଜିଯାଇଥିବା ମାଈଝିର ମୁହଁ ଓ ଓଠରେ ଦି' ଚାରିଜାଗା କାମୁଡା ଆଞ୍ଚୁଡ଼ା ଦାଗ। ଫିର୍ ଫିର୍ ରକ୍ତ ଝରୁଚି। କଣ୍ଟା ବୁଦା ଲାଗି ଛେଲିଯାଇଚି। ନା' ନା' ମୂଷା ଧରିବା ବେଳେ ସେଇ ମୂଷା ତାକୁ ଘାଏଲ କରିଚି।

ମାଈଝରି ମରଦ ରାଗିମାଗି ହଉଚି। ମୂଷା କଥା ଶୁଣି ଡେଉଁଚି। ମୂଷା ଖାଇ ମାଈଝିର ଚରିତ୍ର ହନନ କରୁଚି ସର୍ବସାଧାରଣରେ ଓ କହୁଚି ସବୁବେଳେ ମୂଷା ଖୋଜୁଚି, ସବୁବେଳେ ମୂଷା ଖାଉଚି।

କଉଁ ମାଈଝିର ଲୁଗା ତଳେ ମୂଷା। ୟା ଉଁ... କ୍ୟୁଁ... କ୍ୟୁଁ... କୁଁ... ଚୁଁ... ଚୁଁ... ଚୁଁ। ଧର ଧର ମୂଷା ଗଲା। ହେଇ ଗଲା। ଡାଲା ଭିତରେ ଦଉଡୁଚି ମୂଷା, ଚକତଳେ ପଶିଲା। ଶାଢୀ ଭିତରେ ପଶିଲା। ମୁଣିରେ ଗଳିଗଲା। ଖୋଜ ... ଖୋଜ...

ମୂଷା ମିଳିଲାନି।

ସେଇ ମାଈଝି ଜଙ୍ଗଲରୁ ମୂଷା ଧରି ଆଣିଚି। ତା ଲୁଗାତଳେ ଲୁଚେଇ ରଖିଥିଲା। ଏବେ ସମ୍ଭାଳ। ଏଠି ସେଠି ପଶୁଚି। ଜଣେ ଦି' ଜଣକୁ ଖଣ୍ଡିଆ କରିସାରିଲେଣି। ଧରା ଦଉନି। ଜଣେ ମାଈଝି କହିଲା : ମାରାଙ୍ଗ ମୂଷା। ମସ୍ତବଡ। ଠିଆ ଠିଆ କାନ, ଚଙ୍ଗ ଚଙ୍ଗ ଆଖି, ହେଁ ଲମ୍ବା ଲାଙ୍ଗୁଡ। ଛୁଞ୍ଚ ପରି ନିଶ। ହେଁ... ମୋଟା... ହେଁ ବଡ... ବାପରେ ବାପ.....।

ଅଫିସର ପୁଣି ପରେଶାନ୍।

ନେତାଜୀର ପୁଣି ଫୋନ୍। ଗୋଟିଏ ପରେ ଗୋଟିଏ ଝମେଲା। ଅଫିସର ରାଗିକି ମୂଷାଖାଇ ମାଈଝିକି କହିଲା - ଚୁପ ଚାପରେ ମୂଷାକୁ ଫିଙ୍ଗି ଦେ ତଳକୁ। ନ ହେଲେ ତତେ ତଳକୁ ଫିଙ୍ଗିଦେବି, ଚଳନ୍ତା ଟ୍ରକ ଡାଲାରୁ।

ମାଈଝି କହିଲା : ମୂଷା କାଇଁ ? ମୂଷାକୁ ମୁଁ ତ ଖାଇ ସାରିଚି। କାଇଁ ଦେଖୁନୁ ....।

ଲଳଟନ ମୁଣ୍ଡା ତା ଘାଆ କଥା ଭୁଲି ଯାଇଥିଲା। ମାଛି ଆଉ ଆସୁ ନଥିଲା। ଅନ୍ଧାର ହେଇ ଆସିଲାଣି। ଟ୍ରକ ଡାଲାରେ ସମସ୍ତେ ଆତଙ୍କିତ। ମୂଷା ଡରରେ। ମୂଷା କାଇଁ? ମୂଷା ନାଇଁ। ମାଈଝି କହୁଚି ମୂଷା ଖାଇ ସାରିଚି। ଆଉ ମାଈଝିମାନେ କହୁଚନ୍ତି ମୂଷା

ତାକୁ ଖାଇଚି । ତା ମରଦ କହୁଚି : ମୂଷାଖାଇ ଡାଆଣୀ । ଘୁଅ ଖାଇ ଡାଆଣୀ । ମରଦ ଖାଇ ଡାଆଣୀ ।

ସମସ୍ତେ ତା ଠାରୁ ଘୁଞ୍ଚିକି ବସୁଚନ୍ତି । ଦୂର ଆକାଶରେ ଗୋଟେ ଗୋଟେ ତରା ଫୁଟିଲେଣି । ଦିନସାରା କ୍ଳାନ୍ତିରେ ଆଖି ପୋଡି ହେଇ ଆସିଲାଣି । ତଣ୍ଟି ଶୁଖିଯାଉଚି । ହାଣ୍ଡିଆ ମୁନ୍ଦେ ଦେ । ରସି ମୁନ୍ଦେ ଦେ... । କିଏ ଜଣେ ମାନ୍ଦର ବଜେଇଦେଲା ଧୁମ୍ ... ଧୁମ୍ ... ଧୁମ୍... ଧିଡାଙ୍ଗ । ଆଉଥରେ ଲଲଟନର ମନ ଚହଲି ଉଠିଲା । ଗୀତଟେ ମୁଣ୍ଡକୁ ଜୁଟିଲା । କେନ୍ଦରା ଖୋଜିଲା । କେନ୍ଦରା ମିଳୁନି । ଅଫିସରକୁ ଚାହିଁବାରୁ ଅଫିସର ଆଖି ଓ ମୁହଁ ଦିଶୁଚି ଶୁଖିଲା ନଈ ପରି । ଉଜୁଡା କ୍ଷେତ ପରି ।

କଉଁଠି ଥିଲା ଥିଲା ମୂଷା ଚୁଟ୍‌କରି ଧାଇଁଗଲା ଟ୍ରକ ଡାଲା ଭିତରକୁ । ଗୋଟେ କଣରୁ ଆଉଗୋଟେ କଣକୁ । ସମସ୍ତେ ହାଉଳି ଖାଇଲେ । ହେଇ ଗଲା... ଗଲା... ହେଇଟି ପଶିଲା, ବାଲି ଭିତରେ, ଚକତଳେ, ଅଣ୍ଟା ତଳେ । ଧର ଧର.... ମାର...ମାର.... । ଯିଏ ଦେଖିଲା ମୂଷାଟିକୁ ସେ କହିଲା – ମୂଷା ଗୋଟେ ମା'ଜନ ପରି ଦୁଶୁଚି । ହଁ.... ହଁ ଠିକ ତାରି ପରି ପେଟ, ତାରି ପରି ମୁଛ ।

ତାରି ପରି ଆଖି ଓ ନଖ ଦାନ୍ତ ।

ଆଉ ଜଣେ ଯିଏ ଦେଖିଥିଲା ସେ କହିଲା : ନା' ନା' ମୂଷାଟା ଗୋଟେ ସରପଞ୍ଚ କି ମୁଖିଆ ପରି ଦିଶୁଚି । ଠିକ୍ ତାରି ପରି ଚାଲି, ଠିକ୍ ତାରି ପରି ବୋଲି । ଚୁଁ... ଚୁଁ.... କୁଁ...କୁଁ.... ।

ଆଉଜଣେ କହିଲା – ଧେତ୍, ମୂଷାଟା ନୂଆ ଇସ୍କୁଲ ମାଷ୍ଟ୍ର ପରି ଦୁଶୁଚି । ଭାରି ଡରକୁଳା କିନ୍ତୁ ଭାରି ଚତୁର । ଲୁଚି ଲୁଚିକି ଖାଉଚି ମଧ୍ୟାହ୍ନ ଭୋଜନ, ବାର୍ଦ୍ଧକ୍ୟ ଭତ୍ତା, ପେନ୍‌ଶନ୍ , ଛେଳି ଋଣ ।

ଢୋ... ଫିସ୍....ସ୍... ସ୍ ... ଚଁ....

କ'ଣ ହେଲାରେ ?

ଟ୍ରକର ଚକ ଫଙ୍କ୍‌ଚର ।

ଅଫିସରର ମଗଜରେ କିଏ ଯେମିତି ଠୁକେଇ ଦେଲା ଦି'ଚାରିଟା ବଡ ବଡ ଲୁହା କଣ୍ଟା । ତା' ମଗଜ, ତା'ଛାତିର କଲିଜା, ତା' ଓଠରେ କିଏ ପଙ୍କଚର କରିଦେଲା । ଟକ୍ର ଭିତରେ କୁଡି (ଟୋକି) ଆଉ ଗୋଟେ କୋଡାକୁ (ଟୋକାକ) ଜାବୁଡି ଧରିଲା । ତାକୁ ଲାଗିଲା ବୋଧେ ବଡ ମୂଷା ପଶି ଯାଇଚି ଚକତଳେ । ଟ୍ରକ ଅଚଳ କରି ଦେବେରେ ବାବା । କୋଡାର ସେ କୁଡି ସାଙ୍ଗେ ମନ ଦିଆନିଆ ଥିଲା । ମକର ପରବରେ ଦୁହେଁ ସାଙ୍ଗ ହୋଇ ନାଚିବା ବେଳେ ଜଣେ ଆର ଜଣକୁ ଗେଲ କରିଥିଲା । ଟୁସୁ ପରବରେ କୁଡି ନାଁରେ କୋଡା ଗୀତ ଫାନ୍ଦି ଗାଇଥିଲା । ବଡ ରସିଲା ଗୀତ ।

ଅଫିସର ଏକା ଡିଆଁକେ ଟ୍ରକତଳକୁ। ଧାଇଁଗଲା ଡ୍ରାଇଭର ପାଖକୁ। ତା ମୁହଁରୁ ବାହାରି ଆସୁଥିଲା ଗାଳି। ମାତ୍ର ଡ୍ରାଇଭରର ମୁହଁ ଦେଖି ସେ ଡରିଗଲା। ତାକୁ ଲାଗିଲା, ଡ୍ରାଇଭର ଏବେ ତାକୁ କଞ୍ଚା ଚୋବେଇ ଖାଇବ। ତା ହେଲପର୍ କଟକରି ଛେପ ପକେଇଲା ତଳକୁ। ଛେପ ଉଡିଆସି ଅଫିସରର ଆଖିରେ ପଡିଲା। କଡା ମୁର୍ଗା ଛାପ ଖଇନିର ଛେପ। ଆଖି ଜଳିଲା।

: ଠିଆ ହେଇଚୁ କ'ଣ ? ଚକ ଖୋଲ।

: କଉଁ ଚକ ? ପଛ ନା ଆଗ ?

: ହିଜୁଅମେ (ପାଖକୁ ଆ) ଦୁଡୁବମେ (ବସିପଡ)।

ହେଲପର ଚକ ପାଖରେ ବସି ପଡ଼ିଲା। ଗୋଟେ ଦି'ଟା କୋଡା ତଳକୁ ଉହେଇଁ ସାରିଥିଲେ। ସହର ପାଖ ହେଇ ଆସୁଚି ବୋଧେ। ଦୂରରୁ ଟିକି ଟିକି ତରା ଓ ଜହ୍ନର ଆଲୁଅ ଦିଶୁଚି ଜକଜକ। ଏତେ ଆଲୁଅ ? ଜଣେ କୁଡ଼ି ଆଉ ଜଣକ କାନରେ କହିଲା। ମାଇଝିମାନେ ଶୋଇପଡିବାକୁ ଚାହୁଁଥିଲେ ମାତ୍ର ମୂଷାର ଡରରେ କେହି ଶୋଉ ନଥିଲେ। ସେ ମୂଷାଖାଇ ମାଇଝିର ମରଦ ଏବେ ଢୁଳଉଥିଲା ଚକ ଉପରେ ବସିବସି। ଅଫସର ମୁଣ୍ଡା ତାକୁ ଧମକେଇଲା ପରି କହିଲା : 'ଶାଲା, ଏମେଲେ ନା ଏମ୍ପି ବେ ! ଉଠ୍ ଚକା ଉପରୁ। ଓହ୍ଲା ଶଳା ତଳକୁ।'

ଆଜି ବେଳ ଖରାପଥିଲା। ମାଛିର ଉପଦ୍ରବରେ ତା ନାକ ଫାଟିଲା,

ସକାଳ ପହରୁ କିଛି ନା କିଛି ଅଘଟଣ ଘଟୁଥିଲା।

ମୂଷା ଖାଇଲା ଜଣକୁ, ନା' ନା' ଜଣେ ଖାଇଲା ମୂଷାକୁ।

ଏବେ ଚକ ପଙ୍କଚର ହେଇଗଲା।

ସେଣେ ନେତାଜୀ ଫୋନରେ ଗାଳି ଦେଲାଣି।

ମୁଖ୍ୟମନ୍ତ୍ରୀ ବଇଚି କବିତା ପଢିବ। ମଞ୍ଚରେ କବିତା ଗାଇବ। ତା ବାପର ଗୀତକୁ ନେଇ ନେତାଜୀ ମଞ୍ଚରେ ଥୋଇବ। ପୁରସ୍କାର ଦେବ।

ଆଉ କ'ଣ ହବ ? ଛତୁ ହବ।

ଫୋନ୍ କରି କରି ନେତାଜୀ ଥକି ଯାଇଥିଲା। ରାତି ପାହିଲେ ସ୍ଥାପନା ଦିବସ। 'ଲୋକ ଉତ୍ସବ'ର ଉଦଘାଟନ। ମୁଖ୍ୟମନ୍ତ୍ରୀ ଉଚ୍ଛନ୍ନ। ଲୋକନୃତ୍ୟ, ଲୋକ ସଙ୍ଗୀତ, ଲୋକବାଦ୍ୟ, ଲୋକଖାଦ୍ୟ ଓ ଲୋକ କଳାର ଉଚ୍ଛବ। ଖାଲି କମ୍ପିବ ରାଜଧାନୀ। ଉଠିବ, ପଡିବ। ଦୁଲ ଦୁଲୁଦୁଲୁକିବ। ଦିଲ୍ଲୀରୁ ଆସିବେ ନେତା। ବିଦେଶରୁ ଆସିବେ ଅତିଥି। ମୁଖ୍ୟମନ୍ତ୍ରୀ ଗୋଟେ କବି ସମ୍ମିଳନୀର ଆୟୋଜନ କରିବ।

କି କବି ? ଲୋକ କବି।

କି ଲୋକ ? ଚୟାଁ ପୋକ।

କି ଚୟାଁ? ଧାନ ବୟାଁ।

କି ଧାନ ? ଠାକୁର ଥାନ

କି ଠାକୁର ? ବୋଙ୍ଗା ଠାକୁର

ଜୋହାର .... ଜୋହାର, ଦୂରୁ ଜୋହାର

ଲଲଟନ ମୁଣ୍ଡାର କେନ୍ଦରା କାନ୍ଦେ କ୍ୟୁଁ... କ୍ୟୁଁ....କୁଁ... କୁଁ... କ୍ୟୁଁ। ଅଫିସର ମୁଣ୍ଡା ଗୋଡ କଚାଡି ହେଇ ଗାଁ ଲୋକଙ୍କୁ କହିଲା -

"ଠିକରେ ଗୋଡ କଚାଡିବ। ତାଳରେ ନାଚିବ। ସୁରରେ ଗାଇବ। ବେସୁରା ହେଲେ ଜାଣିବ ନେତାଜୀ କଉଁ ମୁହଁରେ ପଇସା ଦବ ! ଲୋକେ କହିଲେ - 'ହଇ.... ହଇ....'।

ଟ୍ରକ ଯାଇ କେତେ ରାତିରେ ପହଞ୍ଚିଲା ରାଜଧାନୀ। ରାଜଧାନୀ ବୋଲି କିମିତି ଜାଣିବ ? ଜାଣିବାର ଉପାୟ ହେଲା - ଯଉଁଠି ମଣିଷ କମ୍ ମଶା ବେଶି ଥିବେ, ଯଉଁଠି ଅନ୍ଧାର କମ୍ ଆଲୁଅ ବେଶି ଥିବ, ଯଉଁଠି ରାସ୍ତା କମ୍ ଗାଡି ବେଶି ଥିବ।

ହଁ, ଅବଶେଷରେ ସେମାନେ ରାଜଧାନୀରେ ପହଞ୍ଚିଗଲେ। ପହଞ୍ଚି ଗଲାରୁ ମୋବାଇଲର ନେଟ୍‌ୱାର୍କ, ମାନେ ଟାୱାର ଆସିଗଲା। ଆସିଗଲା ବୋଲି ଅଫିସର ପ୍ରଥମେ ଘୋଷଣା କଲା। ତା'ପରେ ଟ୍ରକ ରହିଲା। ନେତାଜୀର ଫୋନ୍ ରିଂ ହେଲା କିନ୍ତୁ ନେତାଜୀ ଫୋନ୍ ଉଠାଇଲାନି।

ପେଟ ଭୋକରେ କଁ.... କଁ।

ଲଲଟନ ମୁଣ୍ଡାର କେନ୍ଦରା କୁଁ... କୁଁ... କ୍ୟୁଁ...

ଏବେ କ'ଣ ହବ ?

ମୋତେ ଜଣାନାଇଁ। ଏତେ ବାଟ ଯାଏ ଠେଲି ପେଲି ମାଛି, ମୂଷା ମଶାଙ୍କୁ ଆଣିଲି। ଏବେ ତମ ଜିମାରେ। ରୁହ ଦେଖେଁ। କ'ଣ ହଉଚି।

ଟ୍ରକ ଡାଲାରେ ସାରାଲୋକ କଁ.... କଁ।

କୁଆଡେ ଥିଲେ ପଲେ ମଶା। ଟୁକ୍ ଟାକ୍, ଟୁକ୍ ଟାକ୍

ମାଇଝିଏ କହିଲେ 'ତଳକୁ ଉହ୍ଲେଇମା.....'

ଅଫିସର ରାଗୁଥିଲା। କାହା ଉପରେ କେଜାଣି ?

ଏବେ ଗୋଟେ ଧୂଆଁ ଗାଡି ଆସିଲା। ଧୂଆଁ ଗାଡିର ପଛରୁ ଭସ ଭସ କରି ଧୂଆଁ ବାହାରୁଚି। ଇରେ ବାପରେ ବାପ୍। ଏତେ ଧୂଆଁ ? କଉଁଠି ନିଆଁ ? ମାଇଝିଏ କୁଁ କୁଁ ହେଲେ। ଏଇଟା ଧୂଆଁ ମେସିନ୍। ମଶା ତଡିବା ପାଇଁ ମଝିରେ ମଝିରେ ମୁନସିପାଲଟି

ଇମିତି ଧୂଆଁ ଗାଡି ବୁଲାଏ। ଏ ଗାଡିର ଏତେ ଧୂଆଁ? ସମସ୍ତେ ଛାନିଆ। ଧୂଆଁରେ ଆକାଶ, ମର୍ତ୍ତ୍ୟ , ପାତାଳ ବୁଡିଗଲା। ଘନ କୁହୁଡି ପରି। ଗଛ ବୃଛ କିଛି ଦିଶୁନି। ରାସ୍ତାଘାଟ କିଛି ଦିଶୁନି। ଗାଡି ଘୋଡ଼ା, ଲୋକବାକ କିଛି ଦିଶୁନି। କିଏ କଉଁଠି କିଛି ଦିଶୁନି। ଆଖି କାନ ନାକରେ ଧୂଆଁ। ପାଟି, ପେଟ, ଘରିଆଡେ ଧୂଆଁ .... ଧୂଆଁ..... ଧୂଆଁ ....

ଧୂଆଁ ଯେବେ ଶାନ୍ତ ହେଲା, କେହି କୁଆଡେ ନାଇଁ। ଲଲଟନ ମୁଣ୍ଡା କି ଅଫିସର ମୁଣ୍ଡା କି ମାଇଝିଙ୍କ କୁଁ କୁଁ କି ସେ ଟ୍ରକ, କି ସେ ସାରା ଲୋକ .... କଉଁଠି ଚିହ୍ନ ବର୍ଣ୍ଣ ନାଇଁ। କେହି କଉଁଠି ନାଇଁ .....

ଗୁରୁ ଗୋସେଇଁ

ଅଧିକାରୀ ପଚାରିଲା- "ତମେ ସଞ୍ଜ କି ରାତି କି ଭୋର୍‌ବେଳେ ଜଙ୍ଗଲ ରାସ୍ତାରେ ଏକା ଏକା ନଯାଇ ଦଳହେଇ ଯାଇଥିଲଟି ? ଜଙ୍ଗଲଜାତ ଜିନିଷ, ଯଥା- ଶାଳପତ୍ର, ମହୁଲ, ଟୋଲ, କେନ୍ଦୁ, ଛତୁ କି କଉଁ ଜଙ୍ଗଲୀ ଜଡ଼ିବୁଟି ଅବା କାଠ ଆଣିବା ପାଇଁ ଏକା ଏକା ଯାଇଥିଲ କି ? ଜଙ୍ଗଲ କିମ୍ବା କଉଁ ପାହାଡ଼ ଗୁମ୍ଫାରେ ଭାଲୁ ଛୁଆ ଦେଖି ଘିନି ଆଇଛକି ? ଭାଲୁକୁ ଦେଖି ହଠାତ୍ ଦଉଡ଼ିଚକି ? ସେଇପରି ନକରି ପଛେଇ ପଛେଇ ଯିବାକଥା। ନିଆଁଜାଳି କି ବାଜା ବଜେଇ ତାକୁ ଚିଡ଼େଚକି ?"

ଏତେ କଥା ହେଲା, ତମେ କାଇଁ କର୍ମଚାରୀଙ୍କୁ ଜଣେଇଲନି ? ଜଣେଇଚକି ? ଏବେ ଭୋଗ। ଶାଃ... ଜଙ୍ଗଲୀ... ମଣିଷ ହବନି ତମେ। ଏବେ ଆଇଚ ଗୁହାରୀ କରିବାକୁ। ଅନୁକମ୍ପା ରାଶି ମାଗିବାକୁ ! ଆବେ ଅନୁକମ୍ପାରାଶି ଫଳିଚିକି ଗଛରେ... ହେଁ... ?

ଅଧକାରୀର ମୁହଁ ଜଙ୍ଗଲୀ ବାର୍‌ହା ପରି ଦିଶୁଚି। ସେ ରାଗିକି ପାଚୁଚି। କହୁଚି, "ଭାଗୋ ୟାହାଁସେ... କାଠ କାଟି, ଖୁଣ୍ଟକାଟି କେଶ୍‌ରେ ଜେଏଲ୍ ପଠେଇଦେବି।"

ହାକିମ ସୋରେନ୍ ତଥାପି ଜଙ୍ଗଲରୁ ଫେରି ନ ଥିଲା। ତା' ଝିଅକୁ ଭାଲୁ ରାମ୍ପି ବିଦାରି ଅଧାମରା କରିସାରିଥିଲା। କର୍ମଚାରୀ କହିଲା- "ହାକିମ ସୋରେନ୍ ସରକାରୀ ସଂରକ୍ଷିତ ଜଙ୍ଗଲରୁ ବିନା ଅନୁମତିରେ ପ୍ରତିଦିନ କାଠ, ଶାଳପତ୍ର, ମହୁ, ମହୁଲୀ ଓ ଜଡ଼ିବୁଟି ଘେନୁଥିଲା, ସେ ପାଇଁ ତା'ଝିଅକୁ ଭାଲୁ ରାମ୍ପିଲା। ଗାଁ ସାରା ଲୋକେ ହାତଯୋଡ଼ି, ବିନୟ ହୋଇ ଗୁହାରି କଲେ- "ଆଜ୍ଞା ! ହର୍ତ୍ତା, କର୍ତ୍ତା, ଦଇବ-ବିଧାତା ! ଆମେ କଉଁ ନୂଆ ଆଉଚୁ ଜଙ୍ଗଲକୁ ? କଉଁ, ନୂଆ ଫଳ ଫୁଲ, ଶାଳ, ମହୁ ଘେନୁଚୁ ? କଉଁ ଭାଲୁ ଆମକୁ ନୂଆ ଦେଖୁଚି ?"

ଗୁରୁ ଗୋସେଇଁ କହିଲା- "ୟେ ଭାଲୁ କି ବାଘ କି ହାତୀ, ୟେ ସବୁ ମୋ ଆଗରେ କାନ-ନାକ ଧରି ଉଠବସ୍ ହୁଅନ୍ତି। ମନ୍ତୁରା ଜଡ଼ି ଧରିଲେ ତାଙ୍କ ବାପା ଗୋସାଇଁଙ୍କ

ନାଁ ମନେ ପଡ଼ିବନି। ଫିରକାଲି ନାଚବେଳେ ମୁଁ ଯୋଉଁ ବାଘକି ଭାଲୁ ବେଶଧରେ ସେସବୁ ଭୁଲିଗଲକି ?"

ଅଧିକାରୀ କହିଲା- "ତୋ ଫିରକାଲି ନାଚ ଥାଉ। ଏବେ ଜଙ୍ଗଲୀ ଜନ୍ତୁ, ଜାନୁଆରକୁ ଶିକାର କରିବା ମନା, କେନ୍ଦୁ, ମହୁଆ, ଶାଳ, କାଠ-ପତ୍ର ଘେନିବା ମନା। ତମେ ଏସବୁ କିଛି ମାନୁନାହଁ। ଏବେ ଭାଲୁ ରାମ୍ପିଲା, ବାଘ ରାମ୍ପିଲାକୁ ଆଇଚ ଅନୁକମ୍ପା ରାଶି ଘେନିବାକୁ ?"

ଗୁରୁ ଗୋସେଇଁ ଗାଁ ଲୋକଙ୍କୁ ବୁଝେଇଲା- "ୟେ ଅଧିକାରୀର ମୁଣ୍ଡ କାମ କରୁନି। ୟେ ଅଧିକାରୀ ଅନୁକମ୍ପା ରାଶି ଖାଇବ। ୟେ ସର୍କାରୀ ପଇସା ପତ୍ର ଖାଇବ। ଆମ ଛେଳି, କୁକୁଡ଼ା, ଡିହ ଡଙ୍ଗର ଖାଇବ। ଚାଲ ହୋ... ଚାଲ... ୟେ ଆମ କଥା କି ଶୁଣିବ ?"

ସେଦିନ ସଞ୍ଜବେଳେ ଗାଁ ଲୋକଙ୍କୁ ଏକାଠି କରି ଗୁରୁ ଗୋସେଇଁ କହିଲା- "ଦେଖ, ଢେର୍ ଦିନରୁ ଫିରକାଲି ନାଚ କରିନ। ଢେର୍ ଦିନରୁ ବାଘ, ଭାଲୁ, ହାତୀ, ବାର୍‌ହା କି ସାପ ସଙ୍ଗେ ଲଢ଼ିନ। ସେପାଇଁ ଭାଲୁରାମ୍ପିବ, ବାଘ ଝାମ୍ପିବ। ଆଜି ରାତିରେ ଘେନ ଧନୁତୀର, ଘେନ ଢୋଲ, ମାଦଲ। ଘେନ ମନ୍ତୁରା ଜଡ଼ିବୁଟି। ଘେନ କୁସୁମ ତେଲର ମଶାଲ। ଚାଲ ମୋ ସଙ୍ଗେ ଗାଁ ପାରି ଜଙ୍ଗଲ। ମୋ ସାଙ୍ଗେ ଖାଲି ମରଦ ପିଲା ଯିବ। ଛୁଆପିଲା ଯିବନି। ମାଇପିମାନେ ଯିବନି। ବୁଢ଼ାହଡ଼ା ଯିବନି। ଆଜି ଖେଳିବା ଫିରକାଲି ନାଚ। ସାରାରାତି। ରାତିସାରା।"

ତା'ପରେ ଗୁରୁ ଗୋସେଇଁ କଥାରେ ଗାଁର ତେରଜଣ ମରଦ ଧନୁତୀର ଧରି, ଢୋଲ-ମାଦଳ ଧରି, ତେଲ-ମଶାଲ ଧରି ବାହାରିଗଲେ ଜଙ୍ଗଲ ଭିତରକୁ। ଗାଁରୁ ଟିକେଦୂର। ପାହାଡ଼ରୁ ଟିକେ ଦୂର। ରାତିରେ ଦୁକୁ ଦୁକୁ ତାରା। ଭୋକିଲା ଛୁଆର ମୁହଁପରି କାନ୍ଦୁରା ଜହ୍ନ। ଆକାଶର ଭାରିପଣ। ରସି ମୁନ୍ଦେ ମୁନ୍ଦେ ପିଇଲା ଗୁରୁ ଗୋସେଇଁ। ଜୁଆନ ପିଲା (କୋଡ଼ା)କୁ କହିଲା- 'ହାଣ୍ଡିଆ ମୁନ୍ଦେ ମୁନ୍ଦେ ପିଇଥା।'

ଆଖଡ଼ା ପାଖରେ ପହଞ୍ଚିଲା ବେଳକୁ ଆକାଶରେ ତଥାପି ତାରା ଜୁକୁଜୁକୁ। ଜହ୍ନ ସୁକୁସୁକୁ। ଗୁରୁ ଗୋସେଇଁ ଚାରିକୋଣରେ ଚାରିଟା ପତ୍ର ରଖିଲା। ମନ୍ତ୍ର ପଢ଼ିକି କହିଲା- "ୟେ ଆଖଡ଼ା ଏବେ ବାନ୍ଧିଲି ! ୟେ ବାଘ, ଭାଲୁ, ସାପ, ହାତୀଙ୍କୁ ବାନ୍ଧିଲି। ଏବେ ସଜହୁଅ ଶିକାର ପାଇଁ।" ଧୁମ୍ ଧୁମ୍ ଧୁମ୍... ଧଡ଼ାଙ୍ଗ... ଥ୍ରା... ଧୁମ୍... ଥ୍ରା..."

ତା'ପରେ ତେର ଜଣ ମରଦ ଖୋଲିଦେଲେ ତାଙ୍କ ପିନ୍ଧାଲୁଗା। ଉଭା ନଙ୍ଗଳା। ନିରୀହ ବାଳୁତ ପରି ନଇଁ ନାଇଁ ପଶିଲେ ଆଖଡ଼ା ଭିତରକୁ। ଗୁରୁ ଗୋସେଇଁ ବି ଉଭା

ନଙ୍ଗଳା । ଆଖଡ଼ା ଚାରିକଡ଼େ ବାନ୍ଧି ଦେଇଚି ଦୁଷ୍ଟ ଆତ୍ମାସବୁକୁ । ଆଖଡ଼ା ଭିତରକୁ କାହାରି ପ୍ରବେଶ ନାଇଁ, ଖାଲି ସେଇ ତେରଜଣ ଓ ଗୁରୁ ଗୋସେଇଁ ।

ଗୁରୁ ଗୋସେଇଁ କହିଲା- "ଏଥର ଦେଲି ମନ୍ତୁରା ଜଡ଼ି । ୟାକୁ ହାତରେ ବାନ୍ଧିଥ, ନ ହେଲେ ମରିବ ଜାଣିଥ । ଏ ଜଡ଼ି ଦିହ ବାନ୍ଧିବ । ଦୁଷ୍ଟ ବୋଙ୍ଗାମାନଙ୍କୁ ବାନ୍ଧିବ । ସାପ-ସଅପ, ବାଘ-ଭାଲୁ, ହାତୀ-ଘୋଡ଼ା ବାନ୍ଧିବ । ଯେ ତମ ଦିହରେ ଥିଲାଯାକେ ତମେ ହାରିବ ନାଇଁ । ତମର କେହି ବାଳବଙ୍କା କରିପାରିବନାହିଁ । ଆଉ, ଜାଣିଥ ! ହେଇ...ଧର... ମୁଁ ଏବେ ବାଘ ହେଲି । ହେଇଧର... ମୁଁ ସାପ ହେଲି । ହେଇ ଧର... ମୁଁ ଭାଲୁ ହେଲି । ତମେ ମୋତେ ଶିକାର କରିବ ! ମୁଁ ଡେଇଁବି । ତମ ଉପରକୁ ଝାମ୍ପିବି । ତମକୁ ଘାଏଲା କରିବି । ତମେ ମୋତେ ମାରିନପାରିଲେ ମୁଁ ତମକୁ ମାରିବି ।

ତମେ ମଉକା ଦେଖି ମୋତେ ବିନ୍ଧିବ । ତୀର ବିନ୍ଧିବ । ଭାଲା କି ଫାର୍ଶାରେ ଛେଦିବ । ମୁଁ ଡେଇଁବି । ତମ କାନ୍ଧ ଉପର ଦେଇ, ମୁଣ୍ଡ ଉପର ଦେଇ, ଗୋଡ଼ ତଳେ ପଶି ବାହାରିଯିବି । ଏ ଖେଳ ଭାରି ଖତରନାକ୍ । ସାବଧାନ ଚେଲାଚୋଲା ମୋର । ଯେ ଖେଳ ଖେଲୁ ଖେଲୁ ମୁଁ ସତକୁ ସତ ବାଘ କି ଭାଲୁ କି ସାପ କି ହାତୀ ହେଇଯିବି । ବାଘ, ଭାଲୁ, ସାପ କି ହାତୀର ଆତ୍ମା ମୋ ଭିତରେ ପଶିଯିବ । ସେତିକିବେଳେ ତମେ ସାବଧାନ ଥିବ । ତମେ ମୋତେ ଛେଦିବ, ଭେଦିବ, ବିନ୍ଧିବ କି ବାନ୍ଧିବ । ନହେଲେ ମରିବ ଜାଣିଥ ।"

ଏକଥା କହି ଗୁରୁ ଗୋସେଇଁ ନିଜେ ବାନ୍ଧିଲା ମନ୍ତୁରା ଜଡ଼ି ତା' ଅଣ୍ଟାରେ । ତେର ମରଦ ଗୁରୁ ଗୋସେଇଁକୁ ଶେଷଥର ପାଇଁ ଦେଖିନେଲେ । କିପରି ଛାଲ ଛଡ଼ା ଯାଇଥିବା ଗୋଟେ ବୁଢ଼ା ମେଣ୍ଢା ତଥାପି ଡେଇଁ ପଡୁଚି ଆଖଡ଼ା ଭିତରକୁ । ଗୁରୁ ଗୋସେଇଁ କାନରେ ଫାଶିଆ । ବାହୁରେ ମନ୍ତୁରା ଜଡ଼ି । ଅଣ୍ଟାରେ ମନ୍ତୁରା ଜଡ଼ି । ଆଖିରେ ନିଆଁ ଦୁକୁଦୁକୁ । ସାପପରି ଫଁ ଫଁ ହଉଚି ଗୁରୁ ଗୋସେଇଁ । ଯେଥର ସେ ସାପବେଶ ହବ । ସାପଖେଳ ଖେଳିବ । ସାପପରି ନାଚିବ । ସାପରିଦଂଶିବ । ଗୋଡ଼ ତଳେ ପଶି ଚୁଟ୍‌କରି ଖସିଯିବ । ତୀର ବିନ୍ଧିଲେ ଲାଗିବନି । ଧରିନେବ ଯଦି ଭିଡ଼ିଦବ ହାତଗୋଡ଼ । ଚୂନା କରିଦବ । ତା' କବଳରୁ ମୁକୁଳିବା ମୁସ୍କିଲ୍ । କହିଲା- "ଯେଥର ମୋତେ ବିନ୍ଧ ।"

ତାକୁ ବିନ୍ଧିଲା ବେଳକୁ ସେ ଛୁ... । ତାକୁ ଛେଦିଲା ବେଳକୁ ସେ ଅଦୃଶ୍ୟ । ଘୋଘୋ ରାତିର ଅନ୍ଧାରରେ । ଦୂର ଆକାଶ ମଳିଛିଆ ଜହ୍ନ ଆଲୁଅରେ । ଦୁକୁଦୁକୁ ଅଧମରା କୁସୁମ ତେଲର ମଶାଲ ନିଆଁରେ ଗୁରୁ ଗୋସେଇଁ ଅଦୃଶ୍ୟ । ତେଣ ଜଣ ମରଦ ଚାହିଁଲେ ଏକୁ ଆରକ । ଏ ଅଗନା ଅଗନି ଜଙ୍ଗଲ । ରାତି ବଢୁଚି । ଗୁରୁ ଗୋସେଇଁ କାଇଁ ? ବାଜା ବାଲା ତା' ବାଜା ବଜଉଚି । ଧୁମ୍ ଧୁମ୍ ଧୁମ୍... ଧଡ଼ାଙ୍ଗ...ଥ୍ରା...ଧୁମ୍...ଥ୍ରା... । ଏତିକିବେଳେ

ଗଛ ଉହାଡ଼ରୁ କିଏ ଜଣେ କୁହାଟି ଦେଲା। ବାଘର ହେଣ୍ଟାଳ। ତେରଜଣଙ୍କ ପିଳେହି ପାଣି। ଛାତି ଥରହର। ଆଇଲାରେ ବାଘ...। ଥୟ ଧର। ହାତରେ ଧନୁତୀର।

ତେରଜଣ ଭାବିଲେ, ଗୁରୁ ଗୋସେଇଁର ଏ ନୂଆ ଖେଳ। ଜଙ୍ଗଲ ରାତି। ଦୁଲୁକେ ଛାତି। ବାଘର ହେଣ୍ଟାଳ। ଗୁରୁ ଗୋସେଇଁର ଏ ନୂଆଖେଳ। ଥୟ ଧର... ଥୟ ଧର...।

ଦେଖୁ ଦେଖୁ ବାଘ ଆସିଲା। ବାଘବେଶରେ ଗୁରୁ ଗୋସେଇଁ ଆସିଲା। ବାଘ ମୁଣ୍ଡ ହଲେଇ ହଲେଇ ଆସୁଚି। ଲାଞ୍ଜ ହଲେଇ ହଲେଇ ଆସୁଚି। ଶିକାରକୁ ଦେଖି, ଛପି ଛପି, ଲୁଚି ଲୁଚି ଆସୁଚି। ରହି ରହି ହାଇ ମାରୁଚି। ଗାଉଁ ଗାଉଁ ହଉଚି। ଏଇ ଝାମ୍ପିବ ଝାମ୍ପିବ ହଉଚି। ଆଗ ଗୋଡ଼କୁ ସଳଖେଇ ହେଲାଣି। ସିଧା ତଣ୍ଟିକୁ ଭିଡ଼ିନେବ ବଣ ଭିତରକୁ। ଜୁହାର... ଜୁହାର ହେ... ଗୁରୁ ଗୋସେଇଁ। ଚେଲା ଚୋଲାଙ୍କୁ ରକ୍ଷାକର ହେ... ଗୁରୁ ଗୋସେଇଁ।

ଧୁମ୍ ଧୁମ୍ ଧୁମ୍... ଧଡ଼ାଙ୍ଗ... ଥ୍ରା... ଧୁମ୍... ଥ୍ରା। ବାଜା ବଜଉଚି ଦିଲାକା ମାଝୀ। ତେରଜଣ ଧନୁତୀର ଧରି ସଜ ହଉଚନ୍ତି। ଏଇ ବିନ୍ଧିବେ... ବିନ୍ଧିବେ... ଏଇ ଭେଦିବେ... ଭେଦିବେ। ଏକ ହୁମ୍ପାକେ ବାଘ ଆଖଡ଼ାରେ ହାଜର। ବାଘର ଆଖି ଜଳୁଚି ଗୁରୁ ଗୋସେଇଁର ମଶାଲପରି। ସାଏଁ କରି ତୀର ଚାଲିଲା। ତୀର ବାଘର ତଳିପେଟ ଦେଇ ବାହାରିଗଲା। ବାଘ ଚିତ୍‌ମାତ୍। ହାଉ ହାଉ, ଘାଉ ଘାଉ, ତେର ଜଣ। ଧଡ଼ାଙ୍ଗ... ଧଡ଼ାଙ୍ଗ...ଥ୍ରା... ଧୁମ୍... ଧୁମ୍... ଥ୍ରା।

ସାରାରାତି ସେମାନେ ନାଚିଲେ। ସାରାରାତି ଶିକାର ଖେଳ ଖେଳିଲେ। ରାତି ପାହିଲାବେଳକୁ ଆଖଡ଼ା ସରିଲା। ମଶାଲ ଦୁକୁ ଦୁକୁ ହୋଇ ନିଭିଗଲା। ତେରଜଣଙ୍କ ମୁଣ୍ଡ ଘୂରିଗଲା। ବାହୁରେ ବାନ୍ଧିଥିଲା ଦିହ ବାନ୍ଧିବା ଜଡ଼ି। କେତେବେଳେ ସାପ ତ କେତେବେଳେ ବାଘ। ଶିକାର ଖେଳ ଶିଖଉଥିଲା। ତେରଜଣ ଚେଲା ଚୋଲାଙ୍କୁ ବୁଝେଇ ଦେଇଥିଲା। କ'ଣ କରିବ ? କିମିତି ବିନ୍ଧିବ ? କିମିତି ଭେଦିବ ? କିମିତି ଛେଦିବ ? କିନ୍ତୁ ଆଖଡ଼ାରେ ବାଘ ମରିଚି ଚିତ୍‌ମାତ୍। ଗୁରୁ ଗୋସେଇଁ...

ତା'ପରଦିନ ସକାଳୁ ସକାଳୁ ଗାଁ ଅଧିକାରୀ ଆସିଲା। ଦାରୋଗା ଆସିଲା। ଦାରୋଗା ରାଗିକି ପାଚୁଥିଲା। ଅଧିକାରୀ ଏତେ ରାଗିଥିଲା ଯେ କଥା କହିନପାରି ବଣଭାଲୁ ପରି ଏଠୁ ସେଠିକି କୁଦୁଥିଲା। ଗାଁସାରା ଲୋକେ ହାଜର ହେଲେ। ଗାଁସାରା ଲୋକେ ସତ କହିଲେ। କହିଲେ- "ଆମେ ରାତିରେ ଜଙ୍ଗଲ ଭିତରେ 'ଫିର କାଳି ନାଚ' ନାଚିଲୁ। ଆମେ ବାଘ, ହାତୀ, ଭାଲୁ, ସାପ କି ବାର୍‌ହା-ଶିକାର ଖେଳିଲୁ। ଆମ ଗୁରୁ ଗୋସେଇଁ ଆମକୁ ଯେମିତି କହିଲା ଆମେ ସେମିତି କଲୁ। ମନ୍ତୁରା ଜଡ଼ି ଘେନିଲୁ। ପିନ୍ଧାଲୁଗା ଖୋଲି ଆଖଡ଼ା ବାହାରେ ଥୋଇଲୁ। ଅଳପ ଅଳପ ହାଣ୍ଡିଆ ପିଇଲୁ। ରାତିସାରା

ବାଜା ବାଜିଲା । ରାତିସାରା ଖେଳ ଖେଳିଲୁ । ଗୁରୁ ଗୋସେଇଁ ବାଘ, ଭାଲୁ ସାପ ହେଲା । ତା'ପରେ ତ ରାତି ପାହିଗଲା ।"

"ଠିକ୍ ଠିକ୍" - ଅଧିକାରୀ କହିଲା ।

"ଥାନାକୁ ଚାଲ" - ଦାରୋଗା କହିଲା ।

ହାକିମ ସୋରେନ ତଥାପି ଜଙ୍ଗଲରୁ ଫେରି ନ ଥିଲା । ତା' ଝିଅକୁ ଭାଲୁ ରାମ୍ପି ବିଦାରି ଅଧମରା କରିସାରିଥିଲା । ଗାଁଲୋକ କହିଲେ- "ଆଗ ହାକମି ସୋରେନ୍‌କୁ ଖୋଜିଦିଅ । ଆଗ ଗୁରୁ ଗୋସେଇଁକି ଖୋଜିଦିଅ ।"

ଅଧିକାରୀ କହିଲା- "ହାକିମ ସୋରେନ୍ ଆକାଶରେ ଅଛି ।" ଦାରୋଗା କହିଲା- "ଗୁରୁ ଗୋସେଇଁ ଥାନାରେ ଅଛି ।"

ସେକଥା ଶୁଣି ଗାଁ ସାରା ଲୋକ ହୁରୁମ ପୋକ ପରି ହେଲେ । ଏକା ସାଙ୍ଗରେ ଧନୁତୀର ଧରି ଦଳେ ଆକାଶ ଆଡ଼କୁ ଓ ଆଉ ଦଳେ ଥାନା ଆଡ଼କୁ ବିନ୍ଧିଲେ । ତାପରେ...

ମାର୍ଟିନ ବୋଦ୍ରାର ଅନ୍ୟାନ୍ୟ ଦୁଃଖ

'ମରେଗା' ବିଷୟରେ ତୁ କ'ଣ ଜାଣୁ ?

ପଚାରିଲା ସ୍ୱସ୍ତିକ ମଣ୍ଡଳ। ସ୍ୱସ୍ତିକ ମଣ୍ଡଳ ଯେତେବେଳେ ଏ କଥାଟି ପଚାରିଲା, ସେତେବେଳକୁ ଗାଁ'ସାରା କୁହୁଡ଼ି ଘେରି ରହିଥିଲା। କୁହୁଡ଼ିରେ ଆଖପାଖର ଗଛପତ୍ର ଦିଶୁ ନ ଥିଲେ। ନିମୁ ବୋଦ୍ରା ଗୋଟେ ଛିଣ୍ଡା ଚାଦର ଘୋଡ଼େଇ ହେଇ କୁନ୍ଥଉଥିଲା। ଘର ଭିତରୁ ତା' ମର୍ଦ୍ଦ ଗୋଟେ ପିଙ୍କା ଟାଣିକି ବାହାରିଲା। ପିଙ୍କାର ନିଆଁ ଓ ଧୂଆଁରେ ମାର୍ଟିନ୍ ବୋଦ୍ରାର ମୁହଁଟା ଗୋଟେ ଭୋକିଲା ବୋଙ୍ଗାର ମୁହଁ ପରି ଦିଶୁଥିଲା।

'ମରେଗା' କଥା କିଛି ଜାଣୁ ?

ଆଉଥରେ ମାର୍ଟିନ୍ ବୋଦ୍ରାକୁ ପଚାରିଲା ସ୍ୱସ୍ତିକ ମଣ୍ଡଳ। ମାର୍ଟିନ୍ ବୋଦ୍ରା ଖୁଁ ଖୁଁ ହେଇ କାଶିଲା। କିଛି ଜବାବ ଦେଇପାରିଲାନି। ସେ ଜାଣେ 'ମରେଗା' ଦିନେନା ଦିନେ। ଏବେତ ତା' ମାଇଝି ବି ମରେଗା। ଆଉ ସିଏବି ମରେଗା। 'କ୍ୟା ହୈ ମରେଗା ? ମାର୍ଟିନ୍ ବୋଦ୍ରାକୁ ପଚାରିଲା ସ୍ୱସ୍ତିକ ମଣ୍ଡଳ।

ମାର୍ଟିନ୍ ତା' ମାଇଝି ଆଡ଼କୁ ଅନେଇ ଆଉଥରେ କାଶିଲା। ପିଙ୍କାର ନିଆଁ ଲିଭିଯିବା ଉପରେ। ସକାଳୁ ସକାଳୁ ମୁଖିଆ କାହିଁକି ତା' ଦୁଆର ଆଗରେ ? ଚାରିଦିନ ହେଲା ତା' ମାଇଝିକୁ ଜର, ଅଣ୍ଟାରେ ପଇସାନାଇଁ। ପେଟରେ ଦାନା ନାଇଁ। କେହି କାମ ଦଉନି। ହାତରେ କିଛି କାମନାଇଁ।

ସ୍ୱସ୍ତିକ, ମାର୍ଟିନ୍‌କୁ ବୁଝେଇଲା କି 'ମରେଗା' ମାନେ କେହି ମରିବା କଥା ନୁହେଁ।

ତା'ମାନେ ?

'ମରେଗା' ମାନେ ତୋତେ ନିଶ୍ଚିତ କାମ ମିଳିବା ଯୋଜନା। ଇଏ ସର୍କାରୀ କଥା। ତୁ କ'ଣ ବୁଝିବୁ ? ବୁଝିଲେ ବୁଝ, ନ ବୁଝିଲେ ନ ବୁଝ। ଆଜି ସର୍କାର ଆସିବ।

ଯବ୍‌କାର୍ଡ଼ ଦବ। ପାସ୍‌ବହି ଖୋଲିବ। ବର୍ଷରେ ଶହେଦିନ କାମଦବ। କାମର ଉଚିତ ଦାମ୍ ଦବ। କାମ ନ ଦେଲେ ଭତ୍ତାଦବ।

'ଚଲ୍ ଉଠ୍।'

କହିଲା ସ୍ୱସ୍ତିକ ମଣ୍ଡଳ। ତା'କଥାକୁ ଅଧେ ବୁଝିଲା, ଅଧେ ବୁଝିପାରିଲାନି ମାର୍ଟିନ୍ ବୋଦ୍ରା। ମାର୍ଟିନ୍ ବୋଦ୍ରାର ଗୋଡ଼କୁ କିଏ ଋଟକରି କାମୁଡ଼ି ଦେଲା। ସେ ଭଲକି ଦେଖିପାରିଲାନି। ଚାରିଆଡ଼େ କୁହୁଡ଼ିର ଅନ୍ଧାର। ସ୍ୱସ୍ତିକ ମଣ୍ଡଳ କୁଆଡ଼େ ଉଠି ଚାଲିଗଲାଣି। ହାଣ୍ଡି ମୁହଁମାଡ଼ି ପଡ଼ିଚି। ନିମ୍ବୁ କୁନ୍ଥଉଚି। ପେଟରେ ଭୋକ ନାଚୁଚି।

'ମାର୍ଟିନ୍...।'

କିଏ କହିଲା ?

ସେ ବୁଲିକି ଦେଖିଲା। ତା'ରି ଆଡ଼କୁ ଝାପ୍‌ସା ଝାପ୍‌ସା ଛାଇଟେ ଆସୁଥିଲା। ତାକୁ ଦୂରରୁ ଚିହ୍ନି ହଉ ନ ଥିଲା। ଛାଇଟା ଆହୁରି ଛୋଟ ହେଇ ହେଇ ଗୋଟେ ସୁକୁରି (ଘୁଷୁରି) ପରି ଦିଶିଲା। ମାର୍ଟିନ୍ ଡରିଗଲା। ସୁକୁରିଟା ତା' ନାଁ ଧରିକି କିମିତି ଡାକିଲା ? ଇଏ କଉଁ ବୋଙ୍ଗାକି ଆଉ... !

ବୋଙ୍ଗମାନେ ବେଳେବେଳେ ଇମିତି ବେଶ ବଦଳେଇ, ରୂପ ବଦଳେଇ ଆସନ୍ତି। ଇଏ ସୁକୁରି ନ ହେଲେ କଉଁ କଡ଼ିଆ (ଡାଆଣୀ) ହୋଇଥିବ। ବାପ୍‌ରେ ବାପ୍।

ମାର୍ଟିନ୍ ଯାହା ଖାଲି ଶୁଣିପାରେ। କଥା କହିପାରେନି। ମାର୍ଟିନ୍ କଥା ଏଇଠି ଥାଉ।

ପ୍ରଥମେ ଜାଣିରଖିବା ଦରକାର ଯେ ମଜଦୁର କିଏ ? ତା'ର ଲକ୍ଷଣ, ଗୁଣ ଓ ପରିସରର ବର୍ଣ୍ଣନା ବି ଜାଣିରଖିବା ଦରକାର। ନଚେତ୍ ଅଯଥାରେ ଆମେ ଭ୍ରମରେ ପଡ଼ିଯିବା। କାରଣ ନିତି ପ୍ରତିଦିନ ଗରିବ, ମୂଲିଆ, ମଜଦୁର୍, ଶ୍ରମିକ, ଶ୍ରମଜୀବୀ, କିଷାନ, କୁଲି ଭଳି ନୂଆ ନୂଆ ପ୍ରଜାତିର ଉଦ୍‌ଭାବନ ହେଉଚି ଓ ସେ ପ୍ରଜାତିର ବିଲୋପ ହିଁ ହୋଇଯାଉଚି।

ଦୈନିକ ଏଗାର କି ବାର ଟଙ୍କା ରୋଜଗାର କରୁଥିବା ଏହି ବିରଳ ପ୍ରଜାତିକୁ ଗରିବ, କି ଅତି ଗରିବ, କି ଅତ୍ୟନ୍ତ ଅତିଗରିବ କୁହାଯିବ ସେ କଥାକୁ ନେଇ ମଧ୍ୟ ନାନାଦି ବିତର୍କ ଅଛି। ରୋଜଗାରର ରାଶି ଏଗାର କି ବାର ତାକୁ ନେଇ ମଧ୍ୟ ମତଭେଦ ରହିଛି।

ତେବେ ସର୍ବସମ୍ମତିକ୍ରମେ କେଉଁ ଦୁଷ୍ଟ ମେଧାଜୀବୀର ସୂକ୍ଷ୍ମ ମସ୍ତିଷ୍କରୁ 'ମରେଗା' ପରି ଗୋଟେ ଯୋଜନା ବାହାରିଚି। 'ମରେଗା'ରେ ମଜଦୁରର ବର୍ଣ୍ଣନା ଓ ତା'ର ଅଧିକାରକୁ ନେଇ ନିୟମକାନୁନ୍ କରାଯାଇଛି। ସେଇ ଛାଞ୍ଚରେ ଖାପ ଖାଉଥିବା କୌଣସି

ପ୍ରଜାତି ସମ୍ପୂର୍ଣ୍ଣ ବିଲୋପ ହୋଇଯିବା ଆଗରୁ ତାକୁ ବଞ୍ଚେଇ ରଖିବା ଦରକାର ବୋଲି ସର୍କାର କହିଚି। ଏଣୁ ମେଧାଜୀବୀମାନେ କହୁଛନ୍ତି – ଠିକ୍ ଅଛି।

ବର୍ତ୍ତମାନ ସମୟରେ ଯେପରି ଜନସଂଖ୍ୟା ହୁ ହୁ ହୋଇ ବଢୁଛି, ସେପରି ବେକାରି ସମସ୍ୟା ବି ବଢୁଛି। ବଢୁଛି କି ନା ? ବେକାରି ଓ ଅଶିକ୍ଷାରେ ପୀଡ଼ିତ ହୋଇ ଯୁବସମାଜ ଦିଗଭ୍ରମିତ ହୋଇଯାଉଚି। ହଁ କି ନା ? ଏଇ କଥାକୁ ଆଖିରେ ରଖି ସର୍କାର ସମସ୍ତଙ୍କୁ ସୁନିଶ୍ଚିତ କାମ ଯୋଗାଇ ଦେବାର ଯୋଜନା କରିଚି। ଭଲକଥା ! ତ' ସେଇ ଅନୁସାରେ ସମସ୍ତଙ୍କୁ କାମ ଦବ କି ନାଇଁ ? ଦବ ଅଲବତ୍ ଦବ। ଏ କାମ ଗାଁ'ଗଣ୍ଡାରେ ରହୁଥିବା ଲୋକଙ୍କ ପାଇଁ ଯିଏ ଗାଁରେ ରହି କାମକରି ପେଟ ପୋଷିବ ତାକୁ ସର୍କାର ମଜଦୁର କହିବ। କାରଣ ସେ ଗାଁ' ଛାଡ଼ି ସହରକୁ ପଳେଇବନି। ତା'ରି ପାଇଁ ଏ ଯୋଜନା।

ହେଲା, ବୁଝିଗଲ ତ। ଆଉ ଗୋଟେ କଥା। ଯଉଁ ଲୋକଟି କାମ କରିବାକୁ ଇଚ୍ଛା କରିବ ତାକୁ କାମ ମିଳିବ। ଆଉ ଗୋଟେ କଥା ହେଲା – ସେ ଗାଁ'ରେ ରହୁଥିବ। ଆଉ ଗୋଟେ କଥା ହଉଚି – ସେ ଅଠର ବର୍ଷରୁ କମ୍ ହେଇନଥିବ, ହେଲା ?

ଏବେ ବୁଝ, ସର୍କାର ଭଲ କି ନାଇଁ ? ଏବେ ବୁଝ ସର୍କାର ତମର ହିତ କଲା କି ନାଇଁ ? ଏବେ ବୁଝ ସର୍କାରକୁ ତମେ ଭଲପାଅ କି ନାଇଁ ? ଆଏଁ... ? ଆଚ୍ଛା, ରୁହ ଆଉ ଗୋଟେ କଥା ଛାଡ଼ିଯାଉଚି, ଏଇ ଯେ କାମ ଦବାର ବା ପାଇବାର ଗ୍ୟାରେଣ୍ଟି ମୁଁ ଦଉଚି, ମୁଁ ଦଉଚି ମାନେ ସର୍କାର ଦଉଚି, ସେ ବିଷୟରେ ବି କହି ଦଉଚି। ସେଇଟାକୁ ତମେ ସବୁ ଶୁଣିରଖ। ଶୁଣିକି ମନେରଖ। କାରଣ ମୁଁ ମୋ ପରି କେହି ଯଦି ସର୍କାର ଆସି ତମକୁ ପଚାରିବ କି ତମକୁ ବର୍ଷରେ ମାନେ ତିନିଶହ ପଞ୍ଚଷଠି ଦିନରେ କେତେ କାମ ମିଳେ ବା ମିଳୁଚି ବା ମିଳିବ ? ତ କ'ଣ ଜବାବ ଦବ ? ବୋଲିବ, ହଇ ଆଜ୍ଞା, ଆମକୁ ଆଉ ଭରଣପୋଷଣ ସକାଶେ ସର୍କାର ମହାପ୍ରଭୁ ବର୍ଷକେ ଶହେଦିନ ମାନେ ତିନିମାସ ବୋଲି ଜାଣହେ, କାମଦବ... ଦଉଚି... ଦିଏ। ଯାକୁ ମନେରଖ।

ବୋଇଲା, ଏ ତିନିମାସ କାମ କ'ଣ କମ୍ ହେଇଚି ? ତିନିମାସ କାମ। ଆଉ ବର୍ଷକରୁ କେତେ ମାସ ରହିଲା। ରହୁ ଯେତେମାସ। ବାକିମାସ ଯାକ ତମେ ହାଣ୍ଡିଆ ଖାଇ, ରସିପିଇ, ମୁର୍ଗା ଲଢ଼େଇ କରିବ। ଗୀତ ଗାଇବ, ନାଚିବ। ମାଗେ ପରବ, ବାହା ପରବ, କରମା, ଟୁସୁ, ମକର ମନେଇବ। ହଁ କି ନା ?

କାମ ପାଇବା ତମର ଅଧିକାର। ମାନେ ତମେ ବେକାର ହେଇ ବସିବନି। ଘରବାଡ଼ି ଛାଡ଼ି ବିଦେଶ ପଳେଇବନି କାମ ଖୋଜିବା ପାଇଁ। ଗୋତି ଖଟିବା ପାଇଁ। ଏ କାମ ତମକୁ ତମ ଗାଁ ପାଖରେ ମିଳିବ। ପାଖରେ ନ ହେଲେ ଚାରି ପାଞ୍ଚ କି.ମି. ଭିତରେ ମିଳିବ। କି.ମି. କ'ଣ ବୁଝୁଚନା ? ଆବେ କି.ମି.ମାନେ ଦୂର। ମାନେ ହେଇ...ଇ...

ଅନେଇଥ' ସେଇ ଯଉଁ ଗଛ, ଯଉଁ ପାହାଡ଼, ଯଉଁ ଘର ଦୁଆର ଦିଶୁଚି ସେତିକି ସେତିକି ଦୂର। ଯିଏ ଯିବାଆସିବାରେ ପାଞ୍ଚଥର।

ଘରପିଛା ଜଣକୁ ମିଳିବ କାମ। ସେ କଥା ତମେ ଏବେ ସ୍ଥିର କର। ତମ ଘରୁ କିଏ କାମ କରିବ ? ଘରର ମୁଣ୍ଡ କିଏ ? ମର୍ଦ୍ଦ କି ମାଈଝି ? ହେଲେ ଜାଣିଥା ଛୁଆପିଲାଙ୍କୁ କାମ ମିଳିବନି। ଯିଏ ଏ କାମ କରେଇବ ସେ ବନ୍ଧା ହେଇକି ଯିବ। ଏକଥା ସର୍କାର କହିଚି। ଏବେ ଆଉ ଗୋଟେ କଥା। ତମେ କାମ ପାଇଁ ଗୋଟେ ଆବେଦନ କରିବ। ସେଇଟା ଲେଖିକି ଦବ। ମୁଖିଆଙ୍କୁ, ନ ହେଲେ କଉଁ ଅଧିକାରୀଙ୍କୁ। ତମ ନାଁ ପଞ୍ଜିକରଣ ହବ। ପଞ୍ଜିକରଣ ପରେ ତମକୁ ଗୋଟେ ଜବ୍‌କାର୍ଡ଼ ମିଳିବ। ଏଇ ଯିମିତି ରାସନ କାର୍ଡ଼ ଭୋଟର କାର୍ଡ଼, ବି.ପି.ଏଲ୍., ଆଧାର କାର୍ଡ଼, ସୁଧାର କାର୍ଡ଼...। ସେ କାର୍ଡ଼ ତମର ସବୁକିଛି। ତାକୁ ସମ୍ଭାଳିକି ରଖିବ। କାହାକୁ ଦବନି।

ତମେ ଆବେଦନ କଲାପରେ, ତମକୁ ପନ୍ଦର ଦିନ ଭିତରେ କାମ ମିଳିବ। ଯଦି ସର୍କାର ତମକୁ କାମ ଦେଇ ନ ପାରେ, ତେବେ ତମେ ବେକାର ହେଇକି ବସିବ। ବେକାର ହେଇକି ବସିଲେ ଆଉ କ'ଣ ହବ ? ସର୍କାର କେତେ ଭଲ ମଣିଷ ଦେଖ, ସେ ତମକୁ ବେକାରି ଭତ୍ତା ଦବ।

'ଗାଁ'ର ମୁଖିଆ ଯଉଁଦିନ ସମସ୍ତଙ୍କୁ ଘରଘର ବୁଲି କହିଯାଇଥିଲା କି ଆଜି ପ୍ରଖଣ୍ଡ ପଦାଧିକାରୀ, ଜିଲ୍ଲା ଶ୍ରମ ମଙ୍ଗଳ ଅଧିକାରୀ, ସମିତି ସଭ୍ୟ, ସ୍ଥାନୀୟ ଏମେଲେ ସ୍ଥାନୀୟ ଗ୍ରାମସଭାର ମୁଖ୍ୟ, ୱାର୍ଡ଼ ସଭ୍ୟମାନେ ପଞ୍ଚାୟତ ଭବନରେ ଏକାଠି ହେବେ ଓ ସେଇଠି ସମସ୍ତଙ୍କୁ ଜବ୍‌କାର୍ଡ଼ ମିଳିବ ତଥା ରାସନ, ପାଣି, ପବନ, ଶିକ୍ଷା, ଔଷଧପତ୍ର, ଘର, ଛେଳି ଓ କୁକୁଡ଼ା ମିଳିବ; ସେଇଦିନ ମାର୍ଟିନ୍ ବୋଦ୍ରାର ମାଈଝି ନିମ୍ମୁ ବୋଦ୍ରା ମରିଗଲା।

ଏକଥା ମାର୍ଟିନ୍ ବୋଦ୍ରା ବହୁତ ଡେରିରେ ଜାଣିଲା। କାରଣ ସେତେବେଳେ ସେ ଗ୍ରାମସଭାରେ ଗୋଟେ କଣରେ ଛିଣ୍ଡା କମଲଟେ ଘୋଡ଼ି ହେଇ ଭୋକ, ଶୋଷ, ଅନିଦ୍ରା ଓ ଆତଙ୍କର ଜ୍ୱାଳାରେ ବାରମ୍ବାର ଚେତା ହରେଇ ବସୁଥିଲା। ଏକଥା କେହି ଦେଖିପାରୁ ନଥିଲେ। ଅଧିକାରୀ ତ ବିଲ୍‌କୁଲ୍ ନୁହେଁ। କାରଣ ସେମାନେ କଳା କଳା ଚଷମା ପିନ୍ଧିଥିଲେ। ପାଖରେ ବସି କ'ଣ ଗୋଟେ ଶୁଂଘୁଥିବା ପରି, ନାକକୁ ଏପଟ ସେପଟ କରୁଥିଲେ ଘୁଷୁରିଟେ ପରି। ନାଜିର ଲିଆଙ୍ଗ ଖାଲି ଜାଣିଥିଲା ଯେ ମାର୍ଟିନ୍ ବୋଦ୍ରାର ଦିହ ଭଲନାହିଁ। ସେ ଥରୁଚି। ଥରିଥରି ଢଳି ପଡୁଚି ତଳକୁ। ତାକୁ କେହି ଦେଖୁନି।

ଜଣେ ଅଧିକାରୀ ଠିଆହୋଇ ଜୋର୍ ଜୋର୍ କ'ଣ ସବୁ କହିଲା ହାତଗୋଡ଼ ହଲେଇ। ତା କଥା ଅଧେ ଶୁଭୁଥିଲା। ଆଉ ଯଉଁ ଅଧା ଶୁଭୁନଥିଲା ବା ବୁଝିହେଉନଥିଲା।

ସେ କଥା ଶୁଣିବା କି ବୁଝିବା ଦରକାର ନାହିଁ। ଏକଥା ଲୋକମାନେ କଥାଭାଷା ହେଇ ହାଇମାରିଲେ। ନଚେତ୍ ଶୋଇପଡ଼ିଲେ।

ଗାଁର ମୁଖିଆ ସ୍ୱସ୍ତିକ ମଣ୍ଡଳ। ସେ ସବୁବେଳେ ଗୋଟେ ପୁରୁଣା ମଡ଼େଲର ରାଜଦୂତ ଗାଡ଼ି ଧରି ବୁଲେ। ବୁଲି ବୁଲି ଲୋକଙ୍କୁ ସରକାର କଥା ବୁଝାଏ। ଛେଳି, ଘୁଷୁରି ଋଣକଥା ବୁଝାଏ। ରାସନ କାର୍ଡ଼ କଥା ବୁଝାଏ। ଏବେ ବୁଝଉଚି ଜବ୍ କାର୍ଡ଼ କଥା। କହୁଚି 'ତମ ମର୍ଦ୍ଦ ମାଇଝିଙ୍କ ଫଅଟ ଲାଗିବ କାର୍ଡ଼ରେ। ଫଅଟ୍ ଉଠାଇବା ପାଇଁ ପଇସା ଲାଗିବ। କାର୍ଡ଼ ବନେଇବା ପାଇଁ ପଇସା ପଡ଼ିବନି। ହେଲେ ଫଅଟ କିମିତ ହବ ?' ତାକଥା ଶୁଣି ନାଜିର ଲିଆଙ୍ଗି ଉଠିକି ଠିଆ ହେଲା। ତାକୁ ଜଣେ ଲୋକ ଟାଣିକି ବସେଇଦେଲା। ସେ କିଛି କହିବାପାଇଁ ଉଠିଥିଲା। ହୁଏତ ସେ ପଚାରିଥାନ୍ତା 'ଯା' ପାଖରେ ପଇସା ନାହିଁ ତା ଫଅଟ୍ କିଏ ଉଠେଇବ।" ମାତ୍ର ତାକୁ ସେପରି କଥା ପଚାରିବାର ଅଧିକାର ଥିଲେବି, ଜଣେ କେହି ହେଲେ ତାକୁ ଉଠେଇ ଦେଲେନି। ସେଦିନ ଗ୍ରାମସଭା ଏଇମିତିରେ ସରିଲା।

ଗାଁ'ରେ ମୁଖିଆର ତିନିଜଣ ଦଲାଲ୍ ଥିଲେ। ସେମାନେ ଲୋକଙ୍କୁ ନାନାକଥା କହି, ନାନା ଫିକର ଲଗେଇ ପଇସା ଉଠଉଥିଲେ। କିଏ ବେମାର ପଡ଼ିଲେକି' କାହାକୁ ଦାରୋଗା ଥାନାକୁ ଧରିନେଲେ ସେମାନେ ଆସି ସାହା ହଉଥିଲେ। ଅଣ୍ଟାରୁ ପଇସା କାଢ଼ି କହୁଥିଲେ, "ହେ... ନେ... ଆମ ଜାତିପିଲାଟା, ଆମେ ଥାଉଁ ଥାଉଁ ତୁ କି ଦୁଃଖରେ ଥିବୁ ?" ତା'ପରେ ବେମାର ଆହୁରି ବଢ଼ୁଥିଲା। ପଇସା ଝରୁଥିଲା। ଦାରୋଗା ବାର ବାର ଥାନାକୁ ଡାକି ଡରଉଥିଲା ଓ ତା ବଦଳରେ ଛେଳି, କୁକୁଡ଼ା, କୋଳଥ, ଧାନ, ଚାଉଳ ଓ ପଇସା ଅସୁଲ କରୁଥିଲା।

ମାଟିନ୍ ବୋଦ୍ରାର ମାଇଝିଟା ମରିଗଲାରୁ ତା' ଘର ଶୂନ୍‌ଶାନ୍ ହେଇଗଲା। ମାର୍ଟିନ୍ ଆଗରୁ କଥା କହିପାରୁନଥିଲା। ଏଥର ଧୀରେ ଧୀରେ ଶୁଣିବାବି କମିଆସିଲା। ଆଖପାଖରେ ଧୀରେ ଧୀରେ କିଛି କହିଲେ ସେ ଶୁଣିପାରୁନି। ଜୋର୍‌ରେ କହିଲେ ଅଳ୍ପ ଶୁଣୁଚି। ତାକୁ ଦିନେ ନାଜିର ଲିଆଙ୍ଗି ଆସି ବୁଝାଇଲା କି ତା ମାଇଝି ଅନାହାର ମୃତ୍ୟୁର ଶିକାର ହେଇଚି ବୋଲି ସେ ଗୋଟେ ଆବେଦନ କରୁ ସର୍କାରକୁ। ସେମିତି କଲେ ତାକୁ ସର୍କାରୀ ଟଙ୍କା କ୍ଷତିପୂରଣ ଆକାରରେ ମିଳିବ। ରହିବା ପାଇଁ ଆବାସ ଖାଇବା ପାଇଁ ଖାନା ଓ ପିନ୍ଧିବା ପାଇଁ କପଡ଼ା ମିଳିବ।

ମାର୍ଟିନ୍ ଏସବୁ କଥା ବୁଝିପାରେନି। ସେ ଖାଲି ଯାହା ଗୋଟେ କାଗଜରେ ଟିପ ଚିହ୍ନ ଦେଲା ଓ ଭୋ ଭୋ ହୋଇ କାନ୍ଦିଲା। ତା'କାନ୍ଦ ଗୋଟେ ଠେଙ୍ଗା ଖାଇଥିବା ବୁଢ଼ା କୁକୁରର କୁଁ କୁଁ ପରି ଶୁଭିଲା। ନାଜିର ଲିଆଙ୍ଗି ତାକୁ ଶାନ୍ତ କରି କହିଲା, "ଏଥର ଥୟ

ହ'। ତୋ ଦୁଃଖ ଗଲା।" ନାଜିର ଲିଆଙ୍ଗି ଗଲାପରେ ମାର୍ଟିନ୍‌ର ଦୁଃଖ ଆରମ୍ଭ ହୋଇଗଲା। ପ୍ରଥମେ ମୁଖିଆର ତିନି ଦଲାଲ୍ ତା'ଘରେ ବସିଲେ। ତାକୁ ବୁଝେଇଲେ, ଧମକେଇଲେ, ଲୋଭ ଦେଖେଇଲେ, ଡରେଇଲେ। କହିଲେ, "ତୋ ଦୁଃଖବେଳେ, ବିପଦ ଆପଦ ବେଳେ ଆମେ ତତେ ଯେତେ ସାହା ହେଇଚୁ, ଯେତେ ପଇସା କଉଡ଼ି ଦେଇଚୁ ସବୁ ଫେରାଇ ନବୁ। ଏବେ କିଏ ତତେ ସାହା ହେବ? ନାଜିର ଲିଆଙ୍ଗି କଥାରେ ପଡ଼ି ତୁ ସର୍କାର ଖିଲାପରେ ଲେଖିବୁ। ସର୍କାର ରାଗିବ। ତୋ ଭତ୍ତା ଫେରେଇ ନବ। ତୋ ଛେଳି ଋଣ ଫେରେଇ ନବ। ମୁଖିଆ ରାଗିଲେ ତୋ ଜବ୍‌କାର୍ଡ଼ ଫେରେଇ ନବ। ତତେ ଗାଁରୁ ଅଲଗା କରିଦବ। ଜାତିଭାଇରୁ ବାଛନ୍ଦ ହବୁ। ଦାରୋଗା ରାଗିକି ଥାନା ଧରିନବ। ବୁଝୁଚୁତ କିଛି... ?

ମାର୍ଟିନ୍ ବୋଦ୍ରା ଭଲକି ଶୁଣିପାରିଲାନି ସେମାନେ କ'ଣ କହୁଛନ୍ତି। କିଛି କହିବି ପାରିଲାନି, ଯାହା କହିବାକୁ ଭାବୁଥିଲା। କିଛି ବୁଝିପାରିଲାନି କ'ଣ କରିବ। କେବଳ ତା'ର ଘର ଭିତରେ ମୁହଁମାଡ଼ି ପଡ଼ିଥିବା ମାଟିହାଣ୍ଡିକୁ ଚାହିଁ ରହିଲା। ହାଣ୍ଡିଟା ଅନେକଦିନରୁ ସେମିତି ଚୁଲିମୁଣ୍ଡରେ ମୁହଁମାଡ଼ି ପଡ଼ିଛି। ନିମ୍ମୁ ନାହିଁ, ଥିଲେ ହାଣ୍ଡିଟା କାମରେ ଆସନ୍ତା। ଝିଅ ଯାଇଥିଲା ଛେଳି ଚରେଇ ଦୂର ଜଙ୍ଗଲକୁ ଅନେକ ଦିନ ତଳେ। ଆଉ ଫେରିନି ଆଜିଯାଏ। ଗାଁ ଲୋକ କହିଲେ ତାକୁ ସୁକାକୁଲୁଟି (ଅଣ୍ଡା ଦଉନଥିବା ଗୋଟେ ହଳଦୀ ଓ ଧୂଷର ଜଙ୍ଗଲୀ କୁକୁଡ଼ା) ଭାବି କୁଲା (ବାଘ)ଟେ ଖାଇଯାଇଛି। ଏଇଟା କୁଲା ନାଁରେ ଗୋଟେ ଅପବାଦ ଥିଲା। କାରଣ କୁଲା କଦାପି ଏପରି ନୀଚ କାମ କରିବନି। ସେ ଛୋଟ ଛୋଟ ଜୀବଜନ୍ତୁଙ୍କୁ କଦାପି ଖାଇବନି। ଏ କାମ ଛୋଟ ଛୋଟ ଜନ୍ତୁଙ୍କର। ଯଉଁମାନେ ନିରୀହ, ସରଳ ଓ ପରୋପକାରୀର ବାହାନା କରନ୍ତି।

ମାର୍ଟିନ୍ ବୋଦ୍ରାର କାନରେ ଜୋର୍‌ରେ ଜଣେ ଦଲାଲ୍ କହିଲା, "ମୁଖିଆ କହିଛି ସେ ଆବେଦନ ଫେରାଇ ଆଣ। ଦାରୋଗା ଡାକିଚି ଥାନାକୁ ଚାଲ ନହେଲେ ସେ ଆସି ତତେ ଉଠେଇନବ ତା'ଗାଡ଼ିରେ। ଜେଅଲ୍ ଯିବୁ। ଚକି ପେଷିବୁ।"

ମାର୍ଟିନ୍ ଖାଲି ଦଲାଲ୍‌ର ମୁହଁକୁ ଚାହିଁଲା। ନିମ୍ମୁ କେମିତି ମଲା ଓ କାହିଁକି ମଲା। ସେ କଥା ସେ ବୁଝେଇ ପାରିବାକୁ ଅକ୍ଷମ। ଏବେ ଯଦି ସର୍କାର ତାକୁ କହୁଛି ସେ ଆବେଦନ ଫେରାଇ ଆଣିବାକୁ, ସେ ଆଣିବକି? ନାଜିର ଲିଆଙ୍ଗି ଯଦି କ୍ଷତି ପୂରଣ କଥା କହୁଥାଏ ତାକୁ କିଏ ଦବ?

ତିନିଜଣ ଭିତରୁ ଆଉ ଜଣେ ଦଲାଲ୍ କହିଲା- "ତୋ ଫଅଟ୍ ଉଠା ପଇସା ମୁଁ ଦେଇଛି। ଏବେ ମୋର ପଇସା ଫେରା। ତୋ ଝିଅ ପାଇଁ ମୁଁ ଦାରୋଗାକୁ ପାଁ'ଶ ଦେଇଚି ଖୋଜ୍ ଖବର କରିବାପାଇଁ, ଏବେ ଫେରା ତାକୁ"। ତାଙ୍କ ଭିତରୁ ବାକି ଜଣକ

କହିଲା, "ତୋ ରାସନ କାର୍ଡ଼ ମୁଁ ବନ୍ଧା ରଖିକି ତତେ ପଚାଶ ଟଙ୍କା, ତିନିକିଲ ଚାଉଳ, ଦି ବୋତଲ ରସି ଓ ଚାରିଥର ଖାସି ମାଉଁସ ଖୁଆଇଛି, ଫେରା ମୋ ପଇସା।" ମାର୍ଟିନ୍ ବୋଦ୍ରା ମୁହଁମାଡ଼ି ପଡ଼ିଥିବା ଗୋଟିଏ ମାଟିହାଣ୍ଡି। ଯାହା ଭିତରେ ଶୂନ୍ୟ। ଏପରିକି ପବନ ଅଛିକି ନାହିଁ ଜାଣିହେଉନାହିଁ। ହାଣ୍ଡିଟାର ଏବେ କୌଣସି ବ୍ୟବହାର ନାହିଁ। ଓଲଟି ପଡ଼ିଚି। ତା' କଡ଼କୁ ଚୁଲି ଆଁ କରିଚି। ଅନେକଦିନ ହେଲା ଜଳିନି। ନିମ୍ଭୁ ଗଲାଠାରୁ। ଝିଅ ଗଲାଠାରୁ।

ସ୍ୱସ୍ତିକ ମଣ୍ଡଳ ମୁଖିଆ ହବା ଖୁସିରେ ତା' ଦଳ ଲୋକ ଥରେ ଭୋଜିର ଆୟୋଜନ କରିଥିଲେ। ସେ ଭୋଜିରେ ସ୍ଥାନୀୟ ନେତା, ଏମେଲେ, ଦାରୋଗା ଓ ତା ଶଳା, ପ୍ରଖଣ୍ଡ ଅଧିକାରୀ ଏବଂ ଅନ୍ୟାନ୍ୟ ମାନ୍ୟଗଣ୍ୟ ଲୋକେ ଆସିଥିଲେ। ସେଠି କଥା ପଡ଼ିଲା କି' ଆସନ୍ତା ଲୋକସଭା ନିର୍ବାଚନରେ ସ୍ଥାନୀୟ ନେତାଙ୍କୁ ଟିକଟ ମିଳିବା ଉଚିତ। ସେ ପାଇଁ ଦଳୀୟ କର୍ମୀ ଓ ସଂଗଠନକୁ ମଜବୁତ୍ କରିବା କଥା। ସେ ପାଇଁ ଅଧିକରୁ ଅଧିକ ଉତ୍ସର୍ଗୀକୃତ ଯୁବନେତା ଓ କର୍ମୀଙ୍କୁ ଯୋଡ଼ିବାର ଅଛି। ସେଥିପାଇଁ ବିରୋଧୀ ଦଳର ନେତା ଓ ତା'ର ବୋକଚାବୁହା କର୍ମୀ ଓ ସମର୍ଥକମାନଙ୍କୁ ଚୁପ୍ କରିଦେବାର ଅଛି।

'କିପରି' ?

ପଚାରିଲା ସ୍ୱସ୍ତିକ ମଣ୍ଡଳ।

ଦାରୋଗା କହିଲା "ସେ କାମ ମୋ ଉପରେ ଛାଡ଼ିଦିଅ।"

ଦାରୋଗାର ଶଳା ନାଁରେ ଗାଁରେ କାମ ଠିକା ଦିଆଗଲା। ଏମେଲେର ଭଣଜା ନାଁରେ ସ୍କୁଲ ଘର ଠିକା ବଣ୍ଟା ହେଲା। ମୁଖିଆର ପୁତୁରାକୁ ମରେଗା କମା ମିଳିଲା। ଅଧିକାରୀ ସ୍ତ୍ରୀ ନାଁରେ ଚାଲୁଥିବା ଗୋଟେ ସ୍ୱେଚ୍ଛାସେବୀ ଅନୁଷ୍ଠାନକୁ ସ୍ୱାସ୍ଥ୍ୟ, ଶିକ୍ଷା ଓ ପରିମଳ ନାଁରେ ଅନେକ ଯୋଜନାର ଦାୟିତ୍ୱ ଦିଆଗଲା। ଟିକଟ କାହାକୁ ମିଳିବ ସେକଥା ଆଉ ସ୍ଥିର ହୋଇପାରିଲା ନାହିଁ। ଦଳୀୟ କର୍ମୀମାନେ ନିଜ ନିଜର ଛୋଟମୋଟ କାମ କରେଇନେଇ, ମାଉଁସ ଖାଇ, ହାଣ୍ଡିଆ-ରସି ଓ ଦାରୁ ପିଇ ନାଚିଲେ। ସମସ୍ତେ ଖୁସି ହେଲେ।

ଏଣେ ନାଜିର ଲିଆଙ୍ଗି ନାଁରେ ମିଛ କେସ୍ ଯୋଡ଼ି ଦାରୋଗା ତାକୁ ଜେଲ୍ ପଠେଇ ଦେଇଥିଲା। ସେ ଜେଲ୍‌ରେ ଅଛି କି ନାହିଁ ସେ କଥା ଜାଣିବା ସମ୍ଭବ ନ ଥିଲା କାରଣ ଏତେ ସବୁ କଥା ବୁଝିବା ପାଇଁ ନାଜିର ପକ୍ଷରେ କେହି ନ ଥିଲେ। ମୁଖିଆ ସମସ୍ତଙ୍କୁ ଡରେଇ ଧମକେଇ ରଖିଥିଲା। ଦାରୋଗା ମଝିରେ ମଝିରେ ଗାଁକୁ ଆସି ଜୋର ଜବରଦସ୍ତି ଲୋକଙ୍କ ଘରୁ କୁକୁଡ଼ା, ଛେଳି, ଧାନ ଚାଉଳ ଉଠେଇ ନଉଥିଲା। ଡରରେ ଲୋକେ ଏବେ ଗାଁ ଛାଡ଼ି ବିଦେଶ ପଳାଇବାକୁ ଲାଗିଲେ।

ମରେଗା ନାଁରେ ଯେତେ କାମ ଆସିଲା ସେ ବିଷୟରେ କୌଣସି ଅଭିଯୋଗ କେହି ଶୁଣିଲେ ନାହିଁ। ଅଧିକାରୀମାନେ କଳା ଚଷମା ପିନ୍ଧି କାନରେ ନାକରେ ତା'ର ଗୁଞ୍ଜି ଗୀତ ଶୁଣିଲେ। ହିତାଧିକାରୀମାନେ ଭୋକ - ଶୋଷରେ ଗୀତ ଗାଇଲେ। ନ ହେଲେ ଶୋଇପଡ଼ିଲେ। ଏମିତି ଦୁର୍ଭାଗ୍ୟବେଳକୁ ସର୍କାର ଘରକୁ ଘର ଲ୍ୟାପ୍‌ଟପ୍ ବାଣ୍ଟିଲା। କାରଣ ଆଗକୁ ନିର୍ବାଚନ ଥିଲା।

ଅନେକ ଦିନ ପରେ ଆଉଥରେ ମୁଖିଆ ମାର୍ଟିନ୍ ବୋଦ୍ରାର ଘରକୁ ଆସିଲା। ତା'ସାଙ୍ଗରେ ଚହଟ ଚିକ୍‌କଣ ହେଇ ଦିଇଜଣ ଟୋକା ଆସିଥିଲେ ସେମାନଙ୍କ କାନ୍ଧରେ ସୁନ୍ଦର ସୁନ୍ଦର ବ୍ୟାଗ୍‌ଟେମାନ ଓହଳାଇଥିଲେ। ସେ ବ୍ୟାଗ୍ ଭିତରୁ କଳା କଳା ସିଲଟ ପରି କ'ଣ ସବୁ ବାହାର କଲେ। ମୁଖିଆ ବୁଝାଇଲା "ଏମାନେ ସର୍କାରୀ ଲୋକ ସର୍କାର ଏବେ ଚାହୁଁଛି ସମସ୍ତଙ୍କୁ ଲ୍ୟାପ୍‌ଟପ୍ ମିଳିବ। ଲ୍ୟାପଟପ୍ ମିଳିଲେ ସବୁ ଦୁଃଖ ଦୂର ହେବ। ଏହି ଲ୍ୟାପ୍‌ଟପ୍‌ରେ ସାଧାରଣ ଜନତା ଆମ୍ ଆଦ୍‌ମୀ ସୂଚନା କ୍ରାନ୍ତି ସମ୍ପର୍କରେ ଅବଗତ ହବ। ସୂଚନା ମିଳିଲେ ସବୁ ମିଳିବ। ଏଇ ଯେମିତି ସର୍କାରୀ ଯୋଜନା ବିଷୟରେ ଟିକିନିଖି ଖବର। ନେ ଏଥର ଧର୍"।

ସେ ଟୋକା ଦି'ଟା ମାର୍ଟିନ୍ ବୋଦ୍ରାର ହାତର ଟିପ ଚିହ୍ନ ଗୋଟେ କାଗଜରେ ନେଲେ। ଲ୍ୟାପ୍‌ଟପ୍ ଖୋଲି ତାକୁ ଦେଖେଇଲେ ଓ କହିଲେ ଦେଖ୍, ତୋ ଫଅଟ ଏଥିରେ ଅଛି କି ନାହିଁ? ତୁ ଏଥିରେ ନିଜେ ଅଛୁକି ନାଇଁ?

ମାର୍ଟିନ୍ ବୋଦ୍ରା ଅନେକ ଦିନରୁ ତା'ର ନିଜ ଚେହେରା ଭୁଲିଯାଇଥିଲା। ଏବେ ଆଇନା ପରି ଏ ଚକ ଚକ ଉପରେ ସେ ଯାହାର ଚେହେରା ଦେଖୁଛି ତାକୁ ଚିହ୍ନିପାରିଲାନି। ଏ କାଚ ଆଇନା କ'ଣ ହବ ତା'ର।

ଟୋକାଟି ବୁଝାଇଲା - ଏଥିରୁ ସବୁକିଛି ମିଳିବ। ଏଇ ଦେଖ୍ କି'ବୋର୍ଡ଼ ଏଇଟି। ଏଇଟି ମାଉସ୍। ଏଇଟି କ୍ଲିକ୍ କରିବୁ। ଏଇଟା ୱେବ୍‌ସାଇଟ୍। ଏଇଟା ତୋ ପାସ୍‌ୱାର୍ଡ଼। ତୋ ନାଁରେ ଆକାଉଣ୍ଟ ଖୋଲିଚି ଦେଖ୍। ମନେରଖ। ଏକୁ ଟିପିଲେ ସବୁ ପାଇବୁ। ସର୍ଚ୍ଚ ଇଞ୍ଜିନ୍। ଗୁଗୁଲ ଜାଲ। ମନେରଖ ପ୍ରାକ୍ଟିସ୍ କର। ଟିପିଲେ ସବୁ ବାହାରୁଛି।

ଠୋ ଠୋ ହୋଇ ହସୁଛି ସ୍ୱସ୍ତିକ ମୁଖିଆ। ଟୋକା ଦି'ଜଣ ବ୍ୟାଗ୍ ପ୍ୟାକ୍ କଲେ। ଗାଡ଼ି ଷ୍ଟାଟ୍ କଲେ। ଯଉଁଆଡୁ ଆସିଥିଲେ ସେଇ ଆଡ଼େ ବାହାରିଗଲେ। ମୁଖିଆ ଠିଆ ହୋଇଛି ମାର୍ଟିନ୍ ବୋଦ୍ରାର ଘର ଆଗରେ, ଶିଆଳଟେ ମୌକା ଦେଖି କୁକୁଡ଼ାଟିକୁ ଝାମ୍ପିନେବାପରି। ତା' ଓଠରୁ ନିଗିଡ଼ି ପଡୁଛି ଝାଳ। ଆଖିରୁ ଝରିପଡୁଚି ନିଆଁଝୁଲ।

ମାର୍ଟିନ୍ ବୋଦ୍ରା ସେ ଲ୍ୟାପ୍‌ଟପ୍‌କୁ ନେଇ ମୁହଁମାଡ଼ି ପଡ଼ିଥିବା ମାଟିହାଣ୍ଡି ତଳେ ରଖିଦେଲା ଓ ନିଶ୍ଚିନ୍ତ ହୋଇଗଲା। ତା'ର ଅନେକ ଦିନ ପରେ ମାର୍ଟିନ୍ ବୋଦ୍ରା ମରିଗଲା।

ସେଇ ମୁହଁମାଡ଼ି ପଡ଼ିଥିବା ମାଟିହାଣ୍ଡି ଭିତରେ ଶଢ଼ୁଥିଲା ତା'ର ଶବ। ଲୋକେ କୁହାକୁହି ହେଲେ ଯେ, ମାର୍ଟିନ୍ ବୋଦ୍ରା ମଲାବେଳକୁ ଲ୍ୟାପ୍‌ଟପ୍ ଖାଇ ମଲା। ଆଉ କେହି କେହି କହିଲେ, ମିଛକଥା ଲ୍ୟାପ୍‌ଟପ୍ ମାର୍ଟିନ୍ ବୋଦ୍ରାକୁ ଖାଇଗଲା। କିଏ କାହାକୁ ଖାଇଲା-କଥାଟା ଅଧା ରହିଲା।

କାରଣ ଗପ ହିଁ ଇତିହାସ ଥିଲା

ଶୀତ ତଥାପି ଯାଇ ନ ଥିଲା। ଜଙ୍ଗଲସାରା ଗଛପତ୍ର ଓ ଜନ୍ତୁଜୁନ୍ତା ତଥାପି ଥୁରୁଥୁରୁ ହେଉଥାନ୍ତି। ଜଙ୍ଗଲ ସାରା ନିଆଁ ଜଳୁଥିଲା। ମୁଣ୍ଡା ବିଦ୍ରୋହର ନିଆଁ। ୧୭୭୭ ସାଲ ବେଳକୁ ଫିରିଙ୍ଗି ଜମିଦାରୀ ପ୍ରଥା ଆରମ୍ଭ ହୋଇଯାଇଥିଲା। ବାହାରି ଦିକୁମାନେ ଗାଁକୁ ଗାଁ ନିଲାମ କରିନେଉଥିଲେ। ତମାଡ଼ ଓ ବୁଣ୍ଡୁରୁ ଲେଟା ସରଦାର, ଜାଇକା ସରଦାର, ନଗି ସରଦାର ତୀର ଧନୁ ଧରି ଫିରିଙ୍ଗ ଦଲାଲ୍‌ମାନଙ୍କୁ ଘଉଡ଼େଇବା ଆରମ୍ଭ କରିଦେଇଥିଲେ।

କଲକତା ହାଇକୋରଟରେ ଲେଟା ସରଦାର ନାଁରେ କେସ୍ ହେଲା। ହାତନା ବୁରୁ ଗାଁର ଜମିଜୁମା, ଗଛପତ୍ର ଓ ନଈନାଳ ସବୁ କିଏ କିଣି ନେଉଥିଲା। ସିଂବୋଙ୍ଗା ଜାଣିପାରିଲାନି ଏକଥା। ଏକଥା ଜାଣିପାରିଲାନି ଅତେଏରା (ଭୂମିଦେବୀ)। ଦିନେ ଘୋଡ଼ା ଉପରେ ବସି ଫିରିଙ୍ଗି ସାଇବ ଓ ତା ସାଙ୍ଗରେ ନଳୀଧାରୀ ପାଏକ ଓ ତାଙ୍କ ପଛରେ ଦି ଚାରିଟା ଜମିଦାର ଆସି ପହଞ୍ଚିଲେ। ସେମାନେ ଗାଁର ଚାରିପାଖେ ଘୂରି ବୁଲିଲେ। ଗିଧ ପରି ଶୁଙ୍ଘି ବୁଲିଲେ। ସେମାନଙ୍କ ଆଖିରେ ଲୋଭ ଓ ନିଷ୍ଠୁର ଭୟ ଚକ୍‌ଚକ୍ କରୁଥିଲା। ଫିରିଙ୍ଗ ସାହିବ କହିଲା : 'ଆଜିଠୁ ଏ ଗାଁ ଆମର ହେଲା'।

ତାଙ୍କ କଥା ଶୁଣି ଲେଟା ସରଦାର ରାଗିକି କହିଲା- 'ଦିକୁ ରାଡ଼ିକୋ ସୁଇ ଲେକା କୋ ବୋଲାଅ, ପାଲ ଲେକାକୋ ମୋଟୋନା' (ବାହାରି ଲୋକ ଛୁଞ୍ଚପରି ପ୍ରବେଶ କରନ୍ତି ଆଉ ଜଙ୍ଗଲର ଫାଳ ପରି ମୋଟା ହୋଇଯାନ୍ତି) ଲେଟା ସରଦାର ଏକଥା ବି କହିଲା : ଆମେ ପୁରୁଷ ପୁରୁଷରୁ ଏ ଜମି ଜାଗା ଦଖଲ କରିଆସୁଛୁ। ଆମ ବାପା ଗୋସାପା, ଦାଦା ପରଦାଦାଙ୍କ ଶଶାନ (ମଶାଣି) ଏଇଠି ଅଛି। ଏଇଟି ଆମର ଶଶନ ଦିରୀ, କିଲି ଦିରୀ (ଗୋତ୍ରପଥର)। ଏକୁ ଛାଡ଼ି ଆମେ କୁଆଡ଼େ ଯିବୁନି।'

ଶୀତଦିନରୁ ଯେଉଁ ଲଢ଼େଇ ଆରମ୍ଭ ହୋଇଥିଲା, ତା' କାହିଁ କେତେବର୍ଷ ଧରି ଚାଲିଆସିଛି। ଜଙ୍ଗଲରେ ଜାଗା ଜାଗା ନିଆଁ ଜଳିଲା। ଲୋକଙ୍କୁ ବୁଝେଇ ଶୁଝେଇ ଶାନ୍ତ

କରିବା ସମ୍ଭବ ହେଲାନି । ଗୁଳି କମାଣ ଚଳେଇ ଦମନ କରିବା ବି ମୁସ୍କିଲ୍ ଥିଲା । ତା'ର ଅନେକ ପ୍ରତିକ୍ରିୟା ବି ଥିଲା । ଦିକୁ ଜମିଦାରମାନେ କଲକତା ହାଇକୋରଟରେ କେସ୍ କଲେ । କଲକତାଯାଏ କେସ୍ ଲଢ଼ିବା ପାଇଁ ଯିବାକୁ ମୁଣ୍ଡା ସର୍ଦ୍ଦାର ଡରିଲା । ଯଦି ଯିବତ କ'ଣ କହିବ ? କାହାକୁ କହିବ ?

ତାକୁ ଦିକୁ ଭାଷା ଜଣାନଥିଲା । ତା'ପାଖରେ ଓକିଲ ବାବୁଙ୍କୁ ଦବାପାଇଁ କଚି (ପଇସା) ନ ଥିଲା । ତା' ପାଖରେ ପଟ୍ଟା ପାଉତି, ନକ୍ସା ବା କାଗଜପତ୍ର କିଛି ନ ଥିଲା ।

ଦିନେ ଲେଟା ସରଦାର ଗାଁର ସବୁ ମରଦମାନଙ୍କୁ ଏକାଠି କଲା । କହିଲା : 'ଚାଲ କଲକତା ଯିବା । ଆମର କିଛି ଲେଖାଜୁଖା ନାଇଁ । ଆମର କିଛି ପଟ୍ଟାପାଉତି ନାଇଁ । ଆମର ଏଇ ଶଶାନଦିରୀ, କିଲିପଥର ଅଛି । ପୁରୁଷ ପୁରୁଷରୁ ଖୁଣ୍ଟି କାଟି ଜାଗାଜମି ଅଛି । ଆମ ଗୋତ୍ରର ସାଇପଡ଼ିଶା ଅଛି । ଆମ ଗୋତ୍ରର ସନ୍ତକ ଏଇ କିଲିପଥର । ଏଇ କିଲିପିଥରକୁ ପିଠିରେ ବୋହି ଚାଲଯିବା କଲକତା । ଏଇଟା ଆମର କାଗଜପତ୍ର । ଏଇଟା ଆମର ପଟ୍ଟା ପାଉତି । ନଥିପତ୍ର । ଏଇ କିଲିପଥରକୁ କୋରଟ ଘରେ ଦେଖେଇବା । ଏଇଟା ଆମର ପିଢ଼ି ପିଢ଼ିର ପ୍ରମାଣ ବୋଲି କହିବା । ଏ ଜଙ୍ଗଲ, ପାହାଡ଼, ନଈ ନାଳ, ଖେତ ଖମାର ଆମର ବୋଲି କହିବା ।'

ଲେଟା ସରଦାର କଥାକୁ କେହି କାଟିପାରିବେନି । ସେ ଗାଁର ମୁଣ୍ଡା । ଶୀତ ଟିକେ ଟିକେ କମି ଆସିଲାଣି । ରାତିସାରା ସେମାନେ କିଲିପଥର ଓପାଡ଼ିଲେ । ମୁଢ଼ି ହାଣ୍ଡିଆ ସଜାଡ଼ିଲେ । ରାସ୍ତାରେ ରନ୍ଧାବଢ଼ା କରିବା ପାଇଁ ଟୁକୁର ଟାକର ଜିନିଷ ପାତି ଜୁଗାଡ଼ିଲେ । ହଁ, ଗଲାବେଳେ ସେମାନେ ଧନୁ-ତୀର ଓ ଛଉନାଚର ହାମପାଟିଆ ମୁହୁଡ଼ା (ମୁଖା) ନେବାକୁ ଓ ଢୋଲ ମାଦଲ ନେବାକୁ ଭୁଲିଲେ ନାହିଁ । ରାତି ପାହିଲାବେଳକୁ ଲେଟା ସରଦାର ଗୋଟେ ନୂଆ ଗାମୁଛାରେ କିଲିପଥରକୁ ବାନ୍ଧି ପିଠିରେ ପକାଇଲା । ନଗି ସରଦାର ମନ୍ତ୍ର ପଢ଼ିଲା । ତା' ପଛେ ପଛେ ସାତଜଣ ମରଦ ବାହାରିଗଲେ । ପଛେ ପଛେ ଦି'ଟା କୁକୁର ଓ ତିନିଟା କୁକୁଡ଼ା ବି ଗଲେ ।

କଲକତା କେଉଁଠି ସେମାନେ ଜାଣିନଥିଲେ । କୋରଟ କଚେରି କେଉଁଠି ସେମାନେ ଜାଣି ନଥିଲେ । ସେମାନେ ଝାଡ଼-ଜଙ୍ଗଲ, ଝର-ପାହାଡ଼ ପାର ହେଇ ଆଗକୁ ଆଗକୁ ଚାଲିଥିଲେ । ଲେଟା ସରଦାରର ପିଠିରେ ମହଣେ ଓଜନର କିଲିପଥର । ପୂର୍ବପୁରୁଷଙ୍କ ବୋଙ୍ଗା ସବାର । ରାସ୍ତାରେ ନଗି ପଚାରିଲା : 'ଭାରି ନାଗୁଚିକି ଗୋ' ? ଲେଟା ଜବାବ ଦେଲାନି । ତା' ପିଠିରୁ ଝାଳସବୁ ମୁକ୍ତାର ତରଳ ବୁନ୍ଦାପରି ଝରିଆସୁଥିଲେ । ସେ ଯେଉଁ ରାସ୍ତାରେ ଯାଉଥିଲା ସେ ରାସ୍ତାରେ ମୁକ୍ତାର ଫୁଲ ଓ ମୁକ୍ତାର ଝରଣା ଚହଟି ଯାଉଥିଲେ । ଜାଇକା ସରଦାର ଗୋଟେ ଗପ କହିଲା ।

ସାରାରାସ୍ତା ପାର ହେବାର ଏଇମାତ୍ର ଉପାୟ ଥିଲା । ଗପ ଶୁଣିଲେ ଶ୍ରମ ଲାଘବ ହେବ । ପଥକ୍ଲାନ୍ତି କମିବ । ମଝିରେ ମଝିରେ ଥକ୍କା ମାରିବାବେଳେ ମୁନ୍ଦେ ମୁନ୍ଦେ ରସି କି ହାଣ୍ଡିଆ, ମୁଠେ ମୁଠେ ଶୁଖିଲା ମୁଢ଼ି, ଝରଣା କି ଜଙ୍ଗଲି ନଈର ଜଳ । ଯଉଁଠି ରାତି ହଉଥିଲା ସେଇଠି ରହିଯାଉଥିଲେ ବିଶ୍ରାମ ପାଇଁ । ଆଖପାଖର ଗାଁ ବସ୍ତି ମିଳିଗଲେ ତ ଭଲ । ନହେଲେ ସାରାରାତି ହାମପାଟିଆ ମୁଖା ଲଗେଇ ଧୁମୁସା ତାଳରେ ଛଉନାଚ । ଧୁମ୍...ଧଡ଼ାଙ୍ଗ...ଧ୍ରାଙ୍ଗ । ଗୀତର ଅବିରାମ ସୁର, ଗପର ଅସରନ୍ତି ଧାରା, ତମାମ ରାସ୍ତା ଓ ତମାମ୍ କ୍ଲାନ୍ତିକୁ ପାର କରିଦେଉଥିଲା । ଯେତେବେଳେ ଲେଟା ସରଦାରର କମର କି ପିଠି କି କାନ୍ଧ ବିନ୍ଧୁଥିଲା, ଥକିଯାଉଥିଲା, ସେତେବେଳେ ଆଉ ଜଣେ କିଏ ପିଠି ପତେଇ ଦଉଥିଲା, କିନ୍ତୁ ରାସ୍ତା ସରୁ ନ ଥିଲା ।

ଏତେ ସବୁ ଗପ ଥିଲେ କୁଆଡ଼େ ?

କିଲି ପଥର ପିଠିରେ ବୋହି, ବାଜା ବଜେଇ, ଗୀତ ଗାଇ ଗାଇ ଓ ଗପ କହିକହି, ଛଉ ନାଚି ନାଚି ସେମାନେ କଲକତା କୋରଟକୁ ଯାଉଥିଲେ । କଲକତାରେ ପହଞ୍ଚିଲା ବେଳକୁ ଢେର ଦିନ ହେଇଯାଇଥିଲା । ଏତେ ଦିନରେ ଏତେ ଗପ ଗଢ଼ି ସାରିଥିଲେ ଯେ ସାରା ଦୁନିଆ ଖାଲି ଗପରେ ଠିଆ ହେଇଥିଲା । ଖାଲି ଗପରେ ଭାସୁଥିଲା ।

ଲେଟା ସରଦାର ପିଠିରେ ମହଣେ ଓଜନର କିଲିପଥର । କିଲିପଥରରେ ଲେଖାଯାଇଥିଲା ତିନି ବୋଙ୍ଗାଙ୍କ ନାଁ । ତିନି ପୁରୁଷର କଥା । ଲେଟା ସରଦାର ଗୋଟେ ଗପ କହିଲା । ଏ ଗପ ସେ ତା' ବାପର ବାପଠୁଁ ଶୁଣିଥିଲା । ଏ ଗପରେ ହିଲ୍‌କୁଲିର ମାରିଚ ଦ୍ୱୀପକୁ ଚାଲିଯିବାର କଥା ଥିଲା ।

ଏକ ଅଗଷ୍ଟ, ୧୮୩୪ ସାଲବେଳକୁ ବ୍ରିଟିଶ ସାମ୍ରାଜ୍ୟକୁ ଗୁଲାମ ମୁକ୍ତ ଘୋଷଣା କରିଦିଆଗଲା । ଏ କାମ ତ' ୧୮୦୭, ସାଲରୁ ଆରମ୍ଭ ହୋଇସାରିଥିଲା । ବଙ୍ଗାଳର 'ପରମାନେଣ୍ଟ ସେଟଲମେଣ୍ଟ ଏକ୍ଟ' ଲାଗୁ ହେବା ପରେ ପରେ ଗ୍ରାମୀଣ ଚାଷୀ, ମୂଳିଆ ସର୍ବହରା ହୋଇ ସାରିଥିଲେ । ବଣ ଜଙ୍ଗଲର ସରଳ ଆଦିବାସୀ ନିଜର ଜୀବନ ଜୀବିକା ପାଇଁ ପଳାୟନ କରିବା ଆରମ୍ଭ କରିଦେଲେ । କେତେଥର ଅକାଳ ଆସିଲା ଓ ଗଲା । ଅକାଳ ଆସିବାମାତ୍ରେ ନିଉଟୋପିଆରୁ ଲୋକେ ଘର ଦୁଆର ଛାଡ଼ି କାଳିମାଟି କଲକତା ଚାଲିଗଲେ । କିଛି ଆସାମ ଚାଲିଗଲେ । ଯେଉଁମାନେ ଡିହଡଙ୍ଗର ଛାଡ଼ି ଚାଲିଯାଉଥିଲେ; ସେମାନେ ମନକୁମନ ଚାଲିଯାଉନଥିଲେ ।

ଛୋଟାନାଗପୁରର ଧାଙ୍ଗଡ଼ମାନେ ସେତେବେଳେ ବଙ୍ଗାଳର ଚା ବଗିଚାରେ ତିନିଟଙ୍କା ମଜୁରୀରେ ମାସସାରା କାମ କରୁଥିଲେ । କିନ୍ତୁ ଯେଉଁମାନେ ମାରିଚ ଦ୍ୱୀପକୁ ଯାଉଥିଲେ ସେମାନଙ୍କୁ ପାଞ୍ଚରୁ ଛଅଟଙ୍କା ମାସିକ ମଜୁରୀ ତଥା ମାଗଣା ଖାଇବା ଓ

ରହିବା କଥା କୁହାଯାଉଥିଲା। ସେଇ ଲୋଭରେ ଧାଙ୍ଗଡ଼(ପୁରୁଷ)ମାନେ ନିଉଟୋପିଆରୁ କଲକତା ଯାଉଥିଲେ। କଲକତା ଯିବାପାଇଁ ତାଙ୍କୁ ଅଡ଼କାଟିମାନେ ବୁଝେଇକି ନେଇଯାଉଥିଲେ।

କଲକତାରେ ଆଗରୁ ଏଜେନ୍‌ସି ଥିଲା। ଏଜେନ୍‌ସିର ଏଜେଣ୍ଟଭାବେ ଅଡକାଟିମାନେ ଗାଁ ଗାଁ, ବଣ-ଜଙ୍ଗଲରେ ଓ ତୀର୍ଥସ୍ଥାନ କି ସହର ବଜାରରେ ଚୂଡ଼ା ଚାଉଳ ନେଇ ଘୂରିବୁଲୁଥିଲେ। ସେମାନେ ଲୋକଙ୍କ ଦୁର୍ଦ୍ଦଶା, ବେଶଭୂଷା ଓ ପଳାୟନର ସୂଚନା ପାଇବାମାତ୍ରେ ଲୋଭ ଦେଖାଇ, ସପନ ଦେଖାଇ ନିଜ ଜାଲରେ ଫସାଇ ଦେଉଥିଲେ। ଆଗୁଆ ପଇସା ପତ୍ର ଦେଇ ଗିରିମିଟ (ଏଗ୍ରିମେଣ୍ଟ) କରାଇ ଦେବାପାଇଁ କଲକତା ଡିପୋକୁ ନେଇଯାଉଥିଲେ।

ଲେଟା ସରଦାର କହିଲା; ତା ବାପର ବାପ ଏଇମିତି ଭାବେ ଦିନେ ହିଲ୍‌କୁଲି ହେଇ ଅଡକାଟି ସାଙ୍ଗେ ନିଜର ମାଈଝିକି ନେଇ କଲକତାରେ ପହଞ୍ଚିଥିଲା। ସେଦିନ ବି ସେ ନିଜ ପିଠିରେ କିଲିପଥରକୁ ବୋହି ନେଇଯାଇଥିଲା। ଯେଉଁଠି ବାସା ବନେଇବ ସେଇଠି ପୋତିଦେବ କିଲିପଥରକୁ। ଅଡକାଟି ତା' ବାପର ବାପକୁ କହିଥିଲା ସେ ମାରିଚ ଦ୍ୱୀପକୁ ଯିବ। ମଜୁରୀ ବାବଦରେ ସେ ଆଚ୍ଛାଖାସା ପଇସା କମେଇବ। ସେ ତାକୁ ଗାଈବଳଦ ହିସାବରେ ବୁଝେଇଥିଲା କି ମରଦମାନଙ୍କୁ ପଚିଶ ସେଣ୍ଟ ଓ ମାଈଝିମାନଙ୍କୁ ଷୋହଳ ସେଣ୍ଟ ରୋଜ ମିଳିବ। ହପ୍ତାରେ ପଇଁଚାଳିଶ ଘଣ୍ଟା କାମ। କିନ୍ତୁ ଫସଲ ଅମଳ ବେଳରେ ଚଉବନ ଘଣ୍ଟା କାମ କରିବାକୁ ହେବ।

ଏସବୁ ଗିରିମିଟ ହବ। ଏ ଗିରିମିଟ୍ ପାଞ୍ଚବର୍ଷ ପାଇଁ ହବ। ପାଞ୍ଚବର୍ଷ ପରେ ସେ ତା' ପଇସା ସବୁକୁ ମିଶେଇ ସେଇ ବିଦେଶରେ ଜାଗା ଜମିନ୍ ଖରିଦ କରି ରହିପାରିବ କିମ୍ବା ତା' ନିଜ ଦେଶକୁ ଫେରିଆସି ପାରିବ। ଏ ଗିରିମିଟରେ ମଜଦୁର ସାହିବ ଆଗରେ ହାଜିର ଦବ, ନିଜେ ସ୍ୱଇଚ୍ଛାରେ ଯାଉଚି ବୋଲି କହିବ ଓ କାଗଜରେ ଟିପଚିହ୍ନ ଦବ। ଯଉଁ ଜାହାଜରେ ସେ ଯିବ ସେ ଜାହାଜରେ ତାକୁ ଖାଇବା, ମଉଜ ମସ୍ତି କରିବା ଓ ରୋଗ ବେମାରରେ ଓଷଦପତ୍ର ଦେବାର ସର୍ତ୍ତ ରହିବ।

ତା' ବାପର ବାପ ତା ମାଈଝିକି ନେଇ ଅଡକାଟି ସାଙ୍ଗେ ଭବାନୀପୁର ଡିପୋରେ ପହଞ୍ଚିଥିଲା। ଭବାନୀପୁରୁ ମାରିଚ ଦ୍ୱୀପକୁ କୁଲି ଚାଲାଣ ହେଉଥିଲେ। ଏ ଡିପୋ ଉଁଚା ଉଁଚା ପାଚିରୀରେ ଘେରା ଯାଇଥିଲା, ଯେପରିକି କେହି ସେ ପାଚେରୀ ଡେଇଁ ଖସି ପଳେଇ ନଯାଏ। ଏ ଡିପୋ ଭିତରେ ସାହିବ, ଅଫସର, ମାଜିଷ୍ଟ୍ରେଟ ଓ ଡାକ୍ତର ସବୁ ରହୁଥିଲେ। ଏ ଡିପୋଟା ଏତେ ବଡ଼ ଥିଲା ଯେ, ଏକା ସାଙ୍ଗେ ଦି'ଇଟା ଜାହାଜର ଲୋକେ ରହିପାରିବେ।

ଡିପୋରେ ପହଞ୍ଚିଲା ପରେ ସମସ୍ତଙ୍କୁ ଗାଧୋଇ ପାଧୋଇ, ସଫା ସୁତୁରା ହେଇ ଆସିବାକୁ କୁହାଗଲା । ଯିଏ ଯେତେ ସଫା ସୁତୁରା ଦିଶିବ ତାକୁ ସେତିକି ଅଧିକ ମଜୁରୀ ମିଳିବ ବୋଲି ଅଡ଼କାଟି ଓ ଏଜେଣ୍ଟ କହିଲେ । ବାପର ବାପ ହୁଗୁଲି ନଈରେ ଗାଧେଇବାକୁ ପଶିଲା ତା' ମାଈଝିକି ଧରି । ତା' ସାଙ୍ଗରେ ଆହୁରି କେତେକେତେ ମରଦ ଓ ମାଈଝି ହୁଗୁଲି ନଈରେ ପଶିଲେ । ଏଜେଣ୍ଟ ମାଈଝିକି ଗୋଟେ ବିଲାତି ସାବୁନ ଦେଲା ଓ କହିଲା- ଏଟା ତୋର ଓ ତୋ' ମରଦର । ଦି'ଜଣକୁ ଗୋଟିଏ । ମାଈଝି ତା ଜୀବନକାଳରେ ବିଲାତି ସାବୁନ ଦେଖିନଥିଲା । ସେତ ମାଟିକି ମୁରୁଦ ଫୁଲରେ ତା ଦିହ ମାଜୁଥିଲା । ଅଧେ ଲୋକ ସାବୁନ କଣ ଜାଣିନଥିଲେ । ବିଲାତି ସାବୁନ ଗୋଟେ ମହକଦାର ପିଠା ପରି ବାସୁଥିଲା ।

ମାଈଝି ଦିହରେ ନଗେଇବ କଣ ତାକୁ ପିଠା ଭାବି ଖଣ୍ଡେ କାମୁଡ଼ି ପକେଇ ଚୋବେଇ ଦେଲା । ପାଟି ଭିତରେ କିମିତି ଗୋଟେ ଅସହ୍ୟ ବାସ୍ନା ଓ ସୁଆଦ ଭରି ହେଇଗଲା । ମାଈଝି ୟ ୟ କରି ବାନ୍ତି କରି ପକେଇଲା । ବାନ୍ତି ତା' ଆଖି, ନାକ ଓ କାନ ଦେଇ ଉଛୁଳି ଆସିଲା । ଏଜେଣ୍ଟ ଆସି ମା' ବହେନ ଧରି ଗାଳି କଲା । ତା'ପରେ ସମୁଦ୍ରୀ ପାଣି ପିଇବାକୁ ଦେଲା ।

ତା'ପରେ କୁଲିମାନଙ୍କୁ ଉଲର ପତଲୁନ କି ଧୋତି, ଲାଲ୍ ଉଲେନ ଟୋପି ଆଉ ଜାକେଟ ମିଳିଲା । ମାଈଝିଙ୍କୁ ଶାଢ଼ୀ, ଦିଟା ସୁତା ଜାକେଟ, ଉଲର ସାୟା କିମ୍ବା ପାୟଜାମା ମିଳିଲା । ପରିବାର ପିଛା ଗୋଟେ ଲୋଟା, ଟିଣର ଥାଳି ଓ ଗିଲାସ ମିଳିଲା । ଡିପୋ ପାଖରେ ଗୋଟେ ରାସନ ଦୁକାନ ଖୋଲିଲା । କୁଲିମାନେ ସେଇଠୁ ରାସନ କିଣିଲେ ଓ ନିଜେ ନିଜେ ରୋଷେଇ କଲେ । କେବେକେବେ ପାନ, ଗୁଡ଼ାଖୁ, ଖଇନିର ବି ବ୍ୟବସ୍ଥା ଥିଲା । ଯଉଁଦିନ ଜାହାଜରେ ଚଢ଼ିବେ ସେଦିନ ଜନ୍ତାଳ (ମହାଭୋଜି) ହଉଥିଲା । କୁଲିମାନଙ୍କୁ ପେଟଭରି ଖାଇବାକୁ ମିଳୁଥିଲା । ତା'ପରେ ସ୍ୱାସ୍ଥ୍ୟ ପରୀକ୍ଷା କରାଯାଇ ଜାହାଜ ଉପରେ ଚଢ଼େଇ ଦିଆଯାଉଥିଲା ।

ତା ପରେ ଜାହାଜ ଛାଡ଼ି ଦେଇଥିଲା । ଜାହାଜ ଛାଡ଼ି ଦେଲାପରେ, ଜାତି-ଭାଷା ଓ ଧର୍ମ ତଥା ଲିଙ୍ଗକୁ ନେଇ ନାନାପ୍ରକାର ବିବାଦ ଆରମ୍ଭ ହୋଇଗଲା । ମୁସଲମାନ ଖାନସମା ହାତରୁ ଗନୁ ଝା କି ବିଲଣ ଠାକୁର ଖାଇବାକୁ ମନା କରିଦେଲେ । କିଛି ଜାତିଆ ବ୍ରାହ୍ମଣ ଅଛୁଆଁ ଜାତିର ଲୋକଙ୍କ ସାଙ୍ଗେ ଗୋଟିଏ ସେଲ୍‌ରେ ରହିବେ ନାହିଁ ବୋଲି ହଙ୍ଗାମା କଲେ ଓ ଦି' ତିନିଜଣ ଜାତିଚାଲିଯିବା ଭୟରେ ଜାହାଜ ଉପରୁ ସମୁଦ୍ରକୁ ଡେଇଁ ପଡ଼ିଲେ ।

ଲେଟା ସରଦାରର ବାପର ବାପ ତା' ମାଈଝି ସାଙ୍ଗେ ଗୋଟିଏ ସେଲ୍ ଭିତରେ

ଶୋଇବାକୁ ଜିଦ୍ କଲାରୁ ତାକୁ ଚାବୁକରେ ପିଟିଲା ମାଜିଷ୍ଟ୍ରେଟ। ତା' ମାଈଝି ସାତଦିନ ପରେ ବାନ୍ତି ଓ ଝାଡ଼ା ରୋଗରେ ମରିଗଲା। ଜାହାଜ ଭିତରେ ଗୀତ ଓ ନାଚର ଆସରବି ଚାଲିଥିଲା। ଗନୁ ଝା ତା ପଖଉଜ ବଜେଇ 'ବଲମ ତେରା ସଇଆଁ' ଗାଇଲା ବେଳେ ପାଡ଼ି ଦେଇଥିଲା। ସେପାଇଁ ମାଜିଷ୍ଟ୍ରେଟ ରାଗିକି ତା' ଗାଣ୍ଡିକୁ ଛୁଞ୍ଚିସୂତା ଧରି ସିଲେଇ କରିଦେଇଥିଲା।

ଇମିତି ଅସୁମାରି କାହାଣୀର ସୁଅ ଛୁଟିଥିଲା। ଲେଟା ସରଦାର କହିଲା: ଆମେ ଏଥର କଲକତାରେ ପହଞ୍ଚିଗଲେ ଓ ମାରିଚ ଦ୍ୱୀପରେ ଜାହାଜ ପହଞ୍ଚି ଗଲା। ଜାହାଜ କୂଳରେ ଲାଗିଲା ବେଳକୁ ଅଧେ ହିଲ୍‌କୁଲି ମରିସାରିଥିଲେ। ଆଉ ଯଉଁ ଅଧକ ବଞ୍ଚି ରହିଥିଲେ ସେମାନେ ମରିବାକୁ ଯାଉଥିଲେ। ମାରିଚ ଦ୍ୱୀପର ଆଖୁ ବାଗାନରେ ଲୁଚି ରହିଥିଲା ବିଲାତି ଠିକାଦାର।

ଲେଟା ସରଦାରର ଗପ ଏଇଠି ଅଟକିଲା।

ରାସ୍ତା ସରୁ ନଥିଲା ଓ ସରୁ ନଥିଲା ଗପ। ଗପ ପରେ ଗପ। କିମିତି ଆରମ୍ଭ ହେଲା ସୃଷ୍ଟି। କିମିତି ଅତେ ଏରା, ନାଗେ ଏରା, ସିଂ ବୋଙ୍ଗା ଓ ବାରଭାଇ ଅସୁର, କେରକେଟା ଚଢ଼େଇ ଆସିଲେ। କିମିତି ମୁଣ୍ଡାର ଜନ୍ମହେଲା, କିମିତି ବୁଢ଼ାବୁଢ଼ୀ ଘର ସଂସାର କଲେ। କିମିତି ଶିକାର କଲେ। ଚାଷବାସ କଲେ। କିମିତି ଗାଁ ବସେଇଲେ। ଶୁଭ ଅଶୁଭ ବାରିଲେ। କିମିତି ପାଣି ଖୋଜି ପାଇଲେ। ଖୋଜି ପାଇଲେ ତାରା ଓ ଜହ୍ନ। ଖୋଜି ପାଇଲେ ଡାଆଣୀ ଧରାମନ୍ତ୍ର। ଖୋଜି ପାଇଲେ ନାଜୋମ ଏରା।

ଏତେସବୁ ଗପ ଥିଲେ କୁଆଡ଼େ ?

କିଲିପଥର ପିଠିରେ ବୋହି, ବାଜା ବଜେଇ, ଗୀତ ଗାଇ ଗାଇ ଓ ଗପ କହି କହି, ଛଉ ନାଚି ନାଚି ସେମାନେ କଲକତା କୋରଟକୁ ଯାଉଥିଲେ। କଲକତାରେ ପହଞ୍ଚିଲା ବେଳକୁ ତେରବର୍ଷ ହୋଇଯାଇଥିଲା। ଏତେ ଦିନରେ ସେମାନେ ଏତେଗପ ଗଢ଼ିସାରିଥିଲେ ଯେ ସାରାଦୁନିଆ ଖାଲି ଗପ ଉପରେ ଠିଆ ହୋଇଥିଲା। ଖାଲି ଗପରେ ଭାସୁଥିଲା।

କୁନାଳର ପ୍ରତ୍ୟାଗମନ ଓ ଗପର ଆରମ୍ଭ

ଏସବୁ କଥା ନିଉଟୋପିଆର ଡ୍ରିଷ୍ଟ୍ରିକ୍ଟ ଗେଜେଟିଅର୍‌ରେ ନ ଥିଲା । କୁନାଳ ନିଉଟୋପିଆର ଇତିହାସ, ଭୂଗୋଳ, ପରମ୍ପରା ଓ ଲୋକସଂସ୍କୃତିକୁ ନେଇ ଗୋଟେ ବହିଲେଖିବାକୁ ବସିଥିଲା । ଏତିକିବେଳେ ତା'ର ଟ୍ରାନ୍ସଫର ଅର୍ଡ଼ର ଆସିଲା । ସେ ଆଉଥରେ ନିଉଟୋପିଆକୁ ଫେରି ଆସିଲା ପ୍ରାୟ ତେରବର୍ଷ ପରେ । ଏଇ ତେରବର୍ଷ ଧରି ସେ କେଉଁଠି ଥିଲା ତା'ର କିଛି ମନେ ପଡୁ ନଥିଲା । ଶେଷଥର ପାଇଁ ଯେତେବେଳେ ତା'ର ନିଉଟୋପିଆରୁ ଟ୍ରାନ୍ସଫର୍ ହେଇଥିଲା ସେତେବେଳେ ପଲ୍ଲବୀ ଗର୍ଭବତୀ ଥିଲା ।

ତେର ବର୍ଷର ଗର୍ଭରେ କେବଳ 'ନିଉଟୋପିଆ'ର ଭ୍ରୂଣ ହିଁ କଅଁଳୁ ଥିଲା, ବାପ୍‌ରେ ! ଏତେ ଲମ୍ବା ସମୟ ? ଏତେ ଅସହ୍ୟ ଗର୍ଭ ଯନ୍ତ୍ରଣା ? ପଲ୍ଲବୀ ଥରେ କହିଲା: ଏ ଗର୍ଭ ମୁଁ ଆଉ ସମ୍ଭାଳି ପାରୁନି । ଆଉ ସହିପାରୁନି ଯନ୍ତ୍ରଣା । ଏଥର ତମେ ଗର୍ଭବତୀ ହୁଅ...।

ତା'ପରେ କୁନାଳ ଗର୍ଭବତୀ ହେଇଗଲା । ତେର ବର୍ଷର ଭ୍ରୂଣ କେଉଁ ଯାଦୁର କିମିଆଁରେ ପଲ୍ଲବୀର ଗର୍ଭରୁ କୁନାଳର ଗର୍ଭକୁ ଡେଇଁପଡ଼ିଲା ।

ତା'ପରେ ଏଇ ତେରବର୍ଷର ଇତିହାସ ତା'ର ନିଜର ଇତିହାସ ନ ଥିଲା । ନିଉଟୋପିଆର ଇତିହାସ ଥିଲା । ତେରବର୍ଷର ଏ ଅଲୌକିକ ଇତିହାସ କେବଳ ଗପ ହିଁ ଥିଲା । କାରଣ ଗପ ହିଁ ଇତିହାସ ଥିଲା ।

ଲେଟା ସରଦାର ପିଠିରୁ ଓହ୍ଲେଇ ଦେଲା କିଲିପଥର ଓ ଗପ ଆଉ ଥରେ ଇତିହାସର ପିଠିରେ ସବାର ହୋଇଗଲା ।

BLACK EAGLE BOOKS

www.blackeaglebooks.org
info@blackeaglebooks.org

Black Eagle Books, an independent publisher, was founded as a
nonprofit organization in April, 2019. It is our mission to connect
and engage the Indian diaspora and the world at large with the
best of works of world literature published on a collaborative
platform, with special emphasis on foregrounding Contemporary
Classics and New Writing.